EDIÇÕES BESTBOLSO

Contágio

Robin Cook nasceu em Nova York, em 1940. Graduou-se em medicina na Universidade de Columbia antes de se tornar um escritor especialista em thrillers médicos. Concluiu seu doutorado em 1966, e seis anos depois publicou o primeiro livro, *Memórias de um médico interno*. Robin Cook é autor de *Coma*, *Risco calculado*, *Cura fatal*, *Cérebro*, *Mutação* e *Terminal*, entre outros livros que usam a tecnologia e a ética na medicina como base para suas tramas.

Robin Cook

CONTÁGIO

LIVRO VIRA-VIRA 1

Tradução de
ALVES CALADO

EDIÇÕES
BestBolso

RIO DE JANEIRO – 2011

CIP-BRASIL. CATALOGAÇÃO-NA-FONTE
SINDICATO NACIONAL DOS EDITORES DE LIVROS, RJ

Cook, Robin, 1940-
C787c Contágio - Livro vira-vira 1 / Robin Cook; tradução de Alves Calado. - Rio de Janeiro: BestBolso, 2011.
12X18cm

Tradução de: Contagion
Obras publicadas juntas em sentido contrário
Com: Toxina / Robin Cook; Claudio Somogyi. - Rio de Janeiro: BestBolso, 2011
ISBN 978-85-7799-346-8

1. Doenças transmissíveis - Ficção. 2. Ficção norte-americana. I. Alves-Calado, Ivanir, 1953-. II. Título.

CDD: 813
11-2399 CDU: 821.111(73)-3

Contágio, de autoria de Robin Cook.
Título número 250 das Edições BestBolso.
Primeira edição vira-vira impressa em maio de 2011.
Texto revisado conforme o Acordo Ortográfico da Língua Portuguesa.

Título original norte-americano:
CONTAGION

www.edicoesbestbolso.com.br

Design de capa: Tita Nigrí.

Impresso no Brasil

ISBN 978-85-7799-346-8

Para Phyllis,
Stacy, Marilyn,
Dan, Vicky
e Ben

"Nossos líderes deveriam rejeitar os valores de mercado como determinantes para o serviço de saúde e o caos para o qual nosso sistema de saúde está se dirigindo."

Jerome P. Kassirer, M.D.
New England Journal of Medicine
Vol. 333, nº 1, p. 50, 1995.

Agradeço a todos os meus amigos e colegas sempre dispostos a responder a perguntas sobre seus campos de atuação e a oferecer conselhos úteis. Os que eu gostaria de citar especialmente, com relação a *Contágio,* são:

Dr. Charles Wetli, patologista e legista
Dra. Jacki Lee, patologista e legista
Dr. Mark Neuman, virologista e diretor de laboratório de virologia
Dr. Chuck Karpas, patologista e chefe de laboratório
Joe Cox, advogado e leitor
Flash Wiley, advogado, colega de basquete e consultor de *rap*
Jean Reeds, assistente social, crítica fabulosa

Prólogo

Em 12 de junho de 1991, amanheceu um dia quase perfeito de fim de primavera, com os raios do sol tocando a Costa Leste do continente norte-americano. A maior parte dos Estados Unidos, do Canadá e do México esperava céu claro e ensolarado. As únicas alterações meteorológicas eram uma faixa de trovoadas que poderia se estender das planícies até o vale do Tennessee e algumas chuvas previstas para chegar do estreito de Bering, entrando na península Seward, no Alasca.

Em quase todos os sentidos esse 12 de junho era como qualquer outro 12 de junho, com um fenômeno curioso. Ocorreram três incidentes totalmente não relacionados, mas que causariam um trágico encontro na vida de três das pessoas envolvidas.

Deadhorse, Alasca, 11h36

– Ei, Dick! Aqui! – gritou Ron Halverton, acenando animadamente para atrair a atenção de seu ex-colega de quarto. Não ousava abandonar o jipe no breve caos do minúsculo aeroporto. O 737 da manhã, vindo de Anchorage, acabara de aterrissar, e a equipe de segurança era rígida com relação a veículos estacionados na área de carga. Ônibus e furgões esperavam os turistas e o pessoal da companhia petrolífera, que estava de volta.

Ao ouvir seu nome e reconhecer Ron, Dick acenou de volta e começou a abrir caminho entre o aglomerado de pessoas.

Ron observava Dick se aproximar. Não o via desde a formatura no ano anterior, mas Dick estava com a aparência de sempre: o retrato da normalidade com sua camisa Ralph Lauren e a jaqueta com elástico na cintura e nos pulsos, jeans Guess e uma pequena mochila pendurada no ombro. Mas Ron conhecia o verdadeiro Dick: o ambicioso aspirante a microbiólogo, que não hesitaria um segundo em voar de Atlanta ao Alasca se tivesse a esperança de encontrar um novo micróbio. Ali estava um cara que amava as bactérias e os vírus. Colecionava esse tipo de coisa como outras pessoas colecionam figurinhas de beisebol. Ele sorriu e balançou a cabeça enquanto lembrava que Dick chegou a guardar placas de Petri com culturas de micróbios na geladeira que os dois dividiam na Universidade do Colorado.

Quando conhecera Dick, no ano em que eram calouros, Ron demorou um bocado a se acostumar com o seu jeito. Apesar de ser um amigo indubitavelmente fiel, Dick tinha algumas características peculiares e imprevisíveis. Era um competidor feroz na quadra de esportes e, sem dúvida, o sujeito que você gostaria de ter por perto se por acaso se perdesse no lado errado da cidade, mas fora incapaz de sacrificar um sapo no laboratório de biologia no primeiro ano.

Ron pegou-se rindo ao lembrar-se de outro momento surpreendente e embaraçoso que envolvia Dick. Foi durante o segundo ano, quando um grupo se amontoara num carro para ir esquiar num fim de semana. Dick estava dirigindo e acidentalmente atropelou um coelho. Sua reação foi irromper em lágrimas. Ninguém soube o que dizer. O resultado disso foi que começaram a falar pelas costas de Dick, especialmente quando se tornou do conhecimento de todos que ele pegava baratas no alojamento e as depositava do lado de fora, em vez de esmagá-las e jogá-las no vaso sanitário, como todo mundo fazia.

Quando chegou perto do jipe, Dick jogou a mochila no banco de trás antes de apertar a mão estendida de Ron.

Cumprimentaram-se entusiasmados.

– Não acredito – disse Ron. – Você está aqui! No Ártico.

– Puxa, não perderia isso por nada neste mundo. Estou realmente ansioso. Qual é a distância daqui até o sítio esquimó?

Ron olhou nervoso por sobre o ombro. Reconheceu várias pessoas da segurança. Virando-se de costas para Dick, baixou a voz.

– Fica frio. Eu lhe disse que as pessoas são muito sensíveis com relação a isso.

– Ah, qual é? – zombou Dick. – Você não pode estar falando sério.

– Estou falando sério demais. Eu poderia ser despedido por contar isso a você. Não é embromação. A gente tem de fazer isso na maciota, ou então não fazer. Você não vai contar a ninguém, nunca! Você prometeu!

– Certo, certo. – Dick soltou um riso curto e apaziguador. – Você está certo. Eu prometi. Só não achei que fosse algo tão importante.

– É importantíssimo – disse Ron com firmeza. Estava começando a achar que cometera um erro em convidar você, Dick, apesar de ser ótimo vê-lo.

– Você é o chefe. – Dick deu um tapa de leve no ombro do amigo. – Meus lábios estão lacrados para sempre. Agora é ficar frio e relaxar. – Em seguida, entrou no jipe. – Mas vamos dar o fora imediatamente e checar essa descoberta.

– Você não quer ver primeiro onde eu moro?

– Tenho a sensação de que vou ver isso mais do que desejo – respondeu ele com uma gargalhada.

– Acho que não é má hora, enquanto todo mundo está preocupado com o voo de Anchorage e perturbando os turistas. – Ron estendeu a mão e ligou o motor.

Os dois saíram do aeroporto e dirigiram-se para noroeste, pela única estrada que havia. Era de cascalho. Para conversar, tinham de gritar por causa do barulho do motor.

– São cerca de 15 quilômetros até Prudhoe Bay – disse Ron –, mas vamos virar para o oeste daqui a mais ou menos 1,5 quilômetro.

Lembre-se, se alguém nos parar, só estou levando você ao novo campo de petróleo.

Dick confirmou com a cabeça. Não conseguia acreditar que o amigo estivesse fazendo tanto segredo com relação àquilo. Olhando ao redor para a tundra chapada, pantanosa e monótona, e o céu cinza-metálico, pesado, imaginou se aquele lugar não estaria mexendo com a cabeça de Ron. Achava que a vida não devia ser fácil na planície aluvial do norte do Alasca. Para aliviar a tensão, falou:

– O tempo não está ruim. Qual é a temperatura?

– Você tem sorte – disse Ron. – Fez um pouco de sol mais cedo, por isso estamos com uns 10 graus. É o máximo de calor que faz aqui. Aproveite. Provavelmente vai nevar mais tarde. Geralmente neva. A eterna piada é saber se é a última neve do inverno passado ou a primeira neve do próximo inverno.

Dick sorriu, mas não conseguiu deixar de pensar que, se as pessoas achavam isso engraçado, estavam mal.

Alguns minutos depois Ron virou para a esquerda numa estrada mais estreita e mais nova, indo para o noroeste.

– Como é que você achou esse tal iglu abandonado? – perguntou Dick.

– Não era um iglu. Era uma casa feita de blocos de turfa, reforçada com ossos de baleia. Os iglus só eram usados como abrigos temporários, quando as pessoas saíam para caçar no gelo. Os esquimós inupiat moravam em cabanas de turfa.

– Tudo bem! Já aprendi – disse Dick. – Então, como é que você o encontrou?

– Acidentalmente. Nós o encontramos quando estávamos passando o trator para abrir essa estrada. Demos de cara com o túnel de entrada da cabana.

– Ainda está tudo lá dentro? Fiquei preocupado com esse voo até aqui. Quero dizer, não gostaria de perder a viagem.

– Não precisa ter medo. Nada foi mexido. Posso garantir.

– Talvez haja mais abrigos na área ao redor – sugeriu Dick. – Quem sabe? Poderia ser uma aldeia.

Ron encolheu os ombros.

– Talvez. Mas ninguém quer descobrir. Se alguém do estado descobrisse isso eles interromperiam a construção do oleoduto. Seria um desastre enorme, porque a linha de alimentação precisa estar funcionando antes do inverno, e por aqui o inverno começa em agosto.

Ron começou a reduzir a velocidade enquanto examinava o lado da estrada. Por fim parou perto de um pequeno monte de pedras que servia como marco funerário. Colocando uma das mãos no braço de Dick, para que ele ficasse sentado, virou-se para olhar a estrada lá atrás. Quando se convenceu de que não vinha ninguém, saiu do jipe e sinalizou para Dick fazer o mesmo.

Em seguida pegou dois anoraques velhos e manchados e luvas de trabalho no jipe. Entregou um conjunto a Dick.

– Vai precisar disso – explicou. – Vamos descer abaixo do permafrost.* – Em seguida voltou ao jipe e pegou uma lanterna. – Tudo certo – acrescentou nervoso. – Não podemos ficar muito tempo. Não quero ninguém chegando pela estrada e imaginando que diabo está acontecendo aqui.

Dick seguiu Ron, afastando-se da estrada em direção ao norte. Uma nuvem de mosquitos surgiu de repente e atacou-os sem piedade. Olhando adiante, Dick conseguia ver um banco de névoa a pouco menos de um quilômetro, e achou que ele marcaria a costa do Oceano Ártico. Em todas as outras direções não havia alívio para a monotonia da tundra lisa, varrida pelo vento, sem marcas especiais, estendendo-se até o horizonte. Pássaros marinhos sobrevoavam e soltavam gritos ásperos.

Ron parou a uns dez passos da estrada. Depois de verificar mais uma vez se não havia veículos se aproximando, curvou-se e pegou a borda de uma chapa de compensado que fora pintada para disfarçar as cores matizadas da tundra. Puxou a chapa para o lado e

---

*Tipo de solo permanentemente gelado encontrado na região do Ártico. (*N. do E.*)

revelou um buraco com 1,20 metro de profundidade. Na parede norte do buraco ficava a entrada de um pequeno túnel.

– Parece que a cabana foi soterrada pelo gelo – disse Dick.

Ron confirmou com a cabeça.

– Achamos que a capa de gelo foi arrancada pela água do mar, numa das violentas tempestades de inverno.

– Uma tumba natural.

– Tem certeza de que quer fazer isso?

– Não seja idiota – disse Dick enquanto colocava a parca e as luvas. – Viajei milhares de quilômetros. Vamos lá.

Ron entrou no buraco, agachou-se e seguiu pelo túnel. Dick foi logo atrás.

Enquanto se arrastava, Dick conseguia ver muito pouco a não ser a silhueta fantasmagórica de Ron à sua frente. Ao se afastar da entrada, a escuridão foi se fechando ao seu redor como um lençol pesado e gélido. Na luz fraca ele percebia a própria respiração se cristalizando. Agradeceu a Deus por não ser claustrofóbico.

Depois de uns 2 metros as paredes do túnel se afastaram. O chão também se inclinou para baixo, dando-lhes mais uns 30 centímetros de folga. A largura era de cerca de 1,10 metro. Ron moveu-se para o lado e Dick arrastou-se até ele.

– Aqui embaixo é mais frio do que mamilo de bruxa – disse Dick.

O facho da lanterna de Ron percorreu os cantos, iluminando pequenas escoras verticais feitas de costelas de beluga.

– O gelo quebrou esses ossos de baleia como se fossem palitos de dentes – disse Ron.

– Onde estão os moradores?

Ron dirigiu o facho da lanterna para um pedaço de gelo grande e triangular, que atravessara o teto da cabana.

– Do outro lado – falou, e entregou a lanterna a Dick.

Dick pegou a lanterna e começou a se arrastar para a frente. Por mais que não quisesse admitir, estava começando a sentir-se desconfortável.

– Tem certeza de que esse lugar é seguro?

– Não tenho certeza de nada – disse Ron. – Só que está assim há uns 75 anos.

Havia uma passagem apertada ao redor do bloco de gelo sujo, no centro. Quando estava na metade do caminho, Dick lançou a luz adiante.

E então prendeu a respiração enquanto um pequeno arquejo saía de sua boca. Mesmo achando que estava preparado, a imagem no facho da lanterna era mais abominável do que esperava. Encarava-o a fisionomia de um caucasiano congelado, barbudo, vestido com peles. Estava sentado ereto. Tinha os olhos abertos, de um azul gélido, fixos em Dick de modo desafiador. Ao redor da boca e do nariz havia uma espuma congelada, cor-de-rosa.

– Está vendo os três? – gritou Ron da escuridão.

Dick fez a luz percorrer o espaço. O segundo corpo estava deitado de barriga para cima, com a metade inferior completamente incrustada no gelo. O terceiro estava posicionado de modo semelhante ao primeiro, encostado numa parede, quase sentado. Ambos eram esquimós com feições características, cabelos e olhos escuros. E ambos tinham a mesma espuma cor-de-rosa congelada ao redor do nariz e da boca.

Dick estremeceu numa súbita onda de náusea. Não havia esperado uma reação assim, mas ela passou depressa.

– Está vendo o jornal? – gritou Ron.

– Ainda não – disse Dick enquanto apontava a luz para o chão. Viu todo tipo de entulho congelado, inclusive penas de pássaros e ossos de animais.

– Está perto do cara barbudo – gritou Ron.

Dick lançou a luz aos pés do caucasiano congelado. Viu imediatamente o jornal de Anchorage. As manchetes eram sobre a guerra na Europa. Mesmo de onde estava pôde ver a data: 17 de abril de 1918.

Dick retorceu-se voltando à antessala. Seu horror inicial passara. Agora se agitava.

– Acho que você estava certo – falou. – Parece que os três morreram de pneumonia, e a data está ali.

– Sabia que você iria achar interessante.

– É mais do que interessante. Poderia ser a oportunidade de toda uma vida. Vou precisar de uma serra.

O sangue sumiu do rosto de Ron.

– Uma serra – repetiu perplexo. – Você deve estar brincando.

– Acha que vou deixar passar essa chance? Nem por um segundo. Preciso de uma amostra de tecido do pulmão.

– Santo Deus! – murmurou Ron. – É melhor você prometer de novo não dizer nada sobre isso, nunca!

– Já prometi – disse Dick, exasperado. – Se eu descobrir o que acho que vou descobrir, será para a minha coleção particular. Não se preocupe. Ninguém vai saber.

Ron balançou a cabeça.

– Algumas vezes acho que você é um sujeito muito estranho.

– Vamos arranjar a serra – disse Dick. Em seguida entregou a lanterna a Ron e seguiu em direção à entrada.

Aeroporto O'Hare, Chicago, 18h40

Marilyn Stapleton olhou para o homem que era seu marido há 12 anos e sentiu-se desolada. Sabia que as violentas mudanças que assolaram a família haviam causado maior impacto sobre John, apesar de ela ainda ter de pensar nas crianças. Observou as duas meninas sentadas no salão de embarque que olhavam nervosas em sua direção, sentindo que a vida que conheciam estava por um fio. John queria que elas mudassem para Chicago, onde começaria uma nova residência em patologia.

Ela voltou o olhar para o rosto suplicante do marido. Ele mudara nos últimos anos. O homem confiante e reservado com quem se casara estava amargo e inseguro. Perdera 12 quilos, seu rosto que fora redondo e cheio se encovara, dando-lhe um ar magro, anguloso, de acordo com sua nova personalidade.

Marilyn balançou a cabeça. Era difícil lembrar que há apenas dois anos tinham sido a imagem da família suburbana bem-sucedida, com o crescimento do consultório de oftalmologia de John e o cargo dela no departamento de literatura inglesa da Universidade de Illinois.

Mas então surgira no horizonte o gigantesco conglomerado de serviços de saúde AmeriCare, varrendo Champaign, Illinois, além de várias outras cidades, engolindo consultórios e hospitais com uma velocidade espantosa. John tentara se segurar, mas acabou por perder seus pacientes. Era render-se ou ir embora, e ele escolheu ir embora. A princípio procurou outro trabalho como oftalmologista, mas quando se tornou claro que havia oftalmologistas demais e que ele seria forçado a trabalhar para a AmeriCare ou alguma organização semelhante, tomou a decisão de cursar outra especialidade médica.

– Acho que gostariam de morar em Chicago – disse John, implorando. – Vou sentir uma falta terrível de vocês.

Marilyn suspirou.

– Nós sentiremos falta de você também. Mas o caso não é esse. Se eu largar o trabalho as meninas terão de ir para uma escola pública. Não vamos poder pagar uma escola particular com seu salário de residente.

Os alto-falantes anunciaram que todos os passageiros com destino a Champaign deveriam embarcar. Era a última chamada.

– Temos de ir – disse Marilyn. – Vamos perder o voo.

John balançou a cabeça, confirmando, e enxugou uma lágrima.

– Sei. Mas você vai pensar nisso?

– Claro que vou – reagiu Marilyn bruscamente. Em seguida se controlou. Suspirou de novo. Não queria parecer irritada. – Só consigo pensar nisso – acrescentou em voz baixa.

Marilyn abraçou o marido. Ele apertou-a de volta com força.

– Cuidado – gemeu ela. – Vai quebrar minhas costelas.

– Eu te amo – disse John com a voz abafada. E enfiou a cabeça na curva de seu pescoço.

Marilyn repetiu as palavras dele, afastou-se e pegou Lydia e Tamara. Deu as passagens ao funcionário e levou as meninas pela rampa. Enquanto andava, olhou para John através da divisória de vidro. Ao virar-se para o túnel de embarque acenou. Seria seu último aceno.

– Vamos ter de mudar? – gemeu Lydia. Estava com 10 anos e no quinto ano escolar.

– Eu não vou mudar – disse Tamara. Tinha 11 anos e opinião forte. – Vou morar com Connie. Ela disse que eu podia ficar com ela.

– E tenho certeza de que ela discutiu isso com a mãe – disse Marilyn em tom sarcástico. Estava tentando lutar contra as lágrimas que não queria que as crianças vissem.

Deixou as filhas irem na frente, para o pequeno avião monomotor. Levou as meninas até os lugares e teve de apartar uma discussão sobre quem iria sozinha. As poltronas estavam posicionadas duas a duas.

Marilyn respondeu com generalizações vagas às súplicas passionais das filhas sobre como seria o futuro próximo. Na verdade ela não sabia o que era melhor para sua família.

Os motores do avião deram partida com um rugido que tornou difícil qualquer conversa. Enquanto a aeronave deixava o terminal e taxiava para a pista, Marilyn encostou o nariz na janela. Imaginou se teria força para tomar uma decisão.

Um raio caindo no sudoeste arrancou-a de seus pensamentos. Não gostava daquele tipo de voo. Os aviões pequenos não lhe davam a mesma confiança dos jatos regulares. Inconscientemente apertou mais o cinto de segurança e verificou de novo os das filhas.

Durante a decolagem agarrou os braços da poltrona com uma força que sugeria que seu empenho ajudava o avião a subir. Só quando o chão havia recuado significativamente ela percebeu que estava prendendo a respiração.

– Quanto tempo papai vai morar em Chicago? – gritou Lydia do outro lado do corredor.

– Cinco anos – respondeu Marilyn. – Até ele terminar o curso.

– Eu disse – gritou Lydia para Tamara. – A gente já vai estar velha.

Um tranco súbito fez Marilyn restabelecer seu aperto nos braços da poltrona. Olhou ao redor. O fato de ninguém parecer em pânico deu-lhe algum consolo. Olhando pela janela, viu que estavam totalmente envolvidos por nuvens. Um relâmpago iluminou fantasmagoricamente o céu.

Enquanto voavam para o sul a turbulência aumentou, assim como a frequência dos raios. Um anúncio sucinto do piloto, comunicando que tentaria encontrar um ar mais tranquilo numa outra altitude, pouco serviu para aliviar o medo crescente de Marilyn. Queria que o voo terminasse.

O primeiro sinal de desastre verdadeiro foi a luz estranha que iluminou o avião, seguida instantaneamente por um tranco tremendo e uma vibração. Vários passageiros soltaram gritos abafados que fizeram Marilyn gelar. Instintivamente ela estendeu a mão e puxou Tamara mais para perto.

A vibração aumentou de intensidade enquanto o avião começava a fazer uma virada torturante para a direita. Ao mesmo tempo o som dos motores fazia um zumbido de romper os tímpanos. Percebendo que estava sendo comprimida contra a poltrona e sentindo-se desorientada no espaço, Marilyn olhou pela janela. A princípio só viu nuvens. Mas depois olhou em frente e seu coração saltou na garganta. A terra estava se aproximando a uma velocidade vertiginosa! Estavam voando direto para baixo...

Hospital Geral de Manhattan, Nova York, 22h40

Terese Hagen tentou engolir, mas era difícil; a boca estava completamente seca. Alguns minutos depois seus olhos se abriram, e por um momento sentiu-se desorientada. Quando percebeu que estava na sala de recuperação cirúrgica, tudo voltou num relâmpago.

O problema começara sem aviso, naquele fim de tarde, logo antes de iniciar o jantar com Matthew. Não sentira dor. A princípio percebeu que estava molhada, particularmente na parte interna da coxa. Indo ao banheiro, ficou perplexa ao ver que estava sangrando. E não era pouco. Era uma hemorragia forte. Como estava grávida de cinco meses, teve medo de que isso significasse problemas.

Tudo aconteceu muito rápido. Conseguira contatar sua médica, Dra. Carol Glanz, que se dispôs a encontrá-la na sala de emergência do Hospital Geral de Manhattan. Assim que chegou, confirmaram-se as suspeitas de Terese, e a cirurgia foi marcada. A médica disse que aparentemente o embrião se implantara em uma de suas trompas, e não no útero: uma gravidez ectópica.

Minutos após ela recuperar a consciência, uma das enfermeiras da sala de recuperação estava ao seu lado, dizendo que tudo correra bem.

– E o meu bebê? – perguntou Terese. Podia sentir um curativo alto sobre o abdome perturbadoramente liso.

– Sua médica sabe mais sobre isso do que eu – disse a enfermeira. – Vou lhe dizer que já está acordada. Sei que ela quer falar com você.

Antes que a enfermeira saísse, Terese reclamou da garganta seca. A enfermeira deu-lhe uns pedacinhos de gelo, e o líquido frio foi um presente dos céus.

Terese fechou os olhos. Achou que tinha cochilado, porque em seguida percebeu a Dra. Carol Glanz chamando seu nome.

– Como se sente? – perguntou a Dra. Glanz.

Terese disse que estava bem, graças ao gelo. Em seguida perguntou pelo bebê.

A Dra. Glanz respirou fundo, estendeu a mão e pousou-a no ombro de Terese.

– Acho que temos duas más notícias – falou.

Terese sentiu-se enrijecer.

– Foi ectópica – disse a médica, caindo no jargão médico para tornar mais fácil um trabalho difícil. – Tivemos de interromper a gravidez e, claro, a criança ainda não estava formada.

Terese assentiu, ostensivamente sem emoção. Esperava isso e tentara se preparar. Mas não estava preparada para o que a Dra. Glanz disse logo depois.

– Infelizmente a cirurgia não foi fácil. Houve algumas complicações, por isso você estava sangrando tanto ao chegar à emergência. Tivemos de sacrificar o seu útero. Foi preciso fazer uma histerectomia.

A princípio Terese não pôde compreender o que ouvira. Assentiu e olhou para a médica, cheia de expectativa, como se antecipasse mais informações.

– Sei que isso é muito perturbador para você – disse a Dra. Glanz. – Quero que você entenda que foi feito todo o possível para evitar esse resultado infeliz.

A súbita compreensão atravessou Terese. Sua voz silenciosa rompeu as amarras e ela gritou:

– Não!

A Dra. Glanz apertou seu ombro, com empatia.

– Como seria seu primeiro filho, sei o que isso significa. Lamento profundamente.

Terese gemeu. Era uma notícia tão esmagadora que, por um momento, ela estava além das lágrimas. Estava atordoada. Durante toda a vida presumira que teria filhos. Isso fazia parte de sua identidade. A ideia da impossibilidade era difícil demais de ser compreendida.

– E meu marido? Já está sabendo?

– Está. Falei com ele assim que terminei a cirurgia. Está lá embaixo, no seu quarto, para aonde você vai daqui a pouco.

Conversaram mais um pouco, mas Terese não conseguiu assimilar as palavras. A percepção de que perdera o filho, e não poderia ter outro, era devastadora.

Quinze minutos depois chegou um auxiliar para levá-la ao quarto. A viagem foi rápida; ela não percebia o ambiente ao redor. Sua mente era um turbilhão; precisava de cuidado e apoio.

Quando chegou ao quarto, Matthew estava falando ao celular. Como corretor de valores, o telefone era seu companheiro constante.

As enfermeiras habilmente a transferiram para a cama e penduraram o soro num suporte ao lado de sua cabeceira. Depois de certificarem-se de que tudo estava em ordem e de encorajá-la a chamar caso precisasse de alguma coisa, saíram.

Terese olhou para Matthew, que desviara o olhar quando terminou o telefonema. Estava preocupada em saber como ele reagiria à catástrofe. Estavam casados há apenas três meses.

Com um estalido final, Matthew fechou o telefone e guardou-o no bolso do paletó. Virou-se para Terese e olhou-a durante um momento. A gravata estava frouxa e o colarinho desabotoado.

Tentou ler sua expressão, mas não conseguiu. Ele estava mordendo os lábios.

– Como você está? – perguntou enfim, com pouca emoção.

– Tão bem quanto seria de se esperar – conseguiu dizer Terese. Queria desesperadamente que fosse abraçá-la, mas ele manteve a distância.

– É uma coisa curiosa – disse ele.

– Não sei se entendo o que você quer dizer.

– Simplesmente que o motivo de nós termos nos casado evaporou – disse Matthew. – Eu diria que o seu plano foi por água abaixo.

O queixo de Terese caiu. Pasma, teve de lutar para encontrar a própria voz.

– Não gosto do que você está dizendo. Não fiquei grávida de propósito.

– Bom, você tem a sua verdade e eu tenho a minha. O problema é: o que vamos fazer agora?

Terese fechou os olhos. Não conseguia responder. Era como se Matthew enfiasse uma faca em seu coração. Naquele momento soube que não o amava. Na verdade, o odiava...

Nova York, quarta-feira, 20 de março de 1996, 7h15

– Com licença – disse Jack Stapleton fingindo educação para o taxista paquistanês. – O senhor poderia sair do carro para que nós possamos discutir melhor esse assunto?

Estava se referindo ao fato de que o taxista lhe dera uma fechada na esquina da rua 46 com a Segunda Avenida. Em retaliação Jack chutara a porta do táxi quando os dois pararam num sinal vermelho na rua 44. Jack estava com a bicicleta Cannondale que usava para ir ao trabalho. O confronto daquela manhã não era incomum. Sua rotina diária incluía um zigue-zague de arrepiar os cabelos descendo a Segunda Avenida, desde a rua 59 até a rua 30, numa velocidade alucinante. Frequentemente passava raspando por caminhões ou táxis, e as discussões eram inevitáveis. Qualquer outra pessoa ficaria com os nervos abalados com aquelas viagens. Jack adorava. Como dizia aos colegas, faziam o sangue circular.

Ignorando Jack até o sinal abrir, o taxista paquistanês xingou-o antes de partir a toda velocidade.

– E você também! – gritou Jack. Acelerou de pé na bicicleta até alcançar uma velocidade igual à dos carros. Em seguida sentou-se enquanto as pernas pedalavam furiosas.

Por fim pareou com o taxista grosseiro, e ignorou-o. Passou direto, espremendo-se entre o táxi e um furgão de entregas.

Na rua 30, Jack virou para o leste, atravessou a Primeira Avenida e abruptamente entrou na área de cargas do Departamento de Medicina Legal da cidade de Nova York. Trabalhava ali havia cinco meses, tendo recebido a oferta do cargo de médico-legista depois de terminar a residência em patologia e estudar um ano como bolsista em medicina legal.

Empurrou a bicicleta, passando pelo escritório da segurança, e acenou para o guarda uniformizado. Virando à esquerda, passou pelo escritório e entrou no necrotério. Virou de novo à esquerda e passou por um conjunto de compartimentos refrigerados que guardavam os corpos antes da autópsia. Num canto onde ficavam os caixões simples, de pinho, para cadáveres não identificados que iriam para Hart Island, Jack estacionou a bicicleta e prendeu-a com vários cadeados Kryptonite.

O elevador levou-o ao primeiro andar. Ainda não eram 8 horas, e poucos empregados do período diurno haviam chegado. Nem mesmo o sargento Murphy estava na sala dos policiais.

Passando pelo saguão, Jack entrou na área de identificação. Disse olá a Vinnie Amendola, que devolveu o cumprimento sem levantar os olhos do jornal. Vinnie era um técnico que trabalhava frequentemente com ele.

Jack também cumprimentou Laurie Montgomery – uma das patologistas legistas certificadas –, que fora escalada para designar os casos que tinham aparecido durante a noite anterior. Já trabalhava havia quatro anos e meio no Departamento de Medicina Legal. Como Jack, geralmente era uma das primeiras a chegar de manhã.

– Vejo que mais uma vez você conseguiu chegar sem vir com os pés na frente – disse Laurie em tom provocador. Estava se referindo à perigosa corrida de bicicleta. "Chegar com os pés na frente" era o código interno para chegar morto.

– Só uma confusão com um táxi – disse Jack. – Estou acostumado a três ou quatro. Hoje de manhã foi como pedalar no campo.

– Tenho certeza que sim – disse Laurie sem acreditar. – Pessoalmente acho que você é doido de andar de bicicleta nesta cidade. Eu já autopsiei vários daqueles mensageiros malucos que trabalham de bicicleta. Toda vez que vejo um no trânsito imagino quando irei encontrá-lo no fosso. – O "fosso" era o código interno para a sala de necrópsias.

Pegando um copo de café, Jack foi até a mesa onde Laurie trabalhava.

– Alguma coisa particularmente interessante? – perguntou, olhando por sobre o ombro dela.

– Os tiros de sempre – disse Laurie. – E também uma overdose.

– Argh.

– Não gosta de overdoses?

– Não. São sempre iguais. Gosto de surpresas e desafios.

– No meu primeiro ano tive umas overdoses que se enquadravam nessa categoria.

– Como assim?

– É uma longa história – disse Laurie evasivamente. Em seguida apontou para um dos nomes na lista. – Esse é um caso que você pode achar interessante: Donald Nodelman. O diagnóstico é doença infecciosa desconhecida.

– Certamente deve ser melhor do que uma overdose.

– Não pelo meu livro. Mas pelo seu pode ser. Pessoalmente não gosto de casos de doenças infecciosas, nunca gostei e nunca vou gostar. Quando fiz o exame externo, cedo, fiquei arrepiada. O que quer que tenha sido, foi algo agressivo. Ele teve um extenso sangramento subcutâneo.

– As coisas desconhecidas podem ser um desafio – disse Jack, e pegou a pasta. – Será um prazer pegar o caso. Morreu em casa ou numa instituição?

– Estava num hospital. Foi trazido do Hospital Geral de Manhattan. Mas o diagnóstico de internação não foi doença infecciosa. Foi admitido com diabetes.

– Pelo que eu sei, o Hospital Geral de Manhattan é um hospital da AmeriCare. Certo?

– Acho que sim. Por que pergunta?

– Porque isso pode tornar este caso recompensador – disse Jack. – Talvez eu tenha sorte o bastante para que o diagnóstico seja algo como doença dos legionários. Não poderia pensar em nada melhor do que provocar um desconforto na AmeriCare. Adoraria ver aquela corporação se retorcendo.

– Por quê?

– É uma longa história – disse Jack com um sorriso malicioso. – Um dia desses podemos tomar um drinque juntos, você me conta sobre suas overdoses e eu conto sobre a AmeriCare.

Laurie não soube se o convite era sincero ou não. Não sabia muito sobre Jack Stapleton além de seu trabalho no Departamento de Medicina Legal; e achava que mais ninguém sabia. Ele era um patologista soberbo, apesar de só ter terminado sua formação recentemente. Mas não confraternizava muito, nunca fazia grandes revelações pessoais durante as conversas. Laurie sabia apenas que ele tinha 41 anos, não era casado, era divertido e vinha do Meio-Oeste.

– Eu conto a você o que eu descobrir – disse Jack enquanto se dirigia ao saguão.

– Jack, escute – chamou Laurie.

Ele parou e virou-se.

– Posso dar um conselho? – disse ela em tom hesitante. Estava falando impulsivamente. Não era do seu feitio, mas gostava de Jack e esperava que ele trabalhasse ali durante algum tempo.

O sorriso malicioso de Jack retornara. Ele voltou à mesa.

– Sem dúvida – falou.

– Provavelmente estou sendo incoveniente.

– Pelo contrário. Valorizo a sua opinião. O que é?

– Percebo que você e Calvin Washington andam se estranhando. Sei que é só um choque de personalidades, mas Calvin tem um longo relacionamento com o Hospital Geral de Manhattan, assim como o que a AmeriCare tem com a prefeitura. Acho que você deve tomar cuidado.

– Tomar cuidado não é um dos meus pontos fortes nos últimos cinco anos – disse Jack. – Tenho o maior respeito pelo chefe interino. Nosso único desacordo é que ele acredita que as regras são gravadas em pedra, enquanto eu as vejo como diretrizes. Quanto à AmeriCare, não gosto dos objetivos nem dos métodos deles.

– Bom, não é da minha conta. Mas Calvin vive dizendo que não vê você como um sujeito que veste a camisa do time.

– Ele tem alguma razão. O problema é que eu desenvolvi uma aversão à mediocridade. Sinto-me honrado em trabalhar com a maioria das pessoas aqui, principalmente com você. Mas há algumas que não suporto, e não escondo isso. É simples.

– Recebo isso como um elogio – disse Laurie.

– A intenção foi essa.

– Bom, me conte o que descobrir sobre o Nodelman. Depois terei pelo menos mais um caso para você.

– Será um prazer – disse Jack. Em seguida virou-se e foi para a sala de comunicações. Quando passava por Vinnie, arrancou o jornal de suas mãos.

– Vamos lá, Vinnie. Vamos à luta.

Vinnie reclamou, mas seguiu-o. Enquanto tentava recuperar o jornal, colidiu com Jack, que parara abruptamente na porta da sala de Janice Jaeger. Janice fazia parte do grupo de investigadores legistas, frequentemente citados como AMs ou assistentes de médicos. Seu turno era o da noite, das 23 às 7 horas. Jack ficou surpreso por encontrá-la ainda na sala. Era uma mulher miúda, com cabelos e olhos escuros, e estava obviamente cansada.

– O que ainda está fazendo por aqui? – perguntou ele.

– Tive mais um relatório para terminar.

Jack estendeu a pasta que tinha nas mãos.

– Foi você ou Curt que cuidou de Nodelman?

– Fui eu. Há algum problema?

– Não que eu saiba – disse Jack com um risinho. Sabia que Janice era extremamente consciencioso, o que a tornava ideal para ser provocada. – Você teve a impressão de que a causa pudesse ser infecção hospitalar?

– Parece que sim – disse Janice. – O homem esteve no hospital durante cinco dias, tratando de diabetes, antes de desenvolver os sintomas de uma doença infecciosa. Depois de contraí-la, morreu em 36 horas.

Jack assobiou, respeitoso.

– O que quer que tenha sido, sem dúvida era virulento.

– Foi isso que preocupou os médicos com quem falei.

– Algum resultado do laboratório, da microbiologia?

– Até agora nada. As culturas de sangue estavam negativas até as 4 horas. A *causa mortis* foi síndrome respiratória aguda, mas as culturas de saliva também foram negativas. A única coisa positiva foi a identificação de gram na saliva. Bacilos gram-negativos. Isso fez o pessoal pensar em pseudomonas, mas não foi confirmado.

– Sabe se o paciente estava comprometido imunologicamente? – perguntou Jack. – Ele tinha Aids ou foi tratado com antimetabólitos?

– Não posso dizer com certeza. O único problema citado foi diabetes e algumas sequelas usuais. De qualquer modo, está tudo no relatório da investigação, se você quiser ler.

– Ei, por que ler se posso beber direto na fonte? – disse Jack, rindo. Em seguida agradeceu a Janice e foi para o elevador.

– Espero que você esteja planejando usar o traje lunar – disse Vinnie. O traje lunar, uma vestimenta completamente lacrada e impermeável, com uma máscara de plástico transparente, era destinado à proteção máxima. O ar entrava na roupa forçado por um ventilador preso às costas, sugado através de um filtro antes de circular na parte que envolvia a cabeça. Isso proporcionava ventilação suficiente para respirar, mas garantia uma temperatura de sauna por dentro. Jack o detestava.

Na opinião de Jack o traje lunar era um trambolho, restringia os movimentos, era desconfortável, quente e desnecessário. Nunca usara um durante todo o período de formação. O problema era que o chefe de medicina legal de Nova York, o Dr. Harold Bingham, decretara que o traje deveria ser usado. Calvin, o chefe interino, fazia questão de cumprir ordem. E o resultado disso é que Jack tivera vários confrontos.

– Esta pode ser a primeira vez em que o traje é indicado – disse Jack, para alívio de Vinnie. – Até sabermos com o que estamos lidando, temos de tomar todas as precauções. Afinal de contas, pode ser algo como o vírus Ebola.

Vinnie parou.

– Você acha possível? – perguntou, os olhos arregalados.

– Não há a mínima chance – disse Jack dando-lhe um tapa nas costas. – Só estava brincando.

– Graças a Deus.

Os dois voltaram a andar.

– Mas pode ser peste – acrescentou Jack.

Vinnie parou de novo.

– Seria ruim do mesmo modo – falou.

Jack encolheu os ombros.

– Tudo isso num dia de serviço. Venha, vamos acabar com essa história.

Os dois puseram a roupa de trabalho, e enquanto Vinnie colocava seu traje lunar e ia para a sala de necrópsias, Jack examinou o conteúdo da pasta de Nodelman. Havia uma ficha médica, um atestado de óbito parcialmente preenchido, um inventário de registros médico-legais, duas folhas para anotações de necrópsia, um recado telefônico sobre a morte recebido naquela noite pelo escritório de comunicações, uma folha de identificação preenchida, o relatório da investigação de Janice, uma folha para o relatório de necrópsia e uma ficha de laboratório com análise para verificação de anticorpos de HIV.

Apesar de ter falado com Janice, Jack leu cuidadosamente o relatório, como sempre fazia. Quando terminou foi para a sala junto dos caixões de pinho e colocou seu traje lunar. Retirou da tomada a unidade de ventilação que estivera recarregando e prendeu-a ao traje. Em seguida dirigiu-se para a sala de necrópsias, do outro lado do necrotério.

Xingou a roupa enquanto passava pelos 126 compartimentos refrigerados para cadáveres. Estar preso naquela geringonça deixava-o mal-humorado, e olhou ao redor com irritação. O necrotério já fora modernissimo, mas agora precisava de reparos e melhorias. Com suas paredes velhas, de ladrilhos azuis, e o chão de cimento manchado, parecia o cenário de um velho filme de terror.

Havia uma entrada direta do corredor para a sala de necrópsias que não era mais usada, a não ser para trazer e levar os cadáveres. Em vez disso, Jack passou por uma pequena antessala que tinha uma pia para lavar as mãos.

Quando Jack entrou na sala de necrópsias Vinnie estava com o corpo de Nodelman em uma das oito mesas, e reunira todo o equipamento necessário para o trabalho. Jack se posicionou à direita do paciente, Vinnie à esquerda.

– Ele não parece muito bem – disse Jack. – Acho que não vai conseguir chegar ao baile de formatura. – Era difícil falar dentro do traje lunar, e ele já estava transpirando.

Vinnie, que nunca sabia direito como reagir aos comentários irreverentes de Jack, não respondeu, mesmo achando que a aparência do cadáver era horrível.

– Isso é gangrena nos dedos – disse Jack. Em seguida levantou uma das mãos e examinou de perto as pontas dos dedos quase negras. Em seguida apontou para os órgãos genitais murchos. – Isso na ponta do pênis é gangrena. Argh! Deve ter doído. Dá pra imaginar?

Vinnie ficou calado.

Jack examinou cuidadosamente cada centímetro do exterior do homem. Mostrou a Vinnie as extensas hemorragias subcutâneas no abdome e nas pernas do sujeito. Disse que eram chamadas de púrpura. Em seguida mencionou que não havia picadas óbvias de insetos.

– Isso é importante. Muitas doenças sérias são transmitidas por artrópodes.

– Artrópodes? – perguntou Vinnie. Ele nunca sabia quando Jack estava brincando.

– Insetos – disse Jack. – Os crustáceos não costumam ser vetores de doenças.

Vinnie assentiu, apesar de não ter entendido a resposta. Fez uma anotação mental para procurar o significado de artrópodes quando tivesse uma oportunidade.

– Quais são as chances de a coisa que matou esse sujeito ser contagiosa? – perguntou.

– Temo que sejam grandes – disse Jack. – Grandes.

A porta do corredor abriu-se e Sal D'Ambrosio, outro técnico do necrotério, chegou empurrando mais um cadáver. Totalmente absorto com o exame externo do Sr. Nodelman, Jack não levantou a cabeça. Já estava começando a estabelecer um diagnóstico diferencial.

Meia hora depois, seis das oito mesas estavam ocupadas por cadáveres que esperavam necropsia. Um a um os outros legistas de plantão naquele dia começaram a chegar. Laurie foi a primeira, e se aproximou da mesa de Jack.

– Alguma ideia? – perguntou.

– Muitas, mas nenhuma definitiva. Mas posso garantir que é um organismo virulento. Antes brinquei com o Vinnie, dizendo que era Ebola. Há muita coagulação intravascular disseminada.

– Meu Deus! Está falando sério?

– Na verdade não. Mas pelo que vi até agora ainda é possível, embora pouco provável. Claro que nunca vi um caso de Ebola, de modo que isso deve significar alguma coisa.

– Acha que a gente deveria isolar este caso? – perguntou Laurie em tom nervoso.

– Não vejo motivo. Além disso, já comecei, e terei o cuidado de evitar jogar algum órgão pela sala. Mas vou dizer o que a gente deveria fazer: alertar o laboratório para ser tremendamente cuidadoso com os espécimes até fazermos um diagnóstico.

– Talvez seja melhor perguntar a opinião de Bingham – disse Laurie.

– Bom, isso ajudaria – disse Jack, sendo sarcástico. – E aí teríamos um cego guiando os outros cegos.

– Não falte com o respeito. Ele é o chefe.

– Estou me lixando se ele é o papa. Acho que devo simplesmente fazer o serviço o quanto antes. Se Bingham ou Calvin se envolverem, isso vai se arrastar pela manhã inteira.

– É – disse Laurie. – Talvez esteja certo. Mas me chame se houver qualquer anormalidade. Estarei na mesa 3.

Laurie saiu para cuidar de seu caso. Jack pegou um bisturi com Vinnie e estava para fazer a incisão quando percebeu que Vinnie se afastara.

– Vai aonde? Queens? Seu trabalho é ajudar.

– Estou um pouco nervoso – admitiu Vinnie.

– Ah, qual é, cara? Você já presenciou mais necrópsias do que eu. Traz essa bunda italiana para cá. Temos um trabalho a fazer.

Trabalhou rápida mas tranquilamente. Manuseava com cautela os órgãos internos e tinha cuidado com o uso dos instrumentos quando suas mãos ou as de Vinnie estavam por perto.

– O que você arranjou? – perguntou Chet McGovern, olhando por sobre o ombro de Jack. Também legista, Chet fora contratado no mesmo mês que Jack. De todos os colegas, era o que ficara mais íntimo, já que os dois dividiam a mesma sala e eram solteiros. Mas Chet nunca se casara e, com 36 anos, tinha cinco anos a menos do que Jack.

– Uma coisa interessante. A doença misteriosa da semana. E é coisa rara! Esse filho da mãe, coitado, não teve a menor chance.

– Alguma ideia? – O olhar experiente de Chet percebeu a gangrena e as hemorragias sob a pele.

– Tenho um monte delas. Mas deixe-me mostrar a parte interna. Gostaria da sua opinião.

– Há alguma coisa que eu deveria ver? – gritou Laurie da mesa 3. Ela percebera Jack conversando com Chet.

– Sim, venha aqui – disse Jack. – Não faz sentido contar isso mais de uma vez.

Laurie mandou Sal lavar os intestinos do caso que estava examinando no jipe, depois foi até a mesa 1.

– A primeira coisa que quero que vocês vejam são os vasos linfáticos que dissequei na garganta – disse Jack. Ele havia levantado a pele do pescoço, do queixo até a clavícula.

– Não é de espantar que as necrópsias demorem tanto por aqui – ressoou uma voz no espaço confinado.

Todos os olhos se voltaram para o Dr. Calvin Washington, o chefe interino. Era um negro intimidante com 2 metros de altura e 125 quilos, que abrira mão da oportunidade de jogar basquete profissional para entrar na escola de medicina.

– Que diabo está acontecendo aqui? – exigiu saber num tom provocador. – Vocês acham que é dia de festa?

– Estamos apenas unindo nossas forças – disse Laurie. – Estamos com um caso infeccioso desconhecido que parece ser um micróbio bastante agressivo.

– Foi o que eu soube – disse Calvin. – Já recebi um telefonema do administrador do Hospital Geral de Manhattan. Ele está preocupado. Qual é o veredicto?

– Um pouco cedo para afirmar – disse Jack. – Mas temos um bocado de patologia aqui.

Jack resumiu rapidamente para Calvin o que se conhecia da história e apontou para as descobertas positivas segundo o exame externo. Em seguida relatou o exame interno, indicando a disseminação da doença pelos vasos linfáticos do pescoço.

– Alguns nódulos estão necrosados – disse Calvin.

– Exatamente – disse Jack. – Na verdade, a maioria está necrosada. A doença estava se espalhando depressa pelos vasos linfáticos, presumivelmente a partir da garganta e da árvore brônquica.

– Foi transmitida pelo ar, então – disse Calvin.

– É o que eu diria a princípio – admitiu Jack. – Agora olhe os órgãos internos.

Jack mostrou-lhe os pulmões e abriu as áreas onde fizera cortes.

– Como pode ver, é uma pneumonia lobular bastante extensa. Há muita consolidação. Mas também há alguma necrose, e acredito que tenha havido cavitação anterior. Se o paciente tivesse vivido mais, acho que teríamos visto a formação de alguns abscessos.

Calvin assobiou e disse:

– Uau! E tudo isso estava acontecendo diante de aplicação maciça de antibióticos.

– É preocupante – concordou Jack. Cuidadosamente recolocou os pulmões no recipiente. Não queria que eles ficassem largados, potencialmente lançando partículas infecciosas no ar. Em seguida pegou o fígado e delicadamente separou a superfície cortada.

– O mesmo processo – anunciou, apontando com o dedo áreas de início de formação de abscessos. – Tão disseminado quanto nos pulmões. – Em seguida pousou o fígado e pegou o baço. Havia lesões semelhantes em todo o órgão. Certificou-se de que todos vissem.

– Em termos gerais é isso – disse Jack enquanto recolocava cuidadosamente o baço no recipiente. – Teremos de ver o que o microscópio mostra, mas na verdade acho que devemos deixar a resposta definitiva para o laboratório.

– Qual é o seu palpite neste momento? – perguntou Calvin.

Jack soltou um riso curto.

– Teria de ser um palpite mesmo. Ainda não vi nada patogênico. Mas o caráter fulminante deve dizer alguma coisa.

– Qual é o seu diagnóstico diferencial? – perguntou Calvin. – Vamos lá, menino prodígio, conte pra nós.

– Hum. Você está me colocando sob os refletores. Mas tudo bem, vou dizer o que me passa pela cabeça. Primeiro, não acho que sejam pseudomonas, como suspeitaram no hospital. É agressivo demais. Poderia ser alguma coisa atípica como um estreptococo do grupo A, ou mesmo um estafilococo com choque tóxico, mas duvido, especialmente com a identificação de gram sugerindo que era um bacilo. Então eu teria de dizer que é algo como tularemia ou peste bubônica.

– Epa! – exclamou Calvin. – Você aparece com umas doenças bem misteriosas para o que, aparentemente, foi uma infecção hospitalar. Nunca lhe disseram que quando você ouve ruído de cascos deve pensar em cavalos e não em zebras?

– Só estou dizendo o que me passa pela cabeça. É só um diagnóstico diferencial. Estou tentando ter a mente aberta.

– Certo – disse Calvin em tom tranquilizador. – É só isso?

– Não, não é. Também considero que a identificação de gram poderia estar errada e que poderia conter não somente estreptococo e estafilococo mas também meningococemia. E eu também poderia incluir febre das montanhas Rochosas e hantavírus. Diabos, eu poderia até colocar no bolo as febres hemorrágicas virais como o Ebola.

– Agora você está indo para a estratosfera – disse Calvin. – Vamos voltar à realidade. Se eu pedisse o seu palpite agora, com o que você sabe, o que você diria?

Jack estalou a língua. Tinha a sensação irritante de que estava sendo mandado de volta para a escola de medicina, e que Calvin, como muitos de seus professores, estava tentando fazê-lo passar um mau momento.

– Peste – disse Jack a uma plateia perplexa.

– Peste? – perguntou Calvin com uma surpresa que beirava o desdém. – Em março? Em Nova York? Num paciente hospitalizado? Você deve estar doido.

– Ei, você me pediu um diagnóstico. Eu dei. Não estava respondendo pelas probabilidades, e sim pela patologia.

– Você não estava considerando os outros aspectos epidemiológicos? – perguntou Calvin com óbvia condescendência. Em seguida riu. Depois falou mais para os outros do que para Jack: – Que diabo eles ensinaram a você lá nos confins de Chicago?

– Há muitas coisas desconhecidas neste caso para eu colocar muito peso em informações sem base – disse Jack. – Eu não visitei o local. Não sei nada sobre os bichos de estimação do falecido, sobre suas viagens, seu contato com visitantes. Há muita gente indo e vindo nesta cidade, até mesmo entrando e saindo dos hospitais. E certamente há uma quantidade de ratos mais do que suficiente para sustentar o diagnóstico.

Durante um momento um silêncio pesado pairou sobre a sala de necrópsias. Nem Laurie nem Chet sabiam o que dizer, especialmente conhecendo o temperamento tempestuoso de Calvin.

– Comentário esperto – disse Calvin finalmente. – Você é bom nos sofismas. Tenho de lhe dar esse crédito. Talvez isso faça parte da formação em patologia no Meio-Oeste.

Laurie e Chet riram nervosamente.

– Certo, espertinho – prosseguiu Calvin. – Quanto você está disposto a apostar em seu diagnóstico de peste?

– Eu não sabia que tinham o costume de apostar aqui – disse Jack.

– Não, não temos, mas quando você vem com um diagnóstico de peste, acho que vale a pena. Que tal 10 dólares?

– Eu posso dispor de 10 dólares – disse Jack.

– Ótimo. Já que isso está resolvido, onde está Paul Plodget e aquele ferimento a bala do World Trade Center?

– Na mesa 6 – disse Laurie.

Calvin afastou-se, e por um instante os outros ficaram olhando-o. Laurie rompeu o silêncio:

– Por que você tenta provocá-lo? Não entendo. Está tornando as coisas difíceis para você mesmo.

– Não consigo evitar. Ele me provocou primeiro!

– É, mas ele é o chefe interino, e é a prerrogativa dele – disse Chet. – Além disso, você está forçando a barra com o diagnóstico de peste. Certamente isso não estaria no topo da minha lista.

– Tem certeza? – perguntou Jack. – Olhe os dedos pretos do paciente. Lembre-se, ela era chamada de morte negra no século XIV.

– Um bocado de doenças causam esses fenômenos trombóticos – disse Chet.

– Certo. Foi por isso que eu quase disse que era tularemia.

– E por que não disse? – perguntou Laurie. Para ela, tularemia era igualmente improvável.

– Achei que peste soaria melhor – disse Jack. – É mais dramático.

– Nunca sei quando você fala sério – reagiu Laurie.

– Bom, eu também não – disse Jack.

Laurie balançou a cabeça, frustrada. Às vezes era difícil ter uma discussão séria com Jack.

– De qualquer modo – disse –, já terminou com o Nodelman? Se terminou, tenho outro caso para você.

– Ainda não cuidei do cérebro.

– Então cuide logo – disse Laurie. Em seguida voltou à mesa 3 para terminar o seu caso.

Nova York, quarta-feira, 20 de março de 1996, 9h45

Terese Hagen parou abruptamente e olhou para a porta fechada do "chalé", nome dado à principal sala de reuniões porque seu interior reproduzia a casa de campo de Taylor Heath em Squam Lake, em New Hampshire. Taylor Heath era o diretor executivo da badalada e próspera agência de publicidade Willow e Heath, que estava para entrar no grupo fechado das grandes empresas do ramo.

Depois de se certificar de que não estava sendo observada, Terese inclinou-se e encostou o ouvido na porta. Escutou vozes.

Com a pulsação acelerando, Terese apressou-se pelo corredor até sua sala. Sua ansiedade nunca precisava de muita coisa para disparar. Estava na sala havia cinco minutos e seu coração já martelava. Não gostava da ideia de que no chalé, domínio habitual do patrão e presidente da empresa, estava acontecendo uma reunião da qual ela não fora avisada. Em sua posição como diretora de criação da agência, achava que deveria saber de tudo que acontecia.

O problema é que havia muita coisa acontecendo. Taylor Heath chocara a todos com o anúncio feito no mês anterior de que planejava deixar o cargo e estava designando Brian Wilson, atual vice-presidente, para sucedê-lo. Isso deixava um grande ponto de interrogação quanto a quem sucederia Wilson. Terese estava no páreo. Isso era certo. Mas Robert Barker, diretor executivo de contas, também estava. E, além disso, sempre havia a preocupação de que Taylor pegasse alguém de fora.

Terese tirou o casaco e colocou-o no armário. Sua secretária, Marsha Devons, estava ao telefone, por isso Terese foi para a sua mesa e examinou a superfície em busca de alguma mensagem reveladora; mas não havia nada, a não ser uma pilha de recados telefônicos rotineiros.

– Está havendo uma reunião no chalé – gritou Marsha da outra sala, depois de desligar o telefone. Em seguida apareceu na porta. Era uma mulher pequenina, com cabelos nigérrimos. Terese a apreciava, porque era inteligente, eficiente e intuitiva – todas as qualidades ausentes nas quatro secretárias que se revezaram no ano anterior. Terese era dura com seus assistentes, já que esperava comprometimento e desempenho iguais aos seus.

– Por que não ligou para a minha casa? – perguntou.

– Liguei, mas você já tinha saído.

– Quem está na reunião? – O tom de Terese foi ríspido.

– Foi a secretária do Sr. Heath que a convocou. Ela não disse quem estaria presente. Só disse que a sua presença era requisitada.

– Há alguma indicação do assunto em pauta?

– Não.

– Quando começou?

– A convocação foi feita às 9 horas.

Terese pegou o telefone e digitou o número de Colleen Anderson. Colleen era a diretora de arte em quem Terese mais confiava. Atualmente coordenava uma equipe para a conta da National Health Care.

– Sabe alguma coisa sobre essa reunião no chalé? – perguntou Terese assim que Colleen entrou na linha.

Colleen não sabia nada, apenas que ela estava acontecendo.

– Droga! – disse Terese enquanto desligava.

– Algum problema? – perguntou Marsha em tom solícito.

– Se Robert Barker esteve lá todo esse tempo com Taylor, há um problema. Aquele babaca nunca perde uma chance de me puxar o tapete.

Terese pegou o telefone de novo e discou para Colleen.

– Como anda a National Health? Temos algum *raf* ou alguma coisa que eu possa mostrar agora?

– Não, sinto muito. Estivemos num *brainstorm*, mas não achamos nada relevante do jeito que você quer. Estou procurando fazer um gol.

– Bom, aperte a sua turma. Tenho uma terrível suspeita de que estou mais vulnerável com a National Health.

– Ninguém está dormindo aqui – disse Colleen. – Isso eu garanto.

Terese desligou sem se despedir. Pegando a bolsa, correu até o banheiro feminino e parou diante do espelho. Forçou sua cabeça de medusa, de cabelos claros e muito encaracolados, a assumir uma aparência de ordem, e em seguida reaplicou um pouco de batom e blush.

Deu um passo atrás e se examinou. Felizmente optara por usar um de seus conjuntos prediletos. Era de gabardine de lã azul-escuro, e grudava à sua estrutura esguia como uma segunda pele.

Satisfeita com sua aparência, Terese foi até a porta do chalé. Depois de respirar fundo, pegou a maçaneta, virou-a e entrou.

– Ah, Srta. Hagen – disse Brian Wilson, olhando para o relógio. Estava sentado à cabeceira de uma mesa rústica que dominava a sala. – Vejo que agora está cumprindo o horário bancário.

Brian era um homem baixo, com cabelos rareando. Tentava em vão camuflar a parte careca penteando sobre ela os fios laterais. Como sempre, estava vestido de camisa branca e gravata frouxa no pescoço, que lhe davam a aparência de um apressado editor de jornal. Para completar o ar jornalístico, suas mangas estavam enroladas acima do cotovelo, e tinha uma caneta Dixon amarela presa atrás da orelha direita.

Apesar do comentário maldoso, Terese gostava de Brian e o respeitava. Era um administrador hábil. Possuía um estilo depreciativo patenteado, mas tinha igual exigência para consigo próprio, assim como ela.

– Ontem à noite fiquei no escritório até 1 hora – disse Terese. – Certamente estaria aqui para a reunião se alguém tivesse tido a gentileza de me informar.

– Foi uma reunião de improviso – disse Taylor. Estava de pé junto à janela, segundo seu estilo de administração *laissez-faire*. Ele preferia pairar acima do grupo como um deus olímpico, observando seus semideuses e os meros mortais tomarem decisões.

Taylor e Brian eram opostos de muitas maneiras. Enquanto Brian era baixo, Taylor era alto. Enquanto Brian ficava careca, Taylor tinha uma densa cabeleira cinza-prateada. Enquanto Brian parecia um aflito colunista de jornal, sempre imprensado contra a parede, Taylor era a imagem da tranquilidade sofisticada e elegância no vestir. Mas ninguém duvidava do conhecimento enciclopédico que Taylor possuía com relação aos negócios e de sua incrível capacidade de manter objetivos estratégicos diante dos desastres táticos e das controvérsias do cotidiano.

Terese ocupou um lugar à mesa, diante de seu rival, Robert Barker. Ele era um sujeito alto, de rosto fino, com lábios estreitos, que parecia seguir a orientação de Taylor com relação às roupas. Estava sempre bem-vestido, com ternos escuros e gravatas coloridas de seda. As gravatas eram sua marca registrada. Terese não conseguia se lembrar de tê-lo visto usando a mesma gravata duas vezes.

Junto a Robert estava Helen Robinson, cuja presença fez o coração disparado de Terese bater ainda mais depressa. Helen trabalhava com Robert como executiva e cuidava especificamente da conta da National Health. Era uma mulher de 25 anos, extremamente bonita, com cabelos castanhos compridos, cascateando sobre os ombros, a pele bronzeada até mesmo no inverno, e feições cheias e sensuais. Com sua inteligência e aparência, era uma adversária e tanto.

Também sentado à mesa estava Phil Atkins, principal executivo de finanças, e Carlene Desalvo, diretora corporativa de planejamento de contas. Phil era um homem impecavelmente preciso, com seu indefectível terno com colete e óculos com aro de metal. Carlene era uma mulher brilhante, de aparência cheia, que sempre se vestia de branco. Terese ficou um tanto surpresa ao ver os dois na reunião.

– Temos um grande problema com a conta da National Health – disse Brian. – Por isso esta reunião foi convocada.

A boca de Terese ficou seca. Ela olhou para Robert e detectou um sorriso leve, mas enfurecido. Terese desejou ter estado na reunião desde o início, para saber de tudo que fora dito.

Ela sabia dos problemas com a National Health. A empresa pedira uma revisão interna havia um mês, o que significava que a Willow e Heath teria de produzir uma nova campanha publicitária, caso pretendesse manter a conta. E todo mundo sabia que eles precisavam manter a conta. A receita da agência crescera até chegar a cerca de 4 milhões de dólares por ano, e continuava crescendo. A publicidade dos serviços de saúde estava em ascendência, e a esperança era de que cobrisse o buraco deixado pelos cigarros.

Brian virou-se para Robert.

– Talvez você possa contar as últimas novidades a Terese – falou.

– Deixo isso com a minha hábil assistente, Helen – disse Robert, dando a Terese um de seus sorrisos condescendentes.

Helen moveu-se para a frente na cadeira.

– Como você sabe, a National Health já não estava totalmente satisfeita com a campanha publicitária. Infelizmente essa insatisfação aumentou. Ontem mesmo chegaram os últimos números de afiliações para o período passado. Os resultados foram ruins. A perda de mercado para a AmeriCare agravou-se na área metropolitana de Nova York. Depois da construção do novo hospital, este é um golpe terrível.

– Eles culpam a nossa campanha por isso? – reagiu Terese. – É absurdo. Eles compraram só 25 pontos para o nosso comercial de sessenta segundos. Isso não foi suficiente. De jeito nenhum.

– Essa pode ser a sua opinião – disse Helen em tom tranquilo. – Mas sei que não é a opinião da National Health.

– Sei que você gosta de sua campanha "Serviços de saúde para a era moderna", e essa é uma boa frase – disse Robert –, mas a questão é que a National Health está perdendo mercado desde o início da campanha. Os últimos números são coerentes com a tendência anterior.

– O filmete de sessenta segundos foi indicado para o prêmio Clio – contrapôs Terese. – É um comercial tremendamente bom. É maravilhosamente criativo. Tenho orgulho da minha equipe por tê-lo executado.

– E sem dúvida você tem de ter orgulho – interveio Brian. – Mas Robert acha que o cliente não está interessado em que ganhemos um Clio. E lembre-se, como diz a agência Benton e Bowles, "Se não vende, não é criativo."

– Isso é igualmente absurdo – reagiu Terese em tom agressivo. – A campanha é sólida. Simplesmente o pessoal da conta não conseguiu convencer o cliente a comprar tempo suficiente de exposição. O comercial deveria ser veiculado um mínimo de vezes nas diferentes mídias locais.

– Com todo o respeito, eles teriam comprado mais tempo se gostassem do comercial – disse Robert. – Acho que o que não compraram foi essa ideia de medicina antiga contra medicina moderna, tipo "eles contra nós". Quero dizer, era bem-humorada, mas não sei se eles se convenceram de que o espectador realmente associava os métodos antigos com os concorrentes da National Health Care, particularmente a AmeriCare. Minha opinião é que isso entrava por um ouvido e saía pelo outro.

– O que você quer dizer realmente é que a National Health Care deseja um tipo de publicidade muito específica – disse Brian. – Conte à Terese o que você me disse logo antes de ela chegar.

– É simples – disse Robert, fazendo um gesto de abertura com as mãos. – Querem closes de pessoas discutindo experiências reais de pacientes, ou uma celebridade atuando como porta-voz. Não estão nem aí se ganham um Clio ou qualquer outro prêmio. Querem resultados. Querem crescimento de mercado, e eu quero dar isso a eles.

– Estou ouvindo aqui que a Willow e Heath quer voltar as costas aos seus sucessos e se tornar uma simples mercearia? – perguntou Terese. – Estamos em via de nos tornarmos uma das grandes. E como chegamos aqui? Chegamos aqui fazendo anúncios de qualidade. Levamos adiante a tradição de Doyle-Dane-Bernback. Se começarmos a deixar os clientes ditarem o que devemos fazer, estaremos condenados.

– O que estou ouvindo é o conflito comum entre o executivo de contas e o de criação – disse Taylor, interrompendo a discussão que ia ficando acalorada. – Robert, você acha que Terese é uma criança egoísta que quer alienar o cliente. Terese, você acha que Robert é um pragmático de visão curta que quer jogar fora o bebê junto com a água do banho. O problema é que os dois estão certos e errados ao mesmo tempo. Vocês precisam usar um ao outro, como parte da equipe. Parem de discutir e enfrentem o problema.

Durante um momento todos ficaram quietos. Zeus havia falado, e todo mundo sabia que estava certo.

– Bom – disse Brian finalmente. – Esta é a nossa realidade. A National Health é um cliente vital para nossa estabilidade a longo prazo. Há trinta dias pediu uma revisão interna, que nós esperávamos que fosse feita em dois meses. Agora dizem que querem fazê-la semana que vem.

– Semana que vem! – Terese praticamente gritou. – Meu Deus! – Levamos meses para montar a campanha e lançá-la.

– Sei que isso vai pressionar um bocado o pessoal da criação – disse Brian. – Mas a realidade é que a National Health é quem manda. O problema é que depois da apresentação, se não ficarem satisfeitos, vão pedir uma revisão externa. A conta vai ser disputada, e não preciso lembrar a vocês que esses gigantes dos serviços de saúde se tornarão as vacas leiteiras para a publicidade da próxima década. Todas as agências estão interessadas.

– Como principal executivo de finanças quero deixar bem claro o baque que a perda da National Health provocará em nosso balanço – disse Phil Atkins. – Teremos de abandonar a reestruturação, porque não disporemos de fundos para comprar de volta nossas ações podres.

– Obviamente todos estamos interessados em não perder a conta – disse Brian.

– Não sei se é possível fazer uma apresentação para a semana que vem – disse Terese.

– Você tem alguma coisa para nos mostrar agora? – perguntou Brian.

Terese balançou a cabeça.

– Você deve ter alguma coisa – disse Robert. – Presumo que tenha uma equipe trabalhando nisso. – O sorriso voltara aos cantos de sua boca.

– Claro que temos uma equipe trabalhando na National Health. Mas até agora não tivemos "grandes ideias". Obviamente achávamos que ainda tínhamos vários meses.

– Talvez você devesse colocar mais gente trabalhando na campanha – disse Brian. – Mas vou deixar isso por sua conta. – Em seguida, voltou-se para o restante do grupo: – Por enquanto vamos adiar esta reunião até termos alguma coisa do pessoal da criação. – Depois levantou-se. Todos fizeram o mesmo.

Atordoada, Terese saiu do chalé e desceu até o estúdio principal da agência, no andar de baixo.

A Willow e Heath revertera uma tendência que começara durante os anos 1970, quando as empresas de publicidade de Nova York experimentaram uma diáspora para várias partes elegantes da cidade, como TriBeCa e Chelsea. A agência voltara à velha região da Madison Avenue, pegando vários andares de um prédio de tamanho modesto.

Teresa encontrou Colleen em sua prancheta.

– Qual é o grilo? – perguntou Colleen. – Você está pálida.

– Problema! – exclamou Terese.

Colleen fora a primeira pessoa contratada por Terese. Era a diretora de arte mais confiável. As duas se davam muito bem tanto profissional quanto socialmente. Colleen era uma loura de pele branca como leite, com sardas claras sobre o nariz arrebitado. Tinha olhos de um azul profundo, de tom muito mais forte do que os de Terese. Gostava de suéteres de tamanho exagerado que, de algum modo, pareciam mais acentuar do que ocultar sua forma invejável.

– Deixe-me adivinhar – disse Colleen. – A National Health antecipou o prazo para a revisão?

– Como é que você sabia?

– Intuição. Quando você disse "problema", foi a pior coisa em que pude pensar.

– O showzinho de Robert e Helen nos informou de que a National Health perdeu mais mercado para a AmeriCare, apesar da nossa campanha.

– Droga! É uma campanha boa, e um excelente comercial de sessenta segundos.

– Você e eu sabemos disso – disse Terese. – O problema é que o comercial não foi exibido o suficiente. Tenho uma suspeita desconfortável de que Helen puxou o nosso tapete e os convenceu a não comprar os duzentos a trezentos pontos de exposição para o comercial que eles haviam planejado inicialmente. Isso teria significado saturação. Eu sei que teria dado certo.

– Acho que você me disse que tinha feito tudo para garantir um aumento de mercado para a National Health.

– E fiz. Fiz tudo que pude pensar, e mais ainda. Puxa, é o meu melhor filmete de sessenta segundos. Você mesma disse.

Terese esfregou a testa. Estava ficando com dor de cabeça. Ainda podia sentir a pulsação nas têmporas.

– Pode me dar a má notícia – disse Colleen. – Qual é o novo prazo?

– A National Health quer que a gente lance uma nova campanha semana que vem.

– Meu Deus!

– O que temos até agora?

– Não muita coisa.

– Você deve ter algum rascunho ou alguma execução preliminar – disse Terese. – Sei que não estou lhe dando atenção ultimamente, já que tínhamos prazos finais com três outros clientes. Mas você tem uma equipe trabalhando nisso há quase um mês.

– Estamos fazendo uma sessão de estratégia depois da outra. Um monte de *brainstormings*, mas nenhuma grande ideia. Não apareceu nada que chamasse a atenção. Quer dizer, eu tenho uma ideia do que você está procurando.

– Bom, quero ver o que você já tem. Não importa se for um rascunho, ou se é preliminar. Quero ver o que a equipe vem fazendo. Quero ver hoje.

– Certo – disse Colleen sem entusiasmo. – Vou juntar todo mundo.

Quarta-feira, 20 de março de 1996, 11h15

Susanne Hard nunca gostara de hospitais.

Uma escoliose fizera com que, na infância, estivesse sempre entrando e saindo deles. Hospitais a deixavam nervosa. Odiava a sensação de não estar no controle e de se encontrar rodeada por pessoas doentes e agonizantes.

Susanne acreditava firmemente no ditado: "Se algo pode dar errado, vai dar errado." Sentia-se assim particularmente com relação a hospitais. Em sua última internação fora levada à urologia para enfrentar um procedimento assustador antes de conseguir convencer um técnico relutante a ler o nome escrito na etiqueta em seu pulso. Tinham apanhado a paciente errada.

Desta vez Susanne não estava doente. Na noite anterior entrara em trabalho de parto para dar à luz o seu segundo filho. Além do problema de coluna o formato de sua pélvis tornava impossível o parto normal. Como acontecera com o primeiro, teria de fazer uma cesariana.

Por ter acabado de passar por uma cirurgia abdominal, o médico insistiu que ela ficasse internada pelo menos alguns dias. Nenhuma argumentação por parte de Susanne convencera o médico do contrário.

Susanne tentou relaxar imaginando que tipo de criança acabara de dar à luz. Seria como o irmão, Allen, um bebê maravilhoso? Allen dormira todas as noites praticamente desde o primeiro dia. Fora uma delícia, e agora que tinha 3 anos e já começava a ficar independente, Susanne ansiava por um novo bebê. Pensava em si mesma como uma mãe por natureza.

Acordou com um sobressalto. Estava surpresa por ter cochilado. Fora despertada por uma figura vestida de branco mexendo nos frascos de soro pendurados num suporte à cabeceira da cama.

– O que está fazendo? – perguntou Susanne. Sentia-se paranoica com relação a qualquer pessoa fazendo algo que não entendesse.

– Desculpe tê-la acordado, Sra. Hard – disse uma enfermeira. – Só estava pendurando um novo frasco. O seu estava quase acabando.

Susanne olhou para o cano serpenteando nas costas de sua mão. Como tinha muita experiência em hospitais, sugeriu que estava na hora de parar com o soro.

– Vou verificar – disse a enfermeira, que em seguida saiu da sala num passo de valsa.

Inclinando-se para trás, Susanne olhou para o frasco, para ver o que continha. Estava de cabeça para baixo, e ela não conseguia ler o rótulo.

Começou a se virar, mas uma dor aguda lembrou-a da incisão recentemente suturada. Decidiu ficar de costas.

Cautelosamente respirou fundo. Não sentiu nenhum desconforto até quase o fim da respiração.

Fechando os olhos, Susanne tentou de novo se acalmar. Sabia que ainda estava sob o efeito de uma quantidade significativa de drogas, de modo que deveria ser fácil dormir. O problema é que não sabia se queria dormir com tanta gente entrando e saindo do quarto.

Um barulho muito suave de plástico batendo contra plástico se destacou do ruído de fundo do hospital e atraiu a atenção de Susanne. Seus olhos se abriram. Ela viu um auxiliar ao lado da mesinha.

– Por favor – chamou Susanne.

O homem se virou. Era um sujeito bonito, de jaleco branco sobre a roupa de trabalho. De onde ele estava, Susanne não conseguiu ver seu crachá. Parecia surpreso por ter sido chamado.

– Espero não ter perturbado a senhora – disse o rapaz.

– Todo mundo está me perturbando – respondeu Susanne sem malícia. – Aqui está parecendo a estação Grand Central.

– Sinto muitíssimo. Posso voltar mais tarde, quando for mais conveniente.

– O que você está fazendo?

– Só enchendo o umidificador.

– Para que eu preciso de umidificador? Não usei um na minha última cesariana.

– Os anestesiologistas costumam recomendar seu uso, nesta época do ano. Logo depois da cirurgia, a garganta dos pacientes costuma ficar irritada com o tubo endotraqueal. Em geral é bom usar um umidificador no primeiro dia, ou nas primeiras horas. Em que mês a senhora fez sua última cesariana?

– Maio.

– Provavelmente por isso não usou. Quer que eu volte mais tarde?

– Faça o que for necessário – disse Susanne.

Nem bem o homem saiu, a enfermeira retornou.

– Você estava certa – disse ela. – A ordem era para tirar o soro assim que o frasco terminasse.

Susanne apenas assentiu. Teve vontade de perguntar à enfermeira se errar ao cumprir as ordens era uma coisa que ela fazia regularmente. Suspirou. Queria ir embora.

Depois que a enfermeira retirou o soro, Susanne conseguiu se acalmar o bastante para voltar a dormir. Mas seu sono não durou muito. Alguém estava cutucando seu braço.

Susanne abriu os olhos e olhou para o rosto de outra enfermeira sorridente. No primeiro plano, entre as duas, havia uma seringa de 5 mililitros.

– Tenho uma coisa para você – disse a enfermeira, como se Susanne fosse uma menininha e a seringa fosse um doce.

– O que é? – Susanne recuou instintivamente.

– O analgésico que você pediu. Vire-se que eu o aplico.

– Eu não pedi um analgésico.

– Mas é claro que pediu – disse a enfermeira.

– Eu não pedi.

A expressão da enfermeira mudou para um ar exasperado, como uma nuvem passando sobre o sol.

– Bom, então é ordem do médico. Você deve tomar um analgésico a cada seis horas.

– Mas eu não estou sentindo muita dor. Só quando me mexo ou quando respiro fundo.

– É isso aí. Você precisa respirar fundo, caso contrário vai pegar pneumonia. Vamos, seja uma boa menina.

Susanne pensou por um momento. Por um lado, estava com vontade de contrariar. Por outro, queria ser cuidada e não havia nada de errado com um analgésico. Até poderia fazer com que dormisse melhor.

– Certo.

Trincando os dentes, conseguiu se virar de lado enquanto a enfermeira desnudava suas nádegas.

Quarta-feira, 20 de março de 1996, 14h05

– Você sabe, Laurie está certa – disse Chet McGovern.

Chet e Jack estavam sentados na sala estreita que dividiam no quinto andar do prédio do Departamento de Medicina Legal. Ambos estavam com os pés sobre as respectivas mesas de metal cinza. Tinham terminado as necrópsias do dia, almoçado, e agora supostamente faziam o trabalho burocrático.

– Claro que está – concordou Jack.

– Mas se você sabe disso, por que provoca Calvin? Não é racional. Você não se ajuda nem um pouco com isso. Vai afetar sua promoção no sistema.

– Não quero subir no sistema.

– Como é que é? – perguntou Chet. No grande esquema da medicina, o conceito de não subir na carreira era uma heresia.

Jack tirou os pés de sobre a mesa e deixou que batessem no chão com um ruído. Levantou-se, espreguiçou-se e bocejou alto. Era um homem troncudo, de 1,90 metro, acostumado a exercícios físicos. Achava que ficar de pé junto à mesa de necrópsias e sentado em uma escrivaninha tendia a provocar cãibras, particularmente nos quadríceps.

– Fico feliz em estar na parte de baixo da pirâmide – disse Jack, estalando os punhos.

– Não quer receber um certificado? – perguntou Chet com surpresa.

– Claro que quero ser um legista certificado. Mas não é a mesma coisa. Para mim, receber um certificado é uma coisa pessoal. O que não me interessa é ter responsabilidade de supervisão. Só quero fazer patologia legal. Para os diabos a burocracia.

– Meu Deus! – observou Chet, também tirando os pés de sobre a mesa. – Sempre que acho que conheço você um pouquinho, você me manda uma bola de efeito. Quero dizer, a gente divide esta sala há quase cinco meses. Você ainda é um mistério. Nem sei onde é que você mora.

– Achei que você não se importava – zombou Jack.

– Ora! Você sabe o que estou dizendo.

– Moro no Upper West Side. Não é segredo.

– Na área da rua 70?

– Mais pra cima.

– Rua 80?

– Mais.

– Não vá me dizer que é pra lá da rua 90!

– Um tiquinho. Eu moro na rua 106.

– Cacete! – exclamou Chet. – Você mora no Harlem.

Jack encolheu os ombros. Sentou-se junto à escrivaninha e pegou um dos relatórios por terminar.

– O que é que tem?

– Por que o Harlem, cara? De todos os lugares desta cidade e ao redor dela, por que lá? Não pode ser uma boa vizinhança. Além disso, deve ser perigoso.

– Não acho. E há um bocado de quadras na área, e uma, particularmente boa, pertinho. Sou fissurado por basquete.

– Agora sei que você é pirado – disse Chet. – Essas quadras são controladas por gangues de bairro. É como ter um desejo de morte. Acho que vamos encontrar você numa das lajes aqui, mesmo sem precisar do heroísmo na bicicleta.

– Não tenho tido problemas. Afinal de contas, paguei as tabelas e as lâmpadas novas e compro as bolas. A gangue da vizinhança gostou, e chega a ser bastante amigável.

Chet olhou espantado para o colega. Tentou imaginar qual seria a aparência de Jack correndo numa quadra do Harlem. Imaginou que ele se destacaria racialmente com seu cabelo castanho-claro e curto, num peculiar estilo Júlio César. Perguntou-se se algum dos outros jogadores tinha alguma ideia sobre Jack, se sabiam que ele era um médico. Mas em seguida Chet admitiu que também não sabia muito mais do que isso.

– O que você fazia antes de estudar medicina? – perguntou.

– Fiz o ensino médio. Como a maioria das pessoas que cursou faculdade de medicina. Não me diga que você não fez.

– Claro que fiz. Calvin está certo: você é metido a engraçadinho. Sabe o que estou querendo dizer. Se você acabou de terminar uma residência em patologia, o que fez nesse intervalo? – Havia meses que Chet queria fazer essa pergunta, mas nunca tivera um momento oportuno.

– Era oftalmologista. Cheguei a ter um consultório em Champaign, Illinois. Eu era um suburbano conservador e convencional.

– Certo, e eu era um monge budista – riu Chet. – Acho que posso imaginá-lo como um oftalmologista. Afinal de contas, eu fui clínico numa sala de emergência durante anos antes de ver a luz. Mas você, conservador? De jeito nenhum.

– Era sim – insistiu Jack. – E meu nome era John, e não Jack. Claro, você não teria me reconhecido. Eu era mais gordo. E tinha cabelos mais compridos, e penteava partindo do lado, do mesmo jeito que fazia no ensino médio. E quanto às roupas, preferia ternos de xadrez fininho.

– O que aconteceu? – Chet olhou para os jeans de Jack, a camisa esporte azul e a gravata de crochê azul.

Uma batida no batente da porta atraiu a atenção de Jack e Chet. Os dois se viraram e viram Agnes Finn, chefe do laboratório de microbiologia, de pé junto à porta. Era uma mulher pequena e séria, com óculos grossos e cabelos despojados.

– Temos uma coisa meio surpreendente – disse ela a Jack. Estava segurando um pedaço de papel, e hesitou antes de entrar na sala. Sua expressão severa não mudou.

– Vai querer que a gente adivinhe? – perguntou Jack. Sua curiosidade fora despertada, já que Agnes em geral não fazia questão de entregar resultados de laboratório pessoalmente.

Agnes levantou os óculos do nariz e entregou o papel a Jack.

– É a análise de anticorpos por fluoresceína do Nodelman que você pediu.

– Minha nossa! – disse Jack depois de olhar a folha. Em seguida entregou-a a Chet.

Chet olhou o papel e em seguida saltou de pé.

– Cacete! – exclamou. – Nodelman estava com peste bubônica!

Jack beliscou o lábio inferior enquanto pensava.

– Tentaremos fazer uma cultura com alguns dos abscessos incipientes – falou. – Podemos usar alguns dos meios usuais. Qual é o mais recomendado para a peste?

– O de Giemsa ou o de Wayson – disse Agnes. – Geralmente eles permitem ver a morfologia típica bipolar tipo "pino de segurança".

– Certo, vamos fazer isso. Claro que o mais importante é fazer uma cultura da bactéria. Antes disso o caso não passa de uma provável peste.

– Entendo – disse Agnes, e foi saindo da sala.

– Acho que não preciso alertá-la para ter cuidado – disse Jack.

– Não precisa. Temos um gabinete de isolamento classe 3, e pretendo usá-lo.

– Isso é incrível – disse Chet quando os dois ficaram a sós. – Como é que você sabia?

– Eu não sabia. Calvin me forçou a dar um diagnóstico. Para dizer a verdade, achei que estava fazendo uma gozação. Claro que todos os sinais eram consistentes, mas não imaginava que tivesse a mínima chance de estar certo. Mas agora que estou, não é para rir. O único ponto positivo é que ganhei 10 dólares do Calvin.

– Ele vai odiá-lo por causa disso.

– Essa é a minha menor preocupação. Estou pasmo. Um caso de peste pneumônica em março, na cidade de Nova York, supostamente contraída num hospital! Claro que isso não pode ser verdade a não ser que o Hospital Geral de Manhattan esteja mantendo uma horda de ratos infectados e suas pulgas. Acho que o homem deve ter viajado recentemente.

Jack pegou o telefone.

– Está ligando para quem? – perguntou Chet.

– Bingham, é claro – disse Jack digitando os números. – Não pode haver nenhum atraso. Esta é uma batata quente que eu quero longe das minhas mãos.

A Sra. Stanford atendeu a extensão e informou que o Dr. Bingham estava na prefeitura e ficaria lá o dia inteiro. Deixara instruções específicas para não ser incomodado, já que estaria em reunião com o prefeito.

– Esse é o nosso chefe – disse Jack. Sem pousar o fone, digitou o número de Calvin. Não teve melhor sorte. A secretária de Calvin disse que ele teve de sair cedo. Havia uma doença na família.

Jack desligou o telefone e batucou com os dedos na superfície da mesa.

– Não teve sorte? – perguntou Chet.

– Todos os generais estão indisponíveis. Nós, os soldados rasos, ficamos sozinhos. – De repente Jack empurrou sua cadeira para trás, levantou-se e saiu da sala.

Chet também levantou-se e foi atrás.

– Aonde você vai? – Teve de correr para acompanhar Jack.

– Falar com Bart Arnold. – Jack chegou no elevador e apertou o botão de descer. – Preciso de mais informações. Alguém tem que descobrir de onde essa peste veio, caso contrário a cidade está correndo perigo.

– Não seria melhor esperar Bingham? Esse seu olhar me perturba.

– Não sabia que eu era tão transparente – disse Jack rindo. – Este incidente despertou meu interesse. Fiquei agitado.

A porta do elevador abriu-se e Jack entrou. Chet segurou a porta antes de ela se fechar.

– Jack, por favor, tenha cuidado. Gosto de dividir a sala com você. Não mexa em muitas casas de marimbondo.

– Eu? – disse Jack em tom inocente. – Sou a diplomacia em pessoa.

– E eu sou Muammar Kadhafi.

Chet deixou a porta do elevador se fechar.

Jack cantarolou uma melodia enquanto o elevador descia. Havia sido definitivamente fisgado, e gostava disso. Sorriu quando lembrou-se de ter dito a Laurie que esperava que Nodelman tivesse alguma coisa com sérias consequências institucionais, como doença dos legionários, para provocar desconforto na AmeriCare. Peste era dez vezes melhor. E além de cutucar a AmeriCare, ele teria o prazer de receber os 10 dólares de Calvin.

Jack saiu no primeiro andar e foi direto ao escritório de Bart Arnold. Bart era o chefe dos AMs, os assistentes de médicos. Jack ficou feliz em encontrá-lo em sua mesa.

– Temos um provável diagnóstico de peste. Preciso falar com Janice Jaeger agora mesmo.

– Ela está dormindo. Isso não pode esperar?

– Não.

– Bingham ou Calvin sabem?

– Os dois estão fora, e não sei quando vão voltar.

Bart hesitou um momento, depois abriu a gaveta ao lado de sua mesa. Depois de olhar o número de Janice, telefonou. Quando ela atendeu, ele se desculpou por havê-la acordado e explicou que o Dr. Stapleton precisava falar com ela. Entregou o fone a Jack.

Jack desculpou-se e em seguida contou os resultados dos exames de Nodelman. Qualquer sinal de sono por parte de Janice desapareceu num instante.

– O que posso fazer para ajudar? – perguntou ela.

– Você encontrou alguma referência a viagens nos registros do hospital?

– Não que eu me lembre.

– Alguma referência a contatos com animais domésticos ou selvagens?

– Negativo. Mas posso voltar lá esta noite. Essas perguntas não foram feitas especificamente.

Jack agradeceu e disse que também iria procurar saber. Devolveu o fone a Bart e correu de volta à sua sala.

Chet levantou a cabeça enquanto Jack entrava.

– Soube de alguma coisa?

– Nada de nada – disse Jack em tom feliz. Em seguida pegou a pasta de Nodelman e rapidamente folheou as páginas até encontrar a ficha de identificação. Nela estavam os números de telefone dos parentes mais próximos. Com o indicador teclando o número da esposa de Nodelman, Jack fez a chamada. Era uma linha do Bronx.

A Sra. Nodelman atendeu ao segundo toque.

– Sou o Dr. Stapleton – disse Jack. – Sou legista do Departamento de Medicina Legal.

Nesse ponto Jack teve de explicar o que fazia um legista, porque a Sra. Nodelman não entendera bem.

– Gostaria de fazer algumas perguntas – disse Jack assim que a Sra. Nodelman clareou a mente.

– Foi tão rápido – disse ela, e começou a chorar. – Ele tinha diabetes, é certo. Mas não deveria ter morrido.

– Sinto muito. Mas seu falecido esposo andou viajando recentemente?

– Ele foi a Nova Jersey há uma semana – disse a Sra. Nodelman. Jack pôde ouvi-la assoando o nariz.

– Estava pensando em viagens para mais longe. Como o Sudoeste, ou talvez a Índia.

– Só para Manhattan, todo dia.

– Receberam alguma visita vindo de um lugar exótico?

– A tia de Donald fez uma visita em dezembro.

– E de onde ela veio?

– De Queens.

– Queens – repetiu Jack. – Não é bem o que eu tinha em mente. E quanto a algum contato com animais selvagens, como coelhos?

– Não – disse a Sra. Nodelman. – Donald odiava coelhos.

– E quanto a bichos domésticos?

– Nós temos uma gata.

– A gata está doente? Ou será que ela trouxe algum roedor para casa?

– A gata está ótima. É uma gata caseira, nunca sai.

– E quanto a ratos? A senhora costuma ver ratos em casa? Viu algum rato morto ultimamente?

– Nós não temos ratos – disse a Sra. Nodelman indignada. – Moramos num apartamento bom, limpo.

Jack tentou pensar em mais alguma coisa, mas no momento nada lhe veio à mente.

– Sra. Nodelman – disse ele. – A senhora foi muito gentil. Fiz essas perguntas porque temos motivo para acreditar que o seu marido morreu de uma séria doença infecciosa. Achamos que ele morreu de peste.

Houve um breve silêncio.

– Está falando de peste bubônica, como aconteceu na Europa há muito tempo?

– Mais ou menos. A peste pode ter duas formas clínicas, a bubônica e a pneumônica. Seu marido parece ter contraído a forma pneumônica, que por sinal é a mais contagiosa. Eu a aconselharia a procurar seu médico e informá-lo sobre sua potencial exposição à doença. Tenho certeza de que ele vai mandar a senhora tomar alguns antibióticos por prevenção. E também a aconselho a levar a gata ao veterinário e dizer a mesma coisa.

– Isso é sério?

– É muito sério – disse Jack. Em seguida deu-lhe seu número de telefone, caso tivesse alguma pergunta a fazer mais tarde. Também pediu que ela ligasse caso o veterinário encontrasse algo suspeito na gata.

Jack desligou o telefone e virou-se para Chet.

– O mistério está se aprofundando. – E acrescentou animado: – A AmeriCare vai ter uma indigestão séria com isso.

– Olhe aí, de novo a expressão facial que me apavora – disse Chet.

Jack riu, levantou-se e foi saindo da sala.

– Aonde você vai agora? – perguntou Chet nervoso.

– Contar a Laurie Montgomery o que está acontecendo. Ela é nossa supervisora hoje. Precisa ser informada.

Alguns minutos depois Jack voltou.

– O que ela disse? – perguntou Chet.

– Ficou tão espantada quanto nós.

Jack pegou a lista telefônica antes de sentar-se. Folheou as páginas.

– Ela pediu para você fazer alguma coisa específica?

– Não. Disse para eu segurar as pontas até Bingham ser informado. Na verdade ela tentou ligar para o nosso ilustre chefe, mas ele ainda está incomunicável, com o prefeito.

Jack pegou o telefone e discou.

– Para quem você está ligando agora?

– Para a diretora do Departamento de Saúde, Patricia Markham. Não vou esperar.

– Minha nossa! – Chet revirou os olhos. – Não é melhor deixar Bingham fazer isso? Você vai ligar para a chefe, passar por cima dele.

Jack não respondeu. Estava ocupado dando seu nome para a secretária da diretora. Quando ela lhe disse para esperar, ele cobriu o bocal com a mão e sussurrou para Chet:

– Surpresa, surpresa, ela está!

– Garanto que Bingham não vai gostar disso – sussurrou Chet.

Jack ergueu a mão, para silenciar Chet.

– Alô, Sra. diretora – disse Jack ao telefone. – Como vai? Aqui é Jack Stapleton, do Departamento de Medicina Legal.

Chet se encolheu diante da informalidade irreverente de Jack.

– Desculpe estragar o seu dia – prosseguiu Jack –, mas achei que deveria ligar. O Dr. Bingham e o Dr. Washington estão momentaneamente indisponíveis e surgiu uma situação da qual, acredito, a senhora deveria tomar conhecimento. Acabamos de fazer um provável diagnóstico de peste num paciente do Hospital Geral de Manhattan.

– Meu Deus! – exclamou a Dra. Markham, suficientemente alto para Chet ouvir. – Isso é apavorante, mas é só um caso, espero.

– Até agora.

– Certo, vou alertar o Departamento de Saúde. Eles vão assumir o caso e contatar o CCD. Obrigada pelo aviso. Qual é mesmo o seu nome?

– Stapleton. Jack Stapleton.

Jack desligou o telefone com um sorriso de satisfação nos lábios.

– Acho que você deveria vender logo suas ações da AmeriCare – disse a Chet. – A diretora parece preocupada.

– Acho que você deveria tirar o pó de seu currículo. Bingham vai ficar puto.

Jack assobiou enquanto folheava a pasta de Nodelman até chegar ao relatório da investigação. Assim que localizou o nome do médico que o atendera, o Dr. Carl Wainwright, anotou-o. Em seguida levantou-se e colocou sua jaqueta de couro.

– Hummm... – disse Chet. – E agora?

– Vou ao Hospital Geral de Manhattan. Acho que devo fazer uma visita. Este caso é importante demais para ficar na mão dos generais.

Chet girou na cadeira enquanto Jack passava pela porta.

– Claro, você sabe que Bingham não encoraja os legistas a fazer trabalho de campo – disse Chet. – Você estará tripudiando.

– Vou me arriscar. Onde eu estudei, isso era considerado necessário.

– Bingham acha que esse é um trabalho para os AMs. Ele vive dizendo isso.

– Este caso é interessante demais para deixar passar – gritou Jack do corredor. – Tome conta do forte. Não demoro.

Quarta-feira, 20 de março de 1996, 14h50

O céu estava escuro, ameaçando chuva, mas Jack não se importou. Independentemente do tempo, sua vigorosa corrida de bicicleta até o Hospital Geral de Manhattan foi um prazer, depois de ficar a manhã inteira na sala de necrópsias, prisioneiro em seu traje lunar.

Perto da entrada da frente do hospital havia um poste onde Jack prendeu a bicicleta. Depois prendeu também o capacete e a jaqueta com outra corrente que também prendia o selim.

De pé à sombra do hospital, Jack olhou para a fachada altíssima. Há algum tempo, aquele fora um velho e respeitado hospital universitário. A AmeriCare o engolira durante os difíceis períodos fiscais que o governo criara, involuntariamente, para os serviços de saúde no início dos anos 1990. Mesmo sabendo que a vingança estava longe de ser uma emoção nobre, Jack saboreou o fato de que estava para entregar uma bomba de relações públicas à AmeriCare.

Jack foi até o balcão de informações e perguntou pelo Dr. Carl Wainwright. Foi informado de que era um clínico geral que trabalhava para a AmeriCare, cujo consultório ficava no prédio anexo. A recepcionista deu orientações detalhadas.

Cinco minutos depois, Jack estava na sala de espera do médico. Depois de mostrar seu distintivo de legista, que afinal de contas parecia um distintivo policial, a recepcionista não perdeu tempo em informar ao Dr. Wainwright que ele estava ali. Imediatamente Jack foi levado à sala particular do médico, que dentro de minutos apareceu.

O Dr. Carl Wainwright era prematuramente grisalho e ligeiramente encurvado. Mas o rosto era jovial, com olhos azuis brilhantes. Apertou a mão de Jack e fez um gesto para que se sentasse.

– Não é todo dia que somos visitados alguém do Departamento de Medicina Legal – disse o Dr. Wainwright.

– Isso me preocuparia.

O Dr. Wainwright pareceu confuso, até perceber que Jack estava brincando. O médico deu um risinho.

– Você está certo.

– Vim por causa de seu paciente Donald Nodelman – disse Jack, indo direto ao assunto. – Fizemos um diagnóstico provável de peste.

O queixo do Dr. Wainwright caiu.

– Isso é impossível – disse quando se recuperou o bastante para falar.

Jack encolheu os ombros.

– Acho que não. O teste de anticorpos com fluoresceína para peste é bastante confiável. Claro que ainda não fizemos a cultura.

– Meu Deus! – conseguiu dizer o Dr. Wainwright, e esfregou nervoso a palma da mão no rosto. – Que choque!

– É surpreendente – concordou Jack. – Especialmente porque o paciente estava no hospital há cinco dias antes do início dos sintomas.

– Nunca ouvi falar de infecção hospitalar por peste.

– Nem eu. Mas era peste pneumônica, e não bubônica, e o senhor sabe que o período de incubação é mais curto para a peste pneumônica, provavelmente apenas de dois ou três dias.

– Mesmo assim não consigo acreditar. A peste nunca passou pela minha cabeça.

– Há mais alguém doente com sintomas parecidos?

– Não que eu saiba, mas posso garantir que descobriremos isso imediatamente.

– Estou curioso com o estilo de vida do homem – disse Jack. – A esposa negou viagens recentes ou visitas vindo de áreas onde a peste é endêmica. Também duvidou de que tenha tido contato com animais selvagens. O senhor dispõe de alguma outra informação?

– O paciente trabalhava no distrito das confecções – disse o Dr. Wainwright. – Era contador. Nunca viajava. Não era caçador. Eu o atendi frequentemente no último mês, tentando controlar sua diabetes.

– Onde estava internado?

– No setor de clínica médica, no sétimo andar. Quarto 707. Lembro-me exatamente do número.

– Quarto particular?

– Todos os nossos quartos são particulares.

– Isso ajuda. Posso ver o quarto?

– Claro – disse o Dr. Wainwright. – Mas acho que devo ligar para a Dra. Mary Zimmerman, que é a encarregada de controle de infecções. Ela precisa saber imediatamente.

– Sem dúvida. Enquanto isso, o senhor se importaria se eu fosse ao sétimo andar e desse uma olhada?

– Por favor – disse o Dr. Wainwright enquanto fazia um gesto em direção à porta. – Vou ligar para a Dra. Zimmerman e nós iremos encontrá-lo lá em cima. – Em seguida pegou o telefone.

Jack refez o caminho até o prédio principal. Pegou o elevador para o sétimo andar que, como descobriu, era dividido pelo hall de elevadores em duas alas. A ala norte abrigava o setor de medicina interna, e a sul era reservada para obstetrícia e ginecologia. Jack empurrou as portas que levavam à divisão de medicina interna.

Assim que a porta automática fechou-se atrás dele, soube que a notícia do contágio já chegara. Havia uma agitação nervosa, e todo o pessoal usava máscaras recém-distribuídas. Obviamente Wainwright não perdera tempo.

Ninguém prestou atenção em Jack enquanto ele ia até o quarto 707. Parando junto à porta, viu dois auxiliares empurrando a maca de uma paciente mascarada e confusa, agarrada aos seus pertences; na certa estava sendo transferida. Assim que saíram, Jack entrou.

O 707 era um quarto hospitalar comum, de arquitetura moderna; o interior do velho hospital fora reformado num passado não muito distante. A mobília de metal era típica de hospitais, e incluía uma cama, uma escrivaninha, uma cadeira coberta de vinil, uma mesinha de cabeceira e uma mesa de altura variável, para a cama. Uma televisão estava pendurada no teto.

O equipamento de ar-condicionado ficava debaixo da janela. Jack foi até ele, levantou a tampa e olhou. Um tubo de água quente e um de água gelada brotavam do chão de concreto e entravam num ventilador acionado por um termostato, que fazia circular o ar do quarto. Não detectou nenhum buraco de tamanho suficiente para qualquer tipo de roedor, muito menos um rato.

Entrando no banheiro, olhou para a pia, o toalete e o chuveiro. O cômodo fora recentemente ladrilhado. Havia um exaustor no teto. Curvando-se, abriu o armário debaixo da pia; ali também, não havia qualquer buraco.

Jack escutou vozes no outro cômodo e se virou. Era o Dr. Wainwright segurando uma máscara no rosto. Estava acompanhado por duas mulheres e um homem, todos usando máscaras. As mulheres vestiam jalecos brancos que Jack associou a professores da escola de medicina.

Após entregar-lhe uma máscara, o Dr. Wainwright fez as apresentações. A mulher mais alta era a Dra. Mary Zimmerman, encarregada do departamento de controle de infecções e chefe do comitê de mesmo nome. Jack percebeu que ela era uma mulher séria, que se sentia na defensiva diante das circunstâncias. Enquanto era apresentada, ela informou que se especializara em medicina interna, com subespecialidade em doenças infecciosas.

Sem saber o que responder, Jack parabenizou-a.

– Eu não tive oportunidade de examinar o Sr. Nodelman – acrescentou ela.

– Tenho certeza de que a senhora faria o diagnóstico instantaneamente – disse Jack, conscientemente tentando afastar da voz o sarcasmo.

– Sem dúvida – disse ela.

A segunda mulher era Kathy McBane, e Jack ficou feliz em voltar sua atenção para ela, especialmente porque a Srta. McBane tinha um jeito mais caloroso do que a chefe do comitê. Foi informado de que era supervisora de enfermagem e membro do Comitê de

Controle de Infecções. Esses comitês possuíam representantes de praticamente todos os departamentos.

O homem era George Eversharp. Vestia um uniforme azul grosso, de sarja de algodão. Como Jack suspeitou, era o supervisor do Departamento de Engenharia, e também membro do Comitê de Controle de Infecções.

– Certamente devemos agradecer ao Dr. Stapleton por seu rápido diagnóstico – disse o Dr. Wainwright, tentando aliviar a atmosfera.

– Foi apenas sorte – disse Jack.

– Já começamos a agir – disse a Dra. Zimmerman numa voz inexpressiva. – Ordenei que fosse feita uma lista de possíveis contatos, para iniciar a quimioprofilaxia.

– Acho isso sensato – disse Jack.

– E, enquanto estamos falando, o computador clínico está fazendo uma busca no banco de dados dos pacientes, procurando complexos de sintomas que sugiram peste – prosseguiu ela.

– Muito sensato – concordou Jack.

– Enquanto isso temos de descobrir a origem do caso atual – disse ela.

– A senhora e eu estamos seguindo a mesma linha de raciocínio – disse Jack.

– Aconselharia o senhor a usar sua máscara – acrescentou ela.

– Certo – disse Jack em tom gentil, e colocou a máscara no rosto.

A Dra. Zimmerman virou-se para o Sr. Eversharp.

– Por favor, continue o que o senhor estava dizendo sobre o fluxo de ar.

Jack ouviu o engenheiro explicar que o sistema de ventilação do hospital havia sido projetado de modo que o ar afluísse do corredor para cada quarto e de lá para o banheiro. Em seguida, o ar era filtrado. Também explicou que havia alguns quartos onde o fluxo de ar poderia ser revertido para pacientes com sistemas imunológicos comprometidos.

– Este é um desses quartos? – perguntou a Dra. Zimmerman.

– Não – respondeu o Dr. Eversharp.

– Então não há nenhum modo fora do comum pelo qual a bactéria da peste pudesse ter penetrado no sistema de ventilação e infectado só este quarto? – perguntou a Dra. Zimmerman.

– Não. A indução de ar no corredor entra igualmente em todos esses quartos.

– E seriam pequenas as chances de bactérias passarem deste quarto para o corredor – disse a Dra. Zimmerman.

– Impossível – respondeu o Sr. Eversharp. – O único modo de ela sair seria através de algum tipo de vetor.

– Com licença – interrompeu uma voz. Todos se viraram para ver uma enfermeira de pé junto à porta. Ela também tinha uma máscara no rosto. – O Sr. Kelley gostaria que todos os senhores fossem ao posto de enfermagem.

Todos foram saindo do quarto. Quando Kathy McBane passou diante dele, Jack atraiu sua atenção.

– Quem é o Sr. Kelley?

– O presidente do hospital – disse ela.

Jack assentiu. Enquanto andava, lembrou nostalgicamente que o chefe de hospital costumava ser chamado de administrador e frequentemente tinha formação médica. Isso quando o atendimento aos pacientes era o fundamental. Agora que os negócios mandavam e o objetivo era o lucro, o nome mudara para presidente.

Jack ansiava por conhecer o Sr. Kelley. O presidente do hospital representava a AmeriCare, e dar-lhe uma dor de cabeça equivalia a dar uma dor de cabeça à AmeriCare.

A atmosfera no posto de enfermagem estava tensa. A notícia da peste se espalhara como um incêndio. Todos os que trabalhavam naquele andar e até mesmo alguns pacientes ambulatoriais sabiam que havia uma possibilidade de terem sido expostos. Charles Kelley esforçava-se ao máximo para tranquilizá-los. Disse que não havia risco e que tudo estava sob controle.

– Sem dúvida! – zombou Jack em voz baixa. Olhava com desdém para aquele homem que tinha a audácia de verbalizar uma afirmação tão descaradamente falsa. Sua altura era intimidante; media uns 15 centímetros a mais do que Jack. Seu rosto agradável era bronzeado e os cabelos cor de areia tinham faixas de louro puro, dourado, como se acabasse de chegar de férias no Caribe. Pela perspectiva de Jack, o homem parecia mais um pegajoso vendedor de carros do que um administrador de hospital.

Assim que viu Jack e os outros se aproximando, Kelley fez um gesto para que entrassem. Interrompendo seu discurso consolador, comandou uma fila até a sala que ficava atrás do posto de enfermagem.

Enquanto se espremia por trás de Kathy McBane, Jack percebeu que Kelley não estava só. Era acompanhado por um homem ligeiramente corpulento, queixudo e de cabelo ralo. Em contraste agudo com a elegância das roupas de Kelley, o segundo homem estava vestido com um paletó barato e calças que pareciam nunca serem passadas a ferro.

– Meu Deus, que confusão! – disse Kelley irritado. Seu tom de voz se metamorfoseara instantaneamente do vendedor escorregadio para o administrador sarcástico. Pegou um lenço de papel e enxugou a testa suada. – Não é disso que o hospital precisa! – Em seguida amassou o papel e jogou-o no lixo. Em contraste com o que acabara de dizer no posto de enfermagem, virou-se para Dra. Zimmerman e perguntou se corriam riscos ao permanecer naquele andar.

– Sinceramente, duvido – disse a Dra. Zimmerman. – Mas precisamos ter certeza.

Virando-se para o Dr. Wainwright, Kelley falou:

– Assim que me informaram desse desastre, soube que você já tinha conhecimento. Por que não me informou?

O Dr. Wainwright explicou que tinha acabado de ser informado por Jack e que não tivera tempo de ligar. Explicou que achara mais importante chamar a Dra. Zimmerman para que as medidas corretivas fossem instituídas. Em seguida apresentou Jack.

Jack deu um passo adiante e fez um leve aceno. Não conseguia reprimir um pequeno sorriso. Aquele era um momento que iria saborear.

Kelley examinou a camisa de cambraia, a gravata de crochê e os jeans. Estavam a uma enorme distância de seu terno Valentino.

– Parece que a diretora do Departamento de Saúde mencionou o seu nome quando me ligou – disse Kelley. – Pelo que recordo, ela ficou impressionada por você ter feito o diagnóstico tão rápido.

– Nós, funcionários públicos, estamos sempre felizes em servir – disse Jack.

Kelley deu um pequeno riso zombeteiro.

– Talvez você goste de conhecer um de seus dedicados colegas do funcionalismo público – disse Kelley. – Este é o Dr. Clint Abelard. É o epidemiologista do Departamento de Saúde da cidade de Nova York.

Jack acenou com a cabeça em direção ao seu retraído colega, mas o epidemiologista não devolveu o cumprimento. Jack teve a sensação de que sua presença não era totalmente apreciada. A rivalidade interdepartamental era um fato da vida burocrática que ele começava a avaliar.

Kelley pigarreou e em seguida falou com Wainwright e Zimmerman.

– Quero que esse episódio seja tratado da forma mais discreta possível. Quanto menos aparecer na imprensa, melhor. Se algum repórter tentar falar com vocês, mandem-no falar comigo. Estarei ligado com o pessoal de relações públicas para controlar os danos.

– Desculpe – disse Jack, incapaz de se refrear. – Deixando de lado os interesses corporativos, acho que deveriam se concentrar na prevenção. Isso significa tratar todas as pessoas que tiveram contato e descobrir de onde veio a bactéria da peste. Acho que estão com um mistério nas mãos, e até que isso se resolva, a imprensa vai deitar e rolar, independentemente do controle de danos que tentem fazer.

– Não creio que alguém tenha pedido a sua opinião – disse Kelley com escárnio.

– Só achei que vocês poderiam precisar de um pouquinho de direcionamento. O senhor parecia estar perdido no escuro.

O rosto de Kelley ficou vermelho. Ele balançou a cabeça, incrédulo.

– Certo – falou lutando para se controlar. – Com a sua clarividência, suponho que já tenha uma ideia da origem da doença.

– Eu pensaria em ratos. Tenho certeza de que há um bocado de ratos por aí. – Jack estivera esperando para usar esse comentário, já que ele provocara um efeito tão bom sobre Calvin naquela manhã.

– Não temos ratos no Hospital Geral de Manhattan – reagiu Kelley bruscamente. – Se eu souber que você disse algo assim para a imprensa, vou cortar sua cabeça.

– Os ratos são os hospedeiros clássicos da bactéria da peste – disse Jack. – Tenho certeza de que estão por aí, se vocês souberem como reconhecê-los, ou melhor, encontrá-los.

Kelley virou-se para Clint Abelard.

– O senhor acha que os ratos tiveram alguma coisa a ver com este caso de peste?

– Ainda preciso começar minha investigação. Não apostaria, mas acho difícil acreditar que ratos pudessem estar envolvidos. Nós estamos no sétimo andar.

– Sugiro que comecem a colocar ratoeiras – disse Jack. – Comecem nos arredores imediatos. A primeira coisa a descobrir é se a peste se infiltrou na população de roedores urbanos.

– Eu gostaria de levar a discussão para longe dos ratos – disse Kelley. – Gostaria de saber o que deveríamos fazer com as pessoas que tiveram contato direto com o falecido.

– Esse é meu departamento – disse a Dra. Zimmerman. – O que eu proponho é o seguinte...

Enquanto a Dra. Zimmerman falava, Clint Abelard fez um gesto para que Jack o acompanhasse ao posto de enfermagem.

– Eu sou o epidemiologista – disse Clint num sussurro raivoso e forçado.

– Nunca duvidei disso. – Jack estava surpreso e confuso com a reação de Clint.

– Sou treinado para investigar a origem de doenças nos seres humanos. Esse é o meu trabalho. Você, por outro lado, é um autopsiador...

– Correção – disse Jack. – Sou legista com formação em patologia. O senhor, como médico, deveria saber disso.

– Legista ou autopsiador, não estou nem aí para a palavra que vocês usam.

– Mas eu estou.

– O fato é que a sua formação e a sua responsabilidade envolvem o morto, e não a origem da doença.

– Errado de novo – disse Jack. – Nós lidamos com os mortos para que eles falem aos vivos. Nosso objetivo é prevenir a morte.

– Não sei como deixar isso mais claro a você – disse Clint exasperado. – Você contou que um homem morreu de peste. Nós agradecemos, e não interferimos no seu trabalho. Agora é comigo descobrir como ele pegou a doença.

– Só estou tentando ajudar.

– Obrigado, mas se eu precisar de sua ajuda, lhe falo – disse Clint, e foi em direção ao quarto 707.

Jack olhou a figura de Clint recuar, quando uma agitação atrás dele chamou sua atenção. Ao sair da sala dos fundos, Kelley foi imediatamente cercado pelas pessoas com quem estivera falando antes. Jack ficou impressionado pela rapidez com que seu sorriso plástico voltou e pela facilidade com que se esquivava de todas as perguntas. Dentro de segundos Kelley estava seguindo em direção aos elevadores e à segurança dos escritórios da administração.

A Dra. Zimmerman e o Dr. Wainwright saíram da sala conversando, sérios. Quando Kathy McBane apareceu, estava sozinha. Jack interceptou-a.

– Desculpe por ser o portador de más notícias – falou.

– Não se desculpe. Do meu ponto de vista, nós é que devemos agradecer.

– Bom, é um problema sério – disse Jack.

– Acho que é o pior desde que entrei para o Comitê de Controle de Infecções. Eu achava que o surto de hepatite B no ano passado tinha sido ruim. Nunca sonhei que um dia veríamos a peste.

– Qual é a experiência do Hospital Geral de Manhattan com relação a infecções hospitalares? – perguntou Jack.

Kathy encolheu os ombros.

– No todo é equivalente a qualquer grande hospital. Temos tido nossos estafilococos resistentes à meticilina. Claro, este é um problema contínuo. Chegamos a ter clebsiela num pote de sabão cirúrgico há um ano. Isso resultou numa série de infecções pós-operatórias até ser descoberto.

– E quanto a pneumonias? Como este caso?

– Ah, também temos tido uma cota – disse Kathy num suspiro. – A maioria é por pseudomonas, mas há dois anos tivemos um surto de legionela.

– Não ouvi falar nisso – disse Jack.

– Foi mantido em segredo. Felizmente ninguém morreu. Claro, não posso dizer o mesmo sobre o problema que tivemos há cinco meses na UTI. Perdemos três pacientes com pneumonia enterobacteriana. Tivemos de fechar a unidade até descobrirem que alguns de nossos nebulizadores tinham sido contaminados.

– Kathy! – disse uma voz em tom agudo.

Jack e Kathy viraram-se abruptamente e viram que a Dra. Zimmerman aparecera atrás deles.

– Isso é informação confidencial – disse a Dra. Zimmerman em tom de discurso.

Kathy começou a dizer alguma coisa, mas decidiu ficar quieta.

– Temos trabalho a fazer, Kathy – disse a Dra. Zimmerman. – Vamos à minha sala.

Subitamente abandonado, Jack debateu consigo mesmo sobre o que fazer. Durante um momento considerou voltar ao quarto 707, mas depois do que Clint dissera, achou melhor deixá-lo sozinho. Afinal de contas, Jack pretendera provocar Kelley, e não Clint. Então teve uma ideia: talvez fosse bom visitar o laboratório. Por mais que a Dra. Zimmerman tivesse reagido de modo defensivo, Jack achava que o pessoal do laboratório é que deveria estar envergonhado. Foram eles que erraram o diagnóstico.

Depois de perguntar pela localização do laboratório, desceu de elevador até o segundo andar. A apresentação de seu distintivo mais uma vez produziu resultados imediatos. Martin Cheveau, diretor do laboratório, apresentou-se e recebeu Jack em sua sala. Era um sujeito baixo, com fartos cabelos escuros e um bigode fino.

– O senhor ouviu falar sobre o caso de peste? – perguntou Jack assim que estavam sentados.

– Não, onde?

– Aqui, no Hospital Geral de Manhattan. Quarto 707. Eu necropsiei o paciente hoje de manhã.

– Ai, não! – gemeu Martin. Em seguida suspirou alto. – Isso não parece bom para nós. Qual era o nome dele?

– Donald Nodelman.

Martin girou na cadeira e acessou o computador. A tela apresentou todos os resultados laboratoriais de Nodelman durante a sua internação. Martin foi passando as informações até chegar na parte de microbiologia.

– Estou vendo que tivemos uma identificação de gram na saliva, mostrando bacilos gram-negativos fracos – disse Martin. – Há também uma cultura pendente, que ficou negativa durante 36 horas. Acho que isso deveria ter indicado alguma coisa, especialmente porque havia suspeita de pseudomonas. Quero dizer, as pseudomonas deveriam ter se reproduzido sem qualquer problema antes de 36 horas.

– Deveriam ter usado os meios de cultura de Giemsa ou de Wayson. O diagnóstico poderia ter sido feito.

– Exato – disse Martin, e virou-se para Jack. – Isso é terrível. Estou sem graça. Infelizmente, é um exemplo do tipo de coisa que estará acontecendo cada vez com mais frequência. A administração vem nos forçando a cortar custos e a reduzir o pessoal, mesmo com a carga de trabalho aumentando. É uma combinação mortal, como prova este caso de peste. E está acontecendo em todo o país.

– Vocês estão dispensando pessoal? – perguntou Jack. Ele achava que o laboratório clínico era um dos lugares onde os hospitais faziam dinheiro.

– Cerca de vinte por cento. Outros, nós tivemos de baixar de posto. Não temos mais supervisor na microbiologia; se tivéssemos, ele provavelmente teria pego este caso de peste. Com o orçamento operacional que recebemos, não podemos dar-nos ao luxo. Nosso antigo supervisor foi rebaixado para chefe dos técnicos. É desencorajador. Antigamente buscava-se a excelência no laboratório. Agora lutamos pelo "adequado", o que quer que isso signifique.

– No seu computador consta o nome do técnico que fez a análise de gram? – perguntou Jack.

– Boa ideia – disse Martin. Em seguida virou-se para o computador e acessou alguns dados. A identidade do técnico estava em código. De repente, virou-se para Jack.

– Acabo de lembrar uma coisa. Ontem mesmo o principal técnico pensou em peste com relação a um paciente, e perguntou o que eu achava. Desencorajei-o, dizendo que as chances eram da ordem de um bilhão para um.

Jack ergueu os olhos.

– O que será que o fez pensar em peste?

– Também estou me perguntando isso.

Estendendo a mão para o interfone, Martin mandou chamar Richard Overstreet pelo bipe. Enquanto esperavam que o homem voltasse, Martin descobriu que fora Nancy Wiggens quem assinara a análise de gram. Chamou-a também.

Richard Overstreet apareceu em minutos. Era um indivíduo jovial, de aparência atlética, com um tufo de cabelos castanhos-claros sobre a testa que ficavam caindo sobre seus olhos. Richard estava sempre jogando-os para trás com a mão ou com um movimento de cabeça. Usava um jaleco branco sobre roupas cirúrgicas; os bolsos do jaleco estavam atulhados de tubos de ensaio, torniquetes, gaze, papéis do laboratório e seringas.

Martin apresentou Richard a Jack, e em seguida perguntou sobre a rápida conversa sobre a peste que tinham tido na véspera.

Richard pareceu embaraçado.

– Foi só minha imaginação voando demais – disse rindo.

– Mas o que fez você pensar nisso? – perguntou Martin.

Richard tirou o cabelo de cima do rosto e deixou a mão no topo da cabeça por um momento, enquanto pensava.

– Ah, lembrei. Nancy Wiggens tinha subido para pegar uma cultura de saliva e tirar sangue de um paciente. Ela contou como ele estava doente e que parecia ter gangrena na ponta dos dedos. Disse que os dedos dele estavam pretos. – Richard encolheu os ombros. – Me fez pensar na morte negra.

Jack ficou impressionado.

– Você tentou seguir a pista? – perguntou Martin.

– Não. Não depois de você ter falado sobre a probabilidade. Do jeito que estamos atrasados no laboratório, eu não tive tempo para isso. Todos nós, inclusive eu, estivemos tirando sangue. Há algum tipo de problema?

– Um grande problema – disse Martin. – O paciente tinha peste. Não só isso, ele morreu.

Richard ficou literalmente boquiaberto.

– Meu Deus!

– Espero que você encoraje seus técnicos a se prevenirem – disse Jack.

– Sem dúvida – disse Richard, recuperando a compostura. – Temos gabinetes de biossegurança, tipos 2 e 3. Tento encorajar meus técnicos a usar um ou outro, em especial nos casos infecciosos obviamente sérios. Pessoalmente gosto do tipo 3, mas algumas pessoas acham ruim usar as luvas de borracha grossas.

Naquele momento Nancy Wiggens apareceu. Era uma mulher tímida que mais parecia uma adolescente que uma profissional formada. Mal conseguiu olhar Jack nos olhos quando foram apresentados. Usava os cabelos escuros partidos no meio da cabeça e, como os de seu chefe, Richard, eles caíam constantemente sobre seus olhos.

Martin explicou o que acontecera. Ela ficou tão chocada quanto Richard. Martin assegurou que não a estava culpando, mas que todos deveriam tentar aprender com a experiência.

– O que eu devo fazer, já que entrei em contato com ele? – perguntou ela. – Fui eu que peguei o espécime, e também fui eu que o processei.

– Provavelmente vai ter de tomar tetraciclina por via oral ou estreptomicina intramuscular – disse Jack. – A encarregada do controle de infecção hospitalar está trabalhando nisso agora.

– Ora, ora! – disse Martin em voz baixa, mas em volume suficiente para os outros ouvirem. – Aí vem nosso destemido líder e o chefe do pessoal médico, e os dois parecem infelizes.

Kelley entrou na sala como um general irado após uma derrota militar. Alçou-se acima de Martin com as mãos nos quadris e o rosto vermelho impelido para a frente.

– Dr. Cheveau – começou ele em tom de escárnio. – O Dr. Arnold diz que o senhor deveria ter feito este diagnóstico antes...

Kelley parou no meio da frase. Apesar de estar satisfeito em ignorar os dois técnicos de laboratório, Jack era uma outra história.

– O que, em nome de Deus, você está fazendo aqui?

– Só ajudando – disse Jack.

– Você não está ultrapassando as suas atribuições? – sugeriu ele venenosamente.

– Nós gostamos de ser profundos nas investigações.

– Acho que você exauriu há muito suas funções oficiais. Quero-o fora daqui. Afinal de contas, esta é uma instituição particular.

Jack levantou-se, tentando em vão olhar nos olhos o enorme Kelley.

– Se a AmeriCare pensa que pode fazer isso sem mim, acho que vou indo.

O rosto de Kelley ficou púrpura. Ele começou a dizer alguma coisa, mas mudou de ideia. Em vez disso, simplesmente apontou para a porta.

Jack sorriu e acenou para os outros antes de sair. Estava satisfeito com a visita. Em sua opinião, não poderia ter corrido melhor.

Quarta-feira, 20 de março de 1996, 16h05

Susanne Hard olhava pela pequena janela redonda que dava para o hall de elevadores, fascinada. O fim do corredor era o mais longe que ela tinha permissão de ir. Andava em passos curtos enquanto sustentava o abdome recém-suturado. Por mais que fosse um exercício desagradável, sabia por experiência própria que, quanto mais rápido se movimentasse, mais rápido estaria em condições de pedir alta.

O que chamara sua atenção no hall de elevadores fora a quantidade de pessoas entrando e saindo da ala médica, bem como o jeito nervoso da equipe. O sexto sentido de Susanne disse-lhe que algo estava errado, especialmente porque a maioria das pessoas usava máscaras.

Antes que pudesse descobrir a causa da agitação evidente, um calafrio atravessou-a como um vento do ártico. Virando-se, esperou sentir uma corrente de ar. Não havia. Então o calafrio voltou, fazendo-a retesar-se e tremer até que passasse. Susanne olhou para as mãos. Tinham ficado brancas como ossos.

Cada vez mais ansiosa, começou a voltar para o quarto. Um calafrio daqueles não poderia ser bom sinal. Como paciente experimentada, sabia que sempre havia o perigo de infecção no ferimento.

Quando entrou no quarto, estava com dor por trás dos olhos. Assim que subiu na cama, a dor se espalhou para o topo da cabeça. Não era como qualquer outra que sentira antes. Parecia que alguém enfiara uma broca nas profundezas de seu cérebro.

Durante alguns momentos de pânico, Susanne ficou perfeitamente imóvel, esperando que o que parecia estar errado se ajeitasse. Em vez disso, surgiu outro sintoma: os músculos de sua perna começaram a doer. Dentro de minutos sentiu-se retorcer na cama, tentando em vão encontrar uma posição que lhe desse alívio.

Logo depois da dor na perna veio um mal-estar geral que se assentou sobre ela como um lençol enrijecedor. Era desesperante ver que mal conseguia estender a mão sobre o peito para apertar o botão que chamava a enfermeira. Apertou-o e deixou o braço cair inerte sobre a cama.

Quando a enfermeira chegou, Susanne desenvolvera uma tosse que esfolava sua garganta já irritada.

– Estou me sentindo mal – grasnou ela.

– Está sentindo o quê?

Susanne balançou a cabeça. Até mesmo falar estava difícil. Sentia-se tão mal que nem sabia por onde começar.

– Estou com dor de cabeça – conseguiu dizer.

– Acho que há um pedido de medicação analgésica para você – disse a enfermeira. – Vou pegar.

– Preciso do meu médico – sussurrou Susanne. Sua garganta estava tão ruim como quando acordara da anestesia.

– Acho que devemos tentar o remédio para dor antes de chamar o médico.

– Estou com frio. Frio demais.

A enfermeira colocou a mão experimentada sobre a testa de Susanne e retirou-a, alarmada. Estava queimando. Tirou o termômetro do recipiente ao lado da cama e enfiou-o na boca de Susanne. Enquanto esperava o resultado do termômetro, enrolou um aparelho de pressão no braço da paciente. A pressão estava baixa.

Tirou o termômetro da boca de Susanne. Quando viu a marca, soltou um ruído de surpresa: 41 graus.

– Estou com febre? – perguntou Susanne.

– Um pouquinho. Mas vai ficar tudo bem. Vou chamar o seu médico.

Susanne assentiu. Uma lágrima apareceu no canto de seu olho. Não queria esse tipo de complicação. Queria ir para casa.

Quarta-feira, 20 de março de 1996, 16h15

– Honestamente, você acha que Robert Barker sabotou de propósito nossa campanha publicitária? – perguntou Colleen a Terese enquanto as duas desciam a escada. Estavam indo para o estúdio onde Colleen queria mostrar a Terese o que a equipe de criação planejara para a campanha da National Health.

– Não tenho a menor dúvida. Claro que ele não fez isso pessoalmente. Mandou Helen convencer a National Health a não comprar tempo suficiente de exposição.

– Mas assim está atirando no próprio pé. Se nós perdermos a conta da National Health e não pudermos nos reestruturar, suas cotas de participação como empregado vão valer o mesmo que as nossas: xongas.

– Danem-se as cotas de participação. Ele quer a presidência e vai fazer qualquer coisa para consegui-la.

– Meu Deus, essa luta burocrática me enoja. Você tem certeza de que quer a presidência?

Terese parou na escada e olhou para Colleen, como se ela tivesse acabado de blasfemar.

– Não acredito que você tenha dito isso.

– Mas você mesma disse que, quanto mais deveres administrativos, menos tempo sobra para a criatividade.

– Se Barker chegar à presidência vai ferrar toda a empresa – disse Terese em tom indignado. – Passaremos a ficar de quatro para os clientes, e lá se vão a criatividade e a qualidade. Além disso, quero ser presidente. É o meu objetivo há cinco anos. Esta é a minha chance e, se eu não conseguir agora, não conseguirei mais.

– Não sei por que você não se satisfaz com o que já tem. Você mal fez 31 anos e já é diretora de criação. Deveria estar contente em fazer aquilo em que é boa: grandes anúncios.

– Ah, que é isso? Você sabe que o pessoal de publicidade nunca está satisfeito. Mesmo se eu chegar a vice, provavelmente passarei a ficar de olho no cargo de presidente.

– Acho que você deveria esfriar. Vai se queimar antes de chegar aos 35 anos.

– Vou ficar fria quando for presidente.

– Sem dúvida.

Assim que chegaram ao estúdio, Colleen guiou a amiga para a pequena sala que era afetuosamente chamada de "arena". Era ali que se ensaiavam as apresentações. O nome veio das arenas da Roma antiga, onde os cristãos eram lançados aos leões. Na Willow e Heath os cristãos eram os criadores de nível hierárquico inferior.

– Você tem um filme? – perguntou Terese. Na frente da sala uma tela fora puxada sobre os quadros-negros. O máximo que ela esperava ver eram rascunhos de *storyboards*.

– Nós montamos um "ripomatic" – explicou Colleen. Um ripomatic era uma compilação editada de vídeos que tinham sido "roubados" de projetos anteriores para dar uma ideia de um comercial.

Terese sentiu-se encorajada. Não esperava um vídeo.

– Mas quero avisar, isso tudo ainda é muito preliminar – acrescentou Colleen.

– Esqueça as desculpas – disse Terese. – Mostre o que você tem.

Colleen acenou para um de seus colaboradores. As luzes diminuíram e o vídeo começou. Rodou durante cem segundos. Mostrava uma adorável menina de 4 anos com uma boneca quebrada. Terese reconheceu a gravação imediatamente. Fazia parte de um filmete feito no ano anterior, promovendo a generosa campanha de uma grande cadeia de lojas de brinquedos. Colleen, espertamente, fizera parecer que a criança estava levando a boneca ao hospital da National Health. O bordão era: "Nós curamos qualquer coisa a qualquer hora."

Assim que o vídeo parou, as luzes se acenderam. Durante alguns momentos ninguém falou. Finalmente Colleen rompeu o silêncio.

– Você não gostou – disse ela.

– É bonitinho – admitiu Terese.

– A ideia é fazer a boneca refletir diferentes problemas de saúde em diferentes comerciais. Claro, a criança vai ter de falar e mostrar as virtudes da National Health nos vídeos. Na mídia impressa temos de garantir que a imagem conte a história.

– O problema é que é bonitinho demais – disse Terese. – Mesmo que eu ache que tem algum mérito, tenho certeza de que o cliente não vai gostar, já que Helen, via Robert, certamente não lhe dará importância.

– É o melhor que conseguimos até agora. Você terá de nos dar alguma direção. Precisamos de um *briefing* criativo de sua parte; caso contrário continuaremos vagueando na paisagem conceitual. E não haverá chance de juntar tudo para a semana que vem.

Terese assentiu. Sabia que Colleen estava certa, mas sentiu-se mentalmente paralisada.

– O problema é que é difícil pensar com essa situação da presidência pendurada sobre a minha nuca como uma espada de Dâmocles.

– Acho que você entrou em marcha acelerada. Está uma pilha de nervos.

– Grande novidade!

– Quando foi a última vez que você saiu para jantar ou tomar uns drinques?

Terese riu.

– Há meses não tenho tempo para nada assim.

– É o que estou dizendo. Não é de espantar seu veio criativo não esteja jorrando. Você precisa relaxar. Nem que seja por algumas horas.

– Você acha mesmo?

– Sem dúvida. Na verdade, vamos sair esta noite. Vamos jantar e tomar uns drinques. Vamos até mesmo tentar não falar sobre publicidade durante uma noite.

– Não sei... nós temos esse prazo...

– É exatamente disso que estou falando – disse Colleen. – Precisamos botar pra quebrar e limpar as teias de aranha. Talvez então tenhamos uma grande ideia. Não discuta. Não aceito um não como resposta.

Quarta-feira, 20 de março de 1996, 16h35

Jack guiou sua bicicleta entre os dois furgões funerários da Health e da Hospital Corporation estacionados na área de recepção do Departamento de Medicina Legal e pedalou direto até o necrotério. Em condições normais ele teria desmontado e empurrado a bicicleta, mas estava de muito bom humor.

Estacionou a bicicleta perto dos caixões da Hart Island, prendeu-a e foi assobiando até os elevadores. Acenou para Sal D'Ambrosio enquanto passava pelo escritório do necrotério.

– Chet, meu garoto, como vai? – perguntou enquanto entrava na sala que os dois compartilhavam no quinto andar.

Chet pousou a caneta sobre a mesa e virou-se para encarar o colega.

– O mundo inteiro esteve aqui procurando você. O que esteve fazendo?

– Me divertindo. – Jack tirou a jaqueta de couro e pendurou-a nas costas da cadeira antes de sentar-se. Examinou suas pastas, decidindo qual atacar primeiro. A caixa de entrada tinha uma pilha de resultados de laboratório e relatórios dos AMs.

– Eu não ficaria tão tranquilo – disse Chet. – Um dos que procuraram você foi o próprio Bingham. Pediu que eu dissesse para você ir direto à sala dele.

– Que bom. Eu estava com medo de que ele tivesse me esquecido.

– Eu não ficaria tão à vontade com isso. Bingham não estava satisfeito. E Calvin também passou aqui. Também quer vê-lo, e estava soltando fumaça pelos ouvidos.

– Sem dúvida está ansioso para me pagar os 10 dólares. – Jack levantou-se e deu um tapinha no ombro de Chet. – Não se preocupe comigo. Tenho um forte instinto de sobrevivência.

– Me engana que eu gosto.

Enquanto descia pelo elevador, ficou curioso em saber como Bingham lidaria com a situação atual. Desde que Jack começara a trabalhar no departamento, tivera apenas contatos esporádicos com o chefe. Os problemas administrativos cotidianos eram resolvidos por Calvin.

– Pode entrar direto – disse a Sra. Sanford sem levantar os olhos do texto que estava digitando. Jack se perguntou como ela sabia que era ele.

– Feche a porta – ordenou o Dr. Harold Bingham.

Jack obedeceu. O escritório de Bingham era espaçoso, com uma mesa grande sob grandes janelas cobertas por antigas venezianas. No lado oposto da sala havia uma mesa de leitura com um microscópio. Uma estante com portas de vidro cobria a parede mais distante.

– Sente-se – disse Bingham.

Jack sentou-se.

– Não sei se entendo você – disse Bingham em sua voz profunda e rouca. – Parece que hoje você fez um diagnóstico brilhante de peste e em seguida decidiu idiotamente ligar para a minha chefe, a diretora do Departamento de Saúde. Ou você é uma criatura completamente apolítica ou tem uma tendência autodestrutiva.

– Provavelmente é uma combinação das duas coisas – disse Jack.

– E também é impertinente.

– Isso faz parte da tendência autodestrutiva. Pelo lado positivo, eu sou honesto – sorriu.

Bingham balançou a cabeça. Jack estava testando sua capacidade de se controlar.

– Só para eu entender – falou enquanto cruzava os dedos das mãos que pareciam pás –, não pensou que eu acharia inadequado você ligar para a diretora sem falar comigo antes?

– Foi o que Chet McGovern sugeriu. Mas eu estava mais preocupado em dar a notícia. É melhor prevenir do que remediar, especialmente se estamos vendo uma epidemia em potencial.

Houve um momento de silêncio enquanto Bingham considerava a afirmação de Jack, que, ele teve de admitir, continha uma boa dose de validade.

– A segunda coisa que eu queria discutir é a sua visita ao Hospital Geral de Manhattan. Francamente, a decisão de fazer isso me surpreende. Durante sua orientação sei que lhe disseram que nossa política é contar com os nossos excelentes AMs para fazer trabalho de campo. Você se lembra disso, não lembra?

– Claro que lembro. Mas achei que o aparecimento da peste era uma situação tão fora do comum que exigia uma reação especial. Além disso, fiquei curioso.

– Curioso! – Bingham reagiu de maneira brusca. Momentaneamente perdeu o controle. – É a desculpa mais esfarrapada que já ouvi para ignorar uma política estabelecida.

– Bom, tem mais – admitiu Jack. – Sabendo que o Hospital Geral de Manhattan é um hospital da AmeriCare, queria ir lá e dar uma cutucada. Eu não gosto da AmeriCare.

– O que, diabos, você tem contra a AmeriCare?

– É algo pessoal.

– Poderia ser mais claro?

– Prefiro não ser. É uma longa história.

– Que seja – disse Bingham em tom irritado. – Mas não vou tolerar que você apareça lá mostrando o distintivo em nome de uma vingança pessoal. É um mau uso explícito da autoridade oficial.

– Achei que nossa ordem era nos envolvermos com qualquer coisa que possa afetar a saúde pública. Certamente um caso de peste se enquadra nessa proposição.

– Sem dúvida. Mas você já havia alertado a diretora do Departamento de Saúde. Por sua vez ela alertou a Secretaria de Saúde, que despachou imediatamente o epidemiologista chefe. Você não tinha nada que fazer lá, muito menos causar problemas.

– Que tipo de problema eu causei?

– Você conseguiu irritar o administrador do hospital e o epidemiologista – rugiu Bingham. – Os dois ficaram suficientemente irados para fazer reclamações oficiais. O administrador ligou para o escritório do prefeito, e o epidemiologista ligou para a diretora do Departamento de Saúde. Esses dois funcionários públicos, que podem ser considerados meus chefes, não ficaram satisfeitos e deixaram isso claro.

– Eu só estava tentando ser útil.

– Bom, faça o favor de não tentar ser útil – vociferou Bingham. – Em vez disso eu quero que fique por aqui, onde é seu lugar, e trabalhe no serviço para o qual foi contratado. Calvin me informou que você está com um monte de casos pendentes.

– É só? – disse Jack quando Bingham fez uma pausa.

– Por enquanto.

Jack levantou-se e foi para a porta.

– Só mais uma coisa – disse Bingham. – Lembre-se de que você ainda está em período probatório.

– Não vou esquecer.

Deixando o escritório de Bingham, Jack passou pela Sra. Sanford e foi direto à sala de Calvin Washington. A porta estava escancarada. Calvin se encontrava ocupado ao microscópio.

– Com licença – disse Jack. – Soube que você está me procurando.

Calvin girou e encarou Jack.

– Já foi falar com o chefe? – grunhiu.

– Estou vindo de lá. É tranquilizador ver que me querem tanto por aqui.

– Dispenso esse papo-furado. O que disse o Dr. Bingham?

Jack contou o que lhe disse Bingham, e que este o lembrara de que ainda estava em período probatório.

– Certíssimo. Acho que é melhor você se cuidar ou então vai ter de sair procurando trabalho.

– Nesse meio-tempo eu tenho um pedido – disse Jack.

– O que é?

– E os 10 dólares que você me deve?

Calvin encarou-o, pasmo por, naquelas circunstâncias, Jack ter a audácia de pedir o dinheiro. Finalmente virou-se de lado no assento, pegou a carteira e tirou uma nota de 10 dólares.

– Vou ter isso de volta – prometeu.

– Sem dúvida – disse Jack enquanto pegava a nota.

Com o dinheiro confortavelmente acomodado no bolso, Jack subiu de novo à sua sala. Ao entrar ficou surpreso ao encontrar

Laurie encostada na mesa de Chet. Ela e Chet olharam-no com preocupação e expectativa.

– E então? – perguntou Chet.

– Então o quê? – Jack espremeu-se entre os outros para chegar à sua cadeira.

– Ainda está empregado?

– Parece que sim – disse Jack. E começou a folhear os resultados do laboratório na caixa de entrada.

– É melhor você ter cuidado – aconselhou Laurie indo para a porta. – Ele pode despedi-lo ao seu bel-prazer durante o seu primeiro ano.

– Foi o que Bingham me lembrou.

Parando junto à passagem, Laurie virou-se para encarar Jack.

– Quase fui despedida no meu primeiro ano.

Jack levantou os olhos para ela.

– Por quê?

– Teve a ver com aqueles casos desafiadores de overdose que mencionei hoje de manhã. Infelizmente, enquanto eu fazia as investigações, acabei ficando do lado errado, com relação a Bingham.

– Isso faz parte da longa história da qual você falou?

– Exatamente. Cheguei perto assim de ser despedida. – Ela ergueu o polegar e o indicador, separados por cerca de um centímetro. – Tudo porque não levei a sério as ameaças de Bingham. Não cometa o mesmo erro.

Assim que Laurie saiu, Chet quis um relato detalhado de tudo que Bingham dissera. Jack contou o que conseguiu lembrar, inclusive a parte sobre o prefeito e a diretora do Departamento de Saúde ligando para Bingham para reclamar sobre ele.

– As reclamações foram sobre você especificamente?

– Parece. E eu estava dando uma de bom samaritano.

– O que você fez, em nome de Deus?

– Só estava usando o meu lado diplomático. Fazendo perguntas e oferecendo sugestões.

– Você é maluco. Quase foi despedido, e por quê? Diga, o que estava tentando provar?

– Não estava tentando provar nada.

– Não consigo entender você.

– Esta parece ser uma opinião universal.

– A única coisa que sei a seu respeito é que foi oftalmologista, que mora no Harlem e joga basquete. O que mais você faz?

– Isso praticamente resume tudo – disse Jack. – Além de trabalhar aqui, claro.

– O que você faz para se divertir? Fale a verdade, que tipo de vida social você leva? Não quero ser bisbilhoteiro, mas você tem namorada?

– Na verdade não.

– Você é gay?

– Não. Só estou meio fora de forma ultimamente.

– Bom, não é de espantar que esteja agindo de modo tão estranho. Vou lhe dizer. Vamos dar uma saída esta noite. Vamos jantar, talvez tomar uns drinques. Assim teremos tempo para conversar.

– Não ando com vontade de falar muito sobre mim.

– Certo, você não precisa falar. Mas nós vamos sair. Acho que você precisa de um pouco de contato humano normal.

– O que é normal? – questionou Jack.

Quarta-feira, 20 de março de 1996, 22h15

Chet acabou se mostrando extraordinariamente decidido. Sem ligar para o que Jack dizia, insistiu que os dois jantassem juntos. Finalmente Jack cedeu, e pouco antes das 20 horas atravessou o Central Park de bicicleta para encontrar Chet num restaurante italiano da Segunda Avenida.

Depois do jantar Chet foi igualmente insistente para que Jack o acompanhasse em alguns drinques. Sentindo-se preso ao colega, já que Chet insistira em pagar o jantar, Jack consentiu. Agora, caminhando até o bar, Jack sentia-se arrependido. Nos últimos anos fora sempre para a cama às 22 horas e acordara às 5 horas. Às 22h15, depois de meia garrafa de vinho, estava quase apagando.

– Não sei se eu aguento isso – falou.

– Nós já estamos aqui – reclamou Chet. – Venha. Só vamos tomar uma cerveja.

Jack inclinou-se para trás, olhando a fachada do bar. Não viu o nome.

– Como se chama esse lugar?

– É o Auction House. Arrasta essa bunda pra dentro. – Ele estava segurando a porta aberta.

Para Jack o interior do bar lembrava vagamente a sala de estar de sua avó, em Des Moines, em Iowa, a não ser pelo balcão de mogno. A mobília era uma estranha mixórdia de estilo vitoriano, com cortinas compridas e pesadas; o teto alto era de latão com relevos brilhantes.

– Que tal sentarmos aqui? – sugeriu Chet, e apontou para uma pequena mesa junto à janela, dando para a rua 89.

Jack concordou. Do seu lugar, tinha uma boa visão do salão, que, como ele acabara de notar agora, possuía um piso de madeira brilhante, incomum para um bar. Havia umas cinquenta pessoas no salão, de pé junto ao bar ou sentadas nos sofás. Estavam todas bem-vestidas e tinham aparência de profissionais liberais. Em todo o grupo não havia um boné de beisebol. A mistura entre homens e mulheres era bastante homogênea.

Jack pensou que talvez Chet estivesse certo em encorajá-lo a sair. Há muitos anos não frequentava um ambiente social tão "normal". Talvez lhe fizesse bem. O fato de ter-se tornado um solitário trazia seus fardos. Imaginou o que aquelas pessoas atraentes estariam dizendo umas às outras enquanto as conversas chegavam até ele numa babel de vozes. O problema é que tinha certeza de que não poderia participar de nenhuma daquelas conversas.

Seu olhar vagueou até Chet, supostamente pegando uma cerveja para os dois no balcão. Na verdade conversava com uma loura bem-dotada, de cabelos compridos, vestida com um suéter elegante sobre os jeans. Acompanhava-a uma mulher esbelta, num conjunto simples que acentuava suas formas. Ela não participava da conversa, preferindo concentrar-se em seu copo de vinho.

Jack invejou a personalidade atirada de Chet e a facilidade com que iniciava um contato social. Durante o jantar falara de si próprio com total facilidade. Uma das coisas que Jack ficou sabendo foi que Chet acabara recentemente um longo relacionamento com uma pediatra, e que agora estava disponível, no que chamou de "entressafra".

Enquanto Jack observava o colega, Chet virou-se para ele. Quase simultaneamente as duas mulheres fizeram o mesmo, e em seguida todos riram. Jack sentiu o rosto ficar vermelho. Obviamente estavam falando a seu respeito.

Chet afastou-se do bar e foi andando na direção de Jack. Jack tentava decidir se deveria fugir ou meramente cravar as unhas no tampo da mesa. Era óbvio o que viria depois.

– Ei, cara – sussurrou Chet, ficando de propósito entre Jack e as mulheres. – Tá vendo aquelas gatas no bar? – perguntou enquanto apontava para as duas, escondendo o gesto com a barriga. – O que acha? Boas, hem? Elas são de arrasar, e querem conhecer você.

– Chet, foi divertido, mas...

– Nem pense nisso. Não vai me deixar na mão agora. Estou a fim da de suéter.

Sentindo que resistir a Chet exigiria consideravelmente mais energia do que capitular, Jack deixou-se arrastar pelo amigo até o bar. Chet fez as apresentações.

Imediatamente pôde perceber o que Chet vira em Colleen. Era igual a ele, em termos de respostas rápidas e inteligentes. Terese, por outro lado, fazia o gênero oposto. Depois das apresentações, e após examinar superficialmente Jack com seus olhos azul-claros, voltou-se para o bar e para seu copo de vinho.

Chet e Colleen começaram uma conversa animada. Jack olhou para a parte de trás da cabeça de Terese e imaginou que diabo fazia ali. Queria estar em casa, na cama, e em vez disso era rejeitado por alguém tão pouco sociável quanto ele próprio.

– Chet – disse Jack depois de alguns minutos. – Isso é perda de tempo.

Terese virou-se.

– Perda de tempo? Para quem?

– Para mim. – Jack olhou curioso para a mulher magra de lábios sensuais, de pé à sua frente. Foi apanhado de surpresa pela sua veemência.

– E quanto a mim? – disse Terese rispidamente. – Acha que é uma experiência recompensadora ser importunada por um homem que sai à caça?

– Espere só um segundo! – disse Jack, sentindo a ira subir. – Não se faça de superior. Não estou caçando nada. Pode estar certa. E se estivesse, com certeza não...

– Ei, Jack – interferiu Chet. – Fica frio.

– Você também, Terese – disse Colleen. – Relaxe. A gente está aqui para se divertir.

– Eu não disse nada para essa moça e ela partiu pra cima de mim – explicou Jack.

– Você não precisou dizer nada – disse Terese.

– Acalmem-se, vocês dois. – Chet se postou entre Jack e Terese, olhando para Jack. – Você saiu para fazer contato com outros seres humanos.

– Na verdade, acho que devo ir para casa – disse Terese.

– Você vai ficar aqui mesmo – ordenou Colleen. Em seguida virou-se para Chet. – Terese está tensa feito uma corda de piano. Foi por isso que insisti que ela saísse: para relaxar. Ela está consumida pelo trabalho.

– Parece o Jack aqui – disse Chet. – Ele tem claras tendências antissociais.

Chet e Colleen estavam falando como se Jack e Terese não pudessem ouvir, entretanto os dois estavam de pé junto deles, olhando em direções diferentes. Ambos se mostravam irritados, mas ao mesmo tempo sentiam-se como idiotas.

Chet e Colleen pediram uma rodada de bebidas e distribuíram-nas, enquanto continuavam a falar sobre os respectivos amigos.

– A vida social de Jack se resume em morar numa vizinhança que consome crack e jogar basquete com assassinos – disse Chet.

– Pelo menos tem uma vida social. Terese vive em um condomínio com um bocado de octogenários. Ir à lixeira é o ponto alto de uma tarde de domingo em casa.

Chet e Colleen riram com gosto, tomaram grandes goles de suas cervejas e partiram para uma conversa sobre uma peça que ambos tinham visto na Broadway.

Jack e Terese arriscaram alguns olhares rápidos um para o outro, enquanto seguravam as bebidas.

– Chet mencionou que você era médico; é especialista? – perguntou Terese finalmente. O tom de sua voz abrandara significativamente.

Jack explicou sobre a patologia legal. Ouvindo essa parte da conversa, Chet se intrometeu.

– Estamos na presença de um profissional que promete ser dos melhores e mais brilhantes. Jack fez o diagnóstico do dia. Contra a opinião de todo mundo, ele diagnosticou um caso de peste.

– Aqui em Nova York? – perguntou Colleen alarmada.

– No Hospital Geral de Manhattan – disse Chet.

– Meu Deus! – exclamou Terese. – Já fui internada lá uma vez. Peste é uma coisa tremendamente rara, não é?

– Definitivamente – disse Jack. – A cada ano são registrados alguns casos nos Estados Unidos, mas geralmente ocorrem nos lugares ermos do Oeste, e durante o verão.

– É uma coisa muito contagiosa? – perguntou Colleen.

– Pode ser – disse Jack. – Especialmente na forma pneumônica que esse paciente teve.

– Vocês se preocupam com a possibilidade de terem sido contagiados? – perguntou Terese. Inconscientemente ela e Colleen haviam dado um passo atrás.

– Não. E mesmo se tivéssemos, só poderíamos contagiar outras pessoas depois de termos apanhado pneumonia. Por isso não precisam ir para o outro lado do salão.

Sentindo-se envergonhadas, as duas se aproximaram.

– Há alguma chance disso se tornar uma epidemia aqui na cidade? – perguntou Terese.

– Se a bactéria da peste infectou a população urbana de roedores, e se houver pulgas de um determinado tipo nos ratos, isso poderia se tornar um problema nos guetos da cidade. Mas provavelmente seria uma coisa autolimitada. O último surto verdadeiro de peste nos Estados Unidos ocorreu em 1919, e foram apenas 12 casos. E isso foi antes da era dos antibióticos. Minha previsão é de que não haverá uma epidemia, especialmente porque o Hospital Geral de Manhattan está levando o episódio muito a sério.

– Imagino que vocês tenham contatado a imprensa a respeito deste episódio de peste – disse Terese.

– Eu não – disse Jack. – Não é o meu trabalho.

– Os cidadãos não devem ser alertados?

– Não creio. O sensacionalismo poderia piorar as coisas. A simples menção da palavra "peste" pode provocar pânico, e o pânico pode ser contraproducente.

– Talvez – disse Terese. – Mas aposto que as pessoas pensariam diferente se pudessem evitar a contaminação caso fossem avisadas.

– Bom, a questão é simples. Não há como evitar que a imprensa fique sabendo disso. Vai estar em todos os noticiários. Pode acreditar.

– Vamos mudar de assunto – disse Chet. – E vocês? O que fazem?

– Somos diretoras de arte em uma agência publicitária relativamente grande – disse Colleen. – Eu, pelo menos, sou diretora de arte. Terese era diretora de arte. Agora faz parte da chefia. É diretora de criação.

– Impressionante – disse Chet.

– E, por uma estranha coincidência, atualmente estamos envolvidas tangencialmente com a medicina – acrescentou ela.

– O que quer dizer com estarem envolvidas com a medicina? – perguntou Jack.

– Uma das nossas grandes contas é a National Health – disse Terese. – Imagino que tenham ouvido falar dela.

– Infelizmente – disse Jack, em voz baixa.

– Você tem algo contra o fato de trabalharmos para eles? – perguntou Terese.

– Provavelmente – disse Jack.

– Posso perguntar por quê?

– Sou contra a publicidade médica. Especialmente o tipo de publicidade que esses novos conglomerados de saúde fazem.

– Por quê?

– Em primeiro lugar, os anúncios não têm função legítima a não ser aumentar os lucros promovendo as afiliações. Não passam de exageros, meias-verdades, ou amenidades superficiais. Não têm nada a ver com a qualidade do atendimento. Em segundo, a publicidade custa muito dinheiro, que é retirado dos custos administrativos. Esse é o verdadeiro crime: a publicidade tira dinheiro do atendimento aos pacientes.

– Terminou? – perguntou Terese.

– Provavelmente pensaria em mais alguns motivos, se me dessem mais tempo.

– Acontece que discordo de você – disse Terese com um fervor igual ao de Jack. – Acho que toda publicidade mostra diferenças e produz um ambiente competitivo que, em última instância, beneficia o consumidor.

– Isso é pura racionalização.

– Tempo, pessoal! – disse Chet, intervindo pela segunda vez entre Jack e Terese. – Vocês estão perdendo o controle de novo. Vamos mudar de assunto. Por que não falamos sobre alguma coisa neutra, como sexo ou religião?

Colleen riu e deu um tapinha no ombro de Chet.

– Estou falando sério – disse Chet enquanto ria com Colleen. – Vamos discutir religião. É um assunto pouco tratado em bares ultimamente. Vamos lá, cada um conta em que religião foi criado. Eu serei o primeiro...

Durante a próxima meia hora eles realmente discutiram religião, e Jack e Terese esqueceram as desavenças. Chegaram a se flagrar rindo, já que Chet era um bom contador de histórias.

Às 23h15 Jack olhou o relógio e teve de olhar de novo. Não podia acreditar que fosse tão tarde.

– Desculpem – falou, interrompendo a conversa. – Preciso ir. Tenho uma viagem de bicicleta a fazer.

– Bicicleta? – perguntou Terese. – Você anda de bicicleta nesta cidade?

– Ele quer morrer – disse Chet.

– Onde você mora? – perguntou Terese.

– Upper West Side.

– Pergunte-lhe exatamente em que altura – disparou Chet.

– Exatamente em que altura? – perguntou Terese.

– Na rua 106. Para ser exato.

– Mas isso é no Harlem – disse Colleen.

– Eu não disse que ele quer morrer? – repetiu Chet.

– Não diga que vai atravessar o parque a essa hora – espantou-se Terese.

– Eu sou bem rápido.

– Bom, acho que vai procurar encrenca – disse Terese. Em seguida inclinou-se e pegou a bolsa que tinha colocado no chão, junto aos pés. – Não tenho uma bicicleta, mas tenho um encontro marcado com minha cama.

– Esperem um segundo, vocês aí. Colleen e eu é que mandamos. Certo, Colleen? – Chet colocou o braço ao redor do ombro de Colleen.

– Certo – disse Colleen, procurando ser agradável.

– Nós decidimos – disse Chet com autoridade – que vocês dois não podem ir para casa a não ser que concordem em jantar conosco amanhã.

Colleen balançou a cabeça enquanto se afastava do braço de Chet.

– Acho que não podemos. Estamos com um prazo impossível de cumprir, por isso teremos de fazer um bocado de horas extras.

– Onde vocês estão pensando em jantar? – perguntou Terese.

Colleen olhou para a amiga com surpresa.

– Que tal aqui na esquina, no Elaine's? – disse Chet. – Lá pelas 20 horas. Podemos até ver uma ou duas celebridades.

– Acho que não posso... – refutou Jack.

– Não quero ouvir nenhuma desculpa sua – disse Chet, interrompendo. – Você pode ir jogar boliche com as freiras outra noite. Amanhã você vai jantar conosco.

Jack estava cansado demais para pensar. Encolheu os ombros.

– Então, está decidido? – perguntou Chet.

Todos concordaram.

AS MULHERES PEGARAM um táxi. Ofereceram a Chet uma carona, que recusou porque morava ali perto.

– Tem certeza de que não quer deixar a bicicleta aqui esta noite? – Terese perguntou a Jack, que tinha acabado de remover o emaranhado de correntes da bicicleta.

– Não há a mínima chance. – Jack passou uma das pernas por cima da bicicleta e saiu pedalando pela Segunda Avenida, acenando por sobre a cabeça.

Terese deu o endereço da primeira parada ao motorista, e o táxi virou à esquerda na Segunda Avenida e acelerou em direção ao sul. Colleen, que ficara olhando para Chet pelo vidro de trás, virou-se para encarar a chefe.

– Que surpresa! – falou. – Imagine, encontrar dois homens decentes num bar. Isso sempre acontece quando a gente menos espera.

– Eram bons sujeitos – concordou Terese. – Acho que eu estava errada pensando que estavam à caça, e graças a Deus não ficaram falando sobre esportes ou bolsa de valores. Em geral é só disso que falam os homens desta cidade.

– O que me deixa espantada é que minha mãe vivia me encorajando a conhecer um médico – disse Colleen.

– Não acho que nenhum deles seja um médico típico. Especialmente Jack. Ele tem um jeito estranho. É terrivelmente amargurado por causa de alguma coisa, e parece meio cabeça-dura. Dá para imaginar alguém andando de bicicleta nesta cidade?

– É mais fácil do que pensar no que eles fazem. Dá para imaginar alguém lidando com gente morta o dia inteiro?

– Não sei. Não deve ser muito diferente de lidar com executivos.

– Devo dizer que você me chocou quando concordou com o jantar de amanhã à noite. Especialmente com esse desastre da National Health encarando a gente.

– Mas foi exatamente por isso que eu concordei. – Terese lançou um sorriso conspiratório para Colleen. – Quero falar mais um pouco com Jack Stapleton. Acredite ou não, ele acabou me dando uma grande ideia para a nova campanha da National Health! Não consigo imaginar qual seria a sua reação, se soubesse. Com sua atitude negativa com relação à publicidade, provavelmente teria um ataque cardíaco.

– Qual é a ideia? – perguntou Colleen ansiosa.

– Envolve esse negócio de peste. Como a AmeriCare é a única verdadeira rival da National Health, nossa campanha simplesmente se aproveitará do fato de que a AmeriCare teve um caso de peste em seu hospital mais importante. Por mais que a situação seja assustadora, as pessoas vão correr em massa para a National Health.

O queixo de Colleen caiu.

– Nós não podemos usar a peste.

– Bom, não estou pensando em usar a peste especificamente. Só quero enfatizar a ideia do hospital da National Health ser tão novo e limpo. O contrário será deduzido, e o público é que fará a associação com esse episódio de peste. Sei como é o Hospital Geral de Manhattan. Já estive lá. Pode ter sido reformado, mas ainda é um prédio antigo. O hospital da National Health é a antítese. Posso ver anúncios onde as pessoas comem no chão da National Health, sugerindo que é limpo. Quero dizer, as pessoas gostam da ideia de um hospital novo e limpo, especialmente agora com todo esse blá-blá-blá sobre a volta das bactérias e sua resistência aos antibióticos.

– Gostei – disse Colleen. – Se isso não conseguir aumentar a percentagem de mercado da National Health Care diante da AmeriCare, nada conseguirá.

– Estive pensando num bordão. Escute: "Nós merecemos sua confiança: saúde é o nosso nome."

– Excelente! Adoro! Vou colocar toda a equipe trabalhando logo nisso.

O táxi parou diante do apartamento de Terese. As mulheres fizeram um gesto de vitória antes de Terese sair.

Encostando-se de novo no táxi, Terese disse:

– Obrigada por me levar para sair hoje. Foi uma boa ideia por muitos motivos.

– De nada – disse Colleen, erguendo o polegar.

Quinta-feira, 21 de março de 1996, 7h25

Sendo um homem metódico, Jack chegava ao Departamento de Medicina Legal quase na mesma hora todos os dias, e raramente se atrasava mais de cinco minutos. Nessa manhã em particular ele estava dez minutos atrasado, já que acordara com uma leve ressaca. Não tinha uma há tanto tempo que esquecera como isso o fazia sentir-se péssimo. Consequentemente ficara no chuveiro alguns minutos a mais do que de costume, e ao ziguezaguear em sua descida pela Segunda Avenida manteve a velocidade num nível mais razoável.

Ao atravessar a Primeira Avenida, Jack viu algo que nunca vira antes àquela hora do dia. Havia um caminhão de televisão com a antena principal estendida, parado diante do prédio do Departamento de Medicina Legal.

Mudando um pouco a direção da bicicleta, rodeou o veículo. Não havia ninguém dentro dele. Ao olhar para a porta da frente do prédio, viu um grupo de jornalistas reunidos ali.

Curioso em saber o que estava acontecendo, passou depressa pela entrada, prendeu a bicicleta no lugar de sempre e foi até a sala de identificação.

Como sempre, Laurie e Vinnie estavam em suas cadeiras. Jack os cumprimentou e seguiu até o final da sala para dar uma olhada no hall de entrada. Estava lotado como nunca o vira.

– Que diabo está acontecendo? – perguntou, virando-se para Laurie.

– Você é a pessoa mais indicada para saber – disse ela. Estava ocupada fazendo a programação de necrópsias do dia. – Tudo isso é por causa da epidemia de peste!

– Epidemia? Houve mais casos?

– Não ouviu falar? Não assiste à televisão de manhã?

– Não tenho televisão – admitiu Jack. – Ter uma, no meu bairro, é pedir encrenca.

– Bom, chegaram duas vítimas durante a noite. Uma é de peste com certeza, ou pelo menos é provável, já que o hospital fez seu próprio teste de anticorpos por fluoresceína e deu positivo. O outro é uma suspeita, já que clinicamente parecia peste, apesar de o exame de anticorpos ter dado negativo. Além disso, pelo que soube, há vários pacientes com febre que foram postos sob quarentena.

– Tudo isso acontecendo no Hospital Geral de Manhattan?

– Aparentemente.

– Esses casos tiveram contato direto com Nodelman?

– Não tive tempo de examinar isso – disse Laurie. – Está interessado? Se estiver, eu passo os dois para você.

– Claro. Qual é o mais provável de ser peste?

– Katherine Mueller – disse Laurie, e empurrou a pasta da paciente em direção a Jack.

Sentado na beira da mesa onde Laurie estava trabalhando, Jack abriu a pasta. Folheou os papéis até encontrar o relatório da investigação. Pegou-o e começou a ler. A mulher fora levada à emergência do Hospital Geral de Manhattan às 16 horas, numa crise aguda que foi diagnosticada como um caso fulminante de peste. Morreu nove horas depois, apesar do tratamento intensivo com antibióticos.

Jack verificou o lugar onde a mulher trabalhava, e não ficou surpreso com o que encontrou. A mulher trabalhava no hospital. Jack presumiu que ela deveria ter tido contato direto com Nodelman. Infelizmente o relatório não indicava em que departamento trabalhava. Imaginou que fosse enfermeira ou funcionária do laboratório.

Continuando a ler o relatório, Jack elogiou silenciosamente o trabalho de Janice Jaeger. Depois da conversa que tiveram por telefone no dia anterior, ela acrescentara informações sobre viagens, animais de estimação e visitantes. No caso de Mueller, todos os resultados eram negativos.

– Onde está o caso de suspeita de peste? – perguntou a Laurie.

Laurie empurrou outra pasta em sua direção.

Jack abriu a pasta e ficou imediatamente surpreso. A vítima não trabalhava no Hospital Geral de Manhattan nem tivera contatos óbvios com Nodelman. Seu nome era Susanne Hard. Como Nodelman, fora paciente do hospital, mas não na mesma enfermaria. Hard estivera na ala de ginecologia e obstetrícia depois de dar à luz! Jack ficou pasmo.

Continuando a ler, soube que Hard estava no hospital havia 24 horas quando teve febre repentina, mialgia, dor de cabeça, mal-estar geral e tosse progressiva. Esses sintomas surgiram cerca de 18 horas após ter passado por uma cesariana e dar à luz uma criança saudável. Oito horas depois, a paciente morreu.

Por curiosidade, Jack olhou o endereço de Hard, lembrando-se de que Nodelman morava no Bronx. Mas Hard não morava no Bronx. Morava em Manhattan, em Sutton Place South, que estava longe de ser um gueto.

Prosseguindo, leu que Hard não viajara desde que ficara grávida. Quanto a animais de estimação, tinha um poodle velho, mas saudável. Com relação a visitantes, havia três semanas recebera um sócio do marido vindo da Índia, e o homem fora descrito como saudável e bem-disposto.

– Janice Jaeger ainda está aqui? – perguntou Jack.

– Estava há uns 15 minutos, quando passei pela sala dela – disse Laurie.

Jack encontrou Janice onde ela estivera na manhã anterior.

– Você é uma funcionária dedicada! – falou Jack da porta.

Janice levantou os olhos do trabalho que estava fazendo.

– Há muita gente morrendo ultimamente. Estou atolada. Mas diga: eu fiz as perguntas certas nos casos de infecção desta noite?

– Totalmente. Fiquei impressionado. Mas tenho mais algumas.

– Manda ver.

– Onde fica a ala de ginecologia e obstetrícia, com relação à ala médica?

– Ficam em frente uma da outra. As duas no sétimo andar.

– Não é possível!

– Isso é significativo?

– Não faço a mínima ideia – admitiu Jack. – Os pacientes da ala de ginecologia e obstetrícia se misturam com os da ala médica?

– Agora você me pegou. Não sei, mas imagino que não.

– Eu também.

Mas, se eles não se misturavam, como foi que Susanne Hard conseguiu ficar doente? Alguma coisa parecia esquisita nesse surto de peste. De brincadeira, ele se perguntou se ratos infectados estariam morando no sistema de ventilação do sétimo andar.

– Mais alguma pergunta? – perguntou Janice. – Quero sair daqui e tenho de terminar este relatório.

– Mais uma. Você relatou que Katherine Mueller trabalhava no hospital, mas não disse em qual departamento. Sabe se era na enfermagem ou no laboratório?

Janice folheou as anotações da noite e pegou o papel onde escrevera as informações sobre Mueller. Rapidamente examinou-o e voltou a olhar para Jack.

– Nenhuma das duas coisas. Trabalhava no almoxarifado central.

– O quê?! – Jack pareceu desapontado.

– Sinto muito. É o que me disseram.

– Não estou culpando você – disse Jack, gesticulando com uma das mãos. – Só que eu gostaria de encontrar algum tipo de lógica nisso tudo. Como é que uma mulher que trabalha com suprimentos entra em contato com um paciente doente no sétimo andar? Onde fica o almoxarifado central?

– Acho que fica no mesmo andar das salas de cirurgia. Ou seja, o terceiro.

– Certo, obrigado. Agora saia daqui e vá dormir um pouco.

– É o que pretendo fazer.

Jack voltou à sala de identificação, pensando que nada parecia fazer muito sentido. Em geral o curso das doenças contagiosas podia ser acompanhado, sequencialmente, através de uma família ou uma comunidade. Havia o primeiro caso, e os que se seguiam expandiam-se a partir dele, por contato direto ou através de um vetor, como um inseto. Não havia muito mistério. Até agora não era esse o modelo com o surto atual de peste. O único fator unificante era que todos envolviam o Hospital Geral de Manhattan.

Acenou, distraído, para o sargento Murphy, que aparentemente acabara de chegar ao seu cubículo junto à sala de comunicações. O alegre policial irlandês acenou de volta com grande entusiasmo.

Jack diminuiu o passo enquanto sua mente borbulhava. Susanne Hard apresentara os sintomas após um dia no hospital. Como o período de incubação da peste, geralmente, era de dois dias no mínimo, ela teria se contaminado antes de chegar ao hospital. Jack voltou à sala de Janice.

– Mais uma pergunta. Por acaso você sabe se essa mulher, Hard, visitou o hospital nos dias anteriores à internação?

– O marido disse que não. Fiz essa pergunta especificamente. Parece que ela odiava o hospital, e só foi no último minuto.

Jack assentiu.

– Obrigado – falou, ainda mais preocupado. Virou-se e voltou para a sala de identificação. Essa informação tornava a coisa ainda mais espantosa, exigindo que formulasse a hipótese que o início do surto ocorrera simultaneamente em duas ou três localidades. Não era provável. A outra possibilidade era que o período de incubação fosse extremamente curto, menos de 24 horas. Isso significaria que a doença de Hard era uma infecção hospitalar, como suspeitara no caso de Nodelman e no de Mueller. O problema com tal ideia é que sugeriria uma dose infecciosa gigantesca, avassaladora, o que também parecia improvável. Afinal de contas, quantos ratos doentes poderiam estar num duto de ventilação, todos tossindo ao mesmo tempo?

Na sala de identificação Jack arrancou as páginas do *Daily News* das mãos de um relutante Vinnie e arrastou-o até o fosso, para começarem o dia de trabalho.

– Por que sempre começa tão cedo? – reclamou Vinnie. – Você é o único. Não tem uma vida pessoal?

Jack bateu no peito dele com a pasta de Katherine Mueller.

– Não se lembra do ditado: "Deus ajuda quem cedo madruga"?

– Besteira. – Vinnie pegou a pasta com Jack e abriu-a. – É esse caso que vamos fazer primeiro?

– Vamos passar do terreno conhecido para o desconhecido – disse Jack. – Este caso teve um teste de anticorpos por fluoresceína positivo para peste, de modo que você deve apertar bem o seu traje lunar.

Quinze minutos depois Jack começou a necrópsia. Passou um bocado de tempo no exame externo, procurando sinais de picadas de insetos. Não era um trabalho fácil, porque Katherine Mueller tinha 44 anos, era gorda, com centenas de marcas, sardas e pequenas manchas de pele. Jack não encontrou nada que desse certeza de uma picada, ainda que algumas lesões parecessem levemente suspeitas. Para se assegurar, fotografou-as.

– Este corpo não tem gangrena – comentou Vinnie.

– Nem púrpura.

Quando Jack começou o exame interno, vários outros profissionais tinham chegado à sala de necrópsia e metade das mesas estavam sendo usadas. Houve alguns comentários sobre Jack ter se tornado o especialista local em peste, mas ele os ignorou. Estava envolvido demais.

Os pulmões de Mueller estavam bastante parecidos com os de Nodelman, com uma extensa pneumonia lobar, consolidação e os primeiros estágios de morte dos tecidos. Os vasos linfáticos cervicais também estavam bastante comprometidos, bem como os nódulos linfáticos na árvore brônquica.

– Este caso foi tão ruim ou pior do que o de Nodelman – disse Jack. – É apavorante.

– Não precisa me contar – disse Vinnie. – Esses casos infecciosos me fazem pensar se não deveria ter feito jardinagem.

Jack chegava ao final do exame interno quando Calvin passou pela porta. Não havia como se enganar com sua silhueta enorme. Estava acompanhado por outra figura com metade do seu tamanho. Calvin foi direto à mesa de Jack.

– Alguma coisa fora do comum? – perguntou ele, enquanto olhava os órgãos internos.

– Internamente este caso é uma repetição do de ontem.

– Bom – disse Calvin, esticando as costas. Em seguida apresentou Jack ao seu acompanhante. Era Clint Abelard, o epidemiologista chefe.

Jack conseguiu identificar o queixo proeminente do sujeito, mas devido ao reflexo da máscara plástica não pôde ver seus olhos de esquilo. Perguntou-se se ele ainda estaria tão irritado quanto na véspera.

– Segundo o Dr. Bingham, vocês já se conheceram – disse Calvin.

– Realmente – disse Jack. O epidemiologista não respondeu.

– O Dr. Abelard está tentando discernir a origem deste surto de peste – explicou Calvin.

– Muito bom, isso – disse Jack.

– Ele veio nos procurar para ver se podemos dar-lhe alguma informação significativa. Talvez você possa relatar suas descobertas.

– Com todo o prazer. – Jack começou pelo exame externo, indicando as anormalidades da pele, que poderiam ser picadas de insetos. Em seguida mostrou a patologia interna, concentrando-se nos pulmões, nos vasos linfáticos, no fígado e no baço. Durante todo o discurso, Clint Abelard permaneceu em silêncio.

– Aí está – disse Jack quando terminou. Em seguida recolocou o fígado no recipiente. – Como podem ver, é um caso sério, como o de Nodelman, e não é de espantar que os dois pacientes tenham morrido tão depressa.

– E quanto a Hard? – perguntou Clint.

– É a próxima.

– Se importa se eu olhar?

Jack encolheu os ombros.

– Isso é com o Dr. Washington.

– Sem problema – disse Calvin.

– Se é que posso perguntar – disse Jack. – Vocês têm alguma teoria sobre a origem da peste?

– Na verdade, não – disse Clint irritadiço. – Ainda não.

– Nenhuma ideia? – perguntou Jack, tentando afastar o sarcasmo da voz. Parecia que Clint não estava de melhor humor do que na véspera.

– Estamos procurando indícios de peste na população de roedores da área – disse Clint, em tom condescendente.

– Esplêndida ideia. E como estão fazendo isso?

Clint fez uma pausa, como se não quisesse divulgar um segredo.

– O CCD está ajudando – disse por fim. – Mandaram para cá uma pessoa da divisão que estuda a peste. É o encarregado das armadilhas e da análise.

– Alguma sorte até agora?

– Alguns ratos apanhados ontem à noite estavam doentes; mas nenhum com peste.

– E quanto ao hospital? – Jack insistiu apesar da aparente relutância de Clint. – Esta mulher que acabamos de necropsiar trabalhava no almoxarifado central. Parece que sua infecção foi hospitalar, como a de Nodelman. Acha que ela foi contagiada pela fonte primária que estaria no hospital e ao redor, ou por Nodelman?

– Não sabemos – admitiu Clint.

– Se ela pegou de Nodelman, vocês têm alguma ideia de uma possível rota de transmissão?

– Checamos cuidadosamente os sistemas de ventilação e ar-condicionado do hospital. Todos os filtros estavam no lugar e tinham sido trocados adequadamente.

– E quanto à situação do laboratório?

– O que quer dizer?

– O senhor sabia que o chefe dos técnicos de microbiologia sugeriu ao diretor do laboratório que o caso era de peste simplesmente a partir da impressão clínica, mas que o diretor o convenceu a não seguir essa pista?

– Não sabia disso – murmurou Clint.

– Se o chefe dos técnicos tivesse seguido a pista, teria feito o diagnóstico e a terapia adequada poderia ter sido iniciada. Quem sabe, isso teria salvo uma vida. O problema é que o laboratório vem reduzindo o pessoal por causa da pressão da AmeriCare em economizar alguns dólares, e eles não têm um cargo de supervisor de microbiologia. Foi eliminado.

– Eu não sabia – falou Clint. – Apesar disso, o caso de peste ainda ocorreria.

– Certo. De um modo ou de outro ainda precisam descobrir a origem. Infelizmente vocês não sabem nada a mais do que sabiam ontem. – Jack sorriu por dentro da máscara. Sentia um prazer perverso em colocar o epidemiologista em foco.

– Eu não iria tão longe – murmurou Clint.

– Algum sinal de doença nos funcionários do hospital? – perguntou Jack.

– Várias enfermeiras estão com febre e foram postas sob quarentena. Até agora não há confirmação de que estejam com peste, mas suspeita-se. Elas tiveram contato direto com Nodelman.

– Quando você começa com Hard? – perguntou Calvin.

– Daqui a uns 20 minutos. Assim que Vinnie arrumar as coisas aqui.

– Vou dar uma volta e verificar alguns outros casos – disse Calvin a Clint. – Quer ficar aqui com o Dr. Stapleton ou quer vir comigo?

– Acho que vou com você, se não se importar.

– A propósito, Jack – disse Calvin antes de sair. – Há uma multidão de repórteres lá em cima, rondando o prédio como cães de caça. Não quero que você dê nenhuma entrevista coletiva sem autorização. Qualquer informação do Departamento de Medicina Legal deve partir da Sra. Donnatelo e de sua assistente de relações públicas.

– Eu nem sonharia em falar com a imprensa – disse Jack.

Calvin foi até a próxima mesa. Clint ficou nos seus calcanhares.

– Parece que o cara não queria falar com você – disse Vinnie quando Calvin e Clint estavam a uma boa distância. – E não posso culpá-lo.

– Esse camundongo está irritado desde que o vi pela primeira vez – disse Jack.

– Agora é o roto falando do esfarrapado.

Nova York, quinta-feira, 21 de março de 1996, 9h30

– Está me ouvindo, Sr. Lagenthorpe? – gritou o Dr. Doyle para o paciente. Donald Lagenthorpe era um negro de 38 anos, engenheiro petrolífero, que tinha um problema crônico de asma. Naquela manhã, logo depois das 3 horas, acordara com uma dificuldade progressiva de respirar. Os remédios que tinha em casa não interromperam o ataque, e chegara à emergência do Hospital Geral de Manhattan às 4 horas. O Dr. Doyle fora chamado às 4h45, depois que as medicações usuais da emergência não fizeram efeito.

Os olhos de Donald se abriram. Ele não estava dormindo, apenas tentava descansar. O sofrimento fora exaustivo e assustador. A sensação de não poder respirar era uma tortura, e fora o pior episódio que já experimentara.

– Como está se sentindo? – perguntou o Dr. Doyle. – Sei o que você passou. Deve estar muito cansado.

Doyle era um daqueles raros médicos que sentia empatia por todos os seus pacientes, demonstrando uma profunda compreensão e dando a entender que sofria dos mesmos problemas de saúde.

Donald balançou a cabeça, indicando que estava bem. Respirava através de uma máscara facial que tornava difícil conversar.

– Quero que você fique no hospital alguns dias – disse o Dr. Doyle. – Esse ataque foi difícil de interromper.

Donald assentiu de novo. Ninguém precisava lhe dizer isso.

– Quero que continue tomando os esteroides intravenosos por mais algum tempo – explicou o médico.

Donald levantou a máscara do rosto.

– Será que eu não poderia tomar os esteroides em casa?

Por mais que fosse grato ao hospital pelo atendimento na hora de necessidade, preferia ir para casa, agora que sua respiração voltara ao normal. Em casa sabia que ao menos poderia fazer algum trabalho. Como era sempre o caso, seu ataque de asma chegara numa hora particularmente inconveniente. Deveria voltar ao Texas na semana seguinte para fazer mais serviço de campo.

– Sei que você não quer ficar no hospital. Também penso assim. Mas acho que é melhor, nas atuais circunstâncias. Iremos lhe dar alta o mais cedo possível. Não só quero que continue com os esteroides, mas quero que você respire ar umidificado, limpo, não irritante. Também quero acompanhar cuidadosamente o pico de seu fluxo respiratório. Como lhe expliquei antes, ainda não voltou totalmente ao normal.

– Quantos dias o senhor acha que eu preciso ficar aqui?

– Tenho certeza de que serão apenas dois.

– Preciso voltar ao Texas – explicou Donald.

– É? Quando esteve lá pela última vez?

– Na semana passada.

– Hmmm – disse Doyle enquanto pensava. – Você entrou em contato com alguma coisa fora do normal enquanto esteve lá?

– Só com a culinária Tex-Mex – disse Donald, conseguindo sorrir.

– Não tem nenhum animal de estimação novo ou algo semelhante? – perguntou Doyle. Uma das dificuldades de lidar com pacientes de asma crônica é determinar os fatores responsáveis por disparar os ataques, que frequentemente eram de origem alérgica.

– Minha namorada arranjou um novo gato. Ele me deixou com um pouco de coceira nas últimas vezes em que estive lá.

– Quando foi a última vez?

– Ontem à noite. Mas fui para casa logo depois das 23 horas e me senti ótimo. Não tive nenhum problema para dormir.

– Bom, teremos de ver isso. Por ora quero você no hospital. O que me diz?

– O senhor é o médico – disse Donald, relutante.

– Obrigado.

Quinta-feira, 21 de março de 1996, 9h45

– Pelo amor de Deus! – murmurou Jack baixinho quando ia começar a necrópsia em Susanne Hard. Clint Abelard rondava-o como um pernilongo, constantemente mudando o peso de uma perna para a outra. – Clint, por que não dá a volta na mesa e fica do outro lado? – sugeriu Jack. – Assim poderá enxergar muito melhor.

Clint aceitou a sugestão e ficou do outro lado, com as mãos às costas.

– Agora, não se mexa – murmurou Jack para si mesmo. Não gostava de Clint ali perto, mas não tinha escolha.

– É triste quando a gente vê uma mulher jovem assim – disse Clint subitamente.

Jack ergueu os olhos. Não esperava um comentário daqueles vindo de Clint. Parecia humano demais. A Jack ele parecera um burocrata insensível e mal-humorado.

– Quantos anos tinha? – perguntou Clint.

– Vinte e oito – disse Vinnie, da cabeceira da mesa.

– Pela aparência da coluna, ela não teve uma vida fácil – disse Clint.

– Ela fez várias cirurgias na coluna – disse Jack.

– É uma dupla tragédia, já que tinha acabado de dar à luz – disse Clint. – Agora a criança ficou órfã.

– Era o segundo filho – disse Vinnie.

– Acho que eu não deveria me esquecer do marido – disse Clint. – Deve ser terrível perder a esposa.

Uma facada de emoção desceu pelas costas de Jack. Teve de lutar para não esticar a mão e dar um empurrão em Clint. Abruptamente se afastou da mesa e foi até a sala de higiene. Ouviu Vinnie chamá-lo, mas o ignorou. Em vez disso, encostou-se na beira da pia e tentou acalmar-se. Sabia que se irritar com Clint era uma reação pouco razoável; não passava de uma transferência pura e simples. Mas entender a origem do sentimento não diminuía sua irritação. Jack sempre ficava furioso quando ouvia esses clichês vindo de pessoas que realmente não tinham ideia do que falavam.

– Algum problema? – perguntou Vinnie, que acabara de enfiar a cabeça pela porta.

– Já volto num segundo.

Vinnie fechou a porta.

Enquanto estava ali, Jack lavou as mãos e colocou outras luvas. Quando terminou, voltou à mesa.

– Vamos começar o show.

– Eu olhei o corpo – disse Clint. – Não vi nada que parecesse uma picada de inseto, e você?

Jack teve de se conter para não fazer um discurso como o que Clint fizera para ele. Em vez disso, simplesmente prosseguiu com o exame externo. Só falou depois de terminar.

– Nenhuma gangrena, nem púrpura, nenhuma picada de inseto, pelo que posso ver. Mas dá para perceber que alguns nódulos linfáticos cervicais estão inchados.

Jack apontou a descoberta para Clint, que em seguida assentiu.

– Sem dúvida é consistente com a peste – disse Clint.

Jack não respondeu. Em vez disso pegou um bisturi com Vinnie e rapidamente fez a típica incisão em Y para a necropsia. A ousada crueldade do gesto fez Clint reagir bruscamente dando um passo atrás.

Jack trabalhou depressa, mas com grande cuidado. Sabia que, quanto menos os órgãos internos fossem mexidos, menores as chances de que algum micróbio infeccioso passasse para o ar.

Depois de tirar os órgãos, voltou a atenção primeiro para os pulmões. Calvin se aproximara, e postara-se atrás de Jack quando ele fez os cortes iniciais no órgão obviamente doentio. Jack abriu o pulmão como se fosse uma borboleta.

– Um bocado de broncopneumonia e início de necrose nos tecidos – disse Calvin. – Bastante parecido com Nodelman.

– Não sei – disse Jack. – Parece haver uma quantidade igual de patologia, mas menos consolidação. E veja essas áreas nodulares. Parecem o início de granulomas com caseificação.

Clint ouvia esse jargão de patologia com pouco interesse ou compreensão. Lembrava-se das palavras que ouvira na escola de medicina, mas há muito esquecera o significado delas.

– Parece peste? – perguntou.

– É consistente – disse Calvin. – Vejamos o fígado e o baço.

Jack tirou cuidadosamente os órgãos do recipiente e cortou-os. Como fizera com o pulmão, espalhou as superfícies cortadas para que todos pudessem ver. Até Laurie se aproximara da mesa.

– Um bocado de necrose – disse Jack. – Sem dúvida é um caso tão virulento quanto o de Nodelman ou o que necropsiei antes.

– Para mim parece peste – disse Calvin.

– Mas por que o teste de anticorpos por fluoresceína foi negativo? – perguntou Jack. – Isso me diz alguma coisa, especialmente considerando a aparência dos pulmões.

– O que é que têm os pulmões? – perguntou Laurie.

Jack afastou o fígado e o baço e mostrou o corte na superfície do pulmão. Explicou o que achava da patologia.

– Vejo o que está querendo dizer, agora que o mencionou – disse Laurie. – É diferente do caso de Nodelman. Os pulmões dele definitivamente tinham mais consolidação. Isso parece mais algum tipo de tuberculose terrivelmente agressiva.

– Ora! – disse Calvin. – Isso não é tuberculose. De jeito nenhum.

– Não creio que Laurie estivesse sugerindo isso – disse Jack.

– E não estava – concordou Laurie. – Só estava usando a tuberculose como um modo de descrever as áreas infectadas.

– Acho que é peste – disse Calvin. – Bem, não acharia isso, se não tivéssemos tido um caso no mesmo hospital ontem. O mais provável é que seja peste, independentemente do que o laboratório deles tenha dito.

– Não creio que seja – disse Jack. – Mas vejamos o que o nosso laboratório diz.

– Que tal apostar de novo aqueles 10 dólares? – disse Calvin. – Você tem tanta certeza?

– Não, mas aceito a aposta. Sei o quanto o dinheiro significa para você.

– Vocês terminaram aqui? – perguntou Clint. – Se terminaram, acho que vou indo.

– Praticamente terminamos – disse Jack. – Irei trabalhar mais um pouco nos vasos linfáticos, e depois coletarei amostras para o microscópio. Você não vai perder nada, se sair agora.

– Vou com você – disse Calvin.

Calvin e Clint desapareceram pela porta da sala de higiene.

– Se não acha que este é um caso de peste, o que acha que deve ser? – perguntou Laurie, voltando a olhar para o cadáver da mulher.

– Fico sem graça de dizer.

– Vamos lá, não vou contar a ninguém.

Jack olhou para Vinnie. Vinnie ergueu as mãos.

– Meus lábios estão lacrados.

– Bom, teríamos de voltar ao primeiro diagnóstico diferencial que fiz do Nodelman – disse Jack. – Para estreitar mais ainda as possibilidades, terei de pisar em ovos novamente. Se não for peste, a doença infecciosa mais próxima, tanto patológica quanto clinicamente, é a tularemia.

Laurie riu.

– Tularemia numa mulher de 28 anos, depois de um parto, em Manhattan? Seria bastante raro, ainda que não tão raro quanto o diagnóstico de peste que você fez ontem. Afinal de contas ela poderia ter como hobby caçar coelhos nos fins de semana.

– Sei que não é muito provável. Mais uma vez, estou me baseando totalmente na patologia e no fato de que o teste para peste foi negativo.

– Estou disposta a apostar 25 centavos – disse Laurie.

– Que esbanjadora! – brincou Jack. – Certo! Vamos apostar 25 centavos.

Laurie retornou ao caso em que estava trabalhando. Jack e Vinnie voltaram a atenção a Susanne Hard. Enquanto Vinnie cumpria suas tarefas, Jack terminou a dissecção linfática que queria fazer, depois pegou as amostras de tecidos para o estudo microscópico. Quando as amostras foram para os conservantes, devidamente rotuladas, ele ajudou Vinnie a suturar o cadáver.

Deixando a sala de necrópsias, Jack tirou o traje de isolamento. Depois de ligar na tomada a bateria recarregável do ventilador, pegou o elevador até o terceiro andar para procurar Agnes Finn. Encontrou-a sentada diante de uma pilha de placas de Petri, examinando culturas de bactérias.

– Acabei de necropsiar outro caso infeccioso com suspeita de peste – falou. – As amostras já estão chegando. Mas há um problema. O laboratório do Hospital Geral de Manhattan afirma que o teste de anticorpos por fluoresceína foi negativo. Claro que quero repetir o teste, mas ao mesmo tempo quero que você investigue a possibilidade de tularemia, e quero isso o mais rápido possível.

– Não é tão fácil. Lidar com *Francisella tularensis* é perigoso. O risco de contágio para os funcionários de laboratório é muito grande, se a bactéria for para o ar. Há um teste de anticorpos por fluoresceína para tularemia, mas nós não o possuímos.

– Então como você faz o diagnóstico?

– Teremos de mandar as amostras para fora. Por causa do risco de lidar com a bactéria, os reagentes em geral são mantidos apenas em laboratórios de referência, onde o pessoal está acostumado a mexer com o micróbio. Há um laboratório desses aqui na cidade.

– Pode mandá-las agora mesmo?

– Mandaremos as amostras assim que chegarem aqui. Se pressionarmos o laboratório, teremos um resultado preliminar em menos de 24 horas.

– Perfeito. Vou esperar. Estou com 10,25 dólares apostados nisso.

Agnes deu uma olhada estranha para Jack. Ele pensou em explicar, mas achou que pareceria ainda mais idiota. Em vez disso, foi para sua sala.

Nova York, quinta-feira, 21 de março de 1996, 10h45

– Estou gostando cada vez mais disso – disse Terese, desencostando-se da mesa de Colleen, que acabava de mostrar-lhe os estudos que sua equipe fizera naquela manhã, usando o tema discutido à noite.

– O melhor é que o conceito tem a ver com o juramento de Hipócrates – disse Colleen. – Particularmente a parte sobre nunca fazer mal a ninguém. Adorei.

– Não sei por que não pensamos nisso antes. É tão natural! É quase vergonhoso que essa droga de epidemia tenha sido necessária para fazer a gente pensar nisso. Você viu no jornal da manhã o que está acontecendo?

– Três mortes! E várias pessoas doentes. É terrível. Na verdade, isso me deixa apavorada.

– Quando acordei, tive dor de cabeça por causa do vinho de ontem. A primeira coisa que me passou pela cabeça foi se eu estava com peste ou não.

– Pensei a mesma coisa – disse Colleen. – Fico feliz por você ter admitido isso. Eu estava sem jeito.

– Espero que aqueles caras de ontem à noite estejam certos. Pareciam bastante confiantes de que isso não viraria um grande problema.

– Está preocupada por ter ficado perto deles?

– Bom, isso me passou pela cabeça – admitiu Terese. – Mas, como disse, eles estavam muito confiantes. Não consigo imaginar os dois agindo daquele jeito se houvesse algum risco.

– Ainda está a fim do jantar de hoje?

– Sem dúvida. Tenho uma suspeita de que Jack Stapleton acabará se revelando uma involuntária fonte de ideias. Pode estar amargurado com relação a alguma coisa, mas é inteligente, tem opiniões firmes, e certamente conhece o negócio.

– Não consigo acreditar que essa história esteja indo tão bem – disse Colleen. – Eu me senti muito mais atraída por Chet; ele é divertido, aberto, fácil de conversar. Eu já tenho problemas suficientes, por isso não sinto atração pelo tipo angustiado, melancólico.

– Não disse que senti atração por Jack Stapleton. É uma coisa totalmente diferente.

– Qual é a sua opinião, no fundo, sobre essa ideia de usarmos o próprio Hipócrates num dos nossos anúncios?

– Acho que tem um potencial fantástico. Vá em frente. Enquanto isso, vou lá em cima falar com Helen Robinson.

– Por quê? Pensei que fosse sua inimiga.

– Estou levando a sério a bronca de Taylor, quando disse que nós, da criação, deveríamos trabalhar junto com o pessoal das contas – disse Terese em tom jovial.

– Sei! Dá pra acreditar!

– Sério. Há uma coisa que gostaria que ela fizesse. Preciso de uma quinta-coluna. Quero que Helen confirme que a National Health é limpa, no que tange às infecções hospitalares. Se o seu histórico for atroz, toda a campanha pode se tornar um tiro no pé. E aí, não somente eu perderia a candidatura à presidência, mas, provavelmente nós duas teríamos de virar camelôs.

– Nós já não saberíamos disso? Quero dizer, eles são nossos clientes há vários anos.

– Duvido. Esses gigantes dos serviços de saúde odeiam divulgar qualquer coisa que possa afetar negativamente o valor de suas ações. Sem dúvida um histórico de infecções hospitalares faria isso.

Terese deu um tapinha no ombro de Colleen e disse para ela continuar pressionando a equipe, dirigindo-se então à escada.

Chegou sem fôlego ao andar da administração, subindo de dois em dois degraus. Dali seguiu direto para o reino acarpetado dos executivos de contas. Seu humor estava ótimo; era a absoluta antítese da ansiedade e do pavor da véspera. Sua intuição lhe dizia que estava diante de algo grande para a National Health, e que logo conseguiria um merecido triunfo...

ASSIM QUE TERMINOU a reunião de improviso com Terese e que esta desapareceu no corredor, Helen voltou à sua mesa e ligou para o seu principal contato na National Health Care. A pessoa não estava disponível de imediato, e Helen não esperava mesmo que estivesse. Simplesmente deixou seu nome e número de telefone, com o pedido de que ligasse o mais rápido possível.

Depois do telefonema, pegou uma escova na mesa e passou-a várias vezes no cabelo, diante de um pequeno espelho na parte de dentro da porta de seu armário. Assim que ficou satisfeita com a aparência, saiu da sala e foi para o escritório de Robert Barker.

– Tem um minuto? – disse Helen, junto à porta aberta.

– Para você tenho o dia inteiro – respondeu Robert, reclinando-se na poltrona.

Helen entrou na sala e virou-se para fechar a porta. Quando ela fez isso, Robert deitou disfarçadamente a foto da esposa, que ficava no canto da mesa. O olhar sério da mulher fazia-o sentir-se culpado sempre que Helen entrava na sala.

– Acabo de receber uma visita – disse Helen enquanto se aproximava. Como de costume, sentou-se de pernas cruzadas no braço de uma das poltronas, diante da mesa de Robert.

Robert sentiu o suor brotando na testa, junto com a pulsação que acelerava. De onde estava, a saia curta de Helen lhe permitia uma visão panorâmica das coxas.

– Era a nossa diretora de criação – prosseguiu ela. Tinha total consciência do efeito que provocava no chefe e isso lhe agradava. – Ela pediu que eu conseguisse algumas informações.

– Que tipo de informações? – Os olhos de Robert não se moviam, e ele não piscava. Era como se estivesse hipnotizado.

Helen explicou o que Terese queria, e descreveu a breve conversa sobre o surto de peste. Quando Robert não respondeu de imediato, ela se levantou. Isso quebrou o transe.

– Tentei dizer-lhe para não usar isso como base para uma campanha – acrescentou Helen –, mas ela acha que vai funcionar.

– Talvez você não devesse ter dito nada. – Robert afrouxou o colarinho e respirou fundo.

– Mas é uma ideia terrível. Não consigo imaginar nada de pior gosto.

– Exatamente. Eu gostaria que ela propusesse uma campanha de mau gosto.

– Sei onde você quer chegar. Na hora não pensei nisso.

– Claro que não. Você não é tão mórbida quanto eu. Mas tem raciocínio rápido. O problema com a ideia de usar a infecção hospitalar como base para a campanha é que pode funcionar. Pode ser que haja uma diferença legítima entre a National Health e a AmeriCare.

– Poderia dizer a ela que a informação não está disponível – sugeriu Helen. – Afinal de contas, pode não estar mesmo.

– Há sempre um risco em mentir. Ela poderia já ter a informação e estar nos testando, para que a gente fique mal. Não, vá em frente e veja o que consegue. Mas me diga o que descobrir e o que passar para Terese Hagen. Quero estar um passo adiante dela.

Quinta-feira, 21 de março de 1996, 12 horas

– Ei, meu chapa, como é que vai? – perguntou Chet assim que Jack entrou na sala que os dois dividiam e largou várias pastas sobre a mesa atulhada.

– Não poderia estar melhor.

A quinta-feira fora um dia de trabalho burocrático para Chet, em que ele tinha de ficar na escrivaninha, e não na sala de necrópsias. Em geral os legistas só faziam necrópsias três dias por semana. Nos outros dias eles compilavam o volumoso trabalho burocrático necessário para "liberar" cada caso. Sempre havia material dos investigadores AMs, do laboratório, dos médicos, ou da polícia, e tudo isso tinha de ser reunido. Além do mais, os médicos tinham de ler as lâminas de microscópio que o laboratório de histologia processava em cada caso.

Jack sentou-se e afastou um pouco do entulho de papel do centro da mesa para conseguir algum espaço para trabalhar.

– Está se sentindo bem esta manhã? – perguntou Chet.

– Meio tonto – admitiu Jack. Em seguida resgatou o telefone que estava enterrado sob a pilha de relatórios do laboratório. Abriu uma das pastas que acabara de trazer e começou a examinar o conteúdo. – E você?

– Perfeito. Estou acostumado a tomar um pouco de vinho e coisa e tal. Lembrar daquelas gatas ajudou, principalmente de Colleen. Ei, está tudo em cima para hoje à noite?

– Eu ia falar sobre isso.

– Você prometeu.

– Não prometi exatamente.

– Qual é! – implorou Chet. – Não me deixe na mão. Elas estão esperando por nós. Podem não ficar, se eu aparecer sozinho.

Jack olhou para o colega.

– Qual é! – repetiu Chet. – Por favor!

– Certo, tá legal. Mas só desta vez. Realmente não entendo por que você acha que precisa de mim. Você se vira bem sozinho.

– Obrigado, meu chapa. Te devo uma.

Jack encontrou a ficha de identificação com os números de telefone de Maurice Hard, marido de Susanne. Havia um número de casa e um do escritório. Ligou para o de casa.

– Para quem está ligando? – perguntou Chet.

– Você fala muito, cara – disse Jack, em tom brincalhão.

– Preciso vigiá-lo para que você não acabe demitido.

– Estou ligando para o marido de outro caso curioso de infecção. Acabei de fazer a necrópsia e fiquei perplexo. Clinicamente parecia peste, mas não creio nisso.

Uma empregada atendeu o telefone. Quando Jack perguntou pelo Sr. Hard, a mulher disse que ele estava no escritório. Jack discou o segundo número. Dessa vez foi atendido por uma secretária. Jack teve de explicar quem era e a secretária pediu que esperasse.

– Estou pasmo – disse Jack a Chet, com a mão tapando o fone. – A mulher do cara acaba de morrer e ele foi trabalhar. Só na América!

Maurice Hard atendeu o telefone. Sua voz estava tensa. Obviamente passava por grande estresse. Jack sentiu-se tentado a dizer ao homem que sabia como ele se sentia, mas algo o fez conter-se. Em vez disso, explicou quem era e por que estava ligando.

– O senhor acha que eu deveria conversar primeiro com meu advogado? – perguntou Maurice.

– Advogado? Por que advogado?

– A família da minha mulher está fazendo acusações ridículas. Estão sugerindo que eu tive alguma coisa a ver com a morte de Susanne. São malucos. Ricos, porém malucos. Susanne e eu tínhamos nossos altos e baixos, mas nunca faríamos mal um ao outro, de jeito nenhum.

– Eles sabem que sua esposa morreu de doença infecciosa?

– Tentei dizer a eles.

– Não sei o que dizer. Realmente não estou em posição de aconselhá-lo quanto à sua situação legal.

– Bom, vá em frente com as suas perguntas – disse Maurice. – Não consigo imaginar que faça qualquer diferença. Mas deixe-me fazer uma pergunta primeiro. Foi peste?

– Isso ainda não foi determinado. Mas ligo para o senhor assim que tivermos certeza.

– Eu ficaria grato. Bom, quais são as perguntas?

– Soube que o senhor tem um cachorro. Ele é saudável?

– Para um cão de 17 anos, é.

– Gostaria de pedir que levasse o bicho ao veterinário e explicasse que sua esposa morreu de uma séria doença infecciosa. Quero me certificar de que o cachorro não tenha a doença, qualquer que ela seja.

– Há alguma chance disso?

– Pequena, mas há.

Por que não me disseram no hospital?

– Isso não posso responder. Presumo que lhe disseram para tomar antibióticos.

– É, eu já comecei. Mas fico chateado por causa do cachorro. Deveriam ter me avisado.

– Também há a questão de viagens. Disseram-me que sua mulher não fez nenhuma viagem recente.

– Certo. Ela estava bastante desconfortável com a gravidez, especialmente por causa do problema de coluna. Não fomos a lugar nenhum, a não ser para a nossa casa em Connecticut.

– Quando foi esta última visita a Connecticut?

– Há cerca de um mês e meio. Ela gostava de lá.

– É uma propriedade rural?

– Cento e setenta hectares de campos e florestas – disse Maurice com orgulho. – Um lindo lugar. Temos até um lago.

– A sua mulher costumava andar na floresta?

– O tempo todo. Era a sua maior diversão. Gostava de alimentar os cervos e os coelhos.

– Havia muitos coelhos?

– Você sabe como são os coelhos. Cada vez que íamos lá o número parecia crescer. Na verdade eu achava os coelhos um saco. Na primavera e no verão eles comiam todas as flores.

– Algum problema com ratos?

– Não que eu saiba. O senhor tem certeza de que tudo isso é importante?

– Nunca se sabe. E quanto ao visitante da Índia?

– O Sr. Svinashan. É um empresário que conheci em Bombaim. Ficou conosco durante quase uma semana.

– Hmmm – disse Jack, lembrando-se do surto de peste em Bombaim em 1994. – Que o senhor saiba, ele está bem de saúde?

– Que eu sabia, sim.

– Que tal telefonar para ele? Se estiver doente, me informe.

– Sem problema. O senhor acha que ele poderia ter algum envolvimento? Afinal de contas, a visita foi há três semanas.

– Esse episódio está me deixando perplexo – admitiu Jack. – Não estou descartando nada. E quanto a Donald Nodelman? O senhor ou a sua esposa o conheciam?

– Quem é ele?

– Foi a primeira vítima neste surto de peste. Era paciente do Hospital Geral de Manhattan. Estou curioso para saber se sua esposa o visitou. Estavam no mesmo andar.

– Na ginecologia e obstetrícia? – perguntou Maurice, surpreso.

– O Sr. Nodelman estava na ala médica, do outro lado do prédio. Foi internado com diabetes.

– Onde é que ele morava?

– No Bronx.

– Duvido. Nós não conhecíamos ninguém do Bronx.

– Uma última pergunta. Sua esposa, por acaso, visitou o hospital antes de ser internada?

– Ela odiava hospitais. Era difícil obrigá-la a ir, mesmo quando estava em trabalho de parto.

Jack agradeceu e desligou.

– Para quem você está ligando agora? – perguntou Chet enquanto Jack discava de novo.

– Para o marido da mulher que necropsiei primeiro, hoje de manhã. Pelo menos sabemos que esse caso era de peste com certeza.

– Por que não deixa os AMs fazerem essas ligações?

– Porque eu não posso dizer a eles o que perguntar. Não sei o que estou procurando. Apenas suspeito de que falta alguma informação. Além disso, estou simplesmente interessado. Quanto mais penso neste episódio de peste em Nova York, em março, mais estranho acho.

O Sr. Harry Mueller era muito diferente do Sr. Maurice Hard. Estava arrasado pela perda e tinha dificuldade em falar, mas disse que estava disposto a cooperar. Sem querer aumentar-lhe o sofrimento, Jack tentou ser rápido. Depois de corroborar o relatório de Janice, sobre a inexistência de animais domésticos, viagens ou visitas recentes, Jack fez as mesmas perguntas relativas a Donald Nodelman, como fizera com Maurice.

– Tenho certeza de que minha mulher não conhecia esse indivíduo. E ela raramente tinha contato direto com pacientes, ainda mais com doentes.

– A sua esposa trabalhava há muito tempo no almoxarifado central?

– Há 21 anos.

– Alguma vez ela chegou em casa com alguma doença que achava ter contraído no hospital?

– Talvez, quando um de seus colegas tinha gripe. Mas nada além disso.

– Obrigado, Sr. Mueller. O senhor foi muito gentil.

– Katherine teria gostado que eu ajudasse. Ela era uma boa pessoa.

Jack desligou o telefone mas continuou tamborilando com os dedos no aparelho. Estava agitado.

– Nem eu nem ninguém tem qualquer ideia do que está acontecendo aqui.

– É verdade – disse Chet. – Mas isso não é da sua conta. A cavalaria já chegou. Ouvi dizer que o epidemiologista chefe esteve aqui hoje de manhã, observando.

– Esteve sim. Mas foi por puro desespero. Aquela criatura insignificante não tem a mínima noção do que está acontecendo. Se não fosse o CCD mandar alguém de Atlanta, nada estaria sendo feito. Pelo menos há alguém pegando ratos e procurando um foco da doença.

De repente Jack empurrou a cadeira para trás, levantou-se e vestiu a jaqueta de couro.

– Epa – disse Chet. – Estou pressentindo encrenca. Aonde você vai?

– Ao hospital. Se eu me atrasar para a reunião, diga ao chefe... – Jack fez uma pausa, enquanto tentava pensar numa desculpa adequada, mas nada lhe veio à cabeça. – Ah, dane-se. Não vou demorar muito. Estarei de volta antes da reunião. Se alguém ligar, diga que estou no banheiro.

Ignorando outros pedidos para reconsiderar, Jack saiu e foi pedalando em direção ao norte da cidade. Chegou ao hospital em menos de 15 minutos e prendeu a bicicleta no mesmo poste do dia anterior.

A primeira coisa que fez foi pegar o elevador até o sétimo andar e fazer um reconhecimento. Certificou-se de que a ala médica e a de ginecologia e obstetrícia eram completamente separadas, sem nenhuma instalação em comum, como salas de espera ou lavatórios. Também viu que o sistema de ventilação era projetado para impedir qualquer passagem de ar de uma ala para a outra.

A porta automática permitiu o acesso à área de ginecologia e obstetrícia, Jack foi até o balcão central.

– Por favor – disse a um recepcionista. – Essa ala compartilha algum funcionário com a área médica, do outro lado do hall de elevadores?

– Não que eu saiba – disse o rapaz. Ele parecia ter uns 15 anos, com o rosto sugerindo que ainda não se barbeava. – A não ser, claro, o pessoal da limpeza. Mas eles limpam o hospital inteiro.

– Bem lembrado – disse Jack. Não havia pensado no pessoal da limpeza. Era algo a considerar. Em seguida perguntou se o quarto fora ocupado por Susanne Hard.

– Posso perguntar-lhe por que quer saber? – Finalmente o funcionário percebera que Jack não usava um crachá do hospital. Todos os hospitais exigem o uso de crachás, mas frequentemente não vigiam o cumprimento da ordem.

Jack pegou o distintivo de legista e mostrou-o. Teve o efeito desejado. O recepcionista disse que a Sra. Hard ficara no quarto 742.

Jack foi andando em direção ao quarto, mas o funcionário disse que ele estava sob quarentena, temporariamente lacrado.

Após concluir que, de qualquer modo, ver o quarto não teria ajudado, Jack deixou o sétimo andar e desceu ao terceiro, onde ficavam as salas de cirurgia, a sala de recuperação, as unidades de tratamento intensivo e o almoxarifado central. Era uma área agitada, com muito tráfego de pacientes.

Jack empurrou a porta do almoxarifado central e chegou a um balcão vazio. Atrás do balcão ficava um imenso labirinto de estantes de metal que iam do chão ao teto, com todo tipo de equipamento e suprimento necessário a um hospital grande e movimentado. Um grande número de pessoas vestidas com roupas de trabalho, jalecos brancos e chapéus que pareciam toucas de banho entrava e saía do labirinto. Em algum lugar ao longe havia um rádio ligado.

Jack estava parado junto ao balcão durante alguns minutos, quando uma mulher robusta e vigorosa aproximou-se dele. A etiqueta em sua roupa dizia: "Gladys Zarelli, supervisora". Ela perguntou se ele precisava de alguma coisa.

– Gostaria de fazer algumas perguntas sobre Katherine Mueller – disse Jack.

– Que Deus a tenha – disse Gladys, e fez o sinal da cruz. – Foi uma coisa terrível.

Apresentou-se mostrando o distintivo e depois perguntou se ela e os colegas de trabalho sabiam que Katherine morrera de uma doença infecciosa.

– Sim, e ficamos preocupados – afirmou. – Quem não ficaria? Todos nós trabalhamos muito perto uns dos outros. Mas o que se pode fazer? Pelo menos o hospital também está preocupado. Mandaram que tomássemos antibióticos, e graças a Deus ninguém está doente.

– Já aconteceu alguma coisa desse tipo antes? Um paciente morreu de peste um dia antes de Katherine. Isso sugere que Katherine poderia muito bem ter contraído a doença aqui no hospital. Não quero assustá-la, mas os fatos são esses.

– Nós sabemos. Mas nunca aconteceu algo assim antes. Imagino que possa ter acontecido na enfermagem, mas não aqui no almoxarifado central.

– Vocês têm algum contato com os pacientes?

– Na verdade não. Ocasionalmente podemos ir até as enfermarias, mas nunca para ver um paciente.

– O que Katherine fazia antes de morrer?

– Terei de ver isso. – Gladys fez um gesto para Jack acompanhá-la. Guiou-o até uma sala minúscula, sem janelas, onde abriu um diário grande, encadernado em pano.

– As funções designadas nunca são estritas demais – disse ela. Seu dedo percorreu uma lista de nomes. – Todos nós fazemos o que for preciso, mas eu delego algumas responsabilidades básicas para algumas das pessoas mais antigas. – Seu dedo parou, e em seguida moveu-se lateralmente na página. – Certo. Katherine estava mais ou menos encarregada dos suprimentos para as enfermarias.

– O que significa isso?

– Qualquer coisa que necessitem. Tudo, menos medicamentos e coisas do tipo. Isso vem da farmácia.

– Quer dizer, coisas para os quartos dos pacientes?

– Isso, para os quartos, para o posto de enfermagem, tudo. É daqui que sai tudo. Sem nós o hospital pararia em menos de 24 horas.

– Quero um exemplo das coisas que vocês mandam para os quartos.

– Estou falando: tudo! – disse Gladys com um fio de irritação na voz. – Comadres, umidificadores, travesseiros, jarros, sabão. Tudo.

– A senhora não teria algum registro dizendo se Katherine foi até o sétimo andar na semana passada, teria?

– Não. Não mantemos esse tipo de registro. Mas eu poderia imprimir uma lista de tudo que mandamos para lá. Disso temos registro.

– Certo. Toda informação é bem-vinda.

– Vai ser muita coisa – alertou Gladys, enquanto digitava em seu terminal de computador. – Quer da ginecologia e obstetrícia, da ala médica ou das duas?

– Da médica.

Gladys assentiu, apertou mais algumas teclas e logo a impressora começou a fazer barulho. Em alguns minutos entregou a Jack uma pilha de papéis. Ele os olhou rapidamente. O tamanho da lista fez com que Jack adquirisse um novo respeito pela logística necessária ao funcionamento da instituição.

Deixando o almoxarifado central, desceu um andar e foi até o laboratório. Não achava que estivesse fazendo qualquer progresso, mas se recusava a desistir. Continuava convicto de que faltava uma peça importante do quebra-cabeça. Simplesmente não sabia onde encontrá-la.

Perguntou à mesma recepcionista da véspera onde ficava a seção de microbiologia. Ela respondeu sem questionar.

Sem que ninguém o impedisse, andou pelo grande laboratório. Era um sentimento estranho ver tanto equipamento funcionando sem ninguém. Isso fez Jack lembrar-se da reclamação do diretor na véspera, dizendo que fora forçado a cortar vinte por cento do pessoal.

Jack encontrou Nancy Wiggens trabalhando com culturas de bactérias na bancada do laboratório.

– Como vai? – perguntou. – Lembra-se de mim?

Nancy ergueu os olhos e depois voltou ao trabalho.

– Claro.

– Vocês fizeram bem o diagnóstico do segundo caso de peste.

– É fácil quando a gente suspeita. Mas não fomos tão bem no terceiro caso.

– Eu ia perguntar isso. Qual era a aparência da coloração de gram?

– Não fui eu quem fiz. Foi Beth Holderness. Gostaria de falar com ela?

– Sim.

Nancy recuou o banco onde estava sentada e desapareceu em seguida. Jack aproveitou a oportunidade para olhar a seção de microbiologia. Ficou impressionado. A maioria dos laboratórios, principalmente de microbiologia, eram invariavelmente atulhados. Aquele parecia bastante eficiente, com tudo limpíssimo e no lugar certo.

– Oi, eu sou Beth!

Jack virou-se e viu-se diante de uma mulher sorridente e expansiva, de vinte e poucos anos. Ela exalava um entusiasmo contagiante, parecendo uma chefe de torcida. O cabelo tinha um permanente encaracolado e se irradiava do rosto como se estivesse carregado de eletricidade.

Jack se apresentou e logo ficou encantado com a conversa natural de Beth. Era uma das mulheres mais amigáveis que já conhecera.

– Bom, tenho certeza de que você não veio aqui para bater papo – disse ela. – Sei que está interessado na coloração de gram de Susanne Hard. Venha! O exame está esperando você.

Beth literalmente agarrou Jack pela manga e puxou-o até sua área de trabalho. Seu microscópio estava com a lâmina de Susanne posicionada na plataforma e a lâmpada, acesa.

– Sente-se aqui – indicou enquanto guiava Jack até a banqueta. – Como é? A altura está boa?

– Perfeito. – Jack inclinou-se para a frente e espiou pelas lentes do microscópio. Seus olhos demoraram um momento para se adaptar. Logo pôde ver que o campo estava cheio de bactérias com coloração avermelhada.

– Observe como os micróbios são polimorfos – comentou uma voz masculina.

Jack ergueu a cabeça. Richard, o técnico chefe, materializara-se e estava de pé à sua esquerda, quase tocando-o.

– Eu não tinha a intenção de incomodar – disse Jack.

– Não incomoda. Na verdade, estou interessado na sua opinião. Ainda não fizemos um diagnóstico deste caso. Nada cresceu no meio de cultura, e presumo que você saiba que o exame para peste foi negativo.

– Foi o que ouvi dizer. – Jack voltou a encostar os olhos no microscópio. – Não creio que vocês queiram a minha opinião. Não sou muito bom nisso.

– Mas está vendo o polimorfismo?

– Acho que sim. São bacilos bem pequenos. Alguns quase parecem esféricos, ou será que estou olhando para a extremidade deles?

– Acho que você está vendo os bacilos como eles são. São mais polimorfos do que os que encontramos nos casos de peste. Claro que só tivemos certeza quando o teste de anticorpos por fluoresceína foi negativo.

Jack afastou a cabeça do microscópio.

– Se não é peste, o que você acha que seja?

Richard deu um sorriso sem graça.

– Não sei.

Jack olhou para Beth.

– E você? Não quer arriscar uma hipótese?

Beth balançou a cabeça.

– Não, se Richard também não quiser – falou diplomaticamente.

– Ninguém pode sequer dar um chute?

Richard balançou a cabeça.

– Eu não. Eu sempre erro quando chuto.

– Você não errou com relação à peste – lembrou-lhe Jack.

– Aquilo foi sorte – disse Richard, ruborizado.

– O que está acontecendo aqui? – gritou uma voz irritada.

A cabeça de Jack girou na direção oposta. Atrás de Beth encontrava-se o diretor do laboratório, Martin Cheveau. Estava de pé, com as pernas afastadas, mãos nos quadris, o bigode trêmulo. Logo atrás vinham a Dra. Mary Zimmerman e Charles Kelley.

Jack levantou-se. Os técnicos do laboratório recuaram. A atmosfera ficou tensa. Sem dúvida o diretor do laboratório estava irritado.

– Você está aqui em missão oficial? – perguntou Martin. – Se estiver, eu gostaria de saber por que não teve a cortesia de vir ao meu escritório, em vez de se meter aqui. Estamos com uma crise neste hospital, e este laboratório está no meio dela. Não estou disposto a aceitar interferência de ninguém.

– Nossa! – disse Jack. – Acalme-se. – Ele não esperava essa explosão, especialmente vinda de Martin, que fora tão hospitaleiro na véspera.

– Não me mande ficar calmo! Que diabo você está fazendo aqui?

– Só estou fazendo meu trabalho, investigando as mortes de Katherine Mueller e Susanne Hard. Não creio que esteja interferindo. Na verdade achei que estava sendo bastante discreto.

– Está procurando alguma coisa em especial no meu laboratório?

– Só estava observando um teste de gram feito por seu pessoal capacitado.

– Sua função oficial é determinar a causa e o modo da morte – disse a Dra. Zimmerman, entrando na frente de Martin. – Você já fez isso.

– Não exatamente. Nós não fizemos o diagnóstico de Susanne Hard – corrigiu Jack devolvendo o olhar fixo da chefe de controle de infecções. Como ela não estava com a máscara que havia usado na véspera, Jack pôde ver como era sério seu rosto de lábios finos.

– Você não fez um diagnóstico específico no caso Hard – corrigiu a Dra. Zimmerman –, mas diagnosticou uma doença infecciosa fatal. Nas atuais circunstâncias, acho isso suficiente.

– Suficiente nunca foi meu objetivo na medicina – disse Jack.

– Nem o meu – disparou de volta a Dra. Zimmerman. – Nem para os Centros de Controle de Doenças ou para a Secretaria Municipal de Saúde, que estão investigando ativamente este incidente infeliz. Francamente, sua presença aqui só atrapalha.

– Têm certeza de que não precisam de uma ajudinha? – perguntou Jack. Não conseguia refrear o sarcasmo.

– Eu diria que sua presença mais do que atrapalha. Na verdade, você está sendo calunioso. Talvez receba alguma notícia de nossos advogados. – interveio Kelley.

– Nossa! – disse Jack de novo, levantando as mãos como se fosse se defender de um ataque físico. – Posso até entender que atrapalho. Mas calunioso é ridículo.

– Não do meu ponto de vista! – disse Kelley. – A supervisora do almoxarifado central disse que você falou que Katherine Mueller contraiu a doença no trabalho.

– E isso não foi estabelecido – acrescentou a Dra. Zimmerman.

– Fazer uma afirmação tão sem base é uma coisa difamatória para esta instituição e prejudicial à sua reputação – disse Kelley rispidamente.

– E poderia ter um impacto negativo sobre o valor das ações – completou Jack.

– Isso também – concordou Kelley.

– O problema é que eu não disse que Mueller contraiu a doença no trabalho – afirmou Jack. – Eu disse que isso poderia ter acontecido. Há uma grande diferença.

– Segundo a Sra. Zarelli, o senhor falou que isso era um fato – disse Kelley.

– Eu disse que "aqueles eram os fatos" referentes à possibilidade. Mas, veja, nós estamos jogando conversa fora. O verdadeiro fato é que vocês estão muito defensivos. Isso me faz pensar sobre seu histórico de infecções hospitalares. Qual é a história aqui?

Kelley ficou púrpura. Dada a vantagem intimidadora do tamanho do sujeito, Jack deu um passo atrás.

– A existência de infecções hospitalares aqui não é da sua conta – rugiu Kelley.

– Está aí uma coisa que estou começando a questionar. Mas vou deixar para examinar isso outra hora. Foi bom ver vocês de novo. Tchau.

Jack afastou-se do grupo e foi andando. Ouviu um movimento súbito atrás de si e ficou tenso, esperando que um béquer ou outro equipamento do laboratório passasse junto à sua orelha. Mas chegou à porta e ao corredor sem qualquer incidente. Descendo um andar, soltou a bicicleta e pedalou em direção ao sul.

Ia costurando no meio do trânsito, pasmo por sua última rusga com a AmeriCare. O que mais o confundia era a sensibilidade das pessoas envolvidas. Mesmo Martin, que fora amigável na véspera, agora agia como se Jack fosse o inimigo. O que todos estariam escondendo? E por que o esconderiam de Jack?

Jack não sabia quem alertara a administração do hospital sobre sua presença, mas tinha uma boa ideia de quem havia informado Bingham de que ele estivera lá. Não tinha nenhuma dúvida de que Kelley reclamaria novamente.

Não se decepcionou. Assim que chegou à área de identificação foi barrado pelo encarregado da segurança.

– Me disseram para mandar o senhor direto ao escritório do chefe – disse o homem. – O próprio Dr. Washington me deu a mensagem.

Enquanto prendia a bicicleta, Jack tentou pensar no que diria a Bingham. Nada lhe veio à mente.

Subindo pelo elevador, decidiu partir para a ofensiva, já que não conseguia pensar numa defesa. Ainda estava formulando uma ideia quando se apresentou diante da mesa da Sra. Sanford.

– Pode entrar direto – disse ela. Como sempre, não levantou os olhos de seu trabalho.

Jack rodeou a mesa e entrou na sala de Bingham. Imediatamente viu que ele não estava só. A figura enorme de Calvin se encontrava perto da estante com portas de vidro.

– Chefe, estamos com um problema – disse Jack em tom sério. Foi até a mesa de Bingham e bateu nela com o punho, para dar ênfase. – Não temos diagnóstico para o caso de Hard, e teremos que encontrar um o mais rápido possível. Se não vai pegar mal, especialmente vendo como a imprensa está tão agitada por conta da peste. Cheguei a ir ao hospital para dar uma olhada no exame de gram. Infelizmente isso não ajudou.

Bingham fitou-o curioso, com seus olhos remelentos. Estava a ponto de dar uma surra em Jack; agora hesitava. Em vez de falar, retirou os óculos de aro de metal e limpou-os distraidamente, enquanto considerava as palavras que ouvira. Olhou para Calvin. Calvin respondeu indo até a mesa. Não se deixou enganar pelo engodo de Jack.

– De que diabo você está falando?

– De Susanne Hard. Lembra? O caso sobre o qual nós fizemos a segunda aposta de 10 dólares.

– Uma aposta! – interveio Bingham. – Está havendo jogo nesta repartição?

– Na verdade não, chefe – disse Calvin. – Foi só um modo de apresentar um ponto de vista. Não é rotina.

– Espero que não – reagiu Bingham rispidamente. – Não quero jogatina aqui, especialmente com relação a diagnósticos. Não é o tipo de coisa que gostaria de ver na imprensa. Nossos críticos iriam se refestelar.

– Voltando a Susanne Hard – disse Jack. – Não sei como proceder. Esperava que falando direto com o pessoal do laboratório do hospital eu pudesse ter alguma ideia, mas não deu certo. O que o senhor acha que eu devo fazer agora? – Jack queria que a conversa se afastasse do tema do jogo. Isso poderia distrair Bingham, mas sabia que mais tarde passaria o diabo com Calvin.

– Estou um pouco confuso – disse Bingham. – Ontem mesmo eu lhe disse para ficar aqui e despachar os casos atrasados. Disse especialmente para você ficar longe do Hospital Geral de Manhattan.

– Desse jeito parece que eu estava indo lá por questões pessoais. Não estava. Fui por causa do trabalho.

– Então por que diabo você conseguiu deixar o administrador tão aborrecido de novo? Ele ligou para o escritório do prefeito pela segunda vez. O prefeito quer saber se você tem algum tipo de problema mental ou se eu tenho um problema mental por contratá-lo.

– Espero que o senhor tenha dito que ambos somos normais.

– Não seja impertinente, além de tudo!

– Para dizer a verdade – disse Jack –, não tenho a mínima ideia do motivo para o administrador ficar tão perturbado. Talvez a pressão deste episódio de peste tenha abalado todo mundo por lá, porque todos estão agindo de modo esquisito.

– Então agora todo mundo parece esquisito para você – disse Bingham.

– Bom, nem todo mundo. Mas há alguma coisa estranha acontecendo, tenho certeza.

Bingham olhou para Calvin, que encolheu os ombros e revirou os olhos. Não entendia do que Jack estava falando. Bingham voltou a atenção para Jack.

– Escute – disse Bingham. – Não quero demitir você, portanto não me obrigue a isso. Você é um sujeito inteligente. Tem futuro neste campo. Mas estou avisando, se me desobedecer de propósito e continuar a nos deixar em má situação na comunidade, não terei outra escolha. Diga que me entendeu.

– Perfeitamente.

– Ótimo. Então volte para o seu trabalho, e nós o veremos mais tarde na reunião.

Jack aproveitou a deixa e desapareceu num instante.

Por um momento Bingham e Calvin ficaram em silêncio, perdidos em pensamentos.

– Ele é um sujeito estranho – disse Bingham por fim. – Não consigo entendê-lo.

– Nem eu. O que o salva é que ele é inteligente e trabalha duro. É muito dedicado. Sempre que ele está encarregado de necrópsias, é o primeiro a chegar no fosso.

– Eu sei. É por isso que não o demiti de cara. Mas de onde vem esse atrevimento? Ele deve saber que isso provoca o efeito indesejado nas pessoas, e mesmo assim parece não se importar. É imprudente, quase autodestrutivo, como ele mesmo admitiu ontem. Por quê?

– Não sei – disse Calvin. – Algumas vezes tenho a sensação de que é raiva. Mas contra o quê? Não faço a mínima ideia. Tentei falar algumas vezes com ele sobre questões pessoais, mas é como tirar leite de pedra.

Quinta-feira, 21 de março de 1996, 20h30

Terese e Colleen saíram do táxi na Segunda Avenida, entre a rua 89 e a 88, perto do Elaine's, e caminharam até o restaurante. Não puderam parar na frente porque havia várias limusines estacionadas em uma inconveniente fila dupla.

– Como é que estou? – perguntou Colleen quando as duas pararam sob o toldo de lona. Tirou o casaco para Terese inspecionar.

– Bem demais – disse Terese, falando sério. Colleen descartara sua marca registrada, o suéter e os jeans, em troca de um vestido preto simples, que revelava à perfeição o amplo busto. Em comparação, Terese sentiu-se desleixada. Ainda estava com o terninho que usara no trabalho, porque não tivera tempo de se trocar.

– Não sei por que estou tão nervosa – admitiu Colleen.

– Relaxe. Com esse vestido o Dr. McGovern não tem a mínima chance.

Colleen deu seus nomes ao maître, que imediatamente os localizou e fez um gesto para as mulheres o acompanharem, indo em direção aos fundos do salão.

Atravessaram uma espécie de pista de obstáculos dos quais tinham de se desviar entre as mesas apinhadas e os garçons apressados. Terese teve a sensação de estar num aquário. Tanto homens como mulheres olhavam-nas de cima a baixo enquanto elas passavam.

Seus acompanhantes estavam numa mesa minúscula, espremidos no canto mais distante. Os dois se levantaram assim que elas se aproximaram. Chet segurou a cadeira para Colleen, Jack fez o mesmo para Terese. As mulheres penduraram os casacos nos encostos das cadeiras antes de se sentar.

– Vocês dois devem conhecer a dona, para conseguirem uma mesa tão boa – disse Terese.

Chet, que entendeu a observação como um elogio, alardeou que conhecera Elaine havia um ano. Explicou que era a mulher sentada junto à caixa registradora, na ponta do bar.

– Eles tentaram nos colocar na frente – disse Jack. – Mas nós recusamos. Achamos que vocês duas não gostariam da corrente de ar entrando pela porta.

– Que amabilidade! – disse Terese. – Além disso, assim fica muito mais íntimo.

– Você acha? – perguntou Chet, com o rosto visivelmente animado. Na verdade os quatro estavam espremidos como sardinhas em lata.

– Como é que você pode duvidar? – perguntou Jack, virando-se para Chet. – Ela é tão sincera!

– Tudo bem, já chega! – disse Chet de bom humor. – Eu posso ser tapado, mas acabo captando as coisas.

Pediram vinho e um antepasto ao garçom, que aparecera assim que as mulheres haviam chegado. Colleen e Chet iniciaram uma conversa fácil. Terese e Jack continuaram provocadores e sarcásticos um com o outro, mas o vinho acabou por neutralizar as zombarias. Quando o prato principal foi servido, os dois conversavam sem problemas.

– Qual é a visão interna da situação da peste? – perguntou Terese.

– Houve mais duas mortes no Hospital Geral Manhattan – disse Jack. – E algumas enfermeiras com febre estão sendo tratadas.

– Isso estava nos jornais da manhã. Alguma coisa nova?

– Só uma das mortes era realmente peste – disse Jack. – A outra, clinicamente, parecia peste, mas eu acho que não era.

Terese parou um garfo cheio de massa a caminho da boca.

– Não? Se não era peste, o que era?

Jack encolheu os ombros.

– Gostaria de saber. Estou esperando que o laboratório me diga.

– O Hospital Geral de Manhattan deve estar uma confusão. Fico feliz por não estar lá como paciente. Hospital já é uma coisa assustadora nas melhores circunstâncias. Com a preocupação de doenças como a peste, deve ser terrível.

– A administração está realmente agitada. E com bons motivos. Se ficar claro que a peste se originou lá, será o primeiro episódio moderno de peste como infecção hospitalar. Não é propriamente um prêmio para o hospital.

– O conceito de infecções hospitalares é novo para mim – disse Terese. – Eu nunca havia pensado muito nisso, antes de você e Chet falarem sobre o problema da peste. Todos os hospitais têm esse tipo de problema?

– Sem dúvida. Não é de conhecimento comum, mas em geral, de cinco a dez por cento dos pacientes hospitalizados são vítimas de infecções contraídas enquanto estão no hospital.

– Meu Deus! Não tinha ideia de que era um fenômeno tão disseminado.

– Está em toda a parte – concordou Chet. – Ocorre em qualquer hospital, desde a torre de marfim acadêmica até o menor hospital comunitário. O que torna a coisa tão ruim é que um hospital é o pior lugar para se pegar uma infecção, porque muitos dos micróbios que estão ali são resistentes aos antibióticos.

– Sensacional! – disse Terese em tom cínico. Depois de pensar um momento, perguntou: – Os hospitais diferem significativamente no número de casos de infecção?

– Sem dúvida – disse Chet.

– Essas taxas são conhecidas?

– Sim e não – disse Chet. – A Comissão Conjunta de Autorização exige que os hospitais mantenham registros de suas taxas de infecção, mas esses dados não são liberados para o público.

– Isso é grotesco! – disse Terese piscando sub-repticiamente para Colleen.

– Se as taxas ultrapassarem certo limite, o hospital perde sua autorização de funcionamento – disse Chet. – De modo que nem tudo está perdido.

– Mas isso não é justo para com o público – disse Terese. – Sem acesso a esses dados, as pessoas não podem tomar decisões quanto a que hospital escolher.

Chet abriu as mãos, com as palmas para cima, como um padre suplicante.

– Isso é a política.

– Eu acho nojento – disse Terese.

– A vida não é justa – concluiu Jack.

Depois da sobremesa e do café, Chet e Colleen começaram a campanha para irem a algum lugar onde pudessem dançar, como o China Club. Terese e Jack não estavam com vontade. Chet e Colleen fizeram o máximo para que mudassem de ideia, mas acabaram desistindo.

– Vão vocês – disse Terese.

– Tem certeza? – perguntou Colleen.

– Nós não queremos prender vocês – disse Jack.

Colleen olhou para Chet.

– Vamos nessa – disse ele.

Fora do restaurante, Chet e Colleen entraram animados num táxi. Jack e Terese acenaram enquanto eles partiam.

– Espero que se divirtam – disse Terese. – Não poderia ter pensado em nada pior. Ficar sentada numa boate cheia de fumaça, sendo atacada por música suficientemente alta para danificar meus ouvidos, não é minha ideia de prazer.

– Finalmente encontramos algo em que concordamos – disse Jack.

Terese riu. Estava começando a apreciar o senso de humor de Jack. Não era muito diferente do seu.

Durante um momento de indecisão, os dois ficaram na calçada, cada um olhando para um lado. A Segunda Avenida estava cheia de gente, apesar da temperatura por volta dos 5 graus. O ar estava limpo e o céu sem nuvens.

– Acho que o sujeito da previsão do tempo esqueceu que era o primeiro dia da primavera – disse Terese; em seguida enfiou as mãos nos bolsos do casaco e encolheu os ombros.

– Nós poderíamos ir até aquele bar na esquina, onde fomos ontem – sugeriu Jack.

– Poderíamos. Mas tenho uma ideia melhor. Minha agência fica ali na Madison. Não é longe. Que tal uma visita rápida?

– Você está me convidando a ir ao seu escritório mesmo sabendo o que eu acho da publicidade?

– Eu pensei que você só era contra publicidade médica.

– A verdade é que não gosto muito de publicidade em geral. Ontem à noite Chet me interrompeu antes que eu tivesse chance de dizer isso.

– Mas você não é contra a publicidade em si, é?

– Só a de medicina. Pelos motivos que expliquei.

– Então, que tal uma visita rápida? Nós fazemos muito mais coisas do que publicidade médica. Você vai achar esclarecedor.

Terese encarou-o e sorriu faceira.

– Seja ousado –, ela o desafiou.

Jack tentou decifrar a mulher por trás dos olhos azul-claros e da boca sensual. Estava confuso porque a vulnerabilidade sugerida não estava em sincronia com a pessoa direta e objetiva que suspeitava que ela fosse.

– Por que será que estou com a impressão de que você tem um motivo oculto? – perguntou.

– Provavelmente porque tenho – admitiu Terese. – Gostaria de seu conselho para uma nova campanha. Não ia admitir que você serviu de estímulo para uma ideia nova, mas esta noite, durante o jantar, mudei de opinião e decidi lhe contar.

– Não sei se me sinto usado ou elogiado. Como foi que eu lhe dei uma ideia para um anúncio?

– Toda essa conversa sobre a peste no Hospital Geral de Manhattan me fez pensar seriamente sobre a questão da infecção hospitalar.

Jack considerou essa afirmação durante um momento. Em seguida perguntou:

– E o que fez você mudar de ideia sobre me contar e pedir meu conselho?

– De repente percebi que você poderia aprovar a campanha. Você me disse que o motivo de ser contra a publicidade médica era porque ela não abordava questões de qualidade. Bom, anúncios relativos a infecções hospitalares certamente abordariam.

– Imagino.

– Ah, qual é! Claro que abordariam. Se um hospital tivesse orgulho de seu baixo nível de infecções hospitalares, não procuraria divulgar isso ao público?

– Certo – disse Jack. – Desisto. Vamos lá ver esse seu escritório.

Tendo tomado a decisão de ir, havia o problema da bicicleta. No momento estava presa junto a uma placa de "proibido estacionar", ali perto. Depois de uma curta discussão decidiram deixá-la e irem juntos de táxi. Jack resgataria a bicicleta mais tarde, a caminho de casa.

Com o pouco trânsito e o abusado imigrante russo ao volante, eles chegaram em minutos ao prédio da Willow e Heath. Jack cambaleou para fora do táxi.

– Meu Deus! As pessoas acusam-me de arriscar a vida andando de bicicleta nesta cidade, o que não é nada comparado a esse maníaco.

Como se para sublinhar a declaração, o táxi disparou, desaparecendo pela Avenida Madison com os pneus cantando.

Eram 22h30 e o prédio estava trancado. Terese usou sua chave e os dois entraram. Seus calcanhares ecoavam ruidosamente no hall de mármore. Até o barulho do elevador parecia alto em meio ao silêncio.

– Você costuma ficar aqui à noite?

Terese riu, cínica.

– O tempo todo. Praticamente moro aqui.

Subiram em silêncio. Quando as portas abriram Jack ficou chocado ao ver o andar iluminadíssimo e cheio de atividade, como se fosse meio-dia. Figuras ocupadas curvavam-se sobre pranchetas.

– Vocês têm dois turnos de trabalho?

Terese riu de novo.

– Claro que não. Essas pessoas estão aqui desde hoje de manhã. O mundo da publicidade é competitivo. Se quiser se dar bem, tem de dedicar tempo. Temos várias revisões marcadas.

Terese pediu licença e foi até uma mulher numa prancheta ali perto. Enquanto as duas conversavam, os olhos de Jack percorreram o amplo aposento. Ficou surpreso ao ver tão poucas divisórias.

Havia apenas algumas salas separadas, que compartilhavam uma parede com o hall de elevadores.

– Alice irá trazer uma parte do material – disse Terese ao voltar para perto de Jack. – Vamos até a sala de Colleen.

Terese guiou-o até uma das salas e acendeu as luzes. Era minúscula, sem janelas e claustrofóbica quando comparada ao vasto espaço sem divisórias. E estava atulhada de papéis, livros, revistas e fitas de vídeo. Havia vários cavaletes com grossos blocos de papel de desenho.

– Tenho certeza de que Colleen não vai se importar se eu limpar uma pequena área na mesa dela – disse Terese enquanto afastava pilhas de papel alaranjado. Estava quase terminando a arrumação quando sua colega Alice Gerber apareceu.

Depois das apresentações, Terese pediu que Alice mostrasse vários comerciais que haviam sido compilados naquele dia.

Jack viu-se interessado mais pelo processo do que pelo conteúdo. Não parava de pensar sobre como os comerciais de televisão eram feitos, e passou a apreciar a criatividade e a quantidade de trabalho envolvidos.

Alice demorou 15 minutos para apresentar o que trouxera. Quando terminou, juntou os papéis e olhou para Terese, esperando novas instruções. Terese agradeceu e mandou-a de volta para a prancheta.

– Aqui estão – disse Terese a Jack. – Estas são algumas das ideias que brotaram desses casos de infecção hospitalar. O que acha?

– Estou impressionado em ver como vocês trabalham duro nessa coisa.

– E eu estou mais interessada em sua reação ao conteúdo. O que acha da ideia de Hipócrates vindo ao hospital dar a medalha de "não causar mal"?

Jack encolheu os ombros.

– Não tenho a presunção de achar que tenho capacidade para criticar inteligentemente um comercial.

– Ah, dá um tempo! – disse Terese revirando os olhos para o teto. – Só quero sua opinião como ser humano. Não é um teste intelectual. O que você diria se visse esse comercial na televisão, por exemplo, quando estivesse assistindo a final do campeonato de futebol americano?

– Acharia interessante – admitiu Jack.

– Faria você pensar no hospital da National Health como um bom lugar para se ir, já que as taxas de infecção hospitalar são baixas?

– Acho que sim.

– Certo – disse Terese, tentando manter a calma. – Talvez você tenha alguma outra ideia. O que mais poderíamos fazer?

Jack ponderou durante alguns minutos.

– Vocês poderiam fazer alguma coisa sobre Oliver Wendell Holmes e Joseph Lister.

– Holmes não era um poeta?

– Também era médico. Ele e Lister provavelmente se esforçaram mais do que qualquer outra pessoa para que os médicos lavassem as mãos quando mudassem de um paciente a outro. Bom, Semmelweis também ajudou. De qualquer modo, lavar as mãos talvez seja a lição mais importante que precisaria ser aprendida para impedir infecções hospitalares.

– Hmmm – disse Terese. – Isso parece interessante. Pessoalmente, adoro peças de época. Pedirei a Alice que arranje alguém para pesquisar.

Jack seguiu Terese, saindo da sala de Colleen, e observou-a conversando com Alice. Demorou apenas alguns minutos.

– Muito bem – disse Terese, voltando para perto de Jack. – Ela vai começar a girar as engrenagens. Vamos sair daqui.

No elevador Terese deu outra sugestão.

– Por que não damos um pulo no seu trabalho? É justo, já que você viu o meu.

– Você não quer ver aquilo. Acredite.

– Experimente.

– É verdade. Não é um lugar bonito.

– Acho que seria interessante – insistiu Terese. – Só vi necrotérios em filmes. Quem sabe, talvez isso me dê alguma ideia. Além disso, ver o lugar onde você trabalha pode me ajudar a entendê-lo um pouco melhor.

– Não sei se quero ser entendido.

O elevador parou e as portas se abriram. Os dois saíram do prédio e pararam junto ao meio-fio.

– O que diz? Não imagino que vá demorar muito, e não é tão tarde assim.

– Você é uma figura insistente – comentou Jack. – Diga-me: você sempre consegue o que quer?

– Geralmente – admitiu Terese. Depois riu. – Mas prefiro pensar em mim mesma como persistente.

– Certo. Mas não diga que eu não avisei.

Pegaram um táxi. Depois de Jack dizer o destino, o motorista fez a volta e virou para o sul na Park Avenue.

– Você me dá a impressão de ser um solitário – disse Terese.

– Você é muito perspicaz.

– Não precisa ser tão cáustico.

– Pela primeira vez eu não estava sendo.

Os reflexos tremulantes das luzes dos postes brincavam sobre seus rostos enquanto se olhavam à meia-luz do táxi.

– É difícil para uma mulher saber como se sentir com você – disse Terese.

– Eu poderia dizer o mesmo.

– Você já foi casado? Isto é, se não se importa com a pergunta.

– Sim, já fui.

– Mas não deu certo? – perguntou ela com voz pesada.

– Houve um problema. Mas não gostaria de falar a respeito. E você? Já foi casada?

– É, já fui. – Terese suspirou e olhou pela janela. – Mas também não gostaria de falar sobre isso.

– Agora já concordamos em duas coisas: temos a mesma opinião sobre boates e sobre falar de nossos casamentos.

Jack pedira para o táxi deixá-los na entrada do Departamento de Medicina Legal pela rua 3. Ficou satisfeito ao ver que os dois furgões funerários não se encontravam ali. Achou que a ausência era sinal de que não haveria cadáveres recentes largados em macas.

Apesar de Terese ter insistido na visita, Jack tinha medo de chocar desnecessariamente sua sensibilidade.

Terese não disse nada enquanto Jack a guiava pelos compartimentos refrigerados. Só quando viu os caixões simples de pinho foi que ela perguntou por que estavam ali.

– São para os mortos que não são procurados ou identificados. São enterrados à custa da prefeitura.

– Isso acontece com frequência?

– O tempo todo.

Jack levou-a até a área da sala de necrópsias. Abriu a porta para a sala de higiene. Terese se inclinou mas não entrou. A sala de necrópsias era visível através do vidro da porta. As mesas de aço inoxidável brilhavam de forma macabra à meia-luz.

– Esperava que esse lugar fosse mais moderno – disse Terese. Ela estava se abraçando para não tocar em nada.

– Antigamente era. Deveria ter sido reformado, mas não foi. Infelizmente a prefeitura está sempre em alguma crise orçamentária, e poucos políticos falam em colocar dinheiro aqui. Já é difícil aparecer verbas adequadas para as despesas operacionais comuns, quanto mais para atualizar as instalações. Por outro lado, temos um novo laboratório de DNA, de último tipo.

– Onde fica a sua sala?

– No quinto andar.

– Posso ver?

– Por que não? Já que estamos aqui.

Passaram pelo escritório do necrotério e esperaram o elevador.

– Esse lugar é meio difícil de engolir, não é? – perguntou Jack.

– Tem seu lado mórbido – admitiu Terese.

– Nós, que trabalhamos aqui, frequentemente esquecemos o efeito que provoca nos leigos – disse Jack, apesar de estar impressionado com o grau de serenidade que Terese demonstrava.

O elevador chegou e os dois entraram. Jack apertou o botão do quinto andar.

– Como foi que você se decidiu por esse tipo de carreira? Já havia optado na época da escola de medicina?

– Por Deus, não. Eu queria uma coisa limpa, tecnicamente exigente, emocionalmente recompensadora e lucrativa. Me tornei oftalmologista.

– O que aconteceu?

– Meu consultório foi esmagado pela AmeriCare. Como eu não queria trabalhar para ela nem para nenhuma organização semelhante, fui estudar de novo. É a palavra de ordem hoje em dia para os médicos de especialidades supérfluas.

– Foi difícil?

Jack não respondeu de imediato. O elevador chegou ao quinto andar e as portas se abriram.

– Foi muito difícil – disse ele seguindo pelo corredor. – Principalmente porque era muito solitário.

Terese deu uma espiada na direção de Jack. Não esperava que ele fosse o tipo de pessoa que reclamasse de solidão. Presumira que fosse solitário por escolha. Enquanto ela observava, Jack enxugou furtivamente o canto de um dos olhos. Teria sido uma lágrima? Terese ficou pasma.

– Cá estamos – anunciou ele. Em seguida abriu a porta da sala com sua chave e acendeu a luz.

O interior era pior do que Terese havia esperado, minúsculo e estreito. A mobília era de metal cinza, velha, e as paredes precisavam de pintura. Havia uma janela suja no alto da parede.

– Duas mesas? – perguntou ela.

– Chet e eu dividimos este espaço.

– Qual é a sua mesa?

– A bagunçada. Esse episódio de peste me deixou mais atolado do que o normal. Geralmente estou atrasado, porque sou bastante compulsivo com meus relatórios.

– Dr. Stapleton! – chamou uma voz.

Era Janice Jaeger, a investigadora AM.

– A segurança disse que você estava aqui assim que cheguei na recepção – disse ela depois de ser apresentada a Terese. – Estive tentando contatar você na sua casa.

– Qual é o problema?

– O laboratório de referência ligou no início da noite. Fizeram o teste de anticorpos por fluoresceína com o tecido do pulmão de Susanne Hard, como você pediu. O diagnóstico de tularemia foi positivo.

– Está brincando! – Jack pegou o papel da mão de Janice e olhou-o incrédulo.

– O que é tularemia? – perguntou Terese.

– Outra doença infecciosa. Tem algumas semelhanças com a peste.

– Onde estava essa paciente? – perguntou Terese, mesmo suspeitando da resposta.

– Também no Hospital Geral de Manhattan. – Jack balançou a cabeça. – Realmente não posso acreditar. É extraordinário!

– Preciso voltar ao trabalho – disse Janice. – Se precisar de mim para alguma coisa, é só dizer.

– Desculpe – disse Jack. – Não pretendia segurá-la aqui. Obrigado por ter me trazido isso.

– Sem problema. – Janice acenou e voltou ao elevador.

– Tularemia é uma coisa tão ruim quanto a peste? – perguntou Terese.

– É difícil comparar. Mas é ruim, principalmente na forma pneumônica, que é altamente contagiosa. Se Susanne Hard ainda estivesse aqui, poderia nos dizer exatamente como é ruim.

– Por que ficou tão surpreso? É uma doença tão rara quanto a peste?

– Provavelmente não. Nos Estados Unidos ocorre numa área mais ampla do que a peste, particularmente nos estados do Sul, como Arkansas. Mas, como a peste, não aparece muito no inverno, pelo menos não aqui no Norte. Aqui a tularemia só aparece no fim da primavera e no verão, quando aparece. A doença precisa de um vetor, como a peste. Em vez da pulga do rato, geralmente é disseminada por carrapatos e mosquitos.

– Qualquer carrapato ou mosquito? – perguntou Terese. Seus pais tinham um chalé em Catskills, onde ela gostava de ir no verão.

Era isolado e rodeado por florestas e campos. Havia muito carrapato e mosquito.

– O reservatório da bactéria são os pequenos mamíferos, como os roedores, principalmente os coelhos. – Jack ia falar mais, mas parou logo. Subitamente lembrara a conversa da tarde com o marido de Susanne, Maurice. Lembrou-se de que o homem dissera que Susanne gostava de ir a Connecticut, andar no mato e alimentar coelhos selvagens!

– Talvez tenham sido os coelhos – murmurou.

– Do que está falando?

Jack desculpou-se por pensar em voz alta. Afastando uma tontura momentânea, fez um gesto para que Terese o acompanhasse e sentasse na cadeira de Chet. Descreveu a conversa telefônica com o marido de Susanne e explicou a importância dos coelhos com relação à tularemia.

– Para mim isso parece suspeito – disse ela.

– O único problema é que o contato dela com os coelhos em Connecticut foi há quase duas semanas. – Jack tamborilou os dedos sobre o telefone. – É um período de incubação longo, especialmente para a forma pneumônica. Claro, se não pegou a doença em Connecticut, isso deve ter acontecido aqui na cidade, possivelmente no hospital. Claro que a tularemia hospitalar não faz mais sentido do que uma peste hospitalar.

– De um modo ou de outro, o público precisa saber. – Terese fez um gesto em direção à mão dele junto ao telefone. – Espero que você esteja ligando tanto para a imprensa quanto para o hospital.

– Para nenhum dos dois. – Jack olhou o relógio. Ainda não era meia-noite. Pegou o fone e discou. – Estou ligando para o meu chefe. A política disso tudo é domínio dele.

Calvin atendeu ao primeiro toque e murmurou como se estivesse dormindo. Jack identificou-se em voz animada.

– É melhor que seja importante – resmungou Calvin.

– Para mim, é. Queria que você fosse o primeiro a saber que me deve mais 10 dólares.

– Sai dessa! – rugiu Calvin. O tom de sono desaparecera de sua voz. – Espero que isso realmente não seja algum tipo de piada.

– Não é piada. O laboratório acabou de mandar a informação. O Hospital Geral de Manhattan teve um caso de tularemia, além dos dois casos de peste. Estou tão surpreso como todo mundo.

– O laboratório ligou direto para você?

– Não. Uma das AMs me passou a informação.

– Você está no departamento?

– Estou sim. Dando o maior duro.

– Tularemia? É melhor eu ler um pouco a respeito. Acho que nunca vi um caso.

– Eu li sobre a doença esta tarde – admitiu Jack.

– Certifique-se de que não vaze nada do nosso departamento. Não vou ligar para Bingham esta noite, porque não há nada a ser feito agora. Irei informá-lo de manhã cedo, então ele poderá ligar para a diretora do departamento de Saúde e ela comunicará o fato à Secretaria de Saúde.

– Certo.

– Então vocês pretendem manter segredo sobre isso – disse Terese furiosa enquanto Jack desligava o telefone.

– Isso não é comigo.

– É, eu sei – disse ela em tom sarcástico. – Não é o seu trabalho.

– Eu já estou encrencado com o episódio da peste, por ter contatado a diretora por conta própria. Não vejo nenhum benefício em fazer isso de novo. A notícia será divulgada de manhã, pelos canais adequados.

– E quanto às pessoas no Hospital Geral de Manhattan que estão com suspeita de peste? Elas podem estar com essa nova doença. Acho que você deveria informar a todo mundo esta noite.

– Isso faz sentido. Mas na verdade não importa. O tratamento para tularemia é igual ao da peste. Vamos esperar até de manhã. Além disso, são só algumas horas.

– E se eu alertasse a imprensa? – perguntou Terese.

– Tenho de pedir que não faça isso. Você ouviu o que meu chefe disse. Se a coisa fosse investigada, descobririam que a fonte era eu.

– Você não gosta de publicidade na medicina e eu não gosto de política na medicina – disse Terese.

– Amém.

Sexta-feira, 22 de março de 1996, 6h30

Mesmo tendo ido para a cama muito mais tarde do que de costume por duas noites seguidas, Jack estava acordado às 5h30 de sexta-feira. Começou a pensar na ironia de um caso de tularemia aparecendo no meio de um surto de peste. Era uma coincidência séria, especialmente porque fora ele que fizera o diagnóstico. Era um feito que certamente valia os 10,25 dólares que apostara contra Calvin e Laurie.

Com a mente fervilhando, reconheceu a futilidade de tentar voltar a dormir. Consequentemente levantou-se, tomou o café da manhã e estava montado na bicicleta antes das 6 horas. Com menos trânsito do que o normal, chegou ao trabalho em tempo recorde.

A primeira coisa que fez foi visitar a sala de identificação para procurar Laurie e Vinnie. Os dois ainda não haviam chegado. Passando uma volta pela sala de comunicação, bateu na porta de Janice. Ela parecia ainda mais exausta do que o normal.

– Que noite! – disse ela.

– Cheia?

– Isso é dizer pouco. Especialmente com os outros casos infecciosos. O que está acontecendo lá no hospital?

– Quantos casos temos hoje?

– Três. E em nenhum deles o exame para peste foi positivo, mesmo sendo esse o diagnóstico provável. Além disso os três casos foram fulminantes. Todas as pessoas morreram cerca de 12 horas depois dos primeiros sintomas. É muito assustador.

– Todos esses casos infecciosos recentes foram fulminantes – comentou Jack.

– Você acha que esses três novos casos são de tularemia?

– Há uma boa chance. Especialmente se o exame de peste foi negativo, como você disse. Você não mencionou a ninguém o diagnóstico de Susanne, certo?

– Tive de morder a língua, mas não disse nada. Aprendi através de más experiências que meu papel é obter informações, não divulgá-las.

– Eu tive de aprender a mesma lição – disse Jack. – Você terminou com essas três pastas?

– São todas suas.

Jack levou as pastas para a sala de identificação. Como Vinnie ainda não havia chegado, fez o café na cafeteira comunitária. Com a caneca na mão, sentou-se e começou a examinar o material.

Quase de imediato deparou-se com algo curioso. O primeiro caso era uma mulher de 42 anos, Maria Lopez. O surpreendente era que ela trabalhava no almoxarifado central do Hospital Geral de Manhattan! Não apenas isso, trabalhava no mesmo turno de Katherine Mueller!

Jack fechou os olhos e tentou imaginar como duas pessoas do almoxarifado central poderiam ter contraído duas doenças infecciosas fatais porém diferentes. Para ele, não poderia ter sido coincidência. Estava convencido de que a doença tinha de estar relacionada com o trabalho. A questão era: como?

Revisitou com a mente o almoxarifado central. Conseguia visualizar as estantes e os corredores entre elas, e até mesmo as roupas dos funcionários. Mas não conseguia imaginar como os empregados teriam entrado em contato com bactérias contagiosas. O almoxarifado central não tinha nada a ver com o lixo hospitalar ou mesmo com lençóis sujos, e como mencionara a supervisora, os funcionários tinham pouco ou nenhum contato com os pacientes.

Jack leu o resto do relatório da investigação de Janice. Como fizera nos casos a partir de Nodelman, ela incluíra informações sobre animais domésticos, viagens e visitas. No caso de Maria Lopez, nenhum desses parecia ser o fator determinante.

Abriu a segunda pasta. O nome da paciente era Joy Hester. Neste caso Jack achou que havia pouco mistério. Ela era enfermeira na ala de ginecologia e obstetrícia e tivera contato com Susanne Hard tanto antes como depois do aparecimento dos primeiros sintomas. A única coisa que o incomodou foi lembrar que lera que a transmissão de tularemia entre duas pessoas raramente acontecia.

O terceiro caso era Donald Lagenthorpe, um engenheiro petrolífero de 38 anos que fora internado no hospital na manhã anterior. Chegara à emergência com uma séria crise de asma. Fora tratado com esteroides intravenosos e broncodilatadores, além de ar umidificado e repouso. Segundo as anotações de Janice, mostrara uma melhora constante e estava até mesmo pedindo alta, quando teve uma súbita dor de cabeça frontal.

A dor de cabeça começou no final da tarde e foi seguida por arrepios, tremores e febre. Houve também um aumento na tosse e uma exacerbação dos sintomas de asma, apesar do tratamento contínuo. Naquele ponto foi diagnosticada pneumonia, confirmada pelos raios X. Curiosamente, porém, o exame de gram a partir da saliva do paciente foi negativo para bactérias.

Lagenthorpe apresentou então uma intensa mialgia. Súbita dor e sensibilidade abdominal sugeriram uma possível apendicite. Às 7h30 o paciente havia passado por uma apendicectomia, mas o apêndice estava normal. Depois da cirurgia a situação ficou progressivamente mais grave, com aparente falha multissistêmica. A pressão sanguínea caiu e não reagiu ao tratamento. A urina tornou-se quase nula.

Continuando a ler o relatório de Janice, Jack observou que na semana anterior o Sr. Lagenthorpe visitara áreas de prospecção isoladas no Texas, e também que sua namorada ganhara recentemente um gato siamês. Mas ele não tivera contato com nenhum visitante de lugares exóticos.

– Nossa! Você chegou cedo! – exclamou Laurie Montgomery.

Jack levou um susto, saindo da concentração a tempo de ver Laurie entrar na sala de identificação e jogar o casaco na mesa que usava para o trabalho da manhã. Era seu último dia na escala como supervisora encarregada de determinar casos da noite anterior que seriam necropsiados e quem faria o trabalho. Era uma tarefa chata, que nenhum dos médicos certificados gostava de realizar.

– Tenho más notícias para você – disse Jack.

Laurie parou no caminho para a sala de comunicação; uma sombra pairou sobre seu rosto geralmente alegre, cor de mel.

Jack riu.

– Ei, relaxe. Não é tão ruim assim. Só que você me deve 25 centavos.

– Está falando sério? O caso de Hard era tularemia?

– O laboratório informou ontem à noite que o exame de anticorpos por fluoresceína foi positivo. Acho que é um diagnóstico correto.

– Ainda bem que eu não apostei mais do que 25 centavos. Você está com uma estatística impressionante na área de infecções. Qual é o segredo?

– Sorte de principiante. A propósito, estou com três dos casos de ontem aqui. São todos infecciosos e vieram do Hospital Geral de Manhattan. Gostaria de fazer pelo menos dois deles.

– Por mim, tudo bem. Mas deixe-me ir até a comunicação e pegar o resto.

No momento em que Laurie saiu, Vinnie apareceu. Seu rosto estava cinzento e os olhos inchados e vermelhos. Jack pensou que ele parecia ter saído de uma das gavetas lá embaixo.

– Você está com cara de morte requentada – disse Jack.

– É ressaca. Fui à despedida de solteiro de um amigo. A gente se esbaldou.

Vinnie jogou o jornal sobre a mesa e foi até o armário onde ficava o café.

– Caso você não tenha percebido – disse Jack – o café já está pronto.

Vinnie teve de olhar durante vários segundos para a cafeteira com o bule cheio antes de sua mente cansada entender que seus esforços eram em vão.

– Que tal começar com isso, então? – disse Jack, e empurrou a pasta de Maria Lopez para Vinnie. – Pode ir se arrumando. Lembre-se, Deus ajuda a quem...

– Chega de clichês – disse Vinnie. Em seguida pegou a pasta e abriu-a ao acaso. – Francamente, não estou com clima para seus ditados sábios. O que me deixa pau da vida é que você não pode chegar na mesma hora que todo mundo.

– Laurie já está aqui.

– É, mas esta é a semana dela na supervisão. Você não tem nenhuma desculpa. – Vinnie leu pequenos trechos dos papéis. – Maravilhoso! Mais um caso infeccioso! Meus prediletos! Deveria ter ficado na cama.

– Vou descer dentro de alguns minutos – disse Jack.

Vinnie pegou irritado o jornal e foi em direção à escada.

Laurie apareceu com o braço cheio de pastas e largou-as sobre a mesa.

– Minha nossa, vamos ter um bocado de trabalho hoje – falou.

– Já mandei Vinnie ir se preparando lá em baixo, para um dos casos infecciosos. Espero não estar abusando. Sei que você ainda não olhou os casos, mas todos partiram da suspeita de peste e os exames foram negativos. No mínimo acho que temos de fazer um diagnóstico.

– Sem dúvida. Mas mesmo assim acho que eu deveria descer e fazer a avaliação externa. Vamos lá, farei isso agora mesmo, e você também pode começar. – Ela agarrou a lista geral dos casos da noite anterior.

– Qual é a história do primeiro caso que você quer fazer? – perguntou Laurie enquanto os dois caminhavam.

Jack fez um rápido resumo do que sabia sobre Maria Lopez. Enfatizou a coincidência de ela ser também funcionária do almoxarifado central do hospital. Lembrou que a vítima de peste da véspera também trabalhava naquele departamento.

Chegaram ao elevador.

– Isso é um pouco estranho, não é? – perguntou Laurie.

– Para mim é.

– Você acha que é significativo?

O elevador parou e os dois saíram.

– Minha intuição diz que sim. Por isso estou ansioso para pegar o caso. Juro que não consigo imaginar qual seja a associação.

Enquanto passavam pelo escritório do necrotério, Laurie cumprimentou Sal. Ele se aproximou dos dois, e ela entregou-lhe a lista geral.

– Vamos ver primeiro o corpo de Lopez – disse ela.

Sal pegou a lista, comparou-a com a sua, e em seguida parou no compartimento 67, abriu a porta e puxou a gaveta.

Maria Lopez, como sua falecida colega Katherine Mueller, era uma mulher gorda. O cabelo era áspero e tingido num tom laranja esquisito. O cadáver ainda tinha vários cateteres intravenosos. Um deles estava preso com esparadrapo no lado direito do pescoço, e outro no braço esquerdo.

– Uma mulher relativamente jovem – comentou Laurie.

Jack concordou.

– Ela só tinha 42 anos.

Laurie ergueu para o teto o exame de raios X de corpo inteiro de Maria Lopez. A única anormalidade eram manchas de infiltração nos pulmões.

– Vá em frente – disse Laurie.

Jack virou-se e foi para a sala onde as baterias do ventilador de seu traje lunar estavam sendo carregadas.

– Quanto aos outros dois casos que você viu lá em cima, qual deles prefere fazer, se puder fazer só um? – gritou Laurie.

– Lagenthorpe – respondeu Jack.

Apesar da ressaca, Vinnie fora eficiente como sempre ao preparar a necrópsia de Maria Lopez. Quando Jack terminou de ler o material da pasta de Maria pela segunda vez e entrou no traje lunar, estava tudo pronto.

Sem ninguém no fosso para distraí-los, Jack pôde se concentrar. Gastou um tempo incomum no exame externo. Estava determinado a encontrar uma picada de inseto, se houvesse. Não obteve sucesso. Como acontecera com Mueller, havia algumas manchas questionáveis, que ele fotografou, mas nenhuma lhe pareceu uma picada.

A concentração de Jack foi involuntariamente ajudada pela ressaca de Vinnie. Preferindo cuidar da dor de cabeça, Vinnie ficou quieto, poupando Jack dos palpites e dos comentários sobre esportes. Jack adorou o silêncio inspirador.

Fez o exame interno como nos casos anteriores de infecção. Foi extraordinariamente cuidadoso em evitar movimentos desnecessários nos órgãos, para reduzir ao mínimo a liberação de bactérias para o ar.

À medida que a autópsia prosseguia, a impressão geral era de que o caso de Lopez espelhava o de Susanne Hard, e não o de Katherine Mueller. Isso apenas aumentou sua confusão sobre como as duas mulheres do almoxarifado central podiam ter contraído essas doenças enquanto outros funcionários, mais expostos, haviam ficado incólumes.

Quando terminou o exame interno e pegou as amostras que queria, separou uma amostra especial do pulmão para levar a Agnes Finn. Depois de pegar amostras semelhantes de Joy Hester e Donald Lagenthorpe, planejava mandá-las diretamente ao laboratório de referência para exames de tularemia.

No momento em que começaram a suturar Maria Lopez, Jack e Vinnie ouviram vozes na sala de higiene e no corredor.

– Lá vêm as pessoas normais e civilizadas – comentou Vinnie.

Jack não respondeu.

A porta da sala de higiene se abriu. Duas figuras entraram, vestidas com trajes lunares, e foram até a mesa de Jack. Eram Laurie e Chet.

– Já terminaram? – perguntou Chet.

– Não é culpa minha – disse Vinnie. – O ciclista maluco começou antes do sol nascer.

– O que você acha? – perguntou Laurie. – Peste ou tularemia?

– Acho que é tularemia.

– Serão quatro casos, se os outros dois também forem tularemia – disse ela.

– Sei disso – respondeu Jack. – É esquisito. Supostamente o contágio entre pessoas é raro. Não faz muito sentido, mas parece ser o que aconteceu com esses casos recentes.

– Como é que a tularemia se espalha? – perguntou Chet. – Eu nunca vi um caso.

– Através de carrapatos ou de contato direto com um animal infectado, como um coelho.

– Designei você para trabalhar em Lagenthorpe em seguida – disse Laurie a Jack. – Eu mesma vou trabalhar em Hester.

– Eu poderia pegar Hester também – disse Jack.

– Não precisa. Não há tanto trabalho assim para hoje. Várias das mortes de ontem não precisam de necrópsia. Não posso deixar toda a diversão para você.

Outros corpos começaram a chegar. Eram empurrados para a sala pelos outros técnicos e colocados nas mesas. Laurie e Chet foram examinar seus casos.

Jack e Vinnie retornaram à sutura. Quando terminaram, Jack ajudou Vinnie a colocar o corpo numa maca. Em seguida Jack perguntou em quanto tempo Vinnie deixaria Lagenthorpe em condições para a necrópsia.

– Isso está parecendo trabalho escravo – reclamou Vinnie. – Não vamos tomar café, como todo mundo?

– Prefiro acabar logo. Depois você pode tomar café o dia todo.

– Que nada! Vão me mandar de novo para cá, para ajudar em algum outro caso.

Ainda reclamando, Vinnie empurrou Maria Lopez para fora da sala. Jack foi até a mesa de Laurie. Ela estava envolvida em um exame externo, mas ergueu-se quando viu Jack.

– Esta coitada tinha 36 anos – disse ela em tom pensativo. – Que desperdício!

– O que você descobriu? Alguma picada de inseto ou algum arranhão?

– Nada, a não ser um corte de gilete na perna. Mas não está inflamado, por isso estou convencida de que é incidental. Há uma coisa interessante. Ela está com infecção ocular.

Laurie ergueu cuidadosamente as pálpebras da mulher. Os dois olhos estavam profundamente inflamados, apesar de as córneas estarem limpas.

– Também dá para sentir nódulos linfáticos pré-auriculares aumentados. – Laurie apontou para caroços visíveis na frente dos ouvidos da paciente.

– Interessante. Isso é consistente com a tularemia, mas não vi nos outros casos. Chame se encontrar alguma outra coisa incomum.

Jack foi até a mesa de Chet. Ele estava satisfeito, envolvido com um caso de múltiplos ferimentos a bala. No momento encontrava-se ocupado fotografando os buracos de entrada e saída. Quando viu Jack, entregou a câmera a Sal, que o estava ajudando, e empurrou Jack para o lado.

– Como foi ontem à noite? – perguntou.

– Esta não é a melhor hora para discutir isso. – A conversa dentro dos trajes lunares era, no mínimo, difícil.

– Ah, qual é! Eu transei com Colleen. Depois do China Club nós fomos ao apartamento dela na rua 66 leste.

– Fico feliz por você.

– O que vocês dois fizeram?

– Você não acreditaria se eu dissesse.

– Experimente – desafiou Chet e aproximou-se mais de Jack.

– Fomos ao trabalho dela e depois viemos aqui, no nosso.

– Você está certo. Eu não acredito.

– A verdade costuma ser difícil de aceitar.

Jack aproveitou a chegada de Vinnie com o cadáver de Lagenthorpe como desculpa para voltar à sua mesa. Foi ajudar a preparar o caso porque isso era preferível a continuar sendo incomodado por Chet. Além disso, tornava possível iniciar o caso mais cedo.

No exame externo a anormalidade mais óbvia era a incisão da apendicectomia recém-suturada, com 5 centímetros. Mas Jack rapidamente descobriu mais patologias. Quando examinou as mãos do cadáver encontrou indícios sutis de início de gangrena nas pontas dos dedos. Encontrou indícios ainda mais sutis do mesmo processo nos lóbulos das orelhas.

– Me faz lembrar de Nodelman – disse Vinnie. – Só que em menor quantidade, e ele não tem isso no pau. Acha que é peste de novo?

– Não sei. Nodelman não fez apendicectomia.

Jack passou 20 minutos procurando sinais de picadas de insetos ou mordidas de animais. Como Lagenthorpe era negro, a tarefa era mais difícil do que fora com Lopez, de pele mais clara.

Apesar de sua diligência não ter-lhe revelado nenhuma marca de picada, ela tornou possível apreciar outra anormalidade sutil. Nas palmas das mãos e nas solas dos pés de Lagenthorpe havia uma leve erupção. Jack apontou-a para Vinnie, mas ele não conseguiu ver.

– Diga o que devo procurar – disse Vinnie.

– Manchas chatas e rosadas. Olhe só, há mais na parte interna do pulso.

Jack levantou o braço esquerdo de Lagenthorpe.

– Desculpe – disse Vinnie. – Não estou vendo.

– Não importa.

Jack tirou várias fotos, mesmo duvidando que as erupções aparecessem nelas. O flash costumava anular essas descobertas sutis.

Enquanto prosseguia com o exame externo, sentiu-se progressivamente confuso. O paciente chegara com um suposto diagnóstico de peste pneumônica, e exteriormente parecia vítima de peste, como dissera Vinnie. Entretanto havia discrepâncias. O registro indicava que o exame para peste fora negativo, o que fez Jack suspeitar de tularemia.

Mas tularemia parecia implausível, porque o teste de saliva do paciente não mostrara qualquer bactéria livre. Para complicar ainda mais, o paciente tivera sintomas abdominais suficientes para sugerir apendicite, o que ele não tinha. E além disso estava com erupções nas palmas das mãos e nas plantas dos pés.

Nesse ponto Jack não fazia nenhuma ideia do que tinha diante de si. De sua parte, duvidava que o caso fosse de peste ou de tularemia.

Começando o exame interno, imediatamente encontrou fortes evidências que apoiavam sua crença. Os vasos linfáticos estavam minimamente envolvidos.

Abrindo o pulmão, também detectou uma diferença, com relação aos casos de peste ou tularemia. Aos olhos de Jack, os pulmões de Lagenthorpe faziam lembrar falha cardíaca, mais do que uma infecção. Havia bastante fluido, mas pouca consolidação.

Voltando-se para os órgãos internos, descobriu que quase todos estavam envolvidos no processo patológico. O coração parecia muito aumentado, bem como o fígado, o baço e os rins. Até os intestinos estavam intumescidos, como se tivessem parado de funcionar.

– Achou alguma coisa interessante? – perguntou uma voz rouca.

Jack estivera tão absorvido pelo exame que não percebera que Calvin estava ao lado de Vinnie.

– Acho que sim – conseguiu dizer.

– Mais um caso infeccioso? – perguntou outra voz abafada.

A cabeça de Jack virou para a esquerda. Reconheceu imediatamente a voz, mas teve de confirmar a suspeita. Estava certo. Era o chefe!

– Chegou como um suposto caso de peste – falou. Estava surpreso por ver Bingham; o chefe raramente ia ao fosso, a não ser que houvesse um caso muito incomum ou com ramificações políticas imediatas.

– Pelo seu tom de voz, você acha que não é – disse Bingham, que se curvou sobre o corpo e olhou para os órgãos inchados e brilhantes.

– O senhor é muito perceptivo. – Jack fez um esforço especial para afastar da voz o sarcasmo característico. Dessa vez estava elogiando de verdade.

– O que você acha que tem aí? – perguntou Bingham, que em seguida cutucou cautelosamente o baço inchado com a mão enluvada. – Esse baço parece enorme.

– Não tenho a mínima ideia – disse Jack.

– O Dr. Washington me informou esta manhã que você fez um diagnóstico impressionante de um caso de tularemia.

– Acertei por sorte.

– Não segundo o Dr. Washington. Gostaria de cumprimentá-lo. Fico impressionado que este novo êxito tenha vindo logo depois de seu diagnóstico rápido e astuto do caso de peste. Também fico impressionado por você ter deixado que eu informasse as autoridades adequadas. Mantenha o bom trabalho. Você me deixa feliz por não tê-lo demitido ontem.

– Digamos que este é um elogio tortuoso – disse Jack rindo. Bingham riu também.

– Onde está o caso Martin? – Bingham perguntou a Calvin.

Calvin apontou.

– Mesa 3, senhor. O Dr. McGovern está cuidando dele. Estará pronto num segundo.

Jack observou Bingham caminhar até a mesa e viu o susto de Chet ao reconhecer o chefe. Em seguida virou-se para Calvin.

– Meus sentimentos estão feridos – disse em tom jocoso. – Por um instante pensei que o chefe tinha vindo até aqui, colocado o traje e tudo, só para me elogiar.

– Continue sonhando – disse Calvin. – Ele só pensou em você depois. Na verdade desceu para ver o caso dos tiros que o Dr. McGovern está necropsiando.

– Problemas?

– Em potencial. A polícia afirma que a vítima resistiu à prisão.

– Isso não é muito incomum.

– O problema é saber se as balas entraram pela frente ou por trás. Além disso, são cinco tiros. É pegar pesado.

Jack assentiu. Entendia o que isso implicava e ficou satisfeito por não estar cuidando do caso.

– O chefe não desceu para elogiar você, mas assim mesmo elogiou – disse Calvin. – Ele ficou impressionado com a tularemia, e tenho de admitir que também fiquei. Foi um diagnóstico rápido e inteligente. Vale 10 pratas. Mas vou dizer uma coisa: não gostei daquele ardilzinho seu ontem no escritório do chefe sobre a nossa aposta. Você pode ter confundido o chefe por um momento, mas não me enganou.

– Deu para imaginar. Foi por isso que mudei de assunto tão depressa.

– Eu só queria que você soubesse – disse Calvin. Curvando-se sobre o cadáver aberto de Lagenthorpe, ele apertou o baço, como Bingham fizera. – O chefe estava certo. Esse negócio está inchado.

– E também o coração, e quase tudo o mais.

– Qual é o seu palpite?

– Dessa vez não tenho nem palpite – admitiu Jack. – É outra doença infecciosa, mas meu único palpite é que não é peste nem tularemia. Estou realmente começando a questionar o que andam fazendo lá no Hospital Geral de Manhattan.

– Não se empolgue muito. Nova York é uma cidade grande, e o Hospital Geral de Manhattan é um hospital grande. Pelo modo como as pessoas se deslocam hoje em dia, e com todos os voos que chegam no Kennedy diariamente, podemos ver qualquer doença aqui, em qualquer época do ano.

– Faz sentido – admitiu Jack.

– Bem, quando tiver alguma ideia do que é, diga-me. Quero os meus 20 dólares de volta.

Depois de Calvin ter saído, Vinnie retornou ao lugar. Jack pegou amostras de todos os órgãos, Vinnie colocou-as em líquidos conservantes rotulando-as adequadamente. Depois de tirarem todas as amostras, os dois suturaram a incisão em Lagenthorpe.

Deixando Vinnie para cuidar do corpo, Jack foi até a mesa de Laurie e pediu que ela mostrasse os cortes dos pulmões, do fígado e do baço. A patologia era igual à de Lopez e Hard. Havia centenas de abscessos incipientes com formação de granulomas.

– Parece outro caso de tularemia – disse Laurie.

– Não posso discutir com você. Mas o fato desses micróbios raramente passarem de pessoa para pessoa me deixa confuso. Não sei como explicar isso.

– A não ser que todos tenham sido expostos à mesma fonte.

– Ah, claro! – exclamou Jack, sarcástico. – Por acaso todos foram ao mesmo lugar em Connecticut e alimentaram o mesmo coelho doente.

– Só estou sugerindo a possibilidade – reclamou Laurie.

– Desculpe. Você está certa. Não deveria ter falado assim. Só que esses casos de doenças infecciosas estão me deixando maluco. Sinto que não estou enxergando alguma coisa importante e não tenho ideia do que possa ser.

– E quanto ao Lagenthorpe? Você acha que também era tularemia?

– Não. Ele parece ter uma coisa completamente diferente, não tenho ideia do que seja.

– Talvez você esteja se envolvendo demais emocionalmente.

– Pode ser. – Jack estava se sentindo um pouco culpado por ter desejado o pior para a AmeriCare no primeiro caso. – Vou tentar me acalmar. Talvez eu deva ler mais um pouco sobre doenças infecciosas.

– É esse o espírito da coisa. Em vez de se estressar, você deveria tratar esses casos como uma oportunidade de aprender. Afinal de contas, isso faz parte da diversão do trabalho.

Jack tentou em vão enxergar através da máscara de Laurie, para ver se ela estava falando sério ou apenas zombando. Infelizmente, com todos os reflexos das luzes, não dava para saber.

Deixando Laurie, Jack parou brevemente junto à mesa de Chet. Chet não estava de bom humor.

– Diabos – disse ele. – Vou levar o dia inteiro para traçar o caminho dessas balas como Bingham sugeriu. Se quer ser tão específico, por que não o faz ele mesmo?

– Bom, se precisar de alguma ajuda, posso vir aqui dar uma mão.

– Posso precisar, sim.

Jack retirou o equipamento de proteção, colocou as roupas comuns e certificou-se de que o carregador do equipamento de ventilação estava plugado. Em seguida pegou as pastas das necrópsias de Lopez e Lagenthorpe. Deu uma olhada na pasta de Hester procurando descobrir o parente mais próximo. Havia uma irmã no mesmo endereço da falecida. Jack supôs que dividissem um quarto. Copiou o número do telefone.

Em seguida procurou Vinnie, que vinha da geladeira onde colocara o cadáver de Lagenthorpe.

– Onde estão as amostras dos dois casos? – perguntou.

– Estou com todas sob controle.

– Quero eu mesmo levá-las para cima.

– Tem certeza? – perguntou Vinnie. Levar as amostras aos vários laboratórios era sempre uma desculpa para a pausa do café.

– Absoluta.

Assim que se armou com todas as amostras e as pastas das necrópsias, Jack foi para a sua sala. Mas antes fez dois desvios. O primeiro foi para o laboratório de microbiologia, onde procurou Agnes Finn.

– Fiquei impressionado com seu diagnóstico de tularemia – disse ela.

– Estou recebendo um bocado de elogios por isso.

– Tem alguma coisa para mim hoje? – perguntou Agnes, olhando os braços de Jack, cheios de amostras.

– Tenho sim. – Jack encontrou a amostra de Lopez e colocou-a no canto da mesa de Agnes. – É outro caso provável de tularemia. Teremos ainda outra amostra de um caso que Laurie Montgomery está necropsiando agora. Quero as duas examinadas para tularemia.

– O laboratório de referência está ansioso para prosseguir com o caso Hard, de modo que isso não vai ser difícil. Devo receber os resultados hoje. O que mais?

– Bom, este aqui é um mistério. – Jack colocou várias amostras de Lagenthorpe na mesa de Agnes. – Não tenho nenhuma ideia do que tinha este paciente. Só sei que não era peste nem tularemia.

Jack descreveu o caso de Lagenthorpe, contando todas as descobertas positivas. Agnes ficou especialmente interessada no fato de nenhuma bactéria ter sido encontrada no exame de gram feito na saliva.

– Você pensou em vírus? – perguntou ela.

– Tanto quanto permitiu meu limitado conhecimento de doenças infecciosas. Hantavírus me passou pela cabeça, mas não havia muita hemorragia.

– Vou começar uma varredura viral com culturas de tecidos.

– Estou planejando ler um pouco, talvez tenha outra ideia.

– Eu estarei aqui – garantiu Agnes.

Saindo da microbiologia, Jack foi até o laboratório de histologia no quinto andar.

– Acordem, meninas, temos visita – gritou uma das técnicas da histologia. Gargalhadas ecoaram na sala.

Jack sorriu. Gostava de visitar a histologia. Todo o grupo de mulheres que trabalhava ali parecia estar sempre no melhor dos humores. Jack gostava particularmente de Maureen O'Connor, uma ruiva peituda com um brilho diabólico no olhar. Ficou satisfeito ao vê-la no canto da bancada do laboratório, enxugando as mãos numa toalha. A frente de seu jaleco estava manchada com um arco-íris de cores.

– E então, Dr. Stapleton – disse ela com seu sotaque agradável. – O que podemos fazer por alguém como você?

– Preciso de um favor.

– Ele está pedindo um favor – repetiu Maureen. – Ouviram isso, meninas? O que devemos exigir em troca?

Mais risos irromperam. Todos sabiam que Jack e Chet eram os únicos médicos solteiros, e as mulheres da histologia gostavam de provocá-los.

Jack colocou sobre a bancada o punhado de frascos com amostras, separando os de Lagenthorpe dos de Lopez.

– Gostaria de fazer secções congeladas de Lagenthorpe. Só algumas lâminas de cada órgão. Claro, quero também um conjunto de lâminas comuns.

– E os corantes?

– Só o usual.

– Você está procurando alguma coisa específica? – indagou Maureen.

– Algum tipo de micróbio. Mas só posso dizer isso.

– Nós telefonamos para você. Vou começar agora mesmo.

De volta à sua sala, Jack folheou os recados. Não havia nada interessante. Limpando um espaço à sua frente, colocou na mesa as pastas de Lopez e Lagenthorpe, pretendendo registrar as descobertas das necrópsias e em seguida ligar para o parente mais próximo. Pretendia até mesmo ligar para o parente mais próximo do caso que Laurie estava examinando. Mas em vez disso seu olhar pousou sobre o exemplar do tratado de medicina de Harrison.

Pegando o livro, Jack abriu na seção sobre doenças infecciosas e começou a ler. Havia muito material: quase quinhentas páginas. Mas pôde fazer uma varredura rápida porque boa parte do conteúdo consistia em informações que ele memorizara em algum ponto de sua carreira profissional.

Chegara aos capítulos sobre infecções bacterianas específicas quando Maureen ligou. Disse que as secções congeladas estavam prontas. Imediatamente Jack desceu ao laboratório para apanhá-las. Levou-as de volta à sua sala e colocou o microscópio no centro da mesa.

As lâminas estavam organizadas por órgão. Jack olhou primeiro para os cortes do pulmão. O que mais o impressionou foi a quantidade de intumescimento no tecido e o fato de não ver qualquer bactéria.

Olhando para os cortes do coração, pôde ver imediatamente por que o órgão parecera inchado. Havia uma inflamação maciça, e os espaços entre as células do músculo cardíaco estavam cheios de líquido.

Aumentando o fator de ampliação, avaliou de imediato a patologia primária. As células dos vasos sanguíneos, que atravessavam o coração, estavam seriamente danificadas. Como resultado, muitos desses vasos tinham sido entupidos por coágulos, provocando múltiplos ataques cardíacos minúsculos!

Com um disparo de adrenalina em sua própria circulação provocado pela descoberta, passou rapidamente para o corte do pulmão. Usando o mesmo fator alto de ampliação, viu uma patologia idêntica nas paredes dos minúsculos vasos sanguíneos, uma descoberta que não fizera no primeiro exame.

Trocou a lâmina do pulmão por uma do baço. Ajustando o foco, viu a mesma patologia. Obviamente era uma descoberta significativa, que imediatamente sugeria um diagnóstico possível.

Empurrou a cadeira para trás e fez uma rápida viagem de volta ao laboratório de microbiologia para falar com Agnes. Encontrou-a numa das muitas incubadoras.

– Segure as culturas dos tecidos de Lagenthorpe – disse sem fôlego. – Tenho informações novas que você vai adorar.

Agnes olhou-o curiosamente através dos óculos de lentes grossas.

– É uma doença endotelial – disse ele agitado. – O paciente teve uma doença infecciosa aguda sem que as bactérias fossem visíveis ou aparecessem em culturas. Isso deveria ter dado a pista. Além disso, ele teve o início de uma erupção nas palmas das mãos e nas plantas dos pés. E houve suspeita de apendicite. O que você acha?

– Debilidade muscular – disse Agnes.

– Exatamente. E em que isso faz você pensar?

– Rickettsiose.

– Bingo! – disse Jack, e socou o ar, para dar ênfase. – A boa e velha febre das montanhas Rochosas. Bom, mas você pode confirmar isso?

– É tão difícil quanto tularemia. Teremos de mandar para fora de novo. Há uma técnica direta por imunofluorescência, porém não temos o reagente. Mas sei que o laboratório municipal de referência tem, porque houve um surto de febre das montanhas Rochosas no Bronx, em 1987.

– Mande para lá agora mesmo. Diga que quero uma leitura o mais breve possível.

– É pra já.

– Você é uma gracinha.

Jack partiu em direção à porta. Antes de chegar lá Agnes gritou:

– Obrigada por ter me informado logo. Rickettsiose é um negócio extremamente perigoso para nós, no laboratório. Em forma de aerossol é altamente contagiosa. É tão ruim ou pior do que a tularemia.

– Não preciso dizer para ter cuidado – disse Jack.

Sexta-feira, 22 de março de 1996, 12h15

Helen Robinson escovou os cabelos com gestos rápidos. Estava agitada. Depois de desligar o telefone e ter falado com seu principal contato no escritório da National Health, queria ver Robert Barker assim que fosse possível. Ele adoraria o que ela tinha a dizer.

Dando um passo atrás, diante do espelho, Helen avaliou-se pela esquerda e pela direita. Satisfeita, fechou a porta do armário e saiu da sala.

Seu método usual de contato com Robert era simplesmente aparecer. Mas achou que a informação que possuía agora justificava uma abordagem mais formal; pediu que uma das secretárias ligasse avisando-o. A secretária informou que Robert estava disponível naquele momento, não que isso surpreendesse Helen.

Helen vinha cultivando Robert durante o último ano. Começou quando ficou evidente que Robert poderia ascender à presidência. Sentindo que o sujeito tinha uma veia devassa, deliberadamente atiçara o fogo de sua imaginação. Foi fácil, mesmo sabendo que pisava em ovos. Queria encorajá-lo, mas não ao ponto de ter que recusá-lo abertamente. Na verdade, achava-o fisicamente desagradável, na melhor das hipóteses.

O objetivo de Helen era o cargo de Robert. Queria ser diretora executiva de contas, e não podia ver nenhum motivo que a impedisse disso. Seu único problema era ser mais jovem do que outras pessoas do departamento. Sentia que essa era uma dificuldade que o "cultivo" de Robert poderia superar.

– Ah, Helen, minha cara – disse Robert enquanto ela entrava recatadamente no escritório. Em seguida pôs-se de pé e fechou a porta.

Helen empoleirou-se no braço da cadeira, como era seu costume. Cruzou as pernas, e a saia subiu bem acima dos joelhos. Percebeu que a foto da mulher de Robert estava virada para baixo, como normalmente acontecia.

– Que tal um café? – ofereceu ele, sentando-se e assumindo o olhar hipnótico costumeiro.

– Acabo de falar com Gertrude Wilson da National Health – começou. – Com certeza você a conhece.

– Claro. É uma das vice-presidentes mais antigas.

– Também é um dos meus contatos de maior confiança. E é fã da Willow e Heath.

– Certo.

– Ela me disse duas coisas muito interessantes. Primeiro, o principal hospital da National Health, aqui na cidade, pode ser comparado a outros hospitais semelhantes de maneira muito favorável no que tange a infecções hospitalares.

– Certo – repetiu Robert.

– A National Health seguiu todas as recomendações do CCD e da Comissão Conjunta de Autorização.

Robert balançou a cabeça levemente, como se estivesse acordando. Precisou de um instante para que os comentários de Helen penetrassem em seu cérebro preocupado.

– Espere um segundo – disse ele, e desviou o olhar, para organizar os pensamentos. – Isso não me parece uma boa notícia. Achei que minha secretária tinha dito que você trazia boas notícias.

– Escute um momento. Apesar de terem um bom histórico geral quanto a infecções hospitalares, eles tiveram alguns problemas nas instalações de Nova York, ficaram muito sensíveis a respeito e odiariam tornar isso público. Houve três episódios em particular. Um deles envolveu um longo surto de estafilococos nas unidades de tratamento intensivo. Isso gerou um verdadeiro problema até descobrirem que várias enfermeiras eram as transmissoras e elas tiveram de tomar antibióticos. Vou lhe contar, essa coisa é assustadora quando a gente descobre.

– Quais foram os outros problemas? – Por enquanto Robert tentava evitar que seus olhos se fixassem em Helen.

– Eles tiveram um outro tipo de problema com bactérias na cozinha. Vários pacientes tiveram sérias diarreias. Alguns até morreram. E o último problema foi um surto de hepatite hospitalar. Que também matou várias pessoas.

– Para mim não parece um histórico tão bom – disse Robert.

– É, quando comparado ao de alguns outros hospitais. Estou dizendo, é assustador. Mas o fato é que a National Health é suscetível a essa questão de infecção hospitalar. Gertrude me disse especificamente que nem em um milhão de anos a National Health consideraria uma campanha baseada nisso.

– Perfeito! – exclamou Robert. – Essa é uma boa notícia. O que você disse a Terese Hagen?

– Nada, claro. Você me disse para informá-lo primeiro.

– Excelente trabalho! – Robert ergueu-se sobre suas pernas longas e finas e deu alguns passos. – Não poderia ser melhor. Estou com Terese exatamente onde queria.

– O que quer que eu diga a ela?

– Simplesmente que confirmou que a National Health tem um histórico excelente com relação a infecções hospitalares. Quero encorajá-la a prosseguir com a campanha, porque sem dúvida vai ser bombardeada.

– Mas vamos perder a conta – disse Helen.

– Não necessariamente. Você já descobriu que eles estão interessados em filmetes de depoimentos com celebridades. Nós comunicamos isso a Terese repetidamente, e ela nos ignorou. Vou passar por cima dela e contatar alguns astros que estejam fazendo séries de televisão sobre hospitais. Serão perfeitos para os depoimentos. Terese Hagen será bombardeada e nós poderemos entrar com nossa campanha.

– Engenhoso – disse Helen. Em seguida deslizou do braço da poltrona. – Vou mexer os pauzinhos, ligando para Terese Hagen imediatamente.

Helen voltou à sua sala e pediu que uma secretária ligasse para Terese. Enquanto esperava, vangloriou-se pela conversa que acabara de ter com Robert. Não poderia ter sido melhor se ela tivesse escrito um roteiro antes. Sua posição na empresa parecia cada vez melhor.

– A Srta. Hagen está lá embaixo, na arena – disse a secretária. – Quer que eu ligue para lá?

– Não. Irei pessoalmente.

Deixando a tranquilidade acarpetada da área dos executivos de contas, Helen desceu a escada até o andar do estúdio. Os saltos dos sapatos ecoavam nos degraus de metal. Gostava da ideia de falar pessoalmente com Terese, apesar de não querer ir à sala dela, onde se sentia intimidada.

Bateu com força na porta antes de entrar. Terese estava sentada a uma mesa enorme coberta por *storyboards* e *rafs*. Também estavam presentes Colleen Anderson, Alice Gerber e um homem que Helen não conhecia. Foi apresentado como Nelson Friedman.

– Tenho a informação que você pediu – disse Helen a Terese, e forçou no rosto um sorriso largo.

– Boas ou más notícias?

– Eu diria que muito boas.

– Vamos lá. – Terese reclinou-se em sua cadeira.

Helen descreveu o histórico positivo de infecções hospitalares da National Health. Contou até mesmo algo que não dissera a Robert: o histórico de infecções hospitalares da National Health era melhor do que o da AmeriCare no Hospital Geral de Manhattan.

– Fabuloso – disse Terese. – É exatamente o que eu queria saber. Você ajudou muito. Obrigada.

– Fico feliz em ajudar. Como estão indo com a campanha?

– Estou gostando. Na segunda-feira terei alguma coisa para Taylor e Brian verem.

– Excelente. Bom, se eu puder fazer mais alguma coisa, é só pedir.

– Claro – disse Terese. Em seguida levou Helen até a porta e acenou enquanto ela desaparecia na escada.

Terese voltou à sala e sentou-se.

– Você acredita nela? – perguntou Colleen.

– Acredito. O pessoal das contas não se arriscaria mentindo sobre estatísticas que presumivelmente poderíamos obter em outro lugar.

– Não sei como pode confiar nela. Odeio aquele sorriso de plástico. Não é natural.

– Ei, eu disse que acreditava nela, não que confiava. É por isso que não mostrei o que estamos fazendo aqui.

– Por falar no que estamos fazendo aqui – disse Colleen –, você não disse exatamente que gostou.

Terese suspirou enquanto seus olhos percorriam os *storyboards* espalhados.

– Gosto da sequência com Hipócrates. Mas não sei com relação a esse material sobre Oliver Wendell Holmes e Joseph Lister. Entendo como é importante lavar as mãos, mesmo num hospital moderno, mas não é uma coisa empolgante.

– E aquele médico que esteve aqui ontem à noite? – perguntou Alice. – Já que ele sugeriu essa coisa de lavar as mãos, talvez tenha mais alguma ideia, agora que a gente já rascunhou.

Colleen olhou para Terese. Estava pasma.

– Você e Jack vieram aqui ontem à noite?

– É, nós demos uma passada aqui – disse Terese em tom casual. Depois estendeu a mão e ajeitou um dos *storyboards* para vê-lo melhor.

– Você não me contou isso.

– Você não perguntou. Mas não é segredo, se é isso que está querendo dizer. Meu relacionamento com Jack não é romântico.

– E falaram sobre essa campanha? Achei que você não queria que Jack soubesse, especialmente porque ele é um pouco responsável pela ideia.

– Mudei de opinião. Achei que ele poderia gostar, já que lida com a qualidade no atendimento médico.

– Você é cheia de surpresas.

– Não é má ideia pedir que Jack e Chet deem uma olhada nisso. Uma opinião profissional pode ajudar.

– Deixa que eu ligo para eles – ofereceu-se Colleen.

Sexta-feira, 22 de março de 1996, 14h45

Jack estivera ao telefone durante mais de uma hora, ligando para os parentes mais próximos das três pessoas com casos infecciosos naquele dia. Conversara com Laurie antes de ligar para a irmã de Joy Hester. Não queria que Laurie achasse que ele estava tentando tomar conta do caso, mas ela garantiu que não se importava.

Infelizmente não ficou sabendo nada de positivo. Só pôde confirmar uma série de negativas, como o fato de nenhum dos pacientes ter tido contato com animais selvagens em geral ou com coelhos em particular. Só Donald Lagenthorpe tivera contato com um bicho de estimação, o gato de sua namorada, que estava vivo e bem de saúde.

Desligando o telefone depois da última conversa, recostou-se na cadeira e olhou desanimado para a parede vazia. O jorro de adrenalina que sentira antes com o diagnóstico provisório de febre das montanhas Rochosas dera lugar à frustração. Parecia não estar conseguindo nada.

O telefone assustou Jack e tirou-o da tristeza. A pessoa que ligou identificou-se como o Dr. Gary Eckhart, microbiologista do laboratório municipal de referência.

– É o Dr. Stapleton?

– Sou sim.

– Quero informar uma reação positiva de *Rickettsia rickettsii*. Seu paciente teve febre das montanhas Rochosas. O senhor informará à Secretaria de Saúde ou quer que eu faça isso?

– Faça o senhor. Nem sei para quem teria de ligar.

– Considere-o feito – disse o Dr. Eckhart, e desligou.

Jack recolocou lentamente o fone no gancho. O fato de seu diagnóstico ter sido confirmado foi um choque tão grande quanto quando se confirmaram seus diagnósticos de peste e tularemia. Eram acontecimentos incríveis. Em três dias, ele vira três doenças infecciosas relativamente raras.

E somente em Nova York, pensou. Visualizou mentalmente todos aqueles aviões aos quais Calvin se referira, chegando ao aeroporto Kennedy, vindos de todo o mundo.

Mas o choque se metamorfoseou em descrença. Mesmo com todos os aviões e todas as pessoas vindo de lugares exóticos trazendo todo tipo de vermes, insetos e micróbios, parecia demasiada coincidência ver reunidos casos de peste, tularemia e agora febre das montanhas Rochosas. A mente analítica de Jack tentou imaginar qual seria a probabilidade de uma ocorrência assim.

– Eu diria que quase zero – falou em voz alta.

De repente empurrou a cadeira para trás e disparou para fora da sala. Agora sua descrença se transformava em algo parecido com raiva. Tinha certeza de que estava acontecendo alguma coisa esquisita, e no momento via isso como uma causa pessoal. Acreditando que algo tinha de ser feito, desceu a escada e apresentou-se à Sra. Sanford. Exigiu falar com o chefe.

– O Dr. Bingham está na prefeitura, reunido com o prefeito e o chefe de polícia – disse ela.

– Diabos! Ele está se mudando para lá ou o quê?

– Há muita controvérsia com relação àquele caso de tiros desta manhã – disse ela em voz cautelosa.

– Quando estará de volta? – O fato de Bingham não estar aumentava sua frustração.

– Não sei. Mas direi que o senhor quer falar com ele.

– E o Dr. Washington?

– Na mesma reunião.

– Ah, sensacional!

– Há alguma coisa que eu possa fazer para ajudar?

Jack pensou durante um momento.

– Pode me arranjar um pedaço de papel? Acho que vou deixar um bilhete.

A Sra. Sanford entregou-lhe uma folha de papel. Jack escreveu em letras de forma: *Lagenthorpe tinha febre das montanhas Rochosas.* Em seguida desenhou uma dúzia de pontos de interrogação e de exclamação. Embaixo, escreveu: *A Secretaria de Saúde foi notificada pelo laboratório municipal de referência em microbiologia.*

Entregou a folha à Sra. Sanford, que prometeu entregá-la pessoalmente ao Dr. Bingham assim que ele chegasse. Em seguida perguntou onde Jack estaria, se o chefe quisesse contatá-lo.

– Depende de quando ele voltar. Planejo sair um pouco do departamento. Claro, pode ser que ele ouça falar de mim antes de me ouvir falar.

A Sra. Sanford olhou-o com ar interrogativo, mas Jack não explicou nada.

Jack voltou à sua sala e pegou a jaqueta. Em seguida desceu ao necrotério e soltou a bicicleta. Apesar das exortações de Bingham, estava a caminho do Hospital Geral de Manhattan. Durante dois dias tivera suspeitas de que alguma coisa estranha estava acontecendo por lá; agora tinha certeza.

Depois de uma viagem rápida, prendeu a bicicleta no mesmo poste que usara nas visitas anteriores e entrou no hospital. Como o horário de visitas estava começando, o hall se encontrava cheio de gente, particularmente ao redor do balcão de informações.

Jack abriu caminho através da multidão e subiu a escada até o segundo andar. Foi direto ao laboratório e esperou na fila para falar com a recepcionista. Dessa vez pediu para ver o diretor, mesmo que seu impulso fosse entrar direto.

Martin Cheveau fez Jack esperar meia hora antes de recebê-lo. Jack tentou usar o tempo para se acalmar. Admitia que nos últimos quatro ou cinco anos se tornara menos diplomático, para dizer o mínimo; quando ficava perturbado, como agora, podia ser irritante.

Por fim um técnico do laboratório informou que o Dr. Martin Cheveau iria recebê-lo.

– Obrigado por me receber tão de imediato – disse Jack ao entrar na sala. Apesar das boas intenções, não pôde evitar um toque de sarcasmo.

– Sou um homem ocupado – disse Martin, sem se incomodar em ficar de pé.

– Posso imaginar. Com a quantidade de infecções raras emanando deste hospital diariamente, imagino que o senhor esteja fazendo hora extra.

– Dr. Stapleton – disse Martin numa voz controlada. – Preciso dizer que acho sua atitude claramente desagradável.

– E eu acho a sua perturbadora. Na minha primeira visita o senhor foi a imagem da hospitalidade. Na segunda, foi exatamente o oposto.

– Infelizmente não tenho tempo para esta conversa. Há algo específico que o senhor gostaria de dizer?

– É óbvio. Não vim aqui só para curtir com a sua cara. Queria pedir sua opinião profissional sobre como o senhor acha que três doenças raras, transmitidas por artrópodes, ocorreram misteriosamente neste hospital. Venho cultivando minha opinião pessoal, mas estou curioso em conhecer a sua, como diretor do laboratório.

– O que quer dizer com três doenças?

– Tive confirmação de que um paciente chamado Lagenthorpe, que faleceu aqui no hospital ontem à noite, tinha febre das montanhas Rochosas.

– Não acredito.

Jack olhou para o homem e tentou decidir se ele era bom ator ou se estava mesmo surpreso.

– Bom, então deixe-me fazer uma pergunta. O que eu ganharia vindo aqui e dizendo algo que não é verdade? O senhor me acha com cara de algum tipo de provocador dos sistemas de saúde?

Martin não respondeu. Em vez disso pegou o telefone e pediu que chamassem a Dra. Mary Zimmerman.

– Pedindo reforços? – perguntou Jack. – Por que nós dois não podemos conversar?

– Não sei se o senhor é capaz de uma conversa normal.

– Boa técnica. Quando a defesa não funciona, parta para o ataque. O problema é que a estratégia não vai mudar os fatos. Rickettsiose é um negócio extremamente perigoso no laboratório. Talvez devamos nos certificar de que a pessoa que cuidou das amostras de Lagenthorpe tenha tomado as devidas precauções.

Martin apertou o botão do interfone e pediu que chamassem o chefe dos técnicos de microbiologia, Richard Overstreet.

– Outra coisa que eu gostaria de discutir – disse Jack. – Na minha primeira visita o senhor disse como era desencorajador dirigir um laboratório com os orçamentos da AmeriCare. Numa escala de um a dez, qual seria o grau do seu descontentamento?

– O que está sugerindo? – disse Martin em tom sombrio.

– No momento não estou sugerindo nada. Só estou perguntando.

O telefone tocou e Martin atendeu. Era a Dra. Mary Zimmerman. Martin perguntou se ela poderia descer ao laboratório, já que acontecera algo importante.

– O problema que eu vejo é que a probabilidade dessas três doenças surgirem do jeito que surgiram está perto de zero. Como o senhor explicaria isso?

– Não preciso ficar ouvindo essas coisas – rosnou Martin.

– Mas acho que o senhor deve pensar a respeito.

Richard Overstreet apareceu na porta, vestido como estivera antes, com o jaleco do laboratório sobre roupas cirúrgicas. Parecia cansado.

– O que é, chefe? – Ele balançou a cabeça em direção a Jack, que devolveu o cumprimento.

– Acabo de saber que um paciente chamado Lagenthorpe faleceu de febre das montanhas Rochosas – disse Martin mal-humorado. – Descubra quem preparou as amostras e quem as processou.

Richard ficou parado um momento, obviamente chocado com a notícia.

– Isso significa que tivemos rickettsiose no laboratório – falou.

– Temo que sim – disse Martin. – Me informe agora mesmo. – Richard desapareceu e Martin voltou-se para Jack. – Agora que você trouxe essa notícia feliz, talvez possa fazer o favor de ir embora.

– Preferiria ouvir sua opinião quanto à origem dessas doenças.

O rosto de Martin ruborizou, mas antes que pudesse responder a Dra. Mary Zimmerman apareceu à porta.

– O que posso fazer por você, Martin? – perguntou ela. Em seguida começou a dizer que fora chamada à emergência, quando viu Jack. Seus olhos se estreitaram. Obviamente não estava mais feliz do que Martin ao vê-lo.

– Como vai, doutora? – disse Jack em tom alegre.

– Garantiram-me que não iria vê-lo de novo – disse a Dra. Zimmerman.

– A senhora não deve acreditar em tudo que ouve.

Nesse momento Richard voltou, claramente perturbado.

– Foi Nancy Wiggens – disse rapidamente. – Foi ela quem preparou e processou a amostra. Hoje de manhã ligou dizendo que estava doente.

A Dra. Zimmerman consultou um bilhete que tinha na mão.

– Wiggens é uma das pacientes que o pessoal da emergência me chamou para ver. Aparentemente está sofrendo de algum tipo de infecção fulminante.

– Ah, não! – disse Richard.

– O que está havendo aqui? – exigiu saber a Dra. Zimmerman.

– O Dr. Stapleton acaba de trazer a notícia de que um paciente nosso morreu de febre das montanhas Rochosas – disse Martin. – Nancy foi exposta.

– Não aqui no laboratório – disse Richard. – Tenho sido rígido com a segurança. Desde o caso de peste venho insistindo que todo material infeccioso seja manipulado no gabinete de biossegurança 3. Se ela foi exposta, deve ter tido contato com o paciente.

– Isso não é provável – disse Jack. – A única outra possibilidade é que o hospital esteja infestado de carrapatos.

– Dr. Stapleton, seus comentários são de mau gosto e inadequados – disse a Dra. Zimmerman.

– São muito piores do que isso – disse Martin. – Pouco antes de você chegar, Dra. Zimmerman, ele sugeriu caluniosamente que eu tinha algo a ver com a disseminação dessas últimas doenças.

– Isso não é verdade – corrigiu Jack. – Apenas sugeri a ideia de que a disseminação deliberada teria de ser levada em consideração, porque a probabilidade de que as infecções tenham ocorrido por acaso é quase nula. Faz sentido. O que há de errado com vocês?

– Acho que esses pensamentos são produto de uma mente paranoica – disse a Dra. Zimmerman. – E francamente não tenho tempo para esse absurdo. Tenho de ir à emergência. Além da Srta. Wiggens, há mais dois empregados com os mesmos sintomas sérios. Adeus, Dr. Stapleton!

– Só um minuto. Deixe-me adivinhar em que áreas esses dois funcionários doentes trabalham. Poderiam ser da enfermagem e do almoxarifado central?

A Dra. Zimmerman, que já estava a vários passos da porta, parou e olhou para Jack.

– Como é que o senhor sabia?

– Estou começando a ver um padrão. Não posso explicar, mas existe. Quero dizer, o caso da enfermeira é lamentável, mas compreensível. Mas uma pessoa do almoxarifado central?

– Ouça, Dr. Stapleton – disse a Dra. Zimmerman. – Talvez nós tenhamos de novo uma dívida para com o senhor por nos alertar sobre uma doença perigosa. Mas a partir daqui nós assumimos o controle, e certamente não precisamos de suas ilusões paranoicas. Tenha um bom dia, Dr. Stapleton.

– Espere um minuto – gritou Martin para a Dra. Zimmerman. – Vou com você à emergência. Se essa infecção é rickettsiose quero me certificar de que todas as amostras sejam manuseadas com segurança.

Martin pegou seu jaleco branco num gancho atrás da porta e correu atrás da Dra. Zimmerman.

Jack balançou a cabeça incrédulo. Todas as visitas que fizera ao Hospital Geral de Manhattan foram estranhas, e essa não era exceção. Nas ocasiões anteriores o expulsaram. Dessa vez fora abandonado.

– Você realmente acha que essas doenças poderiam ter sido espalhadas deliberadamente? – perguntou Richard.

Jack encolheu os ombros.

– Para dizer a verdade, não sei o que pensar. Mas sem dúvida está havendo um comportamento defensivo, particularmente da parte desses dois que saíram. Diga, o Dr. Cheveau costuma ser de veneta? Ele pareceu mudar de opinião ao meu respeito de repente.

– Comigo ele sempre foi um cavalheiro – disse Richard.

Jack levantou-se.

– Devo ser eu, então. E imagino que nossa relação não vá melhorar a partir de hoje. A vida é assim. De qualquer modo, é melhor eu ir. Espero que Nancy esteja bem.

– Eu também – disse Richard.

Jack saiu do laboratório imaginando o que fazer em seguida. Pensou em ir à emergência se informar sobre os três pacientes ou à central de suprimentos fazer outra visita. Decidiu-se pela emergência. Mesmo a Dra. Zimmerman e o Dr. Cheveau estando lá, achou que a chance de outro encontro era remota, dado o tamanho e a constante atividade da área de emergência.

Logo ao chegar detectou um pânico geral. Charles Kelley conferenciava ansioso com vários outros administradores. Em seguida Clint Abelard veio disparado pela entrada principal de ambulâncias e desapareceu no corredor central.

Jack foi até uma enfermeira que trabalhava atrás do balcão principal. Apresentou-se e perguntou se a agitação era por causa dos três funcionários doentes.

– Certamente que sim – disse ela. – Eles estão decidindo o melhor modo de isolá-los.

– Algum diagnóstico?

– Ouvi falar de febre das montanhas Rochosas.

– É bem assustador – disse Jack.

– Muito. Uma das pacientes é uma enfermeira.

Com o canto do olho Jack viu Kelley se aproximando. Rapidamente olhou para o outro lado. Kelley veio ao balcão e pediu o telefone à enfermeira.

Jack saiu da agitação da emergência. Pensou em ir à central de suprimentos, mas decidiu em contrário. Tendo chegado perto de outro confronto com Charles Kelley, achou melhor voltar ao escritório. Apesar de não ter conseguido nada, pelo menos sairia do hospital por conta própria.

– Opa! Onde é que você esteve? – perguntou Chet assim que Jack chegou à sala.

– Fui ao hospital – admitiu Jack, e começou a organizar o entulho sobre a mesa.

– Você deve ter se comportado; não houve nenhuma chamada frenética do escritório da chefia.

– Fui um bom menino. Bem, razoavelmente bom. Aquilo lá está uma confusão só. Houve outro surto. Dessa vez é febre das montanhas Rochosas. Dá para acreditar?

– Isso é incrível.

– É exatamente o que eu acho – disse Jack, e começou a contar como dera a entender ao chefe do laboratório que os surtos de três doenças infecciosas raras e transmitidas por artrópodes, em três dias, não poderiam ter ocorrido naturalmente.

– Aposto que isso foi bem recebido.

– Ah, ele ficou indignado. Mas depois se preocupou com alguns casos novos e se esqueceu de mim.

– Estou surpreso por você não ter sido expulso de novo. Por que faz isso consigo mesmo?

– Porque estou convencido de que há algo de podre no reino da Dinamarca. Mas chega de falar de mim. Como foi o seu caso?

Chet deu um riso curto e zombeteiro.

– E pensar que gosto de casos de tiros. Esse está levantando uma tempestade. Três das cinco balas entraram pelas costas.

– Isso vai dar uma dor de cabeça ao departamento de polícia.

– E a mim também. Ah, a propósito, Colleen telefonou. Quer que a gente vá ao estúdio esta noite depois do trabalho. Escute só: elas querem nossa opinião sobre uns anúncios. O que acha?

– Vá você. Eu preciso despachar a papelada de alguns desses casos. Estou tão atrasado que isso me dá medo.

– Mas querem nós dois. Colleen disse isso especificamente. Na verdade, disseram que queriam você, em particular, porque você já ajudou. Vamos, vai ser divertido. Elas irão nos mostrar um bocado de rascunhos para alguns possíveis comerciais de televisão.

– Essa é a sua ideia de diversão?

– Tá bom – admitiu Chet. – Tenho outro motivo. Estou gostando de ficar com Colleen. Mas elas querem nós dois. Me ajude.

– Tudo bem. Mas, cacete, não entendo por que você acha que precisa de mim.

Sexta-feira, 22 de março de 1996, 21 horas

Jack insistira em trabalhar até tarde. Chet ajudara trazendo comida chinesa. Depois de começar, Jack odiava parar. Às 20h30 Colleen telefonou perguntando onde estavam. Chet precisou cutucar Jack para que desligasse o microscópio e largasse a caneta.

O problema foi a bicicleta de Jack. Depois de muita discussão decidiram que Chet pegaria um táxi e Jack pedalaria, como sempre. Encontraram-se na frente da Willow e Heath, chegando quase ao mesmo tempo.

Um vigia noturno abriu a porta. Os dois entraram no único elevador que ainda estava funcionando, e imediatamente Jack apertou o botão do quinto andar.

– Você realmente já esteve aqui – disse Chet.

– Eu disse que estive.

– Achei que você estava me sacaneando.

Quando as portas se abriram Chet ficou surpreso, como Jack ficara na véspera. O estúdio funcionava a toda, como se o horário fosse entre 9 e 17 horas, em vez de quase 21 horas.

Os dois ficaram alguns minutos olhando a agitação. Foram totalmente ignorados.

– Isso é que é recepção – comentou Jack.

– Talvez alguém deva dizer-lhes que já terminou o expediente – disse Chet.

Jack olhou a sala de Colleen. As luzes estavam acesas, mas não havia ninguém. Virando-se, localizou Alice trabalhando em sua prancheta. Foi até lá, mas ela não ergueu os olhos.

– Com licença – disse ele. Alice trabalhava com tamanha concentração que Jack odiou incomodá-la. – Olá.

– Ah, meu Deus, desculpe – respondeu, enxugando as mãos numa toalha. – Bem-vindo! – Parecia sem graça por não tê-los visto chegar. Levantou-se e fez um gesto para que a acompanhassem. – Venham! Devo levar vocês para a arena, lá embaixo.

– Epa! – disse Chet. – Isso não soa bem. Elas devem pensar que nós somos cristãos.

Alice riu.

– O pessoal da criação é que é sacrificado na arena, não os cristãos.

Terese e Colleen os receberam com beijinhos nas bochechas acompanhados por um som estalado. Era o tipo de ritual que fazia Jack sentir-se claramente desconfortável.

Terese foi direto ao assunto. Fez os dois sentarem-se à mesa enquanto, junto com Colleen, começava a expor os *storyboards*, fazendo comentários contínuos sobre o que eles representavam.

Jack e Chet envolveram-se desde o início. Gostaram particularmente dos rascunhos bem-humorados sobre Oliver Wendell Holmes e Joseph Lister visitando o hospital da National Health e inspecionando os protocolos de lavar as mãos. Na conclusão de cada comercial esses personagens famosos da história da medicina comentavam sobre como o hospital da National Health seguia seus ensinamentos mais escrupulosamente do que aquele "outro" hospital.

– Bom, aí está – disse Terese depois que o último *storyboard* foi explicado e retirado. – O que acham?

– São interessantes – admitiu Jack. – E provavelmente eficazes. Mas dificilmente valem o dinheiro que será gasto.

– Mas lidam com algo que tem a ver com a qualidade do atendimento – disse Terese defensivamente.

– Por tabela – disse Jack. – Os associados da National Health seriam mais bem servidos se os milhões gastos nisso fossem empregados no verdadeiro atendimento à saúde.

– Bom, eu adorei – disse Chet. – São leves e muito bem-humorados. Acho que são ótimos.

– Presumo que "outro" hospital se refere à concorrência – disse Jack.

– Claro – disse Terese. – Achamos que seria de mau gosto se referir ao Hospital Geral de Manhattan pelo nome, especialmente diante dos problemas que estão acontecendo.

– Os problemas vão de mal a pior – disse Jack. – Tiveram um surto de outra doença séria. Foram três surtos em três dias.

– Meu Deus! – exclamou Terese. – Isso é horrível. Espero que chegue à imprensa, ou será que vão manter isso em segredo?

– Não sei por que você vive enfatizando isso – disse Jack em tom ríspido. – Não há como esconder.

– Haveria, se a AmeriCare quisesse – disse Terese em voz acalorada.

– Ei, vocês vão começar de novo? – interrompeu Chet.

– É uma discussão que não acaba – disse Terese. – Não admito o fato de Jack não achar que é obrigação dele, como funcionário público, informar a imprensa e o público sobre essas doenças horríveis.

– Eu já disse que fui especificamente advertido de que esse não é o meu trabalho – disparou Jack.

– Esperem! Tempo! – pediu Chet. – Escute, Terese, Jack está certo. Nós não podemos ir pessoalmente à imprensa. Isso é área do chefe e do departamento de relações públicas. Mas Jack não está deixando a coisa correr frouxa. Hoje ele foi ao hospital e sugeriu na cara deles que esses surtos recentes não são naturais.

– O que quer dizer com não são naturais?

– Exatamente isso – disse Chet. – Se não são naturais, são propositais. Alguém os está provocando.

– Isso é verdade? – Terese perguntou a Jack. Estava chocada.

– Foi o que me passou pela cabeça. Estou com dificuldade para explicar cientificamente tudo que está acontecendo lá.

– Por que alguém faria isso? É absurdo.

– É mesmo? – perguntou Jack.

– Poderia ser obra de algum maluco? – sugeriu Colleen.

– Duvido. Há muita especialização envolvida. E esses micróbios são perigosos de se manusear. Uma das vítimas atuais é técnica de laboratório.

– O que acha de um empregado insatisfeito? – sugeriu Chet. – Alguém com o conhecimento necessário e que teve o ego machucado?

– Acho isso mais provável do que um maluco – disse Jack. – Na verdade, o diretor do laboratório está insatisfeito com a administração do hospital. Ele mesmo me disse. Teve de abrir mão de vinte por cento dos funcionários.

– Ah, meu Deus! – exclamou Colleen. – Você acha que pode ser ele?

– Na verdade, não. Francamente, tudo apontaria para o diretor do laboratório. Seria o primeiro suspeito. Está agindo na defensiva, mas não é estúpido. Acho que se a série de doenças foi espalhada deliberadamente, tem de ter sido por algum motivo venal.

– Como o quê? – perguntou Terese. – Acho que estamos vendo a coisa como fato consumado.

– Talvez sim. Mas temos de lembrar que a AmeriCare é acima de tudo uma empresa. Conheço um pouco da filosofia deles. Acredite, só estão preocupados com o resultado do balancete.

– Está sugerindo que a AmeriCare poderia espalhar a doença em suas próprias instalações? – perguntou Terese incredulamente. – Isso não faz nenhum sentido.

– Só estou pensando em voz alta. Só para argumentar, vamos presumir que essas doenças tenham sido espalhadas deliberadamente. Vejamos o caso inicial de cada doença. Primeiro houve o Nodelman, que tinha diabetes. Depois apareceu Hard, com um problema ortopédico crônico, e finalmente Lagenthorpe, que sofria de asma crônica.

– Sei o que você está sugerindo – disse Chet. – Todos os casos iniciais foram com o tipo de paciente que os planos odeiam, porque os fazem perder dinheiro. Simplesmente usam demais os serviços médicos.

– Ah, que é isso! – reclamou Terese. – É ridículo. Não é de espantar que vocês, médicos, sejam tão ruins como homens de negócio. A AmeriCare nunca arriscaria esse tipo de desastre de relações públicas para se livrar de três pacientes problemáticos. Não faria sentido. Dá um tempo!

– Terese provavelmente está certa – admitiu Jack. – Se a AmeriCare estivesse por trás disso, certamente seria mais eficaz. O que realmente me preocupa são os agentes infecciosos envolvidos. Se esses surtos foram deliberados, o indivíduo por trás deles quer provocar epidemias, e não simplesmente eliminar pacientes específicos.

– Isso é ainda mais diabólico – reagiu Terese.

– Concordo – disse Jack. – Isso nos força de novo a considerar a ideia improvável de uma pessoa louca.

– Mas se alguém está querendo provocar epidemias, por que não aconteceu nenhuma? – perguntou Colleen.

– Por vários motivos – disse Jack. – Primeiro, nos três casos o diagnóstico foi relativamente rápido. Segundo, o hospital levou a sério os três surtos e tomou atitudes adequadas para controlá-los. E terceiro, os agentes escolhidos não são boas opções para o início de uma epidemia em março aqui em Nova York.

– Isso você vai ter de explicar – disse Colleen.

– Peste, tularemia e febre das montanhas Rochosas podem ser transmitidas por via aérea, mas essa não é a rota normal. Normalmente são transmitidas por meio de um artrópode vetor, e esses insetos específicos não estão disponíveis nesta época do ano, especialmente num hospital.

– O que acha disso tudo? – Terese perguntou a Chet.

– Eu? – Chet deu um riso sem jeito. – Não sei o que pensar.

– Vamos – insistiu Terese. – Não tente proteger seu amigo aqui. Qual é a sua reação verdadeira?

– Bom, estamos em Nova York. Vemos um bocado de doenças infecciosas, por isso acho que duvido um pouco dessa ideia de disseminação deliberada. Tenho de dizer que isso me parece meio paranoico. Sei que Jack não gosta da AmeriCare.

– Verdade? – perguntou Terese.

– Eu os odeio – admitiu Jack.

– Por quê?

– Prefiro não falar a respeito. É uma coisa pessoal.

– Bom – disse Terese, colocando a mão sobre a pilha de *storyboards*. – Afora o desdém do Dr. Stapleton pela publicidade médica, vocês dois acham que esses rascunhos são bons?

– Eu já disse, acho que são fantásticos – disse Chet.

– Imagino que serão eficazes – concordou Jack de má vontade.

– Algum de vocês tem outras sugestões que possamos usar com relação à prevenção de infecções hospitalares?

– Talvez você pudesse fazer alguma coisa relativa à esterilização a vapor de instrumentos e equipamentos – disse Jack. – Os hospitais diferem em seus protocolos. Robert Koch foi responsável por esse avanço, e ele era um personagem curioso.

Terese anotou a sugestão.

– Mais alguma coisa? – perguntou.

– Acho que não sou muito bom nisso – admitiu Chet. – Mas por que não vamos todos até o Auction House tomar uns drinques? Com o lubrificante adequado, quem sabe possa pensar em alguma coisa?

As mulheres recusaram. Terese explicou que tinham de continuar trabalhando nos rascunhos. Disse que na segunda-feira precisariam ter alguma coisa significativa para mostrar ao presidente e ao diretor executivo.

– Que tal amanhã à noite? – sugeriu Chet.

– Veremos – disse Terese.

Alguns minutos depois Jack e Chet desciam pelo elevador.

– Fomos chutados pra escanteio – reclamou Chet.

– Elas são mulheres decididas.

– E você? Quer parar para uma cerveja?

– Acho que vou para casa, ver se os caras estão jogando basquete. Preciso de um pouco de exercício. Estou me sentindo tenso.

– Basquete a essa hora?

– A noite de sexta é boa na vizinhança – disse Jack.

Os dois separaram-se diante do prédio da Willow e Heath. Chet entrou num táxi, e Jack desfez seu emaranhado de correntes. Montando na bicicleta, pedalou para o norte pela Madison, depois atravessou para a Quinta Avenida na rua 59. Dali entrou no Central Park.

Apesar de normalmente abusar da velocidade, Jack manteve um ritmo lento. Estava pensando na conversa que acabara de ter. Era a primeira vez que colocava suas suspeitas em palavras; agora sentia-se ansioso.

Chet sugerira que ele era paranoico, e Jack teve de admitir que havia alguma verdade nisso. Desde que a AmeriCare esmagara seu consultório, sentia que a morte o espreitava. Primeiro ela lhe roubara a família, depois ameaçara sua vida com depressão. Até mesmo preenchera sua rotina diária com a segunda especialidade que ele escolhera. E agora a morte parecia provocá-lo com esses surtos, até mesmo zombar dele com detalhes inexplicáveis.

Enquanto pedalava cada vez mais para dentro do parque escuro e deserto, as paisagens tristes e sombrias aumentavam sua inquietação. Em áreas onde, naquela manhã, vira beleza ao ir para o trabalho, agora percebia esqueletos medonhos de árvores desfolhadas e suas silhuetas projetadas contra um céu fantasmagoricamente descorado. Até a distante linha serrilhada dos prédios da cidade parecia agourenta.

Pedalou com mais força, e a bicicleta ganhou velocidade. Por um momento irracional teve medo de olhar para trás. Tinha a arrepiante sensação de que estava sendo caçado.

Entrou numa poça de luz sob um poste solitário, freou e parou, derrapando. Forçou-se a virar e encarar seu perseguidor. Mas não havia nada. Tentou enxergar dentro das sombras distantes, e nesse momento percebeu que o que o ameaçava estava vindo de dentro da própria cabeça. Era a depressão que o paralisara após a tragédia familiar.

Com raiva de si mesmo, começou a pedalar de novo. Estava envergonhado por seu medo infantil. Pensava que tinha mais controle. Obviamente estava se deixando afetar demais por esses episódios de surtos. Laurie estava certa: ele estava envolvido demais emocionalmente.

Tendo encarado seus medos, Jack sentiu-se melhor, mas percebeu que o parque ainda parecia sinistro. As pessoas o alertavam contra andar de bicicleta no parque à noite, mas ele sempre ignorara os avisos. Agora, pela primeira vez, perguntava-se se não estava sendo idiota.

Emergir do parque na Central Park West foi como escapar de um pesadelo. Depois da solidão escura e assustadora do interior do parque, foi instantaneamente lançado em meio à corrida dos táxis amarelos disparando para o norte. A cidade se tornara viva. Havia até mesmo gente andando calmamente nas calçadas.

Quanto mais Jack se dirigia para o norte, mais o ambiente se deteriorava. Acima da rua 100 o estado dos prédios era cada vez mais precário. Alguns tinham as janelas pregadas com tábuas e pareciam abandonados. Havia mais lixo nas ruas. Cães vadios saqueavam latas viradas.

Jack virou na rua 106. Enquanto pedalava por sua rua a vizinhança lhe parecia mais deprimente do que nunca. A experiência que tivera no parque abrira seus olhos para perceber como a área estava degradada.

Parou no playground onde jogava basquete, agarrando-se à cerca de arame que o separava da rua. Seus pés continuaram grudados nos pedais.

Como esperava, a quadra estava em uso. As luzes de vapor de mercúrio, cuja instalação ele pagara, estavam acesas. Reconheceu muitos dos jogadores que corriam de um lado para o outro. Warren, de longe o melhor, estava lá, e Jack podia ouvi-lo insistindo para que seus colegas de time se esforçassem mais. O time perdedor teria de ficar de fora, já que um bando de jogadores esperava impaciente nas laterais. A competição era sempre feroz.

Enquanto Jack olhava, Warren fez a cesta final do jogo e o time perdedor saiu da quadra, momentaneamente desmoralizado. À medida que o novo jogo ia sendo organizado, Warren percebeu Jack. Acenou e se aproximou. Tinha o andar de um vencedor.

– Ei, doutor, como é que é? Vai jogar ou não?

Warren era um negro bonito, de cabeça raspada, bigode bem cuidado e um corpo de estátua grega do Metropolitan Museum. Jack demorara vários meses para cultivar a proximidade de Warren. Haviam desenvolvido uma espécie de amizade, mas era mais baseada no amor compartilhado pelo basquete do que em qualquer outra coisa. Jack não sabia muito sobre Warren, a não ser que era o melhor jogador de basquete e líder da gangue local. Jack suspeitava que as duas posições eram entrelaçadas.

– Estava pensando em jogar uma partida. Quem está escalando os times?

Entrar no jogo podia ser uma coisa complicada. Quando Jack se mudara para a vizinhança, levara um mês indo à quadra, esperando pacientemente até ser convidado para jogar. Depois tivera de provar que era bom. Assim que demonstrou ser capaz de fazer cestas repetidamente, passou a ser tolerado.

As coisas ficaram um pouco melhores quando ele pagou para instalar as luzes e consertar as tabelas, mas não muito. Além de Jack, só havia dois brancos que podiam jogar. Ser caucasiano era uma desvantagem clara no playground: era preciso conhecer as regras.

– Ron vai fazer a escalação, depois Jake – disse Warren. – Mas posso colocar você no meu time. A velha do Flash quer que ele vá para casa.

– Volto já – disse Jack. Em seguida afastou-se da cerca e pedalou o resto do caminho até o seu prédio.

Desmontou da bicicleta e colocou-a nos ombros. Antes de entrar no prédio olhou para a fachada. Em seu estado crítico atual, teve de admitir que não era bonita. Na verdade era uma estrutura lamentável, ainda que no passado devesse ter sido bem elegante, como deixava evidente um pequeno segmento de cornija decorativa ainda preso precariamente ao beiral. Duas janelas do terceiro andar estavam pregadas com tábuas.

O prédio tinha seis andares, era feito de tijolos, com dois apartamentos por andar. Jack dividia o quarto andar com Denise, uma adolescente sem marido e com dois filhos.

Abriu a porta da frente com o pé. Não havia tranca. Começou a subir a escada, tendo o cuidado de evitar algum entulho. Enquanto passava pelo segundo andar, Jack ouviu sons lamentáveis de uma discussão violenta, seguidos pelo barulho de vidro quebrando. Infelizmente esse era um acontecimento rotineiro.

Com a bicicleta equilibrada sobre os ombros, Jack precisou realizar algumas manobras para se situar diante da porta de seu apartamento. Estava procurando a chave no bolso quando percebeu que não precisava dela. O batente estava quebrado junto da fechadura.

Empurrou a porta. Dentro do apartamento estava tudo escuro. Jack procurou escutar alguma coisa, mas só conseguiu ouvir os gritos do apartamento 2A e o trânsito na rua. Seu apartamento estava fantasmagoricamente silencioso. Pousou a bicicleta no chão e acendeu a luz.

A sala estava um caos. Jack não tinha muitos móveis, mas tudo o que tinha estava de cabeça para baixo, vazio ou quebrado. Percebeu que sumira um pequeno rádio que costumava ficar na escrivaninha.

Empurrou a bicicleta para a sala e encostou-a na parede. Tirou a jaqueta e pendurou-a na bicicleta. Em seguida foi até a escrivaninha. As gavetas haviam sido puxadas e o conteúdo estava no chão. Em meio à bagunça havia um álbum de fotografias. Abaixou-se para pegá-lo. Abriu a capa e deu um suspiro de alívio. Estava intacto. Era o único bem com o qual se importava.

Colocou o álbum no parapeito da janela e foi até o quarto. Acendeu a luz e viu uma cena parecida. A maior parte de suas roupas fora retirada do armário e da cômoda e jogada no chão.

O banheiro estava no mesmo estado que a sala e o quarto. O conteúdo do armário fora jogado na banheira.

Jack saiu do quarto e foi até a cozinha. Esperando encontrar uma situação parecida, acendeu a luz. Um som ofegante saiu de seus lábios.

– Nós estávamos começando a perguntar se você viria – disse um negro enorme. Estava sentado à mesa de Jack, totalmente vestido em couro preto, inclusive as luvas e um chapéu sem aba. – Acabou a sua cerveja, e nós estávamos ficando meio irritados.

Havia mais três homens vestidos de modo idêntico ao primeiro. Um deles estava encostado na janela; os outros dois estavam à direita de Jack, apoiados no armário da cozinha. Sobre a mesa havia uma variedade impressionante de armas, inclusive pistolas automáticas.

Jack não reconheceu nenhum deles. Estava chocado por ainda se encontrarem lá. Já fora roubado antes, mas ninguém ficara para beber sua cerveja.

– Que tal vir aqui e sentar um pouco? – disse o negro grandalhão.

Jack hesitou. Sabia que a porta do corredor estava aberta. Será que conseguiria chegar lá antes que pegassem as armas? Duvidou que fosse capaz disso, e não estava disposto a tentar.

– Qual é, cara! – disse o negro – Traz esse rabo branco pra cá!

Relutando, Jack obedeceu. Sentou-se cautelosamente e encarou o visitante não convidado.

– Podemos tratar disso como gente civilizada – disse o negro. – Meu nome é Gêmeo. Esse aí é o Reginald. – Gêmeo apontou para o sujeito na janela.

Jack olhou na direção de Reginald. Ele estava palitando e chupando os dentes. Olhou para Jack com óbvio desdém. Apesar de não ser tão musculoso quanto Warren, estava na mesma categoria. Jack podia ver que tinha as palavras "Black Kings" tatuadas no antebraço direito.

– Bom, Reginald está puto porque você não tem merda nenhuma neste apartamento – prosseguiu Gêmeo. – Quero dizer, nem tem uma televisão. Você sabe, parte do trato era que a gente ficaria com os seus bagulhos.

– De que tipo de trato você está falando? – perguntou Jack.

– Vamos colocar a coisa assim. Eu e meus irmãos recebemos uma merreca pra vir até aqui e dar umas porradas em você. Nada de grave, apesar da artilharia que você está vendo na mesa. Deveria ser uma espécie de aviso. Bom, não sei dos detalhes, mas aparentemente você está enchendo o saco num hospital e deixou umas pessoas irritadas. Eu deveria lembrar a você pra fazer o seu trabalho e deixar eles fazerem o deles. Será que isso faz mais sentido pra você do que pra mim? Quero dizer, eu nunca fiz uma coisa destas antes.

– Acho que saquei – disse Jack.

– Fico feliz. Caso contrário teria de quebrar uns dedos, ou coisa do tipo. A gente não deveria machucar muito você, mas quando Reginald começa, é difícil fazer ele parar, especialmente quando está puto. Ele precisa levar alguma coisa. Tem certeza de que não tem uma televisão ou outra coisa escondida por aí?

– Ele acabou de chegar com uma bicicleta – disse um deles.

– Que tal, Reginald? – perguntou Gêmeo. – Quer uma bicicleta nova?

Reginald se inclinou para a frente, tentando ver a sala de estar. Encolheu os ombros.

– Acho que você conseguiu um acordo – disse Gêmeo, e ficou de pé.

– Quem está pagando a vocês para fazer isso?

Gêmeo ergueu as sobrancelhas e riu.

– Bom, não seria muito profissional de minha parte dizer isso, não é? Mas pelo menos você teve peito pra perguntar.

Jack estava para fazer outra pergunta quando foi violentamente nocauteado por Gêmeo. A força do soco jogou-o para trás, e ele se esparramou no chão. O quarto nadou diante de seus olhos. Quase inconsciente, sentiu a carteira sendo puxada de seu bolso. Houve risos abafados seguidos de um chute doloroso no estômago. Em seguida veio a escuridão absoluta.

Sexta-feira, 22 de março de 1996, 23h45

A primeira coisa da qual Jack teve consciência foi um zumbido na cabeça. Abriu devagar as pálpebras e viu-se olhando diretamente para o teto da cozinha. Tentando imaginar o que fazia no chão da cozinha, procurou ficar de pé. Quando se mexeu, sentiu uma dor aguda no queixo, que o fez deitar-se de novo. Só então percebeu que o zumbido era intermitente, e não estava na sua cabeça: era o telefone da parede diretamente acima dele.

Rolou de barriga para baixo. Dessa posição forçou-se a ficar de joelhos. Nunca fora nocauteado antes, e não podia acreditar em como se sentia fraco. Cuidadosamente tateou a linha do maxilar. Graças a Deus não sentiu nenhuma borda serrilhada ou ossos quebrados. Com o mesmo cuidado apalpou o abdômen dolorido. Estava doendo menos do que o maxilar, por isso ele presumiu que não havia qualquer dano interno.

O telefone continuava a tocar com insistência. Por fim Jack estendeu a mão e tirou-o do gancho. Enquanto dizia alô, procurou sentar-se no chão, com as costas apoiadas no armário da cozinha. Sua voz pareceu estranha até para ele mesmo.

– Ah, não! Desculpe – disse Terese quando o ouviu. – Você estava dormindo. Eu não deveria ter ligado tão tarde.

– Que horas são?

– Quase meia-noite. Ainda estamos aqui no estúdio, e algumas vezes esquecemos que o resto do mundo dorme em horário normal. Queria fazer uma pergunta sobre esterilização, mas ligo amanhã. Desculpe ter acordado você.

– Na verdade eu estava inconsciente no chão da cozinha.

– Isso é alguma piada?

– Gostaria que fosse. Cheguei em casa e deparei com meu apartamento saqueado. Infelizmente os assaltantes ainda estavam aqui, para piorar as coisas eles me espancaram.

– Você está bem? – perguntou ela em tom ansioso.

– Acho que sim. Mas acho que quebrei um dente.

– Você ficou mesmo inconsciente?

– Acho que sim. Ainda me sinto fraco.

– Escute – disse Terese em tom decidido. – Quero que você chame a polícia imediatamente, e estou indo para aí.

– Espere um segundo. Em primeiro lugar, a polícia não vai fazer nada. Quero dizer, o que podem fazer? Eram quatro membros de uma gangue, e há um milhão deles na cidade.

– Não estou nem aí, quero que você ligue para a polícia. Chego em 15 minutos.

– Terese, esta não é a melhor das vizinhanças. – Jack percebia que ela tinha tomado uma decisão, mas insistiu. – Você não precisa vir. Estou bem. Sério!

– Não quero ouvir nenhuma desculpa para não chamar a polícia. Chego aí em 15 minutos.

Jack percebeu que Terese havia desligado.

Obedientemente ligou para 911 e informou a polícia. Quando lhe perguntaram se estava correndo algum perigo no momento, disse que não. A telefonista falou que os policiais chegariam assim que fosse possível.

Jack ergueu-se sobre as pernas bambas e foi até a sala. Por um instante procurou a bicicleta, mas em seguida lembrou-se vagamente de alguma coisa sobre os assaltantes quererem ficar com ela. No banheiro examinou os dentes. No incisivo esquerdo faltava uma pequena lasca. Gêmeo devia estar com uma espécie de soco inglês debaixo da luva.

Para sua surpresa, os policiais chegaram em dez minutos. Eram dois, um negro chamado David Jefferson e um latino, Juan Sanchez. Ouviram educadamente a história de Jack, anotaram os detalhes, inclusive o roubo da bicicleta, e perguntaram se ele poderia ir à delegacia examinar as fotos de vários membros de gangues locais.

Jack recusou. Através de Warren sabia que as gangues não temiam a polícia. Consequentemente, sabia que a polícia não poderia protegê-lo das gangues, por isso decidiu não contar tudo. Mas pelo menos satisfizera as exigências de Terese e poderia receber o seguro da bicicleta.

– Desculpe, doutor – disse David Jefferson enquanto saía. Jack os informara que era médico-legista. – Como é que veio morar nesse bairro? O senhor não estava procurando encrenca?

– Eu me faço a mesma pergunta – disse Jack.

Assim que a polícia saiu, Jack fechou a porta arrombada e encostou-se nela, ao mesmo tempo em que examinava o apartamento. De algum modo teria de arranjar energia para limpá-lo. No momento isso parecia uma tarefa gigantesca.

Uma batida, que ele mais sentiu do que ouviu, fez com que Jack reabrisse a porta. Era Terese.

– Ah, graças a Deus é você – exclamou. Em seguida ela entrou no apartamento. – Você não estava brincando quando falou que essa não era a melhor das vizinhanças. Só subir essa escada já foi um trauma. Se não fosse você que tivesse aberto a porta eu teria gritado.

– Eu tentei avisar.

– Deixe-me olhar você. Onde é que tem mais luz?

Jack encolheu os ombros.

– Pode escolher. Talvez no banheiro.

Terese arrastou Jack para o banheiro e examinou seu rosto.

– Está com um corte pequeno no maxilar.

– Não fico surpreso – disse Jack, e mostrou o dente partido.

– Por que eles bateram em você? Espero que não tenha bancado o herói.

– Pelo contrário. Fiquei paralisado de terror. Levei um direto no queixo. Evidentemente foi um aviso para eu ficar longe do Hospital Geral de Manhattan.

– De que diabo você está falando?

Jack disse tudo o que contara à polícia. Contou inclusive coisas que não dissera à polícia.

– Isso está ficando cada vez mais inacreditável – disse Terese. – O que você vai fazer?

– Para dizer a verdade, não tive muito tempo para pensar nisso.

– Bom, eu sei de uma coisa que você vai fazer. Vai ao pronto-socorro.

– Ei, que é isso! Eu estou bem. O queixo está doendo, mas não é nada demais.

– Você foi nocauteado. Deve fazer um exame. Não sou médica mas sei que isso é necessário.

Jack abriu a boca para protestar, mas não fez nada; sabia que ela estava certa. Deveria ser examinado. Depois de um golpe na cabeça suficientemente forte para deixá-lo inconsciente, havia a possibilidade de uma hemorragia intracraniana. Deveria fazer um exame neurológico básico.

Jack pegou a jaqueta no chão. Em seguida acompanhou Terese escada abaixo, até a rua. Para pegar um táxi andaram até a Columbus Avenue.

– Aonde você quer ir? – perguntou Terese assim que entraram no táxi.

– Acho que por enquanto vou ficar longe do Hospital Geral de Manhattan – disse Jack com um sorriso. – Vamos ao Hospital Presbiteriano de Columbia.

– Ótimo. – Terese deu o endereço ao motorista e recostou-se no assento.

– Terese, realmente gostei de você ter vindo. Não precisava, e não esperava isso. Isso me deixa sensibilizado.

– Você teria feito o mesmo por mim.

"Será que teria?", perguntou-se Jack. Não tinha ideia. O dia inteiro fora muito confuso.

A ida ao pronto-socorro foi tranquila. Os dois tiveram de esperar enquanto acidentes de automóveis, ferimentos a faca e ataques cardíacos tinham prioridade. Mas Jack terminou sendo examinado. Terese insistiu em ficar todo o tempo com ele, e até o acompanhou à sala de exames.

Quando o residente soube que Jack era médico-legista, insistiu para que fosse examinado pelo neurologista. O neurologista residente examinou Jack com o máximo cuidado. Declarou que ele estava bem e que nem achava indicado uma chapa de raios X, a não ser que Jack tivesse opinião contrária. Jack não tinha.

– A única coisa que recomendo é que você seja observado durante a noite – disse o neurologista residente. Em seguida virou-se para Terese e disse: – Sra. Stapleton, acorde-o de vez em quando e observe se ele está se comportando normalmente. E também verifique se as pupilas continuam do mesmo tamanho. Certo?

– Certo – disse Terese.

Mais tarde, enquanto saíam do hospital, Jack falou que ficara impressionado com a tranquilidade dela ao ser chamada de Sra. Stapleton.

– Achei que iria deixar o médico sem jeito, se o corrigisse. Mas levarei muito a sério suas recomendações. Você vai para minha casa.

– Terese... – reclamou Jack.

– Sem discussão! Você ouviu o doutor. Em hipótese alguma vou permitir que você volte esta noite para aquele buraco do inferno.

Com a cabeça latejando, o maxilar doendo e a barriga sensível, Jack se rendeu.

– Certo. Mas isso vai muito além do seu dever.

Jack sentiu-se realmente agradecido enquanto os dois subiam pelo elevador do elegante prédio de Terese. Há anos ninguém era tão gentil com ele. Vendo sua preocupação e generosidade, sentiu que a julgara mal.

– Tenho um quarto de hóspedes onde certamente você irá se sentir confortável – explicou, enquanto seguiam por um corredor acarpetado. – Sempre que minha família vem à cidade, acha difícil ir embora.

O apartamento de Terese era o retrato perfeito do bom gosto. Jack ficou espantado com a arrumação. Até as revistas estavam colocadas cuidadosamente sobre a mesinha de centro, como se ela esperasse que a *Architectural Digest* viesse fazer uma foto.

O quarto de hóspedes era gracioso, com cortinas de flores estampadas combinando com a colcha. Jack brincou, dizendo que esperava não ficar desorientado, já que poderia ter dificuldade para encontrar a cama.

Depois de trazer um frasco de aspirinas, Terese deixou-o que tomasse banho. Depois de terminar, Jack vestiu um roupão felpudo que ela lhe deixara. Vestido assim, enfiou a cabeça na sala e viu-a sentada no sofá, lendo. Foi até lá e sentou-se diante dela.

– Não vai para a cama? – perguntou.

– Queria me certificar de que você estava bem. – Ela inclinou-se para a frente, olhando direto em seu rosto. – Para mim suas pupilas parecem iguais.

– Para mim também – riu Jack. – Você está levando a sério as ordens daquele médico.

– Com certeza. Vou aparecer para acordar você, por isso esteja preparado.

– Nem vou discutir.

– Como você se sente, no geral?

– Física ou mentalmente?

– Mentalmente. Fisicamente faço uma boa ideia.

– Para ser honesto, a experiência me apavorou. Sei o suficiente sobre essas gangues para ter medo.

– Por isso eu quis que você chamasse a polícia.

– Você não entende. A polícia não pode me ajudar. Não teria adiantado nada dizer a eles o possível nome da gangue ou os nomes dos invasores. Mesmo que a polícia os prendesse, eles só precisariam estalar os dedos e logo estariam de novo na rua.

– Então o que você vai fazer?

– Acho que vou ficar longe do hospital . Parece que isso vai deixar todo mundo feliz. Até meu chefe disse para eu não ir lá. Acho que posso fazer meu trabalho de longe.

– Estou aliviada. Fiquei com medo de que você tentasse bancar o herói e tomasse esse aviso como um desafio.

– Você disse isso antes. Mas não se preocupe. Não sou um herói.

– E essa coisa de andar de bicicleta pela cidade? E de atravessar o parque à noite? E de morar naquele lugar? O fato é que me preocupo mesmo. Me preocupo porque você não vê o perigo ou então quer namorá-lo. Qual das duas opções é verdadeira?

Jack fitou os olhos azuis claros de Terese. Ela fazia perguntas que ele evitava totalmente. As respostas eram muito pessoais. Mas depois da preocupação demonstrada naquela noite e do esforço que fizera, Jack sentiu que ela merecia alguma explicação.

– Acho que venho namorando o perigo – falou.

– Posso perguntar por quê?

– Acho que não tenho me preocupado com relação à morte. Na verdade, houve um tempo em que achei que seria um alívio. Há alguns anos tive problemas de depressão, e acho que ela estará sempre lá, no fundo.

– Posso entender. Também tive meus contatos com a depressão. A sua foi associada a algum evento específico, se é que posso perguntar?

Jack mordeu a parte interna do lábio. Sentia-se desconfortável ao falar sobre isso, mas agora que começara seria difícil voltar atrás.

– Minha mulher morreu – conseguiu dizer. Não conseguiu forçar-se a mencionar as filhas.

– Sinto muito – disse Terese, mostrando empatia. Parou por um momento, e depois disse: – A minha foi por causa da morte do meu único filho.

Jack virou a cabeça para o outro lado. A confissão de Terese trouxe lágrimas instantâneas aos seus olhos. Respirou fundo e em seguida olhou de novo para aquela mulher complicada. Era uma executiva impetuosa; disso ele tinha certeza desde o momento em que a conhecera. Mas agora sabia que havia algo mais.

– Acho que temos mais coisas em comum do que simplesmente não gostar de boates – falou, numa tentativa de aliviar o clima.

– Acho que nós dois temos cicatrizes emocionais – disse Terese. – E nós dois investimos demais em nossas carreiras.

– Não tenho certeza de que compartilhamos isso. Não sou tão comprometido com minha carreira quanto já fui, nem como acho que você é. As mudanças que aconteceram na medicina me roubaram um pouco disso.

Terese ficou de pé. Jack fez o mesmo. Estavam suficientemente próximos para avaliar fisicamente um ao outro.

– Acho que eu quis dizer que nós dois temos medo de um compromisso emocional. Nós dois nos machucamos.

– Com isso posso concordar.

Terese beijou a ponta dos dedos e encostou-os de leve nos lábios de Jack.

– Virei acordá-lo daqui a algumas horas – falou. – Portanto esteja preparado.

– Odeio estar fazendo você passar por tudo isso.

– Estou gostando de bancar a mãe um pouquinho. Durma bem.

Separaram-se. Jack voltou ao quarto de hóspedes, mas antes que chegasse à porta, Terese falou:

– Mais uma pergunta: por que você mora naquele pardieiro horrível?

– Sinto que não mereço ser muito feliz.

Terese pensou por um momento, depois sorriu.

– Bom, eu não deveria imaginar que entendo tudo. Boa noite.

– Boa noite – repetiu Jack.

Sábado, 23 de março de 1996, 8h30

Fiel à sua palavra, Terese fora ao quarto de Jack e o acordara várias vezes durante a noite. A cada vez os dois haviam conversado alguns minutos. Quando acordou de manhã, Jack sentiu-se conflituoso. Ainda estava agradecido pela atenção de Terese, mas percebeu-se sem jeito pelo muito que revelara.

Enquanto Terese preparava o café da manhã, ficou claro que estava tão sem jeito quanto ele. Às 8h30, com alívio mútuo, os dois se separaram diante do prédio de Terese. Ela partiu para o estúdio, para o que achava que seria uma maratona. Ele foi para o seu apartamento.

Jack passou algumas horas limpando a bagunça deixada pelos Black Kings. Com algumas ferramentas rudimentares até mesmo consertou a porta da melhor maneira que pôde.

Com o problema do apartamento resolvido, foi para o necrotério. Não estava escalado para trabalhar naquele fim de semana, mas queria passar mais tempo completando a papelada das necrópsias que ainda precisavam ser despachadas. Também queria checar se aparecera algum caso infeccioso vindo à noite do hospital. Sabendo que houvera três casos fulminantes de febre das montanhas Rochosas no setor de emergência no dia anterior, estava com medo do que poderia encontrar.

Sentiu falta da bicicleta, e pensou em arranjar outra. Para ir ao trabalho pegou o metrô, mas não era conveniente. Teve de trocar de trem duas vezes. O sistema de metrô de Nova York era bom para se ir de norte a sul, mas de leste a oeste era uma história totalmente diferente.

Mesmo com as múltiplas mudanças de trem, Jack ainda teve de andar seis quarteirões. Com uma garoa caindo e sem guarda-chuva, ficou encharcado antes de chegar ao Departamento de Medicina Legal, ao meio-dia.

No necrotério os fins de semana eram bem diferentes dos dias comuns. Havia muito menos agitação. Jack usou a entrada da frente e pediu que a recepcionista destravasse a porta para a área de identificação. Uma família atormentada estava numa das salas. Jack pôde ouvir soluços enquanto passava.

Encontrou a escala dos médicos para o fim de semana e ficou satisfeito ao ver que Laurie estava entre eles. Também encontrou a lista dos casos que tinham aparecido na noite anterior. Examinando-a, sentiu-se mal ao ver um nome familiar. Nancy Wiggens fora trazida às 4 horas! O diagnóstico provisório era febre das montanhas Rochosas.

Jack encontrou mais dois casos com o mesmo diagnóstico: Valerie Schafer, 33 anos, e Carmen Chavez, 47. Presumiu que fossem os outros dois casos que estavam na emergência do hospital no dia anterior.

Desceu a escada e olhou dentro da sala de necrópsias. Duas mesas estavam sendo usadas. Jack não conseguia ver quem eram os médicos, mas julgando pela altura imaginou que um deles fosse Laurie.

Depois de trocar de roupa e colocar o equipamento de proteção, entrou pela sala de higiene.

– O que está fazendo aqui? – perguntou Laurie quando o viu. – Você deveria estar se divertindo.

– Não consigo ficar longe – brincou Jack. Em seguida inclinou-se para ver o rosto do paciente em quem Laurie estava trabalhando, e seu coração se apertou. Encarando-o com olhos sem vida estava Nancy Wiggens. Morta ela parecia ainda mais jovem do que fora em vida.

Jack olhou rapidamente para outro lado.

– Você a conhecia? – perguntou Laurie. Sua antena emocional captara instantaneamente a reação de Jack.

– Vagamente.

– É uma coisa terrível quando trabalhadores de saúde morrem com a doença dos pacientes. A mulher que eu necropsiei antes era uma enfermeira que tinha cuidado do caso em que você trabalhou ontem.

– Presumi que sim. E o terceiro caso?

– Foi o que examinei primeiro. Era do almoxarifado central. Não pude imaginar como ela contraiu a doença.

– Nem fale. Necropsiei duas outras pessoas do almoxarifado central. Uma com peste e outra com tularemia. Também não consigo entender.

– É melhor que alguém descubra.

– Concordo em número e grau – disse Jack. Em seguida apontou para os órgãos de Nancy. – O que você descobriu?

– Tudo tem a ver com a febre das montanhas Rochosas. Está interessado em ver?

– Com certeza.

Laurie demorou-se mostrando a Jack toda a patologia relevante. Jack disse que as descobertas eram idênticas às que fizera em Lagenthorpe.

– Faz a gente indagar por que só três pessoas ficaram doentes, já que seu estado é tão ruim – disse Laurie. – O intervalo entre o surgimento dos sintomas e a hora da morte foi muito mais curto do que costuma ocorrer. Isto sugere que os micróbios eram particularmente patogênicos, mas, nesse caso, onde estão os outros pacientes? Janice me disse que, pelo que o hospital saiba, não há mais casos.

– Houve um padrão semelhante com as outras doenças. Não consigo explicar isso, como também não consigo explicar tantos outros aspectos desses surtos. É por isso que eles estão me deixando louco.

Laurie olhou para o relógio e ficou surpresa com a hora.

– Preciso adiantar isto aqui – falou. – Sal precisa sair cedo.

– Que tal eu ajudar? Diga ao Sal que pode ir agora.

– Sério?

– Claro. Vamos terminar isso.

Sal ficou feliz em sair mais cedo. Laurie e Jack trabalhavam bem juntos, e terminaram o caso em pouco tempo. Saíram juntos da sala de necrópsias.

– Que tal beliscar alguma coisa no refeitório? – perguntou Laurie. – Eu pago.

– Você manda.

Os dois tiraram o traje de isolamento e desapareceram nos respectivos vestiários. Já vestido, Jack saiu para o corredor e esperou que Laurie aparecesse.

– Você não precisava esperar por... – Laurie começou a falar, mas parou. – Seu maxilar está inchado.

– E isso não é tudo. – Jack mostrou os dentes e apontou para o incisivo esquerdo. – Está vendo o pedaço que falta?

– Claro que estou. – Laurie colocou as mãos nos quadris e seus olhos se estreitaram. Parecia uma mãe furiosa diante de uma criança bagunceira. – Caiu da bicicleta?

– Antes fosse – respondeu Jack com um riso sem graça. Em seguida contou toda a história, menos a parte sobre Terese. A expressão de Laurie mudou de raiva fingida para descrença.

– Isso é intimidação – falou indignada.

– Acho que sim. Mas chega, não vamos deixar que isso estrague nosso almoço gourmet.

Os dois escolheram suas refeições nas máquinas automáticas de comida do segundo andar. Laurie pegou uma sopa e Jack escolheu um sanduíche de salada de atum. Levaram a comida para uma mesa e sentaram-se.

– Quanto mais penso no que me contou, mais louco acho. Como está o seu apartamento?

– Dilapidado. Mas não era grande coisa antes disso acontecer, de modo que não importa muito. O pior foi que levaram minha bicicleta.

– Acho que você deveria se mudar. De qualquer modo, você não deveria estar morando lá.

– É só o segundo assalto.

– Espero que não esteja planejando ficar em casa esta noite. Que coisa deprimente!

– Não, esta noite estou ocupado. Há um grupo de freiras chegando, e me comprometi a mostrar a cidade.

Laurie riu.

– Ei, minha família vai dar um pequeno jantar esta noite. Gostaria de ir? Seria muito mais divertido do que ficar no seu apartamento saqueado.

– É muita gentileza de sua parte. – Como acontecera com as ações de Terese na noite anterior, esse convite fora totalmente inesperado. Jack ficou comovido.

– Gostaria da sua companhia – disse Laurie. – O que diz?

– Você sabe que não sou sociável.

– Sei. Não quero obrigá-lo a nada. Nem precisa responder agora. O jantar é às 20 horas e você pode me ligar meia hora antes, se decidir aparecer. Vou lhe dar o meu número. – Ela escreveu o número do telefone num guardanapo e entregou-o a ele.

– Acho que não sou uma companhia muito boa para jantares.

– Bom, fica por sua conta. O convite está de pé. Agora, se me desculpar, tenho mais dois casos para examinar.

Jack olhou Laurie sair. Ficara impressionado desde o primeiro dia, mas sempre pensara nela como uma de suas colegas mais talentosas, nada mais. E de repente via como era de uma beleza impressionante, com as feições esculpidas, a pele macia e os cabelos castanhos.

Laurie acenou antes de sair pela porta, e Jack acenou de volta. Desconcertado, levantou-se, jogou no lixo o conteúdo da bandeja e foi para a sua sala. No elevador perguntou-se o que estava acontecendo com ele. Demorara anos para estabilizar a vida, e agora seu casulo bem construído parecia estar se desmanchando.

Chegando à sala, sentou-se diante da escrivaninha. Esfregou as têmporas, tentando se acalmar. Estava ficando agitado de novo, e sabia que quando ficava agitado podia ser impulsivo.

Assim que se sentiu capaz de se concentrar, puxou a pasta mais próxima e abriu-a. Em seguida começou a trabalhar.

ÀS 16 HORAS Jack completara o máximo de trabalho burocrático possível. Saiu do Departamento de Medicina Legal e pegou o metrô. Sentado no vagão balouçante com outras pessoas silenciosas com ar de zumbis, disse a si mesmo que tinha de arranjar outra bicicleta. Ir para o trabalho pelo subterrâneo, como uma toupeira, não daria certo.

Chegando em casa, não perdeu tempo. Subiu a escada de dois em dois degraus. Um sem-teto caído bêbado no primeiro patamar não reduziu seu ritmo. Com a ansiedade, Jack precisava de exercício, e quanto mais rápido chegasse à quadra de basquete mais feliz ficaria.

Hesitou brevemente junto à porta. Parecia estar do mesmo jeito que a deixara. Destrancou-a e olhou o apartamento. De modo um tanto supersticioso, foi até a cozinha e olhou para dentro. Ficou aliviado ao ver que não havia ninguém.

No quarto pegou as roupas de basquete: calças de moletom enormes, uma camiseta e um suéter. Vestiu-se rapidamente. Depois de amarrar os tênis de cano alto, pegou uma munhequeira, uma bola de basquete e voltou-se em direção à porta.

A tarde de sábado era sempre um grande dia no playground, desde que o tempo colaborasse. Em geral, de vinte a trinta pessoas apareciam para jogar, e aquele sábado não foi exceção. A chuva da manhã parara havia algumas horas. Enquanto se aproximava da quadra, Jack contou 14 pessoas esperando a vez. Isso significava que provavelmente teria de esperar mais dois jogos, além do que estava em andamento, antes que pudesse jogar.

Cumprimentou com a cabeça as pessoas que reconheceu. A etiqueta requeria que não fosse demonstrada qualquer emoção. Depois de ficar nas laterais durante um bom tempo, perguntou quem era o responsável por escalar o próximo time. Disseram que seria David. Jack conhecia David.

Tendo o cuidado de reprimir a ansiedade, foi até ele.

– Você é o líder do próximo time? – perguntou Jack, fingindo desinteresse.

– É, sou assim. – David balançou o corpo de um modo que Jack reconheceu como ginga. Ele também aprendera, pela dura experiência, a não imitá-la.

– Já tem cinco jogadores?

David já estava com o time completo, por isso Jack teve de passar pelo mesmo processo com o sujeito que iria escalar o time seguinte. Era Spit,* cujo apelido se baseava em um de seus maneirismos menos elegantes. Felizmente para Jack, Spit só tinha quatro jogadores, e como conhecia sua habilidade nas bolas de três pontos, concordou em colocá-lo na equipe.

Com a entrada no jogo garantida, Jack levou sua bola a uma das cestas laterais que não estavam em uso e começou a se aquecer. Estava com um pouco de dor de cabeça, o maxilar doía, mas fora isso sentia-se melhor do que esperava. Havia se preocupado mais com o estômago quando fosse correr, mas isso não o incomodou nem um pouco.

Enquanto treinava lances livres, Warren apareceu. Depois de passar pelo mesmo processo que Jack percorrera para conseguir entrar no jogo, foi até onde Jack estava treinando.

– Ei, doutor, o que é que tá havendo? – perguntou Warren. Em seguida roubou a bola da mão de Jack e rapidamente fez um lance que passou pela rede sem tocar o aro. Os movimentos de Warren eram espantosamente rápidos.

– Nada de mais – disse Jack, usando uma resposta politicamente correta. A pergunta de Warren era um cumprimento disfarçado.

Os dois fizeram lançamentos durante algum tempo, de um modo ritual. Primeiro Warren jogava até errar, o que não era fre-

*Em inglês, cuspe (*N. do T.*)

quente. Depois Jack fazia o mesmo. Enquanto um lançava, o outro pegava os rebotes.

– Warren, deixe eu fazer uma pergunta – disse Jack durante um de seus turnos de lançamento. – Já ouviu falar de uma gangue chamada Black Kings?

– É, acho que sim. – Warren devolveu a bola depois de Jack ter feito um de seus patenteados lances de três pontos. – Acho que são uns caras durões lá de perto da rua Bowery. Por que pergunta?

– Só curiosidade. – Jack fez outra cesta de três pontos. Estava se sentindo bem.

Warren pegou a bola no ar enquanto ela atravessava a cesta. Mas não a devolveu a Jack. Em vez disso andou até ele.

– O que quer dizer com "curiosidade"? – Warren perfurou Jack com olhos que pareciam canos de pistola. – Você nunca teve curiosidade sobre gangues antes.

Uma das outras coisas que Jack sabia sobre Warren era que ele era muito inteligente. Se tivesse tido oportunidade, Jack tinha certeza de que teria se tornado um médico, advogado ou coisa do tipo.

– Por acaso vi uma tatuagem no braço de um cara.

– O cara tava morto? – Warren sabia do trabalho de Jack.

– Ainda não. – Jack raramente arriscava ser sarcástico com os conhecidos do playground, mas desta vez a coisa simplesmente escapara.

Warren olhou-o cauteloso e continuou segurando a bola.

– Está querendo me sacanear?

– Ei, não. Eu posso ser branco, mas não sou idiota.

Warren sorriu.

– Como é que você levou essa porrada no queixo?

Warren não deixava escapar nada.

– Esbarrei num cotovelo. Eu estava no lugar errado na hora errada.

Warren estendeu a bola.

– Vamos bater uma bola para aquecer.

Warren entrou no jogo antes de Jack, mas Jack acabou jogando, e bem. O time de Spit parecia imbatível, para tristeza de Warren, que teve de jogar várias vezes contra eles. Às 18 horas Jack estava exausto e totalmente encharcado de suor.

Jack ficou completamente satisfeito ao sair quando todos os outros partiram em massa para o jantar e as diversões comuns de sábado à noite. A quadra de basquete ficaria vazia até a tarde seguinte.

Um longo banho de chuveiro depois do jogo era um prazer especial para Jack. Quando terminou, vestiu-se com roupas limpas e olhou dentro da geladeira. Era uma cena triste. Toda a sua cerveja fora bebida pelos Black Kings. Quanto à comida, limitava-se a um pedaço velho de queijo cheddar e dois ovos de idade dúbia. Fechou a geladeira. De qualquer modo, não estava com tanta fome assim.

Na sala, sentou-se no sofá puído e pegou um jornal de medicina. Sua rotina noturna era ler até as 21h30 e depois dormir. Mas naquela noite ainda estava inquieto, apesar do exercício, e achava que não conseguiria se concentrar.

Jogou o jornal para o lado e olhou a parede. Estava sozinho, e apesar de estar sozinho quase todas as noites, sentia isso de modo mais agudo no momento. Ficou pensando em Terese e na sua atenção carinhosa na véspera.

Impulsivamente foi até a escrivaninha, pegou o catálogo telefônico e ligou para a Willow e Heath. Não sabia se haveria alguma telefonista trabalhando àquela hora, mas alguém terminou atendendo. Depois de vários ramais errados finalmente conseguiu encontrar Terese.

Com o coração bombeando inexplicavelmente no peito, disse casualmente que estava pensando em ir comer alguma coisa.

– Isso é um convite?

– Bom... – Jack hesitou. – Talvez você quisesse ir junto, se não tiver jantado ainda.

– Esse é o convite mais tortuoso que já recebi desde que Marty Berman me chamou para o baile de formatura do ensino médio

– disse Terese rindo. – Sabe o que ele fez? Usou o condicional. Ele falou: "O que você diria se eu a convidasse?"

– Acho que Marty e eu temos algumas coisas em comum.

– Dificilmente. Marty era um baixinho magrelo. Mas, quanto ao jantar, vou ter de deixar para outra vez. Adoraria vê-lo, mas você sabe desse prazo que temos de cumprir. Queremos colocar tudo sob controle esta noite. Espero que você entenda.

– Sem dúvida. Não há problema.

– Ligue amanhã. Talvez a gente possa sair à tarde para um café ou coisa do tipo.

Jack prometeu que telefonaria e desejou boa sorte. Em seguida desligou o telefone, sentindo-se ainda mais solitário por ter feito um esforço para ser sociável depois de tantos anos na pior.

Surpreendendo-se de novo, encontrou o número de Laurie e ligou para ela. Tentando cobrir o nervosismo com humor, disse que o grupo de freiras que ele estava esperando tivera de cancelar o passeio.

– Isso significa que você vem para o jantar?

– Se você quiser...

– Vou adorar – disse Laurie.

Domingo, 24 de março de 1996, 9 horas

Jack examinava uma de suas publicações sobre medicina legal quando o telefone tocou. Como ainda não falara naquela manhã, sua voz estava grave.

– Eu não o acordei..., acordei? – perguntou Laurie.

– Estou acordado há horas.

– Estou ligando porque você pediu. Caso contrário, não telefonaria tão cedo na manhã de domingo.

– Para mim não é cedo.

– Mas você voltou para casa tarde.

– Não era tão tarde assim. Além disso, não importa a que horas vou para a cama, sempre acordo cedo.

– De qualquer modo, você pediu que eu dissesse se tinha havido alguma morte por infecção no hospital, ontem à noite. Não houve. Janice até me disse antes de sair que não havia ninguém doente com febre das montanhas Rochosas no hospital. Boa notícia, não é?

– Muito boa – concordou Jack.

– Meus pais ficaram muito impressionados com você ontem à noite – acrescentou ela. – Espero que tenha se divertido.

– Foi uma noite maravilhosa. Francamente, estou sem jeito por ter ficado tanto tempo. Obrigado pelo convite e agradeça aos seus pais. Não poderiam ter sido mais hospitaleiros.

– Temos de fazer isso de novo um dia desses – disse Laurie.

– Sem dúvida.

Depois de se despedirem, Jack desligou o telefone e tentou voltar à leitura. Mas distraiu-se momentaneamente pensando na noite anterior. Fora divertido. Na verdade, muito mais do que poderia imaginar, e isso deixou-o confuso. Ficara propositalmente sozinho durante cinco anos, e agora, sem aviso, descobria-se desfrutando da companhia de duas mulheres muito diferentes.

Gostava de Laurie pela facilidade em lidar com ela. Terese, por outro lado, podia ser dominadora até mesmo quando era atenciosa. Terese era mais intimidante do que Laurie, mas também era um desafio mais coerente com a vida afoita de Jack. Mas agora que tivera a oportunidade de ver Laurie interagindo com os pais, apreciava mais ainda sua personalidade aberta e calorosa. Imaginou que ter um famoso cirurgião cardiovascular como pai não deveria ser fácil.

Laurie tentara levar Jack para uma conversa pessoal depois que a geração mais velha havia se retirado, e ele resistira, como de hábito. Mesmo assim, quase o fez. Depois de se ter aberto um pouquinho com Terese na noite anterior, ficara surpreso ao ver como era bom conversar com alguém que se importava com ele. Mas recuara no seu estratagema, levando a conversa de volta para Laurie, e assim ficou sabendo de algumas coisas inesperadas.

O mais surpreendente era que ela não tinha nenhum compromisso afetivo. Jack presumira que uma pessoa tão desejável e sensível quanto Laurie estaria envolvida com alguém, mas ela insistiu que nem mesmo havia namorado muito. Explicou que tivera um relacionamento com um detetive de polícia durante algum tempo, mas que não dera certo.

Jack acabou voltando à revista. Leu até que a fome o impeliu a uma lanchonete da vizinhança. No caminho de volta, viu um grupo reunido na quadra de basquete. Ansioso por mais atividade física, disparou para casa, trocou de roupa e juntou-se a ele.

Jogou durante várias horas. Infelizmente seus lances não estavam tão precisos e limpos como na véspera. Warren provocou-o impiedosamente, principalmente enquanto o estava marcando durante várias partidas seguidas. Warren estava devolvendo a ignomínia das derrotas do dia anterior.

Às 15 horas, depois de outra derrota, o que significaria ficar sentado por pelo menos três partidas, talvez mais, Jack desistiu e voltou ao apartamento. Depois de um banho sentou-se para tentar ler de novo, mas viu-se pensando em Terese.

Preocupado com a possibilidade de ser rejeitado pela segunda vez, tentou não ligar para ela. Mas às 16 horas acabou cedendo; afinal de contas, Terese pedira que telefonasse. Mais importante, Jack realmente queria falar com ela. Por ter-se aberto parcialmente, sentia uma curiosa perturbação por não ter contado a história inteira. Sentia que devia algo mais a ela.

Ainda mais ansioso do que na noite anterior, discou o número.

Dessa vez Terese foi muito mais receptiva. Na verdade, estava entusiasmada.

– Fizemos grandes progressos ontem à noite – anunciou orgulhosa. – Amanhã deixaremos o presidente e o diretor executivo bestificados. Graças a você, essa ideia de assepsia e baixo índice de infecção hospitalar é um tremendo gancho. Estamos até brincando com sua ideia de esterilização.

Finalmente Jack conseguiu perguntar se ela gostaria de sair para um café. Lembrou que fora dela a sugestão.

– Adoraria – disse Terese sem hesitar. – Quando?

– Que tal agora?

– Para mim está ótimo.

Encontraram-se num pequeno café em estilo francês na Madison Avenue, entre as ruas 61 e 62, convenientemente perto do prédio da Willow e Heath. Jack chegou antes, pegou uma mesa perto da janela e pediu um expresso.

Terese chegou logo depois. Acenou através da janela, e depois de entrar submeteu Jack a novos beijos estalados nas bochechas. Estava vibrante. Pediu ao garçom solícito um capuccino descafeinado.

Assim que ficaram a sós, ela se inclinou por sobre a mesa e agarrou a mão de Jack.

– Como você está? – Olhou direto em seus olhos e depois para o maxilar. – Suas pupilas estão iguais, e você parece bem. Achei que ia ficar roxo.

– Estou melhor do que esperava – admitiu Jack.

Em seguida Terese iniciou um monólogo empolgado sobre a apresentação que estava para fazer e como tudo estava se encaixando maravilhosamente. Explicou o que era um "ripomatic" e como tinham conseguido montar um com sequências da campanha anterior para a National Health. Disse que ficou incrível, dava uma boa ideia da proposta de Hipócrates "Não Causar Mal".

Jack deixou que continuasse até esgotar o assunto. Após tomar alguns goles do capuccino, perguntou o que ele estivera fazendo.

– Estive pensando um bocado na conversa que tivemos sexta à noite. Isso anda me incomodando.

– Como assim?

– Nós estávamos nos abrindo um com o outro, mas não fui totalmente franco. Não estou acostumado a falar sobre meus problemas. A verdade é que não contei a história inteira.

Terese pousou o café e estudou o rosto dele. Os olhos azuis escuros de Jack tinham um ar intenso. O rosto estava áspero; obviamente não fizera a barba. Ela pensou que, em circunstâncias diferentes, Jack pareceria intimidante, até mesmo assustador.

– Minha mulher não foi a única pessoa que morreu – disse ele hesitando. – Perdi também minhas duas filhas. Foi um desastre de avião.

Terese engoliu com dificuldade. Sentiu uma emoção travar a garganta. A história de Jack não era o que ela esperava.

– O problema é que eu sempre me senti tremendamente responsável – continuou. – Se não fosse por mim, elas não estariam naquele avião.

Terese sentiu uma intensa pontada de empatia. Depois de alguns momentos falou:

– Também não fui totalmente franca. Falei que perdi meu filho. O que não disse é que a criança ainda não tinha nascido, e ao mesmo tempo em que perdi a criança, perdi também a possibilidade de ter outras. Para piorar, o homem com quem me casei me abandonou.

Durante alguns minutos carregados de emoção, nenhum dos dois falou nada. Finalmente ele rompeu o silêncio.

– Parece que estamos tentando superar um ao outro com nossas tragédias pessoais – falou tentando sorrir.

– Como dois depressivos – concordou Terese. – Meu terapeuta adoraria isso.

– É claro que o que eu lhe contei é segredo – disse Jack.

– Não seja bobo. Digo o mesmo com relação a você. Não contei minha história a ninguém, a não ser para o terapeuta.

– Eu não contei a ninguém. Nem a um terapeuta.

Com uma sensação de alívio por terem desnudado os segredos mais íntimos, Jack e Terese passaram a falar sobre temas mais felizes. Terese, que crescera na cidade, ficou chocada ao saber do pouco que Jack conhecia de Nova York. Falou em levá-lo ao Cloisters quando a primavera chegasse.

– Você vai adorar – prometeu ela.

– Ficarei aguardando ansiosamente por isso.

Segunda-feira, 25 de março de 1996, 7h30

Jack estava irritado consigo mesmo. Tivera tempo de comprar uma bicicleta nova no sábado, mas deixara de fazê-lo. Consequentemente, teve de usar de novo o metrô para ir ao trabalho, apesar de ter considerado a hipótese de aproveitar e ir correndo até lá. O problema é que correr implicaria ter de trocar de roupa no escritório. Assim, para resguardar essa opção, levou algumas roupas numa pequena mochila.

Chegando pela Primeira Avenida, entrou de novo no Departamento de Medicina Legal pela frente. Enquanto passava pela porta de vidro, ficou impressionado com o número de famílias esperando na área de recepção. Era raro ver tanta gente ali tão cedo. Alguma coisa devia ter acontecido.

Pediu que a recepcionista destravasse a porta. Foi até a sala de escalas e viu George Fontworth sentado na mesa que Laurie ocupara nas manhãs da semana anterior.

Infelizmente para Jack, a semana de Laurie como supervisora terminara. George estava ocupando o cargo. Baixo, ligeiramente gordo, não era muito bom médico na opinião de Jack. Era superficial e costumava não perceber descobertas importantes.

Ignorando George, Jack foi até Vinnie e puxou para baixo a ponta do seu jornal.

– Por que há tanta gente na área de identificação?

– Porque houve um pequeno desastre lá no Hospital Geral de Manhattan – disse George, respondendo por Vinnie. Vinnie deu a Jack um olhar de desdém e voltou ao jornal.

– Que tipo de desastre?

George bateu numa pilha de pastas.

– Um bocado de mortes por meningococos. Poderia ser o início de uma epidemia. Até agora temos oito.

Jack correu até a mesa de George e pegou uma pasta ao acaso. Abriu-a e folheou o conteúdo até chegar ao relatório da investigação. Examinando-o rapidamente, soube que o nome do paciente era Robert Caruso, e que era enfermeiro na ala ortopédica do hospital.

Jogou a pasta de novo sobre a mesa e literalmente atravessou correndo a sala de comunicações, até o escritório dos AMs. Ficou aliviado ao ver Janice ainda lá, fazendo hora extra, como sempre.

Janice estava com uma aparência terrível. Os círculos escuros sob os olhos eram tão visíveis que parecia que fora espancada. Pousou a caneta sobre a mesa e recostou-se na cadeira. Balançou a cabeça.

– Eu deveria arranjar outro trabalho – disse ela. – Não consigo aguentar isso. Graças a Deus tenho folga por dois dias.

– O que houve?

– Começou no turno antes do meu. O primeiro caso foi comunicado por volta das 6h30. Aparentemente o paciente morreu por volta das 18 horas.

– Um paciente da ortopedia?

– Como sabe?

– Acabo de ver uma pasta de um enfermeiro da ala de ortopedia.

– Ah, o Sr. Caruso – disse Janice bocejando. Desculpou-se antes de prosseguir. – De qualquer modo, comecei a ser chamada logo depois que cheguei, às 11 horas. Desde então a coisa não parou. Tive de ficar indo para lá e para cá a noite inteira. Na verdade, acabo de voltar há 20 minutos. Doutor, este surto é pior do que os outros. Um dos pacientes era uma menina de 9 anos. Que tragédia!

– Tinha alguma relação com o primeiro caso?

– Era sobrinha.

– E tinha ido visitar o tio?

– Ontem, por volta das 12 horas. Você não acha que isso tenha contribuído para a morte, acha? Quero dizer, foram só 12 horas antes do óbito.

– Sob certas circunstâncias o meningococo tem uma capacidade apavorante de matar, e pode matar incrivelmente rápido. Na verdade, pode matar em algumas horas.

– Bom, o hospital está em pânico.

– Posso imaginar. Qual era o nome do primeiro caso?

– Carlo Pacini. Mas só sei isso. Chegou no turno antes do meu. Foi Steve Mariot quem cuidou dele.

– Posso pedir um favor?

– Depende. Estou terrivelmente cansada.

– Apenas avise a Bart que eu quero que vocês AMs peguem todos os prontuários do primeiro caso de cada um desses surtos. Vejamos, foi Nodelman com a peste, Hard com a tularemia, Lagenthorpe com a febre das montanhas Rochosas e Pacini com o meningococo. Acha que isso vai ser difícil?

– De jeito nenhum. Todos os casos estão em aberto.

Jack levantou-se e deu um tapinha nas costas de Janice.

– Talvez você devesse passar na clínica, no caminho de casa. Uma quimioprofilaxia pode não ser má ideia.

Os olhos de Janice se arregalaram.

– Acha necessário?

– É melhor prevenir do que remediar. De qualquer modo, converse com um dos gurus em doenças infecciosas. Eles sabem mais do que eu. Existe até mesmo uma vacina tetravalente, mas isso leva alguns dias.

Jack voltou para a sala de identificação e pediu a George a pasta de Carlo Pacini.

– Não está aqui – disse George. – Laurie chegou cedo e, quando ouviu falar no que estava acontecendo, exigiu o caso. Ela pegou a pasta.

– Onde ela está?

– Na sala dela – respondeu Vinnie por trás do jornal.

Jack correu até a sala de Laurie. Diferentemente de Jack, gostava de examinar cada pasta em sua sala antes de fazer a necrópsia.

– Diria que é bem assustador – disse ela assim que viu Jack.

– Aterrorizante. – Jack pegou a cadeira do colega de sala de Laurie, empurrou-a até a mesa dela e sentou-se. – Eu estava preocupado com a possibilidade disso acontecer. Pode ser uma verdadeira epidemia. O que soube sobre esse caso inicial?

– Não muito. Ele foi internado na tarde de sábado com fratura no quadril. Aparentemente o problema eram ossos fracos; teve uma grande quantidade de fraturas nos últimos anos.

– Ajusta-se ao padrão – disse Jack.

– Que padrão?

– Todos os casos iniciais desses surtos recentes apresentavam algum tipo de doença crônica.

– Um bocado de gente hospitalizada tem doença crônica. Na verdade, a maioria tem. O que uma coisa tem a ver com a outra?

– Vou dizer o que anda nessa mente paranoica e doentia – falou Chet, que aparecera à porta de Laurie. Em seguida entrou na sala e encostou-se na outra mesa. – Ele tem um grilo com a AmeriCare e fica imaginando uma conspiração por trás desse problema todo.

– Verdade? – perguntou Laurie.

– Acho que não é tanto uma questão de eu ficar imaginando um complô, mas sim dele estar me encarando de frente.

– O que quer dizer com "complô"?

– Ele imagina que essas doenças incomuns estão sendo disseminadas deliberadamente – explicou Chet. Depois resumiu a história de Jack, de que o culpado era alguém da AmeriCare tentando proteger os lucros ou algum louco com inclinações terroristas.

Laurie olhou interrogativamente para Jack. Ele encolheu os ombros.

– Há um monte de perguntas sem respostas – desculpou-se Jack.

– Como em quase qualquer surto de doenças – afirmou Laurie. – Mas, realmente! Isso tudo é estranho demais. Espero que não tenha mencionado essa teoria às pessoas que controlam o hospital.

– Mencionei sim. Na verdade, praticamente perguntei ao diretor do laboratório se ele estava envolvido. Ele está bastante insatisfeito com o orçamento. O cara informou imediatamente à encarregada do controle de infecções. Imagino que tenham dito a administração.

Laurie deu um riso curto e cínico.

– Ah, irmão. Não é de espantar que você tenha virado *persona non grata* por lá.

– Você tem de admitir que há uma quantidade incrível de infecções hospitalares no hospital.

– Eu nem tenho certeza disso – disse Laurie. – Tanto o paciente de tularemia quanto o de febre das montanhas Rochosas desenvolveram as doenças em menos de 48 horas depois da internação. Por definição, isso não é infecção hospitalar.

– Tecnicamente é verdade – admitiu Jack. – Mas...

– Além disso, todas essas doenças já foram vistas em Nova York – disse Laurie. – Andei fazendo umas pesquisas. Houve um sério surto de febre das montanhas Rochosas em 1987.

– Obrigado Laurie – disse Chet. – Tentei dizer a mesma coisa ao Jack. Até Calvin falou isso.

– E quanto à série de casos vindos do almoxarifado central? – perguntou Jack. – E a rapidez com que os pacientes com febre das montanhas Rochosas desenvolveram a doença? Você estava questionando isso no sábado mesmo.

– Claro que eu questionaria essas coisas – disse Laurie. – São o tipo de perguntas que têm de ser feitas em qualquer situação epidemiológica.

Jack suspirou.

– Desculpe. Mas estou convencido de que está acontecendo alguma coisa muito incomum. O tempo inteiro estive preocupado com a possibilidade de ocorrer uma verdadeira epidemia. Pode ser esse surto de meningite. Se acabar como os outros, vou ficar aliviado, claro, em termos humanos. Mas isso só vai aumentar minhas suspeitas. Esse padrão de múltiplos casos fulminantes, e depois nada, é por si só muito incomum.

– Mas esta é a temporada para meningococos – disse Laurie. – Não é tão incomum.

– Laurie está certa – disse Chet. – Mas, independentemente disso, minha preocupação é você entrar numa encrenca de verdade.

Parece até um cachorro com um osso. Acalme-se! Não quero que você seja despedido. Pelo menos diga que não vai voltar ao hospital.

– Não posso dizer isso. Não com este surto novo. Este agora não depende de alguns artrópodes que não estão por aí. É um problema transmitido pelo ar e, ao meu ver, muda as regras.

– Só um momento – disse Laurie. – E que tal o aviso que você recebeu daqueles bandidos?

– O que é isso? – perguntou Chet. – Que bandidos?

– Jack teve uma visita agradável de uns encantadores membros de uma gangue. Parece que pelo menos uma das gangues de Nova York está no negócio de intimidação.

– Alguém tem de me explicar isso – disse Chet.

Laurie contou o que sabia sobre a surra que Jack levara.

– E você ainda está pensando em ir lá? – perguntou Chet quando ela terminou.

– Vou ter cuidado. Além disso, ainda não decidi se vou.

Chet revirou os olhos para o teto.

– Acho que teria preferido você como um oftalmologista conservador.

– O que quer dizer com isso? – perguntou Laurie.

– Vamos, pessoal – disse Jack, levantando-se. – Já chega. Temos trabalho a fazer.

Jack, Laurie e Chet só saíram da sala de necrópsia depois das 13 horas. Apesar de George ter questionado a necessidade de necropsiar todos os casos de meningococos, o triunvirato insistira; no fim George cedeu. Fazendo algumas necrópsias sozinhos e algumas em grupo, eles autopsiaram o paciente inicial, um residente da ortopedia, dois enfermeiros, um auxiliar, duas pessoas que tinham visitado o paciente, inclusive a menina de 9 anos, e uma mulher do almoxarifado central – um caso particularmente importante para Jack.

Depois da maratona colocaram de novo as roupas comuns e se encontraram no refeitório. Aliviados por estarem longe da carnificina e um pouco abalados pelas descobertas, não falaram a princípio. Meramente escolheram as refeições nas máquinas e sentaram-se em uma das mesas livres.

– Não tinha feito muitos casos de meningococos antes – disse Laurie por fim. – Mas esses de hoje foram muito mais impressionantes do que os que já necropsiei.

– Você não vai ver um caso mais dramático nem com a síndrome de Waterhouse-Friderichsen – disse Chet. – Nenhuma dessas pessoas teve a menor chance. As bactérias marcharam através delas como uma horda mongol. A quantidade de hemorragia interna foi extraordinária. Confesso que isso me deixa apavorado.

– Foi uma das vezes em que não me importei por estar com o traje lunar – concordou Jack. – Era incrível a quantidade de gangrena nas extremidades. Maior ainda do que nos casos de peste.

– O que me surpreendeu foi que havia pouca meningite – disse Laurie. – Até com a menina, e era de se esperar que tivesse meningite extensa.

– O que me deixa confuso – disse Jack – é a quantidade de pneumonite. Obviamente é uma infecção por via aérea, mas em geral ela invade a parte superior da árvore respiratória, não os pulmões.

– Ela pode chegar lá facilmente assim que entra no sangue – disse Chet. – Obviamente todas essas pessoas tiveram uma alta concentração da bactéria circulando no sistema vascular.

– Algum de vocês sabe se apareceu mais algum caso hoje? – perguntou Jack.

Chet e Laurie trocaram olhares. Os dois balançaram a cabeça.

Jack empurrou a cadeira para trás e pegou o telefone da parede. Ligou para a sala de comunicações e fez a mesma pergunta a uma telefonista. A resposta foi não. Jack voltou à mesa e ocupou de novo a cadeira.

– Bem, bem – falou. – Não é curioso? Nenhum caso novo.

– Eu diria que é uma notícia boa – disse Laurie.

– Concordo – completou Chet.

– Algum de vocês conhece algum clínico geral no hospital?

– Eu conheço – disse Laurie. – Uma das minhas colegas da escola de medicina trabalha lá.

– Que tal ligar para ela e perguntar se eles têm algum caso de meningococos em tratamento?

Laurie encolheu os ombros e foi ao mesmo telefone que Jack usara.

– Não gosto desse seu olhar – disse Chet.

– Não consigo evitar. Como nos outros surtos, começam a aparecer pequenos fatos perturbadores. Acabamos de necropsiar algumas das pessoas mais doentes com meningococos que já vimos, e então, bum! Nenhum outro caso, como se fechassem uma torneira. Era isso que eu estava investigando antes.

– Isso não é característica da doença? Picos e vales?

– Não tão rápido assim. – Em seguida Jack fez uma pausa. – Espere um segundo. Acabo de pensar em outra coisa. Nós sabemos quem foi a primeira pessoa a morrer neste surto, mas quem foi a última?

– Não sei, mas temos todas as pastas.

Laurie voltou.

– Nenhum caso de meningococos no momento – falou. – Mas o hospital não se considera fora de perigo. Instituíram uma campanha maciça de vacinação e quimioprofilaxia. Parece que o lugar está de pernas para o ar.

Jack e Chet meramente resmungaram em resposta. Estavam ocupados folheando as oito pastas e fazendo anotações nos guardanapos.

– Que diabo vocês estão fazendo? – perguntou Laurie.

– Estamos tentando descobrir quem morreu por último – disse Jack.

– E para quê?

– Não tenho certeza.

– Aqui está – disse Chet. – Foi Imogene Philbertson.

– Sério? – perguntou Jack. – Deixe-me ver.

Chet virou a certidão de óbito parcialmente preenchida que mostrava a hora da morte.

– Cacete! – disse Jack.

– O que foi? – perguntou Laurie.

– Ela trabalhava no almoxarifado central.

– Isso é significativo?

Jack ponderou durante alguns minutos, depois balançou a cabeça.

– Não sei. Terei de olhar os outros surtos. Como vocês sabem, cada surto incluiu alguém do almoxarifado central. Preciso ver se é um padrão que deixei escapar.

– Vocês dois não ficaram particularmente impressionados com a notícia de que não há mais casos de doença meningocócica no hospital.

– Eu fiquei – disse Chet. – Jack vê isso como uma confirmação de suas teorias.

– Acho que isso irá frustrar nosso terrorista hipotético – disse Jack. – E também ensinar-lhe uma triste lição.

Laurie e Chet reviraram os olhos e soltaram resmungos audíveis.

– Ora, pessoal! – disse Jack. – Escutem. Só para constar, digamos que esteja certo sobre haver algum maluco espalhando esses micróbios e querendo provocar uma epidemia. A princípio pega as doenças mais assustadoras e exóticas em que pode pensar, mas não sabe que elas realmente não se espalharão de paciente para paciente. São transmitidas por artrópodes que têm acesso ao reservatório infectado. Mas depois de alguns fracassos ele descobre isso e volta-se para uma doença que se espalha pelo ar. Mas escolhe o meningococo. O problema com meningococo é que também não é uma bactéria que passa de paciente para paciente: é uma doença de portador, disseminada principalmente por um indivíduo imune que circula e passa a infecção para outros. De modo que nosso maluco fica realmente frustrado, mas ele sabe exatamente do que precisa. Precisa de uma doença que se espalhe principalmente de paciente para paciente, por aerossol.

– E o que você escolheria neste cenário hipotético? – perguntou Chet franzindo as sobrancelhas.

– Vejamos. – Jack ponderou um momento. – Eu usaria uma forma de difteria ou coqueluche resistente a medicamentos. Essas doenças antigas estão retornando de forma devastadora. Ou, sabe o que mais seria perfeito? Gripe. Uma cepa patológica de gripe.

– Que imaginação! – comentou Chet.

Laurie ficou de pé.

– Tenho de voltar ao trabalho – falou. – Essa conversa é hipotética demais para mim.

Chet fez o mesmo.

– Ei, ninguém vai comentar? – perguntou Jack.

– Você sabe o que a gente acha – disse Chet. – Isso não passa de masturbação mental. Parece que quanto mais você pensa e fala no assunto, mais acredita. Ora, se fosse uma doença, tudo bem, mas agora já temos quatro. Onde alguém conseguiria esses micróbios? Não são o tipo de coisa que você pode ir à lanchonete da esquina e encomendar. Nos vemos lá em cima.

Jack olhou Chet e Laurie jogando as sobras das bandejas no lixo e saindo do refeitório. Ficou sentado mais alguns instantes pensando no que Chet dissera. Chet levantara uma questão importante, em que ele nem pensara. Onde alguém conseguiria bactérias patogênicas? Realmente não tinha ideia.

Levantou-se e esticou as pernas. Depois de esvaziar a bandeja seguiu os outros até o quinto andar. Quando chegou à sua sala, Chet já estava ocupado e não levantou a cabeça.

Sentando-se à mesa, Jack reuniu todas as pastas e suas anotações, e procurou ver a hora da morte de cada uma das vítimas do almoxarifado central. Até agora, o almoxarifado central perdera quatro pessoas. Jack imaginou que o departamento teria de estar recrutando gente para compensar isso.

Em seguida procurou a hora da morte de cada um dos outros casos infecciosos. Para saber sobre os poucos que ele não necropsiara, ligou para Bart Arnold, chefe dos AMs.

Quando reuniu todas as informações, tornou-se claro que em cada surto fora a mulher do almoxarifado central a última a falecer. Isso sugeria, mas certamente não provava, que em cada um dos casos a pessoa do almoxarifado central fora a última a ser infectada. Jack se perguntou o que isso significaria, mas não conseguiu encontrar resposta. Mesmo assim, era um detalhe extremamente curioso.

– Tenho de voltar ao hospital – falou de repente, e se levantou.

Chet nem se incomodou em olhar.

– Faça o que tiver de fazer – disse resignado. – Não que minha opinião tenha alguma importância.

Jack vestiu a jaqueta de couro.

– Não leve isso para o lado pessoal. Agradeço sua preocupação, mas tenho de ir. Tenho de olhar essa estranha conexão com o almoxarifado central. Concordo que poderia ser só uma coincidência, mas isso parece improvável.

– E quanto a Bingham e os tais sujeitos da gangue que Laurie mencionou? Você está correndo um bocado de risco.

– É a vida. – Jack deu um tapinha no ombro de Chet, a caminho do corredor. Tinha acabado de chegar à porta quando seu telefone tocou. Debateu consigo mesmo se atenderia. Em geral era alguém de um dos laboratórios.

– Quer que atenda? – ofereceu Chet, quando viu Jack hesitar.

– Não, estou aqui, posso atender.

Jack voltou à mesa e pegou o telefone.

– Graças a Deus você está aí! – disse Terese com alívio óbvio. – Estava apavorada com a possibilidade de não encontrá-lo, pelo menos não a tempo.

– Qual é o problema, afinal? – O pulso de Jack acelerou. Pelo som da voz de Terese dava para ver que ela estava tremendamente perturbada.

– Houve uma catástrofe. Tenho de vê-lo imediatamente. Pode vir aqui no escritório?

– O que aconteceu?

– Não posso dizer agora. Não posso arriscar, com tudo que aconteceu. Tenho de vê-lo.

– Nós também estamos no meio de uma emergência – disse Jack. – E eu estava de saída.

– É muito importante. Por favor!

Jack cedeu de imediato, especialmente depois da reação rápida de Terese à sua emergência na noite de sexta-feira.

– Certo. Estava mesmo saindo, vou até aí. Onde você gostaria que eu a encontrasse?

– Você estava indo para o norte ou para o sul?

– Para o norte.

– Então vamos nos encontrar no café onde fomos no sábado.

– Estarei lá.

– Maravilhoso! Estarei esperando. – Em seguida Terese desligou.

Jack colocou o fone no gancho e olhou sem jeito para Chet.

– Ouviu alguma coisa? – perguntou.

– Foi difícil não ouvir. O que você acha que aconteceu?

– Não faço a mínima ideia.

Fiel à sua palavra, Jack saiu imediatamente. Diante do Departamento de Medicina Legal, pegou um táxi na Primeira Avenida. Apesar do tráfego normal da tarde, chegou ao norte da cidade num tempo razoável.

O café estava apinhado. Encontrou Terese sentada perto do fundo, numa pequena banqueta. Pegou o lugar à sua frente. Ela não fez nenhum movimento para se levantar. Estava vestida como sempre, num conjunto elegante. Parecia furiosa.

Terese inclinou-se para a frente.

– Você não vai acreditar nisso – falou num sussurro forçado.

– O presidente e o diretor executivo não gostaram da sua apresentação? – perguntou Jack. Era a única coisa em que conseguia pensar.

Terese fez um gesto de negativa com uma das mãos.

– Eu cancelei a apresentação.

– Por quê?

– Porque tive o bom senso de marcar um café da manhã hoje cedo com uma conhecida da National Health. É uma vice-presidente de marketing com quem cursei o Smith College. Tínhamos decidido que eu deixaria a campanha vazar para algumas pessoas da chefia. Estávamos confiantes demais. Mas ela me chocou dizendo que em nenhuma circunstância a campanha decolaria.

– Mas por quê? – Por mais que Jack desprezasse a publicidade médica, considerava os anúncios apresentados por Terese os melhores que já vira.

– Porque a National Health está apavorada com a possibilidade de qualquer referência a infecções hospitalares – respondeu irritada. Em seguida inclinou-se de novo para a frente e sussurrou. – Parece que eles também tiveram problemas ultimamente.

– Que tipo de problemas?

– Nada como os do Hospital Geral de Manhattan. Mas mesmo assim foram sérios, até mesmo com algumas mortes. Mas o maior problema é que os nossos executivos de contas, mais especificamente Helen Robinson e o chefe dela, Robert Barker, sabiam disso e não me contaram.

– Isso é contraproducente. Eu pensava que vocês trabalhavam com o mesmo objetivo.

– Contraproducente! – Terese quase gritou, fazendo com que cabeças próximas se virassem. Fechou os olhos por um instante, para se controlar.

– Contraproducente não é a palavra que eu usaria – disse ela mantendo a voz baixa. – O modo como eu descreveria isso faria um marinheiro corar de vergonha. Você vê, isso não foi um lapso. Foi feito deliberadamente para que eu ficasse mal.

– Sinto muito. Dá para ver que isso está perturbando você.

– Isso é dizer pouco. É a morte de minhas aspirações à presidência, se não pensar numa campanha alternativa nos próximos dois dias.

– Dois dias? Pelo que você me mostrou sobre o funcionamento desse processo, seria pedir demais.

– Exatamente. É por isso que eu precisava vê-lo. Preciso de outro gancho. Você teve essa ideia da infecção, ou pelo menos foi o ponto de partida. Será que consegue imaginar outro conceito?

Qualquer coisa sobre a qual eu possa construir uma campanha. Estou desesperada.

Jack olhou para o lado e tentou pensar. A ironia da situação não lhe passou despercebida; ainda que desprezasse a publicidade médica, ali estava ele revirando o cérebro em busca de algum tipo de ideia. Queria ajudar; afinal de contas, Terese fora muito solícita para com ele.

– O motivo pelo qual acho que a publicidade médica é um tremendo desperdício de dinheiro é que, em última instância, ela tem de se basear em amenidades superficiais – falou. – O problema é que, a não ser que a qualidade seja o tema, não há muita diferença entre a AmeriCare, a National Health ou qualquer outro dos grandes conglomerados.

– Não me importo. Só me dê alguma coisa que eu possa usar.

– Bom, a única coisa que me vem à mente agora é a questão da espera.

– O que quer dizer com espera?

– Você sabe. Ninguém gosta de esperar pelo médico, mas todo mundo espera. É um daqueles aborrecimentos universais.

– Você está certo! – disse Terese empolgada. – Adoro isso. Já posso ver um slogan: Não há espera na National Health! Ou ainda melhor: Nós esperamos você, você não espera por nós! Meu Deus, é ótimo! Você é um gênio nisso. Quer um emprego?

Jack deu um risinho.

– Seria uma tremenda viagem. Mas já estou com problemas suficientes no meu emprego atual.

– Alguma coisa errada? O que você quis dizer quando falou que estava no meio de uma emergência?

– Há mais problemas no Hospital Geral de Manhattan. Dessa vez é uma doença causada pela bactéria meningocócica. Pode ser extremamente mortal, como foi nesta situação.

– Quantos casos?

– Oito. Inclusive uma criança.

– Que horrível! – Terese estava pasma. – Você acha que vai se espalhar?

– A princípio me preocupei com isso. Pensei que iríamos ter uma epidemia. Mas os casos simplesmente pararam. Até agora não se espalhou além do grupo inicial.

– Espero que isso não fique em segredo, como as coisas que mataram as pessoas na National Health.

– Não se preocupe com isso. Este episódio não é segredo. Ouvi dizer que o hospital está de pernas para o ar. Mas vou descobrir na fonte. Estou indo para lá.

– Ah, não está não! – ordenou Terese. – Sua memória é tão curta que a noite de sexta-feira já desapareceu dela?

– Você está parecendo meus colegas. Aprecio sua preocupação, mas não posso ficar longe disso. Tenho a sensação de que esses surtos são deliberados, e minha consciência não vai me deixar ignorá-los.

– E aquelas pessoas que bateram em você?

– Preciso ter cuidado.

Terese soltou um ruído de depreciação.

– Ter cuidado não é o suficiente. Não pelo que você contou sobre aqueles bandidos da sexta à noite.

– Terei de correr meus riscos e improvisar. Estou indo ao hospital, não importa o que vocês digam.

– O que não consigo entender é por que você fica tão agitado com essas infecções. Li que as doenças infecciosas estão aumentando em toda parte.

– Verdade. Mas não devido à disseminação deliberada. É por causa do uso indiscriminado de antibióticos, da urbanização e da invasão de habitats intocados.

– Ora, Jack – comentou Terese. – Estou preocupada com a possibilidade de você se machucar e você me faz um discurso?

Jack encolheu os ombros.

– Eu vou ao hospital.

– Ótimo, vá! – Terese ficou de pé. – Você está sendo aquele herói ridículo que eu temia que fosse. – Em seguida abrandou a voz. – Faça o que deve fazer, mas se precisar de mim, ligue.

– Eu ligo. – Jack observou-a saindo depressa do restaurante, pensando que Terese era uma mistura espantosa de ambição e solicitude. Não era de admirar que estivesse tão confuso com relação a ela: num minuto sentia atração, no outro, repulsa.

Tomou o resto do café e levantou-se. Depois de deixar uma gorjeta, também saiu depressa.

Segunda-feira, 25 de março de 1996, 14h30

Jack andou rapidamente até o hospital. Depois da conversa com Terese precisava de um pouco de ar puro. Ela tinha um jeito de deixá-lo agitado. Não só era emocionalmente perturbadora, mas também estava certa sobre os Black Kings. Por mais que não quisesse pensar nisso, Jack se arriscava ao desafiar a ameaça deles. As perguntas que se faziam eram: quem ele teria irritado a tal ponto que mandassem uma gangue ameaçá-lo? E será que a ameaça confirmava suas suspeitas? Infelizmente não havia como saber. Como dissera a Terese, teria de ser cuidadoso. O problema com essa resposta simples era saber com relação a quem teria de ser cuidadoso. Presumiu que seria Kelley, Zimmerman, Cheveau ou Abelard, porque essas eram as pessoas que ele irritara. O truque seria evitá-las.

Enquanto virava a última esquina, ficou imediatamente claro que as coisas no hospital não estavam normais. Na calçada havia vários cavaletes de madeira da polícia, e dois policiais uniformizados encontravam-se postados um de cada lado da entrada principal. Jack parou para olhá-los um momento, já que pareciam estar gastando mais tempo conversando um com o outro do que fazendo qualquer outra coisa.

Sem saber qual era o papel deles, Jack foi perguntar.

– Nós estamos aqui para desencorajar as pessoas a entrarem no hospital – disse um dos guardas. – Houve algum tipo de epidemia lá dentro, mas eles acham que tudo está sob controle.

– Nós estamos aqui mais para controlar a multidão – admitiu o outro policial. – Estavam esperando confusão mais cedo, quando pensaram em colocar o hospital sob quarentena, mas as coisas se acalmaram.

– E nós devemos ficar gratos por isso – disse Jack. Em seguida tentou entrar, mas um dos policiais o reteve.

– Tem certeza de que quer entrar aí?

– Acho que sim.

O policial encolheu os ombros e deixou-o passar.

No instante em que passou pela porta foi confrontado por um segurança do hospital usando máscara cirúrgica.

– Sinto muito – disse o homem. – Nada de visitas hoje.

Jack apresentou seu distintivo de legista.

– Desculpe, doutor – disse o segurança, deixando-o passar.

Apesar de calmo do lado de fora, o interior do hospital ainda estava muito confuso. O saguão estava cheio de gente. O que dava à cena uma aura surrealista era que todos usavam máscaras.

Com a interrupção súbita dos casos de doença por meningococos havia cerca de 12 horas, Jack tinha uma razoável confiança de que era supérfluo usar máscara. Mas queria uma, não tanto para servir de proteção quanto de disfarce. Perguntou ao segurança onde poderia conseguir uma. Foi mandado ao balcão de informações, que estava vazio, e encontrou várias caixas com máscaras. Pegou uma e colocou-a no rosto.

Encontrou logo a sala onde ficavam os jalecos dos médicos. Entrou quando um dos funcionários saía. Lá dentro tirou a jaqueta de couro e procurou um jaleco comprido, de tamanho adequado. Vestiu-o e voltou ao saguão.

Seu destino era o almoxarifado central. Sentia que, se pudesse descobrir alguma coisa naquela visita, seria lá. Saiu do elevador no terceiro andar e ficou impressionado ao notar como havia muito menos tráfego de pacientes do que na visita que fizera na quinta-feira. Um olhar através da porta de vidro para as salas de cirurgia lhe revelou o motivo. Aparentemente as salas de cirurgia estavam temporariamente fechadas. Com algum conhecimento do fluxo de caixa dos hospitais, Jack deduziu que a AmeriCare devia estar sofrendo um grande golpe financeiro.

Empurrou a porta do almoxarifado central. Mesmo ali o nível de atividade era um quarto do que fora em sua primeira visita. Só viu duas mulheres perto do final de um dos grandes corredores entre as estantes que iam do chão ao teto. Como todos que vira até agora, elas usavam máscaras. Obviamente o hospital levava particularmente a sério aquele último surto.

Evitando os corredores onde estavam as mulheres, foi até o escritório de Gladys Zarelli. Fora receptiva na primeira visita, e era a supervisora. Jack não podia pensar em alguém melhor com quem falar.

Enquanto andava pelo departamento, olhou a quantidade enorme de suprimentos e equipamentos empilhados nas estantes. Ver a profusão de itens lhe fez pensar se teria sido alguma coisa especial mandada do almoxarifado central para os casos iniciais das doenças. Era uma ideia interessante, mas não conseguia imaginar qual seria sua importância. Ainda havia a questão de como as mulheres do almoxarifado central poderiam ter entrado em contato com os pacientes e as bactérias infecciosas. Pelo que lhe haviam dito, os empregados raramente viam os pacientes, quando os viam.

Encontrou Gladys no escritório. Estava ao telefone, mas quando o viu junto à porta, fez um gesto exuberante para que entrasse. Jack sentou-se numa cadeira de espaldar reto diante da mesa estreita. Com o tamanho do escritório, não pôde deixar de ouvir a conversa de Gladys. Como imaginara, estava ocupada recrutando funcionários.

– Desculpe por fazê-lo esperar – disse ela ao terminar o telefonema. Apesar dos problemas mostrou-se afável como na última vez em que conversaram. – Mas estou precisando desesperadamente de pessoal.

Jack se apresentou de novo, mas Gladys disse que o reconhecera apesar da máscara. De pouco valera o disfarce, pensou desanimado.

– Sinto muito pelo que aconteceu – disse ele. – Deve ser difícil para vocês, por todos os motivos.

– Tem sido terrível. Simplesmente terrível. Quem imaginaria? Quatro pessoas maravilhosas!

– É chocante. Especialmente por ser tão incomum. Como a senhora disse na última vez em que estive aqui, ninguém do departamento havia contraído qualquer doença séria antes.

Gladys levantou as mãos com as palmas para cima.

– O que se pode fazer? Está nas mãos de Deus.

– Pode estar nas mãos de Deus – disse Jack. – Mas geralmente há algum modo de explicar esse tipo de contágio. A senhora chegou a pensar a respeito?

Gladys assentiu vigorosamente.

– Pensei até não poder mais. Não tenho nenhuma pista. Mesmo não querendo, tive de pensar nisso, porque todo mundo ficou me fazendo a mesma pergunta.

– É mesmo? – exclamou com certo desapontamento. Imaginava que estivesse explorando território virgem.

– A Dra. Zimmerman esteve aqui na quinta, logo depois do senhor – disse Gladys. – Chegou com um homenzinho bonitinho que ficava o tempo todo esticando o queixo como se o colarinho estivesse apertado demais.

– Deve ter sido o Dr. Clint Abelard – disse Jack, percebendo que realmente estava percorrendo um caminho já trilhado.

– Era esse o nome dele. Ele fez um bocado de perguntas. E voltaram todas as vezes em que alguém ficou doente. Por isso estamos usando máscaras. Até mandaram o Sr. Eversharp, da engenharia, achando que poderia haver alguma coisa errada com nosso sistema de ar-condicionado, mas parece que está direito.

– Então eles não têm nenhuma explicação?

– Não. A não ser que não me tenham dito. Mas duvido. O almoxarifado agora está parecendo a estação Grand Central. Antigamente ninguém aparecia por aqui. Mas alguns desses doutores são meio estranhos.

– Como assim?

– Só esquisitos. Como o doutor do laboratório. Ele tem vindo aqui um monte de vezes ultimamente.

– O Dr. Cheveau?

– Acho que sim.

– De que maneira ele foi estranho?

– Só foi pouco amigável. – Gladys baixou a voz, como se contasse um segredo. – Umas duas vezes perguntei se poderia ajudá-lo, e ele me deu a maior bronca. Disse que só queria ser deixado sozinho. Mas, o senhor sabe, este é o meu departamento. Sou responsável por todo o estoque. Não gosto de gente andando por aí, nem mesmo médicos. Tive que lhe dizer.

– Quem mais andou por aqui?

– Alguns dos figurões. Até o Sr. Kelley. Geralmente só o vejo na festa de Natal. Nos últimos dois dias ele veio aqui três ou quatro vezes, sempre com um bocado de gente. Numa das vezes veio com o tal doutorzinho.

– O Dr. Abelard?

– Esse aí. Nunca consigo lembrar o nome dele.

– Odeio ter de fazer as mesmas perguntas que os outros fizeram – disse Jack. – Mas as mulheres que morreram faziam tarefas semelhantes? Quero dizer, dividiam o mesmo trabalho?

– Como disse da última vez, todas nós fazemos tudo.

– Nenhuma delas foi aos quartos dos pacientes que morreram das mesmas doenças?

– Não, nada disso. Essa foi a primeira coisa que a Dra. Zimmerman checou.

– Na última vez em que estive aqui a senhora imprimiu uma lista de todas as coisas que tinha mandado ao sétimo andar. Daria para fazer a mesma lista para um paciente específico?

– Isso seria mais difícil – disse Gladys. – O pedido normalmente vem do andar onde o paciente está internado, e é o pessoal do andar que registra o recebimento dos itens no prontuário do paciente.

– Existiria algum meio de conseguir essa lista? – perguntou Jack.

– Acho que sim. Quando fazemos o controle do estoque há um modo de fazer uma dupla checagem com a contabilidade. Poderia dizer à contabilidade que estou fazendo esse tipo de verificação, mesmo que não estejamos oficialmente levantando o estoque.

– Eu agradeceria por isso. – Jack pegou um cartão de visitas. – A senhora pode ligar para mim ou simplesmente mandar entregar a lista.

Gladys pegou o cartão e examinou-o.

– Vou fazer qualquer coisa que possa ajudar.

– Outra coisa. Tive um atrito com o Dr. Cheveau, e também com algumas outras pessoas daqui. Gostaria que isso ficasse apenas entre nós dois.

– Ele não é mesmo esquisito? – disse Gladys. – Certo, não conto a ninguém.

Levantando-se, Jack se despediu da mulher robusta e saiu do almoxarifado central. Não estava no melhor dos humores. Depois de haver começado sua visita ao hospital com altas expectativas, a única descoberta digna de nota que fizera havia sido algo do qual já tinha conhecimento: Martin Cheveau era irascível.

Apertou o botão dos elevadores enquanto pensava no que fazer em seguida. Tinha duas escolhas: podia ir embora e minimizar os riscos ou poderia fazer uma visita cuidadosa ao laboratório. Terminou decidindo-se pelo laboratório. O comentário de Chet sobre a dificuldade de encontrar bactérias patogênicas disponíveis fora a coisa mais importante do dia, já que levantara uma questão que Jack precisava responder.

Quando as portas se abriram, Jack começou a entrar, mas hesitou. Na frente do elevador apinhado estava Charles Kelley. Jack reconheceu-o de imediato, apesar da máscara.

O primeiro impulso foi recuar e deixar o elevador ir embora. Mas isso só atrairia atenção. Em vez disso baixou a cabeça, entrou no elevador e imediatamente virou-se para a porta que fechava. O administrador estava logo atrás dele. Jack esperou um tapa nas costas.

Felizmente, Kelley não o reconhecera. O administrador estava conversando com um colega sobre o quanto custava ao hospital transportar os pacientes da emergência, de ambulância, até as instalações mais próximas. A agitação de Kelley era palpável. Disse que a quarentena autoimposta teria de terminar.

O companheiro de Kelley assegurou que estava sendo feito todo o possível, já que o pessoal da prefeitura e do estado estava lá fazendo uma avaliação.

Quando as portas se abriram no segundo andar, Jack saiu com grande alívio, especialmente porque Kelley ficou no elevador. Tendo passado tão perto de um reconhecimento, perguntou-se se estava fazendo a coisa certa, mas depois de um momento de indecisão decidiu continuar com uma rápida visita ao laboratório. Afinal de contas já estava ali mesmo.

Em contraste com o resto do hospital, o laboratório funcionava a pleno vapor. A área externa estava apinhada de funcionários do hospital, todos com máscaras.

Jack ficou perplexo ao ver tantos funcionários ali, mas ao mesmo tempo ficou grato por isso, já que poderia se misturar à multidão. Com a máscara e o jaleco branco ajustava-se perfeitamente ao grupo. Como o escritório de Martin dava para aquela área principal, Jack se preocupara com a possibilidade de encontrá-lo. Agora achava que as chances disso acontecer eram quase nulas.

Na extremidade oposta do salão havia uma série de cubículos usados pelos técnicos para retirar sangue ou obter amostras de pacientes da clínica, e era ali que se concentrava a multidão. Enquanto abria caminho, Jack entendeu o que estava acontecendo. Todos os funcionários do hospital estavam tirando amostras de culturas da garganta.

Ficou impressionado. Era uma reação adequada, diante do surto atual. Como a maioria das epidemias meningocócicas tinha sua origem em pessoas portadoras, sempre havia a chance de que o portador fosse um funcionário. Isso já acontecera no passado.

Ao olhar para o último cubículo, Jack hesitou. Apesar da máscara e de um gorro cirúrgico, reconheceu Martin. Estava literalmente de mangas arregaçadas trabalhando como técnico, tirando amostras de uma garganta após a outra. Junto dele, numa bandeja, as mechas usadas se empilhavam numa pirâmide impressionante. Obviamente todo mundo no laboratório estava dando duro.

Sentindo-se ainda mais confiante, atravessou a porta para o laboratório propriamente dito. Ninguém prestou atenção. Em agudo contraste com o relativo pandemônio da recepção, o interior do laboratório era um exemplo de solidão automatizada. Os únicos sons eram um coro fraco de cliques e bipes mecânicos. Não havia nenhum técnico à vista.

Jack andou em linha reta para a seção de microbiologia. Sua esperança era encontrar o chefe dos técnicos, Richard, ou a alegre Beth Holderness. Mas ao chegar não encontrou nenhum dos dois. A área de microbiologia parecia tão deserta quanto o resto do laboratório.

Aproximou-se do lugar onde Beth estivera trabalhando durante sua última visita. Ali encontrou algo encorajador. Um bico de Bunsen aceso. Havia também uma bandeja com mechas de cultura de garganta e uma grande pilha de pratos de ágar. No chão havia um barril de plástico, usado como lixo, cheio de tubos de cultura descartados.

Sentindo que Beth estaria por perto, Jack começou a explorar o local. A seção de microbiologia era uma sala de 20 metros quadrados, dividida por duas fileiras de bancadas. Foi até o corredor central. Ao longo da parede do fundo havia vários gabinetes de biossegurança. Rodeou a bancada à direita e olhou dentro de um pequeno escritório. Nele havia uma mesa e um arquivo. Num quadro de cortiça pôde ver algumas fotos. Sem entrar na sala, Jack reconheceu Richard, o chefe dos técnicos, em várias delas.

Continuou até chegar a várias portas isolantes, de alumínio polido, que pareciam ser de frigoríficos. Olhando para o outro lado da sala, viu uma porta comum que poderia levar a um depósito.

Quando estava para ir naquela direção, uma das portas isolantes se abriu com um estalo que o fez saltar.

Beth Holderness emergiu com um sopro de ar quente e úmido, e quase colidiu com Jack.

– Você me deu um tremendo susto – exclamou, apertando uma das mãos contra o peito.

– Não sei quem assustou mais o outro. – Em seguida Jack se apresentou de novo.

– Não se preocupe, eu me lembro. Você causou o maior agito, e não creio que devesse estar aqui.

– É? – perguntou Jack em tom inocente.

– O Dr. Cheveau está furioso com você.

– Está mesmo? Percebi que é bem rabugento.

– Às vezes ele é instável – admitiu Beth. – Mas Richard disse que você o acusou de espalhar as bactérias que estão aparecendo aqui no hospital.

– Na verdade não acusei o seu chefe de nada. Foi só uma sugestão que fiz depois de ele me deixar irritado. Eu tinha vindo aqui só para ter uma conversa. Realmente queria a opinião dele sobre a possibilidade de todas essas doenças relativamente raras terem aparecido num tempo tão curto e nesta época do ano. Mas, não sei por quê, ele estava tão pouco hospitaleiro quanto na minha visita anterior.

– Bom, devo admitir que fiquei surpresa pelo modo como ele o tratou no dia em que nos conhecemos. O mesmo com relação ao Sr. Kelley e à Dra. Zimmerman. Achei que você só estava querendo ajudar.

Jack teve de se conter para não dar um abraço naquela jovem exuberante. Parecia que era a única pessoa no planeta que apreciava o que ele estava fazendo.

– Senti tanto o que aconteceu com sua colega, Nancy Wiggens! Imagino como deve estar sendo difícil para todos vocês.

O rosto alegre de Beth se nublou quase ao ponto de correrem lágrimas.

– Talvez eu não devesse ter dito nada – disse Jack ao perceber a reação dela.

– Tudo bem – Beth conseguiu dizer. – Mas foi um choque terrível. Todos nós nos preocupamos com esse tipo de coisa, mas esperamos que nunca aconteça. Ela era uma pessoa tão boa, se bem que às vezes era meio afoita.

– Como assim?

– Simplesmente não era tão cuidadosa quanto deveria ser. Corria riscos, como não usar um dos gabinetes de segurança quando era indicado, ou não colocar os óculos quando era preciso.

Jack não pôde entender essa atitude.

– Ela nem tomou o antibiótico que a Dra. Zimmerman prescreveu depois do caso de peste – lamentou Beth.

– Que azar. Isso poderia tê-la protegido contra a febre das montanhas Rochosas.

– Eu sei. Gostaria de ter me esforçado mais para convencê-la. Quero dizer, eu tomei o remédio, e não creio que tenha sido exposta.

– Por acaso ela disse se fez alguma coisa diferente quando pegou as amostras de Lagenthorpe?

– Não. Por isso achamos que ela se expôs aqui no laboratório, quando processou as amostras. A rickettsiose é notoriamente perigosa no laboratório.

Jack ia responder quando percebeu que Beth começara a se mexer inquieta e a olhar por sobre o ombro dele. Jack virou-se na direção em que ela estava olhando, mas não havia ninguém.

– Eu realmente preciso voltar ao trabalho – disse ela. – E não deveria estar nem conversando com você. O Dr. Cheveau foi categórico.

– Não acha isso estranho? Afinal de contas, sou legista da administração municipal. Legalmente tenho o direito de investigar as mortes dos pacientes que nos são entregues.

– Acho que sim. Mas o que posso dizer? Só trabalho aqui. – Em seguida ela passou por Jack e voltou ao seu posto de trabalho.

Jack seguiu-a.

– Não quero ser chato. Mas minha intuição me diz que há alguma coisa esquisita acontecendo aqui; é por isso que volto sempre.

Várias pessoas estão agindo de modo defensivo, inclusive seu chefe. E deve haver uma explicação. A AmeriCare e este hospital são empresas comerciais, e esses surtos foram muito ruins economicamente. Isso já basta para as pessoas agirem de modo estranho. Mas, no meu ponto de vista, é mais do que isso.

– Então o que você quer comigo? – Beth ocupara sua banqueta e começara a transferir as culturas de garganta para os pratos de ágar.

– Gostaria de pedir que ficasse vigiando. Se as bactérias patogênicas estão sendo espalhadas deliberadamente, elas têm de vir de algum lugar, e o laboratório de microbiologia seria um bom local onde encontrá-las. É um lugar equipado para guardar e manusear micróbios em geral. A bactéria da peste não é uma coisa que se encontre em qualquer canto.

– Não seria tão estranho encontrá-la eventualmente em qualquer laboratório padrão.

– Verdade? – Jack presumira que afora o CCD e talvez alguns centros acadêmicos, a bactéria da peste seria uma raridade.

– De vez em quando os laboratórios precisam de culturas de todos os tipos de bactérias para testar a eficácia dos reagentes – disse Beth enquanto continuava a trabalhar. – Os anticorpos, que costumam ser o principal ingrediente de muitos reagentes modernos, podem se deteriorar, e nesse caso os testes dariam falsos negativos.

– Ah, claro. – Jack sentiu-se estúpido. Deveria ter se lembrado. Todos os testes de laboratório tinham de ser constantemente checados.

– Onde vocês conseguem coisas como a bactéria da peste?

– Na National Biologicals, em Virgínia.

– Qual é o processo para obtê-las?

– Só ligar e pedir.

– Quem pode fazer isso?

– Qualquer pessoa.

– Você está brincando. – De algum modo Jack achava que no mínimo haveria segurança comparável àquela usada na compra de uma droga controlada como a morfina.

– Não estou brincando. Já fiz isso muitas vezes.

– Não precisa de nenhuma permissão especial?

– Preciso da assinatura do diretor do laboratório na ordem de compra. Mas isso é só para garantir que o hospital pagará pela ordem.

– Deixe eu ver se entendi direito. Qualquer pessoa pode ligar para esse pessoal e comprar a bactéria da peste?

– Desde que tenha crédito na praça.

– De que forma as culturas são enviadas?

– Em geral pelo correio. Mas se você puder pagar mais e precisar receber mais rápido, pode pedir que mandem por sedex.

Jack estava pasmo, mas tentou esconder a reação. Estava sem jeito pela sua ingenuidade.

– Você tem o número do telefone dessa empresa?

Beth abriu uma gaveta no arquivo à sua direita, folheou algumas pastas e puxou uma. Abrindo-a, pegou um papel timbrado e entregou-o a Jack, que anotou o número e em seguida apontou para o telefone.

– Importa-se?

Beth empurrou o telefone em sua direção mas olhou para o relógio ao mesmo tempo.

– Vai ser só um segundo. – Jack ainda não acreditava no que acabara de saber.

Discou o número. Do outro lado uma gravação atendeu, dizendo o nome da empresa, e pediu que fizesse uma escolha. Jack apertou o número dois, do ramal de vendas. Uma voz encantadoramente amigável entrou na linha e perguntou se ele precisava de alguma ajuda.

– Sim – disse Jack. – Aqui é o Dr. Billy Rubin e eu gostaria de fazer um pedido.

– O senhor tem uma conta com a National Biologicals?

– Ainda não. Na verdade, para este pedido gostaria de usar meu cartão American Express.

– Desculpe, mas só aceitamos Visa ou Mastercard – disse a mulher.

– Sem problema. Usarei o cartão Visa.

– Certo – disse a mulher em voz animada. – Pode fazer o primeiro pedido.

– Que tal alguns meningococos?

A mulher riu.

– O senhor terá de ser mais específico. Preciso do nível serológico, do serótipo e do subtipo. Temos centenas de subespécies de meningococos.

– Opa! – disse Jack, fingindo que estava sendo chamado de repente. – Acaba de surgir uma emergência! Terei de ligar de novo mais tarde.

– Tudo bem. – disse a mulher. – Ligue quando quiser. Como o senhor sabe, estamos aqui 24 horas por dia para atender às suas necessidades.

Jack desligou o telefone. Estava perplexo.

– Algo me diz que você não tinha acreditado em mim – disse Beth.

– É verdade – admitiu Jack. – Não imaginei a disponibilidade desses agentes patogênicos. Mas mesmo assim gostaria que desse uma olhada para saber se alguns desses micróbios estariam sendo guardados aqui agora. Pode fazer isso?

– Acho que sim – disse Beth, sem seu entusiasmo usual.

– Mas quero que seja discreta. E cuidadosa. Quero que isso fique só entre nós dois.

Jack pegou um de seus cartões de visita, escreveu no verso o número do telefone de casa e entregou-o a Beth.

– Pode ligar a qualquer hora do dia ou da noite se encontrar alguma coisa ou se tiver problemas por minha causa. Certo?

Beth pegou o cartão, examinou-o brevemente, e em seguida colocou-o no bolso do jaleco.

– Certo.

– Você se importaria de me dar o seu número? Posso ter algumas perguntas a fazer. Obviamente microbiologia não é o meu forte.

Beth pensou por um momento, depois cedeu. Pegou um pedaço de papel e anotou o número do telefone. Entregou-o a Jack, que o colocou na carteira.

– Acho melhor você ir agora – disse ela.

– Estou indo. Obrigado pela ajuda.

– Não há de quê. – Beth já voltara ao seu jeito amigável de sempre.

Preocupado, Jack saiu da seção de microbiologia e foi para a parte principal do laboratório. Ainda não conseguia acreditar em como era fácil conseguir culturas patogênicas.

A uns seis metros da porta que ligava o laboratório à área de recepção, parou de repente quando viu sair pela porta uma figura que se parecia de modo alarmante com Martin. O indivíduo estava carregando uma bandeja cheia de mechas de cultura de garganta prontas para serem colocadas nos pratos de ágar.

Jack sentiu-se como um criminoso apanhado em flagrante. Por uma fração de segundo considerou a ideia de fugir ou de se esconder. Mas não havia tempo. Além disso, a irritação que lhe causava o absurdo do medo de ser reconhecido inspirou-o a ficar onde estava.

Martin manteve a porta aberta para uma segunda figura que Jack reconheceu ser Richard. Ele também carregava uma bandeja cheia de mechas. Foi Richard quem viu Jack primeiro.

Martin viu-o em seguida. Reconheceu-o imediatamente, apesar da máscara.

– Oi, pessoal – disse Jack.

– Você!... – gritou Martin.

– Sou eu – disse Jack em voz alegre. Em seguida pegou a ponta da máscara com o polegar e o indicador e puxou-a do rosto, para dar a Martin uma visão total.

– Você foi avisado para não se meter aqui – disse Martin rispidamente. – Está invadindo o laboratório.

– Não é bem assim. – Jack pegou o distintivo de legista e apontou-o em direção ao rosto de Martin. – Só estou fazendo uma visita oficial. Houve mais mortes infecciosas lamentáveis aqui no hospital. Pelo menos desta vez vocês conseguiram fazer o diagnóstico sozinhos.

– Veremos se esta é uma visita legítima – disse Martin. Pôs a bandeja com as mechas sobre a bancada e pegou o telefone mais próximo. Disse à telefonista para colocá-lo em contato com Charles Kelley.

– Será que não podemos discutir isso como adultos?

Martin ignorou a pergunta e esperou que Kelley atendesse.

– Só por curiosidade, talvez você pudesse me dizer por que foi tão afável na minha primeira visita e tão mal-educado na segunda.

– No intervalo entre as duas o Sr. Kelley me informou sobre a sua atitude naquele primeiro dia. E também me disse que fora informado de que você estava aqui sem autorização.

Jack ia responder quando ficou claro que Kelley entrara na linha. Martin informou ao administrador que encontrara de novo o Dr. Stapleton espreitando no laboratório.

Enquanto Martin ouvia um aparente monólogo da parte de Kelley, Jack se deslocou e encostou-se casualmente na bancada mais próxima. Richard, por outro lado, ficou parado onde estava, ainda segurando a bandeja cheia de mechas.

Martin pontuou a aparente bronca de Kelley com alguns "sins" estrategicamente colocados e um "Sim, senhor!" no fim da conversa. Enquanto desligava o telefone deu um sorriso de superioridade em direção a Jack.

– O Sr. Kelley me disse para informá-lo que irá telefonar pessoalmente para o escritório do prefeito, da diretora do Departamento de Saúde e do seu chefe. Irá fazer uma reclamação formal com relação ao assédio que vem exercendo contra este hospital enquanto estamos fazendo todos os esforços possíveis para lidar com um estado de emergência. Além disso, pediu para informá-lo de que nossa segurança estará aqui dentro de alguns instantes para escoltá-lo para fora das instalações.

– Isso é uma tremenda consideração da parte dele. Mas realmente não precisam me mostrar o caminho de saída. Na verdade eu já estava de saída quando nós nos esbarramos por acaso. Tenham um bom dia, cavalheiros.

Segunda-feira, 25 de março de 1996, 15h15

– Então é isso – disse Terese enquanto olhava para o grupo de criadores encarregados da conta da National Health. Na atual emergência ela e Colleen haviam retirado pessoas de outros projetos. No momento precisavam de toda a mão de obra que pudessem reunir para se concentrarem na nova campanha. – Alguma pergunta? – indagou. Todo o grupo estava atulhado no escritório de Colleen. Sem espaço para sentar, espremiam-se como sardinhas em lata. Terese delineara a ideia do "sem espera", na forma expandida que ela e Colleen haviam desenvolvido a partir da sugestão inicial de Jack.

– Só temos dois dias? – perguntou Alice.

– Acho que sim – disse Terese. – Talvez possa conseguir mais um, mas não podemos contar com isso. Temos de ir com tudo.

Houve um murmúrio de incredulidade.

– Sei que estou pedindo muito. Mas o fato é que, como disse, fomos sabotados pelo departamento de contas. Soubemos de fonte segura que eles pretendem apresentar um filmete de depoimento com um dos astros de *Plantão Médico*. Estão esperando que a gente se autodestrua com a ideia antiga.

– Na verdade acho que o conceito do atendimento "sem espera" é melhor do que o de "limpeza" – disse Alice. – A ideia de "limpeza" estava ficando técnica demais com o blá-blá-blá de assepsia. As pessoas se identificarão muito mais com o conceito "sem espera".

– E também há muito mais espaço para o humor – comentou outra voz.

– Eu também gosto – disse alguém. – Odeio esperar no ginecologista. Quando chego lá já estou tensa como uma corda de violino.

Uma onda de risos aliviou a tensão do grupo.

– É esse o espírito – disse Terese. – Vamos ao trabalho. Vamos mostrar-lhes o que podemos fazer quando estamos contra a parede.

As pessoas começaram a se levantar, ansiosas para irem para as pranchetas.

– Esperem! – gritou Terese acima do ruído de vozes que irrompera. – Outra coisa. Isso precisa ficar em segredo. Não digam nada nem aos outros criadores, a não ser que seja absolutamente necessário. Não quero que o pessoal das contas tenha a mínima ideia do que está acontecendo. Certo?

A resposta foi um murmúrio de concordâncias.

– Tudo bem! – gritou Terese. – Vamos lá!

A sala se esvaziou como se tivessem ouvido o alarme de incêndio. Terese deixou-se desmoronar na cadeira de Colleen, exausta pelo esforço emocional do dia. Típico de sua vida na publicidade, ela começara a manhã no auge, depois caíra ao fundo do poço, e agora estava no meio.

– Eles parecem entusiasmados – disse Colleen. – Você fez uma grande apresentação. Gostaria que houvesse alguém da National Health aqui.

– Pelo menos é uma boa ideia para uma campanha. A questão é saber se vão conseguir montar tudo para uma apresentação de verdade.

– Sem dúvida vão dar o máximo. Você realmente motivou o pessoal.

– Meu Deus, espero que sim. Não posso deixar Barker com o campo livre para o lixo dos depoimentos para a câmera. É como regredir à publicidade de uma época anterior a Bernbach. Seria uma vergonha para a agência se o cliente gostasse dessa campanha medíocre e tivéssemos de fazer os anúncios.

– Que Deus nos livre e guarde – disse Colleen.

– Estaremos desempregadas se isso acontecer.

– Não sejamos pessimistas demais.

– Ah, que dia! Além disso tudo tenho de me preocupar com Jack.

– Como assim?

– Quando o encontrei e ele me deu a ideia do "sem espera", Jack falou que estava indo de novo ao Hospital Geral de Manhattan.

– Epa! Não foi lá que a tal gangue disse para ele não ir?

– Exatamente. Imagine alguém do signo de Touro: Jack é o próprio. É o próprio cabeça de touro, impulsivo. Ele não precisa ir lá. O Departamento de Medicina Legal tem funcionários cujo trabalho é ir aos hospitais. Deve ser coisa de homem, como se tivesse de bancar o herói. Não entendo isso.

– Você está começando a se envolver? – perguntou Colleen em voz animada, sabendo que esse era um assunto delicado para Terese. Colleen conhecia a chefe o suficiente para saber que evitava as ligações românticas, ainda que não soubesse por quê.

Terese apenas suspirou.

– Sinto atração e repulsa ao mesmo tempo. Ele fez com que eu me abrisse um pouquinho, e aparentemente fiz o mesmo com ele. Acho que nós dois nos sentimos bem falando com alguém que pareceu se importar.

– Isso parece encorajador.

Terese encolheu os ombros, em seguida sorriu.

– Nós dois carregamos um bocado de bagagem emocional. Mas chega de falar em mim. Como vão as coisas entre você e Chet?

– Ótimas. Eu realmente estou caidinha por aquele cara.

JACK SENTIU QUE estava assistindo ao mesmo filme pela terceira vez. Estava de novo na sala de Bingham suportando uma bronca enorme sobre como seu chefe recebera ligações de todas as principais autoridades públicas da cidade reclamando amargamente sobre Jack Stapleton.

– Então, o que você tem a dizer? – exigiu Bingham, finalmente esgotando o discurso. Estava literalmente sem fôlego.

– Não sei o que dizer – admitiu Jack. – Mas, em minha defesa, não fui lá com a intenção de irritar as pessoas. Só estava procurando informações. Há muita coisa que não entendo nesta série de surtos.

– Você é um tremendo paradoxo – observou Bingham enquanto se acalmava visivelmente. – Ao mesmo tempo em que criou tanta encrenca, fez alguns diagnósticos dignos de nota. Fiquei impressionado quando Calvin me contou sobre a tularemia e a febre das montanhas Rochosas. É como se você fosse dois sujeitos diferentes. O que vou fazer?

– Despedir o irritante e manter o outro? – sugeriu Jack.

Bingham deu um risinho relutante, mas a expressão de bom humor desapareceu logo.

– O principal problema, no meu ponto de vista, é que você é tão teimoso. Desobedeceu especificamente minhas ordens de ficar longe do Hospital Geral de Manhattan. Não uma, mas duas vezes.

– Sou culpado – disse Jack, levantando as mãos como se estivesse se rendendo.

– Isso tudo é motivado pela tal vingança pessoal que você tem contra a AmeriCare?

– Não. Para começar, aquilo era uma coisa de menor importância, mas meu interesse no assunto vai muito além disso agora. Na última vez que conversamos, eu lhe disse que, para mim, havia alguma coisa estranha acontecendo. Agora tenho ainda mais certeza disso, e as pessoas de lá continuam na defensiva.

– Defensiva? – questionou Bingham. – Disseram que você acusou o diretor do laboratório do hospital de estar espalhando as doenças.

– Essa história acabou sendo levada ao extremo. – Em seguida Jack explicou que apenas lembrara ao diretor que ele havia afirmado que estava insatisfeito com o orçamento que a AmeriCare lhe dava. – O sujeito estava agindo feito um asno – acrescentou Jack. – Eu estava tentando pedir sua opinião sobre a possível disseminação intencional das doenças, mas nem me deixou falar, e fiquei furioso. Acho que eu não deveria ter dito o que disse, mas algumas vezes não consigo me controlar.

– Então você está convencido dessa ideia?

– Não sei se estou convencido. Mas é difícil creditar tudo isso a uma coincidência. Além do mais é impossível ignorar o modo como as pessoas do hospital vêm agindo, desde o administrador até os funcionários. – Jack pensou em contar que fora espancado e ameaçado, mas decidiu não o fazer. Temeu que isso acabasse amarrando totalmente as suas mãos.

– Depois que a diretora Markham me ligou – disse Bingham – pedi que o epidemiologista chefe, o Dr. Abelard, entrasse em contato comigo. Perguntei o que ele achava dessa ideia de disseminação intencional. Quer saber o que ele disse?

– Mal posso esperar.

– Disse que, a não ser pelo caso de peste, que ainda não pode explicar, mas no qual está trabalhando com o CCD, ele acha que todos os outros têm explicações bastante razoáveis. A mulher, Hard, teve contato com coelhos selvagens, e o Sr. Lagenthorpe esteve no deserto no Texas. E quanto aos meningococos, esta é a época de aparecerem.

– Não acho que as sequências de tempo estejam corretas – disse Jack. – Nem que os rumos clínicos sejam coerentes com...

– Espere aí – interrompeu Bingham. – Deixe-me lembrar-lhe que o Dr. Abelard é um epidemiologista. Tem um Ph.D. e um M.D. Seu trabalho é descobrir o como e o porquê das doenças.

– Não duvido de suas credenciais. Só de suas conclusões. Desde o início ele não me impressionou.

– Sem dúvida você tem opiniões firmes.

– Eu posso ter irritado pessoas nas visitas anteriores ao hospital – admitiu Jack –, mas desta vez a única coisa que fiz foi falar com a supervisora do almoxarifado central e com uma técnica de microbiologia.

– Pelos telefonemas que recebi, você estava deliberadamente atrapalhando os esforços do pessoal do hospital em debelar o surto de meningococos.

– Deus é minha testemunha – disse Jack, erguendo a mão. – Tudo que fiz foi falar com a Sra. Zarelli e com a Srta. Holderness, que por acaso são duas pessoas agradáveis e cooperativas.

– Você tem um jeito de deixar as pessoas irritadas. Acho que sabe disso.

– Em geral só causo esse efeito nas pessoas que provoco de propósito – disse Jack.

– Tenho a impressão de que eu sou uma dessas pessoas.

– Muito pelo contrário. Quando o irrito é totalmente sem intenção.

– Eu não saberia dizer.

– Quando falei com a Srta. Holderness, a técnica do laboratório, descobri um fato interessante – disse Jack. – Fiquei sabendo que praticamente qualquer pessoa com crédito razoável pode comprar, por telefone, bactérias patogênicas. A empresa não faz nenhuma verificação.

– Não é preciso uma licença ou uma permissão?

– Parece que não.

– Acho que nunca pensei nisso.

– Nem eu. Não preciso dizer que isso faz a gente pensar.

– Faz mesmo. – Bingham pareceu ponderar durante um momento, enquanto seus olhos aquosos se desfocavam. Mas logo clarearam.

– Parece que você conseguiu tirar essa conversa dos trilhos – disse recuperando a postura carrancuda. – A questão aqui é o que fazer com você.

– O senhor poderia me mandar de férias para o Caribe. Nessa época do ano faz tempo bom lá.

– Chega desse humor impertinente – disse Bingham em tom ríspido. – Estou procurando falar sério.

– Vou tentar me controlar. Meu problema é que durante os últimos cinco anos o cinismo deu lugar ao sarcasmo automático.

– Não vou despedi-lo – anunciou Bingham. – Mas, preciso alertá-lo de novo, você chegou muito perto. Na verdade, quando desliguei o telefone depois de falar com o prefeito, eu ia colocá-lo para fora. Por enquanto mudei de ideia. Mas há uma coisa que precisamos deixar clara: você tem de ficar longe do hospital. Estamos entendidos?

– Acho que finalmente estamos.

– Se você precisar de mais informações, mande os AMs. Pelo amor de Deus, é para isso que eles estão aqui.

– Vou tentar lembrar disso.

– Certo. Saia daqui – disse Bingham com um gesto final.

Aliviado, Jack levantou-se e saiu do escritório. Foi direto para a sua sala. Ao chegar encontrou Chet falando com George Fontworth. Espremeu-se entre os dois e pendurou a jaqueta no encosto da cadeira.

– E então? – perguntou Chet.

– Então o quê?

– A pergunta de sempre. Você ainda trabalha aqui?

– Muito engraçado – disse Jack. Estava perplexo com o volume de quatro grandes envelopes de papel pardo no centro de sua mesa. Pegou um. Tinha uns 5 centímetros de grossura. Não havia nada escrito no exterior. Abriu-o e tirou o conteúdo. Era uma cópia do prontuário hospitalar de Susanne Hard.

– Esteve com o Bingham? – perguntou Chet.

– Acabo de vir de lá. Ele foi uma doçura. Queria me elogiar pelos diagnósticos de tularemia e febre das montanhas Rochosas.

– Mentira! – exclamou Chet.

– Sério – disse Jack com um risinho. – Claro que também me deu uma bronca por ter ido ao hospital. – Enquanto falava, Jack pegou o conteúdo de todos os envelopes pardos. Agora tinha cópias dos prontuários hospitalares dos primeiros casos de cada surto.

– A visita valeu a pena? – perguntou Chet.

– O que quer dizer com "valeu a pena"?

– Ficou sabendo de alguma coisa que justificasse ter engrossado o caldo mais um pouco? Ficamos sabendo que você irritou todo mundo por lá outra vez.

– Não há muitos segredos por aqui. Mas realmente fiquei sabendo de uma coisa nova. – Jack explicou a Chet e George sobre a facilidade de comprar bactérias patológicas.

– Eu sabia disso – disse George. – Trabalhei num laboratório de microbiologia durante os verões enquanto estava na faculdade. Lembro que o supervisor pediu uma cultura de cólera. Quando chegou eu a segurei. Aquilo me deu uma tremenda emoção.

Jack olhou para George.

– Emoção? Você é mais estranho do que eu imaginava.

– Sério. Conheço pessoas que tiveram a mesma reação. O fato de compreender quanta dor, sofrimento e morte aqueles bichinhos haviam causado, e poderiam causar, era ao mesmo tempo estimulante e apavorante, e o fato de estarem ali, na minha mão, me deixou pirado.

– Acho que minha ideia de emoção é um pouco diferente da sua. – Jack voltou aos prontuários e organizou-os cronologicamente, de modo que o de Nodelman ficou por cima.

– Espero que a simples disponibilidade de bactérias patogênicas não encoraje seu pensamento paranoico – disse Chet. – Quero dizer, isso não prova a sua teoria.

– Hã-hã – murmurou Jack. Ele já estava começando a examinar os prontuários. Planejava lê-los rapidamente para ver se alguma coisa saltava aos olhos. Em seguida faria uma segunda leitura mais detalhada. Estava procurando algum modo pelo qual os casos pudessem estar relacionados, algo que sugerisse que não eram ocorrências aleatórias.

Chet e George voltaram a conversar entre si quando ficou claro que Jack estava alheio à conversa. Quinze minutos depois George levantou-se e saiu. Assim que fez isso, Chet foi à porta e trancou-a.

– Colleen me ligou há pouco – falou.

– Fico feliz por você – disse Jack, ainda se concentrando nos prontuários.

– Ela contou o que aconteceu lá na agência. Acho que isso fede. Não consigo imaginar uma parte da mesma empresa puxando o tapete da outra. Não faz sentido.

Jack ergueu os olhos.

– É a mentalidade empresarial. A sede de poder é a maior motivação.

Chet sentou-se.

– Colleen também disse que você deu uma tremenda ideia para uma nova campanha.

– Não precisa me lembrar. – Jack redirecionou a atenção para os prontuários. – Eu realmente não queria fazer parte disso. Não sei por que ela pediu. Ela sabe como eu me sinto com relação à publicidade médica.

– Colleen também disse que você e Terese estão se acertando.

– Verdade?

– Falou que vocês conseguiram se abrir um com o outro. Acho que isso é fantástico para os dois.

– Ela disse alguma coisa específica?

– Não parecia saber de nada muito específico.

– Graças a Deus – disse Jack sem levantar a cabeça.

Quando Jack respondeu às outras perguntas de Chet com meros grunhidos, ficou claro que estava envolvido na leitura. Chet desistiu de tentar conversar e voltou a atenção para o seu trabalho.

Às 17h30 Chet estava pronto para encerrar o dia. Levantou-se e se espreguiçou ruidosamente, esperando que Jack reagisse. Jack não reagiu. Na verdade, não se mexera durante a última hora, a não ser para virar páginas e fazer mais anotações.

Chet pegou o casaco na gaveta de cima de seu arquivo e pigarreou várias vezes. Mesmo assim Jack não reagiu. Finalmente Chet decidiu falar.

– Ei, meu velho. Quanto tempo você vai ficar trabalhando nesse negócio?

– Até acabar – disse Jack sem levantar os olhos.

– Vou ver Colleen e beliscar umas coisinhas. Vamos nos encontrar às 18 horas. Está interessado? Talvez Terese possa se juntar a nós. Parece que estão planejando trabalhar a maior parte da noite.

– Vou ficar aqui. Divirtam-se. Diga olá por mim.

Chet encolheu os ombros, vestiu o casaco e saiu.

Jack repassara duas vezes os prontuários. Até agora a única semelhança genuína entre os quatro casos era o fato de que os sintomas infecciosos haviam começado depois de os pacientes terem sido internados por outras doenças. Mas, como mostrara Laurie, por definição, apenas Nodelman fora um caso de infecção hospitalar. Nas outras três situações os sintomas haviam aparecido em menos de 48 horas de internação.

A única outra semelhança possível Jack já considerara: os quatro pacientes eram pessoas hospitalizadas frequentemente e, portanto, economicamente indesejáveis num sistema de captação. Mas afora isso Jack não encontrou nada.

As idades variavam entre 28 e 63 anos. Dois dos pacientes tinham estado na ala de clínica geral, um na ginecologia e obstetrícia e outro na ortopedia. Não havia nenhuma medicação comum a todos. Dois deles estavam no soro "aberto". Socialmente iam da classe média baixa até a classe média alta. Havia uma mulher e três homens. Até os tipos sanguíneos eram diferentes.

Jack largou a caneta sobre a mesa e recostou-se na cadeira, olhando para o teto. Não sabia o que esperava encontrar nos prontuários, mas até agora não descobrira nada.

– Toc toc – ouviu uma voz.

Jack virou-se e viu Laurie encostada no batente da porta.

– Estou vendo que conseguiu voltar de sua incursão ao hospital.

– Não creio que tenha corrido perigo até voltar para cá – disse Jack.

– Sei o que quer dizer. Correu um boato de que Bingham estava subindo pelas paredes.

– Ele não parecia feliz, mas nós conseguimos dar um jeito nisso.

– Você está preocupado com a ameaça do pessoal que lhe deu aquela surra?

– Acho que sim. Não pensei muito nisso. Tenho certeza de que vou pensar, quando voltar para casa.

– Se quiser, será bem-vindo na minha casa. Tenho um sofá na sala que vira uma cama decente.

– Gentileza sua. Mas acabarei tendo de voltar para casa em algum momento. Terei cuidado.

– Descobriu alguma coisa que explique a conexão do almoxarifado central?

– Quem dera! Não somente não descobri nada, mas fiquei sabendo que várias pessoas, inclusive o epidemiologista chefe da prefeitura e a encarregada do controle de infecções do hospital, estiveram lá procurando pistas. Tive a noção equivocada de que esta era uma ideia nova.

– Ainda está pensando em um complô?

– De certa forma. Infelizmente pareço estar sozinho nisso.

Laurie desejou boa sorte. Jack agradeceu e ela saiu. Um minuto depois estava de volta.

– Estou planejando comer alguma coisa a caminho de casa. Está interessado?

– Obrigado, mas comecei a trabalhar nesses prontuários e quero continuar, enquanto o material está fresco na minha mente.

– Entendo. Boa noite.

– Boa noite, Laurie.

Assim que Jack abriu o prontuário de Nodelman pela terceira vez, o telefone tocou. Era Terese.

– Colleen está saindo para encontrar Chet. Posso convencê-lo a vir para um jantar rápido? Poderíamos comer juntos, todos.

Jack ficou pasmo. Durante cinco anos vinha evitando ligações sociais de qualquer tipo. Agora, de repente, duas mulheres inteligentes e bonitas o convidavam para jantar na mesma noite.

– Agradeço a oferta. – Em seguida disse o mesmo que dissera a Laurie sobre os prontuários em que estava trabalhando.

– Espero que você tenha desistido daquela cruzada. Não parece valer o risco, porque você já levou uma surra e foi ameaçado com a perda do emprego.

– Se eu puder provar que há alguém por trás desses surtos, os riscos terão valido a pena. Meu medo é que possa haver uma epidemia de verdade.

– Chet acha que você está agindo de modo tolo.

– É direito dele ter essa opinião.

– Por favor, tenha cuidado quando for para casa.

– Vou ter. – Jack estava ficando cansado da solicitude de todos. O perigo de ir para casa aquela noite era uma coisa que já considerara desde cedo.

– Estarei trabalhando a maior parte da noite – acrescentou. – Se precisar, ligue para o meu trabalho.

– Certo. Boa sorte.

– Boa sorte para você também. E obrigada pelo conceito "sem espera". Todo mundo está adorando. Agradeço muito. Tchau!

Jack voltou ao prontuário de Nodelman assim que desligou o telefone. Estava tentando examinar a infinidade de anotações das enfermeiras. Mas depois de cinco minutos lendo o mesmo parágrafo repetidamente, reconheceu que não estava se concentrando. Sua mente continuava pensando na ironia de Laurie e Terese o convidarem para jantar. Pensar nas duas mulheres levou-o a considerar de novo as semelhanças e diferenças entre suas personalidades, e assim que começou a pensar em personalidades, Beth Holderness veio à sua mente. Assim que lembrou-se de Beth, começou a pensar na facilidade de conseguir bactérias.

Fechou o prontuário de Nodelman e tamborilou com os dedos sobre a mesa. Começou a conjecturar. Se alguém tivesse obtido uma bactéria patogênica na National Biologicals e conseguido espalhá-la intencionalmente, será que a National Biologicals poderia dizer se a bactéria viera de lá?

A ideia intrigou-o. Com os avanços na tecnologia de DNA ele achava que era cientificamente possível que a National Biologicals pusesse uma marca em suas culturas, e por motivos de responsabilidade e proteção econômica, achava a ideia bastante plausível. A questão passou a ser: será que eles faziam isso?

Procurou o número do telefone. Assim que o encontrou, ligou pela segunda vez para a empresa.

No início daquela tarde, quando ligara pela primeira vez, Jack digitara o número 2, do ramal de vendas. Dessa vez digitou o 3, do ramal de "suporte". Depois de ser forçado a ouvir uma estação de rádio tocando rock durante alguns minutos, ouviu uma voz masculina e jovial dar o nome Igor Krasnyansky e perguntar em que poderia ser útil.

Dessa vez Jack se apresentou formalmente e perguntou se poderia fazer uma pergunta teórica.

– Claro – disse Igor, com sotaque eslavo. – Vou tentar responder.

– Se eu tivesse uma cultura de bactérias, há algum modo de determinar se ela veio originalmente de sua empresa, mesmo que tenha sofrido várias passagens *in vivo*?

– Essa é fácil. Nós marcamos todas as nossas culturas. Sim, você poderia dizer que ela veio da National Biologicals.

– Qual é o processo de identificação?

– Nós temos uma sonda de DNA rotulada por fluoresceína. É muito simples.

– Se eu quisesse fazer uma identificação desse tipo, teria de mandar a amostra para vocês?

– Ou isso ou eu poderia mandar um pouco da sonda.

Jack ficou satisfeito. Deu o endereço e pediu que a sonda fosse mandada por sedex. Disse que queria receber a encomenda o mais rápido possível.

Desligando o telefone, sentiu-se feliz consigo mesmo. Achava que poderia descobrir algo que desse um peso considerável à sua teoria de disseminação intencional se uma das bactérias dos pacientes tivesse teste positivo.

Olhou para os prontuários e considerou a hipótese de deixá-los de lado por enquanto. Afinal de contas, se acontecesse o oposto do que esperava e nenhuma das bactérias fosse da National Biologicals, talvez tivesse de repensar todo o caso.

Arrastou a cadeira para trás e levantou-se. Fizera o bastante em um dia de trabalho. Colocando a jaqueta, preparou-se para ir para casa. De repente a ideia de um exercício vigoroso tinha um forte apelo.

Segunda-feira, 25 de março de 1996, 18 horas

Beth Holderness permanecera até tarde para conseguir testar todas as culturas de garganta dos empregados do hospital. A equipe da noite chegara na hora de sempre, mas naquele momento estavam todos jantando, lá embaixo, na cafeteria. Até Richard havia desaparecido, embora Beth não soubesse ao certo se ele fora embora ou não.

Como a seção de microbiologia do laboratório estava vazia, a não ser por ela, Beth pensou que, se tivesse de fazer uma busca clandestina, aquele era um bom momento. Desceu da banqueta e foi até a porta que dava para a parte principal do laboratório. Não enxergou viva alma, e isso lhe deu a coragem de que precisava.

Voltando para a microbiologia, dirigiu-se às portas herméticas. Não sabia se devia fazer aquilo, mas como havia dito que o faria, sentiu-se na obrigação de ir em frente. Estava confusa quanto ao Dr. Jack Stapleton, mas a confusão era ainda maior com relação ao seu próprio chefe, o Dr. Martin Cheveau. Ele sempre fora temperamental, mas ultimamente seu gênio havia atingido proporções ridículas.

Naquela tarde entrara furioso após a saída do Dr. Stapleton, exigindo saber o que ela dissera ao legista. Beth tentou dizer que não lhe contara nada importante e tentou fazer com que o Dr. Cheveau fosse embora, mas ele não lhe fez caso. Chegou a ameaçar Beth por desobedecê-lo conscientemente. A admoestação fez com que ela chegasse à beira das lágrimas.

Depois que ele tinha se retirado, Beth pensou no comentário do Dr. Stapleton, quando disse que as pessoas do hospital, incluindo o seu chefe, agiam de forma defensiva. Considerando o comportamento do Dr. Cheveau, ela achava que o Dr. Stapleton poderia estar certo. Isso fazia com que ela tivesse ainda mais vontade de atender o pedido do Dr. Stapleton.

Beth parou na frente das duas portas herméticas. A da esquerda dava para o freezer, a outra, para a incubadora. Qual delas vasculhar primeiro? Como entrara e saíra da incubadora o dia inteiro com as culturas de garganta, decidiu vasculhá-la primeiro. Afinal, havia apenas uma pequena área na incubadora cujo conteúdo ela não conhecia.

Abriu a porta e entrou, envolta imediatamente pelo ar úmido e quente. A temperatura era mantida próxima à do corpo, 37 graus centígrados. Muitas bactérias e vírus, em especial os que afetavam os seres humanos, haviam evoluído, compreensivelmente, para se reproduzir melhor na temperatura do corpo humano.

A porta atrás de Beth fechou automaticamente para manter o calor. O compartimento tinha cerca de 2,40 metros por 3 metros. A luz vinha de duas lâmpadas cobertas com grades de metal montadas no teto. As prateleiras eram de aço inoxidável perfurado. Cobriam ambas as paredes do chão ao teto, de uma ponta a outra, criando dois corredores estreitos.

Beth foi até a parte de trás do compartimento. Lá havia caixas de aço inoxidável que ela vira diversas vezes, mas nunca examinara.

Segurando uma das caixas com ambas as mãos, retirou-a de sua prateleira e colocou-a no chão. Tinha mais ou menos o tamanho de uma caixa de sapatos. Quando tentou abri-la, descobriu que havia uma lingueta presa por um minúsculo cadeado!

Beth ficou pasma e imediatamente desconfiada. Poucas coisas no laboratório eram trancadas. Levantando a caixa, tornou a colocá-la no lugar. Em seguida vasculhou a prateleira e verificou cada uma das caixas. Todas tinham o mesmo tipo de tranca.

Abaixando-se, fez a mesma coisa na prateleira inferior. A condição da quinta caixa era diferente. Quando Beth tateou a parte da trás, percebeu que o cadeado não havia sido fechado.

Insinuando os dedos por entre a caixa destrancada e as adjacentes, conseguiu puxá-la para fora. Ao levantá-la, pôde constatar que não estava tão pesada quanto a primeira caixa trancada; temia que estivesse vazia. Mas não estava. Ao levantar a tampa, viu que continha algumas placas de Petri. Notou também que as placas de Petri não traziam a costumeira etiqueta utilizada no laboratório. Em vez disso, tinham apenas designações alfanuméricas feitas com pincel atômico.

Cautelosa, enfiou a mão na caixa e puxou uma placa de Petri com a etiqueta A-81. Levantou a tampa e olhou para as colônias de bactérias em expansão. Eram transparentes e mucoides e cresciam num meio que reconheceu como ágar chocolate.

Um clique mecânico e seco na porta hermética assustou-a. Sua pulsação acelerou. Como uma criança apanhada em flagrante ao fazer algo proibido, tentou freneticamente colocar a placa de Petri de volta à caixa e a caixa de volta à prateleira antes que quem estivesse entrando pudesse ver o que ela estava fazendo.

Infelizmente, não houve tempo. Só teve a chance de fechar a caixa e levantá-la antes de se encontrar face a face com o Dr. Martin Cheveau. Ironicamente, ele estava naquele momento carregando uma caixa idêntica à que ela segurava.

– O que está fazendo? – rosnou ele.

– Eu... – Beth balbuciou, mas foi tudo o que conseguiu dizer. Sob a pressão das circunstâncias, nenhuma explicação em potencial veio à sua mente.

O Dr. Cheveau enfiou sua caixa ruidosamente numa das prateleiras e depois arrancou a outra das mãos de Beth. Olhou para o cadeado aberto.

– Onde está o cadeado? – rugiu.

Beth estendeu a mão e abriu-a. Na palma estava o cadeado aberto. Martin tomou-o e examinou-o.

– Como conseguiu abrir a caixa? – exigiu saber.

– Já estava aberta.

– Mentira!

– Não. Sério. Estava aberta e fiquei curiosa.

– Bela desculpa – gritou Martin. Sua voz reverberou ao redor do espaço confinado.

– Não estraguei nada.

– Como sabe que não estragou nada? – Martin abriu a caixa e olhou dentro. Parecendo satisfeito, fechou-a e trancou-a. Testou o cadeado. Estava firme.

– Só levantei a tampa e vi uma placa de cultura – disse Beth. Estava começando a recuperar um pouco da compostura, embora o coração ainda estivesse descompassado.

Martin enfiou a caixa em sua posição. Em seguida contou-as todas. Quando terminou, mandou que saísse da incubadora.

– Desculpe – disse Beth depois que Martin fechou a porta isolante. – Não sabia que não deveria mexer naquelas caixas.

Naquele instante Richard apareceu na porta. Martin mandou-o entrar, e com raiva, contou como apanhara Beth mexendo em suas culturas de pesquisas.

Richard ficou tão irritado quanto Martin ao ouvir aquilo. Virando-se para Beth, exigiu saber seus motivos. Perguntou se ela já não tinha trabalho suficiente.

– Ninguém me disse para não tocar nas caixas – protestou Beth. Estava novamente à beira do choro. Detestava confrontações e já havia suportado outra havia poucas horas.

– Mas ninguém tampouco mandou mexer – disparou Richard.

– Foi aquele Dr. Stapleton quem mandou você fazer isso? – quis saber Martin.

Beth hesitou, sem saber como responder. Para Martin, aquela hesitação era incriminadora.

– Eu desconfiava – falou irritado. – Ele provavelmente lhe contou também aquela ideia ridícula de que os casos de peste e os outros foram iniciados de propósito.

– Eu lhe disse que não deveríamos conversar – chorou Beth.

– Mas é claro que ele falou – disse Martin. – E você obviamente o ouviu. Bom, não tenho de suportar isso. Você está despedida, Srta. Holderness. Pegue suas coisas e saia. Não quero ver sua cara novamente.

Beth gaguejou um protesto e, com ele, vieram lágrimas.

– Chorar não levará você a lugar algum – falou Martin. – Nem desculpas. Você fez sua escolha, agora assuma as consequências. Saia.

GÊMEO DESLIGOU O telefone sobre o tampo arranhado da mesa. Seu nome verdadeiro era Marvin Thomas. Ganhara o apelido de "Gêmeo" porque tivera um irmão gêmeo idêntico. Ninguém conseguia dizer quem era quem até que um deles foi assassinado numa disputa entre os Black Kings e uma gangue do East Village por causa de pontos de crack.

Gêmeo olhou para Phil, do outro lado da mesa. Phil era alto e magro; não impunha muito respeito, mas era inteligente. E fora sua inteligência, e não a valentia ou os músculos, que fizera com que Gêmeo o elevasse ao status de número dois na gangue. Fora a única pessoa a saber o que fazer com todo o dinheiro de drogas que haviam conseguido. Até Phil assumir seu posto, guardavam as verdinhas em tubos de PVC no porão do cortiço de Gêmeo.

– Não entendo essa gente – disse Gêmeo. – Parece que aquele doutor babaca não entendeu a nossa mensagem e está fazendo o que bem entende! Dá pra acreditar? Acertei aquele babaca com tudo o que eu tinha, e três dias depois ele está mandando a gente se foder. Não chamo isso de respeito, não mesmo.

– O pessoal quer que a gente dê um trato nele de novo? – perguntou Phil. Ele estivera na visita ao apartamento de Jack e vira a força com que Gêmeo batera no homem.

– Melhor. Querem que a gente apague o filho da puta. Por que não mandaram a gente fazer isso logo de cara é que não sei. Estão oferecendo cinco mil – Gêmeo deu uma gargalhada. – O engraçado é que eu teria feito isso de graça. Não dá pra deixar que as pessoas ignorem a gente. Assim acabaríamos fora do mercado.

– Será que devemos mandar o Reginald? – perguntou Phil.

– Quem mais? É o tipo de trabalhinho que ele curte.

Phil levantou-se e amassou o cigarro com o pé. Saiu do escritório e desceu o corredor cheio de lixo até a sala da frente, onde meia dúzia de membros da gangue estavam jogando cartas. O ar estava carregado de fumaça de cigarro.

– Ei, Reginald – gritou Phil. – Está a fim de um agito?

Reginald tirou os olhos das cartas. Ajeitou o palito de dentes que tinha na boca.

– Depende – disse.

– Acho que você vai gostar desse – disse Phil. – Quinhentas pratas pra apagar o doutor de quem você pegou a bicicleta.

– Ei, cara, deixa comigo – disse BJ; BJ era o apelido de Bruce Jefferson. Era um sujeito atarracado, com coxas da grossura da cintura de Phil. Ele também fora visitar Jack.

– Gêmeo quer o Reginald – disse Phil.

Reginald se levantou e jogou as cartas na mesa.

– Meu jogo estava uma merda mesmo – disse. Acompanhou Phil de volta ao escritório.

– Phil lhe contou a história? – Gêmeo perguntou quando entraram.

– Só que é com o doutor – disse Phil. – E 500 pratas pra gente. Tem mais alguma coisa?

– Tem – disse Gêmeo. – Você também tem de mandar pra vala uma garota branca. Pode ser ela primeiro. O endereço está aqui.

Gêmeo entregou-lhe uma tira de papel com o nome e o endereço de Beth Holderness.

– Como é que você quer o serviço? – perguntou Reginald.

– Não estou nem aí – respondeu Gêmeo. – É só fazer o serviço direito.

– Queria usar aquela pistola nova – disse Reginald. Sorriu com o palito ainda enfiado no canto da boca.

– Vai ser bom pra gente ver se valeu a pena o dinheiro que pagamos por ela – concordou Gêmeo. Ele abriu uma das gavetas da mesa e puxou uma pistola Tec nova. O cabo ainda tinha um pouco do óleo usado para guardar a arma. Deslizou a arma pelo tampo da mesa. Reginald agarrou-a antes que chegasse ao outro lado. – Divirta-se – acrescentou Gêmeo.

– É o que eu pretendo fazer – disse Reginald.

Reginald tinha como regra jamais demonstrar suas emoções, mas isso não queria dizer que não as sentisse. Ao sair do prédio, seu humor estava nas alturas. Adorava esse tipo de serviço.

Abriu a porta de seu Camaro negro e sentou-se ao volante. Colocou a pistola Tec no banco do carona e cobriu-a com um jornal. Assim que o motor começou a funcionar, ligou o toca-fitas e enfiou sua fita favorita de *rap*. O carro tinha um sistema de som que era a inveja da gangue. Tinha potência de graves suficiente para arrancar azulejos das paredes por onde quer que passasse.

Com uma última olhada no endereço de Beth Holderness e a cabeça latejando com a música, Reginald saiu com o carro e seguiu em direção ao norte da cidade.

BETH NÃO FORA diretamente para casa. Perturbada como estava, precisava falar com alguém. Parou na casa de uma amiga e até tomou um cálice de vinho. Depois de comentar a situação, sentiu-se um pouco melhor, mas ainda estava deprimida. Não conseguia acreditar que fora demitida. Havia também a possibilidade interessante de que ela tivesse dado de cara com alguma coisa significativa na incubadora.

Beth morava num prédio de cinco andares na rua 83 Leste, entre a Primeira e a Segunda Avenida. Não era uma vizinhança fantástica, mas também não era ruim. O único problema era que seu prédio não era dos melhores. O proprietário fazia o mínimo possível em termos de manutenção e sempre havia algum problema. Quando Beth chegou, deparou-se com mais um problema. A porta externa da frente havia sido forçada com um pé de cabra. Suspirou. Isso já havia acontecido antes e o senhorio levara três meses para consertar a porta.

Durante vários meses Beth alimentara a intenção de se mudar do prédio, e estava economizando para o depósito num apartamento novo. Agora que fora despedida, teria de mexer na poupança. Provavelmente não poderia se mudar, pelo menos não no futuro próximo.

Ao subir o último lance de escadas disse a si mesma que, por piores que parecessem as circunstâncias, poderiam ser piores ainda. Lembrou-se de que pelo menos tinha saúde.

Do lado de fora da porta, Beth vasculhou a bagunça no fundo da bolsa tentando encontrar a chave do apartamento, que guardava separada da chave do prédio. Sua ideia era de que, se perdesse uma, não perderia necessariamente a outra.

Finalmente achou a chave e entrou no apartamento. Trancou a porta, como de hábito. Depois de tirar o casaco e pendurá-lo, tornou a procurar na bolsa pelo cartão de Jack Stapleton. Quando o encontrou, sentou-se no sofá e ligou para ele.

Embora já passasse das 19 horas, Beth ligou para o Departamento de Medicina Legal. Uma telefonista lhe disse que o Dr. Stapleton já havia saído. Virando o cartão, tentou o número da casa de Jack. Quem atendeu foi a secretária eletrônica.

– Dr. Stapleton – disse Beth depois do bipe. – Aqui é Beth Holderness. Tenho uma coisa para lhe contar. – Beth sufocou lágrimas num surto repentino de emoção. Pensou em desligar para se recompor, mas em vez disso limpou a garganta e prosseguiu, hesitante: – Preciso falar com o senhor. Encontrei alguma coisa. Infelizmente também fui despedida. Ligue para mim, por favor.

Desligou o telefone. Por um segundo ficou na dúvida se deveria telefonar de novo para descrever o que havia encontrado, mas decidiu em contrário. Esperaria Jack ligar.

Já ia se levantar quando um estrondo tremendo fez com que ela ficasse imóvel de puro choque. A porta do apartamento abriu-se de supetão e bateu contra a parede com força suficiente para enterrar a maçaneta no reboco. A trava que a deixava tão segura havia arrebentado o batente da porta como se fosse de isopor.

Havia uma figura no limiar da porta, como um mágico aparecendo em meio a uma nuvem de fumaça. Estava vestido de couro preto dos pés à cabeça. Olhou para Beth, e em seguida virou-se e fechou a porta com violência. O silêncio retornou ao apartamento com a mesma rapidez do estrondo. Naquele momento apenas o som abafado de uma televisão num apartamento vizinho podia ser ouvido.

Se Beth tivesse imaginado tal situação, teria achado que gritaria, sairia correndo ou as duas coisas, mas não fez nada disso. Ficou paralisada. Chegou até a conter a respiração, que deixava escapar agora com um suspiro audível.

O homem avançou em sua direção. Seu rosto era inexpressivo. Da boca despontava um palito de dentes. Na mão esquerda, brandia a maior pistola que Beth já vira. O cano da arma se estendia além do cabo por quase 30 centímetros.

O homem parou na frente de Beth. Não disse uma palavra. Levantou lentamente a pistola e apontou-a para a sua testa. Beth fechou os olhos...

JACK SAIU DO METRÔ na rua 103 e correu na direção norte. O tempo estava bom e a temperatura razoável. Esperava encontrar um grande agrupamento no playground e não ficou desapontado. Warren viu-o pela grade e lhe disse para engatar uma quinta e voltar logo para lá.

Correu o restante do caminho para casa. Ao se aproximar do prédio, sem querer, pensamentos sobre a noite de sexta, os visitantes indesejados penetraram sua mente. Tendo estado no hospital naquele dia e tendo sido descoberto, Jack achou bem possível que os Black Kings estivessem de volta. Se estivessem, ele queria saber.

Em vez de entrar pela porta da frente, desceu alguns degraus e entrou num túnel úmido que ligava a frente e a parte de trás do prédio. O lugar fedia a urina. Emergiu no quintal, que parecia um ferro-velho. À meia-luz, podia ver os restos retorcidos de molas de colchão, carrinhos de bebê quebrados, pneus carecas e outras peças rejeitadas.

Nos fundos do edifício havia uma saída de incêndio. Ela não descia até o chão. O último segmento era uma escada de metal com um contrapeso de cimento. Virando uma lata de lixo e ficando de pé sobre ela, Jack pôde estender a mão e agarrar o último degrau. Com o peso do seu corpo, a escada desceu com um ruído metálico.

Subiu. Quando pisou na grade do primeiro patamar, a escada recolheu-se à posição original com o mesmo clamor. Jack ficou quieto por alguns minutos para se certificar de que o barulho não havia perturbado ninguém. Como não houve nenhuma reação como cabeças para fora das janelas reclamando, Jack continuou a subir.

Em cada andar, Jack tinha ampla oportunidade de dar uma olhada nas várias cenas domésticas, mas evitava fazê-lo. Não eram cenas bonitas. Quando vista bem de perto, a verdadeira pobreza lhe parecia enervante. Jack também mantinha os olhos elevados para evitar olhar para baixo. Sempre tivera medo de altura, e subir a escada de incêndio era um teste para a sua força de vontade.

Ao se aproximar de seu pavimento, diminuiu a velocidade. A saída de incêndio dava tanto para a janela da cozinha quanto para a do quarto, ambos iluminados. Quando saíra naquela manhã, deixara todas as luzes acesas.

Jack esgueirou-se primeiro para a janela da cozinha e deu uma olhada. Estava vazia. Uma pilha de frutas que deixara sobre a mesa continuava intocada. De onde estava também podia ver o corredor. O conserto que fizera ainda estava intacto. A porta não havia sido forçada.

Passando para a segunda janela, certificou-se de que o quarto estava conforme o havia deixado. Satisfeito, abriu a janela e subiu. Sabia que se arriscara deixando a janela do quarto destrancada, mas achava que valia a pena. Uma vez dentro de seu apartamento, fez uma rápida verificação final. Estava vazio, sem sinais de qualquer visitante inesperado.

Colocou rapidamente seu uniforme de basquete e saiu pelo mesmo caminho. Sua acrofobia tornava a descida mais difícil que a subida, mas forçou-se a descer. Naquelas circunstâncias, não era louco de sair desprotegido pela porta da frente.

Quando emergiu pelo lado do túnel que dava para a rua, parou nas sombras para examinar a área imediatamente à frente do prédio. Estava particularmente preocupado em ver qualquer grupo de homens sentados em carros. Quando se sentiu razoavelmente confiante de que não havia nenhum membro hostil de gangue esperando por ele, foi correndo até o playground.

Infelizmente, durante o tempo que levara para subir e descer pela escada de incêndio e trocar de roupa a multidão no playground aumentara. Jack levou mais tempo que o normal para entrar no jogo, e com isso acabou num time bem fraco.

Embora estivesse em forma, particularmente em seus lançamentos de três pontos, os parceiros de time não ajudavam. O jogo foi um massacre, para o deleite de Warren cujo time vinha vencendo a noite toda.

Irritado com a falta de sorte, Jack foi para a lateral e pegou a camiseta. Enfiando-a pela cabeça, dirigiu-se ao portão.

– Ei, cara, já está se mandando? – gritou Warren. – Qual é, fica por aqui. A gente deixa você vencer um dia desses – gabou-se Warren. Não estava sendo mau esportista; ridicularizar o perdedor era parte do comportamento aceito no playground. Todos o faziam, e todos esperavam isso.

– Não me importo de levar uma surra de um time decente. – Jack disparou em resposta. – Mas perder para um bando de veadinhos é uma vergonha.

– Ahhhh – murmuraram os colegas de time de Warren. A resposta de Jack havia sido bem recebida.

Warren caminhou até Jack e enfiou o indicador no peito dele.

– Veadinhos, é? Vou dizer uma coisa: meus cinco arrasam com qualquer time que você escalar agora! Você escolhe, a gente joga.

Os olhos de Jack varreram a quadra. Todos estavam olhando em sua direção. Jack considerou o desafio e pesou as vantagens e as desvantagens. Por um lado, queria jogar já que precisava de mais exercício, e sabia que Warren podia providenciar isso.

Ao mesmo tempo, compreendia que escalar quatro pessoas do meio da multidão irritaria os que não fossem escolhidos. Eram pessoas que Jack cultivara dolorosamente nos últimos meses para que o aceitassem. Além disso, as pessoas que estavam na fila para escalar os próximos times ficariam especialmente chateadas, não com Warren, que era imune a essas emoções, mas com Jack. Considerando todos os ângulos, Jack decidiu que não valia a pena.

– Vou correr no parque – falou.

Warren considerou a recusa de Jack em enfrentar seu desafio como uma vitória e curvou-se em reconhecimento à torcida de seu time. Bateu com a mão espalmada na mão de um dos outros jogadores e voltou gingando para a quadra.

– Vamos nessa! – gritou.

Jack sorriu para si mesmo, pensando no quanto a dinâmica dos relacionamentos na quadra de basquete do playground revelava sobre a vida social nos bairros menos privilegiados da cidade. Perguntou-se vagamente se algum psicólogo já havia pensado em estudar o tema de um ponto de vista acadêmico. Pensou em como isso seria interessante.

Saiu pelo portão de tela de arame e começou a correr pela calçada, na direção leste. À sua frente, no fim do quarteirão, podia ver as silhuetas escuras de pedras recortadas e árvores sem folhas. Sabia que em poucos minutos deixaria para trás o burburinho da cidade e entraria no interior plácido do Central Park, seu lugar favorito para correr.

Reginald estava fumegando. Seria impossível fazer o serviço em um playground de uma vizinhança hostil. Quando encontrou o doutor jogando basquete, resignou-se a esperar em seu Camaro. Tinha a esperança de que Jack se separasse da turma, talvez indo até uma lanchonete próxima para tomar alguma coisa.

Quando viu Jack desistir do jogo e vestir a blusa, tomou coragem suficiente para enfiar a mão debaixo do jornal e destravar a Tec. Mas então ouviu o desafio de Warren e teve certeza de que ficaria esperando sentado no mínimo outro jogo.

Estava errado. Para sua felicidade, alguns minutos depois Jack saiu do playground. Mas não foi para oeste na direção das lojas como Reginald havia antecipado. Em vez disso, foi para leste!

Soltando um palavrão baixinho, Reginald teve de fazer um retorno no meio do tráfego. Um motorista de táxi reclamou deixando a mão na buzina. Por pouco Reginald não pôs a mão na Tec. O motorista era um daqueles sujeitos do Oriente que Reginald teria adorado surpreender com uns dois balaços.

O desapontamento de Reginald transformou-se em alegria quando viu para onde Jack havia ido. Quando ele disparou pela Central Park West, Reginald estacionou rapidamente. Saltou do carro e agarrou a Tec junto com o jornal. Aninhando o embrulho nas mãos, também disparou pela Central Park West, desviando-se do tráfego.

Naquele ponto uma entrada para a West Drive continuava para leste dentro do parque. Perto dali havia uma escadaria de pedra que subia rodeando um afloramento de rocha. Postes de luz iluminavam parcialmente o caminho antes que desaparecesse na escuridão.

Reginald começou a subir as escadas por onde vira Jack passar segundos antes. Ficou satisfeito. Não conseguia acreditar em sua sorte. Na verdade, caçar sua presa no parque escuro e deserto tornava o trabalho quase fácil demais.

Do ponto de vista de Jack, naquele momento a escuridão desoladora era mais uma fonte de consolo que de apreensão, ao contrário de quando atravessara o parque de bicicleta na noite de sexta. Sentia-se aliviado pelo fato de que, embora sua visão estivesse prejudicada, a dos outros também estaria. Acreditava firmemente que, se os Black Kings fossem perturbá-lo, seria dentro ou perto de seu apartamento.

O terreno onde Jack começava sua corrida era surpreendentemente rochoso e montanhoso. A área era chamada de Grande Colina por uma boa razão. Ele acompanhava um caminho de asfalto que fazia uma curva, virava e criava um túnel por baixo dos galhos desfolhados das árvores que o cercavam. As luzes dos lampiões iluminavam os galhos de uma forma assustadora, dando a impressão de que o parque estava coberto por uma teia de aranha gigantesca.

Embora no começo tivesse sentido falta de ar, Jack atingiu um ritmo confortável e começou a relaxar. Com a cidade longe de sua vista, tinha chance de pensar com mais clareza. Começou a se perguntar se sua cruzada não seria baseada no ódio pela AmeriCare, como Chet e Bingham haviam dado a entender. Afinal, a ideia da disseminação proposital das quatro doenças era implausível, se não absurda. E se achava que as pessoas no hospital estavam na defensiva, talvez elas estivessem reagindo daquela maneira por culpa sua. Como Bingham o lembrara: Jack podia ser irritante.

No meio de seus devaneios, Jack percebeu um novo som que coincidia com suas próprias passadas. Era um clique metálico, como se seus tênis de basquete tivessem solas de sapateado. Perplexo, alterou o passo. O som saiu de sincronia por um instante mas depois voltou a se fundir gradualmente.

Jack arriscou um olhar para atrás. Ao fazê-lo, viu uma figura correndo em sua direção e se aproximando. No momento em que avistou a figura, o homem passava sob um lampião. Jack pôde ver que ele não estava vestido como um corredor. Na verdade, usava roupas de couro preto, e segurava uma arma!

Seu coração quase saiu pela boca. Auxiliado por um súbito fluxo de adrenalina, acelerou subitamente. Atrás, podia ouvir o perseguidor fazendo o mesmo.

Tentou freneticamente lembrar qual era o caminho mais rápido para fora do parque. Se fosse capaz de se meter no meio de tráfego ou de outras pessoas poderia ter uma chance. Tudo o que sabia com certeza era que o caminho mais próximo para a cidade passava pela folhagem à sua direita. Não tinha ideia da distância. Poderia ser de 10 ou 100 metros.

Sentindo que seu perseguidor acompanhava sua velocidade e talvez até estivesse ganhando terreno, Jack virou bruscamente à direita e mergulhou na floresta. Dentro da mata estava consideravelmente mais escuro que na pista. Jack mal podia ver aonde ia ao subir aos tropeços uma colina. Estava completamente apavorado, invadindo arbustos e correndo no meio de coníferas densas.

A colina se aplainava no alto e Jack irrompeu numa área com uma quantidade de arbustos consideravelmente menor. Era igualmente escura, mas só havia folhas mortas para atrapalhar, enquanto ele corria pelos espaços estreitos entre os troncos de árvores.

Ao dar de cara com um carvalho maciço, Jack escorregou para trás e recostou-se na superfície áspera da árvore. Respirava com força. Tentou controlar a respiração ofegante para escutar. Tudo o que podia ouvir era o som do tráfego distante que reverberava como o rugido abafado de uma cachoeira. Somente uma ou outra buzina de carro e sirenes ondulantes pontuavam a noite.

Ficou atrás do largo tronco da árvore por vários minutos. Não ouvindo mais passos, afastou-se e continuou a se dirigir para oeste. Agora movia-se devagar e o mais silenciosamente possível, arrastando os pés nas folhas para minimizar o ruído. Seu coração estava na boca.

O pé de Jack bateu em alguma coisa macia, e para seu horror essa coisa pareceu explodir na sua frente. Por um segundo Jack não teve ideia do que estava acontecendo. Com grande comoção uma figura fantasmagórica envolta em farrapos ergueu-se do chão como se ressuscitasse dos mortos. A criatura ficou girando como um dervixe, agitando os braços no ar e gritando "filhos da puta" sem parar.

No mesmo instante outra figura apareceu da mesma forma, igualmente frenética.

– Você não vai pegar nosso carrinho de compras – gritou o segundo homem. – Vamos matar você antes.

Jack só conseguira dar um passo para trás quando a primeira figura atirou-se em cima dele, cobrindo-o com um fedor insuportável e socos sem efeito. Jack tentou empurrá-lo, mas o homem esticou as mãos e enterrou as unhas em seu rosto.

Reuniu forças para se livrar daquele mendigo fedorento que se agarrava ao seu peito. Antes que pudesse soltá-lo, uma rajada de fogo cruzou a noite. Jack sentiu um líquido espirrando nele quando o vagabundo ficou rígido e depois caiu para a frente. Precisou empurrá-lo de lado para não ser derrubado para trás.

Os gritos do outro mendigo atraíram uma segunda rajada de tiros. Seus gritos foram cortados subitamente com um gorgolejo.

Tendo visto a direção da qual viera a segunda rajada de balas, Jack virou-se e correu na direção oposta. Uma vez mais estava em fuga desordenada, apesar da escuridão e dos obstáculos. Subitamente o chão inclinou-se para baixo, e Jack desceu cambaleando uma colina íngreme, mal conseguindo manter os pés no chão até cair numa floresta densa de arbustos.

Abriu caminho com as unhas através dos arbustos espessos até sair numa passagem, de maneira tão abrupta que caiu de quatro. À sua frente, podia ver um lance de escadas de granito mal iluminadas. Levantando-se correndo, disparou para os degraus e subiu-os de dois em dois. Ao se aproximar do topo, um único tiro soou. Uma bala ricocheteou na pedra à direita de Jack e saiu gemendo pela noite.

Tentando abaixar-se e fugir em zigue-zague, Jack chegou ao alto da escada e emergiu num terraço. Uma fonte que fora desligada no inverno permanecia vazia no centro. Três dos lados do terraço eram cercados por arcadas. No centro da arcada traseira havia outra escadaria de pedra que levava para outro nível.

Ouviu os rápidos cliques metálicos dos sapatos de seu perseguidor subindo a escada de pedra abaixo dele. Estaria lá num instante. Jack sabia que não tinha tempo de chegar à segunda escada, por isso correu para o interior da arcada. Ali a escuridão era completa. Jack avançou cegamente com as mãos à sua frente.

Os passos ressonantes na primeira escada pararam subitamente. Jack sabia que seu perseguidor havia chegado ao terraço. Continuou avançando, movendo-se mais rápido na direção do segundo lance de escadas. Para seu horror, colidiu na escuridão com uma lata de lixo metálica. O barulho foi estrondoso e inconfundível quando a lata virou e rolou até parar. Quase imediatamente soou uma rajada de fogo. As balas entraram na arcada e ricochetearam loucamente pelas paredes de granito. Jack ficou estirado no chão, com os braços sobre a cabeça, até a última cápsula sair apitando noite afora.

Levantando-se de novo continuou avançando, desta vez mais devagar. Quando alcançou um dos cantos da arcada, encontrou mais obstáculos: garrafas e latas de cerveja estavam espalhadas pelo chão e não havia como se desviar delas.

Jack se arrepiava toda vez que um de seus pés batia num objeto e o ruído ecoava na arcada. Mas não havia como parar. À sua frente, um brilho fraco indicava onde a segunda escadaria subia para o nível seguinte. Assim que Jack a alcançou, começou a subir, andando mais rápido agora que havia luz suficiente para ver onde colocava os pés.

Estava quase no alto quando uma ordem ríspida e autoritária ecoou no silêncio.

– Ei, cara, ou para ou morre!

Jack percebeu pelo som da voz do homem que ele estava ao pé da escada. A uma distância daquelas Jack não tinha escolha. Parou.

– Vire-se!

Jack obedeceu. Viu que seu perseguidor tinha uma pistola enorme apontada para ele.

– Lembra de mim? Sou Reginald.

– Lembro.

– Desça! – ordenou Reginald ofegante. – Não vou subir outra escadaria por sua causa. De jeito algum.

Jack desceu devagar. Quando chegou ao terceiro degrau, parou. A única luz era um brilho fraco da cidade ao seu redor, refletido pela cobertura das nuvens. Mal podia distinguir as feições do homem. Seus olhos pareciam buracos sem fundo.

– Cara, você tem colhão – disse Reginald. Lentamente deixou a mão que segurava a pistola Tec cair até ficar pendurada ao seu lado. – E você está em forma. Isso eu tenho de admitir.

– O que você quer de mim? Pode pedir o que quiser.

– Ei, não estou querendo nada. Ainda mais porque você não tem muita coisa. Certamente não com essa roupa aí, e eu já estive naquele seu apartamento de merda. Pra ser honesto, fui contratado pra apagar você. Está correndo a notícia de que você não obedeceu às recomendações de Gêmeo.

– Eu pago – disse Jack. – Seja o que for que lhe pagaram, eu pago mais.

– Parece interessante. Mas não dá. Senão eu teria que responder a Gêmeo, e você não poderia me pagar o bastante para lidar com esse tipo de merda. De jeito algum.

– Então me diga quem está pagando vocês – disse Jack. – Só pra saber.

– Olha, pra te dizer a verdade, nem sei. Só sei que o dinheiro é bom. Estamos ganhando 500 pratas só para eu caçar você pelo parque por 15 minutos. Eu diria que não está mal.

– Pago 1.000 – disse Jack. Estava desesperado para manter Reginald falando.

– Desculpe. Nosso *rap* acabou e chegou sua hora. – Com a mesma lentidão de quando abaixou a arma, Reginald a levantou.

Jack não conseguia acreditar que seria morto à queima-roupa por um desconhecido que tampouco o conhecia. Era absurdo. Sabia que tinha de manter Reginald falando, mas, por mais falador que fosse, não conseguia pensar em mais nada para dizer. Seu dom da palavra o havia abandonado, e viu a arma subir até que estava olhando diretamente para o cano.

– Foi mal – disse Reginald. Era um comentário que Jack entendia do basquete de rua. Queria dizer que Reginald estava assumindo responsabilidade pelo que ia fazer.

A arma disparou, e Jack se encolheu por reflexo. Até fechou os olhos. Mas não sentiu nada. Então percebeu que Reginald estava brincando com ele como um gato com um rato capturado. Abriu os olhos. Por mais aterrorizado que se sentisse, estava determinado a não dar a Reginald qualquer satisfação. Mas o que viu o chocou. Reginald desaparecera.

Jack piscou várias vezes, como se achasse que seus olhos estavam lhe pregando peças. Ao olhar mais de perto percebeu o corpo de Reginald esparramado sobre as pedras do calçamento. Uma mancha escura como a tinta de uma lula começava a se espalhar ao redor de sua cabeça.

Engoliu em seco mas não se moveu. Estava paralisado. Um homem saiu das sombras da arcada. Estava vestindo um boné de beisebol virado para trás. Na mão, segurava uma pistola semelhante à de Reginald. Foi primeiro até a arma de Reginald, que havia deslizado 3 metros adiante, e apanhou-a. Examinou-a por um instante, então enfiou-a nas calças. Foi até o cadáver e com a ponta do pé virou a cabeça de Reginald para olhar o ferimento. Satisfeito, abaixou-se e revistou o corpo até encontrar uma carteira. Enfiou-a em seu bolso e se levantou.

– Vamos, "dotô" – chamou o homem.

Jack desceu os últimos três degraus. Ao chegar ao fundo reconheceu seu salvador. Era Spit!

– O que está fazendo aqui? – Jack perguntou num sussurro forçado. Sua garganta estava completamente seca.

– Não é hora de história, cara – disse Spit. Então deu uma cusparada digna do apelido. – Temos de nos mandar. Um daqueles mendigos da colina ainda está vivo, e daqui a pouco este lugar vai ficar lotado de tiras.

Desde o momento em que a arma de Spit disparara na arcada, a cabeça de Jack dera voltas. Jack não podia entender por que Spit estaria lá num momento tão crucial, ou por que ele agora o estava levando para fora do parque.

Tentou protestar. Sabia que sair da cena de um homicídio era crime, e haviam ocorrido não só um, mas dois homicídios. Mas Spit não podia ser dissuadido. Na verdade, quando Jack finalmente parou de correr e começou a explicar por que não deveriam fugir, Spit deu-lhe um tapa. Não foi um tapinha suave; foi um tabefe cheio de maldade.

Jack pôs a mão no rosto. Sua pele estava quente onde havia sido atingido.

– Que diabos está fazendo? – perguntou Jack.

– Tentando meter um pouco de juízo nessa sua cabeça, cara. Precisamos ir lá para a Amsterdã. Aqui, leva esta. – Spit pôs a pistola de Reginald nas mãos de Jack.

– E o que é que eu vou fazer com isto? – Jack sabia que aquela era a arma de um crime, que deveria ser manuseada com luvas e tratada como uma evidência.

– Enfia debaixo da camisa. Vamos nessa.

– Spit, acho que eu não vou conseguir correr assim. Vai você, e leve esse negócio. – Jack estendeu a arma para Spit.

Spit explodiu. Arrancou a arma de Reginald da mão de Jack e imediatamente pressionou o cano contra a testa dele.

– Você está me emputecendo, cara. O que é que está pegando? Ainda pode haver algum babaca dos Black Kings por aqui. Vou lhe dizer uma coisa: se não vier agora vou te apagar. Entendeu? Não estaria aqui botando meu rabo preto na reta se Warren não tivesse mandado.

– Warren? – perguntou Jack. Tudo estava ficando complicado demais. Mas acreditava na ameaça de Spit, portanto não tentou fazer mais perguntas. Jack sabia que Spit podia ser impulsivo na quadra de basquete, com seu temperamento explosivo. Jack nunca teve vontade de discutir com ele.

– Vem ou não vem? – Spit quis saber.

– Vou. Você é quem sabe das coisas.

– É isso mesmo – disse Spit. Entregou a arma de volta a Jack e empurrou-o para que saísse dali.

Na Amsterdã, Spit usou um telefone público enquanto Jack esperava, nervoso. De repente o som distante das onipresentes sirenes de Nova York ganhava um novo significado para Jack. O conceito de criminoso também. Por anos Jack se considerara uma vítima. Agora o criminoso era ele.

Spit pendurou o telefone e fez um sinal de positivo para Jack. Ele não tinha ideia do motivo do gesto, mas sorriu de qualquer maneira, porque Spit parecia contente.

Menos de 15 minutos depois, um Buick marrom rebaixado estacionou junto ao meio-fio. As pancadas intermitentes de *rap* podiam ser ouvidas através das janelas de vidro fumê. Spit abriu a porta traseira e fez um gesto para Jack entrar. Jack obedeceu. Os eventos obviamente não estavam sob seu controle.

Spit deu uma última olhada ao redor antes de entrar no banco da frente. O carro saiu em disparada.

– O que está acontecendo? – perguntou o motorista. Seu nome era David. Também era frequentador assíduo da quadra de basquete.

– Muita merda – disse Spit. Abaixou o vidro da janela e cuspiu ruidosamente.

Jack se encolhia cada vez que o baixo soava num dos muitos alto-falantes estéreos. Tirou a pistola de baixo da blusa. Ter aquilo perto do corpo lhe dava uma sensação claramente desagradável.

– O que você quer que eu faça com isto? – perguntou a Spit. Tinha de falar alto para se fazer ouvir.

Spit se virou e pegou a arma. Mostrou-a para David, que assoviou de admiração.

– É o modelo novo – comentou.

Com pouco papo os três foram para o norte, até a rua 106, e viraram à direita. David parou do outro lado do playground. O jogo de basquete ainda estava em andamento.

– Espere aqui – disse Spit. Ele saiu do carro e se dirigiu para o playground.

Jack observou Spit indo para a quadra de basquete e esperando nas laterais enquanto os jogadores iam de um lado para o outro à sua frente. Jack estava com vontade de perguntar a David o que estava acontecendo, mas sua intuição lhe disse para ficar quieto. Spit acabou chamando a atenção de Warren e ele parou o jogo.

Depois de uma breve conversa durante a qual Spit passou a carteira de Reginald para Warren, os dois voltaram ao carro de David. David abaixou o vidro. Warren enfiou a cabeça pela janela e olhou para Jack.

– Que diabos você andou fazendo? – quis saber, com raiva.

– Nada – disse Jack. – A vítima aqui sou eu. Por que está chateado comigo?

Warren não respondeu. Em vez disso, correu a língua pelo interior da boca seca enquanto pensava. A testa estava molhada de suor. De repente ele se ergueu e abriu a porta para Jack.

– Saia – falou. – Precisamos conversar. Vamos subir pro teu apartamento.

Jack saiu do carro. Tentou olhar Warren nos olhos, mas ele evitou seu olhar. Warren começou a atravessar a rua; Jack o seguiu. Spit foi atrás.

Subiram as escadas em silêncio.

– Tem alguma coisa pra beber? – Warren perguntou assim que entraram.

– Gatorade ou cerveja – disse Jack. Havia abastecido a geladeira.

– Gatorade – disse Warren. Foi até o sofá de Jack e desabou sobre ele.

Jack ofereceu as mesmas opções para Spit, que preferiu cerveja.

Depois de servir as bebidas, Jack sentou-se na cadeira do outro lado do sofá. Spit preferiu encostar-se na mesa.

– Quero saber o que está acontecendo – disse Warren.

– Eu também – disse Jack.

– Não quero ouvir babaquice nenhuma. Porque você não tem sido honesto comigo.

– Como assim?

– Sábado você me perguntou sobre os Black Kings – lembrou Warren. – Disse que estava só curioso. Aí esta noite um dos filhos da puta tenta te apagar. Agora eu quero saber uma coisa sobre esses fodidos. Estão afundados nas drogas. Entendeu o que eu disse? O que eu quero que você saiba é que, se está envolvido com o tráfico, não quero você nessa vizinhança. É simples.

Jack deixou escapar uma risada de incredulidade.

– É disso que estamos falando? Você acha que estou traficando drogas?

– Doutor, me escute – disse Warren. – Você é um sujeito esquisito. Nunca entendi por que mora aqui. Mas tudo bem, desde que não foda com a vizinhança. Mas se está aqui por causa de drogas, é bom repensar sua situação.

Jack limpou a garganta. Então admitiu para Warren que não fora inteiramente honesto com ele ao perguntar sobre os Black Kings. Contou que os Black Kings haviam lhe dado uma surra, mas que isso envolvia seu trabalho por algum motivo que ele mesmo não compreendia totalmente.

– Tem certeza de que não é tráfico? – Warren tornou a perguntar. Olhou para Jack com o canto do olho. – Porque se não estiver sendo honesto comigo agora vai se arrepender muito.

– Estou falando toda a verdade – assegurou Jack.

– Bom, então você é um homem de sorte – disse Warren. – Se David e Spit não tivessem reconhecido aquele camarada que chegou no Camaro, a essa altura você estaria mortinho. Spit disse que ele estava mirando para te apagar.

Jack olhou para Spit.

– Muito obrigado – falou.

– Não foi nada, cara – disse Spit. – Aquele filho da puta estava tão doido pra te pegar que em nenhum instante olhou pra trás. Estávamos na cola dele desde o momento em que virou na rua 106.

Jack esfregou a cabeça e suspirou. Só agora estava realmente começando a se acalmar.

– Que noite – disse. – Mas não acabou. Temos de ir à polícia.

– O cacete – disse Warren, sua raiva voltando. – Ninguém vai à polícia.

– Mas tem alguém morto. Talvez dois ou três, contando aqueles sem-teto.

– Serão quatro se você for – avisou Warren. – Escuta, doutor, não se envolva em assuntos de gangues, e isso se tornou um assunto de gangues. Esse tal de Reginald sabia que não devia estar aqui. De forma nenhuma. Quero dizer, não podemos deixar eles pensarem que podem entrar como quiserem aqui na nossa vizinhança e apagar alguém, mesmo que seja só você. Da próxima vão querer ferrar um dos irmãos. Deixa pra lá, doutor. A polícia está cagando e andando, de qualquer maneira. Ficam felizes quando matamos uns aos outros. A única coisa que vai conseguir é causar problemas para você mesmo e para nós; e se for à polícia, não é amigo nosso, de forma nenhuma.

– Mas abandonar a cena de um crime é... – Jack tentou explicar.

– Eu sei – interrompeu Warren. – É crime. Grande coisa. Quem se importa? E deixa eu dizer mais uma coisa. Você ainda tem um problema. Se os Black Kings querem você morto, é melhor ser nosso amigo, porque somos os únicos que podem mantê-lo vivo. Os tiras não podem proteger você, acredite em mim.

Jack ia dizer alguma coisa, mas mudou de ideia. Com seu conhecimento do modo de vida das gangues em Nova York, sabia que Warren tinha razão. Se os Kings o queriam morto, o que aparentemente era verdade – e mais ainda agora, com a morte de Reginald –, não havia como a polícia impedir isso a não ser com uma guarda de 24 horas, tipo serviço secreto.

Warren olhou para Spit.

– Alguém vai ter de ficar colado no doutor nos próximos dias – ordenou.

Spit assentiu.

– Sem problema.

Warren levantou-se e se espreguiçou.

– O que me deixa puto é que esta noite eu tive o melhor time em semanas, e essa merda interrompeu o jogo.

– Desculpe – disse Jack. – Da próxima vez em que jogarmos juntos deixo você vencer.

Warren deu uma gargalhada.

– Uma coisa eu posso dizer sobre você, doutor. Você está entre os melhores.

Warren fez um gesto para Spit.

– A gente se vê, doutor – disse Warren ao chegar à porta. – Agora não faça nada imbecil. Vai jogar amanhã à noite?

– Talvez – disse Jack. Não sabia o que ia fazer nos próximos cinco minutos, quanto mais na noite seguinte.

Com um aceno final Warren e Spit foram embora. A porta se fechou atrás deles.

Jack ficou sentado por alguns minutos. Sentia-se em estado de choque. Levantou-se e foi até o banheiro. Quando se olhou no espelho, fez uma careta. Na hora em que ele e Spit estavam esperando David chegar com o carro, algumas pessoas olharam para Jack, mas ninguém o encarou. Agora Jack sabia a razão. Seu rosto e sua camisa estavam com manchas de sangue, provavelmente do mendigo. Havia também uma série de arranhões bem feios feitos pelas unhas do mendigo que desciam pela sua testa e passavam sobre o nariz. Um emaranhado de arranhões, causado pelos arbustos, sem dúvida marcava suas bochechas. Parecia que tinha estado numa guerra.

Entrou na banheira e tomou uma ducha. A essa altura sua cabeça estava a mil. Não conseguia se lembrar de algum dia ter estado em tamanha confusão, exceto após sua família ter morrido. Mas aquilo era diferente. Na época ficara deprimido. Agora estava apenas confuso.

Saiu do chuveiro e secou-se. Ainda relutava se devia ou não chamar a polícia. Indeciso, foi até o telefone. Só então reparou que sua secretária eletrônica estava piscando. Apertou o botão do play e ouviu a mensagem perturbadora de Beth Holderness. Na mesma hora ligou para ela. Deixou o telefone tocar dez vezes antes de desistir. O que ela poderia ter encontrado? Também se sentia responsável pela sua demissão. De algum modo, tinha certeza de que a culpa era sua.

Pegou uma cerveja e levou-a para a sala. Sentando-se no batente da janela, podia ver um trecho da rua 106, com o tráfego costumeiro e o vaivém de pessoas. Olhou sem prestar atenção enquanto lutava com seu dilema quanto a ligar ou não para a polícia.

Passaram-se horas. Jack percebeu que, ao deixar de tomar uma decisão, estava em essência tomando uma. Ao decidir não chamar a polícia, estava concordando com Warren. Havia se tornado um criminoso.

Voltou ao telefone e tentou encontrar Beth pela décima vez. Agora já passava da meia-noite. O telefone tocou interminavelmente. Jack começou a ficar preocupado. Esperava que ela simplesmente tivesse fugido para a casa de algum amigo em busca de consolo após ter perdido o emprego. Mas não ser capaz de entrar em contato com ela o incomodou ainda mais.

Nova York, terça-feira, 26 de março de 1996, 7h30

A primeira coisa que Jack fez ao acordar foi tentar ligar para Beth Holderness. Como mais uma vez não houve resposta, tentou ser otimista e imaginou que ela estivesse visitando um amigo. Mas, em vista de tudo o que acontecera, a incapacidade de lhe falar estava ficando cada vez mais perturbadora.

Ainda sem bicicleta, Jack foi forçado a pegar o metrô para ir ao trabalho. Mas não estava só. Desde o momento em que saiu de seu prédio, foi seguido por um dos membros mais jovens da gangue local. Seu nome era Slam, em deferência à sua habilidade de enterrar a bola de basquete. Muito embora tivesse a altura de Jack, podia saltar pelo menos 30 centímetros mais alto.

Jack e Slam não conversaram durante a viagem. Sentaram-se em lados opostos do trem, e embora Slam não tentasse evitar o contato visual, sua expressão nunca mudava da indiferença total. Estava vestido como a maioria dos jovens negros da cidade, com roupas acima do seu tamanho. Sua blusa parecia uma tenda, e Jack preferia não imaginar o que ela ocultava. Não acreditava que Warren tivesse enviado o jovem para protegê-lo sem uma arma de peso.

Quando atravessou a Primeira Avenida e subiu os degraus na frente do departamento, Jack olhou para trás. Slam havia parado na calçada, obviamente confuso quanto ao que deveria fazer. Jack também hesitou. Pensou em convidá-lo para passar o tempo na cantina do segundo andar, mas isso estava obviamente fora de questão.

Deu de ombros. Embora apreciasse os esforços de Slam para ajudá-lo, o que o sujeito faria durante o dia era problema dele.

Jack voltou-se para o prédio, preparando-se para a possibilidade de ter de encarar um ou mais corpos de cuja morte ele, de algum modo, sentia-se cúmplice.

Tomando coragem, abriu a porta e entrou.

Muito embora estivesse marcado para um "dia de burocracia", sem necrópsias, Jack queria ver o que chegara durante a noite. Não só estava preocupado com Reginald e os mendigos, como também com a possibilidade de mais casos de meningococo.

Pediu que a recepcionista o deixasse entrar na área de identificação. Entrando na sala de escalas, Jack percebeu na mesma hora que não ia ser um dia normal. Vinnie não estava sentado em seu lugar de sempre com o jornal da manhã.

– Onde está Vinnie? – Jack perguntou a George.

Sem levantar a cabeça, George disse que Vinnie já estava no poço com Bingham.

O coração de Jack disparou. Devido à culpa que sentia pelos acontecimentos da noite anterior, tivera o pensamento irracional de que Bingham poderia ter sido chamado para ver o corpo de Reginald.

Naquele ponto da carreira, Bingham raramente fazia necrópsias, a menos que fossem de interesse ou importância particulares.

– O que Bingham está fazendo aqui tão cedo? – perguntou, tentando parecer desinteressado.

– Foi uma noite cheia – disse George. – Houve outra morte infecciosa no Hospital Geral de Manhattan. Aparentemente a cidade está toda em alerta. No meio da noite o epidemiologista chefe chamou o diretor da Secretaria de Saúde, que chamou Bingham.

– Outro meningococo? – perguntou Jack.

– Não – respondeu George. – Acham que desta vez é pneumonia viral.

Jack assentiu com a cabeça e sentiu um frio descer a espinha. Sua preocupação imediata era com o hantavírus. Sabia que houvera um caso em Long Island no início da primavera no ano anterior. O hantavírus era uma infecção assustadora, embora ainda não pudesse ser facilmente transmitida de paciente a paciente.

Jack podia ver que havia mais que o número normal de pastas na mesa à frente de George.

– Mais alguma coisa interessante na noite passada? – perguntou. Vasculhou as pastas procurando o nome de Reginald.

– Ei – reclamou George. – Eu pus essas coisas em ordem. – Olhou para cima, e depois olhou outra vez. – Que diabos aconteceu com você?

Jack havia esquecido como o aspecto do seu rosto estava ruim.

– Tropecei quando estava correndo ontem à noite.

Jack não gostava de mentir. O que disse era verdade, mas não era toda a história.

– No que você caiu? – perguntou George. – Num rolo de arame farpado?

– Alguma ferida de bala à noite passada? – Jack perguntou, mudando de assunto.

– Acredite se quiser – disse George. – Quatro. Pena que é dia de papelada pra você. Eu te daria um.

– Quais são? – perguntou Jack. Deu uma olhada de relance na mesa.

George bateu com o dedo no alto de uma das pilhas de pastas.

Jack estendeu a mão e pegou a primeira. Quando abriu a capa, seu coração afundou. Precisou encostar-se na mesa. O nome era Beth Holderness.

– Deus, não – murmurou.

A cabeça de George ergueu-se novamente.

– Qual o problema? Ei, você está branco feito cera. Tudo bem?

Jack sentou-se numa cadeira próxima e abaixou a cabeça. Estava sentindo tonturas.

– Alguém que você conhece? – perguntou George, preocupado.

Jack se endireitou. A tontura passara. Respirou fundo e fez que sim com a cabeça.

– Era uma conhecida. Falei com ela ontem. – Balançou a cabeça. – Não consigo acreditar.

George tirou a pasta das mãos de Jack. Abriu-a.

– Ah, sim – falou. – Esta é a técnica de laboratório lá do Hospital Geral de Manhattan. Que tristeza! Ela tinha apenas 28 anos. Recebeu um tiro na testa por causa de uma televisão e algumas bijuterias. Que desperdício.

– Quais são os outros feridos a bala? – perguntou Jack. Por enquanto permanecia sentado.

George consultou sua folha principal.

– Tenho um Hector Lopez, rua 106 oeste, um Mustafa Aboud, rua 19 leste e Reginald Winthrope, Central Park.

– Deixe-me ver o Winthrope – disse Jack.

George entregou a pasta a Jack.

Jack abriu-a. Não estava procurando nada em particular, mas seu senso de envolvimento o levava a verificar o caso. O mais estranho era que, se não fosse por Spit, o próprio Jack estaria representado ali, na mesa de George, com sua própria pasta. Estremeceu. Devolveu a pasta de Reginald a George.

– Laurie já chegou?

– Entrou logo antes de você – disse George. – Queria algumas pastas, mas disse a ela que ainda não havia feito o cronograma.

– Onde ela está?

– Lá em cima, no escritório, acho. Não sei.

– Passe para ela os casos Holderness e Winthrope – disse Jack.

Jack se levantou. Pensou que fosse ficar tonto novamente, mas isso não aconteceu.

– Como é? – perguntou George.

– George, simplesmente faça isso – disse Jack.

– Tudo bem, não precisa ficar zangado.

– Desculpe – disse Jack. – Não estou zangado. Só preocupado.

Jack voltou pela sala de comunicações. Passou pelo escritório de Janice, onde ela estava trabalhando além da conta, como sempre. Não a incomodou. Estava absorto demais em seus próprios pensamentos. A morte de Beth Holderness o desequilibrara. Sentir culpa por sua cumplicidade na perda do emprego dela já era ruim o bastante; a ideia de que provavelmente havia perdido a vida por sua causa era impensável.

Apertou o botão do elevador e esperou. O atentado contra a sua vida na noite anterior dera mais peso às suas suspeitas. Alguém tentara matá-lo depois que se recusara a obedecer ao aviso. Na mesma noite Beth Holderness fora assassinada. Teria sido por causa de um assalto sem nenhuma relação com isso ou teria sido por causa de Jack, e, neste caso, o que isso quereria dizer sobre Martin Cheveau? Jack não sabia. Mas o que ele sabia era que não podia envolver mais nenhuma pessoa naquele caso, por medo de colocá-la em risco. Daquele momento em diante, Jack percebeu que tinha de manter tudo para si mesmo.

Como George havia suposto, Laurie estava em sua sala. Enquanto aguardava George designar os casos do dia, usava o tempo para trabalhar em alguns de seus casos incompletos. Olhando para Jack levou um susto. Ele lhe deu a mesma explicação que oferecera a George, mas viu que Laurie não se convenceu.

– Soube que Bingham está no poço? – perguntou Jack, para desviar a conversa das experiências de sua noite anterior.

– Soube – disse Laurie. – Fiquei chocada. Não achei que houvesse alguma coisa que pudesse trazê-lo para cá antes das 8 horas, quanto mais à sala de necropsias.

– Sabe alguma coisa sobre o caso? – perguntou Jack.

– Só que era uma pneumonia atípica – disse Laurie. – Falei com Janice por um momento. Ela disse que tiveram confirmação preliminar de que era gripe.

– Epa! – disse Jack.

– Sei o que está pensando – disse Laurie, balançando o dedo. – A gripe era uma das doenças que você disse que usaria se fosse um terrorista tentando iniciar uma epidemia. Mas antes de começar a sair por aí usando isso para confirmar sua teoria, lembre-se de que ainda estamos na época das gripes.

– A pneumonia de gripe primária não é muito comum – disse Jack, tentando ficar calmo. A menção da palavra "gripe" fez seu coração acelerar novamente.

– Todo ano vemos isso – disse Laurie.

– Pode ser. Mas que tal chamar aquela sua amiga que é clínica geral e perguntar a ela se existem mais casos?

– Agora? – Laurie olhou o relógio.

– É uma hora tão boa quanto qualquer outra. Ela provavelmente está fazendo a ronda. Pode usar o terminal de computador num dos postos de enfermagem.

Laurie deu de ombros e pegou o telefone. Alguns minutos depois, a amiga estava na linha. Fez a pergunta e esperou. Enquanto aguardava, olhou para Jack. Estava preocupada com ele. Seu rosto não estava só arranhado, agora estava afogueado.

– Nenhum caso – repetiu Laurie no telefone quando sua amiga voltou à linha. – Obrigada, Sue. Valeu pela ajuda. Mais tarde falo com você. Tchau.

Laurie desligou o telefone.

– Satisfeito? – perguntou.

– Por enquanto. Escute: pedi a George para designar para você dois casos específicos esta manhã. Os nomes são Holderness e Winthrope.

– Algum motivo especial? – perguntou Laurie. Ela via que Jack estava tremendo.

– Me faça esse favor.

– Claro.

– Uma coisa que eu gostaria que você fizesse é procurar qualquer pelo ou fibra no corpo de Holderness – disse Jack. – E descubra se a Delegacia de Homicídios colocou um criminologista na cena para fazer o mesmo. Se houver algum pelo, veja se existe alguma correspondência de DNA com Winthrope.

Laurie não disse nada. Quando conseguiu falar, perguntou:

– Você acha que Winthrope matou Holderness? – sua voz refletia descrença.

Jack olhou para o lado e suspirou.

– Pode ser.

– Como você sabe?

– Vamos dizer que tive uma intuição perturbadora – despistou Jack. Teria gostado de contar mais a Laurie, mas havia feito um pacto consigo mesmo. Não arriscaria a vida de mais ninguém, de forma alguma.

– Agora você realmente atiçou minha curiosidade – insistiu Laurie.

– Gostaria de pedir mais um favor. Você me contou que teve um relacionamento com um detetive da polícia e que hoje são amigos.

– É verdade.

– Será que você poderia ligar para ele? Gostaria de lhe falar... confidencialmente.

– Você está me assustando. Está metido em alguma encrenca?

– Laurie – disse Jack. – Por favor, não me pergunte nada. Quanto menos souber agora, melhor. Mas acho que eu deveria falar com alguém importante na polícia.

– Quer que ligue agora?

– Quando for conveniente.

Laurie soltou o ar entre lábios franzidos ao discar o número de Lou Soldano. Não se falavam há algumas semanas, e sentia-se um pouco estranha ligando para falar de uma situação da qual sabia tão pouco. Mas estava realmente preocupada com Jack e queria ajudar.

Quando a central de polícia atendeu e Laurie pediu para falar com Lou, disseram que ele não estava. Ela deixou um recado pedindo que retornasse a ligação.

– É o melhor que posso fazer – disse Laurie ao desligar. – Conhecendo Lou, sei que me dará um retorno assim que puder.

– Obrigado. – Jack deu um aperto carinhoso no ombro dela. Teve a sensação reconfortante de que ela era uma amiga de verdade.

Jack voltou à sua sala bem a tempo de encontrar Chet. Chet deu uma olhada no rosto de Jack e assoviou.

– E qual era o tamanho do outro cara? – perguntou de brincadeira.

– Não estou com saco – disse Jack. Tirou o paletó e pendurou-o em sua cadeira.

– Espero que isso não tenha nada a ver com aqueles sujeitos da gangue que te visitaram na sexta.

Jack deu a mesma explicação que dera aos outros.

Chet deu um sorrisinho sacana ao enfiar o paletó no seu gabinete de arquivos.

– Claro, você caiu enquanto corria – repetiu de gozação. – E eu estou saindo com Julia Roberts. Mas não precisa me dizer o que aconteceu; sou apenas seu amigo.

Essa era exatamente a questão, pensou Jack. Após verificar se havia algum recado telefônico, preparou-se para sair da sala.

– Você perdeu um ótimo jantar ontem à noite – disse Chet. – Terese também foi. Falamos de você. Ela é sua fã, mas está tão preocupada quanto eu com essa sua obsessão com relação a esses casos de infecção.

Jack nem se deu ao trabalho de responder. Se Chet ou Terese soubessem o que realmente acontecera na noite anterior, ficariam mais do que preocupados.

Voltando ao primeiro andar, foi ao escritório de Janice. Agora queria perguntar a ela sobre o caso de gripe que Bingham examinava, mas ela se fora. Jack desceu ao andar do necrotério e vestiu a roupa isolante.

Entrou na sala de necrópsias e foi até a única mesa em uso. Bingham estava à direita do paciente, Calvin à esquerda e Vinnie na cabeceira. Estavam quase no fim.

– Ora, ora – disse Bingham quando Jack se juntou a eles. – Não é conveniente? Eis aqui o especialista em infecções da casa.

– Talvez o especialista quisesse nos dizer o que é este caso – desafiou Calvin.

– Já me contaram – disse Jack. – Gripe.

– Que pena – disse Bingham. – Teria sido divertido ver se você realmente tem faro para essas coisas. Quando ele chegou esta madrugada ainda não havia diagnóstico. As suspeitas eram de alguma espécie de febre hemorrágica viral. Todo mundo ficou na expectativa.

– Quando descobriu que era gripe? – perguntou Jack.

– Há umas duas horas – respondeu Bingham. – Logo antes de começarmos. Mas é um bom caso. Quer ver os pulmões?

– Quero – disse Jack.

Bingham enfiou a mão na bandeja e ergueu os pulmões. Mostrou a superfície cortada a Jack.

– Meu Deus, o pulmão inteiro está tomado! – comentou Jack. Estava impressionado. Em algumas áreas havia franca hemorragia.

– Tem até um pouco de miocardite – disse Bingham. Colocou o pulmão de volta e levantou o coração para mostrar a Jack. – Quando dá para ver a inflamação tão diretamente assim, é porque é extensivo.

– Parece uma variedade virulenta – disse Jack.

– É melhor acreditar – disse Bingham. – Este paciente tem apenas 29 anos, e seus primeiros sintomas ocorreram aproximadamente às 18 horas. Estava morto às 4 horas. Isso me lembra um caso que vi na minha época de residência durante a pandemia de 1957 e 1958.

Vinnie revirou os olhos. Bingham tinha um hábito entediante de comparar todo caso com algum que tivera em sua longa carreira.

– Aquele caso também foi uma pneumonia a partir de uma gripe – continuou Bingham. – O mesmo aspecto do pulmão. Quando olhamos para ele histologicamente, ficamos pasmos com o grau do dano. Isso nos fez ter muito respeito por certos tipos de gripe.

– Esse caso me preocupa – disse Jack. – Especialmente à luz das outras doenças que têm surgido.

– Não se desvie do assunto! – avisou Bingham, lembrando-se de alguns dos comentários de Jack no dia anterior. – Isto não é nada fora do comum, como o caso da peste ou da tularemia. É época de gripe. Pneumonia de gripe primária é uma complicação rara, mas existe. Na verdade, tivemos um caso mês passado.

Jack ouviu, mas Bingham não estava fazendo com que se sentisse melhor. O paciente à frente deles tivera uma infecção letal com um agente que tinha a capacidade de se espalhar de paciente para paciente como um incêndio na mata. O único consolo de Jack foi a ligação de Laurie à sua amiga clínica geral que dissera que não havia ocorrido nenhum outro caso no hospital.

– Importa-se se eu pegar umas lavaduras? – perguntou Jack.

– Claro que não! – disse Bingham. – Fique à vontade. Mas cuidado com o que faz com elas.

– Obviamente – disse Jack.

Jack levou os pulmões a uma das pias, e com a ajuda de Vinnie preparou algumas amostras lavando alguns dos bronquíolos com solução salina estéril. Então esterilizou o lado de fora dos recipientes com éter.

Estava saindo quando Bingham perguntou o que ia fazer com as amostras.

– Levá-las para Agnes – disse Jack. – Gostaria de conhecer o subtipo.

Bingham deu de ombros e olhou para Calvin.

– Não é má ideia – afirmou Calvin.

Jack fez exatamente o que dissera. Mas ficou desapontado quando apresentou as garrafas a Agnes no terceiro andar.

– Não temos recursos para subtipá-los – declarou.

– Quem tem? – perguntou Jack.

– O laboratório de referência municipal ou estadual. Ou o laboratório da universidade. Mas o melhor lugar seria o CCD. Eles possuem uma seção inteira dedicada à gripe. Se eu fosse você, mandaria as amostras para lá.

Jack arrumou um pouco de meio de transporte viral com Agnes e transferiu as amostras. Em seguida subiu para sua sala. Sentando-se, fez uma ligação para o CCD e foi transferido para a unidade de gripe. Uma mulher de voz agradável atendeu, apresentando-se como Nicole Marquette.

Jack explicou o que queria, e Nicole foi simpática. Disse que ficaria feliz em ajudar a tipificar e subtipificar a gripe.

– Se eu conseguir enviar a amostra para você hoje – disse Jack –, quanto tempo vocês levariam para fazer a tipificação?

– Não podemos fazer isso à noite – disse Nicole –, se é isso que tem em mente.

– Por que não? – perguntou Jack, impaciente.

– Bem, talvez pudéssemos – Nicole se corrigiu. – Se houver um grau suficiente de concentração viral em sua amostra, partículas virais suficientes, acho que é possível. Sabe qual o grau de classificação?

– Não tenho a menor ideia. Mas a amostra foi tirada diretamente do pulmão de um paciente que faleceu de pneumonia de gripe primária. A variedade é obviamente virulenta, e estou preocupado quanto a uma possível epidemia.

– Se é uma variedade virulenta, então o grau de concentração pode ser alto – disse Nicole.

– Vou achar um jeito de enviar a amostra para você hoje – prometeu Jack. Em seguida deu a Nicole seu telefone do trabalho e de casa. Pediu que ligasse assim que tivesse qualquer informação.

– Vamos fazer o melhor que pudermos – continuou. – Mas preciso avisá-lo: se o grau de concentração for muito baixo, posso levar semanas para contatá-lo.

– Semanas! Por quê?

– Porque teremos de cultivar o vírus. Normalmente usamos furões, e leva umas duas semanas para obter uma resposta de anticorpos adequada que nos garanta uma boa amostra de vírus. Mas assim que tivermos uma quantidade suficiente do vírus, poderemos lhe dizer muito mais do que apenas o subtipo. Na verdade, poderemos traçar a sequência do genoma.

– Vou cruzar os dedos para que minhas amostras tenham um alto grau de concentração – disse Jack. – E mais uma pergunta. Que subtipo você acha que seja o mais virulento?

– Nossa! – disse Nicole. – Essa pergunta é difícil. Há muitos fatores envolvidos, particularmente a imunidade do hospedeiro. Teria de dizer que o subtipo mais virulento seria uma variedade patogênica inteiramente nova, ou que não estivesse em circulação há muito tempo. Acho que o subtipo que causou a pandemia de 1918-1919, que matou 25 milhões de pessoas, pode ter a honra duvidosa de ter sido o mais virulento.

– Que subtipo era aquele?

– Ninguém sabe ao certo – disse Nicole. – O subtipo não existe. Desapareceu há anos, talvez logo após a epidemia acabar. Algumas pessoas acham que foi semelhante ao subtipo que provocou aquele pânico da febre suína em 1976.

Jack agradeceu a Nicole e tornou a garantir que levaria as amostras naquele dia. Após desligar, voltou a falar com Agnes e pediu sua opinião sobre o transporte das amostras. Ela forneceu-lhe o nome do serviço de entregas que utilizavam, mas não sabia se faziam entregas interestaduais.

– Além do mais – acrescentou Agnes –, vai custar uma pequena fortuna. Da noite para o dia é uma coisa, mas você está querendo no mesmo dia. Bingham nunca irá autorizar isso.

– Tudo bem – disse Jack. – Eu pago do meu bolso.

Jack ligou para a empresa de entregas. Ficaram felizes da vida com o pedido e transferiram-no para um dos supervisores, Tony Liggio. Quando Jack explicou o que queria, Tony disse que não havia problema.

– Pode vir apanhar a encomenda agora? – perguntou Jack. Estava sentindo-se encorajado.

– Vou mandar alguém já – disse Tony.

– Estarei esperando – disse Jack.

Estava para desligar quando ouviu Tony acrescentar:

– Não está interessado no preço? Não é a mesma coisa que levar uma encomenda para o Queens. E também tem a questão de como o senhor pretende pagar.

– Cartão de crédito – disse Jack. – Se for possível.

– Claro, sem problema, doutor – disse Tony. – Vai demorar um pouco para eu lhe dizer a quantia exata.

– Basta uma média – disse Jack.

– Algo entre 1 e 2 mil dólares – disse Tony.

Jack fez uma careta mas não reclamou. Em vez disso, simplesmente deu a Tony o número de seu cartão de crédito. Calculara o custo em torno de 200 ou 300 dólares, mas não havia pensado que alguém teria de fazer a viagem de ida e volta a Atlanta.

Enquanto Jack estava ao telefone, uma das secretárias da sala da frente apareceu em sua porta. Entregou-lhe um pacote da Federal Express enviado no dia anterior e saiu sem dizer palavra. Quando Jack desligou o telefone, viu que o pacote era da National Biologicals. Eram as sondas de DNA que solicitara no dia anterior.

Pegando as sondas e suas amostras virais, Jack voltou a falar com Agnes. Contou-lhe sobre o que combinara com o serviço de entregas.

– Estou impressionada – disse Agnes. – Mas não vou perguntar quanto está custando.

– Não pergunte – aconselhou Jack. – Como devo empacotar as amostras?

– Deixe por nossa conta. – Agnes chamou a secretária do departamento e mandou que ela preparasse tudo com os recipientes e os rótulos de risco biológico adequados.

– Parece que você tem mais alguma coisa para mim – comentou, olhando para os frascos que continham as sondas.

Explicou o que eram e o que queria, ou seja, que o laboratório de DNA utilizasse as sondas para ver se elas reagiam com as nucleoproteínas das culturas tiradas de qualquer um dos quatro casos recentes de doenças infecciosas nos quais estava trabalhando. O que ele não contou era o que pretendia descobrir.

– Só preciso saber se o resultado é positivo ou não – disse Jack. – Não precisa ser quantitativo.

– Vou ter de cuidar pessoalmente do agente da rickettsiose e da tularemia. Tenho medo de mandar qualquer um dos técnicos fazer isso.

– Muito obrigado mesmo.

– Ora, estamos aqui para isso – disse Agnes com simpatia.

Depois de sair do laboratório, Jack desceu para a sala onde faziam as escalas e serviu-se de café. Estivera tão excitado desde a chegada que não tivera muito tempo para pensar. Agora, mexendo o café, percebia que nenhum dos sem-teto nos quais esbarrara sem querer quando fugia de Reginald fora trazido. Isso queria dizer que estavam em algum hospital, ou lá no parque, ainda.

Levando o café para cima, Jack sentou-se à sua mesa. Com Laurie e Chet na sala de necrópsias, sabia que podia contar com alguma paz e tranquilidade.

Antes que pudesse aproveitar a solidão, foi interrompido pelo telefone. Era Terese.

– Estou danada com você – disse sem preâmbulos.

– Que ótimo – replicou Jack com seu costumeiro sarcasmo. – Agora meu dia está completo.

– Estou zangada – continuou Terese, mas sua voz ficou consideravelmente mais suave. – Colleen acabou de falar com Chet. Disse que você levou outra surra.

– Essa foi a interpretação de Chet – disse Jack. – Na verdade, não apanhei de novo.

– Não?

– Expliquei a Chet que levei um tombo enquanto corria.

– Mas ele contou a Colleen...

– Terese – disse Jack com rispidez. – Eu não apanhei. Podemos falar em outra coisa?

– Bom, se não levou uma surra, por que está tão irritado?

– A manhã foi estressante – admitiu Jack.

– Quer conversar? – perguntou. – É pra isso que servem os amigos. Eu já aluguei muito seu ouvido com meus problemas.

– Houve outra morte infecciosa no hospital – disse Jack. Queria contar a ela o que realmente lhe passava pela cabeça, falar de seu senso de culpa com relação a Beth Holderness, mas não se atrevia a fazê-lo.

– Isso é terrível! O que há de errado com aquele lugar? O que foi desta vez?

– Gripe. Um caso muito virulento. É o tipo de doença com que eu temia que tivéssemos de lidar.

– Mas a gripe está por aí – comentou ela. – É época de gripe.

– É o que todo mundo diz.

– Mas você não pensa assim?

– Vamos colocar a questão da seguinte maneira: estou preocupado, especialmente se for uma variedade especial de gripe. O morto era jovem, tinha apenas 29 anos. Em vista das outras coisas que têm surgido lá no hospital, estou preocupado.

– Há algum outro colega seu preocupado também? – perguntou Terese.

– No momento, estou sozinho.

– Acho que temos sorte de ter você – disse Terese. – Tenho de admirar sua dedicação.

– É muito gentil da sua parte. Na verdade, espero estar errado.

– Mas não vai desistir, vai?

– Não até ter alguma prova, positiva ou negativa – disse Jack. – Mas vamos falar de você. Espero que esteja melhor que eu.

– Obrigado por perguntar. Em grande parte graças a você, acho que estamos fazendo uma excelente campanha publicitária. Além disso, consegui adiar a apresentação interna até quinta-feira, por isso temos outro dia inteiro para respirar. Por hora, as coisas parecem estar razoáveis, mas no mundo da propaganda isso pode mudar a qualquer momento.

– Boa sorte – disse Jack. Ele queria desligar.

– Talvez pudéssemos sair para um jantar rápido esta noite – sugeriu Terese. – Gostaria muito. Há um ótimo restaurantezinho italiano subindo a Madison Avenue.

– É possível. Depende de como for o dia.

– O que é que há, Jack! Você precisa comer. Nós dois poderíamos aproveitar e relaxar um pouco, bater um papo. Posso ouvir a tensão em sua voz. Não quero ter de insistir.

– Tudo bem – disse Jack, cedendo. – Mas talvez seja um jantar muito rápido. – Percebeu que havia um quê de verdade no que Terese estava dizendo, embora naquele momento fosse difícil pensar no jantar.

– Fantástico – disse Terese, alegre. – Ligue pra mim depois e combinamos a hora. Se eu não estiver aqui, estarei em casa. Certo?

– Eu ligo – prometeu Jack.

Depois de se despedirem, Jack desligou o telefone. Por alguns minutos ficou olhando para o aparelho. A sabedoria convencional ditava que falar de um problema costumava aliviar a ansiedade. Mas naquele momento, tendo falado sobre o caso da gripe com Terese, sentia-se ainda mais ansioso. Pelo menos a amostra viral estava a caminho do CCD, e o laboratório de DNA estava trabalhando com a sonda da National Biologicals. Talvez em breve começasse a ter algumas respostas.

Terça-feira, 26 de março de 1996, 10h30

Phil passou pela porta externa do prédio abandonado, ocupado pelos Black Kings. A porta era uma placa de compensado de 2 centímetros pregada a uma moldura de alumínio.

Phil passou pela sala da frente – com o invariável cheiro de fumaça de cigarro e o interminável jogo de cartas – e foi direto ao escritório nos fundos. Ficou aliviado ao ver Gêmeo à mesa.

Phil esperou impaciente que Gêmeo embrulhasse a encomenda de um de seus traficantes de 11 anos de idade e mandasse o garoto embora.

– Há um problema – disse Phil.

– Há sempre algum problema – filosofou Gêmeo. Estava recontando a pilha amarfanhada de verdinhas que o garoto levara para ele.

– Igual a este, não. Apagaram o Reginald.

Gêmeo levantou os olhos do dinheiro como se tivesse acabado de levar um tapa.

– O que? Onde você ouviu essa merda?

– É verdade – insistiu Phil. Em seguida pegou uma das cadeiras desconjuntadas de espaldar reto que estavam encostadas na parede e virou-a para sentar-se ao contrário. A pose combinava com o boné de beisebol também ao contrário que ele sempre usava.

– Quem disse isso? – perguntou Gêmeo.

– Todo mundo na rua está dizendo. Emmett ouviu de um avião lá na Times Square. Parece que o doutor está sendo protegido pelos Gangsta Hoods, de Manhattan Valley, no Upper West Side.

– Quer dizer que um dos Hoods detonou o Reginald? – perguntou Gêmeo sem acreditar.

– A história é essa. Um tiro na cabeça.

Gêmeo bateu a palma da mão na escrivaninha com força bastante para espalhar a pilha de verdinhas pelo ar. Levantou-se de um salto e começou a andar pela sala. Deu um chute forte na cesta de lixo metálica.

– Não consigo acreditar. Que diabo está acontecendo com este mundo? Não entendo. Trocam um irmão da raça por um médico branco babaca. Não faz sentido, de jeito algum.

– Talvez o doutor esteja fazendo algo por eles.

– Não me importa que diabo esteja fazendo – vociferou Gêmeo. Em seguida aproximou-se de Phil, e Phil rangeu os dentes. Phil sabia muito bem que Gêmeo podia ser impiedoso e imprevisível quando estava puto, e estava totalmente emputecido naquele instante.

Gêmeo deu outra pancada no tampo da escrivaninha.

– Não entendo isso, mas tem uma coisa que eu sei. Isso não vai ficar assim. De jeito nenhum! Os Hoods não podem sair por aí apagando um Black King sem mais nem menos. Puxa, no mínimo a gente tem de pegar o doutor conforme o combinado.

– Está rolando um papo que os Hoods estão vigiando o doutor – disse Phil. – Ainda estão protegendo ele.

– É inacreditável – disse Gêmeo ao sentar-se novamente. – Mas isso torna as coisas mais fáceis. A gente apaga o doutor e o guarda-costas ao mesmo tempo. Mas não na área dos Hoods. Vamos fazer isso onde o doutor trabalha.

Gêmeo abriu a gaveta do meio da escrivaninha e ficou mexendo nela.

– Cadê a droga daquela folha sobre o doutor?

– Na gaveta do lado – disse Phil.

Gêmeo fuzilou Phil com o olhar. Phil deu de ombros. Não queria provocá-lo mas lembrava-se de ter visto Gêmeo colocar a folha ali.

Gêmeo pegou a folha de papel e leu-a rapidamente.

– Tudo bem – resmungou. – Vá buscar BJ. Ele está doido pra entrar em ação.

Phil desapareceu por dois minutos. Quando tornou a aparecer trazia BJ consigo. BJ entrou se arrastando pela sala, o passo negando sua notória velocidade.

Gêmeo explicou as circunstâncias e perguntou:

– Acha que dá conta do recado?

– Não tem problema – disse BJ.

– Quer ajuda?

– Claro que não. Vou esperar até os dois filhos da puta se juntarem, e então passo o rebite nos dois.

– Vai ter de pegar o doutor onde ele trabalha – explicou Gêmeo. – A gente não pode se arriscar a entrar na área dos Hoods a menos que seja em bando. Entendeu?

– Sem problema

– Tem pistola?

– Não.

Gêmeo abriu a última gaveta da escrivaninha e tirou uma Tec como a que dera a Reginald.

– Não vai perder isso – disse. – Não temos muitas.

– Deixa comigo. – BJ apanhou a arma com reverência, virando-a lentamente nas mãos.

– Bom, está esperando o quê?

– Acabou? – perguntou BJ.

– Claro que acabei – disse Gêmeo. – O que é que você quer, que eu chegue junto e te pegue pela mão? Se manda, que é pra você voltar logo e me dizer que está tudo resolvido.

Por mais que tentasse, Jack não conseguia se concentrar em seus outros casos. Era quase meio-dia, e havia liberado uma quantidade de papelada ridiculamente pequena. Não conseguia parar de se preocupar com o caso de gripe e de se perguntar o que tinha acontecido com Beth Holderness. O que ela teria encontrado?

Largou a caneta, aborrecido. Queria desesperadamente ir ao hospital e visitar Cheveau e o laboratório, mas sabia que não podia. Cheveau sem dúvida chamaria os fuzileiros por qualquer motivo, e Jack seria demitido. Jack sabia: precisava aguardar que os resultados da sonda da National Biologicals dessem-lhe alguma munição antes de se aproximar de alguma autoridade.

Desistindo da papelada, foi num impulso ao laboratório de DNA no sexto andar. Ao contrário do resto do prédio, aquele laboratório era de tecnologia de ponta. Fora reformado recentemente e recebera equipamentos de última geração. Até os jalecos brancos vestidos pela equipe pareciam mais engomados e mais brancos do que em qualquer outro laboratório.

Procurou o diretor, Ted Lynch, que estava saindo para almoçar.

– Você recebeu aquelas sondas da Agnes? – perguntou.

– Recebi – disse Ted. – Estão no meu escritório.

– Acho que isso significa que ainda não há resultado.

Ted deu uma gargalhada.

– Do que está falando? Ainda nem conseguimos as culturas. Além do mais, acho que talvez você esteja subestimando a natureza do processo. Não é só jogar as sondas numa sopa de bactérias. Precisamos isolar a proteína nuclear, então a passamos pelo PCR para ter substrato suficiente. Caso contrário não veríamos a fluorescência mesmo que a sonda reagisse. Vai levar algum tempo.

Sentindo-se suficientemente castigado, Jack voltou ao seu escritório para ficar olhando para a parede atrás da mesa. Embora já fosse hora do almoço, não sentia fome.

Decidiu falar com o epidemiologista chefe. Estava interessado na reação dele àquele caso de gripe; achou que poderia dar ao epidemiologista uma chance de se redimir.

Conseguiu o número no catálogo telefônico e fez a ligação. Uma secretária atendeu. Jack pediu para falar com o Dr. Abelard.

– Quem deseja falar com ele?

– Dr. Stapleton – disse Jack, resistindo à tentação de fazer uma gozação sarcástica. Conhecendo o ego sensível de Abelard, teria adorado dizer que era o prefeito ou o secretário do Departamento de Saúde.

Jack retorcia um clipe de papel, sem pensar, enquanto aguardava. Quando tornaram a atender, ficou surpreso por se tratar ainda da secretária.

– Desculpe – disse ela –, mas o Dr. Abelard mandou dizer que não deseja falar com o senhor.

– Diga ao bom doutor que eu estou surpreso com tamanha maturidade – disse Jack.

Bateu o telefone. Sua primeira impressão fora correta: o epidemiologista era mesmo um idiota. Agora a raiva se misturava com a ansiedade, o que tornava sua atual inação muito mais difícil de suportar. Sentia-se como um leão enjaulado. Precisava fazer alguma coisa. Seu desejo era ir ao hospital, apesar dos avisos de Bingham. Mas, se fosse até lá, com quem poderia falar? Fez uma lista mental das pessoas que conhecia no hospital. Subitamente se lembrou de Kathy McBane. Ela fora amigável e aberta, e estava na Comissão de Controle de Infecções.

Jack agarrou o fone novamente e ligou para o Hospital Geral de Manhattan. Kathy não estava em sua sala; tentou chamá-la pelo bipe. Ela recebeu o recado na cafeteria. Jack podia ouvir o burburinho costumeiro de vozes e talheres ao fundo. Apresentou-se e pediu desculpas por interromper seu almoço.

– Tudo bem – disse Kathy, tranquila. – O que posso fazer por você?

– Lembra-se de mim?

– Claro – disse Kathy. – Como poderia esquecer, depois da reação que você provocou no Sr. Kelley e na Dra. Zimmerman?

– Parece que eles não são as únicas pessoas que ofendi no seu hospital.

– Todo mundo tem estado alterado desde esses casos de infecção. Não é nada pessoal.

– Escute – pediu Jack. – Também estou preocupado com esses casos, e adoraria dar um pulo aí e falar com você pessoalmente. Você se importaria? Mas terá de ser apenas entre nós dois. É pedir demais?

– Não, nem um pouco. A que horas estava pensando em vir? Tenho reuniões a maior parte da tarde.

– Que tal agora? Eu abro mão do almoço.

– Isso é que é dedicação – replicou Kathy. – Como posso recusar? Minha sala fica na administração, no primeiro andar.

– Epa – disse Jack. – Alguma chance de eu esbarrar com Kelley?

– As chances são pequenas. Chegou um grupo de chefões da AmeriCare, e o Sr. Kelley deverá ficar trancado com eles o dia inteiro.

– Estou indo – disse Jack.

Jack saiu pela entrada principal na Primeira Avenida. Percebeu vagamente que Slam havia se desencostado do prédio vizinho, mas Jack estava preocupado demais para prestar muita atenção nele. Chamou um táxi e entrou. Olhou para trás e viu que Slam o seguia.

BJ NÃO ACREDITAVA que reconheceria Jack da visita ao apartamento, mas, no momento em que Jack apareceu na porta do Departamento de Medicina Legal, BJ soube que era ele.

Enquanto esperava, BJ tentava descobrir quem estaria protegendo Jack. Durante algum tempo um tipo alto e musculoso ficara parado na esquina da Primeira Avenida com a rua 30, fumando, e olhava intermitentemente para a porta do prédio do legista. BJ pensou que fosse ele, mas o sujeito acabou indo embora. Então BJ ficou surpreso quando viu Slam endireitar-se em resposta à aparição de Jack.

– É só um garoto, diabos – murmurou BJ para si mesmo. Ficou chateado. Esperava um oponente mais formidável.

Mal BJ pôs a mão no cabo da pistola que trazia num coldre de ombro, debaixo do agasalho com capuz, viu Jack e depois Slam entrarem em táxis separados. Soltando a arma, BJ saiu à rua e pegou outro táxi.

– É só seguir para o norte – disse ao motorista. – Mas pisa fundo, cara.

O motorista paquistanês olhou com ar indagador para BJ, mas fez conforme o ordenado. BJ mantinha o táxi de Slam à vista, ajudado pelo fato de que ele tinha uma lanterna traseira quebrada.

Jack saltou do táxi e entrou correndo no hospital, disparando pelo saguão. As máscaras haviam sido dispensadas, agora que o medo do meningococo passara, portanto ele não poderia usar uma para se esconder. Preocupado em não ser reconhecido, queria passar o mínimo de tempo possível nas áreas públicas do hospital.

Empurrou as portas da área administrativa, esperando que Kathy estivesse certa quanto a Kelley estar ocupado. Os sons do hospital morreram quando as portas se fecharam atrás dele. Estava num corredor acarpetado. Felizmente não viu nenhum conhecido.

Jack aproximou-se da primeira secretária que encontrou e perguntou pela sala de Kathy McBane. Foi informado de que era a terceira porta à direita. Sem perder tempo, correu para lá e entrou.

– Oi – disse Jack enquanto trancava a porta atrás de si. – Espero que não se importe se eu trancar a porta. Sei que isso é meio absurdo, mas já expliquei que não quero ver algumas pessoas.

– Se isso faz você se sentir melhor, por favor – disse Kathy. – Sente-se.

Jack sentou-se numa das cadeiras de frente para a mesa de Kathy. Era uma sala pequena, mal tinha espaço para uma mesa, duas cadeiras e um arquivo. As paredes tinham uma série de diplomas e certificados atestando as impressionantes credenciais de Kathy. A decoração era espartana mas confortável. Havia fotos de família na mesa.

Kathy era exatamente como Jack se lembrava: amigável e aberta. Tinha um rosto redondo com feições pequenas e delicadas. O sorriso era fácil.

– Estou muito preocupado com esse caso recente de pneumonia de gripe primária – disse Jack, sem perder tempo. – Qual foi a reação da Comissão de Controle de Infecções?

– Ainda não nos reunimos – disse Kathy. – Afinal, o paciente morreu ontem à noite.

– Você falou sobre isso com algum dos outros membros?

– Não – admitiu Kathy. – Por que está tão preocupado? Já vimos muitos casos de gripe neste inverno. Francamente, esse caso não me incomodou nem um pouco, se comparado aos outros, em particular o de meningococo.

– O caso me incomoda por causa de um padrão – disse Jack. – Surgiu como uma forma fulminante de pneumonia, assim como as outras doenças mais raras. A diferença é que, com a gripe, o grau de contágio é maior. A infecção não precisa de um vetor. Espalha-se de uma pessoa a outra.

– Eu sei – disse Kathy. – Mas, como falei, estamos vendo gripes o inverno todo.

– Pneumonia de gripe primária? – questionou Jack.

– Bom, não – admitiu Kathy.

– Esta manhã pedi para alguém checar se havia outros casos semelhantes no hospital. Não havia. Sabe se existem agora?

– Não que eu saiba – disse Kathy.

– Poderia verificar? – pediu Jack.

Kathy virou-se para seu terminal e digitou um comando de verificação. A resposta chegou num instante. Nenhum caso de pneumonia de gripe primária.

– Tudo bem – disse Jack. – Vamos tentar outra coisa. O nome do paciente era Kevin Carpenter. Onde ficava o quarto dele no hospital?

– No andar de ortopedia.

– Os sintomas começaram às 18 horas – disse Jack. – Vamos ver se alguma das enfermeiras de ortopedia do turno da noite está doente.

Kathy hesitou por um momento, então virou-se para seu terminal de computador. Levou vários minutos para obter a lista e os números telefônicos.

– Quer que ligue agora? – perguntou ela. – O turno delas começa daqui a umas duas horas.

– Se você não se importar.

Kathy começou a fazer as ligações. Em sua segunda chamada, para uma Sra. Kim Spensor, descobriu que a mulher estava doente. Na verdade, ela estava se preparando para dizer que não iria trabalhar. Admitiu sérios sintomas de gripe com uma temperatura de quase 40 graus.

– Importa-se se eu falar com ela? – pediu Jack.

Kathy perguntou a Kim se estaria disposta a conversar com um médico que estava em sua sala. Aparentemente Kim concordara, porque Kathy passou o fone para Jack.

Jack se apresentou, mas não disse que era legista. Depois de demonstrar empatia, perguntou sobre seus sintomas.

– Começou de repente – disse Kim. – Num minuto eu estava bem; no outro estava com uma dor de cabeça horrível e calafrios. Meus músculos também estão doendo, em particular as costas na altura do cóccix. Já tive outras gripes, antes, mas esta é a pior.

– Tosse? – perguntou Jack.

– Um pouco. E está piorando.

– E dor subesternal? Atrás de seu esterno, quando você respira?

– Sim – disse Kim. – Isso quer dizer alguma coisa específica?

– Você teve muito contato com um paciente chamado Carpenter?

– Tive. E o outro enfermeiro também, George Haselton. O Sr. Carpenter passou a exigir muitos cuidados quando começou a reclamar de dor de cabeça e calafrios. O senhor não acha que o meu contato com ele poderia ser a causa dos meus sintomas, acha? Quero dizer, o período de incubação da gripe é de mais de 24 horas.

– Não sou especialista em doenças infecciosas – disse Jack. – Na verdade não sei. Mas recomendo que você comece a tomar rimantadine.

– Como está o Sr. Carpenter? – perguntou Kim.

– Se me der o nome da farmácia mais próxima, ligarei passando uma receita – disse Jack, ignorando de propósito a pergunta. Obviamente o curso fulminante da doença de Carpenter começara depois do turno de Kim.

Assim que pôde, Jack desligou. Devolveu o fone a Kathy.

– Não gosto disso – disse Jack. – É justo o que eu temia.

– Você não está sendo alarmista? Acho que dois a três por cento dos funcionários do hospital devem estar de cama com gripe no momento.

– Vamos ligar para George Haselton.

George Haselton estava ainda mais doente que Kim; já havia ligado para o supervisor do andar, avisando. Jack não falou com ele. Simplesmente ouviu o lado de Kathy da conversa.

Kathy pôs o fone no gancho devagar.

– Agora você está começando a me deixar preocupada – admitiu ela.

Ligaram para o resto do turno da noite do andar da ortopedia, incluindo a secretária da ala. Ninguém mais estava doente.

– Vamos tentar outro departamento – disse Jack. – Alguém do laboratório deve ter entrado para ver Carpenter. Como podemos verificar isso?

– Vou ligar para Ginny Whalen, do departamento pessoal – disse Kathy, tornando a pegar o fone.

Meia hora depois tinham o quadro completo. Quatro pessoas apresentavam sintomas ou uma gripe forte. Além dos dois enfermeiros, um dos técnicos de microbiologia da noite havia subitamente sentido dor de garganta e de cabeça, calafrios, dor muscular, tosse e desconforto subesternal. Seu contato com Kevin Carpenter havia ocorrido por volta das 22 horas, quando visitara o paciente para obter uma cultura de catarro.

A última pessoa do turno da noite que estava com os mesmos sintomas era Gloria Hernandez. Para a surpresa de Kathy, mas não de Jack, ela trabalhava no almoxarifado central e não tivera contato com Kevin Carpenter.

– Ela não pode estar relacionada aos outros – estranhou Kathy.

– Eu não teria tanta certeza – disse Jack. Então lembrou-a de que alguém do almoxarifado central morrera em cada um dos outros surtos infecciosos. – Estou surpreso que isso não tenha sido tópico de discussões em reuniões da Comissão de Controle de Infecções. Sei que tanto a Dra. Zimmerman quanto o Dr. Abelard estão cientes da conexão, pois estiveram no almoxarifado para falar com a supervisora, a Sra. Zarelli.

– Não tivemos uma reunião formal da comissão desde que tudo isso começou – disse Kathy. – Nós nos reunimos na primeira segunda-feira de cada mês.

– Então a Dra. Zimmerman não está mantendo você informada.

– Não seria a primeira vez. Nunca tivemos a melhor das relações.

– Falando na Sra. Zarelli – continuou Jack. – Ela me prometeu as listas de tudo que o almoxarifado central enviou a cada um dos casos ocorridos. Poderíamos ver se já está com as listas e, em caso afirmativo, pedir que as traga para cá?

Tendo absorvido um pouco da ansiedade de Jack quanto à gripe, Kathy estava ansiosa para ajudar. Após conversar rapidamente com a Sra. Zarelli e se certificar de que as listas estavam disponíveis, Kathy mandou uma das secretárias administrativas subir para apanhá-las.

– Gostaria que me desse o número do telefone de Gloria Hernandez – pediu Jack. – E seu endereço também. Essa conexão do almoxarifado central é um mistério que sinceramente não consigo entender. Não pode ser coincidência, e poderia ser crucial para entendermos o que está acontecendo.

Kathy obteve a informação pelo computador, anotou-a e entregou-a a Jack.

– O que acha que deveríamos fazer aqui no hospital? – perguntou ela.

Jack suspirou.

– Não sei. Acho que terá de discutir isso com a amigável Dra. Zimmerman. Ela é a especialista local. Em geral, quarentena não é muito eficiente para gripe, por causa da velocidade de disseminação. Mas se esta for alguma variedade especial, talvez valesse a pena tentar. Acho que eu traria para cá os membros da equipe que estão doentes e os isolaria: na pior das hipóteses, terá sido inconveniente; na melhor, poderia ajudar a evitar um desastre.

– E o que você acha de prescrevermos rimantadine? – perguntou Kathy.

– Sou totalmente a favor – disse Jack. – Acho que até eu vou tomar um pouco. Ele foi utilizado para controlar alguns tipos de gripe hospitalar no passado. Mas também acho que isso é com a Dra. Zimmerman.

– Acho que vou ligar para ela – disse Kathy.

Jack aguardou enquanto Kathy falava com a Dra. Zimmerman. Kathy foi deferente mas firme ao explicar a aparente ligação entre o pessoal doente e o falecido, Kevin Carpenter. Quando acabou de falar, foi reduzida a um silêncio pontuado apenas por repetições de "sim" a certos intervalos.

Enfim Kathy desligou, revirando os olhos.

– Essa mulher é impossível – disse. – Está relutante em fazer qualquer coisa extraordinária, como ela disse, com apenas um caso confirmado. Acha que, por uma questão de relações públicas, o Sr. Kelley e os executivos da AmeriCare seriam contra isso a menos que fosse inegavelmente indicado.

– E o rimantadine? – perguntou Jack.

– Quanto a isso ela foi mais receptiva. Disse que autorizaria a farmácia a fazer uma ordem do medicamento em quantidade suficiente para toda a equipe, mas não ainda. De qualquer maneira, consegui sua atenção.

– Já é alguma coisa – concordou Jack.

A secretária bateu na porta e entrou com as listas do almoxarifado central. Jack agradeceu e imediatamente começou a examiná-las. Estava impressionado; era extraordinário o que cada paciente utilizava. As listas eram longas e incluíam tudo, menos medicação, comida e roupas.

– Algo de interessante? – perguntou Kathy.

– Nada que me salte aos olhos. Exceto como são semelhantes. Mas vejo que eu deveria ter pedido também uma lista semelhante de um paciente escolhido aleatoriamente, para efeito de comparação.

– Isso não deve ser difícil de obter – disse Kathy. Ligou para a Sra. Zarelli e pediu-lhe que imprimisse uma.

– Quer esperar? – perguntou Kathy.

Jack se levantou.

– Acho que forcei minha sorte. Se você pudesse pegá-la e mandá-la para o Departamento de Medicina Legal, eu agradeceria muito. Como mencionei, essa conexão com o almoxarifado central pode ser importante.

– Com todo o prazer – disse Kathy.

Jack foi até a porta e olhou furtivamente para o hall. Voltando-se de novo para Kathy, falou:

– É difícil acostumar-me a agir como um criminoso.

– Acho que estamos em dívida com você por sua perseverança – disse Kathy. – Peço desculpas por aqueles que interpretaram errado suas intenções.

– Obrigado – disse Jack com sinceridade.

– Posso lhe fazer uma pergunta pessoal?

– Pessoal como?

– O seu rosto – disse Kathy. – O que aconteceu? Seja o que for, parece que doeu.

– Parece pior do que é. É apenas um reflexo dos rigores de correr no parque à noite.

Jack caminhou rápido pela administração e atravessou o saguão. Ao sair para o sol do início de primavera, sentiu alívio. Pela primeira vez conseguia visitar o hospital sem mexer num vespeiro de protestos.

Virou à direita e seguiu para leste. Numa de suas visitas anteriores viu uma drogaria a dois quarteirões do hospital. Foi direto para lá. A sugestão que Kathy dera sobre o rimantadine fora ótima, e ele queria comprar um vidro, especialmente tendo em vista sua intenção de visitar Gloria Hernandez.

Quando pensou na senhora Hernandez, Jack meteu a mão no bolso para se certificar de que não havia perdido o endereço. Não havia. Desdobrou o papel e olhou para ele: ela morava na rua 144 oeste, uns quarenta quarteirões ao norte de Jack.

Chegando à drogaria, abriu a porta e entrou. Era uma loja enorme, com uma espantosa variedade de mercadorias. Tudo – inclusive cosméticos, material escolar e de escritório, produtos de limpeza, cartões de aniversário e até produtos para automóveis – estava empilhado em prateleiras de metal. A loja tinha tantos corredores quanto um supermercado.

Jack levou alguns minutos para encontrar a farmácia, que ocupava alguns metros quadrados nos fundos. Com a pouca consideração dada à farmácia, Jack pensou que havia certa ironia no fato de chamarem o estabelecimento de drogaria.

Esperou na fila para falar com o farmacêutico. Quando finalmente foi atendido, pediu uma receita em branco, que preencheu rapidamente com um pedido de rimantadine.

O farmacêutico vestia um jaleco de farmácia branco sem colarinho e com o botão de cima aberto. Examinou de perto a receita e disse a Jack que levaria cerca de 20 minutos.

– Vinte minutos! Por que tanto tempo? Tudo o que você tem a fazer é contar os tabletes.

– Vai querer o remédio ou não? – perguntou o farmacêutico, em tom ácido.

– Quero – murmurou Jack. As instituições médicas tinham um jeito de aborrecer as pessoas; os médicos não estavam mais imunes a isso.

Voltou-se para a parte principal da loja. Tinha de se distrair por 20 minutos. Sem nenhum objetivo em mente, vagueou pelo corredor 7 e deparou-se com uma variedade assustadora de camisinhas.

BJ GOSTOU DA ideia da drogaria no instante em que viu Jack entrar. Sabia que seria um lugar fechado, e, além do mais, havia uma entrada de metrô bem em frente à porta. O metrô era um ótimo lugar para desaparecer.

Depois de uma rápida olhada para um lado e para o outro da rua, BJ abriu a porta e entrou. Olhou para a sala envidraçada do gerente próxima à entrada, mas a experiência lhe dizia que isso não seria um problema. Talvez fosse preciso uma breve rajada de sua pistola para manter as cabeças abaixadas quando estivesse saindo, mas seria só isso.

Passou pelos caixas e começou a olhar pelos corredores, procurando Jack ou Slam. Sabia que, se encontrasse um, logo acharia o outro. Acertou na mosca no corredor 7. Jack estava no final, com Slam a menos de 3 metros.

Enquanto descia rápido o corredor 6, BJ meteu a mão debaixo do agasalho e fechou-a ao redor do cabo da pistola Tec. Destravou-a com o polegar. Quando chegou ao cruzamento entre os corredores no meio da loja, diminuiu a velocidade, pisou de lado e parou. Inclinou-se cuidadosamente ao redor de um mostruário de toalhas de papel Bounty e olhou para o resto do corredor 7.

BJ sentiu o coração bater mais rápido, com a expectativa. Jack estava em pé parado, e Slam havia se movido para perto dele. Era perfeito.

O coração de BJ deu um salto quando ele sentiu um dedo bater em seu ombro. Virou-se. Sua mão ainda estava debaixo do agasalho, segurando a Tec no coldre.

– Posso ajudá-lo? – perguntou um homem calvo.

BJ sentiu raiva por ter sido interrompido exatamente no momento errado. Fuzilou o funcionário com o olhar e sentiu vontade de dar-lhe um soco no queixo, mas em vez disso decidiu ignorá-lo naquele instante. Não podia deixar passar a oportunidade, com Jack e Slam cara a cara.

Virou-se de novo e puxou a pistola. Começou a avançar. Sabia que com um único passo o corredor estaria inteiramente ao seu alcance.

O funcionário ficou chocado pelo movimento súbito de BJ e não viu a arma. Se tivesse visto, jamais teria gritado "ei" como gritou.

JACK SENTIA-SE IRRITADO e incomodado. Não gostara da loja, especialmente após a discussão com o farmacêutico. A música de elevador ao fundo e o cheiro de cosméticos baratos contribuíam ainda mais para o seu desconforto. Não queria estar ali.

Alerta como estava, quando ouviu o funcionário gritar, levantou a cabeça de súbito e olhou na direção do tumulto, bem a tempo de ver um negro atarracado pulando para o centro do corredor 8, segurando uma pistola automática. Jack reagiu por puro reflexo, jogando-se sobre o mostruário de preservativos. Com o peso do seu corpo, a estante tombou ruidosamente. Jack se viu no centro do corredor, no alto de uma montanha de mercadorias desarrumadas e estantes derrubadas.

Enquanto Jack pulava para a frente, Slam caía no chão, puxando ao mesmo tempo sua própria pistola. Era uma manobra habilidosa, que lembrava a postura e a experiência de um boina-verde.

BJ foi o primeiro a atirar. Como segurava a pistola apenas numa das mãos, a rajada percorreu a loja toda, fazendo furos no chão de vinil e abrindo buracos no teto de alumínio. Mas a maior parte dos tiros passou zunindo pela área onde Jack e Slam tinham estado de pé segundos antes, atingindo a seção de vitaminas abaixo do balcão da farmácia.

Slam também disparou uma rajada. Suas balas atravessaram todo o corredor 7, estilhaçando uma das grandes vidraças que davam para a rua.

BJ havia recuado no instante em que viu que o elemento surpresa fora perdido. Agora estava agachado atrás das toalhas de papel Bounty, tentando decidir o que fazer.

Todos os demais na loja estavam gritando, inclusive o funcionário que dera o tapinha no ombro de BJ. As pessoas começaram a correr para as saídas.

Jack levantou-se cambaleante. Ouvira a rajada de disparos de Slam, e agora estava ouvindo outra rajada de BJ. Queria sair da loja.

Mantendo a cabeça baixa, correu de volta para a área da farmácia. Uma porta dizia "Somente Funcionários", e Jack entrou correndo por ela. Achou-se numa sala de refeições. Um punhado de latas de refrigerante abertas e sanduíches comidos sobre a mesa indicavam que houvera pessoas ali não fazia muito tempo.

Convencido de que havia uma saída pelos fundos, começou a abrir portas. A primeira era de um banheiro, a segunda de um depósito.

Ouviu mais tiros e gritos na parte principal da loja.

Apavorado, Jack tentou uma terceira porta. Para seu alívio, dava num beco cheio de latas de lixo. A distância podia ver as pessoas correndo. Entre os que fugiam, reconheceu o jaleco branco do farmacêutico. Jack disparou atrás deles.

Terça-feira, 26 de março de 1996, 13h30

O tenente detetive Lou Soldano parou seu Chevy Caprice de chapa comum no estacionamento junto ao setor de descarga do Departamento de Medicina Legal. Estacionou atrás do carro oficial do Dr. Harold Bingham e tirou as chaves da ignição. Entregou-as ao segurança para o caso de o carro ter de ser removido. Lou era visitante assíduo do necrotério, embora não aparecesse havia mais de um mês.

Entrou no elevador e apertou o botão do quinto andar. Estava a caminho da sala de Laurie. Recebera sua mensagem mais cedo, mas não conseguira ligar para ela até poucos minutos antes, quando passava pela ponte de Queensboro. Tivera de ir ao Queens para supervisionar a investigação do homicídio de um famoso banqueiro.

Laurie estivera lhe falando sobre um dos legistas quando Lou a interrompeu para dizer que estava por perto e podia passar por ali. Ela concordara na hora, dizendo que estaria em sua sala.

Lou desceu do elevador e atravessou o hall. Isso lhe despertou algumas lembranças. Houve um tempo em que pensara que ele e Laurie poderiam ter um futuro juntos. Mas não deu certo. Muitas diferenças, pensou Lou.

– Ei, Lau – chamou Lou quando a viu trabalhando em sua mesa. Cada vez que a via parecia mais bela. Os cabelos acobreados lhe caíam sobre os ombros de um jeito que lembrava comerciais de xampu. "Lau" era o apelido que seu filho dera a ela na primeira vez que a vira. O nome pegou.

Laurie se levantou e deu um forte abraço em Lou.

– Você parece ótimo – disse ela.

Lou deu de ombros de forma estudada.

– Estou me sentindo bem.

– E as crianças?

– Crianças? Minha filha vai fazer 16 anos no dia 30. Está louca por rapazes, e está me deixando louco também.

Laurie tirou alguns relatórios da cadeira extra que ela e sua assistente compartilhavam. Fez um gesto para que Lou se sentasse.

– É bom ver você, Laurie.

– Também é bom ver você. Não deveríamos ficar tanto tempo sem nos vermos.

– Então, qual é o grande problema sobre o qual você queria me falar? – Ele não queria falar de questões pessoais.

– Não sei quão grande é o problema. – Laurie levantou-se e fechou a porta da sala. – Um dos novos médicos da equipe gostaria de falar com você informalmente. Mencionei que fomos amigos. Infelizmente, ele não está aqui no momento. Procurei encontrá-lo quando você disse que estava a caminho. Na verdade, ninguém sabe onde ele está.

– Alguma ideia do que seja?

– Não especificamente. Mas estou preocupada.

– Ah. – Lou recostou-se.

– Ele me pediu para fazer duas necrópsias esta manhã. A primeira, numa mulher caucasiana de 29 anos que era técnica em microbiologia no Hospital Geral de Manhattan. Foi morta com um tiro em seu apartamento na noite passada. A segunda, num negro de 25 anos morto no Central Park. Antes de começar, ele me sugeriu que tentasse ver se os dois estavam relacionados de alguma forma: através de cabelos, fibras, sangue...

– E aí? – perguntou Lou.

– Achei um pouco de sangue na jaqueta do rapaz, que corresponde preliminarmente ao da mulher. Mas por enquanto só fizemos a sorologia. O DNA está pendente. Mas não é um tipo comum: B negativo.

Lou ergueu as sobrancelhas.

– Esse legista deu alguma explicação para a suspeita?

– Falou que era um palpite. Mas tem mais. Acontece que eu sei que ele recentemente levou uma surra de alguns membros de uma gangue de Nova York: pelo menos uma vez, talvez duas. Quando apareceu esta manhã, estava com cara de que havia apanhado novamente, embora o negasse.

– Por que ele foi surrado?

– Supostamente como um aviso para que não fosse ao Hospital Geral de Manhattan.

– Nossa! Do que está falando?

– Não conheço os detalhes. Mas sei que ele tem irritado um monte de pessoas por lá, e por conta disso, aqui também. O Dr. Bingham ameaçou demiti-lo em várias ocasiões.

– De que forma ele tem irritado a todos?

– Ele acredita que uma série de doenças infecciosas que têm aparecido no hospital foram espalhadas intencionalmente.

– Você quer dizer por um terrorista ou coisa do gênero?

– Acho que sim – disse Laurie.

– Isso soa familiar.

Laurie concordou.

– Lembro do que senti com aquela série de overdoses há cinco anos e por ninguém ter acreditado em mim.

– O que acha da teoria de seu amigo? A propósito, qual o nome dele?

– Jack Stapleton. Quanto à teoria, realmente não tenho todos os fatos.

– Qual é, Laurie – disse Lou. – Conheço você bem. Dê sua opinião.

– Acho que Jack vê um complô porque é isso que ele quer ver. O colega dele me contou que existe uma rixa antiga contra a

AmeriCare, aquela empresa gigante dos planos de saúde que é dona do Hospital Geral de Manhattan.

– Mas, mesmo assim, isso não explica a conexão das gangues e o fato de que ele poderia ter alguma informação sobre o assassinato da mulher. Quais os nomes das vítimas de homicídio?

– Elizabeth Holderness e Reginald Winthrope.

Lou anotou os nomes no caderninho preto que levava consigo.

– Não foi feito muito trabalho criminalístico em nenhum dos dois casos – comentou Laurie.

– Você, mais do que ninguém, deveria conhecer a limitação da nossa equipe – disse Lou. – Eles tinham um motivo preliminar para a mulher?

– Roubo.

– Foi estuprada?

– Não.

– E quanto ao homem?

– Era membro de uma gangue – disse Laurie. – Levou um tiro na cabeça de uma distância relativamente pequena.

– Infelizmente, isso é muito comum. Não gastamos muito tempo investigando esses casos. As necrópsias revelaram algo?

– Nada fora do comum.

– Você acha que seu amigo, o Dr. Stapleton, tem noção de como essas gangues podem ser perigosas? Tenho a impressão de que ele está pisando em terreno perigoso.

– Não sei muito sobre ele – disse Laurie. – Mas não é de Nova York. É do Meio-Oeste.

– É... Acho melhor eu conversar com ele sobre a realidade da vida urbana, e é melhor eu fazer isso logo. Ele pode não ficar vivo por muito tempo.

– Não diga isso – disse Laurie.

– O seu interesse é mais do que profissional?

– Não vamos entrar nesse tipo de assunto. Mas a resposta é não.

– Não fique zangada. É que eu gosto de conhecer bem o terreno. – Lou ficou de pé. – De qualquer maneira, vou ajudar o cara, e parece que ele precisa mesmo de ajuda.

– Obrigada, Lou – disse Laurie. Levantou-se e deu outro abraço no detetive. – Eu peço pra ele ligar.

– Faça isso.

Deixando a sala de Laurie, Lou pegou o elevador para o primeiro andar. Passando pela área de comunicações, parou para ver o sargento Murphy, que estava permanentemente designado para o Departamento de Medicina Legal. Depois de falarem um pouco sobre as perspectivas dos Yankees e dos Mets na próxima temporada de beisebol, Lou sentou-se e pôs os pés no canto da mesa do sargento.

– Me diga uma coisa, Murph – começou Lou. – Sinceramente, o que você acha desse novo doutor, Jack Stapleton?

Depois de fugir da drogaria, Jack correu pelo beco e depois por mais quatro quarteirões antes de parar. Quando o fez, estava exausto pelo esforço. Entre uma respiração e outra, ouviu o gemido ondulante das sirenes de polícia que se aproximavam. Supôs que a polícia estava a caminho da loja. Esperava que Slam tivesse se dado tão bem quanto ele.

Caminhou até que a respiração e a pulsação começaram a voltar ao normal. Ainda tremia. A experiência na loja o deixara tão nervoso quanto sua provação no parque, muito embora o episódio da loja tivesse durado apenas alguns segundos. Saber que mais uma vez sofrera uma emboscada numa tentativa de assassinato o deixava zonzo.

Mais sirenes competiam agora com o burburinho normal da cidade, e Jack pensou se não deveria voltar ao local da confusão e talvez ajudar alguém que tivesse sido ferido. Mas lembrou-se dos avisos de Warren sobre falar com a polícia os assuntos de gangues. Afinal, Warren estava certo quanto a Jack precisar de proteção. Se não fosse por Slam, sentia que já o teriam matado.

Jack estremeceu. Houve um tempo, num passado não muito distante, em que não se importava se estava vivo ou morto. Mas agora, tendo chegado perto da morte duas vezes, sentia-se de outra maneira. Queria viver, e esse desejo o fazia perguntar-se por que os Black Kings o quereriam morto. Quem estava pagando para isso?

Será que essa pessoa achava que Jack sabia de alguma coisa que ele não sabia, ou seria apenas por causa de suas suspeitas com relação às infecções no Hospital Geral de Manhattan?

Jack não tinha respostas para essas perguntas, mas esse segundo atentado contra sua vida o deixara mais confiante de que suas suspeitas tinham fundamento. Agora tinha apenas de prová-las.

Em meio a esses devaneios, deu de cara com outra drogaria. Mas em contraste com a primeira, era uma loja pequena. Ao entrar, Jack foi até o farmacêutico que cuidava sozinho da loja. Seu crachá dizia simplesmente "Herman".

– Você tem rimantadine? – perguntou.

– Da última vez que olhei, tinha – disse Herman com um sorriso. – Mas é um item que só pode ser comprado com receita médica.

– Sou médico – disse Jack. – Vou precisar de um bloquinho de receitas.

– Pode me dar alguma identificação? – perguntou Herman.

Jack mostrou-lhe sua licença médica do estado de Nova York.

– Quanto deseja?

– O suficiente para umas duas semanas, no mínimo. Por que não me dá cinquenta tabletes? Melhor pecar por excesso.

– É pra já – disse Herman. Começou a trabalhar atrás de um balcão.

– Quanto tempo demora?

– Quanto tempo leva para contar até cinquenta? – respondeu Herman.

– Na última loja em que estive me disseram que levaria 20 minutos.

– Era uma loja de rede, não era?

Jack fez que sim.

– Essas lojas de rede não estão nem aí para o serviço – disse Herman. – É um crime. E, além do péssimo serviço, ainda estão forçando os independentes como nós a fecharem as portas. Isso me dá uma irritação...

Jack concordou. Conhecia bem a sensação. Naqueles dias, nenhuma parte da paisagem médica era sacrossanta.

Herman saiu detrás do balcão com um pequeno frasco plástico com tabletes laranja. Colocou-o perto da caixa registradora.

– É para você?

Jack tornou a fazer que sim.

Herman recitou uma série de possíveis efeitos colaterais e também contraindicações. Jack estava impressionado. Depois de pagar pelo remédio, pediu a Herman um copo com água. Herman deu-lhe um pouco de água num copinho de papel. Jack tomou um dos tabletes.

– Volte sempre – disse Herman quando Jack saiu.

Com o rimantadine no organismo, Jack decidiu que era hora de visitar Gloria Hernandez, do almoxarifado.

Saindo à rua, Jack pegou um táxi. No início o motorista reclamou sobre ir ao Harlem, mas concordou depois que Jack o lembrou das regras coladas atrás do banco dianteiro.

Recostou-se enquanto o táxi dirigia-se para norte e depois cortava a cidade pela avenida St. Nicholas após passar pelo Central Park. Olhou pela janela enquanto o Harlem mudava da vizinhança predominantemente negra para a hispânica, até o ponto em que todas as placas estavam em espanhol.

Quando o táxi parou no seu destino, Jack pagou a corrida e desceu numa rua cheia de gente. Olhou para o prédio em que iria entrar. Houve um tempo em que fora o distinto e orgulhoso lar de uma única família, no meio de uma vizinhança em ascensão. Agora o prédio estava caindo aos pedaços, como o de Jack.

Algumas pessoas olharam-no com curiosidade enquanto subia os degraus de granito e entrava no saguão. Faltavam ladrilhos no mosaico preto e branco do piso.

Os nomes numa fileira de caixas de correio quebradas indicavam que a família Hernandez morava no terceiro andar. Jack apertou a campainha do apartamento, muito embora tivesse a sensação de que não estava funcionando. Em seguida tentou a porta interna. Como em seu próprio prédio, a fechadura havia sido quebrada há muito tempo e nunca fora consertada.

Tendo subido as escadas até o terceiro andar, Jack bateu na porta dos Hernandez. Como ninguém respondeu, tornou a bater com mais força. Enfim ouviu uma voz de criança perguntar quem era. Jack gritou que era um médico e que queria falar com Gloria Hernandez.

Depois de uma conversa rápida e abafada que Jack pôde ouvir, a porta se abriu até o limite permitido por uma tranca de corrente. Jack viu dois rostos. Em cima, uma mulher de meia-idade com cabelos descoloridos e desgrenhados. Os olhos estavam vermelhos e afundados com sombras negras. Estava usando um roupão de banho e tossia sem parar. Os lábios tinham um tom ligeiramente púrpura.

Embaixo, uma criança de 9 ou 10 anos com cara de querubim. Jack não sabia dizer se era menino ou menina. Os cabelos da criança eram muito pretos, caíam até os ombros e estavam penteados para trás a partir da testa.

– Sra. Hernandez?

Depois que Jack mostrou seu crachá de legista e explicou que tinha acabado de sair do escritório de Kathy McBane no Hospital Geral de Manhattan, a Sra. Hernandez abriu a porta e convidou-o a entrar.

O apartamento era pequeno e estava atulhado de coisas, embora fosse evidente uma tentativa de decorá-lo com cores vivas e cartazes de filmes espanhóis. Gloria voltou imediatamente para o sofá onde aparentemente estivera descansado quando Jack bateu. Puxou um cobertor até o pescoço e estremeceu.

– Lamento que esteja tão doente – disse Jack.

– É horrível – respondeu Gloria. Jack ficou aliviado por ela falar inglês. Seu espanhol era, na melhor das hipóteses, precário.

– Não queria perturbar a senhora. Mas, como sabe, ultimamente várias pessoas do seu departamento contraíram doenças graves.

Os olhos de Gloria se arregalaram.

– Mas eu só estou com gripe, não é? – perguntou alarmada.

– Tenho certeza disso – disse Jack. – Katherine Mueller, Maria Lopez, Carmen Chavez e Imogene Philbertson tiveram doenças completamente diferentes da sua, isso era certo.

– Graças a Deus – disse Gloria. Fez o sinal da cruz com o dedo indicador da mão direita. – Que suas almas descansem em paz.

– O que me preocupa é que havia um paciente chamado Kevin Carpenter no andar da ortopedia ontem à noite que possivelmente tinha uma doença semelhante à sua. Esse nome significa alguma coisa para a senhora? Teve algum contato com ele?

– Não – disse Gloria. – Trabalho no almoxarifado central.

– Eu sei. E aquelas outras pobres mulheres que acabei de mencionar também. Mas em cada caso houve um paciente com a mesma doença que elas contraíram. Tem de haver uma conexão, e espero que a senhora possa me ajudar a descobrir qual é.

Gloria parecia confusa. Virou-se para a criança, a quem chamou de "Juan". Juan começou a falar num espanhol rápido. Jack concluiu que ele estava traduzindo para ela; Gloria não havia entendido direito o que Jack dissera.

Ela fez que sim e disse "si" muitas vezes enquanto Juan falava. Mas assim que Juan terminou, Gloria olhou para Jack, balançou a cabeça e disse:

– Não!

– Não? – perguntou Jack. Depois de tantos sins ele não esperava um não tão definitivo.

– Nenhuma conexão – disse Gloria. – Não vemos pacientes.

– A senhora nunca vai aos andares dos pacientes?

– Não.

A mente de Jack disparou. Tentou pensar no que mais perguntar. Finalmente disse:

– A senhora fez alguma coisa fora do comum ontem à noite?

Gloria deu de ombros e disse que não.

– Consegue se lembrar do que fez? Tente me dar uma ideia do seu turno.

Gloria começou a falar, mas o esforço provocou uma tosse muito forte. Em determinado momento Jack ia bater-lhe nas costas, mas ela levantou a mão para indicar que estava bem. Juan pegou um copo com água, que ela bebeu sedenta.

Assim que conseguiu falar, tentou lembrar-se de tudo o que fizera na noite anterior. Enquanto descrevia suas tarefas, Jack pelejou para lembrar se alguma de suas atividades a colocara em contato com o vírus de Carpenter. Mas não conseguiu. Gloria insistiu que não havia saído do almoxarifado central durante o turno inteiro.

Quando Jack não conseguiu mais pensar em nenhuma outra pergunta, pediu que ela ligasse, caso lembrasse de alguma coisa. Gloria concordou. Então Jack insistiu em ligar para a Dra. Zimmerman, no hospital, para informá-la de seu estado.

– O que ela poderia fazer? – perguntou Gloria.

– Poderia receitar-lhe uma medicação específica. E para o resto de sua família também. – Ele sabia que o rimantadine podia não só prevenir a gripe como, se tomado no início de um caso estabelecido, reduzir a duração e possivelmente a gravidade dos sintomas em cinquenta por cento. O problema era que não era barato, e Jack sabia que a AmeriCare detestava gastar dinheiro com um paciente se não achasse necessário.

Jack saiu do apartamento de Gloria Hernandez e dirigiu-se para a Broadway, onde achou que poderia apanhar um táxi. Agora, além de estar agitado pelo atentado contra sua vida, também estava desanimado. A visita a Gloria não havia conseguido nada além de expô-lo à gripe, que temia pudesse ser do mesmo tipo que tão rapidamente matara Kevin Carpenter.

O único consolo de Jack era que iniciara seu próprio tratamento com rimantadine. O problema era que sabia que o rimantadine não era cem por cento eficaz na prevenção de infecções, principalmente aquelas de variedade virulenta.

Chegou ao Departamento de Medicina Legal no fim da tarde. Ao passar pela área de identificação, Jack não pôde acreditar nos seus olhos. Num dos quartinhos separados para as famílias identificarem seus mortos, viu David. Não sabia o sobrenome dele, mas era o mesmo David que levara Jack e Spit de volta à vizinhança após o episódio do parque.

David também viu Jack, e durante o instante em que seus olhos fizeram contato, Jack pôde ver nele raiva e desprezo.

Resistindo ao impulso de se aproximar, Jack desceu imediatamente ao nível do necrotério. Com os solados ecoando alto no piso de cimento, deu a volta nos compartimentos refrigerados, temeroso do que iria encontrar. Ali, no hall, havia uma única maca com um corpo recém-morto. Estava logo embaixo do brilho forte de uma lâmpada.

Os lençóis haviam sido dispostos de forma que somente o rosto pudesse ser visto. Fora preparado para uma foto Polaroid. Esse era o método atual de identificação dos mortos pelos familiares, considerado mais humano do que exibir aos parentes os restos muitas vezes mutilados.

Jack sentiu um nó na garganta ao olhar o rosto plácido de Slam. Seus olhos estavam fechados; realmente parecia estar dormindo. Na morte, parecia ainda mais jovem do que em vida. Jack imaginava que teria cerca de 14 anos.

Profundamente deprimido, pegou o elevador até sua sala. Deu graças a Deus por Chet não estar lá. Bateu a porta, sentou-se à mesa e pôs as mãos na cabeça. Sentiu vontade de chorar, mas as lágrimas não vieram. Sabia que era indiretamente responsável pela morte de mais um indivíduo.

Antes que tivesse chance de chafurdar na culpa, bateram à porta. No início Jack fingiu não ouvir, esperando que a pessoa fosse embora. Mas o visitante bateu de novo. Por fim ele gritou irritado para que a pessoa entrasse.

Laurie abriu a porta hesitante.

– Não quero incomodar – disse ela. Sentiu a agitação de Jack imediatamente. Seus olhos estavam duros, as pupilas minúsculas como pontas de dardos.

– O que você quer? – perguntou Jack.

– Só quero que saiba que falei com o detetive Lou Soldano, como você me pediu. – Entrou na sala e colocou o número de telefone de Lou sobre a mesa de Jack. – Ele está aguardando sua ligação.

– Obrigado, Laurie. Mas acho que no momento não estou com disposição para falar com ninguém.

– Acho que ele poderia ajudar. Na verdade...

– Laurie! – Jack a interrompeu. E então, com uma voz mais suave disse: – Por favor, me deixe sozinho.

– Claro – disse Laurie em tom apaziguador. Em seguida recuou e fechou a porta. Por um segundo ficou olhando para a porta. Suas preocupações aumentaram. Nunca vira Jack assim. Estava muito longe de seu comportamento normalmente tranquilo e do seu jeito de ser descuidado, aparentemente destemido.

Correndo de volta à sua própria sala, Laurie fechou a porta e ligou para Lou imediatamente.

– O Dr. Stapleton chegou há poucos minutos – falou.

– Ótimo – disse Lou. – Peça para ele ligar. Vou ficar por aqui mais uma hora.

– Acho que ele não vai ligar. Está agindo de maneira mais estranha agora do que pela manhã. Alguma coisa aconteceu, tenho certeza.

– Por que não vai ligar?

– Não sei. Não quer nem falar comigo. E enquanto estamos falando, há outro aparente homicídio de gangues lá embaixo no necrotério. A morte aconteceu nas redondezas do Hospital Geral de Manhattan.

– Acha que ele está envolvido de alguma forma?

– Não sei o que pensar. Só estou preocupada. Tenho medo de que uma coisa terrível esteja para acontecer.

– Tudo bem, fique calma – aconselhou Lou. – Deixe comigo. Vou pensar em alguma coisa.

– Promete?

– Já deixei você na mão alguma vez?

JACK ESFREGOU OS OLHOS com força e em seguida os abriu. Olhou para a profusão de casos inacabados que atulhavam sua mesa. Sabia que não havia nenhuma chance de conseguir concentrar-se o suficiente para trabalhar.

Então seus olhos voltaram-se para dois envelopes estranhos. Um deles era um grande envelope pardo, o outro era de tamanho ofício. Jack abriu o de papel pardo primeiro. Continha a cópia de um prontuário hospitalar. Havia uma nota de Bart Arnold dizendo que se dispusera a obter uma cópia do prontuário de Kevin Carpenter para acrescentar aos outros que Jack havia pedido.

Jack estava satisfeito e impressionado. Uma iniciativa dessas era digna de recompensa e atestava bem o trabalho de toda a equipe de investigação da procuradoria. Abriu o prontuário e olhou-o de relance. Kevin fora admitido para uma cirurgia no joelho direito, que correra normalmente na segunda-feira pela manhã.

Jack parou de ler e começou a pensar que Kevin acabara de iniciar o pós-operatório quando começou a apresentar os sintomas. Colocando de lado o prontuário de Kevin, apanhou o de Susanne Hard e confirmou que ela também havia iniciado o pós-operatório, após uma cesariana. Olhando o prontuário de Pacini, confirmou a mesma coisa.

Perguntou-se se a cirurgia tinha alguma coisa a ver com o fato de terem contraído as respectivas doenças. Não parecia provável, já que nem Nodelman nem Lagenthorpe haviam sido operados. Mesmo assim, decidiu manter em mente a conexão.

Voltando ao prontuário de Kevin, descobriu que os sintomas de gripe começaram subitamente às 18 horas e progrediram rapidamente até um pouco depois das 21 horas. A essa altura os sintomas foram considerados suficientemente preocupantes para garantir a transferência do paciente para a Unidade de Terapia Intensiva. Na UTI o paciente desenvolveu a síndrome de deficiência respiratória que o levou à morte.

Fechou o prontuário e colocou-o na pilha com os outros. Abrindo o envelope menor – endereçado simplesmente ao "Dr. Stapleton" – encontrou uma folha de papel impressa em computador e um bilhete de Kathy McBane. O bilhete simplesmente lhe agradecia de novo pela atenção aos assuntos do hospital. Num curto pós-escrito, Kathy acrescentou que esperava que o papel anexo pudesse ajudá-lo.

Abriu o papel. Era uma lista de tudo o que fora enviado do almoxarifado central a um paciente chamado Broderick Humphrey. O diagnóstico do homem não era mencionado, mas sua idade sim: 48 anos.

A lista era tão longa quanto as que obtivera para os casos de doenças infecciosas. Como as outras, parecia ser aleatória. Não estava em ordem alfabética, tampouco os produtos ou equipamentos semelhantes estavam agrupados. Jack achou que a lista fora gerada na sequência em que os itens haviam sido pedidos. Essa ideia era reforçada pelo fato de que todas as cinco listas começavam de forma idêntica, provavelmente porque, quando cada paciente era admitido, exigia equipamento padrão rotineiro.

A natureza aleatória das listas tornava-as difíceis de comparar. O interesse de Jack era encontrar qualquer diferença que a lista do paciente escolhido aleatoriamente tivesse com relação às outras. Após desperdiçar 15 minutos indo e voltando entre as listas, decidiu usar o computador.

A primeira coisa que fez foi criar arquivos separados para cada paciente. Copiou cada lista num arquivo. Como não era o melhor digitador do mundo, essa atividade lhe tomou um tempo considerável.

Várias horas se passaram. No meio do processo de transcrição, Laurie tornou a bater em sua porta para dizer boa noite e saber se poderia fazer algo para ajudá-lo. Jack estava preocupado, mas assegurou que estava tudo bem.

Quando todos os dados foram digitados, Jack pediu ao computador para listar as diferenças entre os casos infecciosos e o paciente escolhido aleatoriamente. O que obteve foi desalentador: outra lista enorme! Analisando-a, percebeu o problema. Em contraste com o caso aleatório, os cinco pacientes dos casos infecciosos tinham passado um tempo na Unidade de Terapia Intensiva. Além disso, todos eles haviam morrido, mas não o outro paciente.

Por alguns minutos Jack pensou que seus exaustivos esforços haviam sido em vão, mas teve outra ideia. Como digitara as listas na mesma ordem original, pediu ao computador para fazer a comparação com relação ao último produto usado antes dos pacientes serem transferidos para a UTI.

Assim que apertou o botão para executar o comando, o computador deu a resposta. A palavra "umidificador" apareceu na tela. Jack ficou olhando. Aparentemente todos os casos infecciosos haviam utilizado umidificadores do almoxarifado central; o paciente escolhido de forma aleatória, não. Mas seria uma diferença significativa? Jack lembrou-se da infância: sua mãe pusera um umidificador em seu quarto quando tivera crupe. Lembrava-se do aparelho como um pequeno caldeirão fervente que cuspia e fumegava na sua cabeceira. Por isso não conseguia imaginar um umidificador tendo alguma coisa a ver com a disseminação de bactérias. A 100 graus centígrados, ele ferveria as bactérias.

Mas então lembrou-se de um modelo mais moderno de umidificador: o umidificador sônico, a frio. Percebeu que aquela poderia ser uma história totalmente diferente.

Pegou o telefone e ligou para o hospital. Pediu para falar com o almoxarifado central. A Sra. Zarelli estava de folga, e ele perguntou pela supervisora da noite. Seu nome era Darlene Springborn. Jack explicou quem era e em seguida perguntou se o almoxarifado central do hospital lidava com os umidificadores.

– Claro – disse Darlene. – Especialmente durante o inverno.

– Que tipo de umidificador o hospital usa? O tipo a vapor ou o frio?

– Quase exclusivamente o frio.

– Quando um umidificador volta do quarto de um paciente, o que acontece com ele?

– Nós cuidamos dele.

– Vocês o limpam?

– Claro – disse Darlene. – E além disso nós o deixamos ligado por um tempo para nos certificarmos de que ainda está funcionando normalmente. Então o esvaziamos e limpamos. Por quê?

– Eles são limpos sempre no mesmo local?

– São. Nós os guardamos numa pequena despensa com pia própria. Houve algum problema com os umidificadores?

– Não tenho certeza. Mas se houver, informarei à senhora ou à Sra. Zarelli.

– Agradeceria muito – disse Darlene.

Jack desligou, mas não tirou o fone do ombro; procurou o número de Gloria Hernandez. Digitou-o e esperou. Atendeu um homem que só falava espanhol. Depois de Jack pelejar com algumas palavras soltas, o homem pediu que esperasse.

Uma voz mais jovem entrou na linha. Jack supôs que fosse Juan. Perguntou ao garoto se poderia falar com sua mãe.

– Ela está muito doente – disse Juan. – Está tossindo muito e tem dificuldade em respirar.

– Ela ligou para o hospital como mandei?

– Não. Falou que não queria incomodar ninguém.

– Vou chamar uma ambulância para ir aí pegá-la – disse Jack sem hesitar. – Diga para ela aguentar firme, está bem?

– Certo – disse Juan.

– Enquanto isso, pergunte-lhe uma coisa. Pergunte se ela limpou algum umidificador ontem à noite. Sabe o que é um umidificador, não sabe?

– Sei. Só um minuto.

Jack esperou nervoso, tamborilando os dedos em cima do prontuário de Kevin Carpenter. Para somar à sua culpa, achava que deveria ter insistido em sua decisão de mandar Gloria ligar para Zimmerman. Juan voltou à linha.

– Ela agradece pela ambulância – disse Juan. – Teve medo de ligar porque a AmeriCare não paga a não ser que um médico concorde.

– E os umidificadores?

– Sim, ela respondeu que limpou dois ou três. Não se lembra exatamente de quantos.

Depois de desligar, Jack ligou para 911 e mandou uma ambulância à residência dos Hernandez. Pediu à telefonista para informar à equipe de emergência que era um caso infeccioso e que deveriam pelo menos usar máscaras. Disse também que a paciente deveria ir para o Geral de Manhattan e nenhum outro lugar.

Cada vez mais agitado, ligou para Kathy McBane. Pelo horário, não esperava encontrá-la, mas teve uma surpresa agradável. Ainda estava em seu escritório. Quando Jack comentou o fato de que ela ainda estava lá depois das 18 horas, Kathy respondeu que provavelmente ficaria lá por mais algum tempo.

– O que está acontecendo? – perguntou Jack.

– Muita coisa. Kim Spensor deu entrada na Unidade de Terapia Intensiva com síndrome de deficiência respiratória. George Haselton também está no hospital e está piorando. Receio que seus temores fossem bem fundamentados.

Jack acrescentou rapidamente que Gloria Hernandez chegaria à emergência em breve. Recomendou ainda que o tratamento de todos esses pacientes fosse imediatamente iniciado com rimantadine.

– Não sei se a Dra. Zimmerman irá aprovar o rimantadine. Mas pelo menos consegui convencê-la a isolar esses pacientes. Preparamos uma ala especial.

– Isso pode ajudar – disse Jack. – Certamente vale a pena tentar. E quanto ao técnico em microbiologia?

– Está a caminho neste momento.

– Espero que esteja indo de ambulância e não por transporte público.

– Minha recomendação foi essa. Mas a Dra. Zimmerman ainda precisava dar seguimento ao pedido. Honestamente, não sei qual foi a decisão final.

– Aquela lista que você me enviou foi de grande ajuda – disse Jack, finalmente indo ao assunto. – Lembra que me contou a respeito dos nebulizadores do hospital terem sido contaminados na Unidade de Terapia Intensiva há três meses? Acho que pode ter havido um problema semelhante com os umidificadores desta vez.

Jack contou a Kathy como chegara a essa conclusão, principalmente depois de Gloria Hernandez ter admitido que pegara em umidificadores na noite anterior.

– O que devo fazer? – disse Kathy alarmada.

– Neste momento não quero que faça nada.

– Mas eu deveria pelo menos tirar os umidificadores de circulação até termos certeza de que são seguros.

– O problema é que eu não quero que você se envolva. Receio que fazer uma coisa dessas possa ser perigoso.

– Do que está falando? – Kathy quis saber, irritada. – Já estou envolvida!

– Não fique zangada – disse Jack em tom apaziguador. – Desculpe. Acho que isso está mexendo muito comigo. – Jack não queria chamar a atenção de ninguém para a teia de suas suspeitas por medo de colocar mais pessoas em perigo, mas naquele momento ele não parecia ter opção. Kathy estava certa: os umidificadores tinham de ser retirados de serviço. – Escute, Kathy – disse Jack. Então, da forma mais sucinta possível, explicou sua teoria sobre as recentes doenças terem sido espalhadas de forma intencional. Também disse que havia uma possibilidade de Beth Holderness ter sido morta porque ele lhe pedira para procurar os agentes infecciosos no laboratório de microbiologia.

– É uma história um tanto extraordinária – disse Kathy desconfiada. E acrescentou: – É um pouco difícil de engolir tudo isso de uma vez.

– Não estou pedindo que acredite. Meu único interesse em contar isso agora é para sua segurança. Seja o que fizer ou disser a alguém, por favor, não se esqueça do que lhe contei. E, pelo amor de Deus, não mencione minha teoria a ninguém. Mesmo que eu esteja certo, não tenho ideia de quem está por trás disso.

– Bem – disse Kathy com um suspiro. – Não sei o que dizer.

– Não precisa dizer nada. Mas se quiser ajudar, pode fazer uma coisa.

– O quê? – perguntou Kathy desconfiada.

– Pegue uma certa quantidade de cultura bacteriana e de meio de transporte viral no laboratório de microbiologia. Mas não diga a ninguém por que precisa disso. Depois peça a alguém da manutenção para abrir o cano embaixo da pia onde os umidificadores são lavados. Ponha um pouco do material tirado do sifão nos dois meios de cultura e leve-os ao laboratório de referência da cidade. Pergunte se podem isolar qualquer um dos cinco agentes infecciosos.

– Acha que alguns dos micro-organismos ainda estão lá? – perguntou Kathy.

– É uma possibilidade. Não é muito plausível, mas estou tentando encontrar qualquer prova que puder. De qualquer forma, o que estou sugerindo não vai machucar ninguém, exceto você, se não tomar cuidado.

– Vou pensar nisso.

– Eu faria isso sozinho se não fosse pela recepção que invariavelmente teria aí – disse Jack. – Fui capaz de escapar na visita à sua sala, mas tentar coletar amostras num sifão é outra coisa.

– Nisso tenho que concordar com você.

Após desligar, Jack ficou pensando na reação de Kathy a suas revelações. Desde o momento em que comunicara suas suspeitas, ela soara reprimida, quase desconfiada. Jack deu de ombros. No momento não havia mais nada que pudesse dizer para convencê-la. Só podia esperar que ela desse ouvidos aos seus avisos.

Jack tinha mais uma ligação a fazer, e ao discar o número de longa distância cruzou supersticioso os dedos médio e indicador da mão esquerda. Estava ligando para Nicole Marquette, no CCD, e esperava duas coisas. Primeiro, que a amostra já tivesse chegado. Segundo, queria que Nicole dissesse que o grau de concentração era alto, o que significava que havia partículas virais suficientes para testar a amostra sem ter de esperar que o vírus fosse cultivado.

Enquanto aguardava a ligação ser completada, olhou para o relógio. Eram quase 19 horas. Xingou a si mesmo por não ter ligado antes, achando que teria de esperar até de manhã para falar com Nicole. Mas depois de discar o ramal da unidade de gripe, falou com ela imediatamente.

– O material chegou bem – disse Nicole, em resposta à sua indagação. – E tenho de lhe dar crédito pela ótima embalagem. O pacote térmico e o isopor conservaram bem a amostra.

– E quanto ao grau de concentração?

– Eu também fiquei impressionada com isso. De onde era essa amostra?

– Lavagens de bronquíolos – respondeu Jack.

Nicole soltou um assobio baixinho.

– Com esta concentração de vírus, deve ser um subtipo terrivelmente maligno. Ou isso, ou um hospedeiro comprometido.

– É um subtipo maligno mesmo – disse Jack. – A vítima era um rapaz saudável. Além disso, uma das enfermeiras que tomavam conta dele também já está na UTI com deficiência respiratória aguda. Isso menos de 24 horas após a exposição.

– Nossa! É melhor fazer essa tipificação imediatamente. Na verdade, vou passar a noite aqui. Há mais casos além da enfermeira?

– Três outros que eu saiba.

– Ligo pela manhã – disse Nicole. E desligou.

Jack ficou ligeiramente espantado com o fim abrupto da conversa, mas sentiu-se satisfeito por saber que Nicole estava tão motivada.

Colocou o fone no gancho, e ao fazer isso notou o tremor em sua mão. Respirou fundo algumas vezes e tentou decidir o que fazer. Estava preocupado com sua volta para casa. Não tinha como medir a reação de Warren à morte de Slam. Também se perguntou se outro assassino seria enviado atrás dele.

O toque inesperado do telefone interrompeu seus pensamentos. Estendeu a mão para o fone mas não o apanhou, enquanto tentava pensar em quem poderia ser. Pelo horário tardio, precisou descartar alguns pensamentos irracionais, como o medo de que pudesse ser o homem que tentara matá-lo aquela tarde.

Finalmente pegou o fone. Para seu alívio, era Terese.

– Você prometeu que ligaria – reclamou em tom acusador. – Espero que não vá me dizer que esqueceu.

– Estava ao telefone. Na verdade, acabei de desligar.

– Tudo bem – disse Terese. – Mas estou pronta há uma hora. Por que não vai direto do trabalho para o restaurante?

– Ah, puxa, Terese. – Com tudo o que havia acontecido, Jack esquecera totalmente dos planos para o jantar.

– Não me diga que vai tentar pular fora.

– Tive um dia de cão.

– Eu também – contra-atacou Terese. – Você prometeu, e como eu disse esta manhã, você precisa comer. Diga, você almoçou?

– Não.

– Então? Não pode deixar de jantar também. Vamos lá! Se tiver que voltar para o trabalho, entenderei. Talvez eu também volte pro meu.

Terese estava sendo muito sensata. Precisava comer alguma coisa, mesmo que não tivesse fome, e precisava relaxar. Além do mais, conhecendo a persistência de Terese, não esperava que fosse aceitar um não como resposta, e Jack não tinha energia para uma discussão.

– Está pensando o quê? – perguntou Terese, impaciente. – Jack, por favor! Passei o dia inteiro querendo ver você! Podemos comparar histórias de guerra e votar para saber qual dos dois teve o dia pior.

Jack sentia-se fraco. De súbito, ter de jantar com Terese soava maravilhosamente atraente. Estava preocupado com a possibilidade de colocá-la em risco simplesmente pela proximidade, mas duvidava que alguém o estivesse seguindo agora. Se estivesse, decerto poderia despistá-los no caminho do restaurante.

– Qual é o nome do restaurante? – perguntou Jack por fim.

– Obrigada – disse ela. – Eu sabia que você viria. Chama-se Positano. É na Madison, mais acima de onde moro. Você vai adorar. É pequeno e muito relaxante. Nem parece um restaurante nova-iorquino.

– Encontro você lá em meia hora.

– Perfeito – disse Terese. – Estou realmente ansiosa por isso. Têm sido dias estressantes.

– Concordo plenamente.

Trancou sua sala e desceu para o primeiro andar. Não sabia como se certificar de que ninguém o seguia, mas achou que deveria pelo menos dar uma olhada na frente do prédio para ver se havia alguém suspeito. Ao passar pela recepção reparou que o sargento Murphy ainda estava em seu cubículo, conversando com alguém que Jack não reconheceu.

Jack e o sargento trocaram acenos. Jack ficou pensando se havia um número incomum de mortos sem identificação nos últimos dias. Murphy costumava ir embora às 17 horas em ponto.

Chegando à porta da frente, Jack vasculhou a área do lado de fora. Imediatamente reconheceu a futilidade do que estava fazendo. Principalmente por causa do abrigo para pessoas sem-teto ao lado, no prédio do velho Hospital Bellevue; quase todos ali poderiam ser considerados suspeitos.

Por alguns momentos observou a atividade da Primeira Avenida. A hora do rush ainda estava com força total, com o tráfego engarrafado para o norte. Os ônibus estavam superlotados. Todos os táxis estavam ocupados.

Pensou no que fazer. A ideia de ficar em pé na rua, tentando pegar um táxi, não tinha o menor apelo. Ficaria muito exposto. Alguém poderia até atacá-lo bem ali, especialmente se já haviam tentado matá-lo a tiros numa drogaria.

Um furgão de entregas que passava deu a Jack uma ideia. Voltando a entrar no edifício, desceu ao andar do necrotério e foi até o escritório. Marvin Fletcher, um dos técnicos de necrópsias da noite, estava tomando café com *donuts*.

– Marvin, queria te pedir um favor – disse Jack.

– O que é? – perguntou Marvin, engolindo um pedaço do *donut* com um gole de café.

– Não quero que conte a ninguém sobre isso. É pessoal.

– É mesmo? – Os olhos de Marvin ficaram mais arregalados do que o normal. Estava interessado.

– Preciso de uma carona até o New York Hospital – disse Jack. – Poderia me levar num dos rabecões?

– Eu não deveria dirigir... – Marvin tentou se explicar.

– É por uma boa razão – disse Jack, interrompendo Marvin. – Estou tentando evitar uma namorada, e acho que ela está do lado de fora. Tenho certeza de que um cara bonitão como você já teve problemas do gênero.

Marvin deu uma gargalhada.

– Acho que sim.

– Só vai levar um segundo. Subimos a Primeira Avenida e cortamos para a York. Você estará de volta num instante, e aqui tem 10 pratas pelo incômodo. – Jack pôs uma nota de 10 dólares na mesa.

Marvin olhou a nota e encarou Jack.

– Quando quer sair?

– Agora mesmo.

Jack entrou pelo lado do carona e foi para a parte de trás do furgão. Segurou-se onde pôde enquanto Marvin recuava para a rua

30. Enquanto esperavam o sinal na esquina da Primeira Avenida, Jack certificou-se de que estava bem escondido.

Apesar do tráfego, chegaram rápido ao New York Hospital. Marvin deixou Jack na entrada da frente, e Jack entrou logo. Dentro do saguão, ficou esperando por cinco minutos. Como ninguém sequer vagamente suspeito entrou, Jack foi até a emergência.

Tendo estado no hospital em várias ocasiões, não teve dificuldades em encontrar seu caminho. Uma vez na emergência, saiu para a recepção e esperou que um táxi trouxesse um paciente. Não precisou esperar muito.

Assim que o paciente saiu do táxi, Jack entrou. Disse ao motorista para levá-lo à entrada da Bloomingdales na Terceira Avenida.

A Bloomingdales estava tão lotada quanto Jack esperava. Atravessou rapidamente o andar principal da loja, emergindo na Lexington, onde apanhou um segundo táxi. Pediu que esse o deixasse a uma quadra do Positano.

Para ter cem por cento de certeza de que estava seguro, ficou dentro da entrada de uma loja de sapatos por mais cinco minutos. O tráfego de veículos na Madison Avenue era moderado, assim como o número de pedestres. Ao contrário da área ao redor do necrotério, todos estavam bem-vestidos. Jack não viu ninguém que parecesse membro de gangue.

Sentindo-se confiante e congratulando-se pela engenhosidade, partiu para o restaurante. O que não sabia era que dois homens esperavam sentados dentro de um Cadillac preto brilhante, recém-estacionado entre a loja de sapatos e o Positano. Quando Jack passou, não pôde ver nada porque os vidros eram tão escuros que pareciam espelhos.

Abriu a porta do restaurante e entrou numa espécie de tenda de lona feita para manter o frio do inverno distante das pessoas sentadas perto da entrada.

Entrando por uma abertura na lona, Jack encontrou-se num ambiente quente e confortável. À sua esquerda ficava um pequeno bar de mogno. As mesas de jantar estavam agrupadas à direita e estendiam-se até os fundos do restaurante. As paredes e o teto estavam cobertos com treliças brancas onde se penduravam trepadeiras de seda que pareciam incrivelmente reais. Era como se tivesse entrado subitamente num restaurante na Itália.

Pelo aroma saboroso que permeava o local, Jack percebeu que o chef tinha o mesmo respeito por alho que ele. Antes Jack pensava estar sem fome. Agora sentia-se faminto.

O restaurante estava lotado, mas sem a atmosfera frenética de muitos restaurantes de Nova York. Com a treliça no teto, os sons das conversas dos frequentadores e o tilintar da porcelana ficavam abafados. Jack supôs que a paz do local era o que Terese havia querido dizer com "nem parece um restaurante nova-iorquino".

O maître cumprimentou-o e perguntou se podia ajudá-lo. Jack disse que estava procurando a Srta. Hagen. O garçom fez uma mesura e um gesto para que Jack o acompanhasse. Mostrou a Jack uma mesa contra a parede, logo depois do bar.

Terese levantou-se para dar um abraço em Jack. Quando viu seu rosto, ela parou.

– Meu Deus! Seu rosto está horrível.

– A minha vida inteira disseram isso – brincou Jack.

– Jack, por favor. Não brinque. Estou falando sério. Você está bem mesmo?

– Para lhe dizer a verdade, havia me esquecido completamente do meu rosto.

– Parece bem machucado. Gostaria de lhe dar um beijo, mas fico com medo.

– Meus lábios não têm nada de errado.

Terese balançou a cabeça, sorriu e acenou negativamente.

– Você é demais. Eu me considerava engraçadinha até encontrar você.

Sentaram-se.

– O que achou do restaurante? – perguntou Terese ao reposicionar seu guardanapo e colocar o trabalho de lado.

– Gostei na hora. É aconchegante, e não se pode dizer isso de muitos restaurantes nesta cidade. Nunca teria imaginado que ficasse aqui. A placa do lado de fora é tão discreta!

– É um dos meus lugares favoritos.

– Obrigado por insistir que eu saísse – disse Jack. – Odeio admitir, mas você estava certa. Estou morrendo de fome.

Durante os 15 minutos seguintes, os dois estudaram seus respectivos cardápios, ouviram o garçom recitar uma lista incrivelmente longa de entradas, e fizeram seus pedidos.

Que tal um pouco de vinho? – perguntou Terese.

– Por que não?

– Quer escolher? – perguntou Terese, estendendo a carta de vinhos em sua direção.

– Algo me diz que você saberá escolher melhor do que eu.

– Tinto ou branco? – perguntou Terese.

– Qualquer um está bom.

Com o vinho aberto e as duas taças cheias, Terese e Jack recostaram-se e tentaram relaxar. Ambos estavam tensos. Na verdade, Jack ficou pensando se Terese não estava mais tensa do que ele. Flagrou-a olhando furtivamente o relógio.

– Eu vi isso – disse Jack.

– Viu o quê? – Terese perguntou, inocente.

– Você olhando o relógio. Pensei que nós devêssemos estar relaxando. Foi por isso que evitei de propósito perguntar sobre seu dia ou lhe falar do meu.

– Desculpe – disse Terese. – Tem razão. Não devia estar fazendo isso. É apenas reflexo. Sei que Colleen e a equipe ainda estão no estúdio trabalhando e acho que me sinto culpada por estar aqui me divertindo.

– Será que posso perguntar como vai a campanha?

– Vai bem – disse Terese. – Na verdade, hoje fiquei nervosa, liguei para meu contato na National Health e almoçamos juntas. Quando falei da nova campanha ela ficou tão animada que me implorou para deixar que vazasse a notícia para seu presidente. Ela ligou de volta esta tarde para dizer que ele gostou tanto da campanha que está pensando em aumentar o orçamento de publicidade em vinte por cento.

Jack fez um cálculo mental do que significava um aumento de vinte por cento; equivalia a milhões de dólares, e isso o entristecia, quando pensava que o dinheiro viria essencialmente de fundos que deveriam ser usados para o tratamento de pacientes. Mas, não desejando acabar com a noite, não comunicou a Terese seus pensamentos. Em vez disso, parabenizou-a.

– Obrigada – disse ela.

– Não parece que você teve um dia difícil – comentou Jack.

– Bem, ouvir que o cliente gosta do conceito é só o começo. Mas existe a realidade de realmente montar a apresentação e fazer a campanha propriamente dita. Você não tem ideia dos problemas que surgem quando se está fazendo um comercial de trinta segundos para a televisão.

Terese tomou um gole de vinho. Ao colocar o copo de volta à mesa tornou a olhar para o relógio.

– Terese! – disse Jack fingindo raiva. – Você fez aquilo novamente!

– Tem razão! – e deu um tapinha na testa. – O que vou fazer comigo mesma? Sou uma *workaholic* incorrigível. Confesso. Mas espere! Eu sei o que posso fazer. Posso tirar este negócio! – Desafivelou o relógio de pulso e enfiou-o na bolsa. – Que tal?

– Muito melhor.

– O PROBLEMA é que esse camarada provavelmente está se achando uma espécie de super-homem ou coisa parecida – disse Gêmeo. – Deve estar dizendo "esses caras não sabem o que fazem". Estou ficando puto com essa história. Tá sacando?

– Então por que não faz isso pessoalmente? – perguntou Phil. – Por que eu? – Gotas de suor destacavam-se como diamantes brutos ao longo da linha de seu cabelo.

Gêmeo estava debruçado sobre o volante do Cadillac. Lentamente virou a cabeça para encarar seu sucessor, aparente à meia-luz do interior do carro. Faróis dos veículos que passavam iluminavam alternadamente o rosto de Phil.

– Fica frio – avisou Gêmeo. – Você sabe que eu não posso entrar lá. O doutor me reconheceria na hora e fim de papo. O elemento surpresa é importante.

– Mas eu também estava lá no apartamento do doutor – reclamou Phil.

– Mas o filho da puta não estava te olhando. E você também não deu nenhuma porrada nele. Ele não vai se lembrar de você. Vai por mim.

– Mas por que eu? – gemeu Phil. – BJ queria fazer isso, especialmente depois que as coisas deram errado lá na drogaria. Ele quer outra chance.

– Depois da drogaria o doutor poderia reconhecer o BJ. Além do mais, é uma oportunidade para você. Alguns dos irmãos têm reclamado que você nunca fez nada assim e devia ser o próximo da fila na gangue. Vai por mim, sei o que estou fazendo.

– Mas não sou bom nesse negócio – reclamou Phil. – Nunca atirei em ninguém.

– É fácil. Da primeira vez talvez você se espante, mas é fácil. Pou! E acabou-se. De certa forma é meio broxante, porque você fica todo aceso.

– Aceso estou mesmo – confessou Phil.

– Relaxe, garoto.Tudo o que você tem a fazer é entrar lá e não dizer uma palavra a ninguém. Mantenha a arma no bolso e não a puxe até chegar bem em frente ao doutor. Então você puxa a Tec e pou! Aí você se manda de lá e a gente pula fora. É mole.

– E se o doutor correr?

– Não vai correr. Vai ficar tão surpreso que não vai levantar um dedo. Se um cara acha que pode ser nocauteado tem uma chance, mas se o golpe vier do nada, não tem como. Ninguém se move. Eu já vi isso ser feito mais de dez vezes.

– Mas estou nervoso.

– Tudo bem, você está um pouco nervoso. Deixe-me dar uma olhada em você. – Gêmeo esticou a mão e empurrou o ombro de Phil. – E a sua gravata?

Phil esticou a mão e sentiu o nó da gravata.

– Acho que está legal – falou.

– Você está ótimo – disse Gêmeo. – Parece que está indo pra igreja, cara. Cacete, está até parecendo um banqueiro ou um advogado. – Gêmeo gargalhou e deu tapinhas nas costas de Phil.

Phil encolheu-se ao absorver as pancadas. Detestava isso. Entrar na gangue fora a pior coisa que fizera e perguntava-se se valia a pena. Mas àquela altura sabia que não tinha muita escolha. Era como entrar na montanha-russa e querer sair na primeira descida.

– Bom, cara, está na hora de apagar o filho da puta. – Gêmeo deu um último tapinha em Phil, e então passou o braço à sua frente para abrir a porta do lado do passageiro.

Phil saiu com as pernas bambas.

– Phil – disse Gêmeo.

Phil curvou-se e olhou para dentro do carro.

– Lembre-se: trinta segundos a partir do momento em que passar pela porta. Estarei estacionando no restaurante. Você sai de lá rápido e entra no carro. Entendeu?

– Acho que sim.

Phil se endireitou e começou a caminhar na direção do restaurante. Podia sentir a pistola batendo na coxa. Estava no bolso direito da calça.

Quando Jack conheceu Terese, teve a impressão de que ela era tão voltada para os seus objetivos que seria incapaz de conversar sobre amenidades. Mas teve de admitir que estava errado. Quando começou a mexer impiedosamente com ela sobre sua incapacidade de deixar o trabalho para trás, ela não só aguentou os golpes com equanimidade como também devolveu-os habilmente. Na segunda taça de vinho os dois riam com gosto.

– Hoje mais cedo eu certamente não achava que estaria rindo assim – disse Jack.

– Vou considerar isso um elogio.

– E deve.

– Com licença – disse Terese, dobrando o guardanapo. – Imagino que a entrada deva estar chegando. Se não se importar, gostaria de ir ao toalete antes disso.

– Por favor. – Jack segurou a borda da mesa e puxou-a para si, para dar mais espaço a Terese. Não havia muito espaço entre as mesas.

– Já volto. – apertou com carinho o ombro de Jack. – Não vá embora – brincou.

Jack viu-a se aproximar do maître, que ouviu-a e apontou para os fundos do restaurante. Continuou a observá-la enquanto abria caminho graciosamente pelo salão. Como de costume, usava um terninho simples, com um corte que acentuava seu corpo esbelto e atlético. Para Jack não era difícil imaginar que ela fazia exercícios físicos com a mesma determinação que dedicava à carreira.

Quando Terese desapareceu, Jack voltou sua atenção à mesa. Pegou o vinho e tomou um gole. Lera em algum lugar que o vinho tinto tinha a capacidade de matar vírus. Esse pensamento o fez lembrar-se de algo que não havia considerado, mas que talvez devesse. Ele havia sido exposto à gripe, e embora se sentisse confiante com as medidas que tomara com relação à sua saúde, certamente não queria expor mais ninguém, principalmente Terese.

Pensando nessa possibilidade lembrou que, como não tinha qualquer sintoma, não poderia estar fabricando o vírus. Logo, não poderia estar infectado. Pelo menos esperava que fosse esse o caso. Pensar na gripe o lembrou de seu rimantadine. Metendo a mão no bolso, pegou o frasco de plástico, tirou um dos tabletes alaranjados e engoliu-o com um pouco de água.

Depois de guardar a droga, deixou os olhos circularem pelo restaurante. Estava impressionado por todas as mesas estarem ocupadas, mas os garçons pareciam manter um ritmo tranquilo. Jack atribuiu isso a um bom planejamento e treinamento.

Olhando para a direita, viu alguns casais e homens solteiros bebendo no bar, possivelmente esperando por mesas. Justo nesse momento reparou que a porta de lona na entrada fora afastada quando um jovem negro bem-vestido entrou no restaurante.

Não sabia ao certo por que o indivíduo chamava sua atenção. No início achou que era porque o sujeito era alto e magro; lembrava vários dos homens com quem jogava basquete. Mas qualquer que fosse a razão, continuou a observar o sujeito que hesitou na porta e em seguida começou a descer o corredor central, aparentemente procurando amigos.

Os passos dele não eram alegres e despreocupados como deveriam ser num ambiente descontraído. Eram arrastados, como se estivesse carregando um peso nas costas. A mão direita estava enfiada no bolso da calça enquanto a esquerda pendia rígida ao lado do corpo. Não pôde deixar de reparar que o braço esquerdo não balançava. Era como se fosse uma prótese em vez de um braço real.

Cativado pelo indivíduo, observou enquanto a cabeça do homem se virara de um lado para o outro. O sujeito havia avançado 10 metros quando o maître o interceptou, e os dois trocaram algumas palavras.

A conversa foi rápida. O maître fez uma mesura e um gesto apontando para o interior do restaurante. O homem continuou a avançar, prosseguindo em sua busca.

Jack levou sua taça de vinho aos lábios e tomou um gole. Ao fazer isso, os olhos do homem encontraram os seus. Para sua surpresa, o homem foi direto em sua direção. Pousou a taça bem devagar. O homem chegou à mesa.

Como num sonho, viu o homem começar a erguer a mão direita. Nela estava uma arma. Antes que pudesse respirar, o cano estava apontado para ele.

Dentro do restaurante estreito o som de uma pistola pareceu ensurdecedor. Por reflexo, as mãos de Jack agarraram a toalha da mesa e puxaram-na para ele como se pudesse ocultar-se por trás dela. Nesse processo, derrubou as taças e a garrafa de vinho no chão, onde se estilhaçaram.

O ruído do disparo e o estilhaço do vidro foram seguidos por um silêncio estarrecedor. Um momento depois, o corpo caiu para a frente sobre a mesa. A arma caiu para a frente com estrépito.

– Polícia! – gritou uma voz. Um homem correu para o centro da sala, levantando uma insígnia de policial. Na outra mão segurava uma arma calibre 38 usada exclusivamente por detetives. – Ninguém se mova! Não entrem em pânico!

Com uma sensação de nojo, Jack empurrou a mesa que o prendia à parede. Ao fazê-lo, o homem rolou para o lado e caiu pesadamente no chão.

O policial enfiou a arma no coldre e a insígnia no bolso antes de se ajoelhar rapidamente ao lado do corpo. Tentou sentir o pulso, e então gritou para que alguém ligasse para 911 e pedisse uma ambulância.

Só então o restaurante explodiu em gritos e soluços. Aterrorizadas, algumas das pessoas que jantavam começaram a se levantar. Alguns na frente do restaurante saíram correndo.

– Fiquem sentados – ordenou o policial aos restantes. – Está tudo sob controle.

Algumas pessoas obedeceram as ordens e sentaram-se. Outras ficaram imóveis, os olhos arregalados.

Tendo recuperado um pouco a compostura, Jack agachou-se ao lado do policial.

– Eu sou médico – disse Jack.

– Sim, eu sei – disse o policial. – Dê uma olhada. Acho que este aqui já era.

Jack tentou sentir a pulsação enquanto se perguntava como o policial sabia que ele era médico. Não havia pulsação.

– Não tive muita escolha – disse o policial, na defensiva. – Tudo aconteceu tão rápido e com tanta gente ao redor que atirei no lado esquerdo do peito. Devo ter atingido o coração.

Jack e o policial se levantaram.

O policial olhou Jack de alto a baixo.

– Tudo bem? – perguntou.

Ainda em choque, Jack examinou-se. Poderia ter levado um tiro sem ter percebido.

– Acho que sim.

O policial balançou a cabeça.

– Essa foi por pouco. Nunca esperava que uma coisa dessas fosse acontecer com você aqui.

– Como assim?

– Se fosse para haver encrenca, esperava que acontecesse depois que saísse do restaurante.

– Não sei do que está falando – disse Jack. – Mas estou muito feliz por você estar aqui.

– Não me agradeça. Agradeça a Lou Soldano.

Terese saiu do toalete, confusa. Correu de volta para a mesa. Quando viu o corpo, suas mãos voaram para o rosto para tapar a boca. Nervosa, olhou para Jack.

– O que aconteceu? – perguntou ela. – Você está branco como um fantasma.

– Pelo menos estou vivo. Graças a este policial.

Confusa, Terese virou-se para o policial para pedir uma explicação, mas logo se ouviu o som de várias sirenes convergindo para o restaurante, e o policial começou a tirar as pessoas do caminho e pedir que se sentassem.

Terça-feira, 26 de março de 1996, 20h45

Jack olhava pela janela do carro em disparada e, com olhos que não enxergavam, observava o cenário noturno passar. Estava no banco da frente do carro impecável de Shawn Magoginal indo para o sul pela FDR Drive. Shawn era o policial à paisana que havia surgido misteriosamente, no momento crucial, para salvá-lo da morte certa.

Mais de uma hora havia passado desde o acontecido, e Jack ainda não conseguira relaxar. Na verdade, agora que tivera tempo de pensar nesse terceiro atentado à sua vida, estava mais agitado do que logo após o acontecido. Tremia literalmente. Numa tentativa de esconder de Shawn essa reação atrasada, levou ambas as mãos aos joelhos.

Pouco antes, quando os carros de polícia e a ambulância chegaram ao restaurante, o caos reinava. A polícia queria os nomes e os endereços de todos. Alguns reclamavam, outros obedeciam de boa vontade. No início Jack supôs que seria tratado da mesma forma, mas então Shawn informou-lhe que o tenente detetive Lou Soldano queria falar-lhe no quartel-general da polícia.

Jack não queria ir, mas não lhe deram escolha. Terese insistira em ir junto, mas Jack a demovera. Ela só sossegara quando ele prometeu ligar depois. Ela lhe disse que estaria na agência. Depois de uma experiência daquelas, não queria ficar sozinha.

Passou a língua por dentro da boca. A combinação do vinho e da tensão a tornara seca como o interior de um pé de meia. Não queria ir ao quartel-general da polícia por medo de que pudessem detê-lo. Deixara de relatar o homicídio de Reginald e estivera na cena do homicídio da drogaria. E, além de tudo, dissera o suficiente a Laurie para indicar um elo potencial entre as mortes de Reginald e Beth.

Jack suspirou preocupado e passou uma das mãos nos cabelos. Perguntou-se como responderia às inevitáveis perguntas que lhe seriam feitas.

– Tudo bem com você? – perguntou Shawn. Em seguida olhou para Jack, sentindo sua ansiedade.

– Sim, tudo ótimo. Foi uma noite maravilhosa em Nova York. É uma cidade onde a gente nunca fica entediado.

– É uma maneira positiva de se encarar a situação – concordou Shawn.

Jack olhou espantado para o policial, que parecia ter levado seu comentário a sério.

– Tenho algumas perguntas – disse Jack. – Que diabos você estava fazendo no restaurante? E como sabia que eu era médico? E como é que eu tenho de agradecer isso a Lou Soldano?

– O tenente Soldano recebeu uma dica de que você poderia estar em perigo.

– Como você sabia que eu estava no restaurante?

– Simples. O sargento Murphy e eu o seguimos desde o necrotério.

Tornou a olhar para a cidade escura e movimentada e balançou a cabeça imperceptivelmente. Estava envergonhado por ter pensado que era tão esperto a ponto de se assegurar de que não havia sido seguido. Era doloroso reconhecer que não estava na sua praia.

– Você quase nos despistou na Bloomingdales – disse Shawn. – Mas a essa altura eu já sabia o que você estava planejando.

Jack virou-se para o detetive.

– Quem deu a dica ao tenente Soldano? – Jack supôs que tivesse sido Laurie.

– Isso eu não sei. Mas logo você poderá perguntar a ele pessoalmente.

De maneira quase imperceptível, a FDR Drive transformou-se no South Street Viaduct. À frente, Jack podia ver surgindo a silhueta familiar da ponte do Brooklyn. Contra o céu da noite ela parecia uma lira gigantesca.

Saíram da rodovia ao norte da ponte e logo estacionaram no quartel-general da polícia.

Jack nunca vira o prédio e ficou surpreso com sua modernidade. Do lado de dentro, teve de passar por um detector de metais. Shawn o acompanhou à sala de Lou Soldano, e então foi embora.

Lou se levantou e estendeu a mão, puxando em seguida uma cadeira de espaldar reto.

– Sente-se, doutor. Este é o sargento Wilson. – Lou fez um gesto apontando para um policial negro uniformizado, que se levantou ao ser apresentado. Era um homem de boa aparência e seu uniforme estava impecavelmente passado. Seu ar bem cuidado contrastava enormemente com as roupas amarrotadas de Lou.

Jack apertou a mão do sargento e ficou impressionado com sua força. Ficou com vergonha de sua própria mão trêmula e úmida.

– Pedi que o sargento Wilson viesse para cá porque ele comanda nossa Unidade Antiviolência de Gangues em Operações Especiais – disse Lou ao voltar à sua mesa e sentar-se.

Ah, que ótimo, pensou Jack, preocupado que Warren pudesse ficar sabendo daquela reunião. Tentou sorrir, mas era um sorriso hesitante e falso; estava com medo de que seu nervosismo transparecesse. Receava que aqueles policiais experientes pudessem dizer que ele era um criminoso no instante em que passara pela porta.

– Soube que passou por uma experiência ruim – disse Lou.

– Isso é um eufemismo – disse Jack. Olhou para Lou. O homem não era o que ele esperava. Depois de Laurie ter deixado implícito que estivera envolvida com ele, Jack supôs que ele tivesse um físico mais imponente, que fosse mais alto e garboso. Em vez disso, achou que era uma versão mais baixa de si mesmo, considerando sua estrutura atarracada e musculosa e os cabelos cortados em estilo militar.

– Posso lhe fazer uma pergunta? – disse Jack.

– Por favor – disse Lou, abrindo os braços. – Isto não é uma inquisição. É uma conversa.

– O que fez o senhor designar o policial Magoginal para me seguir? Não estou reclamando, claro. Ele salvou a minha vida.

– Agradeça à Dra. Laurie Montgomery. Ela estava preocupada e me fez prometer que faria alguma coisa. Colocar alguém para segui-lo foi a única coisa em que pude pensar.

– Agradeço muito – disse Jack. Ele se perguntou o que poderia dizer a Laurie para lhe agradecer.

– Agora, doutor, tem muita coisa acontecendo aqui que gostaríamos de entender – disse Lou. Ele cruzou os braços sobre a mesa. – Talvez devesse nos contar o que está havendo.

– Eu realmente não sei ainda.

– Certo, muito justo – disse Lou. – Mas lembre-se, doutor! Pode relaxar! Repito que isto aqui é apenas uma conversa.

– Abalado como estou, acho que não serei muito capaz de conversar.

– Talvez deva informá-lo do que já sei. – Lou resumiu rapidamente o que Laurie lhe dissera. Enfatizou que sabia que Jack fora surrado pelo menos uma vez e que agora um membro de uma gangue do Lower East Side cometera um atentado contra sua vida. Lou mencionou a discordância de Jack com a AmeriCare e sua tendência a ver um complô na recente série de doenças infecciosas no Hospital Geral de Manhattan. Também disse que aparentemente irritara várias pessoas naquele hospital. Concluiu com a sugestão de Jack a Laurie, de que dois homicídios aparentemente não relacionados poderiam estar ligados, e que testes preliminares haviam confirmado essa teoria surpreendente.

Jack engoliu em seco.

– Puxa – falou. – Estou começando a pensar que você sabe mais do que eu.

– Tenho certeza de que não é o caso – disse Lou com um sorriso malicioso. – Mas talvez todas essas informações lhe deem uma ideia do que mais precisamos saber para impedir mais atentados contra você e outras pessoas. Houve outra morte ligada às gangues numa drogaria próxima ao hospital esta tarde. Sabe alguma coisa a respeito?

Jack engoliu em seco de novo. Não sabia o que dizer. O aviso de Warren reverberava em sua mente, assim como sua fuga das duas cenas de crime e o fato de ter auxiliado um assassino. Ele era, afinal de contas, um criminoso.

– Eu preferia não falar sobre isso agora – disse Jack.

– Ah, é mesmo? E por que, doutor?

A cabeça de Jack dava voltas à procura de respostas e ele detestava mentir.

– Acho que é porque estou preocupado com a segurança de certas pessoas.

– É para isso que estamos aqui – disse Lou. – A segurança das pessoas.

– Eu sei. Mas esta é uma situação um tanto incomum. Muitas coisas estão acontecendo. Estou preocupado que possamos estar à beira de uma epidemia de verdade.

– De quê? – perguntou Lou.

– Gripe. Um tipo de gripe com alta taxa de mortalidade.

– Muitos casos?

– Não muitos até agora. Mas estou preocupado assim mesmo.

– Epidemias me apavoram, mas estão fora da minha área de especialidade – disse Lou. – Mas homicídio, não. Quando o senhor acha que poderia contar-nos sobre esses assassinatos que mencionamos, já que não está com vontade de falar disso agora?

– Dê-me um dia. Essa possibilidade de epidemia é verdadeira. Confie em mim.

– Hmmm... – murmurou Lou. Olhou para o sargento Wilson.

– Muita coisa pode acontecer num dia – disse o sargento.

– Essa também é a minha preocupação. – Ele redirecionou sua atenção para Jack. – O que nos preocupa é que os dois rapazes que foram mortos eram de gangues diferentes. Não queremos ver uma guerra de gangues explodir por aqui. Sempre que isso acontece, muita gente inocente é morta.

– Preciso de 24 horas – repetiu Jack. – A essa altura espero poder provar o que estou tentando provar. Se não conseguir, admito que estava errado, e lhe digo tudo o que sei, que, a propósito, não é muito.

– Escute, doutor –, disse Lou. – Eu poderia prendê-lo agora mesmo e acusá-lo de cumplicidade depois. Você está conscientemente obstruindo a investigação de diversos homicídios. Quero dizer, você entende a realidade do que está fazendo, não é?

– Acho que sim.

– Eu poderia acusá-lo, mas não vou fazer isso. – Lou tornou a se sentar na sua cadeira. – Em vez disso, vou atender o seu pedido com relação a essa história de epidemia. Em deferência à Dra. Montgomery, que parece pensar que você é um bom sujeito, serei paciente quanto à minha especialidade. Mas quero ouvir notícias suas amanhã à noite. Entendeu?

– Entendi. – Jack olhou do tenente para o sargento e vice-versa. – É só?

– Por enquanto – respondeu Lou.

Jack levantou-se e dirigiu-se à porta. Antes de alcançá-la, o sargento Wilson falou:

– Espero que entenda o perigo de lidar com essas gangues. Seus membros sentem que têm pouco a perder, consequentemente, têm pouco respeito pela vida, seja a deles próprios ou a de outros.

– Vou me lembrar disso – disse Jack.

Saiu apressado do prédio. Ao emergir para a noite, sentiu um alívio enorme, como se tivesse recebido um perdão.

Enquanto aguardava que um táxi aparecesse em Park Row, na frente do quartel-general da polícia, pensou no que deveria fazer. Tinha medo de ir para casa. Naquele momento não queria ver os Black Kings ou Warren. Pensou em voltar para ver Terese, mas tinha medo de colocá-la em maior perigo do que já a havia colocado.

Com poucas alternativas, decidiu encontrar um hotel barato. Pelo menos estaria a salvo e seus amigos também.

Quarta-feira, 27 de março de 1996, 6h15

O primeiro sintoma que Jack notou foi uma erupção que apareceu subitamente em seus antebraços. Enquanto a examinava, a erupção espalhou-se rapidamente para seu peito e abdome. Com os dedos indicadores, esticou a pele ao redor de uma das erupções para ver se embranquecia com a pressão. Não só não embranquecia, como a pressão tornava a sua cor mais escura.

Depois, com a mesma rapidez com que aparecera, a erupção começou a comichar. No início Jack tentou ignorar a sensação, mas ela aumentou de intensidade a ponto de ele ter de se coçar. Enquanto se coçava, a erupção começou a sangrar. Cada bolha se transformou numa ferida aberta.

Com o sangramento e as feridas chegou a febre. Sua temperatura começou a subir devagar, mas depois dos 38 graus, disparou. Num instante a testa de Jack estava molhada de suor.

Quando se olhou no espelho e viu o rosto afogueado e pintado de feridas abertas, ficou horrorizado. Alguns minutos depois, começou a ter dificuldade para respirar. Até mesmo quando respirava fundo ele perdia o fôlego.

Então a cabeça de Jack começou a ribombar como um tambor a cada batida do coração. Não tinha ideia do que contraíra, mas a seriedade era óbvia demais. Jack percebeu intuitivamente que só tinha alguns instantes para fazer o diagnóstico e determinar o tratamento.

Mas havia um problema. Para fazer o diagnóstico precisava de uma amostra de sangue, mas não tinha agulha. Talvez pudesse obter uma amostra com uma faca. Faria a maior sujeira, mas poderia dar certo. Onde poderia encontrar uma faca?

Os olhos de Jack se abriram. Por um segundo vasculhou freneticamente a mesa de cabeceira à procura de uma faca, mas então parou. Estava desorientado. Um ruído profundo ressoava sem cessar. Jack não conseguia localizar o som. Levantou o braço para olhar para a erupção, mas ela havia desaparecido. Só então viu onde estava e percebeu que estivera sonhando.

Estimou a temperatura no quarto do hotel em 33 graus. Enojado, chutou fora os cobertores. Estava encharcado de suor. Sentando-se, colocou as pernas para fora da cama. O ruído metálico vinha do aquecedor que também fumegava e cuspia. Soava como se alguém estivesse batendo no pé do aquecedor com uma marreta.

Andou até a janela e tentou abri-la. Não cedia; era como se estivesse pregada. Desistindo, foi até o aquecedor. Estava tão quente que não conseguia tocar na válvula. Pegou uma toalha no banheiro, mas descobriu que a válvula estava presa na posição aberta.

No banheiro, conseguiu abrir uma janela com o vidro coberto de geada. Uma brisa refrescante entrou no ambiente. Por alguns minutos, Jack não saiu do lugar. Os azulejos frios provocavam uma sensação agradável nos seus pés. Inclinou-se sobre a pia e encolheu-se com a lembrança do pesadelo. Fora tão assustadoramente real que chegou a olhar novamente para os braços e o abdome para se certificar de que não tinha erupções. Felizmente não as tinha. Mas ainda sentia dor de cabeça, que supunha ter sido causada pelo superaquecimento. Perguntou-se por que não havia acordado mais cedo.

Olhando no espelho, reparou que seus olhos estavam vermelhos. Também precisava muito de um barbeador. Torceu para que houvesse lojinha de conveniências no saguão, pois não tinha trazido artigos de toalete.

Voltou ao quarto. Agora o aquecedor estava silencioso e a temperatura do aposento caíra para um nível tolerável, com ar frio fluindo do banheiro.

Começou a se vestir para poder descer. Enquanto isso, lembrou-se dos acontecimentos da noite anterior. A imagem do cano da arma voltou à sua mente com clareza assustadora. Estremeceu. Outra fração de segundo e estaria morto.

Três vezes em 24 horas Jack chegara perto da morte. Cada episódio o fazia perceber o quanto desejava viver. Pela primeira vez começou a se perguntar se sua reação ao luto pela esposa e pelas filhas – seu comportamento irresponsável – não seria ser um desserviço à memória delas.

No saguão, conseguiu comprar um barbeador descartável e um tubo de pasta de dentes em miniatura que vinha com uma escova junto. Enquanto aguardava o elevador, deu com uma pilha amarrada do *Daily News* do lado de fora de uma banca de jornais fechada. No topo da página manchetes sensacionalistas estava: "Médico-legista quase vira presunto em tiroteio em restaurante fino! Leia na página 3."

Jack tentou pegar um exemplar do jornal, mas não conseguiu. A fita que amarrava a pilha era difícil de arrebentar.

Voltando ao saguão, conseguiu convencer o moroso recepcionista da noite a sair de trás do balcão e a cortar a fita com uma gilete. Jack pagou pelo jornal e viu o recepcionista embolsar o dinheiro.

No elevador, ficou chocado ao ver uma foto sua na página 3, saindo do restaurante Positano com Shawn Magoginal segurando seu antebraço. Não conseguia lembrar-se de terem tirado fotos. A legenda dizia: "Dr. Jack Stapleton, legista da cidade de Nova York, sendo levado da cena do crime pelo detetive Shawn Magoginal. Um membro de gangue de Nova York foi morto no incidente."

Jack leu o artigo. Não era grande; terminou a leitura antes de entrar no quarto. De alguma forma o autor da matéria descobrira que tivera entreveros com a mesma gangue no passado. Havia uma implicação inconfundivelmente escandalosa. Jogou o jornal de lado. Estava enojado com a exposição inesperada e ficou com medo de que isso pudesse significar um retrocesso em sua causa. Esperava ter um dia ocupado, não queria interferências como resultado dessa notoriedade indesejada.

Tomou um banho, fez a barba e escovou os dentes. Sentia uma enorme diferença agora, mas ainda não estava totalmente bem. Tinha dor de cabeça, e os músculos das pernas estavam doloridos, assim como o cóccix. Não podia evitar a preocupação com o fato de que estava apresentando os primeiros sintomas da gripe. Nem precisou ser lembrado de tomar o rimantadine.

Quando chegou ao Departamento de Medicina Legal, pediu para o táxi deixá-lo na área de recepção do necrotério para evitar um encontro com a imprensa. Podia haver um jornalista de plantão.

Subiu direto para a sala de escalas. Estava preocupado com o que havia acontecido durante a noite. Ao entrar na sala, Vinnie baixou seu jornal.

– Ei, doutor – disse Vinnie. – Adivinhe só! O senhor está no jornal da manhã!

Jack o ignorou e foi até onde George estava trabalhando.

– Não está interessado? – gritou Vinnie. – Tem até uma foto!

– Eu vi. Não é o meu melhor ângulo.

– Diga-me o que aconteceu – quis saber Vinnie. – Puxa, parece até um filme. Por que esse cara queria matar o senhor?

– Foi um caso de identidade trocada – disse Jack.

– Ah, não! – disse Vinnie. Estava desapontado. – Quer dizer que ele achou que você era outra pessoa?

– Algo assim – disse Jack. Então, dirigindo-se a George, perguntou se tinha havido mais algum caso de morte por gripe.

– Alguém realmente disparou uma arma em você? – perguntou George, ignorando a pergunta de Jack. Estava tão interessado quanto Vinnie. Os desastres de outras pessoas tinham um apelo universal.

– Quarenta ou cinquenta vezes – disse Jack. – Mas por sorte era uma daquelas armas que disparam bolas de pingue-pongue. Aquelas das quais não fui capaz de me desviar atingiram-me sem me machucar.

– Acho que você não quer falar a respeito.

– Você é muito perceptivo, George. Agora, chegou alguma morte por gripe?

– Quatro.

O coração de Jack disparou.

– Onde estão?

George bateu com o dedo numa de suas pilhas.

– Eu designaria umas duas delas para você, mas Calvin já ligou para me dizer que quer que você fique mais um dia com a papelada. Acho que ele também leu o jornal. Na verdade, nem sabia se você viria trabalhar hoje.

Jack não respondeu. Com tudo que tinha para fazer, outro dia de burocracia era providencial. Jack abriu os prontuários rapidamente para ler os nomes. Embora já tivesse uma ideia das identidades, ainda assim foi um choque. Kim Spensor, George Haselton, Gloria Hernandez e William Pearson, o técnico de laboratório da noite, haviam morrido durante a noite com síndrome de deficiência respiratória aguda. A preocupação de que a gripe fosse de variedade virulenta não era mais uma indagação; agora era um fato. Aquelas vítimas eram todas adultos saudáveis que haviam morrido em 24 horas de exposição.

De repente toda a ansiedade de Jack voltara. Seu medo de uma grande epidemia foi às alturas. A única esperança era que, se estivesse certo quanto ao umidificador ser a fonte de contaminação, todos aqueles casos estivessem relacionados pelo fato de haverem sido expostos ao umidificador infectado. Portanto, nenhuma daquelas mortes representaria uma transferência entre pessoas, o elemento-chave para o tipo de epidemia que temia.

Jack saiu correndo da sala, ignorando mais perguntas de Vinnie. Não sabia o que deveria fazer primeiro. A partir do que acontecera com o episódio da peste, achou que deveria falar com Bingham e pedir que ele ligasse para as autoridades municipais e estaduais. Mas agora que a preocupação de Jack com uma epidemia em potencial aumentara, ele detestava deixar o tempo passar.

– Dr. Stapleton, o senhor recebeu um bocado de ligações – disse Marjorie Zankowski. Marjorie era a telefonista da noite. – Algumas pessoas deixaram recados em sua secretária eletrônica, mas aqui tem uma pilha deles. Ia levá-los para a sua sala, mas já que o senhor está aqui... – Ela entregou a Jack uma pilha de papeletas cor-de-rosa com recados telefônicos. Jack pegou-os e prosseguiu.

Examinou as papeletas enquanto subia no elevador. Terese ligara diversas vezes; a última às 4 horas. O fato de ter ligado tantas vezes fez Jack sentir-se um pouco culpado. Deveria ter ligado para ela do hotel, mas na verdade não tivera vontade de falar com ninguém.

Para sua surpresa, também havia recados de Clint Abelard e Mary Zimmerman. Seu primeiro pensamento foi que Kathy McBane poderia ter lhes contado tudo o que sabia. Se ela tivesse feito isso, então os recados de Clint e Mary poderiam ser desagradáveis. Ligaram um após o outro, logo depois das 6 horas.

As ligações mais intrigantes e preocupantes de todas foram as duas de Nicole Marquette, do CCD. Uma por volta da meia-noite, a outra às 5h45.

Entrando apressado em sua sala, tirou o casaco, desabou sobre a cadeira e retornou a ligação de Nicole. Quando conseguiu contatá-la, ela parecia exausta.

– A noite foi longa – confessou ela. – Tentei ligar para você muitas vezes em casa e no trabalho.

– Me desculpe. Eu deveria ter tentado lhe dar um número alternativo.

– Numa das vezes que liguei para seu apartamento, o telefone foi atendido por um indivíduo chamado Warren. Espero que seja um conhecido. Não me pareceu assim tão amigável.

– Ele é um amigo – disse Jack, mas a notícia o perturbou. Enfrentar Warren não seria fácil.

– Bom, não sei bem por onde começar – continuou Nicole. – Uma coisa que posso assegurar é que você fez muita gente perder uma noite de sono. A amostra de gripe que enviou provocou uma confusão enorme aqui. Nós a examinamos com nossa bateria de antissoros para todas as variedades de referência conhecidas. Ela não reagiu com nenhuma delas em grau significativo. Em outras palavras, tinha de ser uma variedade inteiramente nova ou que não tivesse sido vista durante o número de anos em que estivemos armazenando antissoros.

– Não é uma notícia muito boa mesmo, é? – perguntou.

– Dificilmente. É uma notícia muito assustadora, particularmente à luz da patogenicidade da variedade. Fomos informados de que agora são cinco mortes.

– Como soube? Acabei de descobrir que houve mais quatro vítimas ontem à noite.

– Já estivemos em contato com as autoridades estaduais e locais durante a noite. Esse foi um dos motivos pelos quais tentei tanto entrar em contato com você. Consideramos que esta é uma enfermidade epidemiológica; não queria que você se sentisse perdido. Sabe, nós finalmente encontramos alguma coisa que reagisse com o vírus. Foi uma amostra de soro congelada que suspeitamos conter antissoros da variedade de gripe que provocou a grande epidemia de 1918 e 1919!

– Meu Deus!

– Assim que descobri isso, liguei para meu chefe, o Dr. Hirose Nakano. Ele, por sua vez, ligou para o diretor do CCD. Esteve ao telefone com todo mundo, até com o Ministro da Saúde. Estamos nos preparando para uma guerra aqui. Precisamos de uma vacina, e rápido. É o pânico da febre suína de 1976 se repetindo.

– Há alguma coisa que eu possa fazer? – perguntou, embora já soubesse a resposta.

– Não neste momento. Nós somos gratos por nos ter alertado para o problema tão rápido. Contei isso tudo ao diretor. Não me surpreenderia se ele próprio ligasse para você.

– Então o hospital foi notificado?

– Sem dúvida. Uma equipe do CCD está indo para lá hoje, para ajudar como puder, inclusive auxiliando o epidemiologista local. Nem é preciso dizer que adoraríamos descobrir de onde veio este vírus. Um dos mistérios da gripe é saber onde estão os repositórios dormentes. Pássaros – particularmente patos – e porcos são os maiores suspeitos, mas ninguém sabe ao certo. É no mínimo espantoso que uma variedade que não é vista há 75 anos volte para assombrar a população.

Poucos minutos depois, Jack desligou o telefone. Estava aturdido, mas também aliviado até certo ponto. Pelo menos seus avisos de uma possível epidemia foram ouvidos, e as autoridades adequadas tinham sido mobilizadas. Se fosse preciso evitar uma epidemia, as únicas pessoas que poderiam fazê-lo estavam envolvidas.

Mas ainda havia a questão da procedência daqueles agentes infecciosos. Jack certamente não achava que fosse uma fonte natural, como outro animal ou um pássaro. Achava que era uma pessoa ou uma organização, e agora poderia concentrar-se nisso.

Antes de fazer qualquer outra coisa, ligou para Terese. Encontrou-a em casa. Ela ficou extremamente aliviada por ouvir sua voz.

– O que aconteceu com você? – perguntou ela. – Fiquei muito preocupada.

– Passei a noite num hotel.

– Por que não ligou como prometeu? Liguei uma dezena de vezes para o seu apartamento.

– Desculpe. Eu deveria ter ligado. Mas quando saí do quartel-general da polícia e encontrei um hotel, não estava com muita disposição para conversar com ninguém. É impossível dizer como as últimas 24 horas foram estressantes. Receio que não estava sendo eu mesmo.

– Acho que entendo. Depois daquele incidente terrível ontem à noite, estou surpresa por você ainda ter ido trabalhar hoje. Não pensou em simplesmente ficar em casa? Acho que isso é o que eu teria feito.

– Estou muito envolvido em tudo o que está acontecendo.

– É disso que eu tinha medo. Jack, escute. Você levou uma surra e agora quase o mataram. Já não está na hora de deixar outras pessoas assumirem o comando, enquanto você volta ao seu trabalho normal?

– De certa forma, isso já está acontecendo. Funcionários do Centro de Controle de Doenças estão a caminho daqui para conter essa epidemia de gripe. Tudo o que tenho a fazer é sobreviver ao dia de hoje.

– O que isso quer dizer? – perguntou Terese.

– Se eu não resolver este mistério até hoje à noite, desisto. Prometi isso à polícia.

– Isso é música para os meus ouvidos – disse Terese. – Quando posso ver você? Tenho algumas notícias ótimas para lhe dar.

– Depois de ontem à noite, achei que iria me considerar perigoso de ter por perto.

– Estou supondo que, assim que você desistir dessa cruzada, as pessoas irão deixá-lo em paz.

– Mais tarde eu ligo – disse Jack. – Não sei como vai ser o dia.

– Você prometeu ligar ontem à noite e não ligou. Como posso confiar em você?

– Vai ter de me dar outra chance. E agora tenho de voltar ao trabalho.

– Não vai perguntar sobre minhas ótimas notícias? – disse Terese.

– Pensei que me diria se quisesse.

– A National Health cancelou a revisão interna.

– Isso é bom?

– Claro – disse Terese. – Eles cancelaram porque têm certeza de que gostarão da campanha que deixei vazar ontem. Portanto, em vez de fazer a apresentação às pressas, temos um mês para fazê-la adequadamente.

– Isso é maravilhoso. Fico feliz por você.

– E não é tudo – disse Terese. – Taylor Heath me cumprimentou pessoalmente. Ele também me disse que soube do que Robert Barker tentou fazer, portanto Barker está fora e eu estou dentro. Taylor me assegurou de que eu serei a próxima presidente da Willow e Heath.

– Isso pede uma comemoração.

– Exato – disse Terese. – Uma boa forma de fazer isso seria almoçando hoje no Four Seasons.

– Você é persistente mesmo, hem?

– Uma mulher de negócios precisa ser.

– Almoçar não posso, mas, quem sabe, jantar. Isto é, se eu não estiver na cadeia...

– E o que isso quer dizer?

– Eu levaria muito tempo para explicar. Ligo mais tarde. Tchau, Terese. – Jack desligou antes que Terese pudesse dizer mais alguma coisa. Persistente como era, Jack tinha certeza de que ela o seguraria no telefone até convencê-lo.

Jack já se dirigia para o laboratório de DNA quando Laurie apareceu na porta.

– Você não sabe como estou feliz em vê-lo – disse ela.

– Preciso agradecer a você por eu ainda estar aqui. Há alguns dias, eu acharia que você estava interferindo. Mas não agora. Muito obrigado pelo que disse ao tenente Soldano, porque salvou minha vida.

– Ele me ligou a noite passada e contou o que aconteceu. Tentei ligar para o seu apartamento várias vezes.

– Você e todo mundo. Para dizer a verdade, fiquei morto de medo de ir para casa.

– Lou também me disse que achava que você se arriscava muito com essas gangues. Pessoalmente, acho que você deveria desistir do que quer que esteja fazendo.

– Bom, você está com a maioria, se isso lhe serve de consolo. E tenho certeza de que minha mãe concordaria, se você ligasse para South Bend, Indiana, e pedisse sua opinião.

– Não entendo como você pode ser engraçadinho diante de tudo que aconteceu. Além do mais, Lou quer que você entenda que ele não pode protegê-lo 24 horas por dia. Ele não tem pessoal para isso. Você está sozinho.

– Pelo menos estarei trabalhando com alguém com quem já convivo muito tempo.

– Você é impossível! – disse Laurie. – Quando não quer falar de alguma coisa, se esconde por trás de suas tiradas. Acho que deveria contar tudo ao Lou. Fale de sua ideia de terrorismo e deixe tudo por conta dele. Deixe que ele investigue. Ele é bom nisso. É seu trabalho.

– Pode ser. Mas esta é uma circunstância especial, por vários motivos. Acho que exige um conhecimento que Lou não possui. Além do mais, sinto que acompanhar isso tudo até o fim poderia trazer um benefício enorme para minha autoconfiança. Não sei se isso é óbvio ou não, mas a verdade é que meu ego tem sofrido um pouco nestes últimos cinco anos.

– Você é um homem misterioso. Também é teimoso, e não o conheço o bastante para saber quando está brincando e quando está falando sério. Só me prometa ter mais cuidado do que tem tido nos últimos dias.

– Vamos fazer um trato – disse Jack. – Prometo se você concordar em tomar rimantadine.

– Notei que houve mais mortes de gripe lá embaixo – disse Laurie. – Você acha que o rimantadine pode combatê-la?

– Com certeza. O CCD está levando essa epidemia muito a sério, e você também deveria. Na verdade, eles acham que poderia ser a mesma variedade que provocou a desastrosa epidemia de gripe em 1918. Eu mesmo já comecei a tomar rimantadine.

– Como poderia ser a mesma variedade? Ela não existe mais.

– A gripe tem um jeito de se esconder. É uma das coisas que interessaram muito ao CCD.

– Bem, se fosse esse o caso, isso certamente acabaria com sua teoria terrorista. Não há como alguém espalhar deliberadamente algo que não existe fora de algum reservatório natural conhecido.

Jack olhou para Laurie por um minuto. Ela tinha razão, e ele se perguntou por que não havia pensado nisso.

– Não queria estragar a sua festa.

– Tudo bem – disse Jack, preocupado. Ele estava ocupado imaginando se o episódio da gripe poderia ser um fenômeno natural, embora as outras irrupções fossem intencionais. O problema é que essa linha de pensamento violava uma regra fundamental dos diagnósticos médicos: deve-se procurar explicações simples até para eventos aparentemente díspares.

– Mesmo assim, a ameaça da gripe é obviamente real – disse Laurie. – Então vou tomar a droga, mas, para que eu possa ter certeza de que você irá cumprir sua parte do trato, quero que fique em contato comigo. Reparei que Calvin tirou você das necrópsias, por isso, se sair da sua sala terá de me ligar de tempos em tempos.

– Talvez você tenha falado com minha mãe, afinal de contas – disse Jack. – Isso parece incrivelmente com as ordens que ela me deu durante minha primeira semana de faculdade.

– É pegar ou largar.

– Eu pego.

Depois que Laurie saiu, Jack foi até o laboratório de DNA, para procurar Ted Lynch. Ficou aliviado por sair de sua sala. Apesar de saber que tinham boas intenções, estava ficando cansado de pessoas dando conselhos, e, além disso, tinha medo de que Chet chegasse logo. Sem dúvida ele iria expressar as mesmas preocupações de Laurie.

Subindo as escadas, Jack pensou mais a respeito da observação de Laurie com relação à fonte da gripe. Não podia acreditar que não tivesse pensado nisso antes, e isso minava sua confiança, além de ressaltar o quanto ele dependia de um resultado positivo da sonda que a National Biologicals enviara. Se fossem todos negativos, não teria muita esperança de provar sua teoria. Tudo o que sobraria seriam as culturas que pedira que Kathy McBane obtivesse no sifão da pia no almoxarifado central.

No momento em que avistou Jack se aproximando, Ted Lynch fingiu se esconder atrás de sua bancada.

– Droga, você me encontrou – brincou Ted quando Jack deu a volta pela bancada. – Esperava não vê-lo até a tarde.

– Não é seu dia de sorte. Não estou sequer nas necrópsias, portanto decidi acampar aqui no seu laboratório. Acho que você não teve tempo de testar minhas sondas...

– Na verdade, fiquei até tarde ontem à noite, e até cheguei cedo para preparar as nucleoproteínas. Estou pronto para testar as sondas agora. Se me der mais ou menos uma hora, terei os resultados.

– Você pegou todas as quatro culturas?

– Claro que sim – confirmou Ted. – Agnes estava de prontidão, como sempre.

– Eu volto – afirmou.

Com algum tempo sobrando, Jack desceu até o necrotério e vestiu o traje lunar antes de entrar na sala de necrópsias.

A rotina da manhã estava a pleno vapor. Seis das oito mesas estavam sendo usadas em vários estágios do procedimento de necrópsia. Jack percorreu a fileira até reconhecer um dos mortos. Era Gloria

Hernandez. Por um momento olhou para o rosto branco e tentou compreender a realidade da morte. Tendo falado com ela em seu apartamento no dia anterior, parecia ser uma transição inconcebível.

A necrópsia estava sendo feita por Riva Mehta, a colega de Laurie. Era uma mulher baixinha, de ascendência indiana, que tinha de ficar em pé sobre uma banqueta para executar o procedimento. Naquele momento acabara de fazer a incisão no peito.

Jack ficou e assistiu. Quando os pulmões foram retirados, pediu para ver a superfície cortada. Era idêntica à de Kevin Carpenter no dia anterior, até com micro-hemorragias. Não havia dúvida de que era uma pneumonia de gripe primária.

Continuando a caminhar, Jack encontrou Chet ocupado com o enfermeiro, George Haselton. Jack ficou surpreso; o *modus operandi* costumeiro de Chet era parar no escritório antes de fazer as necrópsias do dia. Quando Chet viu que era Jack, pareceu irritado.

– Por que é que você não atendeu ao telefone ontem à noite?

– Ia ser difícil – respondeu Jack. – Eu não estava em casa.

– Colleen ligou para me contar o que aconteceu. Acho que essa coisa toda já foi longe demais.

– Chet, em vez de falar, que tal me mostrar o pulmão? – disse Jack.

Chet mostrou o pulmão a Jack. Era idêntico ao de Gloria Hernandez e ao de Kevin Carpenter. Quando Chet recomeçou a falar, Jack simplesmente foi em frente.

Percorreu a sala até ver a maioria dos casos de gripe. Não houve surpresas. Todos ficaram impressionados com a patogenicidade do vírus.

Voltando a pôr suas roupas comuns, foi direto ao laboratório de DNA. Desta vez Ted pareceu feliz ao vê-lo.

– Não sei bem o que você queria que eu encontrasse – disse Ted. – Mas você está batendo um bolão, hem? Dois dos quatro foram positivos.

– Só dois? – perguntou Jack. Ele havia esperado que fossem todos positivos ou todos negativos. Como com tudo o mais associado a essas epidemias, ficou surpreso.

– Se você quiser, posso voltar e alterar os resultados – brincou Ted. – Quantos quer que sejam positivos?

– Pensei que o brincalhão aqui fosse eu.

– Esses resultados acabam com alguma teoria sua? – perguntou Ted.

– Ainda não tenho certeza. Quais dos dois eram positivos?

– A peste e a tularemia – respondeu Ted.

Jack voltou para sua sala enquanto ponderava essa nova informação. Quando se sentou, já decidira que não fazia qualquer diferença o número de culturas positivas. O fato de qualquer uma delas ser positiva dava apoio à sua teoria. A menos que o indivíduo fosse técnico de laboratório, seria difícil entrar em contato com uma cultura de bactéria propagada artificialmente.

Puxando o telefone para perto, fez uma ligação para a National Biologicals. Pediu para falar com Igor Krasnyansky, já que o homem fora gentil o bastante para enviar as sondas. Jack tornou a se apresentar.

– Eu me lembro de você – disse Igor. – Teve sorte com as sondas?

– Tive. Obrigado mais uma vez por enviá-las. Mas agora tenho mais algumas perguntas.

– Vou tentar respondê-las – disse Igor.

– A National Biologicals também envia culturas de gripe?

– Envia. Vírus são uma grande parte de nosso negócio, incluindo a gripe. Temos muitas variedades, principalmente do tipo A.

– Vocês possuem a variedade que provocou a epidemia de 1918? – perguntou Jack. Queria muito estar cem por cento correto.

– Quem nos dera! – disse Igor com uma gargalhada. – Tenho certeza que essa variedade faria sucesso com pesquisadores. Não, não a temos, mas temos algumas que provavelmente são semelhantes, como a da febre suína de 1976. Acredita-se que a variedade de 1918 era uma mutação do H1N1, mas ninguém sabe exatamente o que era.

– Minha próxima pergunta tem a ver com a peste e a tularemia – disse Jack.

– Temos ambas.

– Eu sei. O que gostaria de saber são os nomes dos laboratórios que pediram qualquer uma dessas duas culturas nos últimos meses.

– Receio que esse tipo de informação não seja veiculado normalmente.

– Entendo. – Por um momento, Jack receou que teria de envolver Lou Soldano para obter a informação de que precisava. Mas então pensou que poderia convencer Igor a dá-la. Afinal, Igor tivera o cuidado de dizer que esse tipo de informação não era veiculado "normalmente".

– Talvez você queira falar com nosso presidente – sugeriu Igor.

– Deixe-me dizer por que quero saber isso – disse Jack. – Como legista, vi duas mortes recentemente com esses agentes. Nós apenas gostaríamos de saber a que laboratórios deveríamos avisar. Nosso interesse é prevenir mais acidentes.

– E as mortes foram causadas pelas nossas culturas? – perguntou Igor.

– Por isso eu quis as sondas – disse Jack. – Suspeitávamos disso, mas precisávamos de provas.

– Humm – fez Igor. – Não sei se isso me faz sentir mais ou menos inclinado a fornecer informações.

– É só uma questão de segurança – afirmou Jack.

– Bem, isso parece razoável. Não que seja segredo. Nós dividimos nossas listas de clientes com diversos fabricantes de equipamentos. Deixe-me ver o que posso encontrar aqui na minha estação de trabalho.

– Para facilitar as coisas, restrinja o campo aos laboratórios da área metropolitana de Nova York.

– Muito justo – disse Igor. Jack ouviu o homem digitando em seu teclado. – Vamos tentar a tularemia primeiro. Aqui vamos nós.

Houve uma pausa.

– Encontrei – disse Igor. – Enviamos tularemia para o hospital da National Health e para o Hospital Geral de Manhattan. São só esses; pelo menos nos últimos dois meses.

Jack sentou-se mais ereto, especialmente sabendo que a National Health era o maior concorrente da AmeriCare.

– Pode me dizer quando essas culturas saíram daí?

– Acho que sim – disse Igor. Jack ouviu mais ruídos de digitação. – Bom, aqui vamos nós. O carregamento da National Health foi enviado no dia 22 deste mês, e o do Hospital Geral de Manhattan saiu no dia 15.

O entusiasmo de Jack desvaneceu ligeiramente. No dia 22 ele já havia feito o diagnóstico de tularemia em Susanne Hard. Isso eliminava a National Health por enquanto.

– O seu arquivo mostra quem foi o destinatário do carregamento do Hospital Geral de Manhattan? – perguntou Jack. – Terá sido o laboratório propriamente dito?

– Espere – pediu Igor enquanto trocava de telas novamente. – Aqui diz que o consignado foi o Dr. Martin Cheveau.

O coração de Jack acelerou. Estava descobrindo informações que muito poucas pessoas sabiam que podiam ser descobertas. Duvidava até mesmo que Martin Cheveau soubesse que a National Biologicals marcava suas culturas.

– E quanto à peste?

– Só um instante – pediu Igor enquanto digitava as variáveis adequadas.

Outra pausa. Jack podia ouvir a respiração de Igor.

– Muito bem, aqui está – disse Igor. – A peste não é um item comumente pedido na Costa Leste, a não ser por laboratórios acadêmicos ou de referência. Mas houve um carregamento que saiu no dia 8. Foi para os Laboratórios Frazer.

– Nunca ouvi falar. Tem o endereço de lá?

– Rua Broome, 550 – respondeu Igor.

– E o nome do consignado? – perguntou Jack enquanto anotava o endereço.

– Só diz o laboratório.

– Vocês fazem muitos negócios com eles?

– Não sei – disse Igor. Fez outra consulta. – Eles nos enviam pedidos de vez em quando. Deve ser um pequeno laboratório de diagnósticos. Mas tem uma coisa estranha.

– O que é? – perguntou Jack.

– Eles sempre pagam com cheque – disse Igor. – Nunca vi isso antes. Não há problema, claro, mas os clientes normalmente têm crédito estabelecido.

– Tem o número de telefone?

– Só o endereço – disse Igor, repetindo-o.

Agradeceu a Igor pela ajuda e desligou o telefone. Pegando o catálogo telefônico, procurou os Laboratórios Frazer. Não constava da lista. Tentou ligar para o Auxílio à Lista, mas teve a mesma sorte.

Jack recostou-se na cadeira. Mais uma vez recebera informações que não esperava. Agora tinha duas fontes das bactérias nocivas. Como já sabia alguma coisa a respeito do laboratório do Hospital Geral de Manhattan, achou melhor visitar os Laboratórios Frazer. Se houvesse alguma forma de estabelecer uma associação com os dois laboratórios ou com Martin Cheveau, entregaria tudo a Lou Soldano.

O primeiro problema era a preocupação de ser seguido. Na noite anterior achara-se muito esperto, mas fora humilhado por Shawn Magoginal. Mas, para dar crédito a si mesmo, lembrou-se de que Shawn era um especialista. Os Black Kings certamente não eram. Mas para compensar a falta de experiência, os Black Kings eram impiedosos. Jack sabia que teria de despistar um perseguidor em potencial rapidamente, já que eles haviam claramente demonstrado uma total falta de consciência quanto a atacá-lo em público.

Havia também a preocupação colateral com Warren e sua gangue. Jack não sabia o que pensar a respeito deles. Não tinha ideia do estado de espírito de Warren. Deixaria para encará-lo em um futuro próximo.

Para despistar qualquer perseguidor, queria um local lotado, com várias entradas e saídas. Imediatamente a estação Grand Central e o terminal de ônibus da Port Authority lhe vieram à mente. Optou pelo primeiro, já que era mais perto.

Jack desejou que houvesse algum meio subterrâneo de chegar ao NYU Medical Center para ajudá-lo a se afastar do Departamento de Medicina Legal, mas não havia. Assim, optou por um serviço de radiotáxi. Orientou a telefonista para que o carro o apanhasse na recepção do necrotério.

Tudo parecia funcionar perfeitamente. O carro chegou rápido Partiram. Conseguiram chegar ao sinal na Primeira Avenida; em nenhum momento Jack representou um alvo fácil num carro parado. Mesmo assim, ficou abaixado em seu banco, fora de vista, aguçando a curiosidade do motorista. O taxista olhava para Jack a toda hora pelo retrovisor.

Ao subirem a Primeira Avenida, Jack levantou-se e olhou para trás. Não viu nada suspeito. Nenhum carro entrando subitamente no tráfego. Ninguém correndo para chamar um táxi.

Viraram à esquerda na rua 42. Jack pediu ao motorista que estacionasse bem em frente à estação Grand Central. Assim que o carro parou, saltou correndo. Para ter certeza absoluta de que não estava sendo seguido, desceu até o metrô e entrou no expresso da rua 42.

Quando o trem estava para partir e as portas começaram a fechar, Jack pulou fora. Em seguida correu até a estação propriamente dita e saiu para a rua 42 por uma entrada diferente da que usara ao chegar.

Sentindo-se confiante, chamou um táxi. No início, pediu ao motorista que o levasse ao World Trade Center. Descendo a Quinta Avenida, parou para ver se algum carro, táxi ou caminhão o estava seguindo. Não percebendo nada de anormal, pediu ao motorista para levá-lo ao número 550 da Broome Street.

Finalmente começou a relaxar. Recostou-se no banco e levou as mãos às têmporas. A dor de cabeça com a qual havia acordado no quarto de hotel superaquecido não o abandonara inteiramente. Até então estivera responsabilizando a ansiedade pelo latejar incessante, mas agora havia novos sintomas. Tinha uma ligeira irritação na garganta acompanhada por uma pequena coriza. Ainda havia chance de que fosse tudo psicossomático, mas estava preocupado.

Depois de circundarem a Washington Square, o motorista seguiu para o sul na Broadway, antes de virar em direção ao leste na Houston. Na Eldridge virou à direita.

Jack olhou para o cenário. Não tinha a menor ideia de onde ficava a rua Broome, embora achasse que devia ficar em algum lugar no centro, ao sul da Houston. Toda aquela parte da cidade era uma das muitas áreas de Nova York que ainda não explorara, e havia muitos nomes de ruas com os quais não estava familiarizado.

O táxi virou à esquerda na Eldridge, e Jack captou um relance da placa da rua. Era a Broome Street. Olhou para os prédios de cinco e seis andares. Muitos estavam abandonados e tinham tábuas pregadas sobre as portas e janelas. Parecia um lugar inapropriado para um laboratório médico.

Na esquina seguinte, a vizinhança melhorou sutilmente. Havia uma loja de ferragens com grades grossas de metal cobrindo as vitrines. Havia outras lojas de materiais de construção espalhadas pelo resto do quarteirão. Nos andares acima das lojas da rua havia algumas salas. Parecia ser um espaço comercial vazio.

No meio do quarteirão seguinte, o taxista estacionou no meio-fio. O número 550 da rua Broome não era o endereço dos Laboratórios Frazer. Era uma combinação de loja de compensação de cheques, aluguel de caixas postais e loja de penhores enfiada entre uma loja de embalagens e uma oficina de conserto de sapatos.

Jack hesitou. De início, pensou que anotara o endereço errado. Mas isso parecia improvável. Não só o havia anotado, como Igor o mencionara duas vezes. Jack pagou o táxi e desceu.

Como todas as demais lojas da área, aquela tinha uma grade de ferro que podia ser puxada para a frente à noite e trancada. Na vitrine havia uma miscelânea de objetos que incluía uma guitarra elétrica, um punhado de câmeras e um mostruário com joias baratas. Uma placa grande sobre a porta dizia: "Caixas Postais Pessoais". Pintadas na porta de vidro estavam as palavras "Compensamos Cheques".

Aproximou-se da janela. Ficando em pé logo à frente da guitarra elétrica, podia ver a loja por trás do mostruário. Havia um balcão com tampo de vidro que ia até o lado direito. Atrás do balcão estava um homem bigodudo com um cabelo estilo punk, vestido com roupas de camuflagem militar. Nos fundos da loja havia um cubículo de vidro fechado que parecia uma janela de caixa de banco. No lado esquerdo da loja havia uma série de caixas postais.

Jack ficou intrigado. O fato de que os Laboratórios Frazer pudessem estar utilizando aquela loja vagabunda como endereço para correspondência era certamente suspeito, se fosse verdade. No início ficou tentado a entrar e perguntar. Mas não o fez. Teve medo de estragar outros métodos de descobrir a informação. Sabia que esses estabelecimentos de caixas postais pessoais detestavam fornecer qualquer informação. Afinal, privacidade era a principal razão que levava as pessoas a alugarem as caixas.

O que realmente queria era não só descobrir se os Laboratórios Frazer tinham uma caixa postal ali, como também atrair um representante dos Laboratórios Frazer até a loja. Lentamente, um plano elaborado começou a se formar em sua mente.

Tomando cuidado para não ser visto pelo funcionário dentro da loja, Jack afastou-se rapidamente. Precisava de um catálogo telefônico. Como a área ao redor da loja de penhores era relativamente deserta, andou mais para o sul, até a rua Canal. Ali encontrou uma drogaria.

Jack copiou quatro endereços do catálogo: uma loja de uniformes que ficava por perto, uma agência de aluguel de carros, uma loja de materiais de escritório e um escritório da Federal Express. Como a loja de uniformes ficava mais próxima, Jack foi até lá primeiro.

Uma vez na loja, percebeu que não conseguia lembrar-se dos uniformes dos entregadores da Federal Express. Mas não estava tão preocupado com isso. Se ele não conseguia se lembrar, não achava que o funcionário da loja de penhores fosse se recordar tampouco. Comprou um par de calças de algodão azul e uma camisa branca com bolsos e dragonas nos ombros. Comprou também um cinto preto e uma gravata azul.

– Você se importaria se eu os vestisse? – perguntou ao funcionário.

– Claro que não – disse o funcionário, levando-o até um vestiário improvisado.

As calças eram ligeiramente compridas, mas ficou satisfeito. Quando olhou no espelho, achou que estava faltando alguma coisa. Acabou acrescentando um quepe azul ao traje. Depois de Jack pagar pelas compras, o funcionário embrulhou suas roupas normais. Quando o pacote ia ser lacrado, Jack lembrou-se de pegar o rimantadine. Com os sintomas que sentia, não queria perder uma dose sequer.

A próxima parada era a loja de materiais de escritório, onde Jack selecionou papel de embrulho, fita gomada, uma caixa de tamanho médio, barbante e um pacote de etiquetas de "urgente". Para sua surpresa, encontrou até mesmo etiquetas de "risco biológico", e por isso jogou uma caixa delas em seu carrinho de compras. Noutra parte da loja, encontrou uma prancheta e um bloco de formulários de recibo. Assim que conseguiu tudo o que queria, foi até o caixa e pagou.

A próxima parada foi o escritório da Federal Express. No estande de materiais da loja, Jack pegou várias etiquetas de endereçamento com os envelopes de plástico transparente usados para prendê-las aos pacotes.

O destino final de Jack foi uma agência de aluguel de carros, onde alugou um furgão de carga. Isso foi o que tomou mais tempo, já que teve de esperar enquanto alguém ia a outro local para buscar o furgão e depois trazê-lo até a agência. Jack aproveitou a oportunidade para preparar o pacote. Primeiro montou a caixa. Querendo dar-lhe a sensação realista de conteúdo, decidiu colocar nela um pedaço triangular de madeira que vira no chão perto da entrada. Presumiu que fosse um calço para a porta.

Quando ninguém do balcão da agência estava olhando, Jack pegou o objeto e enfiou-o na caixa. Em seguida amassou várias folhas de um *New York Post* que encontrou na área de espera. Levantou a caixa e sacudiu-a. Satisfeito, fechou-a com a fita adesiva.

Depois do papel de embrulho e do barbante, colou as etiquetas de "Urgente" e "Risco Biológico" na caixa.

O toque final foi a etiqueta da Federal Express, que Jack preencheu cuidadosamente, endereçando-a para os Laboratórios Frazer. Para o endereço do remetente, utilizou o da National Biologicals. Depois de jogar fora a cópia principal, inseriu uma das cópias carbono no envelope plástico e prendeu-a na frente da caixa. Ficou satisfeito. O pacote parecia realmente oficial, e com todas as etiquetas de "urgente", esperava que fosse surtir o efeito desejado.

Quando o furgão chegou, Jack saiu e colocou o pacote, os restos dos materiais e o embrulho contendo suas roupas na parte de trás. Sentou-se atrás do volante, deu a partida e saiu.

Antes de voltar à loja de penhores, fez duas paradas. Voltou à drogaria onde havia utilizado o catálogo de telefones e comprou pastilhas para a garganta irritada, que parecia pior. Também parou numa delicatessen para comprar algo para comer. Não estava com fome, mas já era tarde, e ele não comera nada naquele dia. Além do mais, após entregar o pacote, não tinha ideia de quanto tempo teria de esperar.

Enquanto dirigia de volta à rua Broome, Jack abriu uma das embalagens de suco de laranja que comprara e usou o suco para tomar uma segunda dose de rimantadine. Em vista do progresso dos sintomas, queria manter uma alta concentração da droga no sangue.

Jack estacionou bem em frente à loja de penhores, deixando o motor e o pisca-alerta ligados. Com a prancheta na mão, saiu e foi até a traseira para pegar o pacote. Em seguida entrou na loja.

A porta tinha sininhos presos à parte de cima, e a entrada de Jack foi anunciada por um tilintar estridente. Como antes, não havia nenhum cliente na loja. O bigodudo com roupas de camuflagem levantou os olhos da revista que lia. Com os cabelos arrepiados, tinha um olhar de surpresa perpétua.

– Tenho uma entrega urgente para os Laboratórios Frazer – disse Jack. Colocou o pacote sobre o balcão de vidro e enfiou a prancheta debaixo do nariz do homem. – Assine aqui embaixo – acrescentou enquanto lhe entregava a caneta.

O homem pegou a caneta mas hesitou, e olhou de esguelha para a caixa.

– É o endereço certo, não é? – perguntou Jack.

– Acho que sim – disse o homem. Cofiou o bigode e olhou para Jack. – Qual é a urgência?

– Me disseram que tem gelo seco aí – disse Jack. Em seguida inclinou-se para a frente, como se para contar um segredo. – Meu supervisor acha que é um carregamento de bactérias vivas. Você sabe, pra pesquisa, esse tipo de coisa.

O homem fez que sim com a cabeça.

– Fiquei surpreso por não ter de entregar isto aqui direto no laboratório – disse Jack. – Essa coisa não pode ficar por aí. Quero dizer, acho que não vai vazar nada; pelo menos acho que não. Mas pode morrer, e aí não vai ter utilidade. Suponho que você tenha uma maneira de entrar em contato com seus clientes, não?

– Acho que sim – repetiu o homem.

– Eu o aconselharia a fazer isso. Agora assine e eu vou embora.

O homem assinou. Olhando para o papel de cabeça para baixo, Jack leu o nome "Tex Hartmann". Tex devolveu a prancheta para Jack, que meteu-a debaixo do braço.

– Estou feliz por tirar essa coisa do meu furgão – disse Jack. – Nunca fui muito fã de bactérias e vírus. Já ouviu falar nesses casos de peste que surgiram aqui em Nova York semana passada? Fico apavorado.

O homem tornou a assentir.

– Se cuide – disse Jack com um aceno. Saiu da loja e subiu no furgão. Desejou que Tex tivesse falado um pouco mais. Não sabia ao certo se ele ligaria para os Laboratórios Frazer. Mas quando soltou o freio de mão, Jack viu Tex usando o telefone.

Satisfeito consigo mesmo, dirigiu várias quadras pela Broome Street, depois deu a volta. Estacionou a meio quarteirão da loja de penhores e desligou o motor. Após trancar as portas, abriu o invólucro de comida da delicatessen. Com ou sem fome, tinha que comer alguma coisa.

– TEM CERTEZA de que a gente devia fazer isso? – perguntou BJ.

– Tenho, cara, tenho – disse Gêmeo. Estava manobrando seu Cadillac ao redor do Washington Square Park, procurando algum lugar para estacionar. Não parecia que seria fácil encontrar uma vaga. O parque estava lotado de gente se divertindo de várias maneiras. Gente andando de skate, patins, jogando *frisbees*, dançando *break*, jogando xadrez e traficando drogas. Carrinhos de bebê enchiam o parque. Era uma atmosfera festiva, exatamente o motivo pelo qual Gêmeo sugerira o parque para o encontro.

– Merda, cara, estou me sentindo nu sem algum tipo de armamento. Isso não está certo.

– Cale a boca, BJ, e procure uma vaga pro meu veículo – disse Gêmeo. – Isto vai ser um encontro de irmãos. Não há necessidade de qualquer poder de fogo.

– E se trouxerem algum?

– Ei, cara, você não confia em ninguém? – perguntou Gêmeo. Naquele momento viu um furgão de entregas saindo do meio-fio. – Olhe só, estamos com sorte.

Gêmeo guiou seu carro com habilidade até a vaga e puxou o freio de mão.

– Aqui diz que é só para veículos comerciais – disse BJ. Estava com o rosto grudado no vidro para ver a placa de estacionamento.

– Com todo o crack que a gente movimentou este ano, acho que preenchemos o requisito – disse Gêmeo com uma gargalhada. – Vamos lá, põe esse rabo preto para andar.

Saíram do carro e atravessaram a rua para entrar no parque. Gêmeo conferiu seu relógio. Estavam um pouco adiantados, apesar do problema para estacionar. Era exatamente como Gêmeo gostava de agir nesse tipo de encontro. Queria ter uma chance de examinar o local primeiro. Não que desconfiasse dos outros irmãos, mas gostava de ser cauteloso.

Mas Gêmeo teria uma surpresa. Quando seus olhos varreram a área combinada para o encontro, sentiu-se trespassado pelo olhar de um dos homens mais fisicamente imponentes que já vira nos últimos tempos.

– Epa – disse Gêmeo baixinho.

– O que foi? – quis saber BJ, instantaneamente alerta.

– Os irmãos chegaram aqui antes da gente.

– O que quer que eu faça? – perguntou BJ. Seus olhos correram pelo parque até que também encontraram o mesmo homem que Gêmeo localizara.

– Nada. Continue andando.

– Ele parece tão relaxado, cacete. Isso me deixa preocupado.

– Cale a boca! – ordenou Gêmeo.

Gêmeo caminhou até o homem cujos olhos perfurantes não o deixavam por um momento sequer. Gêmeo imitou uma arma com a mão direita, apontou para o homem e disse:

– Warren!

– É isso aí – disse Warren. – Tudo em cima?

– Não está mal – respondeu Gêmeo. Então levantou ritualisticamente a mão direita até a altura da cabeça. Warren fez o mesmo e bateram as mãos espalmadas. Era um gesto costumeiro, semelhante a um aperto de mãos entre dois banqueiros rivais.

– Este aqui é o David – disse Warren, apontando para seu companheiro.

– E este aqui é o BJ – disse Gêmeo, imitando Warren.

David e BJ olharam um para o outro mas não se moveram nem falaram.

– Escute, cara – disse Gêmeo. – Deixe-me dizer uma coisa logo de cara. Não sabíamos que o doutor vivia no seu pedaço. Quero dizer, talvez a gente devesse saber, mas ele sendo branco, a gente nem se tocou.

– Que tipo de relacionamento vocês tinham com o doutor? – perguntou Warren.

– Relacionamento? Não tínhamos relacionamento nenhum.

– Então por que é que vocês estão tentando acabar com ele?

– Por uns trocados. Um sujeito branco que vive perto da gente chegou e ofereceu uma grana pra dar um aviso ao doutor sobre algo que ele estava fazendo. Aí, como o doutor não seguiu nosso conselho, o camarada ofereceu mais para apagar ele.

– Então você está me dizendo que o doutor não tinha nenhuma transação com vocês?

– De jeito nenhum – disse Gêmeo, com um riso de deboche. – Não precisamos de nenhum doutorzinho de merda para nossa operação.

– Vocês deviam ter nos procurado primeiro – disse Warren. – A gente daria o serviço sobre o doutor. Ele está jogando basquete com a gente na quadra já tem uns quatro ou cinco meses. Não é tão ruim assim. Desculpe pelo Reginald. Bem, não teria acontecido se tivéssemos conversado.

– Desculpe pelo garoto – disse Gêmeo. – Isso também não deveria ter acontecido. O problema era que a gente estava muito puto por causa do Reginald. Não dava para acreditar que um irmão tinha morrido por causa de um doutorzinho de merda.

– Então estamos empatados – disse Warren. – Sem contar o que aconteceu ontem à noite, mas isso não teve a ver com a gente.

– Eu sei – admitiu Gêmeo. – Pode imaginar esse doutor? Esse cara é igual a um gato, tem sete vidas. Porra, como é que aquele tira reagiu tão rápido? E por que é que ele estava lá? O cara deve achar que é Wyatt Earp ou coisa parecida.

– A questão é que nós queremos uma trégua – disse Warren.

– É isso aí. Chega de irmão matando irmão. A gente já tem muito problema sem isso.

– Mas uma trégua significa que você deixa o doutor de fora também.

– Você se importa com o que acontece com aquele cara?

– Me importo sim – respondeu Warren.

– Falou, então o problema é seu, cara. O dinheiro também não era tão bom assim.

Warren estendeu a palma da mão aberta. Gêmeo bateu nela. Depois Warren fez o mesmo com a de Gêmeo.

– Fica frio – disse Warren.

– Você também – despediu-se Gêmeo.

Warren fez um gesto para David avisando que ia embora. Caminharam de volta pelo Arco de Washington, na base da Primeira Avenida.

– Não foi tão mal assim – disse David.

Warren deu de ombros.

– Acredita nele? – perguntou David.

– Acredito. Ele pode traficar drogas, mas não é burro. Se esse negócio continuar, nós todos vamos perder.

Quarta-feira, 27 de março de 1996, 17h15

Jack não se sentia bem. Entre outros problemas, estava tenso e agora todos os seus músculos doíam. Ficara sentado no furgão por mais horas do que conseguia lembrar, vendo as pessoas entrarem e saírem da loja de penhores. A loja nunca chegava a ficar cheia mas o movimento era constante. A maioria das pessoas parecia andrajosa. Ocorreu-lhe que a loja provavelmente estava envolvida em atividades ilícitas como jogo ou drogas.

Não era uma boa vizinhança. Jack sentira isso no momento em que chegara, naquela manhã. Teve certeza quando a noite caiu e alguém tentou entrar no furgão com Jack sentado ali. O homem havia se aproximado da porta do carona com uma barra achatada, que conseguiu inserir entre o vidro e a moldura da porta. Jack teve de bater no vidro e acenar para chamar a atenção do homem. No instante em que viu Jack, ele saiu correndo.

Agora Jack estava chupando pastilhas para a garganta num ritmo regular, com pouco alívio. Sua garganta estava pior, e além do mais começara a tossir. Não era uma tosse ruim, apenas uma tosse seca. Mas irritava ainda mais a sua garganta e aumentava a ansiedade de que tivesse realmente pego a gripe de Gloria Hernandez. Embora dois tabletes de rimantadine fossem a dose diária recomendada, Jack tomou um terceiro quando a tosse começou.

Bem na hora em que analisava a possibilidade de admitir para si mesmo que seu inteligente plano com o pacote fora um fracasso, sua paciência foi recompensada. O homem não atraiu a atenção de Jack no início. Chegara a pé, o que Jack não esperava. Estava vestido com uma velha parca de esqui de náilon com um capuz, assim como muitos dos indivíduos que o precederam. Mas quando saiu, carregava o pacote. Apesar da luz fraca e da distância, Jack podia ver as etiquetas "urgente" e "risco biológico" coladas de qualquer maneira no exterior da caixa.

Teve de tomar uma decisão rápida enquanto o homem descia depressa na direção do Bowery. Não esperava ter de seguir um pedestre, e teve que decidir se deveria sair do furgão e segui-lo a pé ou ficar no carro, fazer o retorno e tentar seguir o homem dirigindo.

Concluindo que um furgão andando devagar atrairia mais atenção do que um pedestre, Jack saiu do veículo. Seguiu-o a distância até que o homem virou à direita na rua Eldridge. Então Jack correu até alcançar a esquina.

Virou bem a tempo de ver o sujeito entrar num prédio do outro lado da rua, na metade do quarteirão.

Jack andou rápido até o prédio. Tinha cinco andares, como seus vizinhos imediatos. Cada andar tinha duas janelas enormes que pareciam vitrines, com janelas menores de cada lado. Uma saída de incêndio ziguezagueava pelo lado esquerdo da fachada até terminar numa escada com contrapeso colocada a uns 3,5 metros da calçada. O espaço comercial do térreo estava vago, com um cartaz de "Aluga-se" do lado de dentro do vidro.

As únicas luzes do prédio vinham das janelas do segundo andar. De onde estava, o apartamento parecia ser um jirau, mas ele não tinha certeza. Não havia cortinas ou outros sinais domésticos óbvios.

Enquanto Jack olhava o prédio, perguntando-se vagamente o que fazer em seguida, as luzes se acenderam no quinto andar. No momento em que observava, viu alguém levantar a persiana da janela menor à esquerda. Não conseguia ver se era o homem que havia seguido, mas suspeitava que sim.

Depois de se certificar de que não estava sendo observado, foi rapidamente até a porta por onde o homem entrara. Experimentou-a, e ela se abriu. Passando pelo limiar, encontrou-se num pequeno saguão. Havia um grupo de quatro caixas postais embutido na parede à esquerda. Apenas duas tinham nomes. O segundo andar era ocupado por G. Heilbrunn. O inquilino do quinto andar era R. Overstreet. Não havia Laboratórios Frazer.

Quatro campainhas ladeavam uma gradezinha que Jack supunha cobrir um alto-falante. Contemplou vagamente a possibilidade de apertar o botão do quinto andar, mas não conseguiu imaginar o que dizer. Ficou ali por alguns minutos pensando, mas não lhe ocorreu nada. Então notou que a caixa postal do quinto andar parecia estar destrancada.

Ia tocar na caixa quando a porta interna que dava para o edifício propriamente dito abriu-se de supetão. Isso assustou Jack e ele deu um pulo, mas teve a presença de espírito de manter o rosto virado para quem saísse do prédio não o visse. A pessoa passou apressada, obviamente tensa. Jack viu de relance a mesma parka de esqui de náilon. Um segundo depois, o homem havia desaparecido.

Jack reagiu rapidamente, colocando o pé na porta interna antes que ela se fechasse. Assim que se certificou de que o homem não ia voltar, Jack entrou no edifício. Deixou a porta se fechar. Uma escada fazia a volta cercando um elevador largo com estrutura de aço e coberto por uma grade metálica grossa. Jack deduziu que o elevador fora construído para carga, não só pelo tamanho como também porque suas portas se fechavam horizontalmente e o piso era de tábuas toscas.

Entrou no elevador e apertou o número cinco.

O elevador era barulhento, vagaroso e subiu aos trancos e barrancos, mas deixou Jack no quinto andar. Saindo do elevador, viu uma porta lisa e maciça. Não havia nome nem campainha. Esperando que o apartamento estivesse vazio, Jack bateu. Como não houve resposta após nova tentativa, com mais barulho, Jack experimentou a porta. Estava trancada.

Como a escada subia outro lance, Jack subiu-a para ver se conseguia chegar ao telhado. A porta se abriu, mas ele ficaria trancado do lado de fora assim que saísse. Antes de se aventurar para o telhado, precisava achar algo para enfiar entre a porta e o batente para poder voltar à escada. Encostado ao batente encontrou um calço de madeira, provavelmente para esse propósito.

Com a porta entreaberta, saiu para o telhado escuro e caminhou cautelosamente até a frente do prédio. À sua frente podia ver o corrimão em arco da escada de incêndio destacado contra o céu da noite.

Chegando ao parapeito da frente, Jack agarrou o corrimão e olhou para baixo. A vista da rua despertou seu medo de alturas, e a ideia de se curvar sobre a beirada o enfraqueceu por um momento. Mas a 3,5 metros ficava a escada de incêndio do quinto andar. Estava generosamente iluminada pela luz que vinha de dentro do apartamento.

Apesar de sua fobia, Jack sabia que não podia deixar passar aquela chance. Precisava pelo menos dar uma olhada pela janela.

Primeiro sentou-se no parapeito nos fundos do edifício. Depois, segurando o corrimão, levantou-se. Com os olhos fixos em cada degrau, Jack desceu o pequeno lance de escadas. Moveu-se devagar e deliberadamente até seu pé tocar a grade do patamar. Não olhou para baixo nem por um instante.

Mantendo uma das mãos na escada, inclinou-se e olhou pela janela. O espaço era de fato um jirau, como intuíra, parcialmente compartimentado por divisórias de 2 metros de altura. Imediatamente à sua frente havia um cômodo com uma cama à direita e uma cozinha pequena embutida na parede esquerda. Sobre uma mesa redonda estavam os restos abertos do pacote de Jack. A madeira e o jornal amassado estavam espalhados pelo chão.

O que mais chamou a atenção de Jack foi o que pôde ver logo acima da divisória: a parte de cima de um aparelho de aço inoxidável que não parecia encaixar-se em um apartamento.

Como a janela à sua frente estava aberta, Jack não conseguiu controlar o impulso de entrar no apartamento para olhar melhor. Além do mais, racionalizou, podia sair para a escada interna em vez de se sujeitar a subir a escada de incêndio novamente.

Embora continuasse a evitar olhar para baixo, levou um instante para se convencer a soltar a escada. Quando enfiou a cabeça pela janela, suava em bicas.

Jack se recompôs novamente. Uma vez dentro do apartamento, com os pés plantados no chão, não teve problemas em olhar a janela e a rua de novo. Queria ter certeza de que o homem da parca de esqui não ia voltar, pelo menos não naquele momento.

Satisfeito, voltou-se para o apartamento. Andou do cômodo que servia ao mesmo tempo de quarto e de cozinha até uma sala de estar dominada por uma janela enorme que lembrava uma vitrine.

Havia dois sofás, um de frente para o outro, e uma mesinha de centro sobre um pequeno tapete. As paredes das divisórias estavam decoradas com cartazes anunciando simpósios internacionais de microbiologia. As revistas na mesinha de centro eram todas publicações de microbiologia.

Jack ficou animado. Talvez tivesse encontrado os Laboratórios Frazer, afinal. Mas também havia algo que o perturbava. Um armário grande de armas, com porta de vidro, destacava-se contra a divisória mais distante. O homem da parca de esqui não se interessava só por bactérias; também era fã de armas.

Movendo-se rapidamente, Jack cruzou a sala de estar com a intenção de localizar a porta que dava para a escada. Mas parou assim que passou pela divisória da sala de estar. Todo o resto do enorme jirau de várias colunas era ocupado por um laboratório. O aparelho de aço inoxidável que vira da escada de incêndio era semelhante à incubadora que vira no laboratório do hospital. No canto direito mais distante havia uma cobertura de segurança biológica tipo 3, cujo exaustor ventilava pelo alto da janela com a persiana.

Embora Jack tivesse suspeitado que encontraria um laboratório particular ao entrar pela janela, a extensão do que descobrira o atordoou. Ele sabia que esse equipamento não era barato, e a combinação dormitório/laboratório era no mínimo incomum.

Um enorme freezer comercial chamou sua atenção. Ao seu lado havia vários cilindros grandes de nitrogênio comprimido. O freezer fora convertido para utilizar nitrogênio líquido como elemento refrigerador, tornando possível reduzir a temperatura interior até a faixa de 45 graus negativos.

Tentou abrir o freezer, mas estava trancado.

Um ruído abafado que lembrou um latido chamou a atenção de Jack, e ele afastou os olhos do freezer. Ouviu o ruído novamente. Vinha da parte de trás do laboratório onde havia uma pequena sala de cerca de 2 metros quadrados. Aproximou-se mais para examinar a estranha estrutura. Um duto de ventilação saía da parte traseira e jogava o ar para fora pelo alto de uma das janelas dos fundos.

Jack entreabriu a porta. Sentiu um odor animal, e ouviu alguns latidos agudos saindo do aposento. Abrindo mais a porta, Jack viu as silhuetas de jaulas de metal. Acendeu um interruptor. Viu alguns cães e gatos, mas a maior parte da sala estava repleta de ratos e camundongos. Os animais tinham um olhar vazio. Alguns cães balançaram as caudas, esperançosos.

Fechou a porta. Na sua mente, o homem da parca estava se tornando alguma espécie de maníaco dedicado à microbiologia. Nem queria pensar no tipo de experiências que estavam sendo realizadas com os animais que havia descoberto.

Um súbito gemido agudo e distante de maquinaria elétrica fez o coração de Jack pular. Ele soube na hora o que era: o elevador!

Com o pânico quase à flor da pele, procurou freneticamente a porta do corredor. O espetáculo do laboratório distraíra sua atenção. Não levou muito tempo para encontrá-la, mas tinha medo de alcançá-la quando o elevador estivesse se aproximando do quinto andar.

Seu pensamento inicial fora subir correndo as escadas para o telhado e sair do prédio depois que o homem entrasse em seu apartamento. A alternativa era sair do apartamento da forma como entrara. Mas quando o motor do elevador parou e as portas de metal se abriram com um ruído, percebeu que não havia muito tempo.

Jack tinha de se esconder rápido, de preferência perto da porta do hall. Havia uma porta a 3 metros. Correu até ela e abriu-a. Era um banheiro. Pulou para dentro e fechou a porta. Torcia para que o homem tivesse outras coisas em mente antes de usar a privada ou lavar as mãos.

Mal acabara de fechar a porta do banheiro, ouviu chaves virando na fechadura da porta exterior. O homem entrou, trancou a porta e afastou-se depressa. O som de seus passos diminuiu, e depois desapareceu.

Por um segundo Jack hesitou. Tentou calcular quanto tempo precisaria para chegar à porta do hall e destrancá-la. Tinha confiança de que, assim que chegasse às escadas, poderia fugir. Com todos os jogos de basquetebol, Jack estava em melhor forma do que muita gente.

Abriu a porta o mais silenciosamente possível. No início apenas entreabriu-a o suficiente para ouvir. Não escutou nada. Continuou abrindo a porta devagar, até poder pôr a cabeça de fora.

De onde estava, podia ver uma grande parte do laboratório. O homem não podia ser visto em parte alguma. Jack abriu a porta o suficiente para passar espremido por ela. Vigiou a porta do hall. Havia um trinco alguns centímetros acima da maçaneta.

Olhando ao redor do laboratório mais uma vez, esgueirou-se para fora do banheiro e correu em silêncio até a porta externa. Agarrou a maçaneta com a mão esquerda enquanto a direita ia até o trinco. Mas havia um grande problema. O trinco não tinha lingueta. Era preciso uma chave para abri-lo, tanto por dentro quanto por fora. Estava preso!

Apavorado, recuou para o banheiro. Estava desesperado, como um dos pobres animais enjaulados no abrigo improvisado. Sua única esperança era que o homem saísse antes de usar o banheiro. Mas não foi o que aconteceu. Depois de alguns minutos agonizantes, a porta do banheiro foi subitamente escancarada. O homem, sem parca, chegou a entrar, mas colidiu com Jack. Os dois perderam o fôlego.

Jack ia dizer alguma coisa inteligente quando o homem recuou e bateu a porta com força bastante para derrubar a cortina do chuveiro e a barra junto.

Jack imediatamente agarrou a maçaneta da porta, com medo de ficar trancado. Pondo o ombro na porta, Jack forçou-a. Inesperadamente, ela se abriu sem obstáculos. Saiu do banheiro cambaleante, lutando para ficar de pé. Quando recuperou o equilíbrio, seus olhos dardejaram pelo sótão. O homem desaparecera.

Dirigiu-se para a cozinha e a janela aberta. Não tinha escolha. Mas só conseguiu chegar à sala de estar. O homem também correra para lá. Fora pegar um revólver enorme numa gaveta da mesinha de centro. Quando Jack apareceu, o homem apontou a arma e mandou-o parar onde estava.

Jack obedeceu imediatamente. Chegou a levantar as mãos. Com uma arma tão grande apontada para ele, queria cooperar o máximo possível.

– Que diabo está fazendo aqui? – rosnou o homem. Seus cabelos caíam sobre a testa, fazendo com que tivesse de jogar a cabeça para trás para afastá-los dos olhos.

O gesto, mais do que qualquer outra coisa, foi o que fez Jack reconhecê-lo. Era Richard, o técnico chefe do laboratório do Hospital Geral de Manhattan.

– Responda! – exigiu Richard.

Jack levantou ainda mais as mãos, esperando que o gesto pudesse satisfazer Richard, enquanto sua mente procurava desesperadamente alguma explicação razoável para o fato de estar ali. Mas nenhuma lhe veio à mente. Sob aquelas circunstâncias, não conseguia sequer pensar em algo inteligente para dizer.

Jack mantinha os olhos pregados no cano da arma, que se movera para cerca de um metro de seu nariz. Notou que a ponta tremia, sugerindo que Richard não só estava zangado como também bastante agitado. Na sua mente essa combinação podia ser particularmente perigosa.

– Se não me responder vou atirar em você aqui e agora – sibilou Richard.

– Sou legista – confessou Jack. – Estou investigando.

– Mentira! Legistas não arrombam o apartamento dos outros.

– Não arrombei. A janela estava aberta.

– Cale a boca. É tudo a mesma coisa. Você está invadindo e mexendo nas minhas coisas.

– Desculpe – disse Jack. – Será que não dava para a gente simplesmente conversar a respeito?

– Foi você quem me enviou aquele pacote falso? – quis saber Richard.

– Que pacote? – perguntou Jack em tom inocente.

Os olhos de Richard deixaram os de Jack, percorreram-no de cima a baixo, e depois voltaram ao rosto.

– Você está até vestindo um uniforme de entregador. Quer dizer que você agiu premeditadamente.

– Do que está falando? Eu me visto assim o tempo todo quando não estou no necrotério.

– Mentira! – repetiu Richard. Em seguida apontou com a arma para um dos sofás. – Sente-se!

– Tudo bem – disse Jack. – É só pedir com educação. – O choque inicial estava passando e seu raciocínio retornava. Sentou-se onde Richard indicou.

Richard recuou até o armário das armas, sem tirar os olhos de Jack. Pegou um molho de chaves no bolso e tentou abrir o armário sem olhar o que fazia.

– Quer ajuda? – perguntou Jack.

– Cale a boca! – gritou Richard. Até sua mão com a chave tremia. Quando abriu a porta translúcida, esticou a mão e tirou do armário um par de algemas.

– Nossa, esse é um artigo importante para se ter à mão – disse Jack.

Algemas na mão, Richard voltou até onde Jack estava, mantendo a arma apontada para seu rosto.

– Deixe eu sugerir uma coisa – disse Jack. – Por que não chamamos a polícia? Eu confesso, e eles podem me levar. Então eu não pego mais no seu pé.

– Cale a boca – ordenou Richard. Fez um gesto para Jack se levantar.

Jack obedeceu e tornou a levantar as mãos.

– Andando! – disse Richard, fazendo um gesto que apontava para a parte principal de seu laboratório.

Jack recuou. Estava com medo de tirar os olhos da arma. Richard avançava em sua direção, as algemas pendendo da mão esquerda.

– Ali na coluna – comandou Richard.

Jack obedeceu. Ficou ao lado da coluna. Tinha cerca de 40 centímetros de diâmetro.

– De frente para ela – ordenou Richard.

Jack virou-se.

– Abrace-a e junte as mãos.

Quando fez o que Richard mandou, Jack sentiu as algemas se fecharem sobre seus pulsos. Agora estava preso à coluna.

– Posso me sentar? – perguntou Jack.

Richard não se importou em responder. Correu de volta para a sala de estar. Jack abaixou-se. A posição mais confortável era abraçando a pilastra também com as pernas.

Ouviu Richard apertando as teclas de um telefone. Jack pensou em gritar por socorro quando Richard começasse a conversa, mas rapidamente descartou a ideia suicida, considerando o nervosismo de Richard. Além do mais, a pessoa para quem ele estivesse ligando provavelmente não daria a mínima para o seu sofrimento.

– Jack Stapleton está aqui! – Richard desandou a falar sem preâmbulos. – Peguei-o no meu banheiro, porra! Ele sabe sobre os Laboratórios Frazer e estava xeretando por aqui. Tenho certeza. Como Beth Holderness no laboratório.

Os pelos na nuca de Jack se arrepiaram quando ouviu Richard mencionar o nome de Beth.

– Não me diga pra ficar calmo! – gritou Richard. – Isto é uma emergência. Não deveria ter me envolvido nisto. É melhor vir para cá rápido. Este problema é tanto seu quanto meu.

Jack ouviu Richard bater o telefone. O sujeito parecia ainda mais agitado. Alguns minutos depois, Richard reapareceu sem a arma.

Foi até Jack e olhou para ele. Os lábios de Richard tremiam.

– Como descobriu a respeito dos Laboratórios Frazer? Eu sei que você enviou o pacote falso, portanto não adianta negar.

Jack olhou para o rosto dele. As pupilas de Richard estavam muito dilatadas. Parecia transtornado.

Sem aviso, Richard deu um tapa em Jack. A pancada abriu seu lábio inferior. Um fio de sangue apareceu no canto da boca.

– É melhor começar a falar – resfolegou Richard.

Jack sentiu a parte machucada do lábio com a língua. Estava dormente. Sentiu o gosto salgado do sangue.

– Talvez devêssemos esperar seu colega – disse Jack, só para dizer alguma coisa. Sua intuição lhe disse que logo estaria vendo Martin Cheveau, Kelley ou talvez até Zimmerman.

O tapa deve ter machucado Richard também, porque ele abriu e fechou a mão algumas vezes e depois desapareceu na sala de estar. Jack ouviu o que imaginou ser a geladeira sendo aberta, e depois uma bandeja de gelo sendo derramada.

O tempo se arrastou. Jack queria tomar um de seus tabletes, mas era impossível. Também notou que sua tosse aumentava e que agora sentia-se doente. Achou que estava com febre.

O som distante e agudo do elevador fez com que a cabeça de Jack se desencostasse da coluna. Considerou o fato de que a campainha não havia soado. Isso significava que quem subia tinha uma chave.

Richard também ouviu o motor do elevador. Foi até a porta e abriu-a para esperar no hall.

Jack ouviu o elevador chegar com um tranco. O motor desligou e a porta do elevador abriu com estrépito.

– Onde está ele? – perguntou uma voz zangada.

Jack estava olhando para o outro lado quando ouviu Richard e seu visitante entrarem. Ouviu a porta se fechar e ser trancada.

– Ele está ali – disse Richard com igual veneno. – Algemado à pilastra.

Jack respirou fundo e virou a cabeça ao ouvir passos se aproximando. Quando viu quem era, ficou surpreso.

Quarta-feira, 27 de março de 1996, 19h45

– Filho da puta! – explodiu Terese. – Por que não deixou tudo como estava? Você e sua teimosia! Está estragando tudo, justo quando as coisas finalmente estão começando a dar certo.

Jack estava chocado. Olhou os olhos azuis dela, que até pouco tempo achava suaves. Agora estavam duros como safiras. Sua boca não era mais sensual. Os lábios pálidos formavam uma linha zangada.

– Terese! – gritou Richard. – Não perca tempo tentando falar com ele. Precisamos pensar no que vamos fazer. E se alguém souber que ele está aqui?

Terese desviou o olhar de Jack e encarou Richard.

– Essas suas culturas bestas estão aqui no laboratório?

– Claro que estão.

– Então livre-se delas. Jogue-as na privada e dê a descarga.

– Mas, Terese! – gritou Richard.

– Não me venha com "mas, Terese" pra cima de mim. Livre-se delas, já!

– Até mesmo a gripe?

– Especialmente a gripe!

Richard foi devagar até o freezer, destrancou-o e começou a vasculhar seu conteúdo.

– O que é que eu vou fazer com você? – perguntou Terese, redirecionando a atenção para Jack. Pensava em voz alta.

– Para começar, podia tirar essas algemas – disse Jack. – Então podíamos todos ir jantar calmamente no Positano, e poderia avisar aos seus amigos que estaremos lá.

– Cale a boca! Cansei de suas brincadeiras!

Subitamente Terese deixou Jack e passou para o lado de Richard. Observou-o apanhando um punhado de frascos congelados.

– Todos esses, agora! Não pode haver qualquer evidência aqui, entendeu?

– Ajudar vocês foi a pior decisão da minha vida – reclamou Richard. Quando reuniu todos os frascos, sumiu no banheiro.

– Como você se envolveu nisto tudo? – perguntou Jack a Terese.

Terese não respondeu. Em vez disso, foi para o outro lado da divisória com a sala de estar. Atrás dela Jack ouviu a descarga da privada e detestou pensar no que havia sido enviado aos esgotos da cidade para infectar os ratos.

Richard reapareceu e acompanhou Terese até a sala. Jack não podia vê-los, mas graças ao teto alto e sem adornos podia ouvi-los como se estivessem ao seu lado.

– Precisamos tirá-lo daqui imediatamente – disse Terese.

– E fazer o quê? – perguntou Richard irritado. – Jogá-lo no East River?

– Não, acho que ele deveria simplesmente desaparecer. Que tal a fazenda de meus pais em Catskills?

– Não pensei nisso – disse Richard. Sua voz ficou mais animada. – Mas é uma ótima ideia.

– Como iremos levá-lo até lá?

– Eu trago meu Explorer.

– O problema é levá-lo até lá e mantê-lo quieto – disse Terese.

– Eu tenho ketamine.

– O que é isso?

– É um anestésico. É muito usado em medicina veterinária. Às vezes pode ser usado em seres humanos, mas pode provocar alucinações.

– Não estou nem aí se provoca alucinações – replicou Terese. – Só quero saber se irá nocauteá-lo ou não. Na verdade, seria melhor simplesmente mantê-lo tranquilizado.

– Só tenho ketamine – disse Richard. – Posso consegui-la porque não é uma droga controlada. Uso-a com os animais.

– Não quero saber de nada disso. É possível dar apenas o suficiente para mantê-lo dopado?

– Não sei ao certo. Mas vou tentar.

– Qual é a forma de aplicação? – perguntou Terese.

– Injeção. Mas é de ação curta, talvez tenhamos que dar várias vezes.

– Vamos tentar – disse Terese.

Jack percebeu que estava suando profusamente quando Terese e Richard reapareceram na sala de estar. Não sabia se suava por causa da febre ou da preocupação engendrada pela conversa que acabara de ouvir. Não gostava da ideia de ser a cobaia forçada de um potente anestésico.

Richard foi até um armário e tirou dele um punhado de seringas. De outro tirou a droga, que vinha num frasco de vidro com tampa de borracha. Então parou para calcular a dose.

– Quanto acha que ele pesa? – perguntou Richard a Terese, como se Jack fosse um animal.

– Acho que entre 80 e 90 quilos.

Richard fez alguns cálculos simples e em seguida encheu uma das seringas. Quando se aproximou, Jack teve de lutar contra um ataque de pânico. Queria gritar, mas não o fez. Richard injetou o ketamine em seu antebraço direito. Jack fez uma careta. Queimava horrivelmente.

– Vamos ver o que acontece – disse Richard, afastando-se. Descartou a seringa usada. – Enquanto esperamos vou pegar o carro.

Terese concordou. Richard pegou sua parca de esqui e vestiu-a. Na porta, disse a Terese que estaria de volta em dez minutos.

– Então é uma operação entre irmãos – comentou Jack quando ele e Terese ficaram a sós.

– Nem me lembre – disse Terese, balançando a cabeça. Começou a dar voltas, como Richard havia feito antes.

O primeiro efeito do ketamine foi um zumbido nos ouvidos. Depois a imagem de Terese começou a ficar estranha. Jack piscou e balançou a cabeça. Era como se uma nuvem de ar pesado se posicionasse sobre ele, e ele estivesse fora de si mesmo vendo tudo acontecer. Então viu Terese no final de um longo túnel. Subitamente o rosto dela expandiu-se e ficou enorme. Estava falando mas o som ecoava interminavelmente. Suas palavras eram incompreensíveis.

Logo depois Jack percebeu que estava andando. Mas era um andar estranho e descoordenado, pois não tinha ideia de onde estavam as várias partes de seu corpo. Precisou olhar para baixo para ver seus pés saírem da periferia de sua visão e em seguida se plantarem. Quando tentou enxergar para aonde ia, viu uma imagem fragmentada de formas e linhas retas brilhantes e coloridas em movimento constante.

Sentiu uma ligeira náusea, que passou ao balançar a cabeça. Piscou os olhos, e as formas coloridas se agruparam e se fundiram num enorme objeto reluzente. Uma mão entrou em seu campo de visão e tocou o objeto. Nesse momento Jack percebeu que a mão era sua e o objeto era um carro.

Outros elementos do ambiente tornaram-se reconhecíveis. Havia luzes e um prédio. Então percebeu que havia pessoas segurando-o de ambos os lados. Estavam falando, mas suas vozes tinham um som mecânico e grave como se fossem sintetizadas.

Sentiu-se caindo, mas não conseguia evitar a queda. Era como se caísse por vários minutos antes de parar numa superfície dura.

Então conseguiu ver apenas formas escuras. Estava deitado numa superfície acarpetada com alguma coisa firme pressionando seu estômago. Quando tentou se mover, descobriu que seus pulsos estavam imobilizados.

O tempo passou. Jack não fazia ideia de quanto. Poderiam ter sido minutos ou horas. Mas finalmente recuperou a consciência e não estava mais alucinado. Percebeu que estava no chão, na parte de trás de um carro em movimento, com suas mãos algemadas ao chassi do banco do carona. Provavelmente estavam indo para Catskills.

Para aliviar o desconforto do eixo do carro pressionando seu estômago, Jack colocou os joelhos debaixo do corpo assumindo a posição fetal. Estava longe de ser ideal, mas era melhor do que antes. Seu desconforto era provocado por algo além das cãibras da postura: os sintomas da gripe estavam muito piores, e combinados com uma ressaca do ketamine, faziam com que ele se sentisse no pior momento de sua vida.

Vários espirros violentos chamaram a atenção de Terese para o banco de trás.

– Meu Deus! – exclamou ela.

– Onde estamos? – perguntou Jack. Sua voz estava rouca e o esforço de falar fez com que começasse a tossir repetidamente. Seu nariz estava escorrendo, mas com as mãos presas não podia fazer nada.

– Acho melhor você calar a boca ou vai morrer engasgado – disse Richard.

Terese virou-se para Richard:

– Essa tosse e esses espirros são por causa da injeção que você aplicou?

– Como é que eu vou saber? Nunca dei ketamine a uma pessoa antes.

– Bom, pensei que você teria pelo menos uma ideia – disparou Terese. – Você aplica isso naqueles pobres animais.

– Lamento – disse Richard indignado. – Você sabe que trato aqueles animais como bichos de estimação. Por isso tenho ketamine.

Jack sentiu que a ansiedade que Terese e Richard demonstraram antes quanto à sua presença transformara-se em irritação. Do jeito que falavam, pareciam irritados um com o outro.

Depois de um breve silêncio, Richard falou.

– Você sabe que essa história toda foi ideia sua, não minha.

– Ah, não! – exclamou Terese. – Nem me venha com essa concepção errada. Foi você quem sugeriu causar problemas à AmeriCare com infecção hospitalar. Isso nunca teria passado pela minha cabeça.

– Só sugeri isso depois de você ter reclamado tanto sobre a AmeriCare estar engolindo uma porção de mercado da National Health apesar de sua campanha publicitária imbecil. Você implorou para que eu a ajudasse.

– Eu queria algumas ideias. Alguma coisa para utilizar com os anúncios.

– Ô cacete! – disse Richard. – Você não vai a um supermercado comprar pregos e parafusos. Não entendo uma vírgula de publicidade. Você sabia que meu campo era microbiologia. Sabia o que eu iria sugerir. Era isso o que você esperava.

– Nunca pensei nisso até que você o mencionasse – contra-atacou Terese. – Além do que, tudo o que você sugeriu foi que poderia arranjar uma publicidade negativa na imprensa por causa de infecções incômodas. Pensei que estivesse falando de resfriados, diarreia ou gripe.

– Eu usei a gripe – disse Richard.

– É, você usou a gripe. Mas foi uma gripe normal? Não, foi uma coisa estranha que envolveu todo mundo, incluindo o doutor detetive aqui no banco de trás. Pensei que você fosse utilizar doenças comuns, não a peste, pelo amor de Deus. Ou aquelas outras. Nem consigo me lembrar dos nomes.

– Não a vi reclamar quando a imprensa gritou por causa das epidemias e a tendência de mercado reverteu-se rapidamente – disse Richard. – Você ficou feliz.

– Estava bestificada. E apavorada. Só não tornei isso público.

– Você está cheia de merda! Conversamos no dia seguinte ao da disseminação da peste. Você não mencionou o assunto uma vez sequer. Isso até feriu meus sentimentos, porque o surto de peste exigiu um grande esforço da minha parte.

– Eu estava com medo de conversar a respeito – disse Terese. – Não queria me associar a você de forma alguma. Mas, por pior que fosse, achei que era só aquilo. Não sabia que você estava planejando disseminar mais doenças.

– Não acredito no que estou ouvindo – disse Richard.

Jack percebeu que reduziam a velocidade. Ergueu a cabeça o mais alto que as mãos algemadas permitiam. O brilho da luz artificial penetrou no carro. Eles estavam dirigindo na escuridão havia algum tempo.

Subitamente percebeu luzes brilhantes, e o carro parou completamente sob uma marquise. Quando Jack ouviu a janela do lado do motorista descendo, percebeu que estavam num pedágio. Começou a gritar por socorro, mas sua voz estava fraca e rouca.

Richard reagiu rápido batendo em Jack com um objeto duro. A pancada atingiu sua cabeça. Ele desabou no chão do carro.

– Não bata tão forte – reclamou Terese. – Vai manchar o carro de sangue.

– Achei que calar a boca dele era mais importante. – Richard jogou um punhado de moedas no receptáculo do portão automático.

Agora a dor de cabeça de Jack estava pior graças à pancada. Fechou os olhos. Tentou encontrar uma posição mais confortável, mas não tinha muitas opções. Felizmente, conseguiu afinal dormir um sono inquieto, apesar de estar sendo sacudido de um lado para o outro. Depois do pedágio entraram numa estrada cheia de curvas.

A próxima coisa que percebeu foi que estavam parados de novo. Com cuidado, levantou a cabeça. Novamente havia luzes do lado de fora do carro.

– Nem pense nisso – disse Richard. Estava com o revólver na mão.

– Onde estamos? – perguntou Jack, grogue.

– Numa loja de conveniências aberta 24 horas – disse Richard. – Terese queria comprar algumas coisas básicas.

Terese voltou para o carro com uma sacola de compras.

– Ele se mexeu? – perguntou ao entrar.

– Sim, está acordado.

– Tentou gritar de novo?

– Não. Nem ousou.

Dirigiram por mais uma hora. Terese e Richard continuaram de forma intermitente a discutir sobre quem era o culpado por toda a confusão. Nenhum dos dois estava disposto a entregar os pontos.

Finalmente saíram da estrada de asfalto e entraram aos solavancos numa estrada de terra. Jack se encolhia quando seu corpo dolorido batia contra o piso e o eixo do carro.

Depois de algum tempo fizeram uma curva fechada à esquerda e pararam. Richard desligou o motor. Ele e Terese saíram do veículo.

Jack foi deixado no carro. Erguendo a cabeça o mais alto possível, só conseguia ver uma fração do céu noturno. Estava muito escuro.

Colocando as pernas por baixo do corpo, tentou ver se conseguia arrancar as algemas de debaixo do assento. Mas não era possível. Haviam sido presas ao redor de uma barra de aço.

Tornando a desabar no piso do carro, resignou-se a esperar. Meia hora se passou antes que fossem buscá-lo. Ao fazê-lo abriram ambas as portas do lado do passageiro.

Terese abriu um lado das algemas.

– Saia do carro! – ordenou Richard, apontando a arma para a cabeça de Jack.

Jack obedeceu. Então Terese rapidamente deu um passo à frente e tornou a algemar sua mão livre.

– Para a casa! – disse Richard.

Jack começou a caminhar com as pernas vacilantes pela grama molhada. Estava muito mais frio do que na cidade, e podia ver o vapor produzido por sua própria respiração. À frente, uma casa branca de fazenda se destacava fantasmagoricamente na escuridão.

Havia luzes nas janelas que davam para uma varanda com balaustrada. Viu fumaça e algumas fagulhas saindo da chaminé.

Ao alcançarem a varanda, olhou ao redor. À esquerda pôde ver os contornos escuros de um celeiro. Mais além havia um campo. Depois, montanhas. Não havia luzes distantes; era um refúgio isolado, privativo.

– Vamos! – ordenou Richard, cutucando Jack nas costelas com o cano da arma. – Para dentro!

Jack entrou numa confortável casa de veraneio decorada como uma casa de campo inglesa. Havia dois sofás estampados, um de frente para outro, diante de uma enorme chaminé de pedra. A lareira brilhava com um fogo recém-aceso. Um tapete oriental cobria a maior parte do piso de tábuas.

Atrás de um grande arco havia uma cozinha de fazenda com uma mesa no centro e cadeiras com espaldar de palha. Depois da mesa havia um fogão Franklin. Contra a parede mais distante, uma grande pia de cozinha, em porcelana, no estilo dos anos 1920.

Richard obrigou-o a caminhar até a cozinha e fez um gesto para que ele se abaixasse sobre o tapete esfarrapado da pia. Sentindo que ia ser algemado ao cano, Jack pediu para usar o toalete.

O pedido despertou uma nova discussão entre os irmãos. Terese queria que Richard fosse ao banheiro com Jack, mas Richard recusou-se terminantemente. Ele disse que Terese podia ir, mas ela achava que isso era trabalho para um homem. Por fim concordaram em deixá-lo ir sozinho, já que o banheiro das visitas tinha apenas uma janela minúscula, pequena demais para dar passagem a Jack.

Quando ficou sozinho, Jack pegou o rimantadine e tomou um dos tabletes. Estava desencorajado pelo fato de a droga não ter impedido sua infecção, mas achava que ela estava diminuindo a força da gripe. Sem dúvida aqueles sintomas teriam sido bem piores se não estivesse tomando o remédio.

Quando saiu do banheiro, Richard levou-o de volta à cozinha, e como Jack antecipara, prendeu as algemas ao redor do cano da cozinha. Quando Terese e Richard retiraram-se para os sofás em frente à lareira, Jack começou a estudar o encanamento, com a intenção de escapar. O problema era que os canos eram antigos. Não eram de PVC ou sequer de cobre. Eram de bronze e ferro fundido. Jack tentou fazer pressão sobre eles, mas não se mexeram.

Resignado pelo momento, assumiu a posição mais confortável que pôde, deitando de costas no tapete esfarrapado. Escutou Terese e Richard, que haviam desistido de culpar um ao outro pela catástrofe atual. Agora estavam sendo mais racionais. Sabiam que precisavam tomar algumas decisões.

A posição incômoda fez sua secreção nasal descer pela garganta. A tosse retornou, além de uma rodada de violentos espirros. Quando finalmente conseguiu se controlar, deu de cara com os rostos de Terese e Richard.

– Temos de saber como você descobriu os Laboratórios Frazer – disse Richard, novamente com a arma na mão.

Jack temeu que, se descobrissem que ele era a única pessoa que sabia sobre os Laboratórios Frazer, provavelmente o matariam naquele instante.

– Foi fácil – falou.

– Dê-nos uma ideia do quanto foi fácil – disse Terese.

– Bastou ligar para a National Biologicals e perguntar se alguém havia comprado bactérias de peste recentemente. Eles me deram o nome dos Laboratórios Frazer.

Terese reagiu como se tivesse levado um tapa. Virou-se para Richard, com raiva:

– Não me diga que você comprou aquilo – disse ela sem querer acreditar. – Pensei que tinha aquelas bactérias todas na sua pretensa "coleção".

– Eu não tinha a peste. E achei que isso provocaria um impacto maior na mídia. Mas que diferença faz isso? Não podem traçar de onde a veio bactéria.

– É aí que você se engana – disse Jack. – A National Biologicals marca suas culturas. Descobrimos tudo isso no Departamento de Medicina Legal quando fizemos a necrópsia do caso de peste.

– Seu idiota! – estourou Terese. – Você deixou uma trilha bem até a sua porta!

– Não sabia que marcavam as culturas – disse Richard tentando se desculpar.

– Meu Deus! – reagiu Terese, levantando os olhos para o teto. – Isso quer dizer que todo mundo no Departamento de Medicina Legal sabe que o surto de peste foi disseminando intencionalmente.

– O que devemos fazer? – perguntou Richard, nervoso.

– Espere um instante – disse Terese. Em seguida olhou para Jack. – Não sei se ele está falando a verdade. Isso não se encaixa com o que Colleen me contou. Espere um pouco. Vou ligar para ela.

A conversa de Terese com Colleen foi rápida. Terese disse à sua assistente que estava preocupada com Jack e perguntou se Colleen podia ligar para Chet para perguntar sobre a teoria de Jack acerca de um complô. Terese queria saber se mais alguém no departamento concordava com Jack. Terese concluiu dizendo a Colleen que ligaria de novo em 15 minutos.

Nesse ínterim, pouco se conversou, exceto quando Terese perguntou a Richard se ele tinha certeza de que se livrara de todas as culturas. Richard assegurou-a de que havia jogado tudo pela privada.

Quinze minutos depois, Terese ligou de novo para Colleen conforme o prometido. Depois de uma conversa rápida, Terese agradeceu a Colleen e desligou.

– É a primeira boa notícia esta noite – disse Terese a Richard. – Ninguém mais no Departamento de Medicina Legal acredita na teoria de Jack. Chet disse a Colleen que todos estão dizendo que isso é uma rixa pessoal que Jack tem com a AmeriCare.

– Então ninguém mais deve estar sabendo dos Laboratórios Frazer e das bactérias marcadas – disse Richard.

– Exato. E isso simplifica enormemente as coisas. Agora tudo o que temos a fazer é livrarmos-nos de Jack.

– E como vamos fazer isso?

– Primeiro você vai sair e cavar um buraco. Acho que o melhor lugar seria atrás do celeiro, perto do pé de uva-do-monte.

– Agora?

– Isso não é coisa que se possa adiar, idiota.

– O chão provavelmente está congelado – reclamou Richard. – Será como cavar em granito.

– Devia ter pensado nisso quando inventou essa catástrofe. Saia e faça isso logo. Deve haver uma pá e uma picareta no celeiro.

Richard vestiu a parca resmungando. Pegou a lanterna e saiu pela porta da frente.

– Terese – gritou Jack. – Não acha que está levando isso um pouco longe demais?

Terese saiu do sofá e foi até a cozinha. Inclinou-se contra o armário e olhou Jack nos olhos.

– Não tente me fazer sentir pena de você. Avisei uma dezena de vezes para não se meter nisso. A culpa agora é toda sua.

– Não acredito que sua carreira possa ser tão importante assim. Várias pessoas morreram e muitas outras podem morrer. Não só eu.

– Eu nunca quis que ninguém morresse – disse Terese. – Isso só aconteceu graças ao meu irmão imbecil, que tem esse caso de amor com micróbios desde o ensino médio. Ele colecionava bactérias como um membro dessas milícias independentes coleciona armas. Só tê-las por perto já o deixava todo aceso. Talvez devesse ter percebido que um dia ele cometeria alguma loucura; não sei. Agora só estou tentando sair dessa confusão.

– Você está racionalizando. Você é cúmplice, tão culpada quanto ele.

– Sabe de uma coisa, Jack? Neste momento não poderia me importar menos com o que você acha.

Terese voltou até a lareira. Jack ouviu mais lenha sendo colocada no fogo. Ele descansou a cabeça no antebraço e fechou os olhos. Sentia-se péssimo, doente e apavorado. Um condenado esperando inutilmente um perdão.

Quando a porta se abriu uma hora depois, Jack pulou de susto. Havia adormecido de novo. Agora percebia outro sintoma: seus olhos doíam quando olhava de um lado para o outro.

– Cavar o buraco foi mais fácil do que eu pensava – informou Richard, e tirou o casaco. – Não havia geada. Aquela área deve ter sido um pântano antes, porque nem havia pedras.

– Espero que tenha cavado bem fundo – disse Terese, jogando um livro de lado. – Não quero mais confusão, como, por exemplo, o corpo dele aparecer com as chuvas de primavera.

– É fundo o bastante – disse Richard. Em seguida foi ao banheiro lavar as mãos. Quando saiu, Terese colocava o casaco. – Aonde você vai?

– Sair – disse Terese, e dirigiu-se para a porta. – Vou dar uma volta enquanto você mata Jack.

– Espere um instante. Por que eu?

– Você é homem – disse Terese com um sorriso debochado. – Isso é trabalho de homem.

– O cacete! Não vou matá-lo. Não posso. Não posso atirar em alguém algemado.

– Não acredito – gritou Terese. – Você não está sendo coerente. Não teve nenhuma dificuldade em pôr bactérias letais em umidificadores de pessoas indefesas, o que certamente as matou.

– Foi a bactéria que as matou – disse Richard. – Foi uma luta entre as bactérias e o sistema imunológico das pessoas. Eu não as matei diretamente. Elas tiveram uma chance.

– Dai-me paciência! – gritou Terese, levantando os olhos para o céu. Em seguida se recompôs e respirou fundo. – Certo. Com os pacientes não foi você, foi a bactéria. Neste caso, será a bala, e não você. Que tal? Isso satisfaz esse seu estranho senso de responsabilidade?

– Isto é diferente. Não é a mesma coisa.

– Richard, não temos escolha. Caso contrário você vai acabar na cadeia pelo resto da vida.

Richard olhou hesitante para a arma sobre a mesinha de centro.

– Pegue-a! – ordenou Terese ao vê-lo olhar de viés para a pistola.

Richard hesitou.

– Vamos, Richard.

Richard pegou a arma sem animação. Segurando-a pelo cano e pelo cabo, destravou-a.

– Ótimo! – disse Terese, encorajando-o. – Agora vá até lá e faça o serviço.

– Talvez se tirarmos as algemas e ele tentar correr, eu possa... – Richard começou a dizer. Mas parou no meio da frase quando Terese foi até ele com os olhos em chamas. Sem aviso, deu-lhe um tapa. Richard recuou com o golpe e sua raiva veio à tona.

– Nem sequer fale assim, idiota – cuspiu Terese. – Não vamos nos arriscar mais. Entendeu?

Richard passou a mão no rosto e olhou para ela como se esperasse ver sangue. Sua fúria inicial foi rapidamente abafada. Percebeu que Terese tinha razão. Concordou com a cabeça, bem devagar.

– Bom, agora vamos com isso – disse Terese. – Estarei esperando lá fora.

Terese foi até a porta.

– Faça o serviço rápido, mas não faça sujeira – disse. E depois saiu.

A sala ficou em silêncio. Richard não se moveu. Simplesmente virou a arma devagar nas mãos, como se a estivesse inspecionando. Por fim, Jack falou:

– Não sei se eu lhe daria ouvidos. Você pode ter que enfrentar a prisão pelos surtos, se puderem provar que estava por trás deles, mas me matar assim a sangue-frio significa pena de morte aqui em Nova York.

– Cale a boca! – gritou Richard. Em seguida correu até a cozinha e assumiu posição de tiro logo atrás de Jack.

Um minuto inteiro se passou; pareceu uma hora para Jack. Ele estava prendendo a respiração. Incapaz de segurá-la por mais tempo, exalou... e imediatamente começou a tossir incontrolavelmente.

A próxima coisa que viu foi Richard jogando a arma sobre a mesa da cozinha. Então ele correu para a porta. Abriu-a e gritou para a noite:

– Não posso fazer isso!

Quase imediatamente Terese reapareceu.

– Seu covarde desgraçado! – disse ela.

– Por que não atira você mesma?

Terese começou a responder, mas parou e foi até a mesa da cozinha; pegou a arma e deu a volta para encarar Jack. Segurando a pistola com as duas mãos, apontou-a para o rosto dele. Jack também encarou-a bem nos olhos.

O cano da arma começou a tremer. De repente Terese soltou uma onda de palavrões e jogou a arma de volta sobre a mesa.

– Ah, a mulher de ferro não é tão dura quanto pensava – provocou Richard.

– Cale a boca! – disse Terese. Voltou para o sofá e sentou-se. Richard sentou do outro lado. Encararam-se irritados.

– Isto está se tornando uma piada de mau gosto – disse ela.

– Acho que estamos muito tensos.

– Essa é provavelmente a primeira coisa verdadeira que você disse. Estou exausta. Que horas são?

– Já passa da meia-noite.

– Não é de admirar. Estou com dor de cabeça.

– Também não estou me sentindo tão bem assim – admitiu Richard.

– Vamos dormir – disse Terese. – Vamos lidar com esse problema de manhã. No momento não consigo nem enxergar direito.

JACK ACORDOU ÀS 4h30, tiritando. O fogo tinha se apagado e a temperatura da sala havia caído. O tapete esfarrapado o aquecera um pouco. Jack conseguira usá-lo como cobertor.

A sala estava quase completamente às escuras. Terese e Richard não tinham deixado nenhuma luz acesa ao se retirarem para quartos separados. A pouca luz que havia entrava de fora pela janela sobre a pia. Era o suficiente apenas para Jack discernir as formas vagas da mobília.

Jack não tinha ideia do que o fazia sentir-se pior, o medo ou a gripe. Pelo menos sua tosse não havia piorado. Aparentemente o rimantadine o protegera de progredir para uma pneumonia.

Por alguns minutos permitiu-se o luxo de imaginar um resgate. O problema era que as chances eram mínimas. A única pessoa que saberia que o teste de sonda da National Biologicals dera positivo com a cultura da peste era Ted Lynch, não que ele pudesse saber o que isso significava. Agnes poderia, mas não havia motivo para Ted contar a Agnes o que encontrara.

Se o resgate não era uma possibilidade viável, então teria de confiar na fuga. Com os dedos dormentes, Jack sentiu a extensão do encanamento ao qual estava algemado. Tentou encontrar alguma imperfeição, mas não havia nenhuma. Posicionou as algemas em várias alturas e, com os pés contra os canos, empurrou até que elas cortaram sua pele. Os canos estavam ali para ficar.

Se quisesse tentar escapar, teria de fazê-lo quando o deixassem ir ao banheiro. Como, não tinha ideia. Tudo o que podia esperar era que eles se descuidassem.

Jack estremeceu quando pensou no que a manhã traria. Uma boa noite de sono só reforçaria a intenção de Terese. O fato de que nem Terese nem Richard tinham conseguido matá-lo a sangue-frio na noite anterior não o tranquilizava muito. Egocêntricos como eram, Jack não podia esperar que os dois continuassem relutando indefinidamente.

Usando as pernas, Jack conseguiu pegar o tapete esfarrapado para se cobrir novamente. Acomodando-se da melhor forma possível, tentou descansar. Se uma oportunidade de fuga se apresentasse, esperava ser fisicamente capaz de tirar pleno proveito dela.

Montanhas Catskills Nova York, quinta-feira,
28 de março de 1996, 8h15

As horas haviam passado de forma lenta e angustiante para Jack. Não conseguira adormecer, e também não conseguia encontrar uma posição confortável com seus tremores. Quando Richard finalmente entrou cambaleante na sala, com os cabelos arrepiados, Jack quase ficou feliz ao vê-lo.

– Preciso ir ao banheiro – gritou.

– Vai ter de esperar Terese se levantar – disse Richard, ocupado reacendendo o fogo da lareira.

A porta do quarto de Terese se abriu alguns minutos depois. Ela vestia um velho roupão de banho; não parecia melhor do que Richard. Seu costumeiro penteado de mechas encaracoladas com luzes mais parecia um esfregão. Estava sem maquiagem, e o contraste com seu aspecto normal fazia com que parecesse excepcionalmente pálida.

– Ainda estou com dor de cabeça – reclamou. – E dormi muito mal.

– Eu também – disse Richard. – Além do estresse, nós também não jantamos.

– Mas estou sem fome – disse Terese. – Não entendo.

– Preciso ir ao banheiro – repetiu Jack. – Estou esperando há horas.

– Pegue a arma – disse Terese a Richard. – Vou abrir as algemas.

Terese entrou na cozinha e agachou-se para alcançar debaixo da pia com a chave das algemas.

– Lamento que não tenha dormido bem – disse Jack. – Você deveria ter dormido comigo aqui na cozinha. É ótimo.

– De você não quero ouvir uma palavra – avisou ela. – Não estou com paciência.

As algemas se abriram com um estalo. Jack esfregou o pulso ferido e levantou-se com dificuldade. Uma onda de tontura o tomou de assalto, forçando-o a se inclinar sobre a mesa da cozinha. Terese rapidamente tornou a fechar a algema ao redor de seu pulso livre. Ele não teria sido capaz de resistir, mesmo que tivesse a intenção de fazê-lo.

– Muito bem, vá andando! – disse Richard, apontando a arma.

– Num segundo – respondeu Jack. A sala ainda estava girando.

– Nada de truques! – disse Terese. E recuou.

Assim que pôde, Jack caminhou até o banheiro sobre pernas que pareciam de borracha. A primeira coisa a fazer era aliviar-se. A segunda era tomar uma dose de rimantadine com um longo gole de água. Só então arriscou uma olhada ao espelho. O que viu o surpreendeu. Não sabia se seria capaz de reconhecer a si mesmo. Parecia um mendigo. Seus olhos tinham uma cor vermelha brilhante e estavam ligeiramente inchados. A face esquerda tinha sangue seco – que também manchava o ombro do uniforme –, aparentemente do golpe que recebera no carro, na cabine de pedágio. O lábio inchara onde Richard o atingira. A formidável barba por fazer estava cheia de muco seco.

– Vamos logo com isso – ordenou Terese do lado de fora.

Jack abriu a torneira da pia e lavou o rosto. Escovou os dentes com o dedo indicador. Então, com um pouco de água, ajeitou os cabelos.

– Até que enfim – disse Terese quando ele saiu.

Jack reprimiu a vontade de dar uma resposta engraçadinha. Sentia que andava na corda bamba com essa gente e não queria arriscar demais. Torcia para que não tornassem a prendê-lo à pia da cozinha, mas seu desejo foi em vão. Foi levado direto para a pia e algemado.

– Devíamos comer alguma coisa – sugeriu Richard.

– Comprei flocos de milho ontem à noite – disse Terese.

– Ótimo.

Sentaram-se à mesa a menos de 1,5 metro de Jack. Terese comeu muito pouco. Tornou a mencionar que não estava com fome. Não ofereceram nada a Jack.

– Já pensou no que vamos fazer? – perguntou Richard.

– E quanto às pessoas que iam matar Jack na cidade? Quem eram eles?

– É uma gangue de perto de onde moro.

– Como você entra em contato com eles?

– Costumo ligar para eles ou então vou até o prédio que eles ocupam. Trato com um cara chamado Gêmeo.

– Bom, então vamos trazê-lo para cá.

– Ele pode vir – disse Richard. – Se o dinheiro for bom.

– Ligue para ele. Quanto você ia pagar?

– Quinhentos.

– Ofereça mil se for preciso. Mas diga que é um serviço urgente e que ele tem de vir hoje.

Richard levantou-se e foi à sala de estar para pegar o telefone. Trouxe-o até a mesa da cozinha. Queria que ela ouvisse a conversa, caso tivessem que aumentar o pagamento; não sabia como Gêmeo reagiria à ideia de ir até Catskills.

Richard discou e Gêmeo atendeu. Richard disse que queria contratá-lo de novo para matar o doutor.

– Não estamos interessados, cara – disse Gêmeo.

– Sei que houve problemas no passado. Mas desta vez vai ser mole. Ele está algemado e escondido fora da cidade.

– Se é assim, você não precisa da gente.

– Espere! – disse Richard apressado. Sentiu que Gêmeo ia desligar. – Ainda precisamos de você. Na verdade, para compensar o fato de você ter de vir até aqui, pagamos o dobro.

– Mil paus?

– É isso aí.

– Não venha, Gêmeo! – gritou Jack. – É uma armadilha!

– Merda! – gritou Richard. Pediu a Gêmeo para esperar um segundo na linha. Num ataque de fúria, deu uma pancada na cabeça de Jack com o cabo da arma.

Jack fechou os olhos com força suficiente para provocar lágrimas. A dor na cabeça era intensa. Tornou a sentir sangue escorrendo pela cabeça.

– Era o doutor? – perguntou Gêmeo.

– É, era o doutor – disse Richard zangado.

– O que ele quis dizer com "armadilha"?

– Nada. Está falando besteira. Nós o algemamos ao sifão da cozinha.

– Deixa eu entender bem isso – disse Gêmeo. – Você está pagando mil paus pra gente chegar aí e apagar o doutor que está algemado a um cano.

– Vai ser como tiro ao alvo.

– Onde é que você está?

– A uns 160 quilômetros ao norte da cidade – disse Richard. – Em Catskills.

Uma pausa.

– E aí? – perguntou Richard. – É dinheiro fácil.

– Por que não faz o serviço você mesmo?

– Isso é problema meu.

– Tudo bem – disse Gêmeo. – Me ensine o caminho. Mas se houver alguma armação, você vai lamentar muito.

Richard deu as orientações de como chegar até a fazenda e disse que esperaria por ele.

Richard colocou lentamente o fone no gancho enquanto olhava triunfante para Terese.

– Graças a Deus! – disse ela.

– Melhor ligar para o hospital e dizer que estou doente – disse Richard, tornando a pegar o fone. – Eu já deveria ter chegado ao trabalho.

Quando Richard terminou, Terese ligou outra vez para Colleen. Em seguida foi tomar banho. Richard foi pegar lenha.

Gemendo de dor, Jack forçou-se a se sentar. Pelo menos não estava mais sangrando. A perspectiva da chegada dos Black Kings era terrível. A experiência amarga lhe dizia que esses membros de gangue não teriam o menor problema de consciência em matá-lo, não importava em que condição estivesse.

Por alguns segundos Jack perdeu totalmente o controle. Como uma criança fazendo birra, puxou seus grilhões inconsequentemente. Tudo o que conseguiu foi cortar os pulsos e derrubar algumas embalagens de detergente. Não havia como quebrar o cano ou as algemas.

Depois do ataque, Jack desabou e chorou. Mas mesmo isso não durou muito tempo. Limpando o rosto na manga esquerda da camisa, suspirou e sentou-se. Sabia que precisava fugir. Na próxima ida ao banheiro teria de tentar alguma coisa. Era sua única chance e não tinha muito tempo.

Quarenta e cinco minutos depois Terese reapareceu vestida. Arrastou-se até o sofá e deixou-se cair. Richard estava no outro sofá, folheando uma velha revista *Life* dos anos 1950.

– Não estou me sentindo muito bem, de verdade – admitiu Terese. – Minha dor de cabeça ainda está me matando. Acho que estou ficando gripada.

– Eu também – disse Richard sem olhar para ela.

– Preciso ir ao banheiro de novo – gritou Jack.

Terese revirou os olhos.

– Não enche!

Ninguém se moveu ou falou por cinco minutos.

– Acho que vou esvaziar a bexiga aqui mesmo – disse Jack, quebrando o silêncio.

Terese suspirou e levantou-se.

– Vamos lá, guerreiro destemido – falou debochada para Richard.

Usaram o mesmo método de antes. Terese destrancou as algemas enquanto Richard apontava a arma.

– Preciso dessas algemas mesmo enquanto estou no banheiro? – perguntou Jack quando Terese começou a recolocá-las.

– Sem dúvida – disse ela.

Assim que entrou no banheiro, Jack tomou outra dose de rimantadine e um longo gole de água. Então, deixando a água correr, pisou na tampa da privada, agarrou o alpendre da janela com ambas as mãos e começou a puxar. Aumentou a pressão para ver se o caixilho da janela cederia.

Nesse momento a porta se abriu.

– Desça daí! – resfolegou Terese.

Jack desceu da privada e encolheu-se. Tinha medo de que Richard fosse atingi-lo na cabeça de novo. Porém, Richard simplesmente entrou no banheiro, segurando a arma apontada para o rosto de Jack. A arma estava destravada.

– Dê-me apenas um motivo para atirar – sibilou.

Por um segundo ninguém se moveu. Então Terese mandou Jack de volta à pia da cozinha.

– Não dá para pensar em outro lugar? – perguntou Jack. – Estou ficando cansado da paisagem.

– Não me provoque – avisou Terese.

Com a arma destravada a poucos centímetros, não havia nada que pudesse fazer. Em questão de segundos estava algemado ao encanamento novamente.

Meia hora mais tarde, Terese decidiu ir à loja para comprar aspirina e sopa. Perguntou a Richard se queria alguma coisa. Ele pediu sorvete; achou que seria bom para sua garganta irritada.

Depois que Terese saiu, Jack disse a Richard que precisava ir ao banheiro outra vez.

– Ah, claro – disse Richard sem se mover da poltrona.

– É sério – insistiu Jack. – Não cheguei a usá-lo da última vez.

Richard deu uma gargalhada.

– Problema seu. A culpa foi sua.

– Ora! Só vai levar um minuto.

– Escute aqui! – gritou Richard. – Se eu for aí será para lhe dar uma porrada na cabeça novamente. Entendeu?

Jack entendeu bem demais.

Vinte minutos depois Jack ouviu o som inconfundível de um carro se aproximando ao longo da estradinha de cascalho. Sentiu um surto de adrenalina no organismo. Seriam os Black Kings? Seu pânico retornou, e ele olhou triste para o cano impossível de romper.

A porta se abriu. Para seu alívio, era Terese, que deixou uma sacola de compras na mesa da cozinha, depois voltou ao sofá, deitou-se e fechou os olhos. Pediu a Richard para guardar as compras.

Richard levantou-se sem entusiasmo. Colocou os perecíveis na geladeira e o sorvete no congelador. Então pôs as latas de sopa no armário. No fundo da sacola encontrou aspirina e um monte de pacotes de biscoitos recheados com manteiga de amendoim.

– Você podia dar uns biscoitos ao Jack – disse Terese.

Richard olhou para Jack.

– Quer alguns?

Jack aceitou. Embora ainda se sentisse mal, o apetite retornara. Não comia nada desde o lanche que comprara na delicatessen, e que comera enquanto esperava no furgão.

Richard deu os biscoitos a Jack inteiros, como um pássaro jogando comida no bico escancarado de um filhote. Faminto, Jack devorou cinco e pediu água.

– Pelo amor de Deus – disse Richard. Estava irritado por esse serviço ter caído em suas mãos.

– Dê água a ele – ordenou Terese.

Relutante, Richard fez o que ela mandou. Depois de um longo gole, Jack agradeceu. Richard disse-lhe para agradecer a Terese, não a ele.

– Dê-me duas aspirinas e um pouco d'água – pediu ela.

Richard revirou os olhos.

– Você acha que sou seu escravo?

– Traga logo isso – disse Terese em tom petulante.

Quarenta e cinco minutos depois, pôde-se ouvir outro carro subindo a estradinha.

– Até que enfim – disse Richard, jogando a revista de lado e levantando-se da poltrona. – Devem ter vindo pela Filadélfia, pelo amor de Deus. – Foi até a porta enquanto Terese se sentava.

Jack engoliu em seco. Sentia a pulsação nas têmporas. Percebeu que não lhe restava muito tempo de vida.

Richard escancarou a porta.

– Merda! – disse ele.

Terese ficou rígida.

– O que foi?

– É Henry, o caseiro! – grunhiu Richard. – O que é que nós vamos fazer?

– Você, fique com Jack! – Terese quase gritou, em pânico. – Eu falo com Henry. – Ela se levantou e cambaleou por um instante com uma onda de tontura. Então saiu.

Richard disparou até Jack. No meio do caminho apanhou a arma, que agora segurava pelo cano como se fosse uma machadinha.

– Uma palavra e arrebento sua cabeça – grunhiu.

Jack olhou para Richard. Podia ver-lhe a determinação. Do lado de fora ouviu um carro parando, seguido do som abafado da voz de Terese.

Jack tinha à sua frente um dilema nada razoável. Poderia gritar, mas não sabia quanto som faria antes de ser incapacitado por Richard. Porém, se não tentasse alguma coisa, logo estaria enfrentando os Black Kings e a morte certa. Decidiu arriscar.

Jogou a cabeça para trás e começou a gritar por socorro. Como era de se esperar, Richard desceu o cabo da arma na testa dele. O grito de Jack foi cortado antes que ele pudesse formar qualquer palavra. Uma escuridão bem-vinda interveio com a rapidez de uma lâmpada sendo desligada.

JACK RECUPEROU A consciência em estágios. A primeira coisa de que se deu conta foi que seus olhos não abriam. Mas, esforçando-se, conseguiu abrir o olho direito, e um minuto depois o esquerdo também. Quando limpou o rosto na manga da camisa, percebeu que suas pálpebras estavam coladas pelo sangue coagulado.

Com o antebraço, sentiu um calombo de tamanho considerável na linha dos cabelos. Sabia que era um bom lugar para ser atingido se tivesse que levar um golpe. Aquela parte do crânio era de longe a mais espessa.

Piscou para clarear a visão e olhou o relógio. Eram 16 horas, fato confirmado pela qualidade anêmica da luz do sol de fim de tarde penetrando pela janela sobre a pia.

Olhou ao redor da sala de estar, que podia ver sob a mesa da cozinha. O fogo na lareira queimara de forma significativa. Terese e Richard estavam escarrapachados em seus respectivos sofás.

Jack mudou de posição e acabou derrubando um vidro de limpador de janelas.

– O que ele está fazendo agora? – perguntou Richard.

– Quem se importa? – disse Terese. – Que horas são?

– Já passa das 16 horas.

– Onde estão aqueles seus amigos? – quis saber Terese. – Estão vindo de bicicleta?

– Quer que eu ligue?

– Não, vamos ficar aqui esperando uma semana – disse Terese, irritada.

Richard colocou o telefone no peito e discou. Quando atenderam, teve de pedir para falar com Gêmeo. Depois de uma longa espera, Gêmeo apareceu na linha.

– Por que é que você não está aqui? – reclamou Richard. – Ficamos esperando o dia todo.

– Não vou, cara.

– Mas você disse que vinha.

– Não posso, cara. Não posso ir.

– Nem por mil dólares?

– Não.

– Mas por quê?

– Porque dei minha palavra.

– Deu sua palavra? O que isso quer dizer?

– O que acabei de dizer. Não entende inglês?

– Mas isso é ridículo.

– A festa é sua – disse Gêmeo. – Quem tem que limpar a merda é você.

Richard ficou segurando um telefone desconectado. Bateu o fone no gancho.

– Vagabundo imprestável. Ele não vem. Não posso acreditar.

Terese sentou-se.

– Bela ideia aquela. Agora estamos de volta à estaca zero.

– Não olhe para mim. Não vou fazer isso – estourou Richard. – Já deixei isso bem claro. É com você, maninha. Porra, isso tudo foi para o seu benefício, não para o meu.

– Deveria ter sido. Mas você obteve um prazer pervertido com isso. Finalmente conseguiu usar esses micróbios com os quais brincou a vida inteira. Mas agora não pode fazer uma coisa tão simples. Você é uma espécie de... – Pelejou para encontrar a palavra. – Degenerado! – disse finalmente.

– Você também não é nenhuma Branca de Neve – berrou Richard. – Não é à toa que aquele seu marido a deixou.

O rosto de Terese ficou vermelho. Ela abriu a boca mas nenhuma palavra saiu. Subitamente correu para a arma.

Richard deu um passo para trás. Tinha medo de que tivesse ultrapassado o limite mencionando o indizível. Por um segundo pensou que Terese fosse atirar nele. Em vez disso ela voou para a cozinha, destravando a arma. Aproximou-se de Jack e apontou o revólver para seu rosto ensanguentado.

– Vire o rosto! – ordenou ela.

Jack sentiu-se como se seu coração tivesse parado. Olhou para o cano trêmulo e os olhos azuis gelados de Terese. Estava paralisado, incapaz de obedecer à ordem.

– Seu maldito! – disse Terese em meio a um súbito fluxo de lágrimas.

Travando a arma, jogou-a de lado, voltou ao sofá e enterrou a cabeça nas mãos. Estava soluçando.

Richard sentiu-se culpado. Sabia que não deveria ter dito o que disse. Ter perdido o bebê e depois o marido era o calcanhar de aquiles de sua irmã. Foi devagar até onde ela estava e sentou-se na beira do sofá.

– Eu não quis falar aquilo – disse Richard, acariciando suavemente suas costas. – Escapou sem querer. Estou fora de mim.

Terese sentou-se e enxugou os olhos.

– Também tenho andado fora de mim – admitiu. – Nem posso acreditar nessas lágrimas. Estou um bagaço. Também me sinto péssima. Agora minha garganta está dolorida.

– Quer outra aspirina?

Terese balançou a cabeça.

– O que acha que o tal Gêmeo quis dizer com ter dado sua palavra? – perguntou ela.

– Não sei. Por isso perguntei.

– Por que não lhe ofereceu mais dinheiro?

– Ele não me deu chance. Desligou antes.

– Ligue de novo, ora. Precisamos sair daqui.

– Quanto devo oferecer? Não tenho o dinheiro que você tem.

– O quanto for necessário – disse Terese. – A esta altura o dinheiro não é um obstáculo.

Richard apanhou o fone e discou. Dessa vez, quando perguntou por Gêmeo, disseram que ele não estava. Demoraria mais de uma hora. Richard desligou.

– Vamos ter que esperar.

– Grande novidade – comentou Terese.

Terese deitou-se no sofá e cobriu-se com uma colcha de crochê. Estremeceu.

– Está ficando frio ou sou só eu? – perguntou.

– Eu também tive uns tremores. – Richard foi até a lareira e empilhou mais troncos. Depois pegou um cobertor no quarto, antes de se reclinar no sofá. Tentou ler, mas não conseguia se concentrar. Tremia continuamente, apesar do cobertor. – Acabei de pensar em outro motivo para preocupação – falou.

– O que foi agora? – perguntou Terese. Seus olhos estavam fechados.

– Jack anda espirrando e tossindo. Você não acha que ele foi exposto à minha cultura de gripe, aquela que eu pus no umidificador?

Enrolado no cobertor, Richard levantou-se, foi até a cozinha e interrogou Jack a respeito. Jack não respondeu.

– Ora, vamos, doutor – insistiu Richard. – Não me faça bater em você novamente.

– Que diferença faz? – gritou Terese do sofá.

– Muita – disse Richard. – Há uma boa chance de que a minha cepa de gripe seja a mesma que provocou a grande epidemia de 1918. Coletei-a no Alasca de uma dupla de esquimós congelados que morreram de pneumonia. A época conferia.

Terese juntou-se a ele na cozinha.

– Agora você está me deixando preocupada. Acha que ele pegou a gripe e nos expôs?

– É possível – disse Richard.

– Isso é terrível! – ela olhou para Jack. – E então? Você foi exposto?

Jack não tinha certeza se deveria admitir sua exposição ou não. Não sabia o que os enfureceria mais. A verdade ou seu silêncio.

– Ele não está respondendo e eu não estou gostando disso – disse Richard.

– Ele é legista – disse Terese. – Deve ter sido exposto. Levaram os mortos para ele. Ele me contou isso ao telefone.

– Não é disso que eu estou com medo – disse Richard. – A exposição com a qual temos que nos preocupar é com uma pessoa viva, que respira, espirra e tosse, e não com um cadáver.

– Legistas não cuidam de pessoas vivas – disse ela. – Todos os seus pacientes estão mortos.

– Isso é verdade – admitiu Richard.

– Além disso, Jack não chega a estar doente. Ele está com um resfriado. Grande coisa. Já não estaria realmente doente se tivesse contraído seu vírus da gripe?

– Tem razão. Não estou raciocinando direito; se ele tivesse a gripe de 1918, já estaria morto.

Os irmãos retornaram aos seus sofás e desabaram.

– Não vou aguentar isso por muito mais tempo – disse Terese. – Especialmente do jeito que estou.

Às 17h15, exatamente uma hora após a chamada anterior, Richard ligou para Gêmeo. Desta vez foi o próprio quem atendeu.

– Está me enchendo o saco por quê, porra?

– Quero oferecer mais dinheiro. Obviamente mil paus não foram o suficiente. Eu entendo. Vir até aqui é uma longa viagem. Quanto quer?

– Você não me entendeu, não é? – disse Gêmeo, irritado. – Eu disse que não posso. É isso. Fim de papo.

– Dois mil – disse Richard. Olhou para Terese. Ela concordou.

– Cara, você está surdo? Quantas vezes...

– Três mil – disse Richard, e Terese tornou a concordar.

– Três mil paus? – repetiu Gêmeo.

– Correto.

– Você parece desesperado.

– Estamos dispostos a pagar 3 mil dólares – disse Richard. – Isso deve dar uma ideia da nossa urgência.

– Hummm – disse Gêmeo. – E você diz que o doutor está algemado?

– Exato. Vai ser moleza.

– Vamos fazer o seguinte. Vou mandar alguém aí amanhã de manhã.

– Não vai fazer o que fez hoje de manhã, vai?

– Não. Garanto que vou mandar alguém aí pra cuidar do negócio.

– Por 3 mil – disse Richard. Queria ter certeza de que estavam se entendendo.

– Três mil está bem – disse Gêmeo.

Richard desligou e olhou para Terese.

– Acredita nele? – perguntou ela.

– Dessa vez ele garantiu. E quando Gêmeo garante alguma coisa, ela acontece. Estará aqui pela manhã. Estou confiante.

Terese suspirou.

– Graças a Deus pelos pequenos favores – falou.

Jack não estava tão aliviado. Com uma nova onda de pânico, determinou que tinha de encontrar um jeito de escapar aquela noite. A manhã traria o apocalipse.

A tarde se arrastou até a noite. Terese e Richard adormeceram. Sem vigilância, o fogo da lareira morreu. Com a escuridão chegou o frio. Jack quebrou a cabeça com ideias de fuga, mas, a menos que conseguisse soltar-se do cano, não via como escapar.

Por volta das 7 horas, Richard e Terese começaram a tossir, mesmo adormecidos. No início pareciam estar pigarreando, não tossindo, mas logo a tosse tornou-se mais forte e persistente. Jack considerou a evolução significativa. Dava fundamento à preocupação que o perturbava desde que ambos começaram a reclamar de tremores: haviam contraído a temida gripe, como Richard suspeitara.

Pensando na longa viagem de carro da cidade até ali, Jack concluiu que seria difícil não terem contraído a doença. Durante a viagem, os sintomas de Jack chegaram ao pico, e os sintomas da gripe frequentemente correspondiam à produção máxima de vírus. Cada vez que espirrara ou tossira, havia sem dúvida enviado milhões de partículas do vírus para o espaço confinado do carro.

Mas não tinha certeza. Além do mais, sua verdadeira preocupação era enfrentar os Black Kings pela manhã. Tinha coisas mais urgentes com que se preocupar do que a saúde de seus captores.

Puxou inutilmente o cano com a pequena corrente que ligava as algemas. Tudo o que conseguiu foi fazer barulho e machucar ainda mais os pulsos.

– Fique quieto! – gritou Richard, despertado pelo clamor. Acendeu um abajur e em seguida foi tomado por uma crise de tosse.

– O que houve? – perguntou Terese, grogue.

– O animal está inquieto – disse Richard com a voz áspera. – Meu Deus, preciso de um pouco d'água. – Ele se sentou, esperou um momento e então levantou-se. – Estou zonzo. Acho até que tenho um pouco de febre.

Caminhou hesitante até a cozinha e pegou um copo. Enquanto o enchia, Jack pensou em dar-lhe uma rasteira. Mas isso lhe garantiria apenas uma nova pancada na cabeça.

– Preciso ir ao banheiro – disse Jack.

– Cale a boca.

– Já faz muito tempo. Não estou pedindo pra dar uma voltinha no jardim. E se eu não for, a coisa aqui vai ficar desagradável.

Richard balançou a cabeça resignado. Depois de tomar água, gritou para Terese que seus serviços estavam sendo requisitados. Então pegou a arma na mesa da cozinha.

Jack ouviu Richard destravar a arma. O movimento reduzia suas opções.

Terese apareceu com a chave. Jack notou que seus olhos tinham uma expressão vítrea, febril. Abaixou-se e abriu um lado das algemas sem uma palavra. Recuou para ele se levantar. Como antes, a sala ficou girando diante dos seus olhos. Que artista da fuga, pensou com cinismo. Estava fraco com a falta de comida, sono e líquidos. Terese tornou a trancar as algemas.

Richard marchou direto para trás de Jack com a arma engatilhada. Não havia nada que Jack pudesse fazer. Quando entrou no banheiro, tentou fechar a porta.

– Desculpe – disse Terese, bloqueando-a com o pé. – Você perdeu esse privilégio.

Jack olhou para um e depois para o outro. Sabia que não havia como argumentar. Deu de ombros e virou-se para se aliviar. Quando terminou, fez um gesto na direção da pia.

– Posso lavar meu rosto? – perguntou.

– Se precisa – disse Terese. Ela tossiu mas se controlou. Era óbvio que sua garganta doía.

Jack foi até a pia, que estava fora do campo de visão de Terese. Depois de abrir a torneira, tirou sorrateiramente seu rimantadine do bolso e tomou um dos tabletes. Na pressa, quase deixou cair o frasco antes de pô-lo de volta no bolso.

Deu uma olhada no espelho e levou um susto. Parecia bem pior do que pela manhã, graças à nova laceração no alto da testa. Estava aberta e precisava de pontos para que fechasse sem criar uma cicatriz. Jack riu de si mesmo. Que hora para se preocupar com a estética!

A viagem de volta ao local da prisão transcorreu sem incidentes. Houve alguns momentos em que Jack ficou tentado a fazer alguma coisa, mas a cada vez sua coragem lhe faltara. Quando foi novamente algemado ao cano, sentiu-se tanto desanimado como desapontado consigo mesmo. Tinha a sensação incômoda de que acabara de deixar passar a última chance.

– Quer um pouco de sopa? – perguntou Terese a Richard.

– Não estou com fome – admitiu Richard. – Só quero umas duas aspirinas. Parece que fui atropelado por um caminhão.

– Também não estou com fome – disse ela. – Isto é mais do que um resfriado. Tenho certeza de que tenho febre também. Acha que devíamos nos preocupar?

– Obviamente temos o mesmo que Jack – disse Richard. – Acho que ele simplesmente é mais resistente. De qualquer modo, podemos consultar um médico amanhã depois da visita de Gêmeo, se acharmos necessário. Quem sabe, talvez uma noite de sono seja tudo o que precisamos.

– Dê-me umas duas aspirinas – disse Terese.

Depois de tomarem o analgésico, Terese e Richard retornaram à sala de estar. Richard passou alguns momentos alimentando o fogo que estava se apagando. Terese tentou ficar o mais confortável possível em seu sofá. Logo Richard voltou ao dele. Ambos pareciam exaustos.

Jack estava mais certo do que nunca de que os irmãos tinham a variedade mortal do vírus. Não sabia o que sua ética determinava que fizesse. O problema era o rimantadine e o fato de que estava provavelmente detendo o avanço da gripe. Sofreu em silêncio, tentando decidir se deveria contar a eles que fora exposto e convencê-los a tomar a droga para tentar salvar suas vidas, mesmo sabendo que eles estavam totalmente decididos a acabar com ele e que eram responsáveis pelas mortes de outras vítimas inocentes. Com isso em mente, será que devia compaixão a Terese e Richard, mesmo em face da dura indiferença dos dois? Seu juramento como médico deveria prevalecer?

Jack não se consolou com a ideia de justiça poética. Mas, se dividisse o rimantadine, os dois poderiam não deixá-lo tomar mais nenhum comprimido. Afinal de contas, para eles não fazia diferença como ele morreria, desde que não fosse diretamente por suas mãos.

Suspirou. Era uma decisão importante. Não conseguia escolher. Mas não tomar uma decisão era, na verdade, uma decisão. Jack compreendia suas ramificações.

Às 21 horas a respiração de Terese e Richard tornara-se estertorosa, pontuada por frequentes episódios de tosse. A condição de Terese parecia pior que a de Richard. Por volta das 22 horas um ataque particularmente violento de tosse acordou Terese e ela chamou Richard gemendo.

– O que houve? – perguntou Richard, letárgico.

– Estou me sentindo pior – disse ela. – Preciso de um pouco d'água e de outra aspirina.

Richard se levantou e caminhou zonzo até a cozinha. Deu um chute desanimado em Jack para que saísse do caminho. Jack não precisava de muito encorajamento para se afastar, tanto quanto as algemas permitissem. Richard encheu um copo com água e voltou para Terese, cambaleante.

Terese sentou-se para tomar a aspirina, enquanto Richard ajudava-a a segurar o copo. Quando acabou de beber, Terese afastou o copo e limpou a boca com a mão. Tremia.

– Do jeito que estou me sentindo, você acha que devíamos voltar à cidade esta noite? – perguntou.

– Precisamos esperar até amanhã – disse Richard. – Assim que Gêmeo chegar a gente sai. Além do mais, estou com muito sono para dirigir agora.

– Tem razão – disse Terese ao cair deitada novamente. – Acho que no momento eu também não conseguiria aguentar a viagem. Não com esta tosse. É difícil respirar.

– Durma um pouco. Vou deixar o restante da água bem aqui ao seu lado. – Colocou o copo na mesinha.

– Obrigada – murmurou.

Richard voltou ao seu sofá e desabou. Puxou o cobertor até o pescoço e deu um suspiro alto.

O tempo se arrastou e com ele a respiração congestionada de Terese; Richard piorou lentamente. Às 22h30 Jack reparou que a respiração de Terese era forçada. Mesmo da cozinha pôde ver que seus lábios estavam ficando escuros. Estava surpreso por ela não ter acordado. Achava que a aspirina baixara sua febre.

Apesar de indeciso, Jack finalmente tentou dizer alguma coisa. Chamou Richard e avisou que Terese não parecia bem. Os ruídos que produzia eram estranhos.

– Cale a boca! – gritou Richard em resposta entre uma tosse e outra.

Jack permaneceu em silêncio por mais 30 minutos. A essa altura estava convencido de que ouvia fracos estalos ao final de cada uma das inspirações de Terese, que pareciam estertores úmidos. Se estivesse certo, isso era um sinal terrível, sugerindo que Terese começava a sofrer um distúrbio respiratório agudo.

– Richard! – gritou Jack, apesar do aviso para que ficasse quieto. – Terese está piorando.

Não houve resposta.

– Richard! – gritou Jack, mais alto.

– O quê? – respondeu Richard devagar.

– Acho que sua irmã precisa de uma Unidade de Terapia Intensiva.

Richard não respondeu.

– Estou avisando – gritou Jack. – Eu sou médico, afinal de contas, e sei do que estou falando Se não fizer alguma coisa, a culpa será sua.

Jack havia tocado na ferida, e para sua surpresa Richard saltou do sofá num ataque de fúria.

– Minha culpa? – rugiu ele. – A culpa é sua por nos ter passado essa doença! – Procurou freneticamente pela arma, mas não conseguia lembrar-se do que havia feito com ela após a última visita de Jack ao banheiro.

A procura pela pistola durou apenas alguns segundos. Richard agarrou subitamente a cabeça com ambas as mãos e gemeu. Então cambaleou antes de tornar a desabar sobre o sofá.

Jack suspirou de alívio. Não esperara provocar uma crise de fúria. Tentou não imaginar o que poderia ter acontecido se a arma estivesse por perto.

Resignou-se com o horror do espetáculo de uma gripe patogênica virulenta fazendo seu estrago. Com o estado clínico cada vez pior de Terese e Richard, ele se lembrou de histórias sobre a terrível pandemia de gripe de 1918 e 19. As pessoas entravam no metrô no Brooklyn com sintomas leves, para chegarem mortas ao seu destino em Manhattan. Quando Jack ouvia essas histórias supunha que fossem exageros. Mas agora que estava sendo forçado a assistir Terese e Richard, não pensava mais assim. A deterioração rápida dos dois era uma exibição apavorante do poder de contágio.

À 1 hora, a respiração de Richard estava tão difícil quanto estivera a de Terese. Ela estava visivelmente cianótica, e mal respirava. Às 4 horas Richard estava cianótico, e Terese, morta. Às 6 horas, Richard fez uns poucos e fracos sons gorgolejantes e parou de respirar.

Sexta-feira, 29 de março de 1996, 8 horas

A manhã chegou lentamente. No início, raios tímidos de luz do sol exploraram devagar a borda da pia de porcelana. De onde estava sentado dava para ver uma teia de galhos de árvore desfolhados contra um céu que aos poucos ficava mais claro.

Quando a sala ficou completamente iluminada com a luz da manhã, Jack arriscou um olhar para trás. Não era uma cena bonita. Terese e Richard estavam mortos, com sangue espumando de seus lábios azulados. Ambos haviam começado a inchar ligeiramente, Terese em particular. Jack supôs que era por causa do calor da lareira, agora reduzida a simples brasas.

Jack olhou desesperado para o encanamento que o prendia com tanta eficiência. Era uma situação inconcebível. Gêmeo e seus Black Kings estavam provavelmente a caminho. Mesmo sem os 3 mil dólares, a gangue tinha motivos suficientes para matá-lo, principalmente pelo seu papel na morte de dois de seus membros.

Jogando a cabeça para trás, Jack gritou o máximo possível por socorro. Sabia que a tentativa era inútil, e resolveu parar quando perdeu o fôlego. Sacudiu as algemas contra o cano de latão, e chegou a pôr a cabeça debaixo da pia para examinar o lacre de chumbo onde o cano se conectava ao ferro fundido, debaixo do sifão. Com uma unha tentou futucar o chumbo, mas sem resultado.

Tornou a sentar-se. Sua ansiedade era enervante, somada à falta de sono, comida e água. Era difícil pensar com clareza, mas precisava tentar; não tinha muito tempo.

Considerou a ínfima possibilidade de os Black Kings não virem, como não haviam aparecido no dia anterior, mas isso não adiantaria muito. Jack seria sentenciado a uma morte agonizante causada pela gripe e pela desidratação. Naturalmente que, se não tomasse o rimantadine, a gripe poderia pegá-lo primeiro.

Lutou contra as lágrimas. Como fora idiota a ponto de permitir-se apanhar numa situação tão impossível? Xingou a si mesmo por sua ideia heroica e imbecil, além do pensamento adolescente de querer provar alguma coisa a si mesmo. Fora tão descuidado nesse episódio quanto em cada dia que andara de bicicleta pela Segunda Avenida se lixando para a morte.

Duas horas se passaram antes que Jack ouvisse o início tênue de um som apavorante: o ruído de pneus sobre cascalho. Os Black Kings haviam chegado.

Num ataque de pânico, começou a chutar o cano como fizera numerosas vezes ao longo daquele dia e meio, com o mesmo resultado.

Parou e tornou a apurar o ouvido. O carro estava mais próximo. Olhou para a pia. Subitamente ocorreu-lhe uma ideia. A pia era uma enorme monstruosidade antiga de ferro fundido, com um imenso lavabo e uma grande área de secagem para pratos. Jack deduziu que deveria pesar dezenas de quilos. Estava presa à parede, além de ser suportada pelo pesado sifão.

Fixando bem os pés no chão, Jack apoiou a parte inferior da pia nos bíceps e tentou erguê-la. Ela se moveu levemente, e pedaços de cimento da junção da pia com a parede caíram no lavabo.

Jack virava-se como um contorcionista para colocar o pé direito contra a beirada da pia. Ouviu o carro parar no momento em que fez o impulso com a perna. Um som de algo se quebrando. Posicionou-se para que ambos os pés ficassem sob a borda da pia. Impulsionando com toda a sua energia, exerceu o máximo de força que conseguiu reunir.

Com um estalo e um som estridente, a pia desgrudou-se da parede. Um pedaço de reboco caiu no seu rosto. Sem apoio, a pia ameaçou cair sobre o sifão.

Com outro empurrão das pernas, fez com que ela caísse para a frente. Os canos de cobre que conduziam a água partiram-se nas suas extremidades soldadas e a água começou a espirrar. O encanamento permaneceu intacto até o lacre de chumbo ceder. Naquele momento o cano de bronze escorregou para fora do ferro fundido. A pia fez um barulho enorme ao esmagar uma cadeira antes de cair pesadamente no piso de madeira.

Estava encharcado, mas livre! Levantou-se cambaleante no momento em que passos pesados soaram na varanda da frente. Sabia que a porta não estava trancada e que os Black Kings estariam lá dentro em um instante. Sem dúvida tinham ouvido o barulho da pia caindo.

Sem tempo para procurar a pistola, disparou para a porta dos fundos. Destravou-a freneticamente e a escancarou. Num segundo estava do lado de fora, atirando-se pelos últimos degraus para a grama molhada de orvalho.

Agachando-se para não ser percebido, fugiu para longe da casa o mais rápido que podia, com as mãos ainda algemadas. À frente, havia um lago ocupando a área que ele imaginara ser um campo, ao chegar na noite anterior. À esquerda do lago, a cerca de 30 metros da casa, ficava o celeiro. Correu para lá. Era sua única esperança de um esconderijo. A floresta que o cercava era um espaço totalmente aberto e sem folhas.

Com o coração na mão, Jack alcançou a porta do celeiro. Para seu alívio, estava destrancada. Abriu-a de supetão, correu para dentro e fechou-a.

O interior do celeiro era escuro, úmido e assustador. A única iluminação vinha através de uma janela voltada para o oeste. Os restos enferrujados de um velho trator podiam ser vistos à meia-luz.

Tomado pelo pânico, Jack saiu tropeçando na escuridão à procura de um esconderijo. Os olhos começaram a se ajustar. Viu diversas baias desertas, mas não tinha como se esconder. Havia um jirau acima, mas não tinha feno.

Olhando para o piso de tábuas, procurou inutilmente por um alçapão, mas não havia nenhum. Nos fundos do celeiro havia um quartinho cheio de ferramentas de jardim, mas nenhum lugar para se esconder. Já ia desistir quando avistou um baú de madeira do tamanho de um caixão. Correu para lá e levantou a tampa. Dentro dele havia sacos malcheirosos de fertilizante.

O sangue de Jack gelou nas veias. Do lado de fora ouviu uma voz de homem gritar:

– Ei, cara, por aqui! Tem rastros na grama!

Sem qualquer outra chance, Jack tirou os sacos do baú. Então entrou e fechou a tampa.

Tremendo, tanto de medo como pelo frio úmido, Jack começou a suar. Sua respiração estava ofegante. Tentou se acalmar. Para o esconderijo funcionar, teria de ficar quieto.

Não se passou muito tempo antes que ouvisse a porta do celeiro abrir com um rangido seguido do som de vozes abafadas. Passos ecoavam no piso de tábuas. Então houve um estrondo quando alguma coisa foi virada. Ouviu palavrões. Depois outro estrondo.

– Preparou a pistola? – disse uma voz abafada.

– O que você acha que eu sou, idiota? – respondeu uma outra.

Ouviu passos se aproximando. Prendeu a respiração, tentou conter o tremor e lutou contra a necessidade de tossir. Houve uma pausa, depois os passos continuaram. Jack se permitiu soltar o fôlego.

– Tem alguém aqui, tenho certeza – disse uma voz.

– Cale a boca e continue procurando – respondeu a outra.

Sem aviso a tampa do esconderijo de Jack foi aberta de súbito, com uma rapidez tão inesperada que Jack viu-se totalmente despreparado. Deixou escapar um grito abafado. O negro olhando para ele fez o mesmo, deixando a tampa bater.

A tampa foi rapidamente aberta mais uma vez. Jack viu que o sujeito estava segurando uma pistola na mão livre. Na sua cabeça, um boné preto de beisebol.

Jack e o negro encararam-se por um momento, e então o homem olhou para seu parceiro.

– É o doutor mesmo – gritou ele. – Está aqui, dentro de uma caixa.

Jack estava com medo de se mexer. Ouviu passos se aproximando. Tentou se preparar para o sorriso debochado de Gêmeo. Mas suas expectativas não foram consumadas. Quando olhou para cima, não foi o rosto dele que viu: foi o de Warren!

– Que merda, doutor – disse Warren. – Parece que você lutou a Guerra do Vietnã sozinho!

Jack engoliu em seco. Olhou para o outro sujeito e reconheceu-o como um dos jogadores de basquete da quadra. Os olhos de Jack voltaram rápidos para Warren. Jack estava confuso, com medo de que fosse tudo uma alucinação.

– Vamos lá, doutor – disse Warren, estendendo a mão para Jack. – Saia da caixa pra que a gente possa ver se o resto do corpo está tão ruim quanto a sua cara.

Deixou que o ajudassem a se levantar. Saiu da caixa. Estava encharcado com a água dos canos quebrados.

– Bom, parece estar tudo em ordem – disse Warren. – Mas não está cheirando muito bem. E a gente tem de tirar essas algemas dele.

– Como chegou aqui? – perguntou, finalmente encontrando sua voz.

– De carro – disse Warren. – Pensou o quê? Que viemos de metrô?

– Mas eu esperava os Black Kings. Um cara chamado Gêmeo.

– Lamento desapontar você, cara. Você precisa me agradecer.

– Não estou entendendo.

– Gêmeo e eu fizemos um trato. Demos uma trégua para que não houvesse mais irmão matando irmão. Um dos termos do trato era que eles não te apagassem. Aí, Gêmeo me chamou e disse que você estava sendo mantido aqui e que, se eu quisesse salvar sua pele, era melhor correr para as montanhas. Então aqui estamos nós: a cavalaria.

– Meu Deus! – disse Jack, balançando a cabeça. Era perturbador saber o quanto o destino de uma pessoa podia repousar nas mãos de outras.

– Ei, aqueles caras lá na casa estavam mal, hem? – comentou Warren. – E estão cheirando pior que você. De que foi que eles morreram?

– Gripe – disse Jack.

– Não fode! Aqui também. Ouvi falar no noticiário de ontem à noite. Tem muita gente agitada na cidade por causa disso.

– E por uma boa razão – disse Jack. – Acho melhor me dizer o que ouviu.

Epílogo

Nova York, quinta-feira, 25 de abril de 1996, 19h45

O jogo de 11 pontos estava empatado em 10 a 10. As regras ditavam vitória por dois pontos, de modo que um ponto de vantagem não queria dizer nada, mas dois, sim. Isso passou pela cabeça de Jack enquanto driblava os adversários no outro lado da quadra. Estava sendo marcado impiedosamente por um jogador agressivo chamado Flash, que Jack sabia ser mais rápido que ele.

A competição era acirrada. Os jogadores que esperavam a vez nas laterais torciam em altos brados pelo outro time, um contraste agudo com a típica indiferença estudada que costumavam demonstrar. O motivo da mudança era o fato de que o time de Jack vinha vencendo a noite toda, principalmente porque Jack estava com um grupo particularmente bom de jogadores que incluía Warren e Spit.

Jack não costumava conduzir a bola ao fundo da quadra. Isso era trabalho de Warren. Mas, na jogada anterior, para tristeza de Jack, Flash fizera uma cesta que empatara a partida, e depois que a bola passara pela cesta acabara nas mãos de Jack. Para levar a bola para o fundo o mais rápido possível, Spit avançara. Quando Jack lhe passou a bola, Spit devolveu-a.

Quando Jack correu para a cesta, Warren fez que ia para uma direção e então correu para a cesta. Jack viu a manobra pelo canto do olho e posicionou o braço com a intenção de passar a bola para Warren.

Flash antecipou o passe e recuou na esperança de interceptá-lo. Subitamente Jack estava com espaço livre, e mudou de ideia quanto a passar a bola. Em vez disso, deixou voar um dos seus lances normalmente confiáveis. Infelizmente a bola bateu no aro e caiu direto nas mãos ansiosas de Flash.

A maré mudou de direção, para o prazer dos espectadores.

Flash levou a bola rapidamente para o outro lado. Jack não tinha intenção de deixar que ele repetisse sua cesta mas, sem querer, havia lhe dado muito espaço. Para surpresa de Jack, já que Flash não era um cestinha de três pontos, este pulou e atirou "do meio da rua".

Para o horror de Jack, a bola caiu na cesta sem tocar no aro. As laterais soltaram um urro de vitória. O jogo fora ganho pelos bandidos.

Flash saiu correndo pela quadra com os braços levantados para a galera. Os seus parceiros de time congratularam-se uns aos outros batendo no alto as mãos espalmadas, como também fizeram alguns dos espectadores.

Warren foi até Jack com um olhar irritado.

– Você devia ter passado aquela bola, porra – disse Warren.

– Foi mal – disse Jack. Estava envergonhado. Cometera três erros seguidos.

– Merda. Com esses tênis novos achei que não dava para perder.

Jack olhou para o par de Nike novinho em folha a que Warren se referia, e depois para os seu próprio Fila surrado.

– Talvez eu também precise de um tênis novo.

– Jack! Ei, Jack! – gritou uma voz de mulher. – Oi!

Jack olhou pela grade que separava o playground da calçada. Era Laurie.

– Ei, garoto! – disse Warren para Jack. – Parece que sua gata decidiu fazer uma visita às quadras.

A comemoração do jogo parou. Todos os olhares se voltaram para Laurie. Namoradas e esposas não iam às quadras. Se não tinham vontade ou eram propositalmente excluídas, Jack não sabia. Mas a infração da chegada inesperada de Laurie o fez sentir-se pouco à vontade. Sempre tentara jogar pelas regras em grande parte implícitas do playground.

– Acho que ela quer bater um papo – disse Warren. Laurie estava chamando Jack.

– Eu não a convidei – disse Jack. – Tínhamos marcamos um encontro pra mais tarde.

– Não tem problema – disse Warren. – É a maior gata. Você deve transar melhor do que joga basquete.

Jack riu, envergonhado, depois caminhou até Laurie. Atrás de si, ouviu a comemoração continuar e relaxou um pouco.

– Agora sei que as histórias são todas verdadeiras – disse ela. – Você joga mesmo basquete.

– Espero que não tenha visto as últimas três jogadas. Não ia me achar um bom jogador.

– Sei que não devíamos nos encontrar agora, mas não pude esperar para falar com você.

– O que aconteceu?

– Uma certa Nicole Marquette, do CCD, telefonou – disse Laurie. – Parece que ela ficou tão desapontada por não encontrar você que Marjorie, a telefonista, passou-a para mim. Nicole me pediu para lhe passar uma mensagem.

– E então? – perguntou Jack.

– O CCD está oficialmente suspendendo o programa de vacinação de emergência. Há duas semanas não há um caso de gripe da variedade Alasca. Os esforços de quarentena deram certo. Parece que o surto foi contido da mesma forma que a febre suína de 1976.

– É uma ótima notícia! – disse Jack. Na última semana, rezara para que isso acontecesse, e Laurie sabia. Depois de 52 casos com 34 mortes houve uma parada. Todos os envolvidos estavam cruzando os dedos.

– Ela disse por que acham que isso aconteceu?

– Disse. Os estudos revelaram que o vírus costuma ficar instável fora de um hospedeiro. Acreditam que a temperatura na cabana esquimó enterrada deve ter variado e pode até ter se aproximado do degelo, muito longe dos 45 graus negativos em que os vírus ficam normalmente armazenados.

– Que pena que isso não tenha afetado a patogenicidade do vírus também – disse Jack.

– Mas pelo menos tornou eficaz a quarentena engendrada pelo CCD, e todos sabem que isso não é o que normalmente acontece com a gripe. Parece que, com a variedade Alasca, as pessoas contagiadas tiveram de ter contato próximo por um período relativamente grande com um indivíduo infectado para que a transmissão ocorresse.

– Acho que todos tivemos muita sorte. A indústria farmacêutica também merece muito crédito. Eles produziram todo o rimantadine necessário em tempo recorde.

– Já acabou o jogo? – Laurie olhou por sobre o ombro de Jack e viu que outra partida havia começado.

– Acho que sim. Meu time perdeu, graças a mim.

– Aquele homem com quem estava conversando quando cheguei é Warren?

– Isso mesmo.

– É exatamente como você o descreveu. Parece impressionante. Mas tem uma coisa que eu não entendo. Como é que aquele short dele fica no lugar? É tão grande, e ele tem a cintura tão fina.

Jack deixou escapar uma gargalhada. Olhou para Warren fazendo lançamentos como uma máquina. O engraçado era que Laurie tinha razão: o short de Warren desafiava a lei da gravidade de Newton. Jack estava tão acostumado com o traje de estilo hip hop que nunca havia questionado isso.

– Acho que é um mistério para mim também – falou. – Vai ter de perguntar isso a ele.

– Certo – concordou Laurie. – Gostaria mesmo de conhecê-lo.

Jack voltou-se para ela com um olhar curioso.

– Estou falando sério. – disse ela. – Gostaria de conhecer esse homem que você respeita e que salvou sua vida.

– Não pergunte sobre o short – aconselhou Jack. Não tinha ideia do que poderia acontecer.

– Francamente! – disse Laurie. – Tenho um mínimo de etiqueta.

Jack chamou Warren. Ele foi gingando até a cerca, jogando sua bola de basquete. Jack estava inseguro quanto à situação e não sabia o que esperar. Apresentou os dois, e para a sua surpresa eles foram com a cara um do outro.

– Provavelmente não deveria dizer isso... – disse Laurie depois de algum tempo. – E acho que Jack não iria querer, mas... – Jack rangeu os dentes. Não tinha ideia do que Laurie iria dizer. – ...gostaria de agradecer pessoalmente pelo que você fez por ele.

Warren deu de ombros.

– Acho que nem teria me dado ao trabalho de subir até lá, se soubesse que não me passaria a bola agora à noite.

Jack fechou a mão e tentou dar um cascudo na cabeça de Warren. Warren se encolheu e ficou fora do caminho.

– Valeu te conhecer, Laurie – disse ele. – Foi bom você ter aparecido. Eu e alguns dos outros irmãos ficamos um pouco preocupados com o velho aqui. Estamos felizes em saber que ele tem uma baixinha, afinal de contas.

– Baixinha? O que é isso? – perguntou Laurie.

– Namorada – traduziu Jack.

– Venha quando quiser, Laurie – disse Warren. – Com certeza você é mais bonita do que esse cara aí. – Driblou Jack e saiu quicando a bola até onde estava jogando.

– Namorada é "baixinha"? – perguntou Laurie.

– É só gíria de *rap* – disse Jack. – Baixinha é bem mais elogioso do que alguns dos outros termos. Mas não é para você considerar isso literalmente.

– Não me entenda mal! Não fiquei ofendida – disse Laurie. – Na verdade, por que você não convida ele e sua "baixinha" para jantarem com a gente? Gostaria de conhecê-lo melhor.

Jack deu de ombros e olhou para Warren de novo.

– É uma ideia – disse. – Será que ele iria?

– Só vai saber se convidar – disse Laurie.

– Isso eu não posso negar.

– Imagino que ele tenha namorada.

– Pra dizer a verdade, não sei.

– Quer dizer que você ficou em quarentena com o cara por uma semana e nem sequer sabe se ele tem namorada? – disse Laurie. – Do que vocês conversaram esse tempo todo?

– Não me lembro. Espere. Já volto.

Jack foi até Warren e perguntou se ele gostaria de jantar com eles e levar sua "baixinha".

– Quer dizer, se você tiver uma – acrescentou Jack.

– Claro que tenho! – Warren encarou Jack por um segundo e depois olhou para Laurie. – Foi ideia dela?

– Foi – admitiu Jack. – Mas acho que é uma boa ideia. Nunca perguntei antes porque nunca achei que você fosse aceitar.

– Onde?

– Um restaurante chamado Elios, no East Side. Às 21 horas. Por minha conta.

– Legal – disse Warren. – Como vocês vão?

– Acho que vamos pegar um táxi.

– Não precisa. Estou com meu carro. Pego vocês às 20h45.

– A gente se vê então – disse Jack. Virou-se e começou a andar até Laurie.

– Isso não quer dizer que eu ainda não esteja puto por você não ter me passado a bola na última jogada – gritou Warren.

Jack sorriu e acenou. Quando chegou até Laurie, disse que Warren iria.

– Que maravilha – disse ela.

– Concordo. Vou jantar com duas das quatro pessoas que salvaram minha vida.

– Onde estão as outras duas? – perguntou Laurie.

– Infelizmente, Slam não está mais conosco – disse Jack com tristeza. – Mais tarde conto essa história. Spit é o camarada ali na calçada, com a camiseta vermelha.

– Por que não o chama também?

– Outra noite. Prefiro que não seja uma festa. Estou doido para termos essa conversa. Você soube mais sobre Warren em dois minutos do que eu em meses.

– Nunca vou entender sobre o que vocês homens conversam – disse Laurie.

– Escute, preciso tomar um banho e me vestir. Importa-se de ir ao meu apartamento?

– De forma alguma. Estou um pouco curiosa, da maneira que você o descreveu.

– Não é bonito – avisou.

– Mostre o caminho!

Jack estava feliz por não haver nenhum sem-teto dormindo no hall de seu prédio, mas, para compensar essa bênção, a eterna briga no segundo andar transcorria em altos brados como sempre. Mesmo assim, Laurie não pareceu se importar e não fez nenhum comentário até estarem a salvo dentro do apartamento. Ali, olhou ao redor e disse que parecia aconchegante e confortável, como um oásis.

– Só vou levar alguns minutos para me arrumar – disse Jack. – Posso oferecer-lhe alguma coisa? Na verdade não tenho quase nada. Que tal uma cerveja?

Laurie declinou e disse a Jack para ir em frente e tomar seu banho. Ele tentou lhe dar algo para ler, mas ela recusou também.

– Não tenho televisão – disse Jack se desculpando.

– Reparei.

– Neste prédio uma televisão é uma tentação grande demais. Ela sairia daqui muito rápido.

– Falando em televisão – disse Laurie –, já viu aqueles comerciais da National Health de que todos estão falando, os do atendimento "sem espera"?

– Não.

– Deveria. São fantasticamente eficientes. Um deles virou um clássico da noite para o dia. É o que tem o bordão "Nós esperamos por você, você não espera por nós". Muito inteligente. As ações da National Health chegaram a subir, dá pra acreditar?

– Será que poderíamos falar de outra coisa? – pediu Jack.

– Claro – disse Laurie, inclinando a cabeça. – Qual o problema? Eu disse alguma coisa errada?

– Não, não é você, sou eu. Às vezes fico sensível demais. As propagandas médicas sempre foram um motivo de irritação para mim, ultimamente, mais ainda. Mas não se preocupe; mais tarde eu explico.

fim

EDIÇÕES BESTBOLSO

Toxina

Robin Cook nasceu em Nova York, em 1940. Graduou-se em medicina na Universidade de Columbia antes de se tornar um escritor especialista em thrillers médicos. Concluiu seu doutorado em 1966, e seis anos depois publicou o primeiro livro, *Memórias de um médico interno*. Robin Cook é autor de *Coma*, *Risco calculado*, *Cura fatal*, *Cérebro*, *Mutação* e *Terminal*, entre outros livros que usam a tecnologia e a ética na medicina como base para suas tramas.

Robin Cook

TOXINA

LIVRO VIRA-VIRA 2

Tradução de
CLAUDIO SOMOGYI

EDIÇÕES
BestBolso

RIO DE JANEIRO – 2011

CIP-BRASIL. CATALOGAÇAO-NA-FONTE
SINDICATO NACIONAL DOS EDITORES DE LIVROS, RJ

C787 Cook, Robin, 1940-
Toxina – Livro vira-vira 2 / Robin Cook; tradução de Claudio Somogyi. – Rio de Janeiro: BestBolso, 2011.
12X18cm

Tradução de: Toxin
Obras publicadas juntas em sentido contrário
Com: Contágio / Robin Cook; Alves Calado. – Rio de Janeiro: BestBolso, 2011
ISBN 978-85-7799-346-8

1. Ficção norte-americana. I. Somogyi, Claudio. II. Título.

11-2400 CDD: 813
CDU: 821.111(73)-3

Toxina, de autoria de Robin Cook.
Título número 250 das Edições BestBolso.
Primeira edição vira-vira impressa em maio de 2011.
Texto revisado conforme o Acordo Ortográfico da Língua Portuguesa.

Título original norte-americano:
TOXIN

www.edicoesbestbolso.com.br

Design de capa: Tita Nigrí.

Impresso no Brasil

ISBN 978-85-7799-346-8

Este livro é dedicado às famílias que sofreram por causa do E. coli O157:H7 e outras doenças alimentares.

Gostaria de agradecer a:

Beruce Berman, por suas sugestões no início deste projeto e, também, por sua crítica inteligente do esboço de *Toxina*;

Nikki Fox, por compartilhar comigo sua extensa pesquisa com doenças alimentares;

Ron Savenor, por me ajudar a superar uma barreira em particular na minha própria pesquisa;

e Jean Reeds, pelos comentários e sugestões valiosos durante o progresso deste trabalho.

Prólogo

9 de janeiro

O céu era uma imensa abóboda de nuvens pesadas e escuras, que curvavam de ponta a ponta o horizonte. Era o típico céu do Meio-Oeste americano naquela época do ano. No verão, o solo era inundado por um mar de milho e soja, mas agora, em pleno inverno, a paisagem era uma desolação gelada, com restolhos cobertos de neve suja e algumas árvores desfolhadas, esqueléticas.

Das nuvens de chumbo caíra uma chuvinha preguiçosa durante todo o dia – mais garoa do que chuva de verdade. Lá pelas 14 horas a precipitação cessara. Quando o velho furgão reformado tomou um desvio para uma estrada de terra, o único limpador do para-brisa que funcionava não era mais necessário.

– O que disse o velho Oakly? – perguntou Bart Winslow, que dirigia o furgão. Bart e seu acompanhante, Willy Brown, sentado no banco do passageiro, eram dois peões locais que podiam se passar por irmãos. Suas faces ásperas e enrugadas eram o testemunho da vida árdua do campo. Ambos trajavam macacões sujos e rasgados por cima dos suéteres de malha e mascavam tabaco.

– Benton Oakly não foi muito claro – respondeu Willy depois de limpar a saliva do queixo com as costas da mão. – Disse apenas que uma de suas vacas amanheceu doente.

– Doente como? – quis saber Bart.

– Parece que muito mal – respondeu Willy. – Caganeira da braba.

Ao longo dos anos, Bart e Willy tinham trocado o trabalho braçal pelo serviço pelo qual os fazendeiros os chamavam de homens da quarta dimensão. Eles recolhiam animais mortos, agonizantes, doentes ou incapacitados, especialmente vacas, percorrendo as fazendas da região e transportando-as para a fábrica de ração. Não era um trabalho cobiçado, mas servia perfeitamente bem para os dois.

Assim que passaram por uma caixa de correio enferrujada, dobraram numa segunda estradinha lamacenta, ladeada por uma cerca de arame farpado. Dois quilômetros adiante, entraram numa pequena fazenda. Bart conduziu o furgão até o portão do celeiro, manobrou e entrou de ré. Tão logo puseram os pés para fora do veículo, Ben Oakly apareceu.

– Tarde – disse Benton. Era tão lacônico quanto Bart e Willy. Algo na paisagem parecia fazer as pessoas se calarem. Benton era um homem alto, magro e com os dentes ruins. Manteve certa distância de Bart e Willy, imitado por seu cão, Shep, que estivera rosnando até os dois descerem do furgão. Com o focinho crispado, sentindo o cheiro da morte, Shep encolheu-se atrás de seu dono.

– No celeiro – falou Benton, fazendo um gesto com a mão antes de conduzir os visitantes até o fundo do galpão. Parando diante de um cercado, apontou por cima da grade.

Bart e Willy subiram na tábua para dar uma espiada e torceram o nariz. As fezes frescas exalavam um cheiro terrível.

Dentro do cercado, uma vaca visivelmente doente estava deitada por cima da própria diarreia. Ela ergueu a cabeça cambaleante e lançou um olhar para Bart e Willy. Uma de suas pupilas era cinza como cimento.

– O que há no olho dela? – perguntou Willy.

– É assim desde pequena – disse Benton. – Levou uma chifrada ou coisa parecida.

– Só ficou doente hoje de manhã? – perguntou Bart.

– Isso mesmo – respondeu Benton. – Mas já não dá leite há mais de um mês. Quero que ela saia daqui antes que contamine as outras.

– Tudo bem, nós cuidaremos dela – disse Bart.

– Ainda são 25 dólares para levar até a fábrica de ração?

– São – respondeu Willy. – Podemos jogar uma água nela antes de colocá-la no furgão?

– Sinta-se em casa – disse Benton. – A mangueira está pendurada na parede.

Enquanto Bart abria a porteira do cercado, Willy foi buscar a mangueira. Tomando cuidado para ver onde pisava, Bart deu umas palmadinhas no dorso da vaca. Relutante, ela se levantou cambaleando.

Willy voltou com a mangueira e lavou o animal até que ficasse razoavelmente limpo. Com afagos, os dois persuadiram-na a sair do cercado e, ajudados por Benton, carregaram-na para fora e a enfiaram no furgão. Willy bateu a porta traseira do veículo.

– Quantas cabeças mais vocês têm aí dentro? – perguntou Benton.

– Quatro – disse Willy. – Apareceram todas mortas esta manhã. Algum tipo de infecção está atacando na fazenda Silverton.

– Isso é horrível! – rosnou Benton, alarmado, entregando algumas notas amassadas a Bart. – Suma logo com elas de minhas terras.

Bart e Willy deram uma cusparada no chão e embarcaram cada um em seu lado do carro. O motor velho e cansado expeliu uma fumaça preta antes de empurrar o veículo para fora da fazenda.

Como de hábito, Bart e Willy não trocaram uma palavra até que o furgão chegasse à estrada. Bart acelerou e finalmente engatou a quarta marcha.

– Está pensando o mesmo que eu? – perguntou.

– Acho que sim – disse Willy. – Esta vaca não ficou tão mal depois da mangueirada. Com os diabos, parece até melhor do que a que vendemos para o abatedouro na semana passada.

– Ainda fica de pé e pode até andar um pouco – comentou Bart.

– Está bem em cima da hora – disse Willy, consultando o relógio.

Os dois continuaram em silêncio até deixar a estrada vicinal e pegar uma pista que contornava um vasto complexo industrial, comprido, baixo e com poucas janelas. Um letreiro do tamanho de um outdoor dizia: HIGGINS E HANCOCK. Nos fundos do prédio ficava um curral vazio que mais parecia um mar de lama pisoteada.

– Você espera aqui – disse Bart, estacionando perto de uma rampa que ligava o curral ao interior da fábrica.

Bart desceu do furgão e desapareceu por trás da rampa. Willy também saltou e encostou-se na porta traseira. Bart voltou cinco minutos depois, acompanhado de dois sujeitos corpulentos, vestindo aventais brancos compridos e manchados de sangue, botas amarelas e capacetes de plástico da mesma cor. Os dois usavam crachás de identificação. No do mais forte, lia-se: JED STREET, SUPERVISOR. No outro: SALVATORE MORANO, CONTROLE DE QUALIDADE. Jed trazia uma prancheta.

Bart fez um sinal, e Willy abriu a porta traseira do furgão. Salvatore e Jed prenderam a respiração e examinaram o interior. A vaca doente ergueu a cabeça. Jed perguntou a Bart:

– O animal fica em pé?

– Com certeza. Pode até andar um pouco.

Jed fitou Salvatore.

– O que diz, Sal?

– Onde está o inspetor? – quis saber Salvatore.

– O que acha? – disse Jed. – No vestiário, para onde sempre vai depois que passa o último animal.

Salvatore enfiou a mão por baixo do avental branco e pegou o rádio de comunicação que trazia pendurado ao cinto. Ligou-o e levou-o à boca.

– Gary, aquele último tonel que vai para a Mercer Meats já está cheio?

A resposta veio em meio à estática:

– Quase.

– Muito bem – continuou Salvatore. – Estamos mandando mais um animal.

Salvatore desligou o rádio e disse para Jed:

– Vamos acabar logo com isso.

Jed balançou a cabeça e dirigiu-se a Bart:

– Está bem, negócio fechado, mas, como eu já disse, só pagamos 50 dólares.

– Cinquenta está bom – concordou Bart.

Enquanto Bart e Willy subiam no furgão para tirar a vaca, Salvatore voltou pela rampa e puxou do bolso um par de protetores de ouvido. Ao pôr os pés no interior do abatedouro, já tinha se esquecido do animal doente. Sua única preocupação era com a infinidade de relatórios que ainda teria de preencher antes de pensar em voltar para casa.

Com os protetores nos ouvidos, Salvatore não era perturbado pelo barulho enquanto atravessava o pátio de abate do matadouro. Aproximou-se de Mark Watson, o supervisor de linha, e gesticulou para ele.

– Temos mais um animal entrando – berrou Salvatore sobre o ruído ensurdecedor. – Mas é só para carne sem osso. Sem carcaça. Entendeu?

Mark juntou o indicador com o polegar para dizer que havia entendido.

Em seguida, Salvatore abriu a porta à prova de som que dava para o setor administrativo do prédio. De volta à sua sala, pendurou o avental ensanguentado e o capacete atrás da porta, sentou-se à mesa e concentrou-se nos formulários de rotina.

Absorto, Salvatore já tinha perdido a noção do tempo quando Jed apareceu subitamente à porta.

– Temos um probleminha – disse Jed.

– O que é agora? – perguntou Salvatore.

– A cabeça daquela vaca doente despencou da esteira.

– Algum inspetor viu?

– Não – respondeu Jed. – Estão todos no vestiário, batendo papo.

– Então mande recolocá-la no gancho e lavá-la com a mangueira.

– Tudo bem. Achei que você devesse ficar sabendo.

– Claro – disse Salvatore. – Para evitar qualquer problema, vou preencher um Relatório de Ocorrência. Qual é o número do lote e da cabeça desse animal?

Jed consultou a prancheta.

– Lote 36, cabeça 57.

– Entendi – disse Salvatore.

Jed saiu do escritório e voltou para a área de abate. Ao chegar lá, cutucou o ombro de José, uma espécie de faxineiro cujo serviço era varrer para os ralos, ininterruptamente, todos os restos espalhados pelo chão. José tinha pouco tempo de casa. Manter os varredores era um problema crônico por causa da natureza do trabalho.

José quase não falava inglês, e o espanhol de Jed era ainda pior. Portanto a comunicação tinha de ser feita basicamente através de mímica. Jed gesticulou para que José fosse ajudar Manuel, um dos esfoladores, a erguer a cabeça da vaca e pendurá-la num dos ganchos móveis afixados à esteira rolante.

Depois de algum tempo, José enfim conseguiu compreender. Felizmente, ele e Manuel podiam se comunicar sem dificuldade, porque o serviço exigia duas etapas e um esforço considerável. Primeiro, tiveram de colocar a cabeça, que pesava mais de 50 quilos, sobre a passarela suspensa. Depois foi preciso que eles próprios subissem na passarela, para segurar a cabeça numa altura que desse para espetá-la em um dos ganchos móveis.

Jed sinalizou com o polegar erguido para os dois homens ofegantes, que no último segundo quase tinham deixado cair a carga escorregadia. Em seguida, Jed lavou com o jato da mangueira a sujeira da cabeça esfolada do animal enquanto ela passava pendurada no trilho da esteira. Mesmo para o tarimbado Jed, a catarata no olho dava uma aparência horripilante àquela cabeça. Entretanto, ficou satisfeito com a quantidade de imundícies que saiu sob a alta pressão da água. E, no momento em que a cabeça passou pela abertura da parede a caminho da sala de desossa, tinha um aspecto razoavelmente limpo.

1

Sexta-feira, 16 de janeiro

O Sterling Place Mall resplandecia com o mármore, o bronze cintilante e a madeira lustrada de suas lojas luxuosas. A Tiffany competia com a Cartier; a Neiman-Marcus, com a Saks. O concerto 23 para piano, de Mozart, tocava em alto-falantes ocultos. Pessoas elegantes, calçando Gucci e vestidas com casacos Armani, aproveitavam aquela tarde de sexta-feira para circular pelos corredores, avaliando as ofertas pós-natalinas.

Em circunstâncias normais, Kelly Anderson não se importaria de ficar ali boa parte da tarde. Como repórter de TV, aquilo era bem diferente das matérias sérias, e em sua maioria perigosas, para as quais era frequentemente escolhida e que precisava cobrir em qualquer ponto da cidade para o jornal das 18 horas ou das 23 horas. Mas, naquela sexta-feira em especial, não estava conseguindo o que queria no shopping.

– Parece brincadeira – comentou Kelly, irritada e ansiosa, olhando ao redor à procura de um provável candidato para entrevistar, mas ninguém parecia adequado.

– Acho que chega por hoje – disse Brian Washington, um afro-americano magricela e desengonçado, o operador de vídeo predileto de Kelly. Em sua opinião, ele era o melhor que a WENE tinha para oferecer, e Kelly manipulou, bajulou e até fez ameaças para conseguir que a emissora o mandasse trabalhar com ela.

As bochechas de Kelly se incharam antes que ela soltasse a respiração em uma expressão de desespero.

– Droga, você tem razão – concordou ela. – Estamos perdendo tempo.

Aos 34 anos, Kelly Anderson era uma mulher agressiva, sensata e inteligente, que buscava o reconhecimento e a passagem para os telejornais em rede nacional. Muitos acreditavam que suas chances eram grandes, caso conseguisse encontrar uma história que seduzisse a opinião pública. Era dona de uma imagem profissional perfeita, com suas feições determinadas e os olhos penetrantes emoldurados por cachos de cabelos louros. Para obter maior destaque, sempre se vestia com extrema elegância, na última moda, além de conservar a maquiagem absolutamente impecável.

Kelly passou o microfone para a mão direita, a fim de olhar para o relógio.

– E para piorar, estamos ficando sem tempo. Preciso ir buscar minha filha. A aula de patinação já acabou.

– Tudo bem – disse Brian. Ele tirou a câmera do ombro e desconectou o cabo de força. – Também preciso pegar a minha na creche.

Kelly guardou seu microfone e foi ajudar Brian a desmontar o equipamento. Com a habilidade dos mais experientes, penduraram tudo nos ombros e saíram caminhando para o centro do shopping.

– O que está parecendo óbvio – argumentou Kelly – é que as pessoas não estão ligando a mínima para a fusão do Hospital Samaritano com o Centro Médico Universitário, a menos que tenham precisado de internação nos últimos seis meses.

– Não é uma matéria que sensibilize facilmente o público – disse Brian. – Não há crime, sexo ou escândalos, nem gente famosa.

– As pessoas deveriam se importar – lamentou-se Kelly.

– O que elas deveriam fazer nunca coincide com o que realmente fazem – comentou Brian. – Você sabe disso.

– O que descobri é que jamais deveria ter pautado esta matéria para o noticiário desta noite. Estou nervosa. Diga-me como transformá-la em algo atraente.

– Se tivesse essa capacidade, eu seria o astro, e não o câmera – respondeu Brian com uma risada.

Saindo de um dos radiantes corredores do Sterling Place Mall, Kelly e Brian chegaram ao espaçoso epicentro. Bem no meio, sob uma claraboia com aproximadamente três andares de altura, ficava o rinque oval. A superfície gelada brilhava sob a iluminação de mercúrio.

Cerca de uma dúzia de crianças e alguns adultos deslizavam pelo rinque em todas as direções. O caos aparente era devido ao intervalo entre as aulas das turmas intermediária e avançada.

Assim que avistou o saiote vermelho da filha, Kelly acenou e chamou-a pelo nome. Caroline Anderson acenou de volta, mas continuou patinando no mesmo ritmo. Caroline herdara muito de sua mãe. Era esperta, atlética e decidida.

– Vamos logo, querida – disse Kelly, quando Caroline finalmente se aproximou. – Precisamos ir para casa. Mamãe tem prazo para entregar a matéria e está com um problema sério.

Caroline deixou o rinque, caminhou até o banco nas pontas das lâminas dos patins e se sentou, dizendo:

– Quero comer um hambúrguer no Onion Ring. Estou morta de fome.

– Vai depender de seu pai, meu amor – disse Kelly. – Vamos, apresse-se!

Kelly inclinou-se e tirou os sapatos de Caroline da mochila, colocando-os sobre o banco, ao lado da filha.

– Temos ali uma patinadora excepcional – comentou Brian.

Kelly ergueu o pescoço, protegendo com a mão os olhos da forte iluminação.

– Onde?

– Ali no centro – respondeu Brian, apontando. – De roupa cor-de-rosa.

Kelly olhou naquela direção e logo ficou evidente a quem ele se referia. Uma menina que devia ter a idade de Caroline executava um exercício de aquecimento que tinha feito muita gente parar e olhar.

– Puxa! – exclamou Kelly. – Ela é boa mesmo. Parece até profissional.

– Não é assim tão boa – disse Caroline, trincando os dentes na tentativa de arrancar do pé um dos patins.

– Pois parece excelente – disse Kelly. – Quem é ela?

– Becky Reggis. – Depois de desistir de arrancá-los à força, Caroline preferiu desamarrar os cadarços dos patins. – Ela foi a campeã estadual infantil do ano passado.

Sentindo-se observada, a menina executou dois rodopios duplos em série antes de contornar o fundo da pista com os calcanhares unidos. Alguns espectadores irromperam em aplausos espontâneos.

– Ela é incrível – disse Kelly.

– E foi chamada para participar do campeonato nacional este ano – acrescentou Caroline, relutante.

– Hum – murmurou Kelly, fitando Brian. – Podemos ter uma história aí.

Brian deu de ombros.

– Talvez para o jornal das 18 horas – disse. – Certamente não para o das 23 horas.

Kelly voltou a atenção para a patinadora.

– O sobrenome dela é Reggis, certo?

– Isso! – respondeu Caroline. Já tinha tirado os dois patins e agora procurava os sapatos dentro da mochila.

– Não seria filha do Dr. Kim Reggis?

– Só sei que o pai dela é médico – disse Caroline.

– Como sabe?

– Ela estuda na minha escola. Está um ano mais adiantada do que eu.

– Ora, mas que surpresa boa!

– Conheço essa efervescência em seu olhar – disse Brian. – Parece um leão pronto para saltar sobre a presa. Você está tramando alguma coisa?

– Não consigo encontrar meus sapatos – reclamou Caroline.

– Acabo de ter uma ideia – disse Kelly, pegando os sapatos de Caroline no banco e pondo-os no colo da filha. – O Dr. Kim Reggis seria perfeito para essa matéria. Ele era o chefe da cardiologia no

Hospital Samaritano antes da fusão, mas foi excluído por motivos políticos. Aposto que deve ter algo interessante a dizer.

– Sem dúvida – concordou Brian. – Mas será que estaria disposto a conversar com você? A imagem dele não ficou muito boa depois daquela reportagem sobre "Pobres menininhos ricos" que você fez.

– Oh, aquilo são águas passadas – minimizou Kelly.

– Talvez para você, mas duvido que o doutor pense da mesma forma.

– Foi ele quem pediu. Tenho certeza de que compreendeu. Pelo que há de mais sagrado, não consigo entender como os cirurgiões cardíacos não percebem que ficar choramingando sobre as taxas de reembolso do Medicare não causa a menor emoção no público, quando eles têm renda de mais de seis dígitos por ano. Estão querendo mesmo é mais mordomias.

– Merecendo ou não, só consigo imaginá-lo furioso. Duvido que aceite falar com você.

– Você está se esquecendo de que cirurgiões como o Dr. Kim Reggis adoram publicidade – disse Kelly. – De qualquer forma, acho que vale a pena correr o risco. O que temos a perder?

– Tempo – respondeu Brian.

– Que, aliás, não temos muito. – Virando-se para Caroline, Kelly perguntou: – Querida, saberia dizer se a mãe de Becky está aqui?

– Claro, é aquela de suéter vermelho – respondeu Caroline, apontando.

– Muito conveniente – comentou Kelly, erguendo o pescoço para localizá-la. – Essa é realmente uma feliz coincidência. Ouça, querida, termine de calçar os sapatos. Eu volto já. – Kelly virou-se para Brian: – Aguente firme.

– Vai fundo, garota – disse ele com um sorriso.

Kelly contornou o rinque e aproximou-se da mãe de Becky. A mulher aparentava a mesma idade que ela. Era atraente e elegante mesmo por trás das roupas conservadoras. Kelly não via um suéter de marinheiro sobre uma blusa de gola branca numa mulher desde seus tempos de escola. A mãe de Becky estava inteiramente concentrada num livro que em nada se parecia com um best-seller de ficção. Ela sublinhava as páginas com cuidado, usando uma caneta amarela de marcar texto.

– Perdoe-me – disse Kelly –, espero não estar incomodando.

A mãe de Becky ergueu os olhos. Tinha a pele morena, traços salientes, cílios castanho-avermelhados. Suas feições eram bem delineadas e sua expressão gentil irradiava uma simpatia natural.

– Tudo bem – respondeu a mulher. – Posso ajudá-la?

– É a Sra. Reggis? – perguntou Kelly.

– Sim, mas pode me chamar de Tracy.

– Obrigada. Parece leitura séria para um rinque.

– Preciso aproveitar todos os momentos disponíveis – explicou ela.

– Parece um livro didático.

– É verdade. Acabei voltando à faculdade depois de velha.

– É bastante louvável.

– Eu diria desafiador – corrigiu Tracy.

– Qual o título?

Tracy virou o livro para mostrar a capa: *Avaliação da personalidade da criança e do adolescente.*

– Caramba! Parece pesado – ponderou Kelly.

– Nem tanto – afirmou Tracy. – Na verdade, é bem interessante.

– Tenho uma filha de 9 anos – disse Kelly. – Talvez seja útil ler sobre o comportamento adolescente antes que o teto desabe sobre minha cabeça.

– Mal não vai fazer – concordou Tracy. – Os pais precisam de toda ajuda que possam obter. A adolescência pode ser um período difícil e, por minha própria experiência, sei que quando as dificuldades podem acontecer, elas acontecem.

– Você parece conhecer um pouco sobre o assunto.

– Um pouco – admitiu Tracy. – Antes de voltar à faculdade, no semestre passado, estava trabalhando principalmente em terapia de crianças e adolescentes.

– Psicóloga? – perguntou Kelly.

– Assistente social.

– Interessante – disse Kelly para mudar de assunto. – Meu nome é Kelly Anderson e trabalho no noticiário da WENE. Na verdade, vim até aqui para me apresentar a você.

– Eu sei quem você é – falou Tracy com certo desdém.

– Opa! – Kelly suspirou. – Tenho a estranha sensação de que minha reputação me precede. Espero que não tenha ficado com raiva de mim por causa daquela reportagem sobre a questão dos cirurgiões cardíacos e o Medicare.

– Achei que foi desleal. Kim tinha a impressão de que você seria solidária quando consentiu em dar a entrevista.

– E fui, até certo ponto. Afinal, enfoquei ambos os lados da questão.

– Só no que dizia respeito à redução dos salários – argumentou Tracy. – E que você transformou no centro da discussão. Na verdade, este é somente um dos aspectos envolvendo a questão dos cirurgiões cardíacos.

Uma silhueta rósea passou em alta velocidade à frente de ambas, desviando-lhes a atenção para o rinque. Becky aumentara a velocidade e agora parecia flutuar de costas, a coluna curvada para trás. Em seguida, para satisfação da plateia improvisada, executou um giro triplo com perfeição, arrancando mais aplausos do público.

Kelly deu um assovio de admiração.

– Sua filha é uma patinadora fantástica – elogiou.

– Obrigada – disse Tracy. – Achamos que ela é uma pessoa fantástica.

Kelly observou Tracy por um instante, numa tentativa de interpretar aquele comentário. Não conseguia definir se fora arrogante ou apenas informativo. O semblante de Tracy, porém, não dava muitas pistas. Ela respondeu ao olhar de Kelly com uma expressão tão sentimental quanto enigmática.

– Ela herdou da mãe esse talento para a patinação? – perguntou Kelly.

Tracy soltou uma boa gargalhada e jogou a cabeça para trás.

– Dificilmente – respondeu. – Nunca calcei patins nesses meus pés atrapalhados. Não sabemos de onde vem esse talento. Um dia ela disse que queria patinar, e o resto é história.

– Minha filha disse que Becky vai participar do campeonato nacional este ano. Pode ser uma boa história para a WENE.

– Acho que não. Becky recebeu o convite, mas decidiu não participar.

– Que pena. Você e nosso bom doutor devem ter ficado tristes.

– O pai não ficou, digamos, nas nuvens de felicidade – disse Tracy. – Mas, para ser honesta, eu me sinto aliviada.

– Por quê?

– Uma competição desse nível exige muito sacrifício de qualquer um, sobretudo de uma criança nessa idade. Nem sempre é mentalmente saudável. É muito risco por um retorno incerto demais.

– Hum – ponderou Kelly. – Preciso pensar um pouco mais sobre isso. Mas, por enquanto, estou com outro problema me pressionando. Preciso fazer uma matéria para o noticiário das 23 horas, já que hoje completamos seis meses desde a fusão do Samaritano com o Centro Médico Universitário, sob a nova direção do AmeriCare. O que eu buscava era a reação da comunidade, mas bati de frente com uma total indiferença do público. Por isso gostaria muito de obter um depoimento de seu marido sobre o assunto, já que sei que ele tem uma posição assumida. Existe a possibilidade de ele aparecer por aqui hoje?

– Não – respondeu Tracy, com uma risadinha, como se Kelly tivesse sugerido um absurdo. – Ele nunca deixa o hospital antes das 18 ou 19 horas nos dias de semana. Nunca!

– Isso é péssimo – comentou Kelly, enquanto sua mente processava depressa várias possibilidades. – Diga-me, acredita que seu marido aceitaria falar comigo?

– Realmente, não faço a menor ideia – respondeu Tracy. – Veja bem, estamos divorciados há meses, de modo que não sei como ele se sente a seu respeito no momento.

– Sinto muito – disse Kelly com sinceridade. – Eu não sabia.

– Sem constrangimentos. Foi melhor para ambos, acho. Uma casualidade dos tempos e um choque de personalidades.

– Bem, acredito que ser esposa de um cirurgião, principalmente cardíaco, não deve ser nada fácil. Quero dizer, eles acham que tudo é secundário comparado ao que fazem.

– Hum – balbuciou Tracy, evasivamente.

– Eu não seria capaz de aguentar. Personalidades egoístas, procurando sempre estar no centro das atenções, como seu ex-marido, não combinam comigo.

– Talvez esta seja a forma que você encontra para se mostrar um pouco – sugeriu Tracy.

– Você acha? – Kelly fez uma pausa, reconhecendo que lidava com uma pessoa gentil, porém não menos inteligente e perspicaz. – Talvez tenha razão. De qualquer forma, deixe-me perguntar uma coisa: saberia dizer onde poderia encontrar seu ex-marido neste exato momento? Eu gostaria mesmo de conversar com ele.

– Provavelmente no centro cirúrgico. Por causa da redução de salas de operação, tem sido obrigado a atender todos os seus pacientes às sextas-feiras.

– Obrigada. Acho que vou direto até lá para ver se ainda consigo pegá-lo.

– Não há de quê – respondeu. Ela retribuiu o aceno de Kelly e observou-a afastar-se a passos rápidos. – Boa sorte – murmurou Tracy para si mesma.

2

Sexta-feira, 16 de janeiro

Todas as 25 salas de cirurgia do Centro Médico Universitário eram idênticas. Recém-reformadas, tinham sido reequipadas, eram o que havia de melhor e mais moderno. Os assoalhos tinham sido revestidos com um piso sintético branco que imitava granito. As paredes eram de azulejo cinza. As luminárias e os móveis eram de aço inoxidável ou níquel brilhante.

A sala de número 20 era uma das duas destinadas às cirurgias cardíacas e, às 16h15, ainda se encontrava em plena atividade. Mal havia espaço em seu interior, no meio de cirurgiões, enfermeiras, instrumentadoras, anestesistas e seus assistentes, além do indispensável equipamento de alta tecnologia. Naquele exato instante, o coração imóvel do paciente estava inteiramente visível embaixo de uma profusão de ataduras sujas de sangue, afastadores de aço e chapas verde-claras.

– Ok, acabou – disse o Dr. Reggis, enquanto entregava a agulha da sutura a uma das instrumentadoras e esticava as costas para aliviar a tensão. Ele estava operando desde as 7h30 da manhã. Aquela era sua terceira e última cirurgia. – Vamos interromper a solução de cardioplegia e pôr esse coração em funcionamento – ordenou.

Ao comando de Kim, a tela do cardiógrafo registrou uma pequena oscilação. Os interruptores foram acionados.

– Esquentando – anunciou uma voz para ninguém em particular.

A anestesista levantou a cabeça e ficou observando a tela.

– Quanto tempo ainda? – perguntou.

– Vou levar cinco minutos com a sutura – respondeu Kim. – Desde que o coração colabore. Ele parece promissor.

Depois de algumas batidas erráticas, o coração retomou o ritmo normal.

– Muito bem, podemos desligar o cardiógrafo.

Durante os vinte minutos seguintes ninguém disse uma palavra. Todos na equipe conheciam bem suas funções, e por isso não era necessário comunicação verbal. Depois que o esterno aberto foi costurado, Kim e o Dr. Tom Bridges afastaram-se do corpo enfaixado do paciente e começaram a retirar os aventais esterilizados, as luvas e os protetores faciais de plástico. Enquanto isso, os residentes da cirurgia torácica ocuparam seus lugares.

Kim chamou a atenção deles:

– Quero uma restauração plástica nessa incisão. Entendido?

– Perfeitamente, Dr. Reggis – disse Tom Harkly, o residente-chefe da torácica.

– Mas não precisa fazer disso sua obra-prima – brincou Kim. – O paciente já passou por muitas coisas.

Kim e Tom deixaram a sala de operações e foram lavar o talco das mãos na pia do hall interno. O Dr. Tom Bridges era cirurgião cardíaco como ele. Trabalhavam juntos havia anos e tinham se tornado amigos, embora mantivessem um relacionamento essencialmente profissional. Com frequência, cobriam o horário um do outro, sobretudo nos fins de semana.

– Foi um trabalho de mestre – comentou Tom. – Não sei como consegue encaixar aquelas válvulas com tanta perfeição e fazer com que isso pareça tão fácil.

Com a prática desenvolvida ao longo dos anos, Kim adquirira uma habilidade excepcional na reposição de válvulas cardíacas. Tom especializara-se na implantação de pontes.

– Do mesmo modo como não consigo entender como pode suturar aquelas ínfimas artérias coronarianas do jeito que faz – respondeu Kim.

Quando se afastou da pia, Kim entrelaçou os dedos e flexionou os braços por sobre seus quase dois metros de altura. Em seguida, dobrou-se para a frente até alcançar o chão com as palmas das mãos abertas, mantendo as pernas bem esticadas, para forçar a cintura. Kim era um tipo atlético, forte e em boa forma, que tinha jogado futebol americano, basquete e beisebol na Universidade de Dartmouth. Por causa das exigências do trabalho, atualmente seus esportes estavam reduzidos a um tênis esporádico e muitas horas na bicicleta ergométrica de sua casa.

Tom, por sua vez, já tinha desistido. Ele também tinha jogado futebol americano na universidade, mas após anos de vida sedentária, a massa muscular que não perdera tinha se transformado praticamente em pura gordura. Ao contrário de Kim, tinha barriga de chope, apesar de ser raro que tomasse cerveja.

Os dois atravessaram o corredor azulejado, que àquela hora do dia parecia relativamente calmo. Apenas nove salas de cirurgia estavam em atividade, além das duas de emergência. Era o andamento normal do turno da tarde.

Kim coçou o rosto angular mal barbeado. Como de costume, ele tinha feito a barba às 5h30 e, agora, 12 horas depois, uma sombra cobria-lhe as faces. Passou a mão pelos cabelos castanhos e longos. Quando era adolescente, no início dos anos 1970, usava-os abaixo dos ombros. Agora, aos 43 anos de idade, seu cabelo ainda era considerado comprido para alguém de sua posição, embora fosse muito mais curto do que costumava ser.

Kim verificou as horas no relógio preso ao jaleco.

– Droga, já são 17h30, e ainda nem passei visita. Gostaria de não precisar operar às sextas-feiras. Sempre atrapalha qualquer plano para o fim de semana.

– Pelo menos agora tem seu horário reduzido – disse Tom. – Com certeza não é mais como no Samaritano, quando você era o chefe.

– Nem me fale – disse Kim. – Com o AmeriCare dando as cartas e o atual status da profissão, duvido que nos dias de hoje eu fosse estudar medicina.

– Eu também – concordou Tom. – Agora, então, com essas novas taxas de reembolso do Medicare, permaneci acordado a noite passada fazendo contas. Estou com medo de ficar completamente sem dinheiro depois de pagar as despesas de meu consultório. Ora, em que situação estamos? A coisa anda tão mal que Nancy e eu já pensamos em vender a casa.

– Boa sorte – disse Kim. – A minha está à venda há cinco meses, e não recebi sequer uma oferta que merecesse estudo.

– Já tive que tirar os garotos da escola particular – disse Tom. – Mas, enfim, eu mesmo frequentei a escola pública.

– Como estão as coisas com Nancy?

– Para ser honesto, não muito bem – disse Tom. – O clima anda pesado.

– Sinto muito, sei como é. Acabo de passar por isso. É uma fase estressante.

– Não é o que eu esperava a esta altura da vida – disse Tom, soltando um suspiro.

– Nem eu.

Os dois pararam logo depois da escrivaninha da sala de cirurgias, bem diante da enfermaria.

– Por acaso vai ficar na cidade durante o fim de semana? – perguntou Tom.

– Com certeza – respondeu Kim. – Por quê?

– Aquele paciente que você me ajudou a operar na terça-feira. Ele apresenta uma hemorragia residual e, se não parar, vão precisar de mim. Se acontecer, poderia contar com você para me ajudar?

– Ligue para o meu celular – disse. – Estarei disponível. Minha ex-mulher quis ficar livre todo o fim de semana. Acho que está saindo com alguém. Pelo menos estarei na companhia de Becky.

– E como Becky está reagindo ao divórcio?

– Muito bem. Melhor do que eu, com certeza. No momento, ela é a única luz em minha vida.

– Creio que as crianças possuem uma capacidade de recuperação bem maior do que imaginamos – ponderou Tom.

– Parece que sim – concordou Kim. – Ah, e obrigado pela ajuda de hoje. Desculpe ter demorado tanto com a segunda cirurgia.

– Problema algum. Foi um trabalho virtuoso, uma experiência enriquecedora. Vejo você no vestiário da cirurgia.

Kim foi para a enfermaria. Hesitante, da soleira da porta ele procurou pelos leitos de seus pacientes. O primeiro que viu foi o de Sheila Donlon. Ela fora seu caso precedente e extremamente difícil, tendo de trocar duas válvulas em vez de uma.

Kim aproximou-se do leito. Uma das enfermeiras estava ocupada, trocando o frasco de soro, já quase vazio. Os olhos experientes de Kim checaram primeiro a cor da paciente e depois os monitores. O ritmo cardíaco era normal, assim como a pressão e a oxigenação arterial.

– Está tudo bem? – perguntou ele, enquanto erguia o prontuário médico para dar uma olhada nos gráficos.

– Nenhum problema – respondeu a enfermeira sem interromper sua tarefa. – O quadro é estável e ela está bem-disposta.

Kim repôs a prancheta com o prontuário no lugar e aproximou-se do leito. Levantou cuidadosamente o lençol e verificou as roupas da mulher. Kim sempre instruíra seus residentes a que deixassem os pacientes com o mínimo necessário de roupas. Se ocorresse uma hemorragia inesperada, preferia ficar sabendo o mais rapidamente possível.

Satisfeito, cobriu a mulher e procurou o segundo paciente. Só a metade dos leitos estava ocupada, por isso ele não demorou muito.

– Onde está o Sr. Glick? – perguntou.

Ralph Glick fora o paciente da primeira cirurgia.

– Pergunte à Sra. Benson, no balcão – respondeu a enfermeira, preocupada em ajeitar o estetoscópio nos ouvidos enquanto media a pressão de Sheila Donlon.

Irritado pela falta de colaboração, Kim dirigiu-se ao balcão da recepção, mas encontrou a Sra. Benson, a enfermeira-chefe, igualmente ocupada. Estava dando instruções detalhadas a alguns funcionários da manutenção que deveriam desmontar, limpar e trocar um dos leitos.

– Com licença – disse Kim. – Estou procurando...

A Sra. Benson fez um sinal de que estava ocupada. Kim teve vontade de reclamar que seu tempo era mais valioso que o dos zeladores, mas não o fez. Preferiu equilibrar-se na ponta dos pés e procurar uma vez mais por seu paciente.

– O que posso fazer para ajudá-lo, Dr. Reggis? – perguntou a Sra. Benson assim que os empregados saíram andando na direção do leito recentemente desocupado.

– Não estou vendo o Sr. Glick – disse Kim, procurando-o pela sala.

– Foi mandado para o andar dele – disse a Sra. Benson, sumariamente. Ela pegou o caderno de controle de medicamentos e abriu na página que queria.

Kim a fitou com os olhos faiscando.

– Mas fiz um pedido específico para que fosse mantido aqui até eu terminar a última cirurgia.

– O quadro do paciente era estável – prosseguiu a Sra. Benson. – Não havia motivo para manter outro leito ocupado.

Kim suspirou.

– Mas vocês têm muitos leitos. Era só uma questão de...

– Sinto muito, Dr. Reggis – interrompeu a enfermeira-chefe. – A questão é que o Sr. Glick mostrou-se clinicamente apto para sair.

– Mas eu tinha pedido para que não o removessem. Isso teria me economizado tempo.

– Dr. Reggis – disse a Sra. Benson, devagar. – Com todo o respeito que o senhor merece, a equipe da enfermaria não trabalha exclusivamente para o senhor. Nós temos regras. Trabalhamos para o AmeriCare. Se tem alguma dúvida quanto a isso, sugiro que procure um dos administradores.

Kim sentiu o sangue subir-lhe à cabeça. Começou a discursar sobre o conceito de trabalho de equipe, mas logo desistiu. A Sra. Benson tinha concentrado sua atenção no caderno em sua mesa.

Rosnando epítetos bem escolhidos, Kim deixou a enfermaria. Sentiu saudades dos velhos tempos no Hospital Samaritano. Cruzou o hall até a recepção e parou em frente à escrivaninha da sala de cirurgia. Pelo interfone, checou a situação do último paciente. A voz de Tom Harkly assegurou-lhe que ele reagia dentro do quadro esperado.

Kim saiu do setor cirúrgico e seguiu pelo corredor até a recém-inaugurada sala familiar. Era uma das poucas inovações implantadas pelo AmeriCare que Kim aprovava. Surgira da preocupação do AmeriCare com amenidades. O salão era especificamente destinado aos parentes daqueles que estavam sendo operados ou em trabalho de parto. Antes da incorporação do Centro Médico Universitário ao AmeriCare, não existia um local apropriado para os membros da família esperarem.

Àquela hora do dia, a sala não estava muito cheia. Somente alguns futuros pais caminhavam de um lado para outro ou folheavam revistas nervosamente, enquanto aguardavam as cesarianas de suas esposas. Num dos cantos, um padre consolava um casal angustiado.

Kim procurou ao redor pela Sra. Gertrude Arnold, esposa do último paciente. Não estava com a menor disposição para falar com ela. Era-lhe difícil suportar a personalidade da mulher. Mas ele sabia que tinha a responsabilidade de lhe comunicar o estado do marido. Encontrou-a sentada no canto oposto ao do casal transtornado, lendo uma revista.

– Sra. Arnold – disse Kim, forçando um sorriso.

Levando um susto, Gertrude ergueu os olhos. Por uma fração de segundo seu rosto registrou surpresa, mas assim que reconheceu Kim, ficou visivelmente irritada.

– Bem, já não era sem tempo! – reclamou a Sra. Arnold. – O que está acontecendo? Houve algum problema?

– Problema algum – assegurou-lhe Kim. – Muito pelo contrário. Seu marido reagiu muito bem à cirurgia. Ele está sendo...

– Mas já são quase 18 horas! – reclamou ela, veemente. – O senhor disse que terminaria às 15 horas.

– Foi uma estimativa, Sra. Arnold – disse Kim, esforçando-se para não alterar o tom da voz, apesar da irritação. Tinha preparado uma boa resposta, mas só iria piorar ainda mais a situação. – Infelizmente, o caso anterior tomou mais tempo que o esperado.

– Então meu marido deveria ter ido na frente – esbravejou Gertrude. – O senhor me deixou esperando aqui o dia inteiro sem saber o que estava acontecendo. Estou um lixo.

Kim perdeu o controle e, apesar do esforço, não conseguiu evitar que seu rosto se contorcesse num sorriso deturpado.

– Não sorria na minha cara, meu jovem – reclamou Gertrude. – Quer saber o que penso? Vocês, médicos, acham que são grandes e poderosos e podem fazer gente comum esperar o tempo todo.

– Sinto muito que meu procedimento a tenha angustiado. Tentamos fazer o melhor possível.

– Então deixe-me dizer o que mais aconteceu – prosseguiu Gertrude. – Um dos administradores me procurou e disse que o

AmeriCare não pagará o primeiro dia de internação de meu marido. Eles disseram que ele deveria ser admitido esta manhã, no dia da cirurgia, e não na véspera. O que tem a dizer sobre isso?

– Este é um problema crônico que estou tentando resolver com a administração – respondeu Kim. – Se um paciente apresenta um quadro tão negativo como era o de seu marido antes da cirurgia, não posso permitir, em sã consciência, que ele seja internado no dia do procedimento.

– Bem, eles disseram que não vão pagar – disse Gertrude. – E nós também não podemos.

– Se o AmeriCare não ceder, eu tirarei do meu bolso – disse Kim.

Gertrude ficou de queixo caído.

– O senhor vai pagar?

– Já aconteceu antes e eu mesmo paguei – respondeu Kim. – Agora, quanto a seu marido, ele logo se restabelecerá. Vai permanecer na UTI até seu estado ficar estabilizado e depois voltará para o andar da cardiologia. Poderá vê-lo, então.

Kim deu meia-volta e deixou a sala, fingindo não escutar a voz da Sra. Arnold gritando seu nome.

Retornou pelo corredor e atravessou o saguão do setor cirúrgico, onde um grupo de anestesistas e enfermeiras aproveitavam uma folga para conversar. Kim cumprimentou alguns dos colegas que o reconheceram. Trabalhando no Centro Médico Universitário havia apenas seis meses, desde a fusão, não conhecia bem a equipe, principalmente nos turnos da tarde e da noite.

Assim que entrou no vestiário, desabotoou o avental, arrancou-o com raiva e jogou-o para dentro do cesto de roupa suja. Então, sentou-se no banco em frente aos armários e começou a soltar o relógio do cós da calça. Tom, que já tinha saído do banho, estava ocupado, vestindo a camisa.

– Antigamente, eu sentia uma euforia quando terminava uma cirurgia – comentou Kim. – Hoje, sinto apenas uma ansiedade desagradável.

– Conheço a sensação – disse Tom.

– Corrija-me se estiver errado. Houve um tempo em que dava prazer trabalhar.

Tom se virou do espelho com um risinho.

– Perdoe-me por rir, mas você diz isso como se fosse uma revelação transcendental.

– Não estou falando em termos econômicos – disse Kim. – Refiro-me às pequenas coisas, como o respeito da equipe e a gratidão dos pacientes. Hoje em dia não se tem mais em quem confiar.

– Os tempos mudaram – concordou Tom. – Principalmente depois que os planos de saúde e o governo se associaram para fazer de nós, especialistas, um bando de miseráveis. Às vezes imagino um desses burocratas chegando a mim para um transplante, e eu o entregando nas mãos de um clínico geral.

Kim levantou-se e tirou a calça.

– O mais irônico é que tudo isso está acontecendo exatamente numa época em que nós, cirurgiões cardíacos, temos em mãos o que há de melhor para oferecer ao público.

Kim já ia arremessar a calça no cesto de roupas ao lado da porta quando esta se abriu e uma das anestesistas, a Dra. Jane Flanagan, enfiou a cabeça para dentro. Ao deparar com a visão do corpo seminu de Kim, deixou escapar um assobio.

– Esteve bem perto de virar cabide para essas calças meladas de suor – preveniu Kim.

– Valeria a pena pelo visual – respondeu Jane, em tom de brincadeira. – Mas estou aqui para avisá-lo de que seu público o aguarda aqui fora no salão.

A porta se fechou, e o rosto alegre de Jane desapareceu.

Kim olhou para Tom.

– Público? O que ela quis dizer?

– Acho que você tem visita. E como ninguém entrou aqui, presumo que seja mulher.

Kim pegou um jaleco limpo no armário e o vestiu. "E agora?", pensou, irritado.

Fez uma pausa diante da porta e virou-se para Tom:

– Se for a Sra. Arnold, mulher do meu último paciente, vou gritar.

Kim saiu do vestiário para o salão. Imediatamente viu que não se tratava de Gertrude Arnold. Kelly Anderson estava parada em frente à máquina de café, servindo-se de uma bebida. Alguns metros atrás, estava seu assistente, com a câmera pendurada no ombro.

– Ah, Dr. Reggis! – exclamou Kelly, assim que se deu conta do surpreso e nada satisfeito Kim. – Mas quanta bondade sua ter vindo falar conosco.

– Com mil diabos, como conseguiu entrar aqui? – perguntou Kim, indignado. – E como me encontrou?

A sala dos cirurgiões era uma espécie de santuário que nem mesmo os outros médicos não cirurgiões ousavam violar. Para Kim, a ideia de ser confrontado por alguém ali, ainda mais com Kelly Anderson, era absolutamente inaceitável.

– Sua ex-mulher nos informou de que estaria aqui – disse Kelly. – E sobre como conseguimos entrar, fico feliz em dizer que fomos convidados pelo Sr. Lindsey Noyes, que teve a gentileza de nos acompanhar até aqui. – Kelly apontou para um cavalheiro sob a porta, vestindo terno cinza e que preferira aguardar fora do salão. – Ele é do departamento de relações públicas do AmeriCare aqui no Centro Médico Universitário.

– Turno da tarde, Dr. Reggis – completou Lindsey, nervoso. – Só precisamos de um minuto do seu tempo. A Srta. Anderson está interessada numa reportagem comemorativa dos seis meses da fusão de nosso hospital. Certamente, teremos enorme prazer em ajudá-la da melhor maneira possível.

Por alguns instantes, os olhos escuros de Kim se alteraram entre Kelly e Lindsey. Não sabia qual dos dois o irritava mais, se a jornalista enxerida ou o administrador intrometido. Por fim, decidiu que isso não importava.

– Se quer ajudá-la, fale você mesmo com ela – respondeu Kim, antes de dar as costas para voltar ao vestiário sem dizer mais nada.

– Dr. Reggis, espere! – implorou Kelly. – Já ouvi a parte burocrata do AmeriCare. Estamos interessados agora na sua opinião pessoal, a visão, por assim dizer, das trincheiras.

Com a porta do vestiário semiaberta, Kim deu uma parada e refletiu. Virou-se e fitou o rosto de Kelly Anderson.

– Depois que me traiu com aquela reportagem que apresentou na TV, jurei nunca mais falar com você.

– Por quê? Eu não coloquei as palavras em sua boca.

– Você distorceu os fatos com a edição das perguntas – respondeu Kim, enfurecido. – E deixou de fora os temas de importância fundamental que eu tinha lhe passado.

– Sempre editamos nossas entrevistas – informou Kelly. – É um fato da vida.

– Procure outra vítima.

Kim abriu a porta do vestiário com violência e praticamente já entrara quando Kelly bradou, em tom desafiante:

– Dr. Reggis! Apenas responda a uma pergunta: a fusão está mesmo sendo tão boa para a comunidade como alega o AmeriCare? Eles dizem que estão fazendo tudo isso por puro altruísmo. Insistem que é o maior avanço no âmbito da assistência médica nesta cidade desde a descoberta da penicilina.

Kim hesitou novamente. O absurdo de um comentário como aquele fez com que lhe fosse impossível não responder. Virou-se para Kelly outra vez.

– Não sei como alguém pode fazer uma declaração dessa natureza e ainda ter a consciência limpa para dormir à noite. A verdade é que o único fundamento dessa fusão foi aumentar o lucro líquido do AmeriCare. Tudo o mais que lhe disserem é puro descaramento e mentira.

Kim bateu a porta às suas costas. Kelly fitou Brian. Ele sorriu para ela e fez um sinal com o polegar para cima.

– Filmei – disse Brian.

Kelly devolveu-lhe o sorriso.

– Perfeito! Exatamente como queria o doutor.

Lindsey pigarreou educadamente sobre o punho fechado.

– É claro – disse ele –, que o Dr. Reggis apenas externou sua opinião pessoal, a qual, posso assegurar, não é compartilhada por outros membros do quadro profissional.

– Oh, é mesmo? – perguntou Kelly, percorrendo o salão com os olhos. – Alguém aqui desejaria comentar qualquer coisa sobre o depoimento do Dr. Reggis?

Ninguém se moveu.

– Contra ou a favor?

Continuaram todos imóveis. Em meio ao silêncio reinante, o folhear das páginas do livro de ocorrências poderia servir como fundo sonoro para uma novela de TV.

– Bem – disse Kelly com a voz forte –, obrigada a todos pela atenção.

TOM JÁ TINHA vestido seu jaleco e arrumado a coleção de canetas, lápis e lanternas que levava no bolso superior. Kim havia entrado no vestiário e, depois de tirar a roupa e atirá-la no cesto, entrou no chuveiro sem dizer uma palavra.

– Não vai me dizer quem estava lá fora? – perguntou Tom.

– Era Kelly Anderson, do jornal da WENE – respondeu Kim, do chuveiro.

– Na nossa sala de cirurgiões? – questionou Tom.

– Dá para acreditar? Pediu para um daqueles babacas do AmeriCare mostrar o caminho. Parece que minha ex-mulher lhe disse onde me encontrar.

– Espero que tenha dito na cara dela o que achou daquela reportagem sobre os cirurgiões cardíacos – disse Tom. – Depois que meu mecânico assistiu àquilo, tenho certeza de que aumentou seus preços. Quero dizer, a situação parece ter retrocedido: minha renda está diminuindo e os custos dos serviços estão subindo.

– Falei o mínimo que pude.

– Ei, a que horas você ficou de apanhar Becky?

– Às 18 horas. Que horas são?

– É bom se apressar. São quase 18h30.

– Droga. Ainda nem fiz minhas visitas. Que vida!

3

Sexta-feira, 16 de janeiro

Quando Kim acabou de fazer suas visitas e de verificar as condições do Sr. Arnold na enfermaria, uma hora havia se passado. Partiu para a casa da ex-mulher no bairro universitário e, pisando fundo no acelerador do velho Mercedes de dez anos, fez o trajeto em tempo recorde. Mas já eram praticamente 20 horas quando parou atrás de um Lamborghini amarelo estacionado bem diante do portão.

Kim saltou do carro e atravessou correndo o jardim da casa. Era uma construção modesta do início do século, com alguns toques góticos vitorianos, como as janelas de pontas arqueadas nos quartos do segundo andar. Kim saltou os degraus da varanda de dois em dois e tocou a campainha. Sua respiração exalava vapor no vento frio do inverno. Agitou os braços enquanto aguardava, para se manter aquecido. Ele estava sem casaco.

Tracy abriu a porta, pondo as mãos na cintura. Estava visivelmente irritada e ansiosa.

– Kim, são quase 20 horas. Você disse que chegaria no máximo às 18h – reclamou.

– Desculpe. Foi inevitável. A segunda cirurgia demorou mais que o previsto. Houve uma complicação.

– Creio que já deveria ter me acostumado a isso – disse Tracy, dando um passo atrás e gesticulando para Kim entrar. Ela fechou a porta atrás dele.

Kim dirigiu o olhar para a sala de estar e viu um sujeito vestido com despojada elegância, de seus 40 e poucos anos, usando jaqueta de camurça com franjas e botas de couro. Estava sentado no sofá com um drinque numa das mãos e um chapéu de caubói na outra.

– Se eu soubesse que você ia demorar tanto, teria preparado alguma coisa para Becky comer. Ela está morrendo de fome.

– Isso é fácil de remediar – disse Kim. – Combinamos de jantar fora.

– Gostaria que tivesse ao menos telefonado.

– Estava na cirurgia e só saí depois das 17h30. Não é como se estivesse jogando golfe.

– Eu sei – disse Tracy com ar resignado. – É tudo muito nobre. O problema é que foi você quem escolheu a hora, não eu. É uma questão de consideração. A cada segundo ela achava que você estava chegando. Ainda bem que não vamos embarcar num voo comercial.

– Voo? – espantou-se Kim. – Para onde você vai?

– Aspen – respondeu Tracy. – Becky tem o número do telefone onde podem me encontrar.

– Aspen só por dois dias?

– Acho que é hora de me divertir um pouco, se é que conhece algum tipo de diversão fora de sua cirurgia.

– Bem, já que estamos nesse clima de gracinhas sarcásticas – disse Kim –, obrigado por me mandar Kelly Anderson ao centro cirúrgico. Foi uma surpresa extremamente agradável!

– Eu não a mandei.

– Ela disse que sim.

– Só disse a ela que você podia estar em cirurgia.

– Ora, é a mesma coisa.

Por sobre o ombro de Kim, Tracy notou seu convidado levantar-se. Percebendo seu constrangimento diante de seu bate-boca com o ex-marido, Tracy fez um gesto para Kim entrar na sala.

– Chega dessa conversa fiada – disse ela. – Kim, gostaria que conhecesse um amigc meu, Carl Stahl.

Os dois apertaram as mãos e entreolharam-se cautelosamente.

– Fiquem à vontade – sugeriu Tracy. – Vou dar uma subida para ver se Becky está levando tudo de que precisa. Depois poderemos tomar nossos rumos.

Kim observou-a desaparecer no alto da escada. Só então voltou a olhar para o aparente namorado de Tracy. Era uma situação constrangedora, e Kim não podia deixar de sentir certo ciúme, mas pelo menos Carl tinha muitos centímetros a menos que ele e seu cabelo já estava notavelmente ralo. Por outro lado, o homem estava bem bronzeado, apesar de ser inverno. Parecia também conservar uma forma física razoável.

– Posso servir-lhe um drinque? – sugeriu Carl, apontando uma garrafa de uísque.

– Creio que sim, obrigado. – Kim não tinha o costume de beber, embora nos últimos seis meses um coquetel noturno tivesse se tornado frequente.

Carl largou o chapéu de caubói e dirigiu-se ao barzinho. Kim percebeu que ele queria parecer dono da casa.

– Assisti àquela entrevista sua com Kelly Anderson no mês passado – disse Carl, enquanto despejava vários cubos de gelo no copo.

– É uma pena – respondeu Kim. – Gostaria que as pessoas a tivessem perdido.

Carl serviu uma dose generosa e entregou o copo a Kim. Sentou-se novamente no sofá do lado do chapéu, enquanto Kim escolhia uma poltrona.

– Você tem todo o direito de estar zangado – disse Carl com ar condescendente. – Não foi justo. Os noticiários da TV têm essa característica irritante de distorcer os fatos.

– É triste, mas é verdade – concordou Kim, sorvendo prazerosamente um gole da bebida.

– De minha parte, achei o fim da picada – disse Carl. – Vocês merecem cada centavo que ganham. Pessoalmente, sinto um grande respeito pelos médicos.

– Obrigado – respondeu Kim. – É muito animador.

– Sério. Na verdade, cheguei a cursar dois semestres de medicina.

– É mesmo? E o que aconteceu? Não gostou?

– A medicina não gostou de mim – respondeu Carl, soltando uma risada que terminou com um ronco peculiar. – Começou a me exigir demais e passou a atrapalhar minha vida social. – Soltou outra risada como se acabasse de contar uma piada.

Kim começou a se perguntar o que Tracy teria visto naquele sujeito.

– O que você faz? – perguntou, para manter a conversa. Além disso, estava mesmo interessado. Considerando a vizinhança de classe média, o Lamborghini amarelo em frente ao portão só podia ser de Carl. E Tracy mencionara um voo não comercial. Isso era ainda mais preocupante.

– Sou o diretor-presidente da Foodsmart – disse Carl. – Estou certo de que já ouviu falar de nós.

– Creio que não – respondeu Kim.

– É uma grande empresa agropecuária. Na verdade, uma das maiores do estado.

– Atacado ou varejo? – perguntou Kim, embora não conhecesse nada no ramo de negócios.

– Os dois. Trabalhamos principalmente com exportação de grãos e carne, mas também somos os acionistas majoritários da cadeia de lanchonetes Onion Ring.

– Essa eu conheço. Tenho até algumas ações.

– Escolheu bem.

Inclinando-se e olhando a sala com uma expressão furtiva, como se houvesse algum espião, Carl sussurrou:

– Compre mais ações da Onion Ring. A companhia está abrindo filiais no mercado nacional. É informação confidencial. Só não conte a ninguém como ficou sabendo.

– Obrigado – disse Kim, depois acrescentou com sarcasmo: – Estou mesmo procurando onde aplicar meus extraordinários rendimentos.

– Você ainda vai me agradecer – acrescentou Carl, insensível ao descaso de Kim. – As ações vão para as nuvens. Em um ano o Onion Ring estará competindo com o McDonald's, o Burger King e o Wendy's.

– Tracy falou que vão para Aspen num avião particular – disse Kim, mudando de assunto. – Que aparelho você pilota?

– Eu? – espantou-se Carl. – Eu não piloto, Deus me livre! Seria o último a entrar num avião comigo por trás dos controles.

Carl deu outra risada em seu estilo peculiar. Kim teve vontade de saber se o sujeito roncava.

– Tenho um novo Lear jet – prosseguiu Carl. – Bem, tecnicamente é da Foodsmart, para efeito da receita pública federal. De qualquer forma, como sabe, para uma aeronave desse porte, o Ministério da Aeronáutica exige dois pilotos qualificados.

– É claro – concordou Kim, como se tivesse grande familiaridade com o assunto. Só não queria se passar por idiota e deixar transparecer a indignação que sentia por um comerciante que só sabia embaralhar papéis poder ser tão pretensioso, enquanto ele, trabalhando mais de doze horas por dia salvando vidas, tinha dificuldade para manter seu Mercedes de dez anos de uso.

Os passos na escada anunciaram a chegada de Becky. Trazia uma sacola e seus patins pendurados no ombro. Deixou tudo sobre uma cadeira no hall e correu para a sala.

Kim não via Becky desde o domingo, quando tinham passado juntos um dia agradável patinando no parque. Becky pulou para cima do pai num abraço, agarrando-o pelo pescoço e quase derrubando-o sobre a poltrona. Com o rosto colado ao dela, Kim sentiu que seus cabelos morenos ainda estavam úmidos depois do banho recente. O perfume do xampu fazia com que ela cheirasse como um pomar de macieiras maduras.

Sem soltá-lo, Becky o fitou nos olhos com severa expressão de reprovação.

– Está atrasado, papai.

As atribulações do dia desvaneceram na presença de sua querida e precoce filha de 10 anos irradiando graça, jovialidade e energia. Sua pele era macia e sedosa, os olhos grandes e expressivos.

– Sinto muito, meu amor – disse Kim. – Sei que está com fome.

– Estou morta de fome. Mas veja! – Becky virou a cabeça de um lado para o outro. – Gostou dos meus novos brincos de diamante? Não são lindos? Carl me deu de presente.

– Bobagem – disse Carl, modesto. – Só um presentinho de Natal atrasado, e também para agradecer por me emprestar sua mãe no fim de semana.

Kim engoliu em seco. Tinha sido pego de surpresa.

– Muito comovente – conseguiu dizer.

Becky desceu do colo do pai e foi até o hall pegar suas coisas e tirar o casaco do armário da entrada. Kim foi atrás dela na direção da porta.

– Só quero que vá para a cama na hora certa, mocinha – disse Tracy. – Combinado? Tem uma gripe atacando.

– Mas, mãe – reclamou Becky.

– Estou falando sério. Não quero que perca a escola.

– Fique tranquila, mãe – disse Becky. – Divirta-se e não fique nervosa sobre...

– Será um ótimo fim de semana – interrompeu Tracy, antes que a filha dissesse algo embaraçoso. – E ficará ainda melhor se eu não precisar me preocupar com você. Está levando o número do telefone que lhe dei?

– Sim, estou – respondeu, aborrecida. Então, alegrando-se, completou: – Esquie o Big Burn por mim.

– Ok, eu prometo – disse Tracy, pegando o casaco das mãos da filha. – Quero que o vista agora.

– Mas nós vamos de carro – reclamou Becky.

– Não interessa – prosseguiu Tracy, ajudando a filha a vestir o casaco.

Becky correu até Carl, que estava de pé na entrada da sala de estar. Deu-lhe um abraço apertado e cochichou em seu ouvido:

– Ela está muito nervosa, mas passa logo. E obrigada pelos brincos, eu adorei.

– Não precisa agradecer, Becky – respondeu Carl, embaraçado.

Becky correu até Tracy e deu-lhe mais um abraço rápido e forte antes de atravessar depressa a porta aberta por Kim. Saltou os degraus da varanda e acenou para o pai se apressar. Ele teve de correr atrás dela.

– Telefone se acontecer alguma coisa – berrou Tracy da varanda.

Os dois acenaram antes de entrar no carro.

– Ela é tão chata – comentou Becky.

Kim deu a partida, e Becky apontou para a frente.

– É um Lamborghini. Pertence a Carl e é demais! – disse ela.

– Tenho certeza que sim – respondeu Kim, querendo dar a impressão de que não se importava.

– Devia comprar um, papai. – Ela virou o rosto para olhar o carro enquanto partiam.

– Vamos falar de comida – disse Kim. – Estava pensando em pegar a Ginger. Achei que podíamos ir os três ao Chez Jean.

– Não quero jantar com a Ginger – respondeu Becky, contrariada.

Kim tamborilou no volante. O dia estressante no hospital mais o encontro com Carl abalaram seus nervos. Desejou ter tempo para jogar tênis. Precisava de algum tipo de exercício para poder descarregar. A última coisa que queria era um conflito entre Becky e Ginger.

– Becky – começou Kim –, já falamos sobre isso antes. Ginger gosta da sua companhia.

– Só quero ficar com você, não com sua recepcionista – reclamou Becky.

– Mas você vai estar comigo. Estaremos todos juntos, e Ginger não é apenas minha recepcionista.

– Também não quero comer naquele restaurante velho e abafado – disse Becky com veemência. – Odeio aquele lugar.

– Está bem, está bem – disse Kim, lutando para manter o controle. – Que tal irmos ao Onion Ring da Prairie Highway, só você e eu? É perto daqui.

– Maravilha! – Becky revigorou-se e, apesar do cinto de segurança, conseguiu arrumar um jeito de se virar e dar um beijo no rosto do pai.

Kim se espantava com a habilidade que a filha tinha de manipulá-lo. Sentia-se melhor agora que ela retomara sua vitalidade normal, mas depois de alguns quilômetros a conversa de Becky voltou a atormentá-lo.

– Sinceramente – disse Kim –, não entendo por que você tem essa implicância com Ginger.

– Porque foi ela quem separou você da mamãe – respondeu Becky.

– Meu Deus! – exclamou Kim. – É isso o que sua mãe diz?

– Não. Ela diz que isso é só uma parte. Mas acho que foi culpa da Ginger. Você e mamãe nunca discutiam antes que aparecesse.

Kim voltou a tamborilar no volante. Apesar do que Becky dizia, Tracy só podia estar pondo coisas na cabeça dela.

Ao dobrar no estacionamento do Onion Ring, lançou um rápido olhar para a filha. Seu rosto brilhava sob o letreiro luminoso da lanchonete. Ela sorria, sonhando com seu hambúrguer.

– O motivo do meu divórcio com sua mãe é muito complicado – começou Kim –, e Ginger teve muito pouco a ver com isso.

– Cuidado! – gritou Becky.

Kim olhou para a frente e viu a silhueta de um garoto passando de skate ao lado do para-lama direito. Kim freou e jogou o volante para a esquerda. O carro deu uma guinada e derrapou, chocando-se contra a traseira de outro veículo estacionado. Ouviram o inconfundível estilhaço de vidro.

– Você bateu com o carro – gritou Becky, como se estivesse fazendo uma pergunta.

– Eu sei que bati com o carro! – berrou Kim de volta.

– Não foi culpa minha – respondeu Becky, indignada. – Não grite comigo!

O garoto do skate deu uma parada para ver o estrago. Depois de uns segundos passou diante da janela do carro, olhou para a cara de Kim e disse irreverente:

– Babaca!

Kim fechou os olhos por um instante, procurando recuperar o controle.

– Desculpe – disse para Becky. – Claro que não foi culpa sua. Eu devia ficar mais atento. E certamente não deveria ter gritado com você.

– O que vamos fazer agora? – Becky olhava inquieta ao redor, temendo ser vista por algum colega da escola.

– Vou ver o tamanho do prejuízo. – Abriu a porta e desceu do carro. Voltou depois de uns segundos e pediu a Becky que lhe passasse um bloco de dentro do porta-luvas.

– O que foi que quebrou?

– Nosso farol dianteiro e a lanterna traseira dele. Vou deixar um bilhete.

Assim que pôs os pés no restaurante, Becky já tinha esquecido por completo o acidente. Como em todas as noites de sexta-feira, o Onion Ring fervilhava, em sua maioria de adolescentes desfilando ridículas coleções de roupas grandes demais para eles e penteados punk. Mas havia também um bom número de famílias com crianças pequenas e até bebês. O barulho era considerável devido à excitação das crianças e à competição entre aparelhos de som portáteis.

As lanchonetes Onion Ring eram particularmente populares entre as crianças porque elas podiam preparar seus próprios hambúrgueres de gourmet com uma mistura radical de temperos. Podiam também fazer seus próprios sundaes usando uma infinidade de coberturas.

– Não é um lugar maneiríssimo? – comentou Becky ao entrar com o pai numa das filas.

– Simplesmente demais – brincou Kim. – Sobretudo com essa suave música clássica de fundo.

– Ah, pai! – gemeu Becky, revirando os olhos.

– Já veio aqui com Carl alguma vez?

– Claro. Ele nos trouxe umas duas vezes. Foi legal. Ele é o dono.

– Não é bem assim – disse Kim, com certa dose de satisfação. – Na verdade o Onion Ring é uma empresa de capital privado. Sabe o que isso quer dizer?

– Mais ou menos – respondeu Becky.

– Significa que um monte de gente é dona das ações. Até eu tenho ações do Onion Ring, portanto também sou um dos donos.

– É, mas quando vim aqui com Carl não tivemos de esperar na fila.

Kim respirou fundo e expirou lentamente.

– Vamos mudar de assunto. Já pensou melhor sobre o campeonato nacional? Fiquei sabendo que o dia de encerramento das inscrições está chegando.

– Não quero participar – respondeu Becky sem hesitar.

– Não mesmo? – argumentou Kim. – Por quê? Você é tão boa. E venceu com tanta facilidade o estadual do ano passado.

– Gosto de patinar. Não quero estragar isso.

– Mas poderia ser a melhor.

– Não quero ser a melhor em competições.

– Sinceramente, Becky, estou decepcionado. Ficaria orgulhoso de você.

– Mamãe disse que você diria algo assim.

– Ah, que ótimo! – exclamou Kim. – Sua mãe psiquiatra sabe-tudo.

– Disse também que eu deveria fazer o que achasse melhor.

Os dois chegaram ao caixa. Por trás da registradora, um rapaz de expressão entediada olhou para os dois e perguntou o que queriam.

Becky grudou os olhos no menu preso ao vidro do caixa. Apertou os lábios e espetou o dedo no rosto.

– Hum, não sei o que vou querer.

– Coma um hambúrguer – disse Kim. – Não é de que mais gosta?

– Está bem. Quero um hambúrguer, batata frita e milk shake de baunilha.

– Normal ou grande? – perguntou o caixa com a voz cansada.

– Normal – disse Becky.

– E o senhor?

– Espere, deixe-me ver – Kim também consultou o menu. – Sopa do dia e uma salada, acho. Com chá gelado.

– São 7,90 dólares – disse o caixa.

Kim pagou, e o rapaz lhe entregou o recibo com uma senha.

– Seu número é 27.

Kim e Becky deixaram a área de pedidos. Demorou um pouco, mas eles acabaram achando lugares vazios em uma das mesas perto da janela. Becky se sentou, mas Kim deu a ela o pedido e disse que precisava ir ao banheiro. Becky balançou a cabeça inexpressivamente; observava com atenção um menino bonitinho de sua escola que estava sentado à mesa ao lado.

Foi um verdadeiro sacrifício para Kim atravessar o restaurante até o corredor que dava para os banheiros. Haviam dois telefones, mas estavam ambos cercados por um enxame de garotas adolescentes. E atrás de cada um deles, uma fila. Kim enfiou a mão no bolso do casaco e tirou seu celular. Encostou-se à parede e levou o aparelho ao ouvido.

– Ginger, sou eu – disse.

– Onde diabos você está? – esbravejou Ginger. – Esqueceu que nossa reserva no Chez Jean era para as 19h30?

– Não podemos ir. Fui obrigado a mudar os planos. Becky e eu estamos fazendo um lanche no Onion Ring da Prairie Highway.

Ginger não respondeu.

– Alô? – disse Kim. – Ainda está aí?

– Sim, ainda estou aqui.

– Ouviu o que eu disse?

– É claro que ouvi. Não comi nada e estou aqui esperando. Você não ligou, e além do mais, prometeu que iríamos jantar no Chez Jean esta noite.

– Escute – prosseguiu Kim, novamente alterado –, não piore ainda mais as coisas para mim. Não posso agradar a todos. Atrasei-me para apanhar Becky e ela estava morta de fome.

– Isso é muito tocante. Você e sua filhinha curtindo um belo jantarzinho juntos.

– Você está me irritando, Ginger!

– E como acha que eu me sinto? Durante um ano a desculpa era sua esposa. Agora vai ser sua filha.

– Já chega, Ginger. Não vou ficar discutindo. Becky e eu estamos aqui comendo e depois passaremos aí para buscar você.

– Talvez me encontre, talvez não. Estou ficando cansada de estar sempre em segundo plano.

– Então está certo, você que sabe.

Kim desligou e enfiou de volta o aparelho no bolso do casaco. Rangeu os dentes e praguejou em voz baixa. Nada parecia dar certo naquela noite. Os olhos de Kim foram involuntariamente atraídos pelo rosto de uma adolescente que aguardava na fila de um dos telefones. Usava um batom vermelho tão escuro que parecia marrom, dando a impressão de alguém que sucumbira aos elementos na face norte do monte Everest.

A garota percebeu Kim olhando para ela. Parou de ruminar o chiclete e mostrou a língua para ele. Kim tomou um susto e desencostou da parede, indo para o banheiro molhar o rosto e lavar as mãos.

O GRAU DE ATIVIDADE na cozinha e área de serviço do Onion Ring era proporcional ao número de fregueses no restaurante, um pandemônio controlado. Roger Polo, o gerente que normalmente dobrava nas sextas e sábados, os dias de maior movimento na semana, era um homem nervoso, de 30 e tantos anos, que cobrava muito de si mesmo e de todo o pessoal.

Quando o restaurante enchia como naquele momento em que Kim e Becky esperavam seus pedidos, Roger trabalhava na fila do caixa. Era ele quem pedia os hambúrgueres com fritas para Paul, o cozinheiro; ou a sopa com salada para Julia, e as bebidas para Claudia. Todo o serviço de limpeza e rearrumação das mesas era feito por Skip, o ajudante.

– Número 27 saindo – avisou Roger em voz alta. – Quero uma sopa com salada.

– Sopa com salada – respondeu Julia.

– Chá gelado e milk shake de baunilha – pediu Roger.

– Saindo – disse Claudia.

– Hambúrguer normal e fritas médias.

– Na mão – disse Paul.

Paul era bem mais velho do que Roger. Tinha o rosto profundamente marcado e enrugado; parecia mais um fazendeiro que cozinheiro. Passara vinte anos como chefe de cozinha num poço de petróleo do golfo Pérsico. No braço direito tinha tatuado um poço de petróleo com a inscrição: Eureka!

Paul trabalhava na chapa de fritura, que ficava no centro da cozinha por trás da fileira dos caixas. O tempo todo ele mantinha um número certo de hambúrgueres na chapa, um para cada pedido. Ele adotava um sistema de rodízio que fazia com que cada hambúrguer ficasse o mesmo tempo fritando. Para atender à última leva de pedidos, Paul buscou mais hambúrgueres no interior do refrigerador que ficava às suas costas.

– Skip! – berrou Paul, quando viu que eles tinham acabado. – Me traz mais uma caixa de hambúrgueres do freezer.

Skip largou o esfregão.

– Já estou indo!

O freezer ficava no fundo da cozinha, ao lado do depósito. Skip, que trabalhava no local havia apenas uma semana, já sabia que boa parte de seu serviço consistia em carregar estoques de suprimentos da despensa para a cozinha.

Ele abriu a porta pesada do freezer e entrou. A porta era montada sobre uma mola de ferro que se fechou às suas costas. O interior media cerca de 4 x 8 metros e era iluminado por uma única lâmpada protegida por uma tela de arame. As paredes eram forradas com material metálico parecendo papel-alumínio. O chão era forrado por um deque de madeira.

O espaço estava quase todo repleto de caixas de papelão, exceto por um corredor no meio. À esquerda, grandes caixas cheias de hambúrgueres congelados. À direita estavam as caixas de batatas fritas, filés de peixe e pedaços de frango.

Skip agitou os braços sob a temperatura glacial. Sua respiração saía em nuvens condensadas. Ansioso para voltar ao calor da cozinha, raspou o gelo no rótulo da primeira caixa à esquerda para certificar-se de que era carne moída. Estava escrito: MERCER MEATS. REG.O.I. CARNE MAGRA, HAMBÚRGUER. LOTE 6 REM. 9-14. PRODUZIDO EM: JAN. 12. VÁLIDO ATÉ: ABR. 12.

Satisfeito, Skip rasgou a caixa e retirou do interior uma das embalagens que continha quinze dúzias de hambúrgueres e levou-a para o refrigerador de Paul.

– Missão cumprida! – disse Skip.

Paul não respondeu. Estava concentrado no tempo de fritura dos hambúrgueres e calculando a quantidade necessária para atender aos novos pedidos que Roger lhe entregara. Quando teve uma chance, abriu o refrigerador, retirou o número necessário de hambúrgueres e quando já estava fechando notou a data no rótulo da caixa.

– Skip! – berrou Paul. – Mova esse seu traseiro até aqui!

– Algo errado? – perguntou Skip. Ele estava agachado bem próximo, trocando um saco de lixo.

– Você me trouxe a caixa errada – vociferou Paul. – Estes foram descarregados hoje.

– E que diferença isso faz? – perguntou Skip.

– Muita – respondeu Paul. – Vou lhe mostrar num segundo. – Virou-se para o lado e chamou: – Roger, quantos hambúrgueres têm para depois do 26?

Roger conferiu seus papéis.

– Vou querer um para o 27, quatro para o 28 e três para o 29. Oito no total.

– Foi o que calculei – disse Paul, atirando os oito hambúrgueres que tinha na mão sobre a chapa e dando meia-volta para retirar a caixa do refrigerador. Afobado como estava, não percebeu que o primeiro que jogou sobre a chapa cobriu parcialmente outro que já estava fritando.

Paul fez um sinal para que Skip o seguisse e foi explicando pelo caminho:

– O reabastecimento da carne congelada é feito de quinze em quinze dias – explicou. – E temos de usar as mais antigas primeiro.

Paul abriu a porta do freezer na cozinha e deu imediatamente de cara com a caixa aberta por Skip. Enfiou a embalagem que trazia dentro da caixa e fechou a tampa.

– Está vendo essa data? – perguntou Paul, apontando para o rótulo.

– Sim, estou.

– Aquelas outras caixas lá no fundo têm datas anteriores. Têm de ser usadas primeiro.

– Alguém podia ter me avisado – reclamou Skip.

– Estou lhe avisando agora. Vamos, ajude-me a pôr as caixas novas no fundo e puxar as do fundo para a frente.

KIM VOLTOU DO BANHEIRO e conseguiu dar um jeito de se espremer na cadeira ao lado de Becky. Mais seis pessoas ocupavam a mesa, inclusive uma criança de uns 2 anos com o rosto lambuzado de ketchup, batendo com uma colher de plástico sobre o que sobrara do hambúrguer.

– Becky, por favor, seja razoável – disse Kim, tentando desviar sua atenção da criança. – Eu disse a Ginger que iríamos pegá-la depois que comêssemos.

Becky respirou fundo e suspirou, deixando cair os ombros pesadamente. Estava de mau humor, o que não era característico nela.

– Estou fazendo tudo o que você quer – prosseguiu Kim. – Estamos jantando juntos, aqui, só você e eu, e não é no Chez Jean.

– Você não perguntou se eu queria sair com a Ginger. Quando disse que vínhamos para cá, pensei que não iríamos vê-la hora nenhuma.

Kim olhou para a frente e contraiu o maxilar. Amava a filha, mas sua obstinação o irritava. Como cirurgião cardíaco, tinha se habituado com as pessoas de sua equipe seguindo suas ordens.

PAUL ENCONTROU ROGER à beira de um ataque de nervos quando voltou da arrumação do freezer.

– Por onde andou? – berrou Roger. – Estamos muito atrasados.

– Não se preocupe. Está tudo sob controle.

Paul apanhou a espátula e começou a colocar os hambúrgueres prontos nos respectivos pães. O pedaço que ficara por cima do outro foi posto do lado para remover o de baixo.

– Número 30 – gritou Roger. – Dois hambúrgueres normais e um especial.

– Saindo – respondeu Paul abrindo o refrigerador para pegar a carne. Girou hambúrgueres sobre si mesmos e os atirou na chapa. Em seguida usou a espátula para virar o pedaço que tinha ficado Por cima do outro. A superfície continuou grudada no pedaço de baixo e não totalmente em contato com a chapa. Paul já ia separá-los quando Roger desviou sua atenção.

– Paul, você fez besteira! – esbravejou Roger. – O que está acontecendo com você hoje?

Paul ficou olhando para Roger com a espátula suspensa no ar.

– O número 25 são dois especiais e não dois normais – reclamou Roger.

– Merda, desculpe! – disse Paul, virando-se para pegar mais dois hambúrgueres no refrigerador. Atirou-os na chapa e os apertou com a espátula. O especial exigia o dobro do tempo para fritar.

– E o 25 era com fritas médias – berrou Roger, irritado, sacudindo o papel na mão como a ameaçá-lo.

– Já vai – disse Paul. Encheu rapidamente um saco com as batatas.

Roger pegou o saco, colocou-o na bandeja com o número 25 e empurrou-a sobre o que eles chamavam balcão de distribuição.

– Certo – disse Roger para Paul. – Número 27 aguardando. Onde está o hambúrguer com fritas? Vamos, Paul, mexa-se.

– Já vai, já vai. – Paul usou a espátula para tirar o pedaço que ficara mais tempo por cima dos outros dois. Colocou-o dentro do pão e pôs o sanduíche no prato de papelão que Roger deixara à sua frente. Acrescentou umas cebolas e encheu outro saco com batatas fritas.

Em poucos segundos a garota no balcão de distribuição anunciava pelo microfone: "Saindo número 25 e número 27."

– SOMOS NÓS – disse Kim, levantando-se. – Vou pegar a comida. Mas quando acabarmos vamos buscar a Ginger e ponto final. E espero que você seja legal, certo?

– Tudo bem – disse Becky, renitente. Ela também se levantou.

– Eu pego a comida. Você fica aqui.

– Mas quero preparar meu hambúrguer.

– Ah, é. Tinha me esquecido.

Enquanto Becky enfeitava seu sanduíche com uma impressionante variedade de coberturas, Kim escolheu o molho que parecia mais inofensivo. Então pai e filha voltaram para seus lugares. Kim ficou satisfeito ao ver que o pirralho lambuzado de ketchup já tinha ido embora.

Becky pareceu ficar sensivelmente mais animada quando o garoto de sua escola lhe pediu um pouco de suas batatas. Kim segurou a colher e estava prestes a provar a sopa quando o celular tocou em seu bolso. Pegou o aparelho e levou-o ao ouvido.

– Dr. Reggis falando.

– Aqui é a enfermeira Nancy Warren. Estou ligando porque a Sra. Arnold exige que o senhor venha até aqui para ver o marido dela.

– O que aconteceu?

Becky usava as duas mãos para segurar o sanduíche. Mesmo assim, alguns pedaços de picles caíram do pão. Avidamente, ela deu uma mordida arrancando um pedaço. Mastigou por um instante e examinou a superfície mordida.

– O Sr. Arnold está muito ansioso – dizia Nancy – e reclama, que os analgésicos não estão fazendo efeito. Sofreu também queda da pressão venosa central.

Becky cutucou o braço de Kim, procurando chamar sua atenção para a superfície mordida de seu hambúrguer. Kim fez um sinal para que ela esperasse um instante.

– A queda da pressão foi muito grande?

– Não muito – respondeu Nancy –, porém o suficiente para que ele percebesse.

– Administre potássio e dobre a dose dos analgésicos. Quem está no plantão?

– A Dra. Silber. Mas creio que o senhor deveria vir. A Sra. Arnold é insistente.

– Sem dúvida – disse Kim, desanimado. – Mas vamos esperar pelo nível de potássio primeiro. Confira também se há sinais de distensão abdominal.

Kim desligou o telefone. A Sra. Arnold já era uma chateação maior do que esperava.

– Veja só meu hambúrguer – disse Becky.

Kim examinou o sanduíche de Becky e notou a faixa rosada no meio do hambúrguer, mas estava mais preocupado e nada feliz com a ligação que acabara de receber do hospital.

– Hum! Era assim que costumava comer meus hambúrgueres quando tinha a sua idade.

– Verdade? – duvidou Becky. – Isso é nojento.

Achando melhor falar diretamente com a médica de plantão, Kim ligou para o hospital.

– Eu só comia hambúrguer assim – disse para Becky enquanto esperava completar a ligação. – Malpassado, com uma fatia de cebola crua, não essas fritas reconstituídas e, principalmente, sem nenhum molho artificial.

A recepcionista atendeu, e Kim perguntou pela Dra. Alice Silber, dizendo que esperaria na linha.

Becky examinou novamente o hambúrguer, deu de ombros mordeu o hambúrguer de novo, dessa vez de modo mais voraz. Tinha de admitir que estava uma delícia.

4

Sábado, 17 de janeiro

Kim dobrou a esquina de sua rua no velho Mercedes e diminuiu a marcha para cruzar o portão. Era uma grande construção em estilo Tudor, erguida no meio de um espaçoso terreno ajardinado, num elegante subúrbio da cidade. A casa já tivera seus tempos de esplendor, mas agora parecia abandonada. As folhas secas do outono cobriam o gramado como um tapete de entulho umedecido. As paredes descascavam e precisavam de uma pintura urgente. Algumas persianas estavam empenadas, e no telhado umas poucas telhas tinham se soltado e ameaçavam despencar dentro da calha.

Eram 9 horas de uma manhã de sábado fria e cinzenta, e a vizinhança parecia deserta. Não havia sinal de vida quando Kim cruzou o portão e parou em frente à garagem. Até o jornal do vizinho ainda estava na porta.

O interior da casa era o reflexo do exterior. Estava praticamente despojada de toda a mobília e dos objetos que Tracy decidira levar ao se mudar. Além disso, a casa não passava por uma faxina havia meses. A sala de estar, em particular, tinha uma aparência de salão de dança, contendo apenas uma cadeira, um pequeno carpete desbotado, uma mesa de canto com o telefone e um único abajur de pé.

Kim deixou as chaves numa prateleira do hall antes de atravessar a sala em direção à cozinha. Chamou pelo nome de Becky, mas ela não respondeu. Deu uma espiada na pia. Nenhum prato sujo.

Tendo acordado pouco depois das 5 horas, como de costume, Kim já tinha ido ao hospital para passar suas visitas. Àquela hora, já esperava encontrar Becky de pé e pronta para sair.

– Becky, sua dorminhoca, onde está você? – perguntou enquanto subia as escadas. Assim que chegou ao segundo andar, escutou a porta do quarto de Becky se abrindo.

Ela surgiu no corredor ainda de pijama. Estava com olheiras, os olhos semicerrados e os cabelos mais pareciam um espanador de pó, de tão embaraçados.

– O que há com você? – perguntou Kim. – Pensei que estivesse com pressa de chegar à aula de patinação. Vamos embora.

– Não estou me sentindo bem – respondeu Becky, coçando os olhos com as costas da mão.

– Como assim? O que está sentindo?

– Estou com dor de barriga.

– Bem, não é nada. Tenho certeza. A dor vem e passa ou é contínua?

– Vem e passa.

– Onde, exatamente, está doendo?

Becky fez alguns movimentos em círculo com a mão sobre o abdômen.

– Sente calafrio? – perguntou Kim, colocando a palma da mão sobre a testa da menina.

Becky balançou negativamente a cabeça.

– Hum, só um pouco de cólica – concluiu Kim. – Provavelmente é seu pobre estômago reclamando da porcaria que você comeu ontem à noite. Vá tomar um banho e se arrumar enquanto preparo um café para você. E rápido; não quero sua mãe reclamando no meu ouvido porque você chegou atrasada na aula.

– Não estou com fome – disse Becky.

– O banho abrirá seu apetite. Vejo você lá embaixo.

Na cozinha, Kim pôs à mesa os cereais, o leite e o suco. Voltou ao pé da escada para chamar Becky, mas escutou o som inconfundível do chuveiro. Aproveitou o momento e ligou para Ginger.

– Está tudo tranquilo no hospital – disse Kim, assim que ela atendeu. – Os três pacientes operados ontem estão reagindo bem. Só os Arnolds, principalmente Gertrude Arnold, é que têm me enchido a paciência.

– Fico feliz – disse Ginger num tom acre.

– O que há de errado dessa vez? – perguntou Kim. Ele tivera outro bate-boca com uma das enfermeiras no turno daquela manhã e só pensava agora em ter um dia tranquilo.

– Ontem à noite eu queria sair. Não acho justo.

– Pode parar! – cortou Kim. – Não quero mais voltar a esse assunto, por favor. Estou cansado dessa besteira. Além do mais, Becky não acordou bem esta manhã.

– O que há com ela? – A preocupação de Ginger era sincera.

– Nada grave, só uma dor de estômago. – Kim ia contar os detalhes mas ouviu Becky descendo a escada. – Ela está descendo. Encontre-nos no rinque do Sterling Place. Tchau!

Quando Becky entrou na cozinha, Kim já tinha pendurado o fone no gancho. Estava enrolada no roupão dele, que ficava tão grande que se arrastava pelo chão, com as mangas caindo até as batatas das pernas.

– Tem cereais, leite e suco à mesa – disse Kim. – Está se sentindo melhor?

Becky balançou a cabeça.

– O que vai comer?

– Nada – respondeu.

– Você precisa comer alguma coisa. Que tal uma colherada de antiácido?

Becky fez uma careta de horror.

– Vou tomar um pouco de suco – sugeriu.

AS LOJAS DO Sterling Place Mall ainda estavam abrindo na hora em que os dois atravessavam a alameda que dava no rinque. Kim não tinha voltado a tocar no assunto, mas estava certo de que Becky se sentia melhor. Ela acabou comendo um pouco dos cereais e, no carro, foi a mesma tagarela de sempre.

– Vai assistir à minha aula? – perguntou ela.

– Essa é a ideia – respondeu o pai. – Estou ansioso para ver esse seu giro triplo de que vem falando tanto.

Na borda do rinque, Kim entregou os patins que carregava para Becky. Um apito tocou, indicando o fim da aula da turma intermediária.

– Bem na hora – disse Kim.

Becky sentou-se para desamarrar o cadarço do tênis. Kim deu uma olhada em volta, para os outros pais. A maioria era de mulheres. Subitamente, seus olhos cruzaram com os de Kelly Anderson. Apesar da hora, parecia estar vindo de um salão de beleza para um desfile de moda. Ela sorriu. Kim olhou para o lado.

Uma menina com mais ou menos a mesma idade de Becky chegou deslizando e saiu do rinque. Sentou-se ao lado de Becky e disse:

– Oi.

Becky respondeu do mesmo jeito.

– Ah, meu cirurgião cardíaco predileto!

Kim se virou e, para sua tristeza, deu de cara com Kelly.

– Já conhecia minha filha? – perguntou ela.

Kim balançou a cabeça.

– Caroline, cumprimente o Dr. Reggis.

Apesar de relutante para conversar, Kim cumprimentou a menina e apresentou Becky a Kelly.

– Que maravilhosa coincidência encontrá-lo novamente – disse Kelly, endireitando-se depois de se inclinar para cumprimentar Becky. – Vocês viram minha reportagem no jornal de ontem à noite, sobre os seis meses da fusão do hospital?

– Não! – respondeu Kim.

– Mas que pena, iria gostar. Ficou bastante tempo no ar, e todo mundo acha que sua declaração sobre o "lucro líquido" roubou o espetáculo. Os telefones da emissora não param de tocar, o que o diretor adora.

– Por favor, me lembre de nunca mais falar com você.

– Calma aí, Dr. Reggis – disse Kelly com a expressão brincalhona –, assim, magoa meus sentimentos.

– Kim! – chamou uma voz do outro lado do rinque. – Kim, aqui!

Ginger tinha acabado de chegar e acenava com entusiasmo. Começou a vir na direção de Kim e Kelly. Era bem jovem, não mais que 25 anos. Tinha a leveza de uma fada, cabelos louros compridos e lisos, e pernas fatais. Fora do serviço, fazia questão de se vestir com um estilo casual e sexy muito pessoal. Naquela manhã vestia jeans apertados, um bustiê decotado expondo a barriga rija e bem delineada. Usava uma faixa na testa e munhequeiras, evidência de sua paixão pela aeróbica. Calçava tênis especiais de corrida e estava sem casaco.

– Mas vejam só! – murmurou Kelly, observando Ginger aproximar-se. – O que temos aqui? Farejo uma manchete sensacionalista: o renomado cirurgião cardíaco e a professora de aeróbica.

– Ela é minha recepcionista – explicou Kim, numa tentativa de minimizar o inevitável confronto.

– Não duvidaria disso nem por um segundo. Mas olhe só aquele corpo. E que entusiasmo. Acho que, para ela, você é o máximo.

– Estou lhe dizendo que ela trabalha para mim – rebateu Kim, asperamente.

– Ei, acredito em você. Por isso fiquei interessada. Meu clínico e meu oftalmologista também se divorciaram para casar com suas recepcionistas. Farejo uma história aqui. O que poderá ser isso? A típica crise da meia-idade no universo da medicina?

– Quero que fique longe dela – rosnou Kim.

– Ora, vamos, Dr. Reggis. Vocês, cirurgiões cardíacos, se consideram os tais. Esse é o tipo de assunto de que o público gosta, especialmente se ela tem metade de sua idade.

Becky virou-se para Caroline e sussurrou:

– A gente se vê. Aí vem a namorada enxerida do meu pai. – Becky ficou de pé, entrou no rinque e saiu deslizando rapidamente.

Ginger chegou perto de Kim, e antes que ele desse conta, saudou-o com um vigoroso beijo no rosto.

– Sinto muito, querido – disse. – Sei que fui rude ao telefone esta manhã. Só estava com saudades.

– Hum! Nem tão profissional – comentou Kelly. – A prova do batom.

Kim esfregou o rosto com as costas da mão.

– Uau! – exclamou Ginger ao perceber a marca no rosto dele. – Deixe que eu limpo.

Antes que Kim tivesse tempo de esboçar outra reação, ela juntou os dedos e passou-os no rosto dele.

– Agora saiu! – comentou Kelly.

Ginger virou-se para Kelly e imediatamente reconheceu-a como celebridade local.

– Kelly Anderson! – disse, emocionada. – Que prazer. Adoro o seu jornal.

– Ora, obrigada. E você é?

– Ginger Powers.

– Prazer em conhecê-la, Ginger. Fique com um cartão meu. Talvez possamos conversar numa hora qualquer.

– Puxa, obrigada. – Ginger pegou o cartão, sorrindo de felicidade. – Adoraria bater um papo com você.

– Ótimo. Estou sempre editando alguma matéria ligada à saúde ou correndo atrás de opiniões de quem trabalha no ramo.

– Está me dizendo que gostaria de me entrevistar? – perguntou Ginger, surpresa e maravilhada.

– Por que não? – respondeu Kelly.

Ginger apontou para Kim.

– Você devia entrevistar a ele e não a mim. Kim sabe tudo de medicina.

– Parece que você tem uma profunda admiração pelo nosso bom doutor. Estou certa?

– Como se houvesse dúvida – respondeu Ginger, fingindo indignação. – É o melhor cirurgião cardíaco do mundo. É o mais bonito também. – Ginger tentou beliscar o rosto de Kim, mas dessa vez ele conseguiu evitá-la.

– Bem, acho que está na minha hora – disse Kelly. – Caroline, vista o casaco e vamos. Ginger, querida, não se esqueça de me ligar. Vamos conversar a sério. E, Kim, eu certamente compreendo por que escolheu Ginger como atendente e acompanhante.

Mãe e filha começaram a se distanciar. Kelly ajudava Caroline com os patins e a mochila. A menina estava um pouco atrapalhada vestindo o casaco.

– Ela é mesmo simpática – disse Ginger, observando a figura de Kelly.

– Ela é uma cascavel – disse Kim. – E não quero que você fale com ela.

– Por quê?

– Ela só me traz aborrecimento.

– Mas seria divertido – queixou-se Ginger.

– Ouça bem – fuzilou Kim. – Se eu souber que falou com ela, poderá considerar-se desempregada e fora de minha vida. Entendeu?

– Ok! – respondeu a moça, de cara amarrada. – Mas como está rabugento. O que há de errado com você?

Becky, que fazia seus exercícios de aquecimento, apareceu no local onde Kim e Ginger estavam.

– Não posso fazer a aula – disse, saindo do rinque. Sentou-se no banco e começou a desamarrar os patins apressadamente.

– Por que não? – perguntou Kim.

– A dor de barriga voltou – respondeu Becky. – Preciso ir ao banheiro, urgente!

5

Domingo, 18 de janeiro

Kim abriu a gaveta e puxou a ficha de Harvey Arnold. Eram quase 8 horas, e as enfermeiras daquele turno estavam ocupadas redigindo os relatórios. Kim podia ficar à vontade na sala de enfermagem, apenas sob as vistas do vigia.

Leu as anotações das enfermeiras para saber o que tinha acontecido na véspera e na noite anterior. Teve que segurar um sorriso. Aparentemente, a Sra. Arnold estava incomodando as enfermeiras tanto quanto incomodara a ele. Aparentemente, a recuperação do Sr. Arnold estava se encaminhando bem. Essa impressão era confirmada pelos gráficos das funções vitais e pelos exames laboratoriais do dia anterior. Satisfeito, Kim guardou a ficha na gaveta e foi ver seu paciente.

O Sr. Arnold estava sentado na cama, tomando o café da manhã e assistindo à televisão. Kim ficou admirado com o progresso que a cirurgia cardiovascular tinha atingido nos últimos vinte anos, como mostrava aquele paciente. Ali estava um homem de 70 anos que menos de 48 horas antes encontrava-se gravemente doente e se submetera a uma cirurgia interna no coração. O órgão fora literalmente parado, cortado e reparado e já era possível vê-lo relativamente alegre, quase sem dores e aproveitando uma significativa melhora em sua qualidade de vida. Sentiu-se frustrado com a depreciação desse milagre pelo sistema econômico vigente.

– Como se sente, Sr. Arnold? – perguntou Kim.

– Muito bem – disse. Ele limpou o queixo com o guardanapo.

Quando estava sozinho, o Sr. Arnold era um homem agradável. Mas quando a mulher estava junto, o ambiente fumegava.

Kim interrompeu o café de seu paciente apenas o tempo necessário para verificar sua roupa e o volume das fezes. Estava tudo normal.

– Tem certeza de que vou poder jogar golfe? – perguntou o Sr. Arnold.

– Sem dúvida – respondeu Kim. – Vai poder fazer o que quiser.

Depois de mais algumas brincadeiras, Kim saiu do quarto. Infelizmente, deu de cara com Gertrude Arnold entrando.

– Aí está o senhor, doutor. Fico feliz por encontrá-lo. Exijo uma enfermeira de plantão aqui o dia todo, ouviu?

– Qual é o problema? – perguntou Kim.

– O problema? Vou lhe dizer qual é o problema. As enfermeiras deste andar nunca estão disponíveis. Às vezes leva horas para aparecer alguém. Quando Harvey toca a campainha, elas demoram demais.

– Talvez saibam que o Sr. Arnold está em ótimo processo de recuperação – explicou Kim – e estão ocupadas com outros pacientes que não estão indo tão bem.

– Não venha o senhor agora com desculpas para mim. Quero uma enfermeira aqui o tempo todo.

– Vou chamar uma pessoa para resolver esse assunto – disse Kim.

Momentaneamente aliviada, a Sra. Arnold concordou.

– Não me deixe esperando muito tempo.

– Verei o que posso fazer – disse Kim.

Na sala de enfermagem, Kim pediu ao vigia que localizasse o administrador do AmeriCare e o chamasse para atender a Sra. Arnold. Kim não conseguiu esconder um risinho de satisfação enquanto aguardava o elevador. Adoraria ouvir a conversa entre os dois. A ideia de chatear os administradores do AmeriCare lhe dava um imenso prazer.

A porta do elevador se abriu e Kim teve que se espremer para entrar. Estava muito cheio para uma manhã de domingo. Kim ficou imprensado ao lado de um residente alto e magro, em seu típico jaleco branco. No bolso da camisa lia-se: DR. JOHN MARKHAM – PEDIATRA.

– Com licença – disse Kim. – Por acaso sabe se existe algum vírus entérico atacando crianças em idade escolar atualmente?

– Não que eu saiba – respondeu John. – Estamos tendo bastante trabalho com uma gripe, mas com origem respiratória. Por que pergunta?

– Minha filha está com um desarranjo intestinal.

– Quais os sintomas?

– Começaram ontem pela manhã com cólicas. Depois, diarreia. Dei a ela um gastrintestinal.

– Ajudou?

– No início achei que sim. Mas ontem à noite os sintomas voltaram.

– Teve náuseas ou vômitos?

– Um pouco de náusea, mas sem vômito, ao menos por enquanto. Também perdeu o apetite.

– Febre?

– Não, nenhuma.

– Quem é o pediatra dela?

– Era George Turner. Depois da fusão, ele teve de sair da cidade.

– Eu me lembro do Dr. Turner – disse John. – Eu atendia no Samaritano. É um bom homem.

– Com certeza – disse Kim. – Está trabalhando em Boston, no Hospital da Criança.

– Para prejuízo nosso – comentou John. – Mas voltando à sua filha. Sou capaz de apostar que ela teve uma intoxicação alimentar e não propriamente um vírus.

– Sério? Sempre associei intoxicação alimentar a efeitos fulminantes. Como o famoso estafilococo na salada de batatas do Piquenique.

– Não necessariamente. Ela pode ocorrer de muitas formas. Mas enfim, pelo sintoma da diarreia aguda, a maior probabilidade é mesmo de uma intoxicação alimentar. Estatisticamente, é a causa mais provável. Para que tenha uma ideia, o Centro para Controle de Doenças estima que ocorram de 200 a 300 milhões de casos anuais.

O elevador parou, e John desembarcou.

– Espero que sua filha melhore – disse, com a porta se fechando.

Kim balançou a cabeça e virou-se para outro residente:

– Ouviu isso? Duzentos a 300 milhões de vítimas por intoxicação alimentar anualmente! É uma loucura!

– Significa que todo mundo no país sofre em média uma por ano – comentou o residente.

– Não é possível – disse uma enfermeira que deixava o serviço.

– Acho que é – opinou outro residente. – A maioria das pessoas atribui os sintomas a um mal-estar estomacal. Ora, sabemos que não existe essa coisa de mal-estar estomacal.

– É assustador – disse Kim. – Faz você pensar duas vezes antes de sair para comer fora.

– Também não é difícil contrair uma intoxicação alimentar dentro de casa – disse uma mulher no fundo. – Na maioria das vezes, acontece por causa das sobras de comida, embora o manuseio impróprio do frango cru também seja uma das principais causas.

Kim balançou a cabeça. Sentia uma desagradável sensação de que todos no elevador sabiam mais sobre o assunto do que ele.

Chegando ao térreo, saltou do elevador e deixou o hospital. Enquanto dirigia, não pôde parar de pensar em intoxicação alimentar. Ainda estava chocado com a ideia dos 200 a 300 milhões de casos anuais nos Estados Unidos. Se essa estatística fosse verdadeira, parecia-lhe inacreditável o fato de nunca ter lido nada a respeito em nenhuma revista médica.

Kim não conseguia tirar esses pensamentos da cabeça quando entrou em casa e atirou as chaves sobre a mesinha do hall. Pensou em navegar na Internet e procurar uma estatística sobre intoxicação alimentar quando escutou o som da TV vindo da cozinha. Foi até a porta e entrou.

Ginger estava debruçada sobre a pia, lutando com o abridor de latas preso na parede. Vestia uma roupa de ginástica que não deixava muito espaço para a imaginação. Tanto aos sábados quanto aos domingos, fazia sua aeróbica religiosamente. Becky estava prostrada no sofá da sala de estar, assistindo a desenhos animados. Estava com o cobertor enrolado até o pescoço. Parecia ligeiramente pálida em contraste com a lã verde-escura.

Tinham passado a noite anterior em casa por causa do estado de Becky. Ginger fez uma galinha, na qual a menina quase não tocou. Depois que Becky foi dormir, Ginger ficou para fazer companhia. Kim esperou que estivesse tudo em paz. Aquela hora, quando estava chegando das suas visitas, esperava encontrá-las ainda dormindo.

– Olá, meninas, cheguei!

Nenhuma das duas respondeu.

– Droga! – exclamou Ginger. – Essa coisa está um lixo.

– Qual o problema? – perguntou Kim, dando um passo em sua direção. Ela desistira do abridor e estava com as mãos na cintura. Parecia exasperada.

– Não consigo abrir esta lata – disse, mal-humorada.

– Eu abro – ofereceu-se Kim, tomando-lhe a lata das mãos. Antes, porém, verificou o rótulo. – O que é isto?

– Caldo de galinha, exatamente como diz aí – respondeu Ginger.

– O que vai fazer com isso às 9 horas?

– É para Becky. Minha mãe sempre fazia isso para mim quando eu tinha dor de barriga.

– Eu já disse a ela que não estou com fome – gritou Becky, do sofá.

– Minha mãe sabia das coisas – disse Ginger.

Kim largou a lata em cima da mesa e foi até a sala de estar. Curvou-se sobre o sofá e pôs a mão na testa de Becky. Ela mexeu a cabeça tentando manter o aparelho dentro de seu campo de visão.

– Sente-se melhor? – perguntou Kim.

Ela parecia um pouco quente.

– Não. E também não quero comer nada. Faz a barriga doer mais.

– Ela precisa comer – disse Ginger. – Não jantou quase nada.

– Se o organismo dela está recusando, então é melhor deixar – respondeu Kim.

– Mas ela vomitou tudo – prosseguiu Ginger.

– Foi mesmo, Becky? – O vômito era um novo sintoma.

– Só um pouco – admitiu.

– Não seria melhor chamar um médico? – perguntou Ginger.

– E o que você pensa que eu sou? – retrucou Kim, ofendido.

– Sabe o que quero dizer. Você é o melhor cirurgião cardíaco do mundo, mas não tem muita prática em lidar com barriga de criança.

– Por que não vai lá em cima e me traz o termômetro?

– Onde?

– No banheiro maior, prateleira superior direita. – E perguntando para Becky: – E as cólicas?

– Continuam.

– Estão piores?

– Na mesma. Vão e vêm.

– E a diarreia?

– Precisamos falar disso? Tenho vergonha.

– Está bem, querida. Tenho certeza de que em poucas horas estará se sentindo bem novamente. Não quer mesmo comer alguma coisa agora?

– Não estou com fome.

– Tudo bem – disse Kim. – Quando quiser, é só pedir.

JÁ ESTAVA ESCURO quando Kim dobrou na rua de Tracy e estacionou em frente ao gramado. Desceu do carro e deu a volta para abrir a porta do passageiro. Becky estava enrolada no cobertor até a cabeça. Kim ajudou a menina a saltar do carro e subir a escada da varanda. Ela passara o dia todo deitada, assistindo à TV. Kim tocou a campainha e esperou. Tracy abriu a porta e foi logo dizendo olá para a filha, mas calou-se espantada e franziu a testa.

– Por que o cobertor? – perguntou. Seus olhos dirigiram-se para Kim em busca de uma explicação e depois para Becky. – Entrem!

Becky entrou, e Kim a acompanhou. Tracy fechou a porta.

– O que aconteceu? – perguntou Tracy, levantando a ponta do cobertor do rosto de Becky. – Está pálida. Você está doente?

Minúsculas lágrimas se formaram no canto dos olhos de Becky. Tracy percebeu a angústia da filha e imediatamente a envolveu num abraço protetor. Agarrada à menina, lançou um olhar para Kim.

– Ela está um pouco enjoada – admitiu Kim, na defensiva.

Tracy segurou Becky pelos ombros para observá-la melhor. A menina esfregou os olhos.

– Você está muito pálida – disse Tracy. – O que está havendo?

– Apenas um leve distúrbio gastrintestinal – opinou Kim. – Provavelmente intoxicação alimentar. Pelo menos foi essa a opinião de um pediatra residente com quem conversei.

– Se é tão leve, por que ela está tão pálida? – questionou Tracy, pondo a mão na testa de Becky.

– Ela não tem febre – disse Kim. – Apenas cólicas e diarreia.

– Deu alguma coisa a ela?

– É claro. Tomou Pepto-Bismol, e como pareceu não fazer efeito, dei Imodium.

– Melhorou?

– Um pouco.

– Preciso ir ao banheiro – disse Becky.

– Está bem, querida – disse Tracy –, use o de cima. Subirei num instante.

Becky largou o cobertor e subiu correndo a escada.

Tracy virou-se para Kim. Tinha o rosto vermelho de indignação:

– Meu Deus, Kim! Menos de 48 horas com você, e já é o suficiente para ela voltar doente. O que fez com ela?

– Nada de incomum.

– Seria melhor não ter viajado – desabafou Tracy.

– Ora, vamos – disse Kim, começando a irritar-se –, se ela contraiu algum vírus, pode muito bem ter acontecido antes do fim de semana, enquanto você ainda estava aqui.

– Pensei tê-lo ouvido dizer que foi intoxicação alimentar – disse Tracy.

– Foi só uma opinião de um pediatra residente.

– Ginger cozinhou alguma coisa no fim de semana?

– Na verdade, sim. Fez um frango delicioso ontem para jantar.

– Frango! – exclamou Tracy – É claro, só pode ter sido isso.

– Então, a culpa é da Ginger? – disse Kim com sarcasmo. – Você não gosta mesmo dela, não é?

– Não gosto nem desgosto. Hoje em dia ela não me diz nada. Mas é fato que é jovem e sem dúvida inexperiente na cozinha. Quem conhece sabe que é preciso ter muito cuidado com frango.

– Você acha que sabe tudo. Bem, para seu conhecimento, Becky não tocou no frango. Além disso, ela não se sente bem desde a manhã de sábado. Isso significa que, se foi vítima de intoxicação alimentar, então foi no Onion Ring da Prairie Highway, o lugar que seu novo namorado gosta de se gabar dizendo para Becky que é dele.

Tracy dirigiu-se para a porta.

– Boa noite, Kim – disse, rudemente.

– Outra coisa que tenho para lhe dizer – desabafou Kim. – Não gosto que fique insinuando para Becky que sou algum tipo de bicho-papão por encorajá-la a competir no campeonato nacional.

– Nunca aprovei essa sua obsessão – disse Tracy. – Quando Becky me explicou por que não queria disputar esse torneio, eu a apoiei. Disse também que você provavelmente tentaria convencê-la a mudar de ideia. Foi só isso.

Kim lançou um olhar colérico para a ex-mulher. Aquele ar superior de psicóloga que assumia toda vez que discutiam o deixava fora do sério, especialmente quando ela resolvia advertir a filha a respeito do que ele iria dizer a ela.

– Boa noite, Kim! – repetiu Tracy, com a porta ainda aberta.

Kim girou sobre os calcanhares e saiu sem olhar para trás.

6

Segunda-feira, 19 de janeiro

O despertador ficava programado para tocar às 5h15 da manhã, mas raramente era utilizado. Kim geralmente despertava alguns minutos antes do alarme e travava o pino da campainha antes de perturbar a paz da madrugada. Habituara-se a acordar bem cedo desde seu primeiro ano como residente de cirurgia. Ele levantou-se da cama quente no escuro e deu uma corridinha até o banheiro, completamente nu.

Seguindo sua rotina diária, que não exigia raciocínio, Kim abriu a pesada porta de vidro do boxe e abriu a torneira até o fim. Ele e Tracy sempre preferiram o banho de chuveiro ao de banheira.

Aquele tinha sido o único cômodo da casa a sofrer algum tipo de reforma depois da compra, dez anos antes. Tinham retirado a banheira e montado no local um amplo boxe de 3 metros de comprimento por 1,80 de largura. As paredes internas eram de mármore. A porta de vidro temperado com um centímetro de espessura tinha braçadeiras de metal montadas verticalmente, de forma que pareciam atravessar o vidro. Para Kim, uma extravagância digna das melhores revistas especializadas.

Seu café da manhã foi um donut com café com leite que comprou em uma loja da Dunkin' Donuts perto de sua casa. Comia enquanto dirigia na escuridão da manhã. Também aproveitava aqueles momentos para escutar fitas de atualidades médicas. Às 6 horas já estava no consultório, gravando relatórios dos pacientes e assinando cheques para as despesas gerais. Às 6h45 dava aula no hospital para os residentes da cirurgia torácica e fazia questão de visitar seus próprios pacientes. Às 7h30 estava no salão de conferência para a inevitável reunião diária. Naquela manhã os assuntos abordados foram as credenciais hospitalares e a concessão de privilégios.

Após a reunião administrativa, que acabou se prolongando mais que o esperado, Kim reuniu-se com outros colegas da cirurgia torácica cuja pesquisa ele supervisionava e da qual participava. Nessa reunião apresentou um caso de tripla reposição de válvulas.

Por volta das 10 horas, estava de volta ao consultório, porém atrasado, como de costume. Logo descobriu que Ginger marcara duas emergências, uma para as 9h30 e outra para as 9h45. Cheryl Constantine, a enfermeira, já tinha conduzido os pacientes para as duas saletas de exame.

A manhã transcorreu com os pacientes se sucedendo ininterruptamente. Na hora do almoço, comeu um sanduíche que Ginger pediu por telefone, enquanto verificava exames e chapas de raios X. Encontrou tempo também para responder a um colega em Salt Lake City, sobre outro paciente que se submeteria a uma tripla reposição de válvulas.

A tarde não foi diferente, com a sala de espera repleta de pacientes com hora marcada e algumas emergências que Ginger conseguira encaixar entre uma consulta e outra. Às 16 horas, Kim teve de ir ao hospital resolver um caso não muito grave com um de seus internos. Já que estava lá, aproveitou para uma rápida visita a seus pacientes internados.

De volta ao consultório, procurou em vão recuperar o tempo. Muitas horas e muitos pacientes depois, parou um pouco para tomar fôlego antes de entrar no que chamava sua sala de exames "A". Apanhou a ficha do paciente e ficou feliz de ver que seria um exame pós-operatório de rotina, ou seja, rápido. O paciente se chamava Phil Norton, e quando Kim entrou no cubículo, Phil já estava obsequiosamente sentado sobre a cama de exame, sem camisa.

– Meus parabéns, Sr. Norton – disse Kim, depois de ler a ficha. – O seu teste de esforço físico está normal agora.

– Graças a Deus! – disse Phil.

E aos avanços da cirurgia moderna, pensou Kim. Ele se inclinou e examinou a marca da incisão no centro do peito de Phil. Apalpou a estria estufada de tecido com a ponta dos dedos. Pelo toque podia ter uma avaliação perfeita das condições internas do paciente.

– E a cicatrização parece excelente – acrescentou Kim, dando um passo para trás. – Bem, no que me diz respeito, já pode começar a treinar para a maratona de Boston.

– Não creio que esteja em meus planos – respondeu Phil, sorridente. – Mas na primavera com certeza estarei firme no golfe.

Kim deu um tapinha no ombro do cliente e apertou-lhe a mão.

– Divirta-se – disse –, mas não se esqueça de seguir à risca seu novo estilo de vida.

– Não se preocupe. Vi tudo o que me deu para ler em casa e vou fazer tudo direitinho. Para começar, cigarros nunca mais.

– E lembre-se: dieta e exercícios.

– Não se preocupe. Não quero passar por isso de novo.

– Ora, até que não foi tão ruim assim – brincou Kim.

– Não, mas foi aterrorizante.

Kim deu mais um tapinha nas costas de Phil, fez uma anotação rápida em sua ficha e deixou a saleta. Atravessou o corredor para atender na sala "B", mas não havia nenhuma ficha pendurada na porta.

– O Sr. Norton foi o último paciente – disse Cheryl, às suas costas.

Kim deu meia-volta e sorriu para sua enfermeira. Passou a mão cansada pelo cabelo revolto.

– Bom. Que horas são?

– Já passa das 19 horas.

– Obrigado por ficar até mais tarde.

– Não foi nada.

– Espero que esse atraso crônico não lhe cause problemas em casa.

– Problema nenhum. Estou ficando acostumada, e meu marido também. Agora ele sabe que precisa ir buscar meu filho na creche.

Kim foi para sua sala. Afundou na poltrona e observou a pilha de recados que ainda tinha de responder antes de voltar para casa. Esfregou os olhos. Estava exausto e com os nervos à flor da pele. Como de costume, as tensões do dia tinham se acumulado. Ele adoraria jogar tênis e por um instante pensou em parar no clube antes de ir para casa. Poderia ao menos correr um pouco na esteira.

O rosto de Ginger apareceu no vão da porta.

– Tracy acaba de ligar – disse, com uma voz cortante.

– O que queria? – perguntou Kim.

– Não quis dizer. Só pediu para você retornar.

– Por que está aborrecida?

Ginger respirou fundo e pôs a mão na cintura.

– Ela é seca e mal-educada. Eu procuro ser gentil, mas não adianta. Até perguntei como Becky estava passando.

– E o que ela disse?

– Só para você retornar.

– Está bem, obrigado – disse ele, pegando imediatamente o telefone.

– Já estou indo para a aula de aeróbica – avisou Ginger.

Com um aceno, Kim deu a entender que tinha escutado.

– Ligue-me mais tarde – disse ela.

Kim assentiu. Ginger saiu e fechou a porta atrás de si. No instante seguinte, Tracy atendeu.

– O que houve? – foi logo perguntando Kim.

– Becky piorou – respondeu Tracy.

– Como assim?

– Ela está chorando de dor e evacuando sangue.

– De que cor?

– Pelo amor de Deus, o que quer dizer com “que cor”?

– Vermelho-vivo ou escuro?

– Verde amarelado – respondeu Tracy, exasperada.

– Estou falando sério – disse Kim. – Vermelho-vivo ou escuro, quase marrom?

– Vermelho-vivo – respondeu Tracy.

– Quanto?

– Como vou saber? – disse Tracy, irritada. – É sangue, é vermelho, e mete medo. Isso é suficiente para você?

– Não é tão incomum uma hemorragia leve na diarreia – disse Kim.

– Não estou gostando.

– O que pretende fazer?

– E você pergunta a mim? – questionou Tracy, incrédula. – O médico é você, não eu!

– Talvez seja melhor ligar para George Turner em Boston – disse Kim.

– E o que ele vai fazer a 2 mil quilômetros de distância? Quero que ela seja examinada, quero que ela seja examinada agora!

– Está bem, está bem. Acalme-se!

Kim respirou fundo para organizar os pensamentos. Além de George, não tinha nenhum outro colega pediatra a quem recorrer. Pensou em falar com algum residente, mas ficou em dúvida. Parecia exagero incomodar alguém à noite só por causa de uma diarreia leve com dois dias de duração, mesmo apresentando um pouco de sangue vermelho-vivo.

– Faça o seguinte – decidiu Kim. – Encontre-me no pronto-socorro do Centro Médico Universitário.

– Quando?

– Em quanto tempo acha que pode chegar lá?

– Meia hora, talvez.

– Eu a vejo lá.

Apenas dez minutos o separavam do hospital, agora que o trânsito tinha diminuído. Kim aproveitou os vinte minutos seguintes para responder ao maior número possível de telefonemas. Tracy ainda não tinha aparecido quando ele chegou ao pronto-socorro. Preferiu esperar na recepção. Enquanto isso, diversas ambulâncias subiram a plataforma da portaria, abrindo passagem com o som agudo das sirenes. Com rapidez e agilidade, os enfermeiros desembarcaram dois pacientes em estado crítico. Um deles desceu entubado. Kim ficou observando-os até desaparecerem no fundo de um corredor e relembrou com nostalgia seus dias de residência. Kim tinha trabalhado duro e se consagrado como um dos melhores residentes na história do hospital. Fora uma época de idealismos e, em muitos aspectos, bem mais gratificante que a atual.

Kim já estava com o celular na mão quando viu a caminhonete de Tracy procurando vaga no estacionamento. Correu até o carro e ajudou Becky a saltar. Ela lhe dirigiu um pálido sorriso.

– Você está bem, querida?

– Minha barriga dói muito – respondeu Becky.

– Já vamos dar um jeito nisso – disse. Ele olhou para Tracy, que tinha descido e dado a volta no carro. Parecia tão irritada quanto na noite anterior.

Kim seguiu na frente e ajudou Becky a subir os seis degraus até a portaria. Passaram pela porta giratória e entraram.

Como todo pronto-socorro de uma grande cidade do Meio-Oeste, a unidade parecia uma estação rodoviária em dia de feriado. O atendimento nas noites de segunda-feira parecia multiplicar-se por causa dos excessos do fim de semana.

Amparando Becky, Kim abriu caminho por entre a multidão, passou direto pelo balcão da recepção e atravessou a sala de espera lotada. Quando passava pelo núcleo de enfermagem, uma mulher enorme, com um físico descomunal, interceptou-lhe o caminho. Sua massa corporal bloqueava completamente a passagem de Kim. Na tarja de sua blusa estava escrito: MOLLY MCFADDEN. Era alta o suficiente para olhar Kim nos olhos.

– Desculpe – disse Molly. – Não pode entrar aqui sozinho. Precisa preencher a ficha na recepção.

Kim tentou forçar a passagem, mas ela não arredou pé.

– Com licença – disse Kim. – Sou o Dr. Reggis. Trabalho aqui, e minha filha precisa ser examinada.

Molly soltou uma risada curta.

– Não me interessa se você é o papa. – Ela pigarreou e continuou: – Todo mundo, eu disse, todo mundo, tem de pegar a ficha na recepção, a menos que chegue na maca.

Kim estava tão abismado que perdeu a fala por um instante. Não podia acreditar que estivesse ali sendo publicamente desafiado, ouvindo desaforos de uma enfermeira. Ficou olhando incrédulo os ameaçadores olhos azuis daquela mulher. Ela parecia mais uma lutadora de sumô vestida de branco. Se já tinha ouvido o nome de Kim como membro da equipe do hospital, não demonstrou o menor sinal.

– Quanto mais rápido preencher sua ficha, doutor, mais rápido sua filha será atendida.

– Ouviu bem o que eu disse? Sou o cirurgião-chefe da cardiologia.

– Não sou surda, doutor – respondeu Molly. – A questão é: o senhor me ouviu?

Kim fuzilou-a com o olhar, mas a mulher não se intimidou.

Tracy sentiu o peso do impasse. Conhecendo bem o temperamento de seu ex-marido, tomou a frente para contornar a situação.

– Vamos, querida – disse para Becky, tomando-a pela mão. – Vamos fazer como manda o regulamento e preencher sua ficha.

Tracy levou Becky de volta pelo mesmo caminho. Kim lançou outro olhar raivoso para Molly, deu as costas e saiu atrás das duas. Juntos, entraram na fila de registro. Kim continuava indignado.

– Vou dar queixa daquela mulher – rosnou. – Ela vai pagar pela insolência. Desgraçada! Não posso acreditar.

– Só está fazendo o trabalho dela – comentou Tracy, aliviada com o fim do incidente.

– É mesmo? – retrucou Kim. – Ainda quer defendê-la?

– Acalme-se! Está apenas cumprindo ordens. Você acha que é ela quem faz o regulamento?

Kim balançou a cabeça. A fila avançou um pouco. Naquele momento só havia uma funcionária no balcão. Seu trabalho era o de preencher as fichas com os dados pessoais do paciente, incluindo o seguro de cobertura quando o paciente não pertencia ao plano de saúde do AmeriCare.

Subitamente, o rosto de Becky contorceu-se num espasmo de dor. Apertando as mãos contra a barriga, começou a choramingar.

– O que está sentindo? – perguntou Kim.

– O que você acha – disse Tracy. – São cólicas.

Becky começou a transpirar e empalidecer. Olhou para a mãe como se pedisse socorro.

– Vai passar como das outras vezes, querida – disse Tracy. Afagou Becky e enxugou o suor do seu rosto. – Quer se sentar?

Becky balançou a cabeça.

– Guarde nosso lugar – pediu Tracy a Kim.

Kim ficou observando Tracy acompanhar Becky até uma das cadeiras pré-moldadas de plástico encostadas à parede. Kim percebeu que Tracy dizia qualquer coisa a Becky e ela balançava a cabeça. A cor foi voltando ao rosto de Becky. Alguns minutos depois Tracy voltou à fila.

– Como ela está? – perguntou Kim.

– Sente-se melhor agora. – Tracy reparou que a fila quase não tinha avançado. – Não há nenhuma alternativa para essa demora?

– É noite de segunda-feira. Uma noite difícil em qualquer pronto-socorro.

– Sinto falta do Dr. Turner – disse ela, depois de exalar um suspiro.

Kim fez um sinal afirmativo com a cabeça. Ergueu-se na ponta dos pés para ver o que estava acontecendo, mas não viu nada.

– Isso é ridículo – exclamou. – Volto já!

Com os dentes trincados, Kim foi se espremendo entre as pessoas para chegar até o balcão. Logo compreendeu por que a fila não andava. Um sujeito bêbado, com o paletó sujo e amarrotado, estava encontrando certa dificuldade para preencher sua ficha. Seus cartões de crédito tinham caído da carteira e sumido no chão. Estava com um corte feio na parte de trás da cabeça.

– Olá! – gritou Kim, procurando chamar a atenção da recepcionista. Era uma garota afro-americana de seus 20 e poucos anos. – Sou o Dr. Kim Reggis, da cardiologia. Estou com...

– Perdão – disse a recepcionista, interrompendo Kim. – Só posso atender uma pessoa de cada vez.

– Escute! – ordenou Kim. – Sou da equipe deste hospital e...

– Não importa. O serviço aqui é o mesmo para todos. Quem chega antes é atendido primeiro. É a norma de rotina para qualquer emergência.

– Rotina de emergência? – perguntou Kim.

Aquilo era uma tolice ridícula. O ímpeto de argumentar com aquela funcionária cedeu ante a frustrante sensação que tinha quando era obrigado a conversar com algum representante de seguradora ou plano de saúde, antes de dar alta a um paciente. Esse aspecto tinha se tornado um dos piores problemas da medicina moderna.

– Por favor, aguarde no fim da fila – disse a recepcionista. – Se me deixar resolver a situação dessa gente logo, poderei atender o senhor em menos tempo também. – Dizendo isso, voltou-se para o bêbado. Nesse meio-tempo, ele tinha conseguido juntar todos os documentos espalhados.

Kim ia protestar, mas era óbvio que seria pura perda de tempo tentar dialogar com aquela mulher. Ela talvez nem soubesse o significado da palavra equipe. Frustrado, humilhado e irritado, Kim voltou para onde estava Tracy.

– Não sei como empregam essa gente – reclamou Kim. – São uns robôs.

– Estou impressionada em ver a dimensão do seu prestígio neste hospital.

– Seu sarcasmo não ajuda em nada. Tudo isso é consequência da fusão. Não me conhecem aqui. Para dizer a verdade, acho que jamais estive neste pronto-socorro.

– Se ouvisse as queixas de Becky no fim de semana, provavelmente não estaríamos aqui agora.

– Eu ouvi – defendeu-se Kim.

– Sim, é claro. Dando a ela um comprimidinho para dor de barriga. Muito eficiente! Mas, sabe de uma coisa? Não fico surpresa. Jamais levou a sério nenhum problema de Becky. E nem meu, já que estamos tocando no assunto.

– Não é verdade – respondeu Kim, ressentido.

– É sim. Somente a esposa de um cirurgião cardíaco pode compreender. Para você, qualquer sintoma que não exija um transplante imediato do coração é exagero ou fingimento.

– Você me agride, assim.

– Você também me agride.

– Está certo, doutora sabe-tudo. O que faria então se estivesse no meu lugar?

– Teria encontrado alguém para cuidar de Becky. Um de seus muitos colegas. Você deve ter mil amigos médicos, não custa nada pedir.

– Espere um instante – disse Kim, lutando para não perder o controle. – Becky só teve uma diarreia e um pouco de cólicas. Era fim de semana. Não iria incomodar um colega por causa disso.

– Mamãe! – chamou Becky. Ela aproximara-se por trás dos dois. – Preciso ir ao banheiro!

Tracy se virou, e a preocupação com a filha arrefeceu imediatamente sua raiva. Passou o braço ao redor do ombro dela.

– Claro, querida, desculpe. Vamos procurar um banheiro.

– Esperem – disse Kim. – Vamos aproveitar para coletar uma amostra de fezes.

– Deve estar brincando – disse Tracy. – Ela precisa ir logo.

– Aguente firme, Becky. Volto num minuto.

Kim desapareceu pelas dependências internas do pronto-socorro. Sem Becky e Tracy, não teve dificuldade para passar e não viu sinal da troglodita Molly McFadden.

A sala de emergência era subdividida em cubículos separados por cortinas de pano, uma ala de ortopedia com alguns quartos individuais equipados com máquinas de última geração e outras saletas de exame destinadas principalmente aos casos psiquiátricos.

Como na sala de espera, o local era caótico. Todas as salas da ortopedia estavam ocupadas, e dezenas de plantonistas, residentes e enfermeiros e enfermeiras circulavam desordenadamente.

Ao entrar, Kim procurou alguém que conhecesse. Infelizmente não viu nenhum rosto familiar. Dirigiu-se a um dos ordenanças e perguntou:

– Com licença, preciso de um frasco de coleta.

O enfermeiro o fitou de cima a baixo.

– Quem é você?

– Dr. Reggis – disse Kim.

– Tem seu cartão de identificação?

Kim mostrou-lhe o cartão.

– Certo – disse o enfermeiro. – Volto já.

Kim observou o homem desaparecer por trás de uma porta, aparentemente um almoxarifado.

– Olha a frente! – disse uma voz vinda de trás.

Kim virou-se ainda a tempo de se desviar de uma unidade móvel de raios X, com as carretilhas rangendo, empurrada por um técnico. Logo depois o enfermeiro reapareceu. Entregou dois sacos plásticos a Kim, com dois recipientes.

– Obrigado – disse Kim.

– De nada – respondeu o enfermeiro.

Quando voltou, a fila estava quase no mesmo lugar. Becky tinha os olhos fechados. Em seu rosto corriam lágrimas.

Kim entregou um dos sacos plásticos a Tracy.

– Mais cólicas? – perguntou.

– É claro, seu imbecil – disse Tracy. Agarrou a mão da filha e saiu na direção do banheiro.

Kim ficou guardando o lugar na fila e avançou mais um passo. A funcionária agora era outra. Aparentemente, a primeira tinha saído para um intervalo.

Às 21H15, o saguão do pronto-socorro estava transbordando. As cadeiras pré-moldadas de plástico estavam todas ocupadas. As pessoas encostavam-se às paredes ou sentavam-se no chão. Quase ninguém conversava. Num dos cantos uma televisão suspensa no teto transmitia a CNN. Um choro de criança cobria a voz do locutor. Lá fora começava a chover, e uma atmosfera úmida envolveu o ambiente.

Kim, Tracy e Becky já tinham encontrado espaço para se sentar juntos e ali ficaram, à exceção de Becky, que precisou ir ao banheiro diversas vezes. Kim segurava o frasco de coleta. Apesar dos pigmentos de sangue citados por Tracy, a coloração do material coletado agora era marrom, claro e uniforme. Becky estava miserável e mortificada. Tracy, exasperada. Kim, fervilhando de indignação.

– Não posso acreditar nisso – disse Kim. – Realmente não posso acreditar! A todo instante acho que vamos ser chamados, mas nunca somos! – Consultou o relógio. – Faz uma hora e meia que estamos aqui.

– Bem-vindo ao mundo real – disse Tracy.

– Isso é o que Kelly Anderson devia ter mostrado na reportagem sobre a fusão – disse Kim. – É um absurdo. O AmeriCare fechou o pronto-socorro do Samaritano para cortar despesas e forçar a vinda de todos para cá. Com a única finalidade de aumentar os lucros.

– E as inconveniências – acrescentou Tracy.

– É verdade. O AmeriCare está definitivamente decidido a desencorajar o atendimento emergencial.

– Não vejo forma melhor.

– É inconcebível que ninguém me reconheça – rosnou Kim. – É incrível. Diabos, sou o cirurgião mais conhecido da cardiologia.

– Não há nada que possa fazer? Becky está péssima.

Kim ergueu-se da cadeira.

– Muito bem, vou tentar.

– Mas não brigue – advertiu Tracy. – Só vai piorar as coisas.

– Não pode ficar pior do que já está.

Kim dirigiu-se à recepcionista da enfermaria. Dera apenas alguns passos quando o som de uma sirene de ambulância reverberou pela porta de vaivém à sua esquerda. No momento seguinte, o reflexo de uma luz vermelha brilhou no vidro da porta. A sirene parou, e em questão de segundos várias pessoas ensanguentadas, aparentemente vítimas de acidente automobilístico, entraram em maças diretamente para o setor cirúrgico.

Kim não pôde deixar de se perguntar se aquelas novas emergências não atrasariam ainda mais o atendimento de Becky.

Ele foi até o núcleo de enfermagem. Molly McFadden não se encontrava. Uma funcionária falava ao telefone e transcrevia exames laboratoriais, enquanto outra enfermeira solitária organizava um arquivo e bebericava uma xícara de café. No bolso de seu uniforme lia-se: MONICA HOSKINS, enfermeira.

Esforçando-se para manter a civilidade, Kim chamou a atenção da moça batendo gentilmente com os dedos no balcão.

– Boa noite – disse, quando ela notou sua presença. – Talvez esteja me reconhecendo.

Monica apertou ligeiramente os olhos enquanto analisava a fisionomia de Kim.

– Creio que não. Eu deveria?

– Sou da equipe cirúrgica. Estou esperando atendimento para minha filha há mais de uma hora e meia. Pode me dizer quanto tempo ainda vai levar?

– A noite está muito movimentada com todos esses acidentes de carro – explicou Monica. – Qual o nome?

– Dr. Reggis – disse, arqueando os ombros.

– Não o seu. O da paciente.

– Rebeca Reggis.

Monica pegou uma pilha de fichas. Depois de molhar a ponta do dedo com a língua, folheou-as rapidamente.

– Muito bem – comentou, retirando uma delas. – Aqui está. – Leu o motivo da consulta e ergueu os olhos para Kim, levantando as sobrancelhas.

– Diarreia, dois dias de duração – disse. – Não é exatamente uma emergência.

Kim mostrou o frasco de coleta.

– Ela apresentou um quadro hemorrágico esta manhã.

Monica inclinou-se sobre o balcão.

– Não parece haver sangue.

– Mas houve antes. A mãe ficou apavorada.

– Nós a atenderemos assim que for possível – disse Monica, evasivamente. – É só o que posso informar – e recolocou a ficha de Becky no mesmo local.

– Ouça – prosseguiu Kim, num tom de voz deliberadamente controlado. – Como médico do hospital, eu espero um mínimo de consideração, e depois de já ter esperado todo esse tempo, exijo que minha filha seja examinada imediatamente. Estou sendo claro? Ela está passando muito mal.

Monica o fitou com um sorriso de visível falsidade.

– Conforme acabei de lhe dizer, iremos examiná-la assim que possível. Nossos recursos são limitados. Se já está há uma hora e meia esperando, deve ter reparado nas vítimas do acidente que entraram, e agora mesmo a polícia alertou que um homem baleado está a caminho.

Mal acabou de dizer aquelas palavras, uma sirene anunciou a chegada de outra ambulância.

– Aposto que são eles agora – disse Monica, levantando-se. Foi até o interfone e apertou um botão. Avisou alguém na sala da traumatologia para que ficasse de prontidão e num instante ela própria desapareceu pelo interior do pronto-socorro.

Frustrado com a tentativa, Kim desistiu e voltou à sala de espera. Quando passava pela entrada principal, uma equipe de enfermeiros irrompeu pelo saguão com a vítima baleada numa maca. O paciente usava máscara de oxigênio e recebia uma intravenosa. Estava cinza como chumbo.

– E então? – perguntou Tracy, enquanto Kim retomava seu assento.

– Disseram que vão atendê-la o mais breve possível.

Kim ficou constrangido de relatar o resto da conversa. Notou que Becky se encolhera toda em sua cadeira e mantinha os olhos fechados.

– Isso é muito vago – disse Tracy. – Quanto tempo? Quinze minutos? Uma hora, amanhã de manhã?

– Quer dizer exatamente o mais breve possível – respondeu Kim, secamente. – Uma vítima baleada acaba de dar entrada, e a poucos minutos chegaram outras de um acidente de carro. O movimento é muito grande.

Tracy suspirou e balançou a cabeça em desalento.

– Como está Becky? – perguntou Kim.

– Acaba de ter outra crise. Por aí você calcula. Você é o médico.

Kim olhou ao redor e trincou os dentes. Não era fácil manter a calma. E ainda por cima estava faminto.

Permaneceu silencioso e carrancudo por mais uma hora. Não conseguia esquecer aquela ridícula cena no pronto-socorro e não via a hora de desabafar com os colegas. Eles iriam entender. Tracy e Becky pareciam mais resignadas com a espera.

Cada vez que uma das enfermeiras ou residentes aparecia no saguão, Kim esperava ouvir o nome de Rebeca Reggis. Mas isso nunca acontecia. Consultou o relógio pela milésima vez.

– Já passa de duas horas e meia – disse, levantando-se indignado. – Sinceramente, não posso acreditar nisso. Se eu fosse só um pouquinho paranoico, diria que se trata de uma conspiração diabólica. Agora eles vão ter de fazer alguma coisa. Espere-me aqui.

Tracy olhou de esguelha para o ex-marido. Sob circunstâncias normais, ficaria preocupada pelo temperamento de Kim, mas depois de todo aquele tempo, já não estava ligando. Queria que Becky fosse atendida logo. Ficou calada, enquanto ele se distanciava.

Kim foi direto ao núcleo da enfermagem. Parte da equipe encontrava-se na saleta, num bate-papo despretensioso e pontuado com risadas.

Com o braço apoiado no balcão, Kim procurou algum rosto conhecido, mas ninguém lhe era familiar nem parecia reconhecê-lo. A única pessoa que percebeu sua presença foi o vigia, um jovem com aparência de estudante universitário.

– Sou o Dr. Reggis – disse Kim. – O que está acontecendo? – Apontou para o pessoal.

– Só vieram respirar um pouco – respondeu o rapaz. – A vítima baleada e os últimos pacientes do acidente de carro acabam de subir para a cirurgia.

– Quem é o coordenador do turno da noite?

– Acho que é o Dr. David Washington – respondeu o funcionário.

– Ele está aqui no momento?

O rapaz olhou ao redor para certificar-se.

– Não – disse. – Deve estar na ortopedia.

– E a enfermeira-chefe, ou supervisora?

– Nora Labat. Está atendendo na psiquiatria.

– Entendo – disse Kim. – Obrigado.

Kim posicionou-se diante do centro do balcão. Erguendo a mão, disse em voz alta:

– Com licença, pessoal! Olá!

Ninguém notou seu gesto ou sua voz.

Ele manteve o olhar, procurando estabelecer algum contato visual. Não adiantou. Agarrou então uma bandeja de alumínio em cima do balcão e balançou-a sobre a cabeça, pensando que assim alguém iria perceber sua presença. Ninguém o notou.

Kim bateu com a caixa metálica violentamente sobre a fórmica do balcão. Repetiu o gesto e continuou batendo com força cada vez maior, até deformá-la totalmente.

Assim, conseguiu finalmente atrair a atenção de todos. As conversas cessaram no meio. Residentes, enfermeiras e enfermeiros, todos cravaram os olhos em Kim. Um guarda da segurança que estava encostado ao lado do banco dos elevadores veio correndo, protegendo com a mão um molho de chaves pendurado no cinto.

Procurando controlar a fúria, Kim disse com voz trêmula:

– Sei que vocês são todos muito ocupados, mas certamente não me parecem ocupados agora. Eu estou esperando aqui com minha filha há duas horas e meia. Como profissional, poderia estar usando meu tempo de forma bem mais útil.

– Por favor, senhor – disse o guarda, segurando o braço dele.

Kim soltou-se com um safanão e se virou para encarar o homem.

– Não toque em mim – rosnou para o guarda.

O segurança, sabiamente, recuou e puxou seu rádio de comunicação. Além de uns 15 centímetros mais alto, Kim era bem mais forte.

– Não precisa chamar ninguém – disse Kim. Sacou seu cartão de identificação e o esfregou no nariz do guarda. – Sou médico desse hospital, embora ninguém do pronto-socorro pareça admitir.

Os olhos do segurança revolveram nas órbitas ao conferir o cartão de identificação de Kim.

– Sinto muito, doutor – balbuciou.

– Está tudo bem – prosseguiu Kim, mais controlado. Virou-se novamente para o balcão. Monica Hoskins assumira seu posto. – Quero falar com o Dr. David Washington.

– Sinto muito pela demora, doutor – disse Monica. – Estamos fazendo o melhor possível.

– Mesmo assim, quero falar com o chefe do departamento.

– O Dr. Washington está ocupado com um pneumotórax – explicou.

– Quero vê-lo agora – disse Kim, pausadamente. – Estou certo de que há um residente competente capaz de cuidar de um pneumotórax.

– Só um momento – disse Monica. Ela foi até o fundo da saleta e conversou com Molly e as demais enfermeiras. Voltou em menos de um minuto. Enquanto isso, uma delas pegava o telefone.

– Uma autoridade já está vindo falar com o senhor – disse Monica.

– Já não era sem tempo – ponderou.

O breve acesso de fúria de Kim tinha amedrontado a maioria do pessoal, que preferiu sair do local. Monica apanhou a bandeja de alumínio e tentou desamassá-la, porém não obteve sucesso.

O pulso de Kim estava acelerado. Um rebuliço às suas costas chamou-lhe a atenção. Uma adolescente entrava escoltada por uma equipe de enfermeiros. Estava soluçando e tinha ambos os pulsos amarrados com toalhas de prato ensanguentadas: uma clara tentativa de suicídio. No caso daquela menina, sem dúvida, um grito desesperado de socorro.

Kim voltou a perscrutar com ansiedade a ala interna da emergência. Esperava ver o médico-encarregado chegando a qualquer instante. Em vez disso, sentiu um tapinha no ombro.

Dando meia-volta, surpreendeu-se ao ver Tracy.

– Onde está Becky? – perguntou Kim.

– No banheiro. Só vim pedir que não provoque mais uma de suas cenas narcisistas. Quando saiu do saguão para vir até aqui, não me importei com o que ia fazer, mas agora me importo. Tenho certeza que não vai melhorar em nada a situação. Pelo contrário, Becky pode acabar tendo que esperar ainda mais.

– Não me venha com essa sua baboseira psicológica. Só quero ter uma conversa normal, porém enérgica, com o homem que dirige esse lugar. O que está acontecendo é inaceitável. Serei simples e direto.

– Apenas tente se controlar – disse Tracy, secamente. – Quando terminar, sabe onde nos encontrar. – Ela deu meia-volta e retornou ao saguão.

Kim tamborilou com os dedos impacientemente. Depois de um certo tempo, olhou para o relógio. Mais cinco minutos tinham se passado. Debruçou sobre o balcão outra vez para ver se acontecia alguma coisa nas dependências internas do pronto-socorro. Havia muitos funcionários, mas ninguém vindo em sua direção. Seus olhos encontraram-se com os da recepcionista, que imediatamente desviou sua atenção. Toda a equipe do pronto-socorro evitava olhar para Kim, fingindo ocupar-se com serviços burocráticos.

Um som como o de uma sineta abafada anunciou a chegada do elevador. Kim viu descer um homem pesadão, vestindo um terno cinza e conservador. Para sua surpresa, o homem veio diretamente em sua direção.

– Dr. Reggis? – inquiriu. Tinha uma voz grave e autoritária.

– Sim, sou o Dr. Reggis.

– Sou Barclay Bradford – disse o homem com ar severo. – Sou um dos vice-presidentes do hospital e o administrador-chefe encarregado do turno da noite.

– Muito conveniente – disse Kim. – Pois então aconselho que volte lá para dentro, localize o babaca do chefe do departamento e traga-o aqui. Eu e ele temos um assunto a tratar. Estou esperando há duas horas e meia para minha filha ser atendida.

– Dr. Reggis – foi dizendo Barclay como se Kim não tivesse falado nada –, como membro de nossa equipe profissional, particularmente um cirurgião, sabe melhor que ninguém que a triagem é necessária em qualquer pronto-socorro. Casos com risco de vida têm preferência frente a uma simples diarreia juvenil.

– É claro que entendo a triagem – respondeu Kim. – Trabalhei muitos anos no pronto-atendimento. Mas deixe-me dizer-lhe uma coisa: quando cheguei aqui há dez minutos havia uma dúzia de funcionários tomando café e batendo papo.

– As aparências podem ocultar a verdade – comentou Barclay, condescendente, e piscou os olhos. – É provável que estivessem debatendo algum caso particularmente difícil. Mas, independente disso, o seu comportamento infantil de espatifar uma bandeja de metal em cima do balcão não pode ser tolerado. É inteiramente inadequado que o senhor exija tratamento especial.

– Tratamento especial? Comportamento infantil?

O rosto de Kim foi ficando vermelho e os olhos inflados. Subitamente, o administrador à sua frente passou a encarnar toda sua frustração diante daquele episódio no pronto-socorro, a fusão do hospital, o AmeriCare e toda a medicina moderna em geral. Num acesso instintivo de fúria e perdendo inteiramente o controle, Kim desferiu um violento soco no queixo do administrador.

Sacudiu a mão e segurou-a com a outra em resposta à dor que sentiu nos nós dos dedos. Barclay recuou desequilibrado e cambaleante, desabando sobre o chão. Kim surpreendeu-se com a própria violência. Deu um passo à frente e fitou Barclay estendido a seus pés. Sentiu um impulso de ajudar o homem a se erguer.

Um murmúrio coletivo se fez ouvir por trás do balcão. O guarda da segurança voltou correndo. A recepcionista agarrou o interfone e gritou:

– Emergência no balcão da enfermagem!

Residentes, enfermeiras e enfermeiros chegaram de todas as partes. Até Tracy apareceu depois do apelo no alto-falante. Uma multidão rodeou Kim e Barclay. O vice-presidente do hospital conseguiu sentar-se e levou a mão ao lábio inferior. Estava sangrando.

– Droga, Kim! – reclamou Tracy – Eu avisei!

– Isso é totalmente inaceitável – disse Monica. Ela se virou para a recepcionista. – Chame a polícia!

– Espere, não chame ninguém! – disse uma voz profunda, ressonante. As pessoas abriram caminho. Um afro-americano elegante, de constituição física privilegiada, apareceu, removendo as luvas de borracha enquanto caminhava até o centro do ringue. Na plaqueta de identificação estava escrito DR. DAVID WASHINGTON, CHEFE DO SETOR DE EMERGÊNCIA. Seus olhos alternaram entre Kim e Barclay, sentado no chão. – O que está acontecendo aqui?

– O Sr. Bradford acaba de ser agredido por esse homem – disse Monica, apontando para Kim. – Isso depois de ele ter estraçalhado uma bandeja de metal batendo com ela no balcão.

– Acredite se quiser, ele é médico do hospital – acrescentou Molly.

David estendeu a mão e ajudou Barclay a ficar de pé. Deu uma olhada no lábio cortado do homem e apalpou-lhe o maxilar.

– Está tudo bem? – perguntou David ao administrador.

– Creio que sim – respondeu Barclay. Pegou um lenço e pressionou-o contra o lábio.

David virou-se e pediu a Monica:

– Leve o Sr. Bradford e limpe o ferimento. Depois peça ao Dr. Krugger que o examine para saber se será necessário um raio X.

– Certo – disse Monica. Ela amparou Barclay pelo braço para conduzi-lo por entre a multidão. Barclay observou Kim em silêncio antes de se deixar levar.

– Todos de volta ao trabalho – disse David, acenando com a mão. Em seguida fitou Kim novamente, que parecia ter recobrado o juízo.

– Qual o seu nome? – perguntou David.

– Dr. Kim Reggis.

– Agrediu mesmo o Sr. Bradford? – David parecia perplexo.

– Temo que sim – respondeu Kim.

– O que poderia tê-lo provocado a esse ponto?

Kim respirou fundo.

– Aquele presunçoso acusou-me de estar exigindo tratamento especial para minha filha doente que está esperando há quase três horas.

David ficou observando Kim por alguns instantes. Estava assombrado por aquele comportamento vindo de um colega.

– Qual o nome da menina?

– Rebeca Reggis – respondeu Kim.

David foi até a balconista e pediu a ficha de Rebeca. A moça, nervosa, procurou no fichário.

– Trabalha mesmo aqui no Centro Médico Universitário? – perguntou David enquanto aguardavam.

– Desde a fusão. Sou cirurgião cardíaco, mas é difícil acreditar pela forma como fui destratado aqui no pronto-socorro.

– Fazemos o melhor possível.

– É, já ouvi essa desculpa uma infinidade de vezes hoje.

David olhou mais uma vez nos olhos de Kim.

– Sabe, você deveria ter vergonha de si mesmo – disse. – Esmurrando gente, destruindo bandejas. Age como um adolescente desajustado.

– Não fode! – disse Kim.

– Dessa vez vou atribuir esse comentário ao estresse.

– Não precisa ser condescendente.

– Aqui está – disse a balconista, entregando a ficha.

David deu uma rápida olhada e consultou seu relógio.

– Pelo menos tem certa razão quanto ao tempo de espera. Quase três horas. Certamente seu comportamento não tem justificativa, mas o tempo é muito longo.

David fitou Tracy.

– É a Sra. Reggis? – perguntou.

– Sou a mãe de Rebeca Reggis – disse Tracy.

– Pode trazer a jovem. Vou providenciar para que seja atendida imediatamente.

– Obrigada – disse Tracy, retornando ao saguão.

David entrou na saleta, pegou uma prancheta e chamou uma enfermeira pelo interfone. Quando saiu, Tracy já tinha voltado com Becky. No instante seguinte a enfermeira apareceu. O nome na etiqueta era Nicole Michaels.

– Como se sente, minha jovem? – perguntou David a Becky.

– Mal – admitiu Becky. – Quero ir para casa.

– Estou certo disso – disse David. – Mas antes vamos dar uma olhada. Por que não vai na frente com Nicole? Ela vai levá-la até uma sala de exames.

Tracy e Kim levantaram-se para acompanhá-la. David esticou o braço, impedindo a entrada de Kim.

– Prefiro que espere aqui fora, se não se importa – disse David.

– Vou com minha filha – respondeu Kim, decidido.

– Não vai, não – disse David. – Já mostrou que está estressado. Age como um míssil desgovernado.

Kim hesitou. Por mais que não quisesse admitir, David tinha razão. Ainda assim, era uma situação irritante e humilhante.

– Vamos, doutor. Estou certo de que compreende.

Kim observou as silhuetas de Becky e Tracy se distanciando. Fitou David novamente e viu que ele não estava disposto a se intimidar nem fisicamente nem de qualquer outra forma.

– Mas... – recomeçou Kim.

– Sem mas – disse David. – Não me obrigue a chamar a polícia, o que farei se não colaborar.

Relutante, Kim virou as costas e voltou para a sala de espera. As cadeiras estavam todas ocupadas. Encostou-se na parede ao lado da entrada e tentou assistir à televisão, mas não conseguia concentrar-se. Ergueu as mãos e olhou para elas: estavam trêmulas.

Meia hora se passou antes que Tracy e Becky surgissem da área de atendimento. Foi por sorte que Kim as viu atravessando o saguão e saindo pela porta giratória. Estavam indo embora sem lhe dirigir sequer uma palavra.

Rapidamente, Kim vestiu o casaco, as luvas e correu atrás delas. Tracy ajudava Becky a entrar no carro quando as alcançou.

– O que está fazendo? – perguntou Kim, indignado. – Vai simplesmente me ignorar desse jeito?

Tracy não disse nada. Bateu a porta do lado de Becky e começou a dar a volta para o seu.

Kim foi atrás dela e forçou a porta, impedindo-a de abrir.

– Por favor, não cause mais problemas – disse Tracy. – Você já nos envergonhou bastante por hoje.

Surpreso por essa nova e inesperada confrontação, Kim soltou a porta. Tracy entrou no carro mas não fechou a porta. Fitou-lhe o rosto surpreso e magoado:

– Vá para casa e durma um pouco – disse. – É isso o que nós vamos fazer.

– O que aconteceu lá dentro? O que disseram?

– Não muito – relatou Tracy. – Aparentemente a contagem sanguínea e os eletrólitos, ou seja lá como for, estão bem. Disseram para dar muito líquido e evitar laticínios.

– Só isso?

– Só – respondeu Tracy. – A propósito, disseram também que o motivo pode muito bem ter sido o frango de Ginger. São frequentes as intoxicações com origem no frango.

– Não foi o frango. É impossível! Pergunte a Becky! Ela estava passando mal na manhã antes de comer o frango. – Kim inclinou-se para falar diretamente com a filha. – Não é verdade, querida?

– Quero ir para casa – disse Becky, olhando pela janela.

– Boa noite, Kim – disse Tracy, batendo a porta. Deu a partida e acelerou.

Kim ficou observando o carro até desaparecer na esquina. Só então começou a caminhar até o estacionamento privativo dos médicos. Sentiu-se só, tão só como nunca se sentira na vida.

7

Terça-feira, 20 de janeiro

A porta da sala de cirurgia se abriu de repente. Tom e Kim saíram da sala 20 diretamente para a área de assepsia. Desamarraram as máscaras cirúrgicas deixando-as penduradas sobre o peito e lavaram as mãos para remover o talco.

– Obrigado pela colaboração assim tão em cima da hora – disse Tom.

– Foi um prazer ajudar – respondeu Kim, sério.

Os dois começaram a descer pelo corredor em direção à sala de recuperação.

– Você está me parecendo bastante deprimido – disse Tom. – O que aconteceu? Seu contador o avisou da redução de seus rendimentos por causa das novas contribuições para o MediCare?

Kim não achou graça nenhuma. Nem respondeu.

– Está tudo bem com você? – perguntou Tom, agora sério.

– Creio que sim – respondeu Kim, friamente. – Apenas uma série de agravantes.

Kim contou sobre a noite anterior no pronto-socorro.

– Uau! – exclamou Tom ao fim do relato. – Que coisa desagradável! Mas não fique se culpando por ter dado um murro naquele Barclay

Bradford. Eu mesmo quase o acertei uma vez. Administradores! Li no jornal ontem que atualmente nos Estados Unidos existem dois administradores para cada três médicos e enfermeiras. Dá para acreditar?

– Sim, dá – disse Kim. – Por isso nossos custos com a saúde são tão altos.

– Esse era exatamente o tema do artigo. Seja como for, posso entender por que nocauteou Bradford. Se fosse comigo, teria enlouquecido. Três horas! Caramba, eu teria arrebentado a cara dele.

– Obrigado, Tom. Agradeço pelo apoio. Mas o pior foi que depois de tudo não consegui falar com o médico que examinou Becky.

– Como ela está hoje?

– Ainda não sei. Era muito cedo para telefonar quando acordei, e Tracy não ligou. Deve ter melhorado. A atividade sanguínea era boa, e estava sem febre.

– Dr. Reggis! – chamou uma voz.

Kim se virou e viu Débora Silverman, a enfermeira-chefe do centro cirúrgico, acenando para ele. Kim foi até sua mesa.

– O Dr. Biddle quer falar com o senhor – disse Débora. – Deixou um recado para que passe na sala dele depois que tiver terminado.

Kim pegou o bilhete. Estava marcado com diversos pontos de exclamação. Aparentemente, o assunto era sério.

– Opa! – comentou Tom por sobre o ombro de Kim. – Parece que o chefe planeja agravar ainda mais sua situação.

Os dois separaram-se em frente à enfermaria. Kim entrou no vestiário, e apesar da suposta urgência na mensagem de Forrester Biddle, agiu sem a menor pressa. Não era difícil saber do que se tratava. O problema é que ele próprio já não estava certo da justificativa de seu comportamento.

Durante o banho, meditou sobre a experiência da noite anterior. Concluiu apenas que estava vivendo sob uma carga excessiva de estresse. Vestiu um jaleco limpo e usou o telefone do centro cirúrgico para falar com Ginger no consultório sobre o horário da tarde. Só depois procurou o gabinete do chefe no setor administrativo.

O Dr. Forrester Biddle era a quintessência do conservadorismo da Nova Inglaterra. Possuía o olhar lúgubre de um pregador puritano, com sua personalidade exacerbada. Sua única e salvadora qualidade era a de ser um excelente cirurgião.

– Entre e feche a porta – disse Forrester, assim que Kim entrou no gabinete apertado e cheio de jornais. – Sente-se.

Kim puxou uma cadeira e acomodou-se. Forrester pediu que esperasse enquanto terminava de preencher alguns papéis. Kim percorreu a sala com os olhos. Lembrou-se da sua, incomparavelmente melhor, no tempo em que era chefe da cardiologia no Samaritano.

Depois de completar a assinatura com um floreio, Forrester deixou a caneta cair sobre a mesa, produzindo um estalido como o cão de uma arma.

– Vou direto ao assunto – disse ele, assumindo uma expressão mais carrancuda que a habitual. – Seu comportamento ontem à noite no pronto-socorro causou grande constrangimento não só a este departamento como a toda a equipe médica.

– Minha filha estava com dores muito fortes – disse Kim, simplesmente. Era uma explicação e não uma desculpa. Não pretendia dar mostras de arrependimento.

– Não há desculpa para a violência. O Sr. Bradford está pensando em registrar queixa, e eu não o censuro.

– Se há motivo para processo, devia ser contra o AmeriCare – disse Kim. – Fui obrigado a esperar por três horas para que AmeriCare não deixasse de aumentar seus lucros.

– Agredir um administrador não é a forma mais adequada de expressar sua opinião. Tampouco, devo acrescentar, apelar diretamente para a mídia. Eu não ia comentar nada a respeito do que disse a Kelly Anderson no jornal de sexta-feira à noite, mas depois da agressão de ontem, declarar publicamente que o objetivo da fusão do Centro Médico Universitário com o Hospital Samaritano é aumentar o lucro líquido do AmeriCare fere a reputação do hospital.

Kim ficou de pé. Não estava disposto a discutir, e nada poderia obrigá-lo a ficar ali sentado, ouvindo repreensões como um delinquente juvenil.

– Se isso é tudo, tenho pacientes à minha espera.

Forrester empurrou sua cadeira para trás e também se levantou.

– Acho que deve ter em mente, Dr. Reggis, que o departamento considerou seriamente a possibilidade de contratar outro cirurgião para ocupar o seu lugar na área de reposição de válvulas antes da fusão. Seu comportamento vem nos obrigando a reavaliar o assunto.

Kim deu as costas e saiu sem responder. Não iria se abalar por isso. Pouco se importava com a ameaça de Forrester. Na realidade, recebia inúmeros convites para assumir cargos de prestígio por todo o país. O único motivo que o mantinha no Centro Médico Universitário era a custódia de Becky e o fato de que Tracy não podia se mudar por causa de seu curso na Universidade de Artes Liberais.

Entretanto, estava enraivecido outra vez. Ultimamente, aquele parecia ser seu estado natural. Assim que saiu do setor administrativo, quase atropelou Kelly Anderson e seu operador de vídeo, Brian.

– Ah! – exclamou Kelly com aparente satisfação. – Dr. Reggis! Exatamente o homem que estou procurando.

Kim lançou um olhar de ódio para a jornalista e seguiu adiante em passo rápido. Kelly se voltou depressa e correu atrás dele. Brian a acompanhou com o equipamento pesado.

– Meu Deus, Dr. Reggis – disse Kelly, ofegante –, está treinando para a maratona? Vá mais devagar, preciso falar com o senhor.

– Não tenho a menor intenção de falar com você – disse.

– Mas quero ouvir sua versão do episódio de ontem à noite no pronto-socorro.

Kim parou de repente, obrigando Brian a colidir com ele. O operador pediu efusivas desculpas. Kim o ignorou e olhou bem nos olhos de Kelly, atônito.

– Como, em nome de Deus, ficou sabendo disso tão depressa?

– Surpreso? – comentou Kelly com um sorriso perspicaz. – Acho que entenderá que não posso revelar minhas fontes. Veja bem, trabalho tanto junto à área médica que formei uma espécie de quinta-coluna aqui no hospital. Ficaria surpreso com as fofocas que sei. Infelizmente, na maioria são só bobagens do tipo quem transou com quem. Mas, de vez em quando, consigo um bom furo como seu episódio no pronto-socorro ontem à noite. Cirurgião cardíaco nocauteia administrador: isso é notícia!

– Não tenho nada para lhe dizer – respondeu Kim, retomando o passo.

Kelly partiu atrás dele.

– Acho que tem, sim – disse. – Esperar três horas num pronto-socorro para uma criança ser atendida é um problema que precisa ser discutido.

– Pior! – disse Kim. – Ainda por cima fui advertido por aquele comentário a respeito do lucro líquido. Não vou falar mais nada com você.

– Então a administração não quer mostrar a verdade – disse Kelly. – Este já é um fato significativo por si só.

– Não falo mais nada – repetiu Kim. – Pode economizar o fôlego.

– Ora, vamos! – insistiu Kelly. – Sua indignação por ser obrigado a esperar durante horas para ser atendido no pronto-socorro contará com o coro familiar de meus telespectadores, especialmente tratando-se de um médico. Não precisamos nem mencionar a agressão, se preferir.

– Como se eu pudesse confiar em você.

– E pode. Veja bem, acho que o motivo disso tudo tem a ver com a história da fusão. Acredito que seja apenas interesse financeiro por parte do AmeriCare. E você, o que acha?

Kim a observou enquanto andavam. Seus olhos azul-esverdeados brilhavam. Kim teve de admitir que, embora fosse uma chata, ela era esperta como uma raposa.

– Você disse isso, não eu – falou Kim. – Portanto, sem comentários. Minha vida neste momento já está complicada o bastante. Não preciso de você para piorar ainda mais as coisas. Adeus, Srta. Anderson.

Kim cruzou a porta de vaivém que dava para o setor cirúrgico. Kelly finalmente parou, para alívio de Brian. Ambos já estavam sem fôlego.

– Bem que tentamos – disse Kelly. – A triste ironia é que desta vez estou mesmo do lado dele. Mês passado também esperei mais de duas horas até que minha filha fosse atendida.

Kim entrou no consultório pela porta dos fundos. Era uma forma de não ser visto na sala de espera. Enquanto tirava o paletó, avisou Ginger pelo interfone:

– Cheguei – disse. Com o fone preso entre a cabeça e o pescoço, andou até o armário. O fio era longo o suficiente.

– A sala está cheia de pacientes – disse Ginger. – Por causa da cirurgia de emergência de Tom, está quase duas horas atrasado.

– Algum telefonema importante? – perguntou Kim. Depois de pendurar o paletó, pegou o jaleco de mangas curtas.

– Nada de urgente.

– Tracy não ligou?

– Não.

– Muito bem, peça a Cheryl que leve os primeiros pacientes às salas de exames.

Depois de vestir o jaleco e ajeitar as canetas e outros objetos que guardava nos bolsos, Kim discou o número de Tracy e pendurou o estetoscópio no pescoço enquanto esperava.

Tracy atendeu logo, como se estivesse esperando ao lado do aparelho.

– Bem, como vai nossa paciente? – Kim procurou mostrar-se animado.

– Sem muita novidade – respondeu Tracy.

– Teve febre?

– Não.

– E as cólicas?

– Continuam, mas consegui que ela tomasse um caldo de galinha.

Kim sentiu vontade de dizer que Ginger tentara fazer o mesmo no domingo, mas pensou duas vezes e preferiu dizer:

– Parece que está fazendo progressos. Estou certo de que Becky logo estará bem.

– Assim espero.

– É a tendência natural – comentou Kim. – Sem febre e sem aumento dos glóbulos brancos, seu corpo certamente dominou a infecção. Mas me mantenha informado, ok?

– Não se preocupe – disse Tracy. E acrescentou: – Sinto muito ter sido tão estúpida ontem a noite.

– Não precisa se desculpar.

– Acabei dizendo coisas desagradáveis. Estava muito aborrecida.

– Por favor. Fui eu que perdi a linha, não você.

– Eu ligarei se houver alguma mudança.

– Estarei aqui ou em casa.

Kim desligou o telefone. Pela primeira vez no dia, sentiu-se relativamente contente. Sorriu para Cheryl no corredor e leu a primeira ficha.

A ESCURIDÃO ENVOLVEU Kim assim que ele apagou os faróis do carro, em frente ao portão da garagem. Eram 20 horas, mas parecia meia-noite. Não havia lua, e a única luz era um clarão distante no horizonte, provocado pela iluminação urbana refletida nas nuvens. A casa era uma silhueta escura como um bloco de pedra.

Kim abriu a porta do carro e a luz interna se acendeu. Apanhou as caixinhas do restaurante chinês que tinha comprado na volta do consultório. O último paciente havia sido atendido às 19h15.

Carregando a comida e alguns relatórios que esperava terminar durante a noite, Kim fez o caminho do portão da garagem até a porta da casa no instinto. Naquele breu, era difícil de acreditar que no verão, àquela mesma hora, o sol ainda brilhava no céu.

Kim ouviu o telefone tocando ainda do lado de fora. O aparelho tocava insistentemente. Sem motivo aparente, entrou em pânico. Quando foi tirar a chave do bolso, deixou cair os relatórios. Depois não conseguia encontrar a chave certa. Soltou a comida no chão para encontrá-la com as duas mãos. Finalmente, abriu a porta e entrou.

Acendeu a luz do hall, correu para a cavernosa sala de jantar quase vazia e atendeu. Sentiu uma aterrorizante sensação de que a ligação cairia assim que ele atendesse. Mas não. Era Tracy.

– Becky piorou – disse ela, abruptamente. Parecia desesperada, à beira das lágrimas.

– O que aconteceu? – perguntou Kim com o coração batendo forte.

– Ela teve hemorragia – gritou. – O banheiro está cheio de sangue.

– Está lúcida?

– Sim, e mais calma do que eu. Está deitada no sofá.

– Ela pode andar? Está com tonteira?

– Sim, ela pode andar normalmente – disse Tracy, readquirindo seu autocontrole. – Estou feliz que tenha atendido. Eu já ia ligar para o 911.

– Coloque-a no carro e vá para o pronto-socorro, se tiver condições de dirigir. Caso contrário, podemos ligar para o 911 e chamar uma ambulância.

– Eu posso dirigir normalmente.

– Encontro vocês lá.

Kim desligou o telefone e correu para a biblioteca. Abriu a gaveta central da escrivaninha e procurou a agenda de endereços. Quando encontrou, abriu na letra T e percorreu a página com o dedo até encontrar George Turner. Pegou o celular, digitou o número e apertou a tecla SEND.

Com o aparelho no ouvido, Kim voltou para o carro. Quase pisou nas embalagens de comida e nos relatórios espalhados sobre o capacho.

A Sra. Turner atendeu no instante em que Kim abria a porta do carro. Com a voz preocupada, perguntou se George estava em casa. Quando ele atendeu, Kim já estava dando a ré.

– Sinto muito incomodá-lo – disse.

– Incômodo nenhum – respondeu George. – O que há? Nada, espero.

– Infelizmente, sim. Não que seja o fim do mundo, mas Becky apresenta sintomas semelhantes à disenteria: cólicas, diarreia e agora hemorragia, mas sem febre.

– Sinto muito em saber – disse George.

– Nunca consultamos outro pediatra depois que você viajou, e os poucos que conheço deixaram a cidade. Na noite passada a levamos ao pronto-socorro do Centro Médico Universitário e tivemos de esperar durante três horas.

– Meu Deus! Isso é o fim.

– Tenho até vergonha de dizer que dei um soco na cara de um administrador do AmeriCare – relatou Kim. – Mas, enfim, Becky voltou para casa do mesmo jeito. Nenhuma medicação. Tracy acaba de me ligar dizendo que ela teve uma hemorragia. Não sei qual a intensidade, mas Tracy estava meio histérica. Vou encontrá-las agora no pronto-socorro. Sabe de alguém que eu possa procurar?

– Hum. Não creio que um pediatra seja a melhor opção. Eu recomendaria um especialista em doenças infecciosas ou um gastroenterologista.

– Qual dos dois? – perguntou Kim. – Quem você pode recomendar. Os que conheço não trabalham muito com crianças.

– Deixe-me ver – disse George. – O melhor que conheço é Claude Faraday.

– Obrigado, George.

– Fico feliz em poder ajudar. É uma pena que eu não esteja aí.

– Uma pena mesmo – disse Kim.

– Mantenha-me informado.

– Claro.

Kim desligou e discou o número do hospital. Pediu à telefonista que ligasse para Claude Faraday. Para seu alívio, o médico foi encontrado.

Kim explicou a situação da mesma forma como fez com George. Claude ouviu, fez algumas perguntas pertinentes e amavelmente concordou em ir diretamente para o pronto-socorro.

Chegando ao hospital, Kim entrou diretamente no estacionamento privativo. Procurou pela caminhonete de Tracy, mas não a viu. Subiu a escada da portaria e entrou.

O pronto-socorro parecia quase tão movimentado quanto na noite anterior, apesar de algumas cadeiras vazias. Kim contornou a recepção e foi direto ao núcleo de enfermagem. Por coincidência, Molly e Monica eram as enfermeiras de serviço naquele momento. As duas trocaram olhares aflitos.

– Minha filha já chegou? – perguntou Kim.

– Eu não vi – disse Molly, ressabiada e procurando mostrar-se desinteressada.

– Nem eu – acrescentou Monica.

– Era para ela voltar hoje? – perguntou Molly.

Kim ignorou a pergunta. Saiu da saleta e foi entrando no ambulatório.

– Ei, para onde está indo? – inquiriu Molly. Ela se levantou, pensando em barrar a passagem de Kim como fizera na noite anterior, mas ele já estava longe. Molly correu atrás dele.

Monica estalou os dedos para chamar a atenção do segurança. Quando ele a percebeu, ela apontou freneticamente para a figura fugidia de Kim. O segurança fez um sinal com a cabeça e partiu atrás dele também. Enquanto corria, puxou o rádio de comunicação do coldre.

Kim ia enfiando o nariz no interior de cada sala por onde passava, e Molly conseguiu alcançá-lo.

– Ei, o que pensa que está fazendo?

Kim ignorou a mulher, acompanhada agora pelo segurança. Ambos seguiram Kim.

– O que devo fazer? – perguntou o segurança. – Ele é médico.

– Não sei – respondeu Molly.

Kim chegou à última sala do lado esquerdo e recomeçou nos do lado oposto. Finalmente encontrou o Dr. David Washington suturando uma laceração na mão de uma criança. Estava sendo auxiliado por uma enfermeira. David usava óculos de lentes duplas e fitou Kim por sobre eles.

– Minha filha está vindo para cá – avisou Kim. – Acaba de sofrer uma hemorragia.

– Sinto muito em saber disso – disse David. – Como estão o pulso e a pressão arterial?

– Eu não sei, ainda não a vi. Ela está vindo para cá com minha ex-mulher.

Com as mãos enluvadas e esterilizadas erguidas no ar, David virou-se para Molly e pediu-lhe que preparasse um quarto com um carrinho com medicamentos e equipamentos de emergência e expansor do plasma para uma eventual necessidade. Molly concordou com um aceno de cabeça e desapareceu.

– Quero atendimento imediato para minha filha – exigiu –, e também a opinião de um especialista em doenças infecciosas.

– Dr. Reggis – David foi dizendo –, vamos tentar ser amigos. Seria útil se reconhecesse que sou o encarregado aqui.

– Já falei com Claude Faraday – prosseguiu Kim, parecendo ignorar o apelo de David. – Ele está vindo para cá. Creio que já ouviu falar dele.

– É claro que sim. Não é essa a questão. Pelo procedimento habitual, nós marcamos as consultas dos pacientes que não têm um AmeriCare. O AmeriCare é bem claro quanto a isso.

– Quero que ela seja examinada pelo Dr. Faraday.

– Está bem. Mas compreenda ao menos que estamos lhe fazendo um favor. Não é assim que as coisas acontecem normalmente por aqui.

– Obrigado – disse Kim, dando meia-volta e deixando a sala. Foi para o saguão de recepção, e como não viu Tracy e Becky, dirigiu-se à plataforma de desembarque, do lado de fora. Ficou ali esperando, como na noite anterior.

Em poucos minutos a caminhonete de Tracy apareceu subindo a rampa. Kim chegou à porta traseira antes que ela puxasse o freio de mão.

Kim abriu a porta e meteu a cabeça para dentro. Becky estava deitada de lado sobre o banco traseiro. Kim pôde ver seu rosto sob o reflexo das luzes. Apesar da palidez, ela lhe dirigiu um sorriso que o fez sentir-se aliviado.

– Como se sente, mocinha?

– Melhor, agora – disse Becky. – A dor parou.

– Ainda bem. Vamos, deixe-me carregá-la.

– Eu posso andar.

– Vou carregá-la mesmo assim.

Passou o braço direito por baixo dos joelhos dela e puxou-a para poder sustentá-la. Ela o enlaçou pelo pescoço e afundou o rosto sob seu queixo.

– Muito bem – disse Kim, carinhosamente. – Papai já te pegou.

– Ela não está muito pesada? – perguntou Tracy.

– Nem um pouco.

Kim entrou na frente. Subiu os degraus e cruzou a porta giratória. Ao passar diante da recepção com Tracy logo atrás dele, uma das funcionárias gritou para que fossem até o balcão preencher a ficha. Kim a ignorou. Apesar do leve constrangimento, Tracy prosseguiu calada.

Monica estava atendendo no balcão da enfermagem quando ouviu o grito da recepcionista. Bem à sua frente, Kim vinha se aproximando. Levantou-se imediatamente e postou-se no meio do corredor para interceptar-lhe a passagem. Mas ela não tinha o físico de Molly.

– Não! – disse Monica. – O senhor não vai entrar com essa criança sem a ficha de entrada.

Kim manteve o passo. Monica recuou alguns metros.

– Não pode fazer isso – protestou.

Tracy cutucou o braço de Kim.

– Não vamos armar outro escândalo – disse ela.

Inflexível, como um rolo compressor, Kim seguiu adiante, e Monica se viu afastada para o lado.

– Pode copiar os dados da ficha de ontem à noite – disse Kim por sobre o ombro.

Monica correu afobada para o interfone, na intenção de avisar David Washington.

Kim deixou Becky na primeira sala que encontrou disponível e a deitou sobre o leito. Tracy ficou do lado oposto, segurando a mão de Becky. Kim apanhou o aparelho de pressão e o enrolou no braço dela. Monica reapareceu depois de ter dado queixa e tentou controlar a situação, mas Kim não deu sinal de reconhecer sua presença. Ajeitou o estetoscópio nos ouvidos e começou a inflar o aparelho.

David Washington e Molly McFadden entraram. David usava um jaleco branco. Cumprimentou Tracy com um aceno de cabeça e esperou Kim terminar de medir a pressão. Também fez um sinal para Monica, dando-lhe permissão para sair.

– Você não respeita mesmo o protocolo – comentou David enquanto Kim tirava o estetoscópio dos ouvidos.

– A pressão está nove por cinco – disse Kim. – Vamos aplicar uma intravenosa. Quero que o tubo seja preso com esparadrapo apenas por segurança. Também...

Finalmente David perdeu a paciência.

– Espere um pouco! – vociferou, erguendo as mãos, enfático. Em seguida, em voz calma, acrescentou: – Dr. Reggis, com todo o respeito, se esquece de que não está no comando aqui?

– Só estou preparando o básico – disse Kim. – Srta. McFadden, que tal me arranjar um cateter de diâmetro 21. Vou precisar de um torniquete e mais esparadrapo.

David fez um gesto para Molly não se mexer, e andou até Kim. Agarrou-lhe o antebraço com força.

– Só vou lhe pedir uma vez – disse David em voz serena mas autoritária. – Quero que saia e espere lá fora. É para o bem de sua própria filha. Estou certo que, se parar e pensar por um segundo, irá compreender.

Os olhos de Kim se estreitaram quando cruzaram com os de David. Vagarosamente, baixou-os até a mão dele agarrada em seu braço. Por um breve instante, o silêncio foi total. O único som era o de um monitor cardíaco, instalado numa sala vizinha.

Tracy sentiu a tensão no ar. Para ela, foi como a calmaria que antecede uma tempestade de verão. Para evitar a indubitável cena litigiosa, contornou rapidamente o leito e passou o braço ao redor do ombro de Kim, fazendo pressão para convencê-lo a sair.

– Por favor, Kim – pediu. – Deixe que façam o trabalho deles.

Gradualmente, Kim foi reagindo ao apelo de Tracy e acalmou-se. Só então David soltou seu braço.

Kim balançou a cabeça afirmativamente.

– Está bem – disse. Em seguida, virou-se para Becky e segurou seu braço.

– Papai vai estar no corredor, querida.

– Não quero nenhuma injeção – implorou Becky, melancolicamente.

– Precisa receber um pouco de soro – disse Kim. – Mas é só uma picada, só vai durar um segundo. Sei que não é agradável, mas precisa ser forte para poder ficar boa, entendeu?

– Está bem – aceitou Becky, relutantemente.

Tracy apertou a mão de Becky dizendo que estaria com Kim e que voltariam logo. Becky concordou, mas era evidente que não se sentia nem um pouco à vontade. Sua expressão era de medo.

Os dois deixaram a sala. Ela podia ouvir a respiração forte de Kim. Não disse nada até passarem pelo núcleo de enfermagem.

– Kim, você precisa se acalmar. – Tracy segurou o braço dele com suavidade. – Está nervoso demais.

– David Washington me deixa louco.

– Está fazendo o trabalho dele. Se a situação fosse o inverso e você estivesse cuidando do filho dele, tenho certeza de que agiria da mesma forma. Não ia querer que ele desse as ordens.

Kim ponderou sobre esse aspecto enquanto atravessava a porta giratória que dava para a rua. O sopro do vento frio no rosto causou-lhe uma sensação agradável. Parou diante da portaria e respirou fundo, soltando o ar lentamente. Tracy ainda segurava seu braço.

– Tem razão – disse, por fim. – Mas é difícil para mim assistir Becky ali deitada e tão vulnerável.

– Posso imaginar – disse Tracy. – Deve ser muito difícil.

Seus olhos se cruzaram.

– Você me entende? Sério?

– Inteiramente. Você é um cirurgião. Foi treinado para salvar vidas. E quem poderia ter maior desejo de cuidar da própria filha?

Para você, a pior coisa do mundo é ver Becky precisando de cuidados e não poder fazer nada.

– É isso mesmo.

– Eu sei. Estou sempre certa.

Kim não pôde evitar um sorriso.

– Eu não iria tão longe. Pode acertar com frequência, mas nem sempre!

– Aceito, desde que a gente volte para dentro – disse Tracy, retribuindo o sorriso. – Estou congelando.

– Claro, sinto muito. Só precisava de um pouco de ar frio.

– O SORO ESTÁ INCOMODANDO? – perguntou Kim.

Becky ergueu a mão esquerda, que estava presa com esparadrapo a uma tábua que impedia o movimento do pulso. Um tubo de plástico transparente atravessava a gaze que lhe cobria as costas da mão.

– Não sinto nada – disse ela.

– Está vendo? – disse Kim.

– Sente um frio no braço? – perguntou Tracy. – É só disso que me lembro do hospital, quando você nasceu.

– Está mesmo frio! – disse Becky. – Não tinha percebido. Meu braço está todo frio.

David tinha feito um exame completo em Becky. Aplicou a intravenosa, pediu um exame de sangue, outro de urina e tirou duas radiografias do abdômen, uma vertical e outra horizontal. Apesar do raio X ainda não ter ficado pronto, os resultados do hemograma e da urina deram normais, mostrando que a perda de sangue fora mínima. Só então chamou Kim e Tracy para fazerem companhia a Becky, enquanto aguardavam pela chegada do Dr. Claude Faraday.

O especialista em doenças infecciosas chegou pouco depois. Apresentou-se ao casal e em seguida cumprimentou Becky. Era um moreno elegante, de olhar profundo. Escutou calado todo o relato do problema, desde os primeiros sintomas na manhã de sábado até a hemorragia daquela noite. Balançava a cabeça a todo momento, principalmente quando Becky acrescentava algum detalhe específico.

– Muito bem, Srta. Reggis – disse ele. – Importa-se que eu dê uma olhadinha em você?

Becky olhou para a mãe, como se pedisse permissão.

– O Dr. Faraday está perguntando se pode examiná-la – explicou Tracy à filha.

– Tudo bem – respondeu Becky. – Só não quero mais agulhas.

– Sem agulhas – garantiu Claude.

Ele começou um exame rápido porém meticuloso. Primeiro verificou o pulso de Becky e o inchaço de sua pele. Depois examinou a garganta, os ouvidos e utilizou um oftalmoscópio para observar os olhos. Auscultou o tórax e procurou erupções na pele. Pressionou suavemente o abdômen, que estava sensível. Procurou por gânglios linfáticos dilatados.

– Você me parece bem, exceto por essa ligeira dor no estômago – disse, finalmente. – Agora, vou conversar com seus pais lá fora.

Becky concordou, balançando a cabeça.

Tracy inclinou-se e deu um beijo na testa da filha antes de acompanhar Claude e Kim além da cortina. O corredor estava movimentado e por isso foram até um canto afastado do tumulto. David os viu por acaso e se aproximou. Apresentou-se a Claude, que disse:

– Eu já ia dar um diagnóstico aos pais.

– Vocês se importam se eu ouvir? – perguntou David.

Claude fitou o casal.

– Tudo bem – disse Tracy.

– No geral ela me pareceu bem – começou Claude. – Está um pouco pálida, é claro, e um pouco desidratada. Há também uma flacidez abdominal generalizada. De resto, no exame físico ela está normal.

– Mas e a hemorragia? – perguntou Tracy. Receava que Claude a tivesse ignorado.

– Deixe-me terminar. Verifiquei também os exames laboratoriais. Comparados aos de ontem à noite, há uma ligeira queda na hemoglobina. Não seria estatisticamente importante, mas tendo-se em conta a leve desidratação, pode representar um fator importante considerando o histórico da hemorragia. Há também uma ligeira diminuição das plaquetas. De resto, está tudo dentro dos limites normais.

– Qual é, então, o seu diagnóstico presumível? – perguntou Kim.

– Eu diria uma doença bacteriana de origem alimentar.

– Não seria viral?

– Creio que não. Acredito mesmo que seja bacteriana – disse Claude. E dirigindo-se a David: – Acho que também deve ter sido seu diagnóstico de ontem à noite.

– Sim, foi – disse David.

– Mas por que a ausência de febre? – perguntou Kim.

– A ausência de febre me faz pensar que ela sofreu mais uma toxemia que uma infecção – disse Claude. – O que também justifica a contagem normal de glóbulos brancos.

– E quanto à cultura de ontem à noite? – perguntou Kim. – Já temos uma leitura preliminar das primeiras 24 horas?

– Não vi nenhuma cultura – disse Claude. Ele olhou para David.

– Não fizemos a cultura – disse David.

Kim balançou a cabeça, incrédulo.

– O que você está me dizendo? – bufou. – Eu mesmo lhe entreguei a amostra.

– Não fazemos coprocultura de rotina por causa de uma diarreia simples aqui no pronto-socorro – explicou David.

Kim deu um tapa na própria testa.

– Espere aí! Está dizendo que fez um diagnóstico provável de infecção bacteriana. Por que não pediu a cultura? Era a única coisa sensata a fazer, especialmente por parte de um bom médico. Não pode ser de outro jeito.

– O regulamento do AmeriCare proíbe culturas de rotina num caso como esse – respondeu David. – O custo não cobre a despesa.

O rosto de Kim enrubesceu. Tracy foi a única a notar. Ela segurou o braço dele, mas ele se desvencilhou.

– Não cobre a despesa? Que conversa fiada é essa? Que porcaria de pronto-socorro é esse que você dirige aqui? Está me dizendo que para economizar alguns míseros dólares deixou de enviar a amostra?

– Escute aqui, sua prima-dona – disse David, irritado. – Acabei de dizer que é uma norma do pronto-socorro não fazer culturas. Nem para você, nem para ninguém.

Perdendo novamente o controle, como na noite anterior, Kim agarrou David pela gola da jaqueta.

– Prima-dona, é? Pois essa merda dessa sua maldita norma nos fez perder um dia inteiro!

Tracy apertou o braço de Kim.

– Pare, Kim! – implorou. – De novo, não!

– Tire suas mãos de cima de mim, seu filho da puta arrogante – rosnou David.

– Acalmem-se! – disse Claude, tentando separar os dois, bem maiores que ele. – Está tudo bem. Vamos colher outra amostra hoje. Não se perdeu muito tempo, e duvido que já tivéssemos começado o tratamento.

Kim soltou David, que alisou o jaleco. Os dois homens continuaram se encarando.

– O que espera saber com a cultura? – perguntou Tracy, na esperança de acalmar os ânimos e retomar o rumo da conversa. – Que tipo de bactéria acha que pode ser?

– Provavelmente salmonela, shigella ou alguma das recentes formas anômalas de E. coli – respondeu Claude. – Mas também poderia ser alguma outra coisa.

– O sangue me deixou transtornada. Talvez eu tenha exagerado. Ela terá de ficar internada?

Claude fitou David.

– Seria bom – disse. – Mas não é decisão minha.

– Acho que deve – disse David. – Ela precisa de soro. Só assim poderemos avaliar um possível quadro de anemia e controlar a hemorragia.

– E quanto a antibióticos? – perguntou Tracy.

– Eu não recomendo – disse Claude. – Não nesse estágio, antes de um diagnóstico definitivo.

– É por isso que a maldita cultura tinha de ter sido feita ontem à noite! – rosnou Kim.

– Por favor, Kim! – pediu Tracy. – Temos de lidar com a situação atual. Seria melhor se você cooperasse.

– Está bem – respondeu Kim, resignado. – Se não temos uma cultura, por que não aplicar algum antibiótico de amplo espectro? Podem sempre ser trocados depois que o organismo e suas defesas se tornem conhecidos.

– Mesmo assim, eu não recomendaria – repetiu Claude. – Se o agente agressor for uma forma anômala de E. coli, antibióticos podem piorar a situação.

– Mas como? – perguntou Kim. – Isso não faz sentido.

– Os antibióticos podem dizimar a flora intestinal e deixar mais espaço para o E. coli renegado proliferar.

– Ela ficará sob seus cuidados? – perguntou Tracy.

– Não, isso não será possível. O AmeriCare exige um médico conveniado. Mas posso ajudar, principalmente se o médico responsável requisitar um especialista.

– Já que Becky não tem um pediatra da equipe, será admitida sob a orientação de Claire Stevens – disse David. – É ela quem está de plantão hoje. Posso chamá-la.

– Não poderia haver ninguém mais indicado que Claire – comentou Claude.

– Você a conhece? – quis saber Tracy.

– Sim, muito. Estamos com sorte de tê-la nesse turno. É ela que cuida de meus filhos.

– Finalmente, alguma coisa parece começar a dar certo – disse Kim.

8

Quarta-feira, 21 de janeiro

Passava um pouco das 6 horas quando Kim entrou no estacionamento do hospital. Não passou pelo consultório, como sempre fazia. Estava ansioso para ver Becky e certificar-se de que as coisas iam bem.

Tudo dera certo na noite anterior, depois do desagradável episódio com David Washington. A Dra. Claire Stevens levou meia hora para chegar ao pronto-socorro depois de ter sido chamada. Nesse meio-tempo, Kim ligou uma segunda vez para George Turner e pediu sua opinião a respeito da pediatra. George confirmou a opinião de Claude, deixando Kim e Tracy aliviados.

Claire era uma mulher alta e magra, quase da altura de Kim. Tinha os traços fortes, que não correspondiam à sua maneira meiga e confiante. A primeira impressão de Kim foi idêntica à de seus colegas. Ela aparentava ter uma idade parecida com a sua, sugerindo muitos anos de experiência. E mais: sua competência era perceptível e inspirava confiança. Igualmente importante, ela estabeleceu imediata comunicação com Becky.

Kim entrou no quarto de Becky. Havia uma lâmpada embutida na Parede, acima do rodapé, que deixava todo o ambiente mergulhado numa luz suave. Silenciosamente, aproximou-se da cama e observou a filha dormindo. O halo formado pelos seus cabelos escuros davam ao rosto uma tonalidade de marfim. A transparência de sua pele parecia deixá-la frágil, como se fosse feita de porcelana.

Kim sabia que naquelas circunstâncias o mais apropriado para Becky era ficar no hospital. Entretanto, sua permanência ali não deixava de ser preocupante. Com sua larga experiência em hospitais, não podia deixar de pensar que aquele também era um ambiente onde o horror podia estar oculto.

A respiração de Becky era regular e profunda. O soro fluía lentamente. Feliz por vê-la descansando tão tranquila, Kim saiu do quarto sem fazer ruído. Não queria perturbá-la.

De volta à sala de enfermagem, pegou a ficha de Becky. Percorreu rapidamente os dados de internação ditados por Claire e leu o relatório da enfermeira. Viu que Becky levantara-se duas vezes durante a noite com diarreia persistente. Estava notificada a presença de algum sangue, mas descrito somente por Becky. Nenhuma das enfermeiras chegara a ver.

Kim virou a folha e ficou satisfeito ao constatar que Claire tinha mantido sua palavra, requisitando a consulta de gastroenterologista para aquele dia.

– É uma criança maravilhosa – disse uma voz cadenciada.

Kim interrompeu a leitura. Uma enfermeira gordinha, de rosto redondo e rosado, corado pelo esforço, com os cabelos louros cheios de cachinhos de permanente e covinhas nas bochechas o observava por cima de seus ombros. A etiqueta de identificação dizia que seu nome era Janet Emery.

– Está cuidando dela? – perguntou Kim.

– Estou – disse Janet. – Seu quarto fica no meu setor. Ela é uma gracinha.

– E como ela está reagindo?

– Bem, eu acho – respondeu Janet sem muita convicção.

– Isso não me parece muito positivo – disse Kim. Um calafrio de medo percorreu-lhe a espinha, provocando um tremor involuntário.

– Na última vez em que se levantou, ela me pareceu fraca. Claro, deve ter sido por causa do sono. Ela tocou a campainha para eu ajudá-la a voltar para a cama.

– Pelo relatório, entende-se que não chegou a ver a quantidade de sangue que ela perdeu.

– É verdade. A pobrezinha fica com vergonha. Já pedi que não puxe a descarga depois de usar o banheiro, mas ela não obedece. O que se há de fazer?

Kim registrou mentalmente o problema para depois conversar com Claire e também com Becky. Era importante saber se o sangue era residual ou se era coisa pior.

– O senhor é o médico que vai dar sua opinião sobre o caso? – perguntou Janet.

– Não. Sou o Dr. Reggis, pai de Becky.

– Ai, meu Deus, pensei que fosse o médico que ia opinar sobre o caso. Espero não ter dito nada de errado.

– Absolutamente. Vejo que gosta dela.

– Pode ter certeza, doutor. Adoro crianças. É por isso que trabalho neste andar.

Kim despediu-se dela e foi dar uma olhada nos seus pacientes internados. Em seguida compareceu à série de reuniões marcadas para aquela manhã. Como acontecia nas segundas-feiras, as quartas eram particularmente repletas de assuntos administrativos. Por causa disso, não pôde voltar ao quarto de Becky antes das 10 horas. Quando chegou lá, foi informado pelo enfermeiro de plantão que Becky tinha ido para a sala de raios x e Tracy estava com ela.

– Tem alguma notícia sobre o laudo do gastroenterologista? – perguntou Kim.

– Já foi pedido, se é o que deseja saber.

– Tem ideia de quando vai ser?

– Acho que ainda esta tarde.

– Se importaria de me ligar, quando ele chegar?

Kim entregou-lhe um cartão.

– De algum modo – respondeu o enfermeiro.

Kim agradeceu e partiu apressado para o consultório. Seria bom se pudesse ver Becky e falar com ela nem que fosse por um momento, mas não havia tempo. Já estava atrasado outra vez, um ato sobre o qual andava filosofando muito, já que vinha acontecendo com frequência.

– Bem, Sr. Amendola – disse Kim –, o senhor tem alguma pergunta?

O Sr. Amendola era um bombeiro atarracado de 60 e poucos anos. A medicina moderna o intimidava, e o veredicto de Kim o deixou em pânico: precisava trocar uma válvula do coração. Algumas semanas antes não sabia sequer que o coração tinha válvulas. Agora, depois de ter alguns sintomas alarmantes, soube que uma delas estava funcionando mal e que isso poderia matá-lo.

Kim passou a mão nervosamente pelos cabelos, enquanto o Sr. Amendola ponderava sobre a última pergunta. De sua janela, observou o céu cinzento do inverno. Estava preocupado. Tracy tinha ligado havia uma hora, dizendo que Becky parecia ter piorado e que estava apática, com os olhos vidrados.

Com sua sala de espera repleta, Kim pôde apenas instruir Tracy a enviar uma mensagem para o pager de Claire informando a situação de Becky. Pediu também que lembrasse o enfermeiro de plantão de entrar em contato com ele assim que o gastroenterologista chegasse.

– Talvez fosse bom conversar com meus filhos – disse o Sr. Amendola.

– Como? – disse Kim. Esquecera-se do que tinha perguntado ao homem.

– Meus filhos. Preciso perguntar a eles o que acham que seu velho pai deve fazer.

– Boa ideia – disse Kim, levantando-se. – Converse com a família. Se tiver alguma dúvida, ligue para mim.

Kim acompanhou-o até o corredor.

– Tem certeza de que os testes que realizou estão corretos? – perguntou o Sr. Amendola. – Talvez minha válvula não esteja assim tão ruim.

– Está – disse Kim. – Lembre-se de que já tivemos uma segunda opinião.

– É verdade. – O Sr. Amendola concordou, resignado. – Está certo, voltarei a procurá-lo.

Kim esperou no corredor até certificar-se de que o Sr. Amendola estava a caminho da recepção. Então, pegou a ficha do próximo paciente no arquivo que ficava atrás da porta da segunda sala de exames.

Antes que chegasse a ler o nome, Ginger apareceu pela porta do corredor. Ela precisou se espremer contra a parede para que o Sr. Amendola pudesse passar.

– O enfermeiro de plantão no andar de Becky acaba de ligar – disse ela. – Ele falou que o tal gastro-qualquer-coisa está examinando Becky neste exato momento.

– Então já estou de saída. – Kim repôs a ficha no lugar e voltou apressado até sua sala particular. Enquanto tirava o paletó do armário, Ginger entrou.

– Aonde vai? – perguntou, espantada.

– Para o hospital.

– A que horas vai voltar?

– Não sei. – Kim vestiu o paletó de inverno. – Avise Cheryl para dispensar os pacientes nas salas de exames.

– E quanto aos outros?

– Diga que surgiu uma emergência. Eu voltarei, mas só daqui a umas duas horas.

Kim pegou as chaves do carro e dirigiu-se para a porta dos fundos.

Ginger balançou a cabeça. Era ela quem teria de enfrentar os pacientes. Já tinha a experiência de como ficavam aborrecidos, principalmente os que vinham de fora da cidade.

– Procure ser paciente – disse Kim, como se pudesse ler sua mente.

Kim correu para o carro. Entrou, deu a partida e saiu para a rua congestionada, buzinando e ultrapassando em alta velocidade. Estava desesperado. Principalmente depois do que Tracy dissera, não queria perder a oportunidade de falar pessoalmente com o gastroenterologista.

No saguão do hospital, socou o botão do elevador repetidas vezes como se aquilo apressasse sua chegada. As pessoas ficaram observando-o, espantadas.

Desceu no andar da pediatria e saiu, literalmente, correndo pelo corredor. Chegou ofegante ao quarto de Becky. Encontrou Tracy num canto conversando com uma mulher vestida num longo e acadêmico avental branco. Logo à primeira vista, pôde perceber que Tracy estava perturbada.

Becky estava reclinada com a cabeça escorada no travesseiro. Olhava fixamente para a frente. Naquele instante, o único movimento perceptível era o fluxo lento e constante do soro.

Kim chegou até a beira da cama.

– Como está passando, querida? – Ele pegou em sua mão e a levantou. Não sentiu muita resistência.

– Estou cansada – disse Becky.

– Sei que está, filha.

Instintivamente, Kim tomou-lhe o pulso. O ritmo cardíaco estava um pouco acelerado. Abaixando ligeiramente uma das pálpebras, examinou a conjuntiva. Estava esbranquiçada, mas não muito mais do que antes. Examinou sua pele. Não parecia particularmente quente ou úmida, e o nível de hidratação era melhor que o da noite anterior.

O pulso de Kim se acelerou. Percebia agora o que Tracy quis dizer. Uma mudança tinha ocorrido em Becky, e a descrição que ela fez dos olhos vitrificados e da apatia era exata. Era como se parte da força vital de Becky estivesse em suspenso. Ela havia se tornado letárgica.

– Vou conversar com sua mãe – disse Kim.

– Está bem – respondeu Becky.

Kim dirigiu-se para o canto onde Tracy estava. Notou que as mãos dela tremiam ligeiramente.

– Esta é a Dra. Kathleen Morgan – disse Tracy.

– É a gastroenterologista?

– Sou – respondeu Kathleen.

Kim analisou a mulher. Em muitos aspectos era, fisicamente, a antítese de Claire Stevens, embora tivessem idades próximas. Kim calculou que devia medir, no máximo, 1,60 de altura. Tinha o rosto redondo e traços suaves. Usava óculos com aro de metal, o que lhe conferia um ar de diretora escolar. O cabelo escuro apresentava mechas prematuramente grisalhas.

– A Dra. Morgan considera o caso de Becky bastante grave articulou Tracy.

– Ora, grande dedução – comentou Kim em tom visivelmente debochado. – Grave, é? Não preciso que alguém venha me dizer que o caso é grave. Ela não estaria nesse maldito hospital se não fosse grave. Preciso de alguém que me diga o que ela tem e o que fazer para tratá-la e curá-la.

– O laboratório vai chamar assim que sair o resultado dos exames – disse Kathleen, cautelosamente. Fora apanhada de surpresa pelas palavras de Kim. – Antes disso não há nada que se possa fazer.

– Já a examinou? – perguntou Kim.

– Sim. E conferi os resultados dos exames já realizados.

– E?

– Sou da mesma opinião que o Dr. Faraday – disse Kathleen. – Infecção bacteriana de origem alimentar.

– Parece que ele piorou – disse Kim.

– Concordo – acrescentou Tracy. – Houve uma mudança de ontem para hoje. Não é a mesma, parece ausente.

Embaraçada, Kathleen observou Becky. Ficou mais aliviada ao ver que a menina não prestava atenção à conversa. Mesmo assim, sugeriu que continuassem do lado de fora.

– Como esta é a primeira vez que a vejo, não posso julgar isso – disse Kathleen. – E não há nada em relação a isso nos relatórios das enfermeiras.

– Quero que ela seja mais bem monitorada. Seria possível transferi-la para um dos quartos de isolamento da UTI?

– Sou apenas a médica que opinará sobre o caso – respondeu Kathleen. – Oficialmente, Becky está sob os cuidados da Dra. Claire Stevens, que é a pediatra responsável.

– Então, que tal tentar convencê-la? Ontem à noite fiz a mesma sugestão, mas tive a impressão de que ela está do lado do AmeriCare, preocupada com os custos.

– Isso não me parece típico de Claire. Para ser franca, não creio que sua filha necessite de transferência para a UTI. Ao menos por enquanto.

– Isso é muito animador – respondeu Kim, começando novamente a perder a calma. – Em outras palavras, vão esperar que piore enquanto ficam de braços cruzados sem fazer nada.

– Não está sendo justo, Dr. Reggis – disse Kathleen, ofendida.

– Pro inferno, se não estou, Dra. Morgan – explodiu Kim, finalmente. Pronunciou o nome dela demonstrando maior desprezo do que realmente sentia. – Não do meu ponto de vista. Na minha qualidade de cirurgião, faço um diagnóstico e depois conserto o defeito. Em outras palavras, eu faço alguma coisa ao passo que neste momento estou tendo a impressão de ver minha filha rolando montanha abaixo diante de meus olhos sem que ninguém faça nada.

– Pare com isso, Kim! – disse Tracy, segurando as lágrimas. Nervosa do jeito que já estava, não queria ter ainda de lidar com o gênio explosivo de Kim.

– Parar com o quê? – retrucou Kim.

– Com essa briga! Essa sua guerra interminável com os médicos e enfermeiras não está ajudando em nada. Está me levando à loucura.

Kim cravou os olhos em Tracy, estarrecido. Não podia acreditar que ela se voltasse contra ele tão rapidamente, sobretudo quando o assunto era a saúde de Becky.

– Dr. Reggis, venha comigo! – disse Kathleen, subitamente. Fez um gesto de mão e seguiu para a sala de enfermagem.

– Vá! – encorajou-o Tracy. – E veja se você se controla!

Tracy retornou para o quarto de Becky, e Kim precisou correr para alcançar Kathleen. Ela tinha os lábios apertados e andava num passo surpreendentemente veloz, levando-se em conta suas pernas relativamente curtas.

– Para onde está me levando? – perguntou Kim.

– Para a sala de radiografia, atrás do núcleo de enfermagem. Quero lhe mostrar uma coisa, e acho que precisamos ter uma conversa, só o senhor e eu, de médico para médico.

A sala de enfermagem parecia uma colmeia em atividade. A equipe da manhã estava de saída enquanto a do turno da noite se preparava para começar a trabalhar. Kathleen esgueirou-se com agilidade por entre o pessoal, abriu a porta da sala de radiografia e acenou para Kim entrar.

Com a porta fechada, a calma voltou a reinar. Não havia janela na sala. Somente escrivaninhas embutidas e as telas de leitura dos raios x. No canto da mesa ficava a cafeteira comunitária.

Em silêncio, Kathleen retirou algumas radiografias de um envelope. Prendeu-as na tela de leitura e ligou o interruptor. Eram chapas de um abdômen de criança.

– São de Becky? – perguntou Kim.

Kathleen balançou a cabeça, confirmando.

Kim inclinou-se para estudar os detalhes com seus olhos treinados. Estava mais acostumado a analisar chapas do tórax, mas conhecia o básico.

– O intestino parece apresentar um edema uniforme – disse, após um rápido exame.

– Exatamente – concordou Kathleen, impressionada. Pensou que teria de lhe apontar a patologia. – O revestimento mucoso está dilatado em quase toda a sua extensão.

Kim voltou à posição original.

– O que isso significa para você? – perguntou. Não estava gostando do que via, mas não sabia qual a relação com os sintomas clínicos.

– Me faz suspeitar especificamente do E. coli O157:H7 – respondeu Kathleen. – Apresenta o mesmo quadro da disenteria de shigella, mas a paciente estaria provavelmente com febre. Como sabe, a temperatura de Becky é normal.

– E quanto à administração de antibióticos? Claude Faraday os desaconselhou com receio de prejudicarem a flora normal. Concorda com ele?

– Sim. Não só em função dos danos causados à flora mas também porque provavelmente seriam inúteis. Na ausência de febre, a maior possibilidade é de que o agente agressor já tenha sido expulso do intestino.

– No caso de estarmos lidando com uma toxemia em potencial, como faremos o diagnóstico?

– Existe a possibilidade do teste pela própria toxina – disse Kathleen. – Infelizmente o AmeriCare não autoriza nosso laboratório a fazer esse tipo de exame.

– Não me diga que por questão financeira.

– Receio que sim. É um daqueles testes que não são feitos em número suficiente que justifique o custo. O AmeriCare não o considera dentro dos padrões de custo-benefício.

– Deus do céu! – explodiu Kim, esmurrando o balcão da mesa, revoltado. – Se ouvir novamente a expressão custo-benefício acho que vou ter um ataque. Desde o instante em que Becky ficou doente, parece que estou sendo assombrado pelo lucro líquido do AmeriCare.

– Infelizmente a saúde gerenciada é uma realidade da qual não podemos fugir – disse Kathleen. – Neste caso, porém, tomei a decisão de enviar uma amostra ao Laboratório Sherring. Teremos o resultado dentro de 24 a 48 horas.

– Aleluia! – festejou Kim. – Obrigado, e peço desculpas por ter dito que estava de braços cruzados. Você me entende, o dinheiro não devia ser o principal quando o que está em jogo é a saúde de Becky.

– O que sabe a respeito desse E. coli em particular e suas toxinas? – perguntou Kathleen. – Supondo-se que seja isso mesmo o que ela tem.

– Não muito. Nem sequer sabia que os antibióticos são ineficazes. Não tenho de lidar com o E. coli em minha área. Já o enterecocus resistente à vancomicina é outro caso. Nós, cirurgiões cardíacos, temos pavor dele.

– Entendo. Eu não estou familiarizada com o problema do enterococus, mas estou com o do E. coli O157:H7. Talvez até demais. Acho que você e sua esposa deveriam ficar logo sabendo que se trata de um micróbio muito perigoso.

– Como assim? – perguntou Kim, nervoso. Não tinha gostado da entonação de Kathleen e muito menos das implicações a que ela se referia. Kim nem sequer se importou em corrigir o equívoco de que ele e Tracy continuavam casados.

– Talvez seja melhor sentar-se – sugeriu Kathleen, procurando encontrar a melhor maneira de explicar seus receios sem estressá-lo ainda mais. Podia perceber claramente seu descontrole.

Respeitosamente, Kim puxou uma cadeira e sentou-se. Teve medo que suas pernas dobrassem.

– Se o problema de Becky é causado pelo E. coli – explicou Kathleen –, o que me preocupa é a diminuição nas plaquetas que ela sofreu. Ontem à noite a redução era mínima, mas depois que foi reidratada a queda ficou mais evidente e estatisticamente mais importante. Isso me leva a suspeitar de SUH.

– SUH? Mas que diabo é isso?

– É o acrônimo para a Síndrome Urêmica Hemolítica. Está associada às toxinas do tipo shigella, que o E. coli O157:H7 é capaz de produzir. Veja bem, esse tipo de toxina pode provocar a coagulação intravascular das plaquetas e causar a destruição dos glóbulos vermelhos. Isso pode ocasionar falência múltipla de órgãos. Os rins são geralmente os mais afetados, daí o nome síndrome urêmica.

O queixo de Kim foi caindo lentamente. Estava atordoado. Por um momento, tudo o que conseguiu foi olhar para Kathleen numa vã esperança de que ela sorrisse de repente e dissesse que aquilo tudo era só uma piada de mau gosto. Mas isso não aconteceu.

– Acha que Becky tem SUH? – perguntou Kim, com uma calma que não sentia.

– Vamos colocar desse modo – disse Kathleen, tentando diminuir o impacto. – É uma suspeita minha. Não temos nenhuma confirmação ainda. Neste momento, é só minha intuição clínica.

Kim sentiu um nó na garganta e a boca seca.

– O que podemos fazer? – perguntou.

– Não muito, por enquanto. Enviei a amostra para descobrirmos qual a toxina. Nesse meio-tempo, sugiro que ela tenha o acompanhamento de um hematologista e de um nefrologista. Não acho cedo para ouvir suas opiniões.

– Vamos convocá-los!

– Calma, Dr. Reggis. Não se esqueça de que estou aqui apenas para expressar minha opinião. Somente Claire Stevens tem autorização para pedir outros consultores. O AmeriCare é bem claro nesse aspecto.

– Então vamos chamá-la, pelo amor de Deus.

– Quer que a chame neste exato momento?

– Sem dúvida – disse Kim, pegando o telefone e o entregando na mão de Kathleen.

Enquanto Kathleen usava o aparelho, Kim cobriu a cabeça com as mãos. Sentiu-se tomado por uma súbita angústia. O que não parecia nada mais que um ligeiro mal-estar, apesar do sofrimento de Becky ter sido maior que o esperado, forçando-a inclusive a ser internada, assumia agora outra dimensão. Pela primeira vez em sua vida encontrava-se do lado do paciente com um problema de saúde grave; um problema que nem sequer conhecia bem. Seria obrigado a aprender, e rápido. Pensou em como iria fazer isso.

– Claire está de pleno acordo – anunciou Kathleen, desligando o aparelho. – Tem sorte de ela estar no caso. Já tratamos de diversos casos de SUH juntas.

– Quando os especialistas irão examinar Becky?

– Assim que Claire os localizar, estou certa.

– Eu os quero agora mesmo – disse Kim, exaltado. – Esta tarde!

– Dr. Reggis, o senhor precisa se acalmar. Foi por isso que o trouxe até aqui, para que pudéssemos conversar com tranquilidade, de profissional para profissional.

– Não consigo ficar calmo – admitiu Kim. Sua respiração era ofegante. – Qual a incidência de SUH?

– Infelizmente, vem se tornando relativamente frequente – disse Kathleen. – É causada geralmente pelo E. coli O157:H7 e gira em torno de 20 mil casos anuais. Atualmente é a maior causa de colapso renal agudo em crianças.

– Deus do céu! – exclamou Kim, coçando a cabeça visivelmente nervoso. – Vinte mil casos anuais!

– Essa é uma estimativa dos casos provocados por E. coli O157:H7 – disse Kathleen. – Somente um percentual inclui SUH.

– Existem casos fatais de SUH? – esforçou-se Kim para perguntar.

– Tem certeza de que quer falar sobre isso? Lembre-se de que o diagnóstico de E. coli ainda não foi comprovado. Só queria prepará-lo para uma eventual possibilidade.

– Responda à minha pergunta, droga!

Kathleen suspirou, resignada. Esperava não ter de tocar naquele assunto, mas ele não lhe deixava alternativa. Pigarreou e foi direta aos fatos:

– Morrem cerca de 200 a 500 pessoas ao ano, na maioria crianças, em consequência do E. coli O157:H7, vitimadas geralmente por SUH.

A testa de Kim ficou encharcada de suor. Mostrava-se outra vez visivelmente atordoado.

– De 200 a 500 mortes por ano – repetiu. – É inacreditável, ainda mais por eu nunca ter ouvido falar em SUH.

– Como disse, são só estimativas do Centro para Controle de Doenças.

– Com essa taxa de mortalidade, por que não se tem maior conhecimento da doença? – perguntou Kim. A intelectualização sempre fora um mecanismo de defesa para ele quando lidava com a carga emocional da problemática da medicina.

– Isso não sei responder – comentou Kathleen. – Ocorreram pelo menos dois episódios trágicos de grandes dimensões relacionados a essa cepa de E. coli, como o surto do Jack-in-the-Box em 1992 e o da Hudson Meat no verão de 1997. Por que esses e outros casos não motivaram a conscientização geral do público, eu não sei.

– Eu me lembro desses dois episódios. Pensei que o governo e o Departamento de Agricultura dos Estados Unidos tivessem cuidado do problema.

Kathleen deixou escapar uma risada cínica.

– Tenho certeza de que era nisso que o Departamento de Agricultura dos Estados Unidos e a indústria da carne esperavam que o público acreditasse.

– É basicamente um problema com a carne vermelha? – perguntou Kim.

– Carne moída, para ser mais exata. Carne moída malpassada. Mas é verdade que já foram registrados casos provocados por suco de maçã ou cidra, e até pelo leite não pasteurizado. O fator chave é o contato com as fezes do animal infectado.

– Não me lembro desse problema quando era criança – disse Kim. – Sempre comia hambúrguer malpassado.

– É uma situação relativamente nova – explicou Kathleen. – Acredita-se que tenha se originado no final dos anos 1970, talvez na Argentina. A teoria mais provável é de que uma bactéria shigella tenha transmitido a uma bactéria E. coli o DNA propício à criação de uma toxina do tipo shigella.

– Por conjugação bacteriana – sugeriu Kim.

– Exatamente. Conjugação é a resposta bacteriana para a reprodução sexual, um método de mistura genética. Mas, se houve conjugação, é curioso, já que isso normalmente só ocorre dentro da mesma espécie. Porém, o aspecto mais surpreendente é que, uma vez criada, essa cepa anômala E. coli passou a alastrar-se com uma rapidez extraordinária por todo o mundo. Atualmente, existe em cerca de três por cento dos intestinos bovinos.

– As vacas infectadas ficam doentes? – questionou Kim.

– Não necessariamente. Embora possa causar algum tipo de diarreia bovina, os animais mostram-se geralmente imunes à toxina, pelo menos no aspecto sistêmico.

– Estranho! – comentou Kim. – E irônico! Com a biologia molecular ainda engatinhando, delineava-se um cenário apocalíptico e aterrorizante: um cientista teria dado condições a uma bactéria E. coli de produzir a toxina do botulismo e essa bactéria inadvertidamente teria sido solta na natureza.

– É uma boa analogia – disse Kathleen. – Especialmente levando-se em conta que a natureza provavelmente não tem culpa no caso do E. coli O157:H7. O homem ajudou.

– Como assim? – perguntou Kim.

– Acredito que o E. coli O157:H7 tenha surgido com as modernas técnicas agrícolas intensivas usadas hoje em dia. A necessidade de proteína barata para alimentar os animais resultou em soluções tão criativas quanto repulsivas. O gado é alimentado com rações feitas de farinha de carne, incluindo ele mesmo. Até o esterco de galinha está sendo amplamente utilizado.

– Está brincando! – disse Kim.

– Quem me dera. Além disso, são administrados antibióticos ao gado. Os elementos químicos formam uma papa no interior dos intestinos dos animais que favorece novas mutações. O E. coli O157:H7 foi, de fato, criado quando o DNA da toxina shigella foi transferido junto com o DNA necessário para resistir contra algum antibiótico em particular.

Kim balançou a cabeça, sem poder acreditar. Estava aprendendo sobre um assunto de considerável interesse, mas então, repentinamente, lembrou-se do caso em questão: a situação de Becky. Foi como se tivessem jogado um balde de água fria em sua cabeça.

– O grande problema está na matéria fecal bovina, encontrada especialmente na carne moída – disse Kim. Sua voz tinha retomado a entonação angustiada de antes.

– Pode-se dizer que sim.

– Então, já sei como Becky contraiu a bactéria – disse Kim, com raiva. – Ela comeu um hambúrguer malpassado na lanchonete Onion Ring, na noite de sexta-feira.

– Isso é bastante coerente. Apesar do período de incubação do E. coli O157:H7 ser geralmente maior, às vezes de até uma semana.

A porta da sala de radiografia abriu-se de supetão, assustando a ambos. Uma enfermeira meteu a cabeça para dentro da sala. Tinha a respiração ofegante.

– Dra. Morgan! – disse, apressada. – Uma emergência com a paciente Rebeca Reggis!

Kim e Kathleen saíram em disparada pelo corredor rumo ao quarto de Becky.

9

Quarta-feira, 21 de Janeiro – Tarde

Quando Kim entrou no quarto, viu uma enfermeira em cada lado do leito da filha. Uma delas media a pressão sanguínea, a outra conferia a temperatura. Becky gemia e se contorcia de dor. Estava pálida como um fantasma. Tracy estava encostada à parede, tapando a boca com as mãos. Estava quase tão lívida quanto Becky.

– O que aconteceu? – perguntou Kim.

Kathleen chegou atrás dele.

– Não sei – balbuciou Tracy. – Becky e eu estávamos conversando quando ela deu um grito. Reclamou de uma dor horrível no estômago e no ombro esquerdo. Logo depois sofreu um espasmo.

Uma das enfermeiras avisou que a pressão sanguínea era de 10 x 6.

Kathleen contornou a cama e verificou o pulso de Becky.

– Já chamaram a Dra. Stevens? – perguntou.

– Já, ela está a caminho – respondeu uma das enfermeiras.

– A temperatura é de 40,5 graus – disse a outra, desanimada. Seu nome era Lorraine Phillips. Sua colega chamava-se Stephanie Gragoudos.

Kim afastou Lorraine do lado direito da cama de Becky. Estava transtornado. Ver sua filha sofrendo daquela forma era como receber uma facada no coração.

– Becky, o que está sentindo? – perguntou Kim.

– Meu estômago dói – conseguiu balbuciar entre gemidos. – Dói demais. Papai, por favor!

Kim ergueu o lençol de Becky. Ficou chocado ao ver uma faixa arroxeada em sua barriga, causada por hemorragia subcutânea. Olhou para Kathleen:

– Sabia da existência dessa púrpura? – perguntou.

Kathleen fez que sim com a cabeça.

– Mais cedo.

– Não estava assim ontem à noite – disse Kim. E, virando-se para Becky: – Mostre para o papai onde está doendo.

Becky apontou para a parte direita inferior do abdômen, tendo o cuidado de não tocar no local.

Kim apenas colocou a ponta dos dedos sobre a região que ela havia apontado e pressionou levemente a superfície da pele. Becky soltou um gemido.

– Por favor, não toque aí, papai – implorou.

Kim afastou a mão instintivamente. Becky arregalou os olhos e deixou escapar um grito de dor por entre seus lábios ressecados. Era exatamente a reação que ele temia, chamada flacidez repercussiva, uma forte indicação de peritonite, ou seja, a inflamação do tecido da cavidade abdominal. E a causa daquela catástrofe só podia ser uma.

Kim se levantou.

– Ela tem uma crise aguda de peritonite – berrou. – Está perfurada!

Sem hesitar, Kim esticou o braço até a extremidade da cama e destravou as rodas dianteiras.

– Alguém, destrave as rodas de trás – prosseguiu, aos berros. – Usaremos o leito para transportá-la. Temos de levá-la para a cirurgia.

– Acho que devemos esperar pela Dra. Stevens – disse Kathleen, serenamente. Fez um sinal para que Stephanie se afastasse do pé da cama. Kathleen, então, aproximou-se de Kim, na cabeceira.

– Para o inferno com a Dra. Stevens. Esta é uma emergência cirúrgica. Chega de cordialidades, temos de agir.

Kathleen segurou o braço de Kim, ignorando a expressão feroz em seus olhos.

– Dr. Reggis, o senhor não está no comando. Precisa se acalmar.

Em seu desespero, Kim considerou Kathleen apenas um obstáculo, não uma colega. Decidido a levar Becky para a cirurgia o mais rápido possível, ele literalmente a varreu de sua frente. Com um safanão, inadvertidamente a jogou por sobre a mesa na cabeceira do leito.

Kathleen tentou apoiar-se na mesa numa frustrada tentativa para ficar de pé, mas só conseguiu derrubar tudo o que estava em cima. A jarra de água, o copo, o vaso de flores e o termômetro espatifaram-se todos no chão à sua volta.

Stephanie saiu correndo pelo corredor pedindo socorro, enquanto Lorraine se esforçava para segurar o leito no lugar. Mesmo com as rodas traseiras travadas, Kim tinha conseguido empurrá-lo alguns metros em direção à porta.

Tracy recobrou-se do choque inicial e se lançou sobre Kim. Agarrou-o pelo braço, tentando fazê-lo soltar a cabeceira do leito.

– Pare, Kim – soluçava. – Por favor!

Diversas enfermeiras apareceram, inclusive a enfermeira-chefe, acompanhada de um colega forte. Todos convergiram sobre Kim, empenhado em conduzir o leito até o corredor. Até Kathleen levantou-se do chão para ajudar. Finalmente dominado, Kim soltou a cama, mas estava possesso. Xingava e berrava que eles eram todos uns incompetentes, que não percebiam que ela precisava ser operada com urgência.

– DE QUE JEITO me farão dormir? – perguntou Becky, já com a voz bastante sonolenta.

– Só vão colocar um remédio no seu soro – disse Kim. – Não se preocupe, não vai sentir nada. Quando perceber, estará acordada e sentindo-se muito melhor.

Becky estava sobre um leito na sala de pré-anestesia do setor cirúrgico. Tinha a cabeça coberta por uma touca cirúrgica e já havia sido pré-medicada. Por isso não sentia dores, e o mal-estar diminuíra, mas estava nervosa ante a expectativa da cirurgia.

Kim estava de pé ao lado do leito dela, em meio a outros leitos com pacientes que aguardavam para serem conduzidos a suas respectivas salas de cirurgia. Vestia um jaleco, usava uma touca e sapatilhas nos pés. Tinha recuperado a razão depois da cena no quarto de Becky, uma hora e meia antes. Arrependido, pediu profundas desculpas a Kathleen. Ela, gentilmente, disse que o compreendia. Claire chegou logo depois e ordenou a imediata intervenção cirúrgica.

– Eu vou ficar boa, papai? – perguntou Becky.

– Do que está falando? – disse Kim, tentando soar como se a pergunta fosse ridícula. – É claro que vai ficar boa. Eles só irão abri-la como um zíper, consertarão o buraquinho e pronto.

– Talvez esteja sendo punida por não me inscrever no campeonato nacional – disse Becky. – Sinto muito, mas agora não dá mais tempo. Sei que você queria.

Kim prendeu as lágrimas que ameaçaram escorrer. Por um instante, olhou em volta para se recompor e tentar encontrar uma resposta. Achava complicado falar com sua filha a respeito do destino quando ele próprio buscava uma explicação. Há apenas alguns dias ela era o exemplo da força e do vigor da juventude; e agora estava envenenada, à beira do abismo. "Por quê?", pensou.

– Vou pedir à mamãe para trazer uma ficha de inscrição – acrescentou Becky.

– Não se preocupe com o campeonato nacional. Não me importo com ele. Só com você.

– Muito bem, Becky – disse uma voz confiante. – É hora de deixá-la novinha em folha.

Kim ergueu a cabeça. Jane Flanagan, a anestesista, e James O'Donnel, o cirurgião gastrointestinal, surgiram do interior do centro cirúrgico. Eles foram até o leito de Becky. Jane soltou as travas das rodas na cabeceira da cama.

Becky agarrou a mão de Kim, surpreendendo-o pela força, considerando a quantidade de medicamentos pré-operatórios que tinha tomado.

– Vai doer? – perguntou ao pai.

– Não com Jane cuidando de você – respondeu James em tom brincalhão. – Ninguém sabe ninar como ela.

– Posso até mandar descer um bom sonho – brincou Jane.

Kim conhecia e admirava aqueles dois profissionais. Já havia tido a oportunidade de trabalhar com Jane numa infinidade de casos e participado com James de inúmeros comitês hospitalares. Foram colegas no Samaritano, onde James adquirira a reputação de ser o melhor cirurgião gastrointestinal da cidade. Kim ficou aliviado quando ele concordou em deixar tudo de lado naquela quarta-feira para operar Becky.

James posicionou-se ao pé do leito. Com Jane andando de costas e James guiando, levaram Becky para a porta de vaivém que dava para o corredor do centro cirúrgico.

Kim os acompanhou. Becky ainda conservava sua mão agarrada à dele. Jane abriu a porta com o quadril. Quando o leito passou por ela, James segurou Kim pelo braço, impedindo-o de seguir adiante. A porta fechou-se por trás de Becky e Jane.

Kim olhou para a mão do amigo segurando seu braço e em seguida o encarou. James não era tão alto quanto Kim, mas tinha mais corpo. Seu nariz era salpicado de sardas.

– O que está fazendo? – inquiriu Kim. – Solte meu braço, James.

– Eu soube do que houve lá embaixo – disse James. – Acho melhor você ficar fora do centro cirúrgico.

– Mas eu quero entrar.

– Pode querer; mas não vai.

– E quem irá me impedir? É minha filha, minha única filha.

– Por isso mesmo. Se quiser que eu a opere você terá que ficar aqui no saguão. É simples.

O rosto de Kim enrubesceu. Entrou em pânico ao ver-se acuado e confuso quanto ao que deveria fazer. Queria desesperadamente que James a operasse, mas estava aterrorizado com a ideia de ficar longe de Becky.

– Você tem que se decidir – disse James. – Quanto mais o tempo passa, pior vai ficando para Becky.

Brutalmente, Kim soltou o braço e sem dizer uma palavra baixou os olhos. Foi direto para o vestiário do centro cirúrgico.

Evitou olhar para as pessoas enquanto atravessava a sala dos médicos. Estava distraído e perturbado. Sua passagem, porém, não ficou despercebida.

No vestiário, Kim abriu a torneira da pia e deixou que esta se enchesse. Curvou-se e jogou água fria no rosto diversas vezes com as mãos em concha. Quando olhou no espelho, percebeu a presença de Forrester Biddle às suas costas.

– Quero conversar com você – disse Forrester com a voz entrecortada.

– Fale – disse Kim. Pegou uma toalha e enxugou o rosto rapidamente. Não se virou.

– Depois de lhe pedir encarecidamente que não declarasse mais suas opiniões para a mídia, fiquei estarrecido ao ver Kelly Anderson citando-o novamente no noticiário das 23 horas.

Kim deixou escapar uma risada curta e seca.

– Curioso, considerando-se que me recusei a conversar com ela.

– Ela disse que o senhor acredita que o AmeriCare fechou o pronto-socorro do Samaritano para cortar despesas e aumentar os lucros, obrigando os cidadãos a procurar o sobrecarregado pronto-socorro do Centro Médico Universitário.

– Eu não disse isso – respondeu Kim. – Foi ela.

– Ela citou seu nome.

– Uma situação curiosa – disse Kim, negligentemente.

Em seu presente estado de espírito, sentiu uma vontade mórbida de ridicularizar Forrester em sua pretensa integridade. Consequentemente, não estava preocupado em defender-se, apesar do incidente ter reforçado sua decisão de nunca mais abrir a boca diante daquela jornalista.

– Estou avisando novamente – disse Forrester. – Eu e a administração estamos no limite de nossa paciência.

– Ótimo, então, considere-me avisado.

Por um instante, a boca cerrada de Forrester ficou parecendo uma horrível linha sem lábios.

– Pode continuar com seu sarcasmo – disse ele, secamente. – Devo lembrá-lo de que só porque era o chefe do departamento no Samaritano não deve esperar nenhum privilégio especial aqui.

– Isso já ficou evidente – respondeu Kim. Atirou a toalha no cesto e saiu do vestiário sem dirigir sequer um olhar para Forrester.

Usando o telefone de uma das cabines fechadas para evitar Forrester, Kim ligou para Ginger e disse que não voltaria ao consultório. Ela respondeu que já desconfiava e que tinha dispensado todos os pacientes.

– Ficaram muito aborrecidos? – perguntou Kim.

– É preciso perguntar? É lógico que sim, mas compreenderam quando eu disse que era uma emergência. Espero que não se importe de ter dito que era um problema com sua filha. Sabia que eles iam entender.

– Acho que não tem importância – disse Kim, apesar de não gostar de misturar a vida pessoal com a profissional.

– Como está Becky?

Kim narrou-lhe os acontecimentos e comunicou que Becky estava sendo operada naquele momento.

– Sinto muito. Existe algo que eu possa fazer?

– Não consigo pensar em nada.

– Ligue-me mais tarde – disse Ginger. – Vou estar em casa depois da aeróbica.

– Está bem – disse Kim, desligando.

Sabendo que não conseguiria ficar ali parado, esperando o fim da cirurgia, Kim decidiu ir até a biblioteca do hospital. Tinha muito para ler. Tinha que aprender o que pudesse sobre E. coli O157:H7 e SHU.

KIM CONSULTOU o relógio. Era quase meia-noite. Observou Becky mais uma vez e sentiu um estremecimento. Seu rosto estava transfigurado por um tubo de plástico transparente que saía de uma das narinas e estava conectado à baixa aspiração. O cabelo escuro e ondulado de Becky ressaltava a lividez do rosto, outrora suave e angelical. Tracy ficara penteando-a por quase uma hora. Era algo de que Becky sempre gostara, e surtira o efeito desejado. A menina dormia profundamente, naquele momento, parecia o retrato da serenidade.

Kim estava parado próximo à cama de Becky. O quarto encontrava-se mergulhado no brilho suave da luz noturna, assim como naquela manhã. Kim estava física e mentalmente exausto.

Tracy tinha se recostado numa das duas cadeiras de vinil que havia no quarto, no lado oposto da cama. Seus olhos estavam fechados, mas Kim sabia que estava acordada.

Silenciosamente, a porta girou nas dobradiças. Janet Emery, a enfermeira corpulenta do turno da noite, entrou sem dizer uma palavra. Seus cabelos louros cintilaram na penumbra. Dirigiu-se para o lado da cama onde Tracy estava. Seus sapatos tinham sola de borracha macia e por isso seus passos eram inaudíveis. Utilizando uma pequena lanterna, mediu a pressão de Becky, verificou o pulso e a temperatura. Becky se moveu, mas voltou imediatamente ao sono profundo.

– Tudo normal com ela – disse Janet em voz baixa.

Kim balançou a cabeça.

– Talvez fosse bom os dois irem para casa – acrescentou Janet. – Estarei tomando conta de seu anjinho bem de perto.

– Obrigado, mas prefiro ficar – disse Kim.

– Acho que seria melhor se descansassem um pouco – insistiu Janet. – Foi um dia longo.

– Apenas faça o seu trabalho – resmungou Kim.

– Sem dúvida – disse Janet, bem-humorada. Dirigiu-se para a porta e desapareceu silenciosamente.

Tracy abriu os olhos e fitou Kim. Sob aquela tensão, a aparência dele estava péssima. O cabelo desalinhado e o rosto coberto pela barba por fazer. A luz fraca, próxima ao chão, acentuava a magreza de seu rosto e fazia dos olhos duas cavidades enegrecidas.

– Kim! – disse ela. – Será que não consegue se controlar? Não está ajudando a ninguém e muito menos a você mesmo.

Tracy esperou uma resposta, mas ela não veio. Kim parecia uma estátua retratando a angústia humana.

Tracy suspirou e espreguiçou-se.

– Como ela está reagindo? – perguntou.

– Reage bem – disse Kim. – Ao menos a cirurgia deteve a crise aguda.

A operação em si tinha sido rápida. De fato, o que exigira mais tempo, segundo o relato de James, foi a meticulosa irrigação do abdômen para diminuir as chances de infecção. Após a cirurgia, Becky passou algum tempo na sala de recuperação antes de ser trazida de volta ao seu quarto. Kim requisitou novamente uma transferência para a UTI, mas ela outra vez foi indeferida.

– Fale-me mais sobre essa colostomia – pediu Tracy. – Disse que pode ser fechada em duas semanas.

– Em torno disso – disse Kim, extenuado. – Se tudo correr bem.

– Foi um trauma para Becky – disse Tracy. – Do mesmo modo que o tubo no nariz. Está sendo difícil de aceitar. O pior é que ela se sentiu traída porque ninguém a avisou de que essas coisas podiam acontecer.

– Não havia outra coisa a fazer – retrucou, ríspido.

Kim afundou em uma cadeira parecida com a de Tracy. Apoiou os cotovelos sobre os braços da poltrona e enterrou o rosto entre as mãos.

Tudo o que Tracy podia ver agora era o topo da cabeça de Kim por sobre o leito. Ele permanecia imóvel. O retrato da angústia humana assumira outra pose, ainda mais expressiva.

A postura abatida de Kim acabou por fazê-la analisar a situação pelo ângulo dele. Mediante sua experiência como terapeuta, podia avaliar como lhe devia ser difícil, considerando-se não apenas a sua preparação como cirurgião, mas também, e principalmente, seu narcisismo. De repente, toda a raiva que sentia dele se esvaiu.

– Kim, talvez seja melhor você ir para casa. Acho que está precisando descansar, sair um pouco daqui. Lembre-se que tem seus pacientes amanhã. Eu posso ficar. Perderei apenas uma aula.

– Não conseguiria dormir mesmo que fosse para casa – disse Kim sem descolar o rosto das mãos. – Agora, sei demais.

Durante todo o tempo em que Becky esteve na cirurgia, Kim pesquisou a respeito de SUH na biblioteca do hospital. O que descobriu era avassalador. Tudo o que Kathleen dissera era verdade. A SUH era uma doença terrível e agora tudo o que podia fazer era rezar para que Becky tivesse outra coisa qualquer. O problema era que tudo apontava na direção de SUH.

– Estou começando a perceber como deve estar sendo difícil para você lidar com uma situação que escapa ao seu conhecimento, ao seu treinamento médico – disse Tracy, com sinceridade.

Kim ergueu o rosto e fitou Tracy.

– Por favor, não seja condescendente comigo usando essa babaquice psicológica. Agora não!

– Pode chamar do que quiser – disse Tracy. – Mas estou vendo que essa talvez seja a primeira vez em sua vida que se vê diante de uma situação cuja gravidade sua força de vontade ou suas habilidades não podem alterar. Acho que isso deve tornar as coisas especialmente difíceis para você.

– Pois é, e suponho que isso tudo não a esteja afetando em nada.

– Muito pelo contrário. Isso me afeta terrivelmente. Mas é diferente para você. Acho que está tendo de lidar com coisas que estão além das condições de Becky. Está tendo de conviver com novos limites, novos conceitos e lutar contra as barreiras que o impedem de agir em benefício dela. É o preço que tem de pagar.

Kim pestanejou. Sempre odiou a teorização psicológica de sua ex-mulher, mas naquele momento tinha de admitir que o que ela dizia fazia algum sentido.

10

Quinta-feira, 22 de janeiro

Kim acabou voltando para casa, mas, como esperava, não conseguiu dormir muito, e, quando conseguiu, seu sono foi povoado por pesadelos. Alguns foram incompreensíveis; era castigado e ridicularizado por ter tirado notas baixas nas provas da faculdade. O mais terrível envolveu Becky, e foi fácil para ele compreender. No sonho, ela tinha caído de um píer no mar agitado. Apesar de estar junto dela, não conseguia salvá-la por mais que se esforçasse. Acordou sobressaltado e molhado de suor.

Apesar de não conseguir descansar muito, a ida para casa ao menos deu a Kim a oportunidade de tomar um banho e fazer a barba. Com pelo menos a aparência um pouco mais apresentável, já estava dirigindo seu carro às 5 horas. Dirigiu pelas ruas desertas e escorregadias sob uma neve rala e úmida.

No hospital encontrou Becky do mesmo jeito que a deixara. Parecia enganosamente estar dormindo na mais absoluta paz. Tracy também estava mergulhada em sono profundo, encolhida na poltrona de vinil e coberta com uma manta do hospital.

No núcleo de enfermagem, Kim encontrou Janet Emery ocupada com seu serviço burocrático.

– Sinto muito se fui rude ontem à noite – disse Kim, deixando-se cair pesadamente sobre o banco ao lado de Janet. Abriu a gaveta e retirou a ficha de Becky.

– Não considerei como ofensa pessoal – disse Janet. – Conheço a tensão de ter uma criança internada. Tive uma experiência igual com meu filho.

– Como ela passou a noite? – perguntou Kim. – Aconteceu algo que eu deva saber?

– O quadro dela é estável. E o mais importante, a temperatura permanece normal.

– Graças a Deus – disse. Encontrou o relatório da cirurgia ditado por James e que fora anexado à ficha durante a noite. Kim o leu, mas não encontrou nada que já não soubesse.

Sem mais nada a fazer, foi para o consultório e ocupou-se com uma montanha de trabalho acumulado. Trabalhou consultando o relógio. Quando achou que já era a hora apropriada já levando em consideração a diferença de fusos horários com relação à Costa Leste, ligou para George Turner.

George foi extremamente solidário quando Kim lhe contou da perfuração e da consequente cirurgia. Kim agradeceu-lhe a preocupação e tocou no ponto que o interessava: queria a opinião de George sobre o que fazer caso fosse confirmado o diagnóstico de SUH provocada por E. coli O157:H7. Estava particularmente interessado em saber se Becky deveria ser transferida para outro lugar.

– Eu não recomendaria – disse George. – Você tem uma excelente equipe com Claire Stevens e Kathleen Morgan no comando. Elas têm muita experiência com essa síndrome. Talvez mais que qualquer outro.

– Já cuidou de algum caso de SUH? – perguntou Kim.

– Só uma vez – respondeu George.

– É tão terrível assim como descrevem? Pesquisei em toda a literatura disponível, inclusive na internet. O problema é que não existe muito material sobre o assunto.

– O caso de que tratei foi uma experiência desalentadora –admitiu George.

– Pode descrevê-la?

– Foi imprevisível e inexorável. Só torço para que o problema de Becky seja outro.

– Pode ser mais específico? – pediu Kim.

– Prefiro não comentar – respondeu George. – É uma síndrome multiforme. As possibilidades são de que mesmo que Becky a tenha contraído, a evolução da doença ocorra de forma bem diferente. No meu caso, foi muito deprimente.

Kim desligou poucos minutos depois. George pediu para ser informado sobre o progresso de Becky, e Kim prometeu-lhe que o avisaria.

Imediatamente, discou para a sala de enfermagem do andar de Becky. Quando Janet atendeu, perguntou por Tracy.

– Ela já acordou – respondeu Janet. – Eu a vi na última vez em que passei pelo setor.

– Se importaria de colocá-la na linha?

– De maneira nenhuma – disse Janet, de forma simpática.

Enquanto aguardava, Kim pensou a respeito do comentário de George. Não gostara do tom de sua voz quando disse "imprevisível e inexorável" e de que seu caso fora deprimente. Tal descrição o fez lembrar-se do pesadelo que tivera durante a noite. Sentiu o corpo transpirar.

– É você, Kim? – perguntou Tracy assim que pegou no aparelho.

Durante alguns minutos conversaram sobre como cada um tinha passado as últimas cinco horas. Nenhum dos dois tinha conseguido dormir bem. A conversa então recaiu sobre Becky.

– Ela parece um pouco melhor que ontem à noite – disse Tracy. – Está mais lúcida. Acho que já eliminou totalmente a anestesia. Queixa-se mais do tubo nasogástrico. Quando poderá ser retirado?

– Assim que o sistema gastrintestinal estiver funcionando direito.

– Vamos torcer para que isso aconteça logo.

– Falei com George agora de manhã.

– O que ele disse?

– Que Becky não poderia estar em melhores mãos que as de Claire e Kathleen, principalmente se for confirmada a SUH. Disse que provavelmente não há equipe melhor em nenhum outro lugar.

– Isso é animador.

– Escute, vou ter de ficar por aqui. Preciso examinar alguns pacientes, inclusive os que têm cirurgia marcada para amanhã. Espero que não se incomode.

– Não me incomodo nem um pouco – disse Tracy. – Na verdade, acho que é mesmo uma boa ideia.

– É difícil para mim ficar aqui sentado sem fazer nada – explicou Kim.

– Compreendo perfeitamente. Faça o que tem de fazer. Eu estarei aqui, não se preocupe.

– Ligue para mim se houver alguma mudança.

– É claro! Você vai ser o primeiro a saber.

Quando Ginger chegou, pouco antes das 9 horas, Kim pediu a ela que cancelasse o maior número possível de pacientes porque desejava voltar ao hospital à tarde.

Ginger perguntou sobre Becky, dizendo ter ficado desapontada por ele não ter ligado para ela na véspera. Ficou preocupada a noite toda, mas teve medo de incomodar.

Kim contou-lhe que Becky estava melhor depois da cirurgia. Também explicou que tinha chegado em casa depois da meia-noite e achado que era tarde demais para telefonar.

No início, não foi fácil para Kim atender os clientes naquelas circunstâncias, mas esforçou-se para se concentrar no trabalho. Gradualmente, o esforço foi surtindo efeito. Por volta do meio-dia, sentia-se ligeiramente mais relaxado, embora o coração disparasse cada vez que o telefone tocava.

Não sentia fome na hora do almoço, e o sanduíche que Ginger trouxe permaneceu intacto sobre a mesa. Kim preferiu dedicar-se inteiramente aos problemas de seus pacientes. Dessa forma não tinha tempo de pensar nos seus.

No meio da tarde, falava ao telefone com um cardiologista de Chicago quando Ginger abriu a porta. Por seu semblante carregado, podia-se dizer que havia algo errado. Kim tapou o fone com a palma da mão.

– Tracy estava na outra linha – disse Ginger. – Estava muito nervosa. Disse que Becky teve uma recaída súbita e foi transferida para a UTI.

O pulso de Kim disparou. Rapidamente, encerrou a conversa com o colega de Chicago e desligou. Vestiu o paletó, pegou as chaves do carro e correu para a porta.

– O que devo fazer com o resto dos pacientes? – perguntou Ginger.

– Mande-os para casa – disse ele, em tom seco.

Kim dirigiu com determinação, frequentemente cortando pelo acostamento para evitar o congestionamento da tarde. Quanto mais se aproximava do hospital, mais angustiado ficava. Apesar de sua insistência em removê-la para a UTI, estava apavorado agora que ela tinha sido transferida. Conhecendo bem a política de corte de despesas do AmeriCare, estava certo de que a transferência não teria motivos profiláticos; algo extremamente grave devia ter acontecido.

Esquivando-se do estacionamento privativo dos médicos, Kim subiu diretamente pela rampa da plataforma de desembarque. Saltou do carro e jogou as chaves para um espantado segurança.

Kim não conseguia controlar o nervosismo durante a lenta subida do elevador até o andar da UTI. Uma vez no corredor apinhado de visitantes, moveu-se o mais rápido que pôde. Chegando à sala de espera reservada especialmente para os familiares dos pacientes internados na UTI, avistou Tracy. Ela se levantou assim que o viu e correu até ele.

Tracy enlaçou Kim pelo pescoço e apertou-o desesperadamente, sem querer soltá-lo. Kim teve de fazer força para desvencilhar-se. Olhou bem nos olhos dela, inchados e lacrimejantes.

– O que aconteceu? – perguntou. Tinha medo de ouvir a resposta.

– Ela piorou muito, e aconteceu tão de repente como a perfuração.

– O que foi? – perguntou Kim, alarmado.

– Foi a respiração. De repente ela não conseguia mais respirar.

Kim fez menção de entrar, mas ela agarrava seu paletó.

– Kim, você tem de me prometer que vai se controlar. É preciso, pelo bem de Becky – implorou.

Kim soltou-se de Tracy e atravessou a sala correndo.

– Kim, espere! – gritou ela, e correu atrás dele.

Ignorando Tracy, Kim apressou-se pelo corredor e entrou na UTI. Parou por um instante e examinou a sala. A maioria dos leitos estava ocupada. Eram todos pacientes em estado grave. Havia enfermeiras ao lado de quase todos os leitos. Pilhas de equipamentos de monitoração eletrônica faziam barulho e mostravam sinais vitais.

A atividade era mais intensa num dos quartos menores que ficavam à direita. No seu interior estava um grupo de médicos e enfermeiras cuidando de um caso agudo. Kim dirigiu-se até lá e parou diante da porta. Podia ver um respirador e escutar seu ritmo cíclico.

Judy Carlson, uma enfermeira que Kim conhecia, notou a presença dele. Ela o chamou pelo nome, e todos à volta do leito de Becky silenciosamente deram um passo atrás para que Kim tivesse uma visão melhor. Becky tinha sido entubada. Um tubo grosso saía de sua boca e estava preso ao rosto com esparadrapo. Ela respirava com o auxílio do aparelho.

Kim correu até a beira da cama. Becky o fitou, aterrorizada. Tinha sido sedada, mas ainda estava consciente. Seus braços tinham sido amarrados para evitar que arrancasse o tubo endotraqueal.

Kim sentiu uma forte pressão no peito. Estava revisitando o sonho que tivera durante a noite; só que ali era real.

– Está tudo bem, querida, papai está aqui – disse Kim, lutando para controlar as emoções.

Queria desesperadamente encontrar algo para dizer que pudesse confortá-la. Apertou seu braço. Ela tentou falar mas não pôde por causa do tubo na garganta.

Kim olhou para as pessoas presentes à volta e focou a atenção em Claire Stevens.

– O que aconteceu? – perguntou, mantendo a voz serena.

– É melhor conversarmos lá fora – disse Claire.

Kim concordou com um aceno de cabeça. Apertou novamente a mão de Becky e disse que estaria de volta num minuto. Becky tentou dizer alguma coisa, mas não conseguiu.

Os médicos deixaram a sala e se reuniram num canto. Kim cruzou os braços para disfarçar a tremedeira.

– Fale comigo! – exigiu Kim.

– Primeiro, deixe-me apresentá-lo aos outros – disse Claire. – É claro que conhece Kathleen Morgan. Temos o Dr. Arthur Horowitz, nefrologista; o Dr. Walter Ohanesian, hematologista; e o Dr. Kevin Blanchard, pneumologista.

Claire apontou uma pessoa de cada vez. Todos acenaram com a cabeça para Kim, que acenou de volta.

– E então? – perguntou, impaciente.

– Em primeiro lugar, devo dizer que estamos definitivamente lidando com E. coli O157:H7 – disse Claire. – Saberemos qual a variedade amanhã, quando sair o resultado da eletroforese.

– Por que ela foi entubada?

– A toxemia comprometeu os pulmões. A gasometria arterial venosa despencou subitamente.

– Também sofre de insuficiência renal – disse Arthur. – Demos início a uma diálise peritoneal. – O nefrologista era totalmente careca e tinha barba densa.

– Por que não usar a máquina para diálise? – perguntou Kim. – Não é mais eficaz?

– Não deve haver problema com a diálise peritoneal – disse Arthur.

– Mas ela acaba de sofrer uma cirurgia por causa da perfuração.

– Isso foi levado em consideração. O problema é que o AmeriCare só oferece máquinas de diálise no Hospital Suburbano. Teríamos de transferi-la, o que definitivamente não é recomendável.

– Outro sério problema é a diminuição crescente na contagem de plaquetas – disse Walter. O hematologista era um homem mais velho e grisalho, de cerca de 70 anos. – Estão caindo vertiginosamente. Achamos que precisam ser repostas, apesar dos riscos inerentes. Caso contrário, teremos nas mãos um quadro hemorrágico irreversível.

– Ainda temos o problema hepático – disse Claire. – As enzimas do fígado subiram extraordinariamente, sugerindo...

A mente de Kim já não suportava mais carga. Estava tão atordoado que não conseguia absorver as informações que eram apresentadas. Podia ver os médicos falando, mas não os ouvia. O pesadelo repetia-se uma vez mais, com Becky debatendo-se no mar raivoso.

Meia hora depois, Kim deixou a UTI e foi para a sala de espera. Tracy levantou-se no instante em que o viu. Era um homem arrasado.

Por um momento entreolharam-se em silêncio. Agora foi a vez de Kim irromper em lágrimas. Tracy segurou em seu ombro e entrelaçaram-se num abraço de medo e de dor.

11

Sexta-feira, 23 de janeiro

Kim fez uma ligeira pausa para recuperar o fôlego. Deu uma olhada no relógio pendurado na parede azulejada da sala de cirurgia. Eram quase 14 horas. Estava indo bem. Aquele era seu terceiro e último caso.

Kim examinou o fundo da incisão. O coração encontrava-se totalmente exposto. Estava no processo de colocar o paciente em bypass cardiopulmonar. Assim que concluísse, o coração poderia ser paralisado e aberto, para que fosse trocada a válvula danificada.

O estágio seguinte era particularmente crítico: a introdução da cânula de infusão arterial para aspergir as artérias coronárias. Através dessa cânula seria bombeada a solução para a cardioplegia, que provocaria a parada do coração com seu alto nível de potássio, reduzindo a temperatura e nutrindo-o durante a operação. A questão era manter a pressão arterial sob controle.

– Bisturi – disse Kim.

A enfermeira entregou-lhe na palma da mão o bisturi com a lâmina apropriada.

Kim introduziu o afiado instrumento na cavidade torácica e posicionou-o no sentido da aorta. A lâmina tremeu em sua mão; Kim pensou se Tom teria percebido.

Fez um minúsculo corte na aorta e em seguida cobriu a incisão com a ponta do indicador esquerdo. Foi um movimento rápido para que a perda de sangue fosse mínima. Tom limpou o excesso.

– Cânula de infusão arterial – pediu Kim.

O instrumento foi colocado em sua mão. Introduziu-o na cavidade torácica e posicionou-o próximo ao dedo, de forma a obstruir a incisão na aorta. Moveu a ponta sob o dedo, pressionando-a para o interior da artéria pulsante. Por alguma estranha razão, a cânula não penetrou na parede arterial. O sangue arterial começou a jorrar

Excepcionalmente, Kim entrou em pânico. Com o sangue inundando o ferimento, pressionou com demasiada força o instrumento e cortou a aorta, aumentando a abertura. Agora o corte era grande demais para encaixar na extremidade bulbosa da cânula. O sangue espirrou com força suficiente para salpicar a máscara de proteção facial de Kim.

Agora, ele estava diante de uma emergência cirúrgica. Em vez de se deixar tomar pelo pânico, sua experiência falou mais alto. Recuperando rapidamente a compostura, levou a mão esquerda até a incisão. Às cegas, seu dedo encontrou o buraco no vaso pulsante, e ele o apertou, interrompendo parcialmente o sangramento. Tom rapidamente drenou sangue suficiente para dar a Kim uma visão parcial.

– Sutura! – vociferou Kim.

A agulha com um fio de seda negra foi colocada em sua mão. Habilmente, atravessou com a agulha a parede arterial. Fez isso algumas vezes, e quando puxou a sutura, o buraco se fechou.

Contida a hemorragia, Kim e Tom entreolharam-se por sobre o corpo do paciente. Tom fez um sinal com a cabeça, e Kim concordou. Para surpresa da equipe, ambos dirigiram-se a um canto da sala. Mantiveram as mãos enluvadas esterilizadas pressionadas contra o peito coberto pelo gown esterilizado.

– Kim, deixe-me terminar esta última cirurgia – insinuou Tom em voz baixa. Era uma sugestão apenas para os ouvidos de Kim. – É uma forma de retribuir o que fez por mim há duas semanas, quando fiquei gripado. Lembra-se?

– Claro que lembro.

– Você está visivelmente exausto.

Era verdade: Kim estava morto de cansaço. Passara a maior parte da noite na sala de espera da UTI com Tracy. Quando as condições de Becky pareceram estabilizadas, Tracy conseguiu convencê-lo a tirar algumas horas de descanso num dos quartos de plantão dos residentes. Foi ela também quem o persuadiu a não desistir das cirurgias marcadas, argumentando que os pacientes precisavam dele. Insistiu que seria melhor manter-se ocupado, já que não havia nada que pudesse fazer por Becky além de esperar. Convenceu-o de que já estaria no hospital e portanto disponível em caso de necessidade.

– Como conseguíamos aguentar tudo isso quando éramos residentes? – lembrou-se Kim. – Não dormíamos nunca.

– As virtudes da juventude – disse Tom. – A questão é que não somos mais jovens.

– É verdade – comentou, fazendo uma pausa. Entregar o caso a outra pessoa, mesmo alguém tão qualificado como Tom, não era uma decisão fácil para ele. – Está bem – disse, por fim. – Você assume. Mas estarei de olho em você como um falcão.

– Não poderia esperar outra coisa – sorriu Tom. Conhecia Kim bem o suficiente para reconhecer seu senso de humor.

Os dois voltaram à mesa de cirurgia. Dessa vez, Tom se posicionou do lado direito do paciente.

– Muito bem, pessoal – disse Tom. – Vamos introduzir a cânula. Bisturi, por favor!

Com Tom na direção, a operação transcorreu tranquilamente. Embora Kim estivesse do lado esquerdo do paciente, foi ele quem colocou a válvula em posição e fez as primeiras suturas. Tom cuidou do resto. Assim que o esterno foi fechado, Tom sugeriu que Kim encerrasse seu dia de trabalho.

– Não se importa?

– Claro que não. Vá logo ver como está Becky.

– Obrigado – disse Kim, tirando o avental e as luvas.

No instante em que abria a espessa porta da sala de cirurgia, Tom o avisou:

– Não se preocupe que eu e Jane cuidaremos dos relatórios pós-operatórios. E se precisar de alguma coisa, conte comigo.

– Eu agradeço – disse.

Kim deu uma passada rápida no vestiário e vestiu um jaleco comprido que abotoou sobre a roupa que usava. Estava ansioso para chegar à UTI e não queria perder tempo se trocando.

Kim visitara a unidade de tratamento intensivo antes e depois de cada cirurgia. Becky mostrara um leve sinal de recuperação e já se cogitava até a possibilidade da retirada do tubo respiratório. Kim não se deixou entusiasmar muito, sabendo que tinha sido colocado havia menos de 24 horas.

Antes da primeira cirurgia, tivera tempo de ligar uma vez mais para George e perguntou se ele tinha algum outro palpite para ajudar Becky. Infelizmente, não, exceto em relação à plasmaférese, o que não recomendava.

Kim tinha lido sobre plasmaférese no caso da toxemia causada por E. coli O157:H7 durante a pesquisa que fizera na biblioteca durante a cirurgia de Becky. Consistia na reposição do plasma no paciente após ser centrifugado e as proteínas plasmáticas depletadas. Infelizmente, era um tratamento controverso, considerado experimental e com grande risco de transmissão do HIV, visto que o novo plasma era proveniente de centenas de doadores diferentes.

A porta do elevador se abriu, e Kim não gostou de descer com um alegre grupo de funcionários que voltava para casa após o fim do turno da manhã. Sabia que era uma atitude irracional de sua parte, mas não pôde deixar de se sentir incomodado pelo animado bate-papo entre eles.

Saiu do elevador e seguiu pelo corredor. Quanto mais se aproximava da UTI, mais nervoso ficava. Era quase como uma premonição.

Deu uma parada na entrada da sala de espera para ver se Tracy estava lá. Ela havia pensado em ir para casa tomar um banho e trocar de roupa.

Kim a viu sentada numa cadeira próxima à janela. Quase no mesmo instante, ela percebeu sua chegada e se pôs de pé. Lágrimas corriam por seu rosto.

– O que há de errado agora? – perguntou ele, resignado. – Alguma mudança?

Por um momento, Tracy não conseguiu dizer nada. A pergunta provocara-lhe outra ânsia de choro que lutou para conter.

– Ela piorou – disse, finalmente. – A Dra. Stevens falou sobre uma reação em cadeia que levaria à falência múltipla dos órgãos vitais e outras coisas incompreensíveis para mim, mas disse que deveríamos nos preparar. Acho que queria dizer que Becky pode morrer!

– Becky não vai morrer! – gritou Kim com uma veemência que beirava a fúria. – O que aconteceu para ela sugerir um absurdo desses?

– Becky sofreu um ataque – disse Tracy. – Eles acham que está cega.

Kim cerrou os olhos com força. A ideia de sua filha de 10 anos sofrendo um ataque era para ele uma imagem irreal. No entanto, tinha consciência de que sua trajetória clínica era desastrosa, e que atingir um ponto irreversível não era surpresa.

Deixando Tracy na sala de espera, Kim entrou na UTI. Como na tarde do dia anterior, um grupo de médicos estava espremido na sala de Becky. Kim entrou e deparou com um novo rosto, Dr. Sidney Hampton, neurologista.

– Dr. Reggis – chamou Claire.

Kim ignorou a pediatra. Abriu caminho até a cama e observou a filha. Era uma sombra esquálida de sua fisionomia habitual, presa a um emaranhado de fios e tubos, cercada por aparelhos. Telas de cristal líquido e monitores transmitiam informações em forma de leitura digital e cursores gráficos.

Os olhos de Becky estavam fechados. Sua pele estava azulada e translúcida.

– Becky, sou eu, o papai – sussurrou-lhe ao ouvido e observou seu rosto gelado. Ela não deu sinal de ter escutado.

– Infelizmente, ela está inconsciente – disse Claire.

Kim endireitou-se. Sua respiração era curta e rápida.

– Acredita que teve um ataque?

– Tudo indica que sim – disse Sidney.

Kim teve de se conter para não botar a culpa no mensageiro.

– O problema principal é que a toxina parece estar destruindo as plaquetas no mesmo instante em que entram na corrente sanguínea – disse Walter.

– É verdade – prosseguiu Sidney. – Não há meios de saber se foi uma hemorragia intracraniana ou uma embolia provocada pelas plaquetas.

– Ou uma combinação das duas – sugeriu Walter.

– É uma possibilidade – admitiu Sidney.

– De uma forma ou de outra – acrescentou Walter –, a rápida destruição das plaquetas deve estar formando um lodo na microcirculação. Estamos diante daquele quadro de colapso múltiplo dos órgãos vitais que detestamos ver.

– As funções renais e hepáticas estão definitivamente caindo – disse Arthur. – A diálise peritoneal não está surtindo efeito.

Kim teve de esforçar-se para conter a raiva diante daquela dialética. Certamente, não estava sendo de nenhum benefício para sua filha. Procurou raciocinar e manter-se calmo.

– Se a diálise peritoneal não funciona – disse Kim, controlando a voz –, talvez fosse melhor transferi-la para o Hospital Suburbano e colocá-la numa máquina de diálise.

– Isso está fora de cogitação – disse Claire. – Seu estado é demasiadamente crítico para ser transferida.

– Bem, parece-me que temos de fazer alguma coisa – disse Kim. Já não conseguia manter tanta calma.

– Estamos fazendo tudo o que está ao nosso alcance – disse Claire. – Estamos conseguindo manter suas funções renais e respiratórias, e repondo as plaquetas.

– E quanto à plasmaférese? – perguntou Kim.

Claire olhou para Walter.

– O AmeriCare não autoriza – disse Walter.

– Foda-se o AmeriCare – estourou Kim. – Se houver algo que ajude, será feito.

– Espere um pouco, Dr. Reggis – disse Walter. O homem de cabelos grisalhos deu um passo à frente. Sentia-se obviamente constrangido por ter de tocar naquele assunto. – O AmeriCare é proprietário deste hospital. Não podemos simplesmente erguer o nariz diante de suas diretrizes. Plasmaférese é demasiadamente caro e experimental. Para os leigos, não tenho sequer permissão de mencionar esse nome.

– O que é preciso para se conseguir uma autorização? Eu pago do meu bolso, se for o caso.

– Vou ter de ligar para o Dr. Norman Shapiro – disse Walter. – É o presidente do conselho administrativo do AmeriCare.

– Ligue logo de uma vez! – rosnou Kim. – Imediatamente!

Walter olhou para Claire. Ela deu de ombros.

– Suponho que uma ligação não fará mal – disse ela.

– Por mim, tudo bem – disse Walter, deixando a sala para usar o telefone.

– Dr. Reggis, plasmaférese é como um tiro no escuro – disse Claire. – Creio que seria correto de minha parte avisá-lo e à sua ex-esposa de que devem estar preparados para qualquer eventualidade.

O rosto de Kim enrubesceu. Não estava com a menor disposição de “preparar-se” como Claire eufemisticamente sugerira. Ao contrário, desejava investir contra os responsáveis pela situação lastimável de Becky e naquele momento os alvos mais próximos eram os médicos dentro daquela sala.

– O senhor me entende, não é? – perguntou Claire, procurando ser amável.

Kim não respondeu. Num instante de lucidez, reconheceu o absurdo que era responsabilizar os médicos pela tragédia de Becky, principalmente sabendo de quem era a culpa.

Sem nada dizer, virou as costas para Claire e deixou a UTI. Carregava com ele toda sua raiva, frustração e uma humilhante sensação de impotência. Atravessou o corredor com passo firme.

Tracy ainda se encontrava na sala de espera e percebeu imediatamente que ele estava transtornado. Quando passou direto sem lhe dirigir sequer um olhar, ela se levantou e correu atrás dele. Tinha medo do que poderia fazer.

– Kim, pare! Aonde vai? – Ela o puxou pela manga.

– Dar uma saída – disse, soltando-se dela.

– Aonde?

Tracy precisava correr para acompanhar seu passo decidido. Teve medo quando olhou em seu rosto. Por um instante ela esqueceu-se da própria dor.

– Tenho de fazer algo – disse ele. – Não posso simplesmente ficar sentado aqui de braços cruzados. Neste exato momento não posso ajudar Becky, mas, por Deus, vou descobrir como ela ficou doente.

– Como irá fazer isso? Kim, você precisa se acalmar.

– Kathleen me disse que o problema do E. coli é geralmente provocado por carne moída.

– Todo mundo sabe disso.

– Acho que só eu não sabia. E lembra-se quando lhe disse na semana passada que tinha levado Becky ao Onion Ring da Prairie Highway? Ela comeu um hambúrguer que estava malpassado. Só pode ter sido lá que ela pegou a doença.

– Está me dizendo que vai agora para aquele Onion Ring? – perguntou Tracy, incrédula.

– Isso mesmo. Se foi lá que Becky ficou doente, é para lá que eu vou

– Neste momento, não importa onde Becky ficou doente. O fato é que ela está doente. Podemos nos preocupar sobre como ou por que em outra hora.

– Pode não ser importante para você, mas é para mim.

– Kim, você está fora de controle. – Tracy implorou, desesperada. – Só uma vez, não pode pensar em outra pessoa além de você?

– Que diabos está querendo dizer? – retrucou Kim, cada vez mais furioso.

– É uma coisa sua, não de Becky. Só tem a ver com você e esse seu ego de médico.

– Pro inferno com essa baboseira – grunhiu Kim. – Não estou com a menor disposição para ouvir esse seu lixo psicológico. Agora não!

– Não está ajudando ninguém descarregando desse jeito. É uma ameaça até para você mesmo. Se tem mesmo de ir, espere ao menos um pouco até se acalmar.

– Estou indo na esperança que isso me acalme. E quem sabe até me proporcione um mínimo de satisfação.

O elevador chegou, e Kim entrou.

– Você nem tirou o jaleco – disse Tracy, ainda esperançosa de retardar sua saída, para seu próprio bem.

– Eu vou, e é agora – disse ele. – E ninguém vai conseguir me impedir.

NA VELOCIDADE EM que chegou ao estacionamento do Onion Ring, Kim não conseguiu evitar que uma roda subisse no meio-fio. Sentiu um baque surdo, e o carro saiu de ré. Sem dar a menor importância, estacionou na primeira vaga que encontrou.

Depois de puxar o freio de mão e desligar a ignição, Kim ficou por alguns minutos dentro do carro observando a lanchonete pelo para-brisa. Estava tão cheia como na semana anterior.

A viagem tinha acalmado um pouco sua raiva, mas não a determinação. Pensou no que teria de fazer depois de entrar e só então saltou do carro. No interior, encontrou as filas para os caixas chegando quase até a porta. Sem a menor disposição para esperar, foi abrindo caminho, alheio às reclamações de alguns fregueses.

Chegando ao balcão, Kim atraiu a atenção de uma das caixas, em cuja etiqueta de identificação lia-se: OI, SOU DEBBIE. Era uma adolescente de olhar indefinível, cabelos oxigenados e com acne no rosto. Seus traços faciais pareciam petrificados numa expressão de absoluto tédio.

– Com licença – disse Kim, esforçando-se para manter a calma, embora seu estado de nervos fosse evidente. – Gostaria de falar com o gerente.

– O senhor tem de esperar na fila para fazer o pedido – respondeu Debbie. Ela lançou um olhar de esguelha para Kim, mas mostrou-se inteiramente insensível ao seu estado alterado.

– Não quero pedir nada – disse Kim, pausada e vagarosamente. – Quero falar com o gerente.

– Ele está muito ocupado agora – disse Debbie, voltando a atenção para a primeira pessoa da fila e pedindo que repetisse o pedido.

Kim bateu no balcão com a palma da mão com toda a força que pôde, derrubando diversos porta-guardanapos no chão. O som foi como o de um tiro de revólver. No mesmo instante todo o local caiu em profundo silêncio, como uma imagem congelada de cinema. O rosto de Debbie ficou branco como a neve.

– Não quero ser obrigado a pedir mais uma vez – disse Kim. – Quero o gerente aqui.

Um homem aproximou-se, vindo por trás da fileira de caixas registradoras. Usava o uniforme de duas cores do Onion Ring. Em sua etiqueta de identificação estava escrito: OI, EU SOU ROGER.

– Eu sou o gerente – disse, crispando o pescoço num cacoete nervoso. – Qual o problema?

– É minha filha – disse Kim. – Acontece que está em coma nesse momento, entre a vida e a morte, depois de ter comido um hambúrguer aqui na semana passada.

A voz de Kim ressoou por todo o restaurante. Os fregueses que comiam seus hambúrgueres olharam para os seus sanduíches, apreensivos.

– Sinto muito ouvir isso sobre sua filha – disse Roger. – Mas é totalmente impossível que ela tenha ficado doente aqui, muito menos por causa de nossos hambúrgueres.

– Esse foi o único lugar onde ela comeu carne moída. E está infectada por E. coli, que é transmitido pelo hambúrguer.

– Eu realmente sinto muito – disse Roger energicamente. – Mas nossos hambúrgueres são todos bem passados e seguimos regras rígidas de higiene. Somos inspecionados regularmente pelo Departamento de Saúde.

Da mesma forma abrupta como silenciou, o restaurante retomou o alto nível de decibéis. As conversas recomeçaram, como se ninguém tivesse nada a ver com o problema de Kim.

– O hambúrguer dela não estava bem cozido – disse Kim. – Era malpassado.

– Impossível – retrucou Roger, revirando os olhos.

– Eu mesmo vi. Estava rosado no meio. O que gostaria de saber...

– Não poderia estar rosado – interrompeu Roger, agitando as mãos. – Isso é totalmente fora de questão. Agora, se me dá licença, preciso voltar ao trabalho.

Roger começou a se virar, mas Kim o puxou pela gola da camisa. Violentamente, empurrou o assustado gerente sobre o balcão e ficou com o rosto a poucos centímetros do dele. As faces de Roger foram ficando vermelhas. Kim apertava com tanta força que estava bloqueando o fluxo sanguíneo no pescoço dele.

– Um mínimo de remorso seria mais conveniente – grunhiu Kim. – Esteja certo de que não vou aceitar essa sua indiferença.

Roger soltou um gemido esganiçado enquanto lutava inutilmente para livrar o pescoço dos dedos crispados de Kim.

Bruscamente, Kim o puxou e o atirou ao chão. As caixas, os funcionários da cozinha e as pessoas que estavam nas filas emudeceram e ficaram olhando, imóveis com o choque.

Kim contornou o balcão, na intenção de falar diretamente com o cozinheiro.

Roger ergueu-se cambaleante e, vendo Kim se dirigir para a cozinha, tentou confrontá-lo.

– Você não pode entrar aí – disse, em tom de animosidade. – Somente os empregados têm permissão...

Kim não lhe deu tempo de terminar. Simplesmente afastou-o com um safanão que o atirou outra vez sobre o balcão. Roger colidiu contra uma máquina de suco, que se espatifou sobre o piso de cerâmica. O líquido esparramou-se pelo chão. Os que estavam próximos pularam para trás. O silêncio fez-se novamente presente. Alguns fregueses levantaram-se afobados, levando sua comida com eles.

– Chame a polícia! – grunhiu Roger para a caixa mais próxima enquanto tentava estabanadamente pôr-se de pé.

Kim prosseguiu decidido por trás dos caixas para confrontar-se com o mirrado Paul. Observou por um instante aquele rosto enrugado e a tatuagem no braço e se perguntou se aquele homem teria capacidade de cuidar da própria higiene pessoal.

Como todos na cozinha, Paul permanecia estático desde o momento em que Kim esmurrara o balcão. Alguns hambúrgueres na chapa à sua frente já começavam a queimar.

– Minha filha comeu um hambúrguer malpassado há uma semana mais ou menos, nessa mesma hora. Quero saber como isso pode ter acontecido.

Roger apareceu por trás de Kim e bateu em seu ombro.

– O senhor vai ter de sair – disse.

Kim deu meia-volta. Já não aguentava mais aquele gerente irritante.

Sabiamente, Roger recuou alguns passos, de mãos erguidas.

– Está bem, está bem – murmurou.

Kim virou-se de novo para Paul.

– Alguma ideia? – perguntou.

– Não – disse Paul. Já tinha visto pessoas enlouquecerem em plataformas de petróleo, e a expressão nos olhos de Kim o fez se lembrar daqueles homens.

– Vamos – rosnou Kim. – Você deve ter sido o cozinheiro. Tem de ter alguma ideia.

– Como Roger disse – reafirmou Paul –, não poderia ser malpassado. Faço todos os hambúrgueres bem passados. É norma da casa.

– Vocês estão realmente começando a me dar nos nervos. Estou dizendo que estava malpassado. Eu vi com meus próprios olhos.

– Mas eu marco o tempo – disse Paul. Apontou com a espátula para os hambúrgueres fumegantes na chapa.

Kim pegou um dos hambúrgueres já prontos que Paul deixava sobre uma prateleira para que fossem entregues nas bandejas. Partiu-o ao meio e examinou seu interior. Estava bem passado. Repetiu a operação umas quatro vezes, jogando os hambúrgueres partidos de volta aos pratos.

– Está vendo? – disse Roger. – Estão todos bem passados. Agora, se concordar em sair da cozinha, poderemos discutir esse assunto com mais calma.

– A temperatura interna de nossos hambúrgueres é mais alta que a exigida pelo FDA – disse Paul.

– Como pode saber qual é a temperatura interna? – perguntou Kim.

– Fazemos a medição com um termômetro especial – disse Roger. – Tiramos a temperatura ao acaso diversas vezes por dia, e é sempre a mesma: superior a 75 graus.

Paul largou a espátula e procurou numa gaveta por sob a chapa. Pegou o instrumento e o ofereceu a Kim.

Kim ignorou o termômetro. Pegou outro hambúrguer e partiu-o novamente ao meio. Também estava bem passado.

– Onde guardam os hambúrgueres antes de fritá-los?

Paul virou-se para trás e abriu o refrigerador. Kim esticou o pescoço e deu uma olhada no interior. Sabia que só estava vendo uma pequena amostra da carne que o Onion Ring precisava ter à mão.

– Onde fica o estoque? – perguntou Kim.

– No freezer da cozinha – disse Paul.

– Mostre-me! – ordenou Kim.

Paul olhou para Roger.

– De jeito nenhum – disse Roger. – O freezer está fora de cogitação.

Com as mãos espalmadas, Kim deu um empurrão no peito de Roger, que o arremessou para o fundo da cozinha. Paul deu um passo para trás. Em seguida, girou nos calcanhares e começou a andar. Kim foi atrás dele.

– Você não vai – ia dizendo Roger. Ele alcançara Kim e o puxava pelo braço. – Somente os empregados podem entrar no freezer.

Kim tentou se livrar de Roger agarrado em seu braço, mas ele não o soltava. Irritado, Kim reagiu, acertando uma cotovelada no rosto do gerente com mais força do que previra. A cabeça de Roger sacudiu violentamente ante o impacto e ele desabou novamente no chão, com o lábio superior aberto.

Sem se importar com o gerente nocauteado, Kim acompanhou Paul, que tinha aberto a porta do freezer, e entrou.

Receoso com o tamanho e a determinação de Kim, Paul preferiu manter-se a uma distância segura dele. Deu uma olhada em seu gerente, agora sentado no capacho de borracha da cozinha com os dedos sobre o lábio ensanguentado. Sem saber o que fazer, decidiu entrar no freezer com Kim.

Kim observou as caixas enfileiradas à esquerda da câmara Somente a primeira estava aberta. No rótulo estava escrito: MERCER MEATS. REG. 0.I. CARNE MAGRA, HAMBÚRGUER LOTE 2 REM. 1-5. PRODUZIDO: DEZ./29 VÁLIDO ATÉ: MAR./29.

– Os hambúrgueres da sexta-feira passada saíram dessa caixa? – perguntou Kim.

Paul deu de ombros.

– Possivelmente, ou de outra igual.

Kim foi até o fundo do freezer e notou outra caixa aberta junto às lacradas. Abriu-a e olhou dentro dela. Verificou que uma das embalagens em seu interior também estava rasgada.

– Por que essa caixa está aberta? – perguntou.

– Foi um erro que ocorreu – disse Paul. – Costumamos usar os hambúrgueres mais antigos para não precisarmos nos preocupar com a data de validade.

Kim verificou o rótulo. Era semelhante ao anterior, exceto pela data de produção. Nesta se lia JAN./12 em vez de DEZ./29.

– Saiu algum bife dessa caixa na sexta-feira? – perguntou.

– É possível – respondeu Paul. – Não me lembro do dia em que foi aberta.

Kim pegou uma caneta e um pedaço de papel de dentro da jaqueta branca e escreveu os dados das duas caixas. Em seguida retirou uma amostra de cada e as enfiou no bolso. Não foi uma tarefa fácil porque os hambúrgueres estavam congelados e grudados em pilhas, separados por folhas de papel-manteiga.

Ao sair do freezer, Kim escutou vagamente o som abafado de uma sirene, mas não deu importância.

– O que é Mercer Meats? – perguntou.

Paul fechou a porta do freezer.

– É a companhia de processamento de carne que nos fornece os hambúrgueres. De fato, abastecem toda a cadeia de lanchonetes Onion Ring.

– Fica na região?

– Oh, sim. Logo na saída da cidade, em Bartonville.

– Isso é bom.

Ao voltar da cozinha, a porta do restaurante escancarou-se, e dois oficiais de polícia uniformizados entraram com as mãos nos revólveres enfiados nos coldres. Roger os acompanhava, gesticulando furiosamente e apontando para Kim com a mão direita, enquanto a esquerda cobria a boca com um guardanapo ensanguentado.

12

Sábado, 24 de janeiro

Os raios do sol matinal atravessavam o ar repleto de poeira da sala do tribunal projetando uma faixa iluminada sobre o chão. Kim estava bem na luz. Encontrava-se de pé, os olhos semicerrados pelo clarão, à frente do juiz Harlowe em sua toga preta de magistrado, equilibrando precariamente um par de óculos de leitura sobre o nariz. Para Kim, parecia-se com um enorme pássaro preto.

– Com meus quase trinta anos de experiência – disse o juiz Harlowe fitando Kim por cima dos óculos –, não deveria mais me surpreender com o que vejo e ouço. Mas esse é um caso bem estranho.

– Isso tudo aconteceu devido às condições de minha filha – disse Kim.

Ainda vestia o paletó branco por cima do jaleco e conservava a máscara cirúrgica amarrada ao pescoço. O paletó, porém, estava sujo e amarrotado, depois de uma noite atrás das grades. Sob o bolso esquerdo havia uma mancha marrom-escura.

– Dr. Reggis, o senhor tem toda a minha solidariedade e o Pesar pelo infortúnio de sua filha estar tão gravemente doente – disse o juiz Harlowe. – O que não entendo bem é por que não está no hospital ao lado dela.

– Eu deveria – disse Kim. – Mas seu estado atingiu um ponto em que nada posso fazer. Além disso, só pretendia ficar fora por uma ou duas horas.

– Bem, não estou aqui para fazer um julgamento das conveniências. Minha função é a de enquadrá-lo sob os delitos de invasão, agressão ao gerente de um restaurante e, o pior, resistência à prisão e agressão a um oficial de polícia. Doutor, esse comportamento é inaceitável, não importam as circunstâncias.

– Mas, meritíssimo, eu... – começou Kim.

O juiz Harlowe ergueu uma das mãos para que ele se calasse.

– Não interessa que suspeite da possibilidade de sua filha ter contraído a doença no Onion Ring da Prairie Highway. O senhor, mais que ninguém, deve saber que temos um departamento de saúde que tem por objetivo cuidar desse tipo de problema, e também temos tribunais. Estou sendo claro?

– Sim, meritíssimo – disse Kim, resignado.

– Espero que procure algum tipo de ajuda, doutor. Estou absolutamente abismado com suas atitudes, sabendo que é um renomado cirurgião cardíaco. Na verdade, o senhor operou meu sogro e ele até hoje o admira como a um deus. De qualquer modo, vou liberá-lo sob fiança. Deverá retornar à corte dentro de quatro semanas.

O juiz Harlowe bateu com o martelo sobre a mesa e chamou o caso seguinte.

Na saída do tribunal, Kim avistou um telefone público. Ficou em dúvida se devia ou não ligar para o hospital. A noite tinha tentado falar com Tracy com as ligações que tinha sido autorizado a fazer. Agora, com um telefone disponível, ele tremeu. Sentia-se culpado por ter passado tanto tempo fora e também constrangido pelo que ocorrera. Tinha medo também das notícias que poderia receber de Becky. Preferiu ir direto em vez de telefonar.

Kim foi de táxi do tribunal até o Onion Ring. O restaurante deserto tinha uma aspecto completamente diferente pela manhã. O velho Mercedes de Kim era o único carro parado no estacionamento, e não se via viva alma ao redor.

Kim deu a partida e tomou o rumo do hospital. No caminho, deu uma parada no Laboratório Sherring.

Lá dentro, dirigiu-se ao balcão de atendimento e tocou uma sineta de ferro. Uma mulher apareceu em segundos. Usava um avental de laboratório.

Kim retirou os dois hambúrgueres descongelados que trazia no bolso esquerdo do casaco e os entregou à mulher.

– Gostaria de confirmar a presença ou não de E. coli O157:H7 nesses hambúrgueres – disse. – E também o tipo de toxina.

A técnica de laboratório observou atentamente a carne desbotada.

– Acho que teria sido melhor se o senhor trouxesse as amostras congeladas – disse ela. – Se a carne fica exposta à temperatura ambiente por mais de duas horas, desenvolve grande número de bactérias.

– Eu sei. Mas não me interessam as outras bactérias. Só quero saber se o E. coli O157:H7 está presente.

A mulher desapareceu por alguns momentos e voltou usando luvas de borracha. Pegou a carne e colocou cada amostra num recipiente diferente. Em seguida, tratou dos detalhes do pagamento. Kim utilizou sua conta do consultório.

– Quanto tempo leva?

– Teremos o resultado final em 48 horas.

Kim agradeceu, foi ao toalete lavar as mãos e voltou para o carro.

À medida que se aproximava do hospital, sua ansiedade aumentava. Começou a tremer assim que estacionou o carro; os tremores intensificaram-se durante a subida no elevador. Achou melhor encontrar Tracy depois de ver Becky, por isso usou uma passagem pelos fundos da UTI para evitar a sala de espera. As pessoas que andavam pelo corredor olhavam-no curiosas. Kim podia compreendê-las, considerando sua aparência. Além da roupa imunda, precisava de um banho, fazer a barba e pentear-se.

Dentro da UTI, Kim acenou com a cabeça para o enfermeiro de plantão mas não deu qualquer explicação. Aproximando-se da sala de Becky, viu-se fazendo um pacto com Deus. *Se Becky escapasse...*

Kim chegou até a beirada do leito. Uma enfermeira estava trocando a garrafa de soro, de costas para ele. Kim observou sua filha. A pequena esperança que tinha de ver algum sinal de melhora diluiu-se por completo. Becky ainda se encontrava obviamente em coma. As pálpebras estavam fechadas com esparadrapo e permanecia entubada e respirando com a ajuda do aparelho. A novidade eram umas manchas grandes e arroxeadas no rosto, resultado de hemorragia subcutânea, dando-lhe um aspecto cadavérico.

– Ai, santo Deus!, o senhor me assustou – disse a enfermeira, levando a mão ao peito ao reparar em Kim. – Não o ouvi entrar.

– Ela não parece bem – disse Kim, procurando manter a voz serena numa tentativa de esconder a dor, o ódio e a humilhante impotência de que se sentia vítima.

– Receio que não – disse a enfermeira, fitando Kim com certa apreensão. – A pobrezinha está passando por momentos terríveis.

O ouvido treinado de Kim desviou-lhe a atenção para a tela do monitor cardíaco. O sinal sonoro era irregular, assim como as oscilações do cursor.

– Ela tem uma arritmia! Quando começou?

– É relativamente recente. Começou na noite passada. Ela sofreu uma efusão cardíaca que rapidamente desencadeou sintomas de tamponamento. Foi necessário drená-la.

– Quando? – perguntou Kim.

Agora sentia-se ainda mais culpado por não ter estado disponível. Efusão cardíaca era algo que conhecia.

– Logo depois das 4 horas.

– Algum dos médicos ainda está por aqui?

– Acredito que sim. Acho que estão conversando com a mãe da paciente na sala de espera.

Kim saiu da sala. Não podia suportar ver sua filha ali naquele estado. Parou no corredor para recuperar o fôlego e tentar se recompor. Só então entrou na sala de espera. Encontrou Tracy conversando com Claire Stevens e Kathleen Morgan. Assim que notaram sua presença, pararam a conversa.

Durante alguns instantes ficaram todos em silêncio.

Tracy encontrava-se visivelmente perturbada. Tinha os lábios trincados, os joelhos grudados um ao outro e as mãos entrelaçadas. Fitou Kim com a expressão triste, confusa, refletindo preocupação e desgraça. Ao vê-lo, balançou a cabeça.

– Ainda está vestindo as mesmas roupas. Você está imundo. Por onde andou, afinal?

– Minha visita ao Onion Ring demorou mais que o previsto. Ele olhou para Claire. – Então Becky agora desenvolveu pericardite – disse.

– Receio que sim – admitiu Claire.

– Meu Deus! – exclamou Kim. – O que virá agora?

– Nesse estágio, tudo pode acontecer – disse Kathleen. – Foi confirmado que esta é uma forma anômala particularmente patogênica de E. coli que produz não uma mas duas toxinas extraordinariamente potentes. Estamos diante de um caso de SUH em plena atividade.

– E quanto à plasmaférese? – perguntou Kim.

– O Dr. Ohanesian fez um apelo dramático ao diretor do departamento administrativo do AmeriCare – respondeu Claire. – Mas, como já o advertimos, o comitê provavelmente não dará permissão.

– Por que não? – perguntou Kim. – Precisamos fazer alguma coisa, e já disse que estou disposto a pagar o que for necessário.

– Não é a sua disposição de pagar que conta – disse Claire. – Pela perspectiva deles, estariam abrindo um sério precedente. Poderiam depois ser forçados a realizá-la com famílias sem condições de pagar.

– Então vamos levar Becky para algum lugar onde seja possível – reclamou Kim.

– Dr. Reggis – disse Claire, tentando ser simpática –, o estado de Becky hoje é pior que ontem, e ontem ela já não tinha condições de ser transferida. Mas a possibilidade de uma plasmaférese não foi inteiramente descartada. Existe ainda uma esperança de que eles liberem. Só temos de esperar.

– Esperar sem fazer nada – disse Kim, carrancudo.

– Isso não é verdade – respondeu Claire asperamente. Procurou conter-se e suspirou; conversar com Kim era uma tarefa difícil. – Estamos fazendo tudo o que está ao nosso alcance.

– O que significa ficar sentada de braços cruzados e cuidar das complicações – retrucou Kim.

Claire levantou-se e lançou um olhar para Tracy e Kathleen.

– Acho que está na hora de ver meus outros pacientes. Estarei disponível em caso de necessidade. Basta que mandem me chamar.

Tracy concordou com a cabeça. E Kathleen disse que faria o mesmo em alguns minutos. Claire afastou-se.

Kim desabou sobre a poltrona desocupada por Claire e afundou a cabeça entre as mãos. Lutava contra um redemoinho de emoções que alternava ódio e tristeza. Naquele instante, era a tristeza que predominava. Fez força para conter as lágrimas. Sabia que tinha de ver seus pacientes, mas no momento isso era impossível.

– Por que demorou tanto para voltar do Onion Ring? – perguntou Tracy. Apesar de sua irritação crescente com as atitudes de Kim, não podia deixar de preocupar-se com ele. Sua aparência era de dar pena.

– Na verdade, fui parar na cadeia – admitiu Kim.

– Cadeia!

– Se você quer que eu admita, eu admito: você estava certa. Devia ter me acalmado antes de ir.

– Por que foi preso?

– Perdi o controle. Fui até lá tentar descobrir se havia a possibilidade de encontrar alimento contaminado. A má vontade do gerente me fez perder a cabeça.

– Não creio que a culpa seja das lanchonetes – sugeriu Tracy. – Com esse problema do E. coli elas são tão vítimas quanto os fregueses infectados. Os hambúrgueres já chegam contaminados.

– Concordo com você – disse Kim, ainda com a cabeça entre as mãos. – Meu próximo passo será a Mercer Meats.

– Com Becky nessas condições fica difícil para mim raciocinar. Mas como poderia haver carne contaminada num lugar desses? Esses locais não são continuamente inspecionados? O Departamento de Agricultura dos Estados Unidos não faz um controle de qualidade?

– Eles fazem – disse Kathleen. – Mas, nos dias de hoje, não se pode descartar a possibilidade de contaminação.

– Mas como? – perguntou Tracy.

– Por uma série de motivos – disse Kathleen –, dentre os quais o mais sério é o conflito de interesses dentro do Departamento de Agricultura dos Estados Unidos.

Kim ergueu a cabeça e olhou para Kathleen.

– Como assim?

– É por causa da estrutura do Departamento de Agricultura dos Estados Unidos – explicou Kathleen. – De um lado, a agência serve como defensoria oficial da agropecuária americana, que inclui a poderosa indústria da carne. Essa é, na verdade, a tarefa principal do Departamento de Agricultura. De outro lado, existe a fiscalização. Obviamente, as duas coisas não combinam. É como pedir à raposa que tome conta do galinheiro.

– Isso é inacreditável – disse Kim. – Tem mesmo certeza disso ou é apenas algo de que ouviu falar?

– Confirmei pessoalmente – prosseguiu Kathleen. – Passei mais de um ano pesquisando sobre o problema da intoxicação alimentar. Juntei-me a dois grupos de consumidores que travam uma árdua batalha para que providências sejam tomadas a esse respeito.

– Como se envolveu? – perguntou Tracy.

– Teria sido difícil não me envolver. Contaminação alimentar e as doenças a ela associadas são minha especialidade. As pessoas em geral parecem querer ignorar a situação, mas é um problema que vem se alastrando dia a dia.

– Isso é inacreditável! – exclamou Kim, substituindo outra vez a raiva pela tristeza.

– Ainda há outra coisa – prosseguiu Kathleen. – Além do conflito de interesses, o que pude deduzir é que o Departamento de Agricultura dos Estados Unidos e a indústria da carne são muito próximas.

– O que está insinuando? – perguntou Kim.

– Exatamente isso que disse – prosseguiu Kathleen. – Particularmente nos cargos de gerência intermediários existe uma espécie de rotatividade para garantir a mínima interferência na indústria.

– Visando somente o lucro, sem dúvida – disse Kim.

– Com certeza – concordou Kathleen. – A indústria da carne é um negócio multibilionário que procura maximizar os lucros e não o bem-estar público.

– Espere um instante – disse Tracy. – Como isso pode ser verdade? No passado, o Departamento de Agricultura dos Estados Unidos já mostrou eficiência. Por exemplo, não faz muito tempo, com a Hudson Foods...

– Com licença – interrompeu Kathleen. – O responsável pela descoberta da contaminação de E. coli no Hudson não foi o Departamento de Agricultura e sim um atento agente da saúde pública. O que ocorre normalmente é que o Departamento de Agricultura é obrigado a mostrar serviço depois que acontece um acidente. Usam a mídia para dar a impressão de que estão preocupados em proteger o público, mas infelizmente nada de substancial é feito de fato. Ironicamente, o Departamento de Agricultura dos Estados Unidos não tem sequer a autoridade para recolher a carne contaminada que encontra. Só pode fazer uma recomendação. Nada do que determina é obrigatório.

– Como no caso da Hudson Foods? – perguntou Tracy. – A princípio, recomendaram que fossem recolhidas apenas dez toneladas de carne.

– Exatamente – disse Kathleen. – Foram as associações de consumidores que forçaram o Departamento de Agricultura a elevar para mais de 500 mil toneladas a quantidade de carne recolhida. Isso não foi instigado pelo Departamento de Agricultura dos Estados Unidos.

– Não fazia a mínima ideia disso – disse Tracy. – E posso dizer que sou uma pessoa razoavelmente bem informada.

– Talvez a pior parte – continuou Kathleen – seja quando o Departamento de Agricultura fala sobre contaminação e de seus serviços de inspeção, pois em geral estão se referindo à contaminação, grosso modo, com fezes visíveis. A indústria luta contra a inspeção microscópica ou bacteriológica há anos. Eles dizem que atualmente fazem culturas, mas a porcentagem das amostras analisadas é insignificante.

– É difícil de acreditar – disse Tracy. – Sempre acreditei que comer carne era seguro.

– É uma situação vergonhosa – disse Kathleen. – E com consequências trágicas.

Por alguns momentos, ninguém disse uma palavra.

– E como a gente sabe disso – disse Tracy, como se subitamente se desse conta de que aquela não era uma conversa fútil. Sua filha não era uma abstração. Uma lágrima desceu-lhe pelo rosto.

– Bem, isso explica tudo – disse Kim, levantando-se abruptamente.

– Explica o quê? – perguntou Tracy. – Para onde vai agora?

– Bartonville. Vou fazer uma visita à Mercer Meats.

– Acho que deveria ficar aqui – disse Tracy, angustiada. – Sabe melhor do que eu que o estado de Becky é grave. A Dra. Stevens e a Dra. Morgan já me disseram que algumas decisões difíceis deverão ser tomadas.

– É claro que sei que o estado de Becky é grave. Por isso tenho tanta dificuldade em ficar aqui sentado de braços cruzados. Está me deixando louco. Até olhar para ela é difícil, sabendo que não há nada que eu possa fazer. Ainda por cima, escutar tudo isso sobre a indústria da carne e o Departamento de Agricultura dos Estados Unidos me deixa ainda mais furioso. Disse que iria descobrir como ela ficou doente. Vou seguir a pista desse E. coli não importa aonde leve; ao menos isso eu posso fazer por Becky.

– E se precisarmos de você? – perguntou Tracy.

– Meu celular está no carro. Pode me ligar. De qualquer forma, não devo demorar muito.

– Sei, assim como ontem.

– Aprendi a lição. Não vou perder a cabeça.

Tracy não pareceu convencida.

– Então, vá, se precisa tanto – disse, irritada.

Kim não pensou duas vezes. Não era só a implacável enfermidade de Becky que lhe causava tanto pesar, mas também a hostilidade de Tracy. No dia anterior tinha dito a ele que compreendia suas frustrações. Agora, era como se tivesse esquecido tudo o que falara.

Na autoestrada, Kim usou o celular para contatar Tom. Tentou localizá-lo em diversos lugares antes enfim de encontrá-lo no laboratório do hospital.

– Preciso pedir-lhe mais um favor – disse Kim.

– Como vai Becky? – perguntou Tom.

– Para ser honesto, está muito mal. Tenho procurado negar sua condição, mas é preciso encarar a realidade. Não tinha ideia de que esse E. coli fosse tão patogênico e essencialmente intratável depois que a toxina se instala no organismo. De qualquer forma, não estou nem um pouco otimista. – Kim fez uma pausa, contendo as lágrimas.

– Fico muito triste em saber – disse Tom. – Que tragédia. Como posso ajudar?

– Pode acompanhar meus pacientes por alguns dias? – Kim conseguiu finalmente articular. – Estou com a cabeça muito tumultuada.

– Problema nenhum – disse Tom, amável. – Vou fazer minhas visitas em alguns minutos, assim que terminar aqui. Vou aproveitar para ver os seus pacientes também. Vou avisar às enfermeiras para que, me chamem no caso de alguma emergência.

– Obrigado, Tom. Fico lhe devendo essa.

– Gostaria de poder fazer mais.

– Eu também – disse Kim.

Bartonville ficava a menos de quarenta minutos do centro da cidade. Kim chegou na sua rua principal, seguindo as informações de um frentista na saída da autoestrada. Não teve dificuldade para encontrar a Mercer Meats.

Era uma fábrica muito maior do que imaginava. O prédio era todo branco e moderno, mas não tinha detalhes que facilitassem sua descrição. Estava fincado no centro de um gramado imaculadamente aparado e cortado por um caminho de pedra para os veículos e alamedas arborizadas no estacionamento. O complexo irradiava uma aura de alta lucratividade.

Kim estacionou relativamente próximo ao portão de entrada, em uma das poucas vagas destinadas aos "visitantes". Desceu do carro e caminhou até o prédio, procurando não se esquecer de que precisava manter a calma. Após a experiência no Onion Ring, sabia que, se não o fizesse, só teria a perder.

A sala de recepção, atapetada com luxo, com gravuras nas paredes e móveis ricamente estofados, parecia mais de uma companhia de seguros que de uma empacotadora de carne. Apenas o tema dos quadros sugeria a natureza do negócio: eram gravuras de várias raças de gado.

Uma matrona, usando equipamento de escuta sem fio estava sentada numa mesa circular no centro da sala.

– Posso ajudá-lo? – perguntou.

– Espero que sim – disse Kim. – Qual é o nome do presidente da Mercer Meats?

– O presidente é o Sr. Everett Sorenson – respondeu a mulher.

– Poderia me chamar o Sr. Sorenson e dizer-lhe que o Dr. Kim Reggis está aqui para vê-lo?

– Posso informar ao Sr. Sorenson o motivo da visita? – perguntou a mulher. Ela examinou Kim com olhar cético. Sua aparência era quase como a de um sem-teto.

– Isso é necessário?

– O Sr. Sorenson é um homem muito ocupado.

– Nesse caso, diga-lhe que é a respeito da Mercer Meats vender hambúrgueres contaminados para a cadeia de lanchonetes Onion Ring.

– Como? – a mulher pareceu não acreditar no que ouvira.

– Ou melhor – Kim já começava a se esquecer da promessa que fizera a si mesmo de manter a compostura –, diga-lhe que desejo discutir o fato de que minha filha está entre a vida e a morte depois de ter consumido um hambúrguer da Mercer Meats.

– Talvez o senhor queira se sentar – disse a recepcionista. Ela engoliu em seco. Kim estava agora debruçado sobre a mesa, apoiado nos cotovelos. – Passarei a mensagem ao presidente.

– Obrigado – disse Kim, forçando um sorriso para a mulher e recolhendo-se a um dos sofás.

A mulher falou ao microfone, lançando olhares nervosos na direção de Kim. Ele sorriu outra vez. Não podia ouvir o que dizia, mas pela expressão no rosto dela sabia que só podia ser a seu respeito.

Kim estava de pernas cruzadas. De vez em quando, balançava o pé. Cinco minutos se passaram. Sua raiva ia aumentado à medida que esperava. Quando já estava chegando ao limite de sua paciência, um homem apareceu vestindo um avental branco e comprido não muito diferente do seu, porém limpo e passado. Usava um boné com um emblema da Mercer Meats e trazia uma prancheta na mão.

Dirigiu-se diretamente para Kim e estendeu-lhe a mão. Kim se levantou e apertou a mão do homem, embora sem a menor vontade.

– Dr. Reggis, sou Jack Cartwright. É um prazer conhecê-lo.

– Onde está o presidente? – perguntou Kim.

– Ele está muito ocupado no momento, mas me pediu que viesse falar com o senhor. Sou um dos vice-presidentes e, entre outras coisas, o responsável pelo setor de relações públicas.

Jack era um sujeito atarracado com o rosto macilento e um nariz porcino ligeiramente arrebitado. Sorria de forma insinuante.

– Quero falar com o presidente – disse Kim.

– Sinceramente – foi dizendo Jack sem rodeios –, fiquei sensibilizado ao saber que sua filha está doente.

– Ela está mais que doente. Está à beira da morte, lutando pela vida contra uma bactéria chamada E. coli O157:H7. Imagino que já tenha ouvido falar desse bichinho.

– Infelizmente, sim – disse Jack, parando de sorrir. – Todos nós, no ramo da carne, estamos conscientes, especialmente depois da tragédia no Hudson Meat. De fato, a paranoia é tão grande nesse aspecto que excedemos em muito todas as exigências e recomendações do Departamento de Agricultura dos Estados Unidos. A prova de nossa eficiência é que jamais fomos citados por qualquer irregularidade.

– Quero conhecer a área de produção de hambúrgueres – disse Kim. Obviamente, não tinha o menor interesse no discurso enlatado de Jack.

– Isso é impossível. Nós limitamos o acesso para reduzir o máximo o risco de contaminação. Mas...

– Espere aí! – interrompeu Kim à medida que seu rosto enrubescia. – Eu sou médico e compreendo o problema da contaminação. Usarei trajes apropriados, farei o que for necessário. Só não aceito um não como resposta.

– Ei, acalme-se – disse Jack, de bom humor. – Não me deixou terminar. Não pode entrar na área de produção, mas pode observar todo o processo por nossa passarela envidraçada. E com a vantagem ainda de não precisar trocar de roupa.

– Já é um começo, creio.

– Ótimo! Então, siga-me.

Jack foi na frente, levando Kim por um corredor.

– Está interessado apenas na produção de hambúrgueres? – perguntou Jack. – Que tal algum outro produto, como a salsicha?

– Só o hambúrguer.

– Está muito bem – disse Jack, satisfeito.

Chegaram a umas escadas e começaram a subir.

– Quero deixar bem claro que somos extremamente exigentes quanto à higiene aqui na Mercer Meats – disse Jack. – Toda a área de produção é lavada diariamente, primeiro com jato de vapor a alta pressão e depois com um composto quaternário de amônia. Quer dizer, você poderia comer direto do chão.

– Uh-hum – entoou Kim.

– Toda a área de produção é mantida à temperatura de 2 graus centígrados – disse Jack quando chegavam no alto da escada. Ele pegou na maçaneta de uma porta de incêndio. – É duro para os empregados, mas pior para a bactéria. Entende o que digo? – Jack soltou uma risada; Kim permaneceu em silêncio.

Cruzaram a porta e entraram num corredor envidraçado, localizado sobre a área de produção, e que ia de um lado a outro do prédio.

– É impressionante, não concorda? – disse Jack, orgulhoso.

– Onde fica a seção dos hambúrgueres? – perguntou Kim.

– Vamos chegar lá. Mas deixe-me explicar como funcionam todas essas máquinas.

Lá embaixo, Kim podia ver os empregados trabalhando. Todos vestiam uniforme branco e bonés que lembravam toucas de banho. Usavam também luvas e galochas de proteção. Kim tinha de admitir que o local parecia todo novo e esterilizado. Estava surpreso. Esperava encontrar algo bem menos imponente.

Jack teve de falar mais alto por causa do barulho das máquinas. O corredor não era à prova de som.

– Não sei se tem conhecimento de que o hambúrguer é geralmente uma combinação de carnes fresca e congelada – explicou Jack. – Elas são pré-moídas separadamente ali. Evidentemente, a carne congelada precisa ser descongelada antes.

Kim balançou a cabeça.

– Após essa primeira moagem, a carne fresca e a congelada são lançadas no misturador de formulação até completarem uma partida, que vai então para a moagem final naqueles moedores grandes.

Jack apontou, e Kim balançou novamente a cabeça.

– Produzimos cinco partidas por hora. Estas são então reunidas em um lote.

Kim apontou para um grande tonel de borracha, ou de plástico, sobre rodas.

– A carne fresca é transportada naqueles recipientes? – perguntou.

– Sim. Eles têm capacidade para uma tonelada. Somos muito cuidadosos com nossa carne fresca. Ela tem de ser usada no máximo em cinco dias e precisa ser conservada abaixo de 2 graus centígrados. Como sabe, é uma temperatura abaixo da dos refrigeradores convencionais.

– O que acontece com o lote? – perguntou Kim.

– Assim que sai da moagem fina, é transportado na esteira que está embaixo de nós até a máquina que prensa os hambúrgueres, do outro lado.

Kim balançou a cabeça. A máquina ficava numa sala separada, isolada do resto da área de produção. Caminharam pelo corredor de vidro até ficarem diretamente sobre ela.

– Uma máquina impressionante, não concorda? – disse Jack.

– Por que fica numa sala isolada? – perguntou Kim.

– Para mantê-la absolutamente limpa e protegê-la. É a peça de equipamento mais cara e mais importante de toda a produção. Ela processa os hambúrgueres normais de 50 gramas e os grandes, de 125 gramas.

– O que acontece depois que os hambúrgueres saem da máquina?

– Uma esteira os transporta diretamente pelo túnel congelador de nitrogênio. São então embalados à mão em caixas e estas em caixotes.

– Podem descobrir a origem da carne? Já que vocês têm o número do lote, os números das fornadas e a data de produção.

– Claro. Fica tudo guardado em nossos livros de registro.

Kim tirou do bolso o pedaço de papel onde escrevera os dados dos rótulos no freezer do Onion Ring. Desdobrou-o e mostrou-o a Jack.

– Gostaria de saber de onde veio a carne desses dois lotes, nessas duas datas.

Jack deu uma espiada no papel e balançou negativamente a cabeça.

– Sinto muito, não posso dar esse tipo de informação.

– Pelo amor de Deus, por que não?

– Simplesmente, não posso. É confidencial, não é disponível ao público.

– Qual o segredo?

– Não há segredo. É política da companhia.

– Então, para que servem os livros de registro?

– É uma exigência do Departamento de Agricultura dos Estados Unidos.

– Parece-me suspeito – disse Kim, lembrando-se de alguns comentários feitos por Kathleen naquela manhã. – Um órgão publico fiscalizando registros cujas informações não podem ser acessadas pelo público.

– Não sou eu que faço as regras – disse Jack, de maneira pouco convincente.

Kim correu os olhos pela sala de processamento dos hambúrgueres. Parecia imponente com todo aquele equipamento de aço inoxidável e o chão lustroso e azulejado. Havia três homens e uma mulher cuidando das máquinas.

Kim percebeu que a mulher segurava uma prancheta onde rabiscava o tempo todo. Ao contrário dos homens, ela não tocava nas máquinas.

– Quem é aquela mulher?

– Marsha Baldwin. É uma gata, não acha?

– O que ela está fazendo?

– Inspecionando – disse Jack. – É a inspetora do Departamento de Agricultura dos Estados Unidos. Ela aparece por aqui três, quatro, às vezes cinco vezes na semana. É um osso duro de roer. Mete o nariz em tudo.

– Suponho que ela possa rastrear a origem da carne.

– Sem dúvida. Ela confere os livros de registro todas as vezes que vem aqui.

– O que está fazendo agora? – perguntou Kim.

Marsha estava debruçada, examinando a boca da máquina de prensar hambúrgueres.

– Não faço a menor ideia. Provavelmente verificando se foi lavada corretamente. Ela é rigorosíssima nos detalhes, é tudo o que sei. Pelo menos, somos obrigados a ficar alertas.

– De três a cinco vezes por semana – repetiu Kim. – É de impressionar.

– Venha – disse Jack, fazendo um sinal com a mão. – Ainda não vimos o empacotamento dos caixotes e a estocagem nas câmaras de congelamento.

Kim sabia que tinha visto tudo o que tinham para mostrar. Estava convencido de que não conseguiria falar com Everett Sorenson.

– Se quiser saber sobre mais alguma coisa – disse Jack, depois que voltaram para a recepção –, é só entrar em contato.

Entregou um cartão a Kim e abriu um sorriso confiante. Apertou sua mão, deu-lhe um tapinha no ombro e agradeceu sua visita.

Kim saiu do prédio da Mercer Meats e entrou no carro. Em vez de dar a partida, ligou o rádio. Depois de certificar-se de que o celular estava ligado, recostou-se e procurou relaxar. Passados alguns minutos, abaixou um pouco o vidro da janela. Não queria cair no sono.

O tempo passou lentamente. Por diversas vezes quase desistiu e foi embora. Sentia-se cada vez mais culpado por ter abandonado Tracy na sala de espera da UTI. Em pouco mais de uma hora, no entanto, sua paciência foi recompensada: Marsha Baldwin saiu pela porta da Mercer Meats. Vestia um casaco bege e carregava o que parecia uma pasta de assuntos do governo.

Com medo de não alcançá-la antes que entrasse em seu carro, Kim forçou a porta com o ombro. Ela agarrava de vez em quando, consequência de uma batida no estacionamento do hospital. Conseguiu abri-la depois de algumas pancadas com a mão espalmada e correu na direção da mulher. Quando a alcançou, ela estava fechando a porta traseira de seu Ford sedan amarelo, depois de atirar a maleta sobre o banco. Kim surpreendeu-se com sua altura. Calculou que devia ter pelo menos 1,75 metro.

– Marsha Baldwin? – perguntou Kim.

Demonstrando uma ligeira surpresa por ser chamada pelo nome em pleno estacionamento, Marsha virou-se para Kim e percorreu-o com seus olhos verde-esmeralda de cima a baixo. Num reflexo, passou a mão pelos cabelos e prendeu-os por trás da orelha. Ficou receosa pela aparência de Kim e pôs-se imediatamente em guarda ante o tom quase hostil de sua voz.

– Sim, sou Marsha Baldwin – respondeu, hesitante.

Kim reparou no adesivo do vidro onde se lia "Preserve o peixe-boi", num veículo obviamente de uso oficial. Voltou a atenção para a mulher, que era, nas palavras de Jack Cartwright, "uma gata". Kim calculou que não devia passar muito dos 25 anos. Tinha a pele morena, feições finas e nariz proeminente porém aristocrático. Os lábios finos eram bem definidos.

– Precisamos conversar – disse Kim, firme.

– É mesmo? – questionou Marsha. – E quem é você, um cirurgião desempregado ou está vindo de algum baile à fantasia?

– Em circunstâncias diferentes, até acharia graça. Disseram-me que é inspetora do Departamento de Agricultura.

– E quem lhe deu essa informação? – perguntou Marsha, desconfiada. Fora avisada em seu treinamento que poderia ocasionalmente ter de lidar com picaretas.

Kim apontou para a entrada da Mercer Meats.

– Um relações-públicas de fala mansa chamado Jack Cartwright.

– E daí se eu for inspetora do Departamento de Agricultura dos Estados Unidos? – perguntou Marsha. Ela fechou a mala do carro e abriu a porta do motorista. Não estava disposta a dedicar muito tempo àquele estranho.

Kim tirou do bolso o papel com as informações dos caixotes do Onion Ring.

– Quero que descubra de onde veio a carne desses dois lotes.

Marsha deu uma espiada no papel.

– Com que finalidade? – perguntou.

– Porque acredito que um desses lotes deixou minha filha mortalmente doente, contaminada por um tipo anômalo de E. coli. Quero saber a origem desses lotes e também para onde foram enviados.

– Como pode saber que foi um desses lotes?

– Não posso ter essa certeza, ao menos por enquanto.

– Ah, é mesmo? – questionou Marsha, com desdém.

– É! Por enquanto – respondeu Kim, irritado com a entonação dela.

– Sinto muito, não posso lhe dar esse tipo de informação.

– E por que não?

– Não é minha função passar essas informações para o público. Estou certa de que é contra as normas.

Marsha fez menção de entrar no carro. Pensando em sua filha mortalmente doente numa cama de hospital, Kim agarrou o braço de Marsha com certa brutalidade, impedindo-a.

– Que se danem as normas, sua maldita burocrata – explodiu Kim. – Isso é importante. Sua função é proteger o público. Agora tem uma oportunidade para fazer isso.

Marsha não se intimidou. Olhou para a mão agarrada em seu braço e a seguir para o rosto colérico de Kim.

– Solte meu braço ou vou gritar, seu vagabundo.

Convencido de que ela estava falando sério, Kim soltou-a. Ficou surpreso pela reação decidida e inesperada de Marsha.

– Agora, fique bonzinho – disse ela, como se estivesse falando com um pré-adolescente. – Eu não lhe fiz nada.

– Não fez uma ova! Se vocês do Departamento de Agricultura não estivessem representando uma farsa e inspecionassem realmente a indústria da carne, minha filha não estaria doente e nem morreriam 500 crianças a cada ano.

– Espere aí um instante – retrucou Marsha. – Eu trabalho duro e levo meu serviço muito a sério.

– Conversa fiada! – vociferou Kim. – Vocês são bons mesmo é em dissimular. Ouço dizer até que estão de conluio com a indústria que deveriam estar inspecionando.

O queixo de Marsha caiu. Estava pasma e furiosa.

– Esse comentário, nem merece resposta.

Marsha entrou no carro e sentou-se ao volante. Bateu a porta e enfiou a chave na ignição.

Kim bateu diversas vezes no vidro da janela, berrando:

– Espere um segundo. Por favor, me desculpe! – Correu a mão nervosamente pelo cabelo desalinhado. – Estou desesperado para obter sua ajuda. Não foi nada pessoal, não tenho a intenção de ofendê-la. Obviamente, nem a conheço.

Depois de alguns segundos deliberando, Marsha baixou o vidro da janela e olhou para Kim. O que lhe parecera no momento anterior o rosto de um sujeito excêntrico e esquisitão era agora o de um homem torturado.

– Você é mesmo médico? – perguntou ela.

– Sou. Cirurgião cardíaco para ser exato.

– E sua filha está mesmo doente?

– Muito, muito doente – respondeu Kim com a voz entrecortada. – Ela tem um tipo extremamente nocivo de E. coli. Tenho quase certeza de que o contraiu depois de comer um hambúrguer malpassado.

– Eu realmente sinto muito em saber disso. Mas não sou a pessoa com quem deveria estar falando. Trabalho no Departamento de Agricultura dos Estados Unidos há pouco tempo e ocupo um cargo de baixo escalão.

– E a quem me aconselharia procurar? – perguntou Kim.

– O gerente distrital. Seu nome é Sterling Henderson. Posso lhe dar o número dele.

– Ele não ocupa o que se poderia chamar de cargo de gerência intermediário? – perguntou Kim. Podia ouvir a voz de Kathleen no fundo de sua mente.

– Suponho que sim.

– Não estou interessado. Fui informado de que existem sérias irregularidades nos serviços de inspeção do Departamento de Agricultura. Há um conflito de interesses, especialmente nos cargos de gerência intermediária. Já ouviu algo a esse respeito?

– Bem, sei que existem problemas – admitiu Marsha. – É tudo muito político.

– Do tipo de que uma indústria multibilionária como a da carne pode interferir em muitas coisas.

– Algo nesse sentido – disse Marsha.

– Você pode me ajudar, pela minha filha? Não tenho condições de auxiliá-la como médico, mas irei nem que seja ao fundo do inferno para descobrir como e por que ela ficou doente e talvez, no decorrer do processo, possa fazer alguma coisa a esse respeito. Quero evitar que outras crianças sofram o mesmo destino. Acredito que um desses dois lotes esteja contaminado com um tipo particularmente perigoso de E. coli.

– Deus meu, não sei o que dizer – respondeu Marsha. Tamborilou com os dedos no volante enquanto se decidia. A ideia de salvar crianças de uma grave doença era um forte apelo. Mas havia riscos.

– Não vejo outra forma de conseguir essas informações sem a sua colaboração – disse Kim. – Pelo menos não em tempo hábil.

– Por que não procura o Departamento de Saúde Pública? – sugeriu Marsha.

– É uma ideia. Vou tentar com eles também, na segunda-feira. Mas, para dizer a verdade, não estou otimista. Acabaria caindo nas malhas de outra burocracia, ou seja, mais demora. Além do mais. quero resolver isso pessoalmente. É uma forma de compensação por não poder ajudar minha filha.

– Posso estar colocando em risco meu emprego, embora talvez pudesse contar com o auxílio de meu chefe direto. O problema é que nunca tivemos o que se poderia chamar de um bom relacionamento profissional.

– Seria o gerente distrital que você mencionou antes? – perguntou Kim.

– Isso mesmo. Sterling Henderson.

– Preferiria manter esse assunto somente entre nós dois – disse Kim.

– Para você é fácil falar. O problema é que se trata do meu emprego, não do seu.

– Diga-me, já viu uma criança vítima desse E. coli? Só estou perguntando porque antes de minha filha ficar doente eu jamais tinha visto, mesmo sendo médico. Já tinha lido sobre isso, mas para mim nunca passou de uma abstração, uma estatística.

– Não, nunca vi uma criança vítima de E. coli – admitiu Marsha.

– Então venha comigo até o hospital ver minha filha. Depois de vê-la poderá decidir o que fazer. Aceitarei qualquer decisão que tomar. No mínimo, dará maior sentido ao seu trabalho.

– Onde ela está?

– No Centro Médico Universitário, o mesmo local onde trabalho. – Kim fez um sinal para o celular de Marsha, que podia ver no console entre os bancos. – Ligue para o hospital se estiver duvidando de mim. Meu nome é Dr. Kim Reggis e o de minha filha Becky Reggis.

– Acredito em você – disse ela, sentindo um frio no estômago – Quando?

– Agora mesmo. Vamos, venha. Meu carro está logo ali. – Kim apontou para o local. – Pode vir comigo. Depois eu a trago de volta para pegar seu carro.

– Não vou fazer isso. Não conheço você.

– Está bem – disse Kim, mais tranquilo depois que ela concordou em ir ao hospital. – Então, venha atrás de mim. Só estava preocupado por causa do estacionamento, mas isso não faz diferença. Você entra comigo área privativa dos médicos. O que me diz?

– Digo que você é um homem persistente e muito persuasivo.

– Muito bem! – exclamou Kim, erguendo um punho fechado em sinal de vitória. – Vou dar a volta por aqui e você me segue.

– Está bem – disse Marsha, ainda sem saber no que estava se metendo.

Jack Cartwright não desgrudara o nariz da janela. Ficara de olho em Kim e tinha visto toda a conversa entre ele e Marsha Baldwin. Evidentemente não escutou o que conversaram, mas viu Marsha partindo em seu carro atrás do dele depois que os dois haviam aparentemente chegado a algum tipo de acordo.

Deixando a área da recepção, Jack percorreu apressado o corredor central e passou pela escada que dava acesso ao túnel de observação. No fundo ficavam as salas administrativas.

– O chefe está? – perguntou Jack a uma das secretárias.

– Com certeza – respondeu a moça, sem parar de digitar no teclado de seu computador.

Jack bateu à porta da sala do presidente. Uma voz vigorosa ordenou:

– Mas que inferno! Entre!

Everett Sorenson presidia com sucesso a Mercer Meats havia quase vinte anos. Sob sua liderança, a companhia fora comprada pela Foodsmart e o novo complexo construído. Sorenson era um homem corpulento, mais ainda que Jack, de aparência ostentosa, orelhas pequenas para o seu tamanho e cabeça calva e reluzente.

– O que o deixou tão preocupado? – perguntou Everett no instante em que Jack pôs os pés no interior da sala. Ele tinha um sexto sentido em relação a seu lacaio, a quem pessoalmente elevara de simples empregado para uma posição hierarquicamente influente.

– Temos um problema – disse Jack.

– Oh! – balbuciou Everett, apoiando os cotovelos sobre a mesa. – E o que é?

Jack sentou-se numa das cadeiras diante da mesa.

– Sabe aquele artigo que saiu no jornal esta manhã? Sobre o médico maluco falando de E. coli que foi preso no Onion Ring.

– É claro. E daí?

– Ele acaba de sair daqui.

– O médico? – perguntou Everett, incrédulo.

– Ele mesmo. Chama-se Dr. Reggis e digo-lhe mais, o sujeito é doido. Está descontrolado e convencido que sua filha foi contaminada por um de nossos hambúrgueres.

– Droga! – entoou Everett. – Não é disso que precisamos.

– E a coisa está piorando. Ficou conversando com Marsha Baldwin no estacionamento. Depois saíram um atrás do outro.

– Acha que foram juntos a algum lugar? – perguntou Everett.

Jack balançou a cabeça afirmativamente.

– Foi o que me pareceu. Antes de saírem, eles conversaram por um bom tempo no estacionamento.

– Jesus Cristo! – exclamou Everett, batendo com força sobre a mesa com uma das mãos enormes. Ergueu-se de sua cadeira e andou de um lado para outro na sala. – Não é disso que precisamos! De jeito nenhum! Aquela maldita piranha da Baldwin tem sido uma pedra em meu caminho desde o dia em que foi contratada. Está sempre registrando esses malditos relatórios de ocorrência. Graças a Deus Sterling Henderson tem conseguido arquivá-los.

– Sterling não pode fazer nada contra ela? – perguntou Jack. – Como despedi-la, por exemplo?

– Quem dera. Tenho reclamado até ficar verde de raiva.

– Com o dinheiro que lhe damos como se ainda trabalhasse aqui, não acha que ele poderia conseguir ao menos transferi-la?

– Na verdade é uma situação difícil para ele – disse Everett. – Aparentemente o pai dela tem ligações com Washington.

– O que nos deixa em apuros. Agora temos uma inspetora incorruptível aliada a um médico maluco que apronta um escândalo num restaurante só para ser preso e aparecer. Receio que esse sujeito seja um camicase. Não se importa em sacrificar-se, contanto que nos leve junto.

– Não estou gostando disso – comentou Everett, nervoso. Outro caso de E. coli seria arrasador. A direção do Hudson Meat não aguentou a pressão. E agora, o que faremos?

– Precisamos contornar a crise – disse Jack –, e rápido. Parece-me que chegou a hora do recém-formado Comitê de Prevenção começar a agir. Ele foi criado exatamente visando a esse tipo de situação.

– Sabe de uma coisa? Você tem razão. Seria perfeito, nem sequer nos envolveríamos.

– Então vamos dar uma ligada para o Bobby Bo Mason – sugeriu Jack.

Aquela forma de raciocínio tático e de tomada de decisão fora o motivo porque Everett promovera Jack à vice-presidência.

– Farei isso – respondeu Everett, animado com a ideia.

– O tempo é fundamental – disse Jack.

– Vou ligar agora mesmo.

– Talvez possamos aproveitar a festa na casa de Bo hoje à noite. Estarão todos lá, poderíamos apressar as coisas.

– Boa ideia! – disse Everett, pegando no telefone.

KIM ESTACIONOU depressa. Saltou do carro ainda a tempo de sinalizar para Marsha entrar numa vaga reservada para os médicos que provavelmente não seria utilizada num sábado. Abriu a porta do carro dela no instante em que parou.

– Tem certeza de que é mesmo uma boa ideia? – perguntou Marsha ao saltar do carro.

Ela observou a imponente fachada do hospital. Depois de ter tido algum tempo para pensar enquanto dirigia até a cidade, indagava-se agora se teria tomado a decisão correta.

– Estou certo que sim – disse Kim. – Não sei por que não pensei nisso antes. Venha!

Kim pegou Marsha pelo braço e a levou na direção da entrada. Ela esboçou uma ligeira resistência a princípio, mas acabou resignada com a situação. Estivera pouquíssimas vezes num hospital e não sabia como reagiria. Estava com medo de ficar mais perturbada do que tinha imaginado no estacionamento da Mercer Meats. Para sua surpresa, enquanto esperavam o elevador no saguão, verificou que era Kim quem tremia e não ela.

– Você está bem? – perguntou Marsha.

– Para ser sincero, não – admitiu Kim. – Obviamente, entro e saio de hospitais desde os tempos da faculdade, e isso nunca me incomodou, nem no início. Agora, porém, com a situação de Becky, sinto essa angústia horrível toda vez que cruzo a porta. Creio que é o principal motivo que me impede de ficar aqui o tempo todo. Seria diferente se houvesse algo que eu pudesse fazer, mas não há.

– Deve ser torturante.

– Você não faz ideia.

Entraram no elevador lotado e permaneceram em silêncio até saltarem no corredor para a UTI.

– Não estou querendo ser intrometida – disse Marsha, mas como sua mulher está reagindo a essa situação?

– Somos divorciados, mas dividimos o mesmo sentimento em relação a Becky. Tracy, minha ex-mulher, está muito abalada, embora pareça estar suportando melhor do que eu. Irá conhecê-la, vou apresentá-la a você.

Marsha sentiu um tremor. Dividir a angústia de uma mãe tornaria a visita mais desagradável. Começou a questionar-se por que concordara em acompanhar aquele homem.

Para piorar ainda mais as coisas, Marsha notou as setas ao longo do corredor mostrando a direção da UTI.

– Sua filha está sob tratamento intensivo? – perguntou, na vã esperança de uma resposta negativa.

– Infelizmente, sim – respondeu Kim.

Marsha soltou um suspiro. Seria pior do que temia.

Kim parou na entrada da sala de espera da UTI. Localizou Tracy sentada num banco e fez um sinal para que Marsha o seguisse. Tracy ficou de pé.

– Tracy, gostaria que conhecesse Marsha Baldwin. Marsha é inspetora do Departamento de Agricultura dos Estados Unidos e talvez possa me ajudar a descobrir a origem da carne que Becky comeu.

Tracy não respondeu de imediato, e diante de sua fisionomia, Kim percebeu instantaneamente que alguma outra coisa havia acontecido. Parecia que toda vez que voltava ao hospital, Becky tinha piorado. Era como um filme ruim que se repetia ininterruptamente.

– O que foi agora? – perguntou, soturno.

– Por que não atendeu ao telefone? – perguntou Tracy, com uma expressão transtornada.

– Ele não tocou.

– Tentei ligar diversas vezes.

Kim lembrou-se que tinha deixado o aparelho no carro enquanto estava na Mercer Meats e durante o tempo em que falara com Marsha.

– Bem, estou aqui agora – disse, desconsoladamente. – O que aconteceu?

– O coração dela parou, mas conseguiram reanimá-lo. Eu estava na sala quando aconteceu.

– Talvez fosse melhor eu ir embora – disse Marsha.

– Não! – Kim foi enfático. – Fique, por favor! Vou entrar e ver o que está acontecendo.

Girando sobre os calcanhares, Kim desapareceu da sala.

Tracy e Marsha entreolharam-se apreensivas.

– Sinto muito pela sua filha – disse Marsha.

– Obrigada. – Tracy enxugou o canto dos olhos com um lenço. Tinha chorado tanto nas últimas 48 horas, que suas lágrimas tinham praticamente secado. – É uma menina tão maravilhosa.

– Não tinha noção que sua filha estivesse tão mal. Deve ser um peso horrível.

– Inimaginável.

– Estou me sentindo mal por ter aparecido num momento como este – disse Marsha. – Sinto muito, talvez seja melhor eu ir embora.

– Não precisa ir embora por minha causa. Kim parece querer que você fique. Não sei como consegue pensar em investigar sobre essa carne nesta altura dos acontecimentos. Para mim está sendo difícil até respirar.

– Talvez por ser médico. Foi bastante explícito em mostrar interesse de evitar que outras crianças sofram o mesmo.

– Creio que ainda não tinha visto por esse ângulo – disse Tracy. – Talvez não devesse ser tão prematura ao julgá-lo.

– Ele receia que haja um lote de carne contaminada nas ruas.

– É bem provável. Mas o que não compreendo é por que a trouxe aqui. Por favor, não me entenda mal, não estou querendo ser rude.

– Eu compreendo – disse Marsha. – Ele me pediu que o ajudasse a descobrir a origem da carne de alguns lotes específicos. Fiquei em dúvida; isso não faz parte de minha função. Na verdade, posso ser até despedida se meu chefe descobrir que passei essa informação. Ele achou que depois que visse sua filha e o que esse E. coli é capaz de fazer, eu mudaria de ideia. Disse que eu iria, no mínimo, adquirir maior consciência em meu trabalho de inspeção.

– Presenciar o sofrimento de Becky poderá torná-la a inspetora mais consciente do mundo. Ainda está interessada em vê-la? É preciso ser forte.

– Não sei – disse Marsha, com sinceridade. – E como já disse, não quero me intrometer.

– Não está se intrometendo – disse Tracy, subitamente decidida. – Venha, vou levá-la até ela.

Tracy saiu com Marsha da sala de espera e as duas seguiram pelo corredor. Pararam diante da porta da UTI.

– Fique perto de mim – disse Tracy. – Não devíamos estar andando por aqui desacompanhadas.

Marsha assentiu em silêncio. Seu coração batia com força e ela estava transpirando.

Tracy abriu a porta, e as duas entraram. Tracy atravessou a sala rapidamente na direção do cubículo de Becky, com Marsha seguindo-a de perto. Diversas enfermeiras notaram sua presença, mas não disseram nada. Tracy tinha se tornado familiar nas últimas 48 horas.

– Receio que será difícil ver alguma coisa – disse Tracy, quando chegaram na entrada da sala. Além de Kim havia outros seis médicos e mais duas enfermeiras amontoados no minúsculo espaço. Mas era a voz de Kim que se fazia ouvir.

– Já entendi que ela teve diversas paradas cardíacas – berrava.

Estava furioso, dominado pelo medo e pelo desespero. Com toda sua vasta experiência clínica, sabia que sua filha estava às portas da morte, mas ninguém lhe fornecia uma resposta direta. Ninguém fazia nada além de permanecer ali de pé, simbolicamente coçando o queixo.

– O que estou perguntando é por que isso está acontecendo?

Kim grudou os olhos em Jason Zimmerman, o cardiologista pediátrico a quem tinha acabado de ser apresentado. O homem desviou o olhar, fingindo estar absorto em observar o monitor cardíaco que pulsava num ritmo irregular. Algo estava totalmente fora de ordem.

Kim virou-se para Claire Stevens. Por cima do ombro percebeu a presença de Tracy e Marsha.

– Não sabemos o que está acontecendo – admitiu Claire. – Não há fluido pericardial, portanto não está tamponado.

– Está me parecendo algo inerente no próprio miocárdio – disse Jason. – Precisamos de um eletrocardiograma.

Naquele exato momento soou o alarme do monitor. O cursor varreu a tela desenhando uma linha reta. Becky sofrerá nova parada cardíaca.

– Código azul! Gritou uma das enfermeiras para alertar as demais companheiras na unidade de tratamento intensivo.

Jason reagiu empurrando Kim para o lado e dando início imediatamente a uma massagem cardíaca, pressionando com as duas mãos o peito debilitado de Becky. Jane Flanagan, a anestesista, certificou-se de que o tubo endotraqueal continuava em posição correta. Aumentou também o percentual de oxigênio liberado pelo respirador.

Outras enfermeiras da UTI apareceram correndo, empurrando o carrinho de parada. Quase colidiram com Tracy e Marsha, que tiveram de abrir passagem.

No interior da sala o trabalho era intenso, já que todos os médicos presentes queriam ajudar. Era evidente para todos que não só o coração tinha parado de bater como toda a atividade elétrica cessara.

Tracy tampou o rosto com as mãos. Teve vontade de fugir, mas não pôde. Era como se estivesse congelada naquele lugar, destinada a assistir a cada detalhe da agonia de Becky.

Tudo o que Marsha conseguiu fazer foi se encolher por trás de Tracy, temerosa de obstruir o caminho.

Kim recuou, horrorizado. Ainda incrédulo, olhava alternadamente para a tela do monitor e o corpo esquálido de sua filha sendo sacudido pelas mãos do cardiologista pediátrico.

– Epinefrina! – berrou Jason sem parar de massagear o peito dela.

As enfermeiras do carrinho de parada encheram rapidamente uma seringa com o medicamento e a passaram para Jason, que interrompeu a massagem para aplicar a injeção diretamente no coração de Becky.

Tracy cobriu os olhos e soluçou. Instintivamente, Marsha passou os braços ao redor dos ombros dela, mas não conseguia tirar os olhos do espantoso drama que se desenrolava à sua frente.

Jason retomou a massagem sem tirar os olhos do monitor. Nenhuma mudança ocorreu no sinal retilíneo que atravessava a tela.

– Eletrochoque! – gritou Jason. – Se não funcionar, teremos de regular a voltagem manualmente, portanto, fiquem preparadas.

As experientes enfermeiras já tinham carregado o desfibrilador. Passaram as pás de mão em mão. Jason interrompeu a massagem para pegá-las.

– Todos para trás! – gritou Jason, enquanto as posicionava corretamente. Assim que todos se afastaram, apertou o botão de descarga.

O corpo lívido de Becky sacudiu e seus braços saltaram. Todos olharam para o monitor na esperança de alguma mudança. O cursor, porém, não queria colaborar. Persistia naquela linha reta e contínua.

Kim adiantou-se. Não gostou do jeito como Jason aplicou a massagem.

– Você não está conseguindo excursão suficiente. Deixe-me assumir.

– Não – disse Claire, surgindo por trás de Kim para puxá-lo. – Dr. Reggis, isso não está certo. Nós cuidamos disso. Creio que deve esperar lá fora.

Kim livrou-se da pediatra com um empurrão. Suas pupilas estavam dilatadas e o rosto vermelho. Não iria a lugar nenhum.

Jason atendeu ao apelo de Kim. Com sua pequena estatura era difícil para ele fazer força suficiente estando de pé. Para tornar mais fácil o trabalho, subira no leito e posicionara-se de joelhos por sobre o corpo dela. Assim estava conseguindo uma compressão torácica melhor. Tanto que todos ali presentes puderam ouvir uma série de estalos nas costelas de Becky.

– Mais epinefrina! – vociferou Kim.

– Não! – conseguiu Jason articular. – Quero cálcio!

– Epinefrina – repetiu Kim. Seus olhos estavam grudados no cursor do monitor. Quando percebeu que nenhuma seringa lhe seria entregue, virou-se na direção do carrinho.

– Onde está a epinefrina?

– Cálcio! – repetiu Jason. – Precisamos ver alguma atividade elétrica. Deve haver um desequilíbrio iônico.

– Passando o cálcio – disse Claire.

– Não! – berrou Kim, abrindo caminho por entre o grupo até o carrinho de parada. Ele encarou a enfermeira.

A mulher alternou o olhar entre o rosto lívido de Kim e o de Claire, sem saber como agir.

Habituado sempre a mandar, Kim agarrou um pacote com uma seringa e o abriu. Pegou um frasco de epinefrina e quebrou a ponta da ampola. Seus dedos trêmulos deixaram a agulha cair. Precisou pegar outra.

– Dr. Reggis, não! – disse Claire, agarrando-lhe o braço. Walter Ohanesian, o hematologista, tentou ajudá-la agarrando o outro.

Kim livrou-se facilmente de ambos e encheu a seringa sem interferências. Armou-se um verdadeiro pandemônio quando tentou voltar para o leito. Kathleen e Arthur, o nefrologista, vieram em auxílio de Claire e Walter. A cena foi crescendo de intensidade entre gritos, empurrões e ameaças.

– Oh, Deus! – desabafou Tracy. – Só pode ser um pesadelo.

– Parem, todos! – gritou Jane a plenos pulmões, tentando se impor. A luta parou. Jane então prosseguiu num tom de voz mais sereno: – Algo muito estranho está acontecendo. Jason está conseguindo uma boa excursão torácica, eu tenho o oxigênio em cem por cento, e mesmo assim suas pupilas continuam dilatando! Alguma coisa está impedindo a circulação.

Kim livrou-se das mãos que o seguravam. Ninguém se mexeu ou disse uma palavra, exceto Jason, que levava adiante a massagem. Os médicos estavam paralisados, indecisos quanto ao que fazer.

Kim foi o primeiro a reagir. Com sua experiência de cirurgião, não ficaria ali parado nem mais um segundo sequer. Sabia o que tinha de fazer. Sem circulação alguma, apesar da excursão torácica, só restava uma alternativa. Virou-se para as enfermeiras do carrinho.

– Bisturi! – rosnou.

– Não! – gritou Claire.

– Bisturi! – repetiu Kim com maior insistência.

– Você não pode – berrou Claire.

– Bisturi! – gritou Kim. Atirando a seringa de epinefrina para o lado, abriu o caminho entre os outros médicos até o carrinho.

Kim agarrou o tubo de vidro contendo o bisturi. Desatarrachou a tampa com os dedos trêmulos e retirou o instrumento esterilizado. Jogou o tubo para o lado, que se espatifou no chão. Pegou um pacote de compressas embebidas em álcool e rasgou-o com os dentes.

Nesse ponto, somente Claire esboçou alguma reação para detê-lo. Sua tentativa, porém, foi inútil. Ele a afastou para o lado com firmeza, embora delicadamente.

– Não! – gritou Tracy. Ela não era médica, mas sua intuição lhe dizia o que seu ex-marido iria fazer. Deu um passo à frente e Marsha a soltou.

Kim debruçou-se sobre o leito e literalmente arremessou Jason para fora dele. Esfregou o algodão com álcool no peito de Becky. Então, antes que Tracy o impedisse, abriu o tórax de sua filha com uma precisa incisão, sem derramar uma gota de sangue. Um suspiro coletivo foi emitido por todos, à exceção de Tracy. Ela retrocedeu diante daquela cena aterradora e foi amparada por Arthur, o nefrologista, no instante em que ia desmaiar.

Do outro lado da cama, Jason erguia-se do chão com dificuldade. Quando viu o que estava acontecendo, também recuou horrorizado.

Kim não perdeu tempo. Alheio aos demais, o exímio cirurgião utilizou ambas as mãos para separar as costelas de Becky, produzindo um estalo. Em seguida introduziu a mão nua na cavidade torácica e começou a comprimir seu coração ritmicamente.

O esforço hercúleo de Kim teve curta duração. Depois de algumas poucas compressões, sentiu que o coração de Becky estava perfurado e tinha a textura bastante anormal. Era como se não fosse músculo, mas algo esponjoso, que parecia desmantelar-se entre seus dedos. Sem compreender o motivo daquilo, retirou a mão. Nela veio junto uma massa de tecido orgânico. Sem saber do que se tratava, aproximou o material ensanguentado até bem perto do rosto para examiná-lo.

Um gemido arrastado de agonia escapou-lhe dos lábios quando percebeu que tinha em suas mãos fragmentos necrosados do coração e pericárdio de Becky. A toxina fora implacável. Era como se sua filha tivesse sido comida por dentro.

A porta da UTI abriu-se violentamente. Dois seguranças entraram na sala. Tinham sido chamados pela enfermeira-chefe depois do tumulto por causa da epinefrina.

Assim que os dois homens chegaram ao local da cena, pararam estupefatos. Becky ainda estava sendo bombeada pelo aparelho de respirar; seus pulmões rosados pulsavam intermitentemente na cavidade do tórax. Kim permanecia de pé ao lado dela, as mãos ensanguentadas, os olhos transtornados pela dor. Tentou delicadamente repor o tecido necrosado na cavidade torácica de Becky. Ao terminar aquela cena fútil, deixou cair a cabeça para trás e soltou um grito dilacerado de agonia como nunca se ouvira na UTI.

Tracy recuperara-se o suficiente para dar um passo à frente. O grito visceral de Kim atingira-lhe o âmago. Quis confortá-lo e ser também consolada.

Kim, porém, estava cego para tudo e para todos. Deixou a sala por entre safanões e atravessou a UTI. Antes que alguém esboçasse alguma reação, tinha atravessado a porta.

Kim passou voando pelo corredor. As pessoas que vinham em sentido contrário afastaram-se para o lado. Um servente não foi ágil o suficiente; Kim o atropelou, despachando o homem junto com seu carrinho de água.

Do lado de fora do hospital, ele correu diretamente para o carro, no estacionamento privativo. Girou a chave na ignição e arrancou em alta velocidade, deixando para trás um rastro preto de borracha.

Kim dirigiu alucinadamente até a Prairie Highway. Teve sorte de não cruzar com nenhuma viatura policial. Entrou desesperado no estacionamento do Onion Ring subindo no meio-fio do mesmo jeito que da outra vez. O carro sacudiu com violência e brecou bem em frente da movimentada lanchonete cantando pneu. Kim puxou o freio de mão e se preparou para descer, mas hesitou durante uma fração de segundo. Uma ponta de lucidez acendeu-se nas profundezas de seu cérebro, emocionalmente sobrecarregado. A multidão da tarde de sábado, saboreando seus hambúrgueres, milk shakes e batatas fritas, alheia à sua tortura psíquica, trouxe-o de volta à realidade.

Kim tinha disparado até o Onion Ring em busca de um bode expiatório, mas agora que lá estava, não desceu do carro.

Em vez disso, ergueu a mão direita e olhou para ela. O sangue escuro e seco de sua filha era a confirmação da terrível realidade: Becky estava morta. E ele não pôde fazer nada para salvá-la. Começou a soluçar. Tudo o que conseguiu fazer foi dobrar-se, impotente, sobre o volante do automóvel.

TRACY SACUDIA A CABEÇA sem querer admitir o que acabara de presenciar. Correu os dedos pelos cabelos embaraçados, enquanto Marsha Baldwin procurava consolá-la. Depois de tudo, era difícil de acreditar que estava sendo consolada por uma estranha.

Tracy reagira de maneira inteiramente oposta à de Kim. Em vez de sair cega e desabaladamente, ficou paralisada, incapaz até mesmo de chorar.

Logo após a esbaforida partida de Kim, Claire e Kathleen acompanharam Tracy até a sala de espera da UTI. Marsha também foi, embora Tracy não notasse sua presença. Claire e Kathleen ficaram algum tempo com Tracy para compartilhar de seu sentimento e explicar o que tinha acontecido. Não omitiram nenhum detalhe em resposta às perguntas de Tracy, incluindo como a toxina do E. coli havia obviamente atacado o músculo cardíaco de Becky e o pericárdio, o tecido que reveste o coração.

Claire e Kathleen ofereceram-se para ajudá-la a voltar para casa, mas Tracy lhes disse que estava de carro e sentia-se em condições de dirigir. Somente depois que as duas médicas foram embora percebeu a presença de Marsha, e as duas mulheres deram início a uma longa conversa.

– Quero agradecer seu apoio aqui esse tempo todo – disse Tracy. – Foi um grande amparo. Espero não tê-la aborrecido com todas aquelas histórias de Becky.

– Parece que era uma criança maravilhosa.

– A melhor – disse Tracy, melancolicamente.

Em seguida, respirou fundo e endireitou a postura. As duas estavam sentadas num canto da sala sob uma janela, onde puxaram as cadeiras uma para perto da outra. Do lado de fora, as sombras longas de um final de tarde de inverno moviam-se lentamente rumo ao leste. – Sabe – disse Tracy –, estivemos conversando todo esse tempo e não lhe falei nada sobre meu ex-marido, o homem que a trouxe pra cá.

Marsha balançou a cabeça.

– A vida é cheia de surpresas – disse Tracy, suspirando. – Acabo de perder minha adorada filha, que era o centro de minha vida, e me surpreendo por estar me preocupando com ele. Só espero que a morte de Becky não o faça perder a razão.

– O que quer dizer? – perguntou Marsha.

– Não sei explicar ao certo – admitiu Tracy. – Acho que fico apavorada com o que ele é capaz de fazer. Já foi preso por agredir o gerente da lanchonete onde suspeita que Becky tenha ficado doente. Só espero que não faça algo realmente insano e termine ferindo alguém ou a si próprio.

– Parece que ele está furioso.

– Você está sendo gentil. Ele sempre foi do tipo perfeccionista. Acontece que a raiva que sente era dirigida em sua maior parte para si mesmo. Servia como estímulo para atingir seus objetivos, mas isso foi mudando no decorrer dos anos. Acabou sendo um dos principais motivos de nosso divórcio.

– Sinto muito por isso – disse Marsha.

– Ele é basicamente um bom homem. Egoísta e egocêntrico, mas, mesmo assim, um excelente médico. Sem dúvida um dos melhores cirurgiões em sua área.

– Não estou surpresa. Um fato que me deixou impressionada a seu respeito foi que em meio a tudo isso ele ainda consegue pensar em outras crianças.

– Como se sente no que diz respeito a ajudá-lo depois do que viu aqui esta tarde? – perguntou Tracy. – Seria bom se ele pudesse canalizar sua fúria em alguma direção positiva.

– Eu gostaria muito de ajudar – respondeu Marsha. – Mas acho que ele me deixou amedrontada. Não o conheço da maneira como você, é difícil para mim julgar suas ações.

– Compreendo – disse Tracy. – Mas espero que considere o assunto. Vou lhe dar o endereço dele. Conhecendo-o tão bem, estou certa de que ficará entocado por lá até que sua raiva e senso de justiça o façam agir. Tudo o que espero é que, com sua ajuda, as energias dele sejam canalizadas numa direção em que possam fazer alguma diferença.

MARSHA ENTROU em seu carro. Antes de dar a partida, ficou meditando sobre os acontecimentos daquele dia incomum. Tudo começara quando decidira impulsivamente trabalhar algumas horas extras na Mercer Meats.

Ficou pensando no que poderia fazer para conseguir a informação que Kim desejava. Os locais de onde vinha a carne eram anotados nos livros de registro, porém não era sua função especificar as fontes de origem. Seu trabalho era apenas confirmar que os registros eram mantidos. Sabendo que sempre havia alguém de olho nela, procurou pensar numa forma de agir sem levantar suspeitas. O maior problema seria esconder de seu chefe, uma missão difícil, já que a Mercer Meats mantinha estreita comunicação com seus superiores sobre tudo o que ela fazia.

A solução era óbvia. Teria de voltar depois do expediente, quando somente o pessoal da faxina estivesse de serviço. Na verdade, sábado era o dia ideal; o local estaria mais calmo que de costume.

Marsha tirou do bolso o papel com o endereço que Tracy lhe dera e consultou o guia de ruas que tinha no carro. A casa de Kim ficava relativamente perto; resolveu fazer-lhe uma visita para ver se continuava interessado em sua ajuda.

Não demorou muito para chegar ao endereço mas ficou desanimada por não encontrar nenhuma luz acesa. A casa era uma enorme silhueta negra cercada por um denso arvoredo.

Marsha já ia embora quando notou o carro de Kim estacionado nas sombras escuras, em frente à garagem. Decidiu então saltar e vi até a porta da frente, apesar de ter pouca esperança de encontrá-lo.

Marsha tocou a campainha. Surpreendeu-se com a altura e a clareza do som e foi quando percebeu que a porta só estava encostada. Como Kim não atendia, tocou de novo. Continuou sem resposta.

Desorientada e preocupada pela porta entreaberta em pleno inverno, Marsha aventurou-se e a empurrou para dentro. Enfiou a cabeça no hall e chamou pelo nome de Kim. Não obteve resposta.

A vista de Marsha acostumou-se à escuridão e do lugar onde estava podia divisar a escada, a sala de jantar e o corredor que dava para a cozinha. Chamou novamente por Kim, mas sem resultado.

Indecisa, pensou em ir embora. Lembrou-se então do que Tracy lhe dissera sobre a possibilidade de ele procurar ferir a si próprio. Pensou por um instante se seria melhor chamar a polícia, mas pareceu-lhe uma atitude precipitada diante de tão pouca evidência. Decidiu sondar um pouco mais antes de tomar alguma decisão.

Tomou coragem e entrou no hall com a intenção de ir até a escada, mas não chegou tão longe. Depois de dar alguns passos estancou, imobilizada de medo. Kim estava sentado na única poltrona da sala, a menos de 3 metros dela. Parecia um espectro na penumbra. A jaqueta branca brilhava como a leve fosforescência de um antigo relógio de pulso.

– Meu Deus! – exclamou Marsha. – Você me assustou!

Kim não respondeu. Nem sequer se moveu.

– Dr. Reggis? – chamou Marsha. Numa fração de segundo passou-lhe pela cabeça a ideia de que poderia estar morto.

– O que você quer? – perguntou com a voz arrastada.

– Talvez fosse melhor não ter vindo. Só queria oferecer minha ajuda.

– De que jeito?

– Fazendo o que me pediu antes. Sei que não trará sua filha de volta, mas gostaria de ajudá-lo a descobrir a origem da carne daqueles lotes que julga poderem estar contaminados. Talvez não dê em nada. Precisa entender que hoje em dia a carne com que é feito um único hambúrguer pode vir de uma centena de fornecedores espalhados por dezenas de países diferentes. Seja como for, estou disposta a tentar, se ainda precisar de mim.

– Por que essa mudança de atitude?

– Principalmente porque tinha razão sobre o efeito de se ver uma criança doente. E também porque está certo sobre o que disse a respeito do Departamento de Agricultura. Antes eu era relutante em admitir, mas sei que existe má vontade por parte de meus superiores quando são obrigados a tomar algum tipo de providência e que há um grande conluio entre o departamento e a indústria da carne. Todos os relatórios de ocorrência em que assinalei violações e irregularidades foram ignorados por meu gerente distrital, que só faltou dizer na minha cara para eu fechar os olhos quando surgir alguma anormalidade.

– Por que não me contou isso antes? – perguntou Kim.

– Não sei. Lealdade ao patrão, suponho. Veja bem, acredito no sistema. Acho que só precisa de mais gente como eu, que deseja vê-lo funcionando.

– E enquanto isso, a carne é contaminada e pessoas adoecem. E crianças como Becky morrem.

– Infelizmente, é verdade. Mas nós que estamos no negócio sabemos onde reside o problema: nos abatedouros. A lucratividade pesa mais que a segurança.

– Quando quer começar? – perguntou Kim.

– A qualquer hora. Agora mesmo, se estiver disposto. Para dizer a verdade, agora à noite é um excelente momento. As únicas pessoas na Mercer Meats são as da limpeza. Não acredito que alguém vá reparar se eu vasculhar os livros de registro.

– Está bem, você está dentro. Vamos lá.

13

Sábado, 24 de janeiro – Noite

Tracy encontrava-se em estado de choque. O divórcio tinha sido difícil, especialmente a batalha pela guarda de Becky, mas aquilo não era nada comparado ao que sentia agora. Graças à sua experiência como terapeuta, podia interpretar os sintomas com clareza; encontrava-se à beira de entrar em uma depressão profunda. Pelo que tinha observado atendendo outras pessoas que passaram por circunstâncias semelhantes, sabia que não seria fácil, mas estava decidida a não se deixar dominar, embora soubesse que seria impossível escapar ao sofrimento.

Dobrou na última curva e, ao aproximar-se de sua casa, avistou o Lamborghini amarelo de Carl, estacionado em frente ao portão. Não sabia se ficaria contente ou não com sua presença.

Tracy parou do lado de fora da garagem e desligou o carro. Carl vinha descendo os degraus da varanda para recebê-la com um buquê de flores.

Tracy saltou do carro e atirou-se em seus braços. Ficaram em silêncio durante alguns minutos; ele apenas a manteve abraçada na luz difusa do fim de tarde.

– Como soube? – perguntou Tracy, com o rosto ainda colado ao peito dele.

– Como membro do conselho administrativo do hospital, sei tudo o que acontece. Sinto muito.

– Obrigada. Meu Deus, estou arrasada.

– Posso imaginar. Venha, vamos entrar.

Começaram a andar pelo caminho de pedra.

– Soube do escândalo de Kim – disse Carl. – Deve ter pesado ainda mais sobre você.

Tracy apenas balançou a cabeça.

– Ele está nitidamente fora de controle. Quem pensa que é? Deus? O hospital inteiro está de pernas para o ar.

Tracy abriu a porta sem responder. Os dois entraram.

– Kim está passando por um momento difícil – disse Tracy.

– Ah! – comentou Carl, pegando o casaco dela e pendurando-o junto com o seu no cabideiro do hall. – Isso é eufemismo. Você, como sempre, está sendo generosa. Eu não sou assim tão caridoso. Na verdade, devia dar-lhe umas porradas pela baderna que provocou ontem à noite no Onion Ring, insinuando que Becky foi contaminada lá. Você leu o artigo no jornal? Provocou uma forte queda nas ações da empresa. Não sei quanto dinheiro perdi por causa de sua insanidade.

Tracy foi para a sala de estar e se jogou sobre o sofá. Estava exausta, mas ao mesmo tempo ligada e ansiosa. Carl foi atrás dela.

– Posso lhe trazer alguma coisa? – perguntou Carl. – Uma bebida ou algo para comer?

Tracy balançou a cabeça. Carl sentou-se numa ponta do sofá.

– Conversei com alguns diretores da Foodsmart – prosseguiu ele. – Estamos pensando seriamente em processá-lo se as ações continuarem caindo.

– Não foi uma acusação infundada – disse Tracy. – Becky comeu um hambúrguer malpassado no Onion Ring, na véspera do dia em que ficou doente.

– Ora, francamente – disse Carl, negando com um gesto de mão. – Becky não pode ter ficado doente lá. O Onion Ring vende centenas de milhares de hambúrgueres, e ninguém fica doente. Eles são fritos até a morte.

Tracy permaneceu em silêncio. Carl percebeu rapidamente a gafe.

– Desculpe. Não foi uma expressão apropriada para o momento.

– Não tem importância, Carl – respondeu Tracy, enfastiada.

– Vou lhe dizer o que me aborrece nisso tudo – prosseguiu Carl. – O hambúrguer ficou desacreditado por causa dessa história de E. coli. É uma reação de causa e efeito: E. coli e hambúrguer. Diabos, as pessoas têm contraído esse mesmo E. coli em suco de maçã, alface, leite, e até nadando em água suja. Não acha injusto que a culpa tenha de cair toda em cima do hambúrguer?

– Não sei – respondeu Tracy. – Desculpe-me se não consigo ser mais compreensiva. Estou meio entorpecida. Não consigo nem pensar.

– É claro, querida. Sou eu quem deveria pedir desculpas por agir assim. Acho que está precisando comer alguma coisa. Quando foi sua última refeição?

– Não me lembro.

– Ah, você não toma jeito. Que acha de sairmos para jantar num lugar calmo?

Tracy encarou Carl, sem acreditar no que ouvia.

– Minha filha acabou de morrer – disse. – Não vou a lugar nenhum. Como pode sequer fazer uma pergunta dessas?

– Está bem – disse Carl, erguendo as mãos, na defensiva. – Foi só uma ideia. Acho que você devia comer alguma coisa. Posso sair para comprar. O que acha?

Tracy cobriu o rosto com as mãos. Carl não ajudava em nada.

– Não estou com fome – disse ela. – Talvez seja melhor ficar sozinha em casa esta noite. Não creio que serei boa companhia.

– Sério? – questionou Carl, parecendo magoado.

– Sério – respondeu Tracy, erguendo o rosto. – Estou certa de que deve haver algo que precisa fazer.

– Bem, há o jantar na casa de Bobby Bo Mason. Lembra-se quando lhe disse?

– Acho que não. Quem é Bobby Bo?

– É um dos barões do gado da região. Esta noite será a celebração de sua posse na presidência da Associação Americana da Carne.

– Parece muito importante – disse Tracy, o extremo oposto do que estava sentindo.

– E é – assegurou Carl. – Trata-se da organização nacional mais poderosa do mercado.

– Então vá. Não quero atrapalhá-lo.

– Você não se incomodaria? Vou estar com meu celular. Pode me ligar, se precisar, que estarei aqui em menos de vinte minutos.

– Não me incomodo nem um pouco. Na verdade, me sentiria mal se você deixasse de ir por minha causa.

A LUZ DO PAINEL do automóvel iluminava o rosto de Kim. Marsha lançou-lhe olhares furtivos enquanto guiava. Depois de observá-lo com mais calma, tinha de admitir para si mesma que era um homem atraente, apesar da barba de dois dias.

Dirigiram em silêncio por um longo trecho. Por fim, Marsha conseguiu que ele falasse um pouco de Becky. Estava com um pressentimento de que ele iria se sentir melhor conversando sobre a filha, e tinha razão. Kim pareceu mais aliviado e a surpreendeu contando histórias da destreza de Becky nos patins, algo que Tracy não havia mencionado.

Quando a conversa sobre Becky esmoreceu, Marsha também lhe contou um pouco de si mesma e que era formada em veterinária. Falou de como ela e uma amiga quiseram entrar no Departamento de Agricultura, determinadas a mudar a situação. Contou como descobriram, já depois de formadas, sobre os entraves para a admissão na área de veterinária do Departamento. As únicas vagas disponíveis eram para o serviço de inspeção. No final, apenas Marsha entrou. A amiga entendeu que o tempo de um ano ou mais que demoraria para uma transferência não valia o sacrifício e optou pela prática veterinária particular.

– Faculdade de veterinária? – comentou Kim. – Quem diria.

– Por que o espanto?

– Não sei bem como definir. Talvez você seja muito... – Kim não encontrava uma palavra adequada. Finalmente, pronunciou: – Muito elegante, acho. Sei que posso parecer rude, mas eu esperaria alguém mais...

– Mais o quê? – perguntou Marsha, enquanto Kim procurava outra vez as palavras. Ela estava se divertindo com a falta de jeito dele.

– Acho que masculinizada – disse, finalmente, deixando escapar um risinho sem graça. – Creio que é uma coisa idiota para dizer.

Marsha riu também. Ao menos ele percebia o quanto podia ser ridículo.

– Se não se importa que eu lhe pergunte, quantos anos tem? Sei que não é uma pergunta apropriada, mas, ao menos que tenha sido uma criança prodígio, não tem só uns 20 e poucos anos, como pensei.

– Certamente não. Estou com 29, quase 30.

Marsha esticou o braço e acionou os limpadores do para-brisa. Estava começando a chover e a escuridão era total, apesar de não passar muito das 18 horas.

– Como farei para entrar na Mercer Meats? – perguntou Kim.

– Já lhe disse, isso não será problema. O turno do dia já foi embora há muito tempo, junto com os supervisores. Somente o pessoal da faxina vai estar lá, além do segurança.

– Bem, segurança não vai ficar muito contente de me ver entrando – disse Kim. – Talvez fosse melhor eu esperar no carro.

– Ele não será problema. Trouxe meus dois cartões de identificação, o do Departamento de Agricultura e o da Mercer Meats.

– Isso está bem para você. E eu?

– Não se preocupe – reafirmou Tracy. – Eles me conhecem, jamais me pediram o cartão de identificação. Se perguntarem, direi que é meu supervisor. Ou que estou treinando você. – Ela deu uma risada.

– Não estou vestido como alguém do Departamento de Agricultura.

Marsha deu outra espiada em Kim e sorriu.

– O que sabe um vigia noturno? Acho que está com uma aparência esquisita o suficiente para se passar por qualquer coisa.

– É muito cortês de sua parte – comentou Kim.

– E o que de pior poderia nos acontecer? Não deixarem a gente entrar.

– E você se meter numa encrenca.

– Já pensei nisso – disse Marsha. – O que tiver de ser será.

Marsha saiu da via expressa e pegou a estradinha para Bartonville. Tiveram de parar no único sinal de trânsito da cidade, no cruzamento da rua Mercer com a principal.

– Quando penso em hambúrguer – disse Marsha –, fico pasma que as pessoas comam isso. Eu já era meio vegetariana antes desse trabalho. Agora, sou radical.

– Dito por uma inspetora do Departamento de Agricultura não é nada animador.

– Fico com o estômago embrulhado só de pensar no que o hambúrguer contém.

– O que quer dizer? É carne de músculo.

– Músculo e mais um monte de outras coisas. Já ouviu falar no Sistema Avançado de Recomposição de Carne?

– Não, nunca.

– É um aparato de alta pressão que usam para retirar todo e qualquer resíduo de carne dos ossos bovinos. O resultado é uma pasta cinzenta que tingem de vermelho para acrescentar ao hambúrguer.

– Isso é nojento.

– Além do tecido nervoso do animal, como a medula espinhal. Isso está presente em qualquer hambúrguer.

– Tem certeza?

– Absoluta. É bem pior do que se pensa. Ouviu falar na doença da vaca louca?

– E quem não ouviu? Isso me deixa apavorado. Uma proteína com resistência às altas temperaturas, que você ingere através da comida e é fatal. É aterrador. Graças a Deus não a temos neste país.

– Por enquanto. Pelo menos ainda não foi relatada até agora. Mas se quer minha opinião, é só uma questão de tempo. Sabe qual o motivo que aparentemente provocou a doença da vaca louca na Inglaterra?

– Creio que foi através de uma ração produzida através da farinha de carne de ovelhas – respondeu Kim. – Ovelhas contaminadas com vírus.

– Exatamente. E neste país existe oficialmente uma proibição no que se refere a alimentar o gado com farinha de carne de ovelha. Mas, sabe de uma coisa? Não existe fiscalização, e já me foi revelado que um quarto das fábricas de ração admite, extraoficialmente, que ignora a proibição.

– Em outras palavras, as mesmas condições que provocaram a doença da vaca louca na Inglaterra estão presentes aqui?

– Estão. E com medula espinhal e coisas do gênero entrando rotineiramente na composição do hambúrguer, fica instaurado o elo com os seres humanos. É por isso que digo que é só uma questão de tempo antes que ocorram os primeiros casos.

– Deus do céu! – exclamou Kim. – Quanto mais ouço sobre esse negócio sujo, mais horrorizado eu fico. Não fazia a menor ideia sobre nada disso.

– Nem o grande público.

O enorme prédio branco da Mercer Meats surgiu à frente deles, e Marsha entrou na área de estacionamento. Ao contrário daquela manhã, havia poucos carros. Ela parou perto do portão principal, na mesma vaga de mais cedo, e desligou o carro.

– Está pronto? – perguntou.

– Tem certeza de que não vou levantar suspeitas? – perguntou Kim.

– Vamos! – disse Marsha. Abriu a porta do carro e saltou.

O portão principal estava fechado. Marsha bateu com o nó dos dedos. No interior, o guarda lia uma revista, sentado à mesa circular da recepção. Ele se levantou e veio até a porta. Era um senhor magro, de meia-idade e com bigode fino. O uniforme parecia de um número bem maior que o seu.

– A Mercer Meats está fechada – disse, por trás do vidro.

Marsha mostrou seu cartão de identificação. O guarda apertou os olhos para poder enxergar. Em seguida destrancou a porta e abriu. Marsha entrou imediatamente.

– Obrigada – limitou-se a dizer.

Kim entrou logo atrás dela. Sentiu que o segurança o olhava desconfiado, mas o homem não disse nada. Apenas trancou a porta.

Kim precisou correr para alcançar Marsha, que já tinha passado pela recepção e seguia a passo rápido pelo corredor.

– Não lhe disse? Sem problemas.

O SEGURANÇA FOI até o fundo da sala de recepção e os ficou observando até desaparecerem pela antessala que dava acesso à área de produção. Voltou para a mesa e pegou o telefone. O número de que precisava estava escrito numa fita crepe, colada num canto do balcão.

– Sr. Cartwright – disse, assim que atenderam a ligação. – Aquela mulher do Departamento de Agricultura, Srta. Baldwin, acaba de entrar acompanhada de outro sujeito.

– Ele está usando um avental branco, como de um médico? – perguntou Jack.

– Sim – respondeu o guarda.

– Quando saírem, faça-os assinar o livro. Quero uma prova de que estiveram aí.

– Farei isso, senhor.

Jack sequer repôs o aparelho no gancho. Apertou o botão de discagem rápida e esperou. No instante seguinte, a poderosa voz de Everett reverberou do outro lado da linha.

– Marsha Baldwin e o médico estão na fábrica – disse Jack.

– Droga! – gaguejou Everett. – Não era isso o que eu queria ouvir. Como, diabos, ficou sabendo?

– Pedi à segurança que me avisasse caso eles dessem as caras.

– Bem pensado. Só queria saber o que procuram.

– Acho que pretendem rastrear a origem de um lote. Foi o que ele me pediu para fazer esta manhã.

– Não vamos ficar tentando adivinhar – disse Everett. – Corra para lá e descubra o que estão fazendo. Depois me ligue o mais rápido possível. Não quero que isso estrague minha noite.

Jack desligou o telefone. Não queria arruinar sua noite também. Havia um mês que aguardava ansiosamente pelo jantar na casa de Bobby Bo, e certamente não estava em seus planos aquele retorno à fábrica. Com extremo mau humor, vestiu o casaco e saiu para pegar o carro na garagem.

KIM DAVA PEQUENOS pulos e mexia os braços, tentando aquecer-se. Não sabia o motivo, mas a temperatura de 1 grau centígrado da sala de processamento dava a impressão de uns 10 graus abaixo de zero. Antes de entrar, na antessala, vestira um avental da Mercer Meats por cima do que usava no hospital, eles eram de algodão e, por baixo, usava apenas um jaleco. As três camadas não eram suficientes para isolar o frio, ainda mais porque ele estava basicamente parado. A touca branca que enfiou na cabeça não ajudava muito.

Marsha já estava folheando os livros de registro havia mais de quinze minutos. Localizar datas, lotes e fornadas estava tomando mais tempo que o esperado. Inicialmente, Kim acompanhou o trabalho dela, mas quanto mais frio sentia, menos interesse demonstrava.

Dois outros homens encontravam-se no recinto, limpando a máquina de prensar hambúrgueres com jatos de vapor a alta pressão. Quando Kim e Marsha entraram, eles não lhes deram a menor atenção.

– Ah, achei – disse Marsha, triunfante. – Aqui está, 29 de dezembro. Correu o dedo pela coluna até chegar ao Lote 2. Em seguida moveu-o na horizontal até as partidas correspondentes: de um a cinco. – Opa! Essa não.

– Qual o problema? – perguntou Kim, aproximando-se para verificar.

– Exatamente o que eu temia. As partidas de um a cinco foram produzidas com uma mistura de carne fresca desossada da Higgins e Hancock e carne moída congelada importada. O material importado é impossível de ser identificado além, talvez, do país de origem. Isso, é claro, não serve para o que você quer.

– O que é essa Higgins e Hancock?

– É um matadouro local. Um dos maiores.

– E quanto ao outro lote?

– Vamos verificar – disse Marsha, virando a página. – Aqui está a data. Quais são mesmo os números do lote e da partida?

– Lote seis, partidas nove a quatorze – disse Kim, consultando o papel.

– Muito bem, aqui está. Estaremos com sorte se a produção de 12 de janeiro for a que procuramos. Essas fornadas vieram todas da Higgins e Hancock. Dê uma olhada.

O registro indicava que o lote completo fora produzido com carne fresca da Higgins e Hancock, no dia 9 de janeiro.

– Haveria alguma forma de nos restringirmos a apenas um?

– Segundo o cozinheiro do Onion Ring, não. Mas deixei amostras de ambos no laboratório. Devem entregar o resultado na segunda-feira.

– Então até lá vamos assumir que seja a data de janeiro, porque é a única que temos condições de rastrear. Com sorte, poderemos chegar ao fornecedor da Higgins e Hancock.

– É sério? – perguntou Kim. – Acha que podemos descobrir de onde veio a carne adquirida pelo matadouro?

– É como funciona o sistema – respondeu Marsha. – Ao menos em teoria. O problema é que cabem muitas vacas em cada um daqueles tonéis de uma tonelada de carne desossada. Minha ideia é rastrear os animais pelas faturas de compra até os ranchos ou fazendas de onde vieram. De qualquer forma, o próximo passo é ir até a Higgins e Hancock.

– Passe para cá esse maldito livro – berrou Jack Cartwright.

Marsha e Kim pularam com o susto no momento em que Jack investia sobre Marsha para arrancar-lhe o pesado volume das mãos. O barulho da máquina de alta pressão os impediu de ouvir o homem entrar na sala e se aproximar deles.

– Dessa vez passou dos limites, Srta. Baldwin! – Jack estampava um sorriso cínico e triunfante, apontando um dedo acusatório para o rosto de Marsha.

Ela procurou recompor-se do susto.

– Do que está falando? – perguntou, buscando um tom autoritário. – Eu tenho o direito de examinar os livros.

– Tem coisa nenhuma – prosseguiu Jack, com o dedo ainda apontado para o seu rosto. – Tem o direito de conferir se os registros são mantidos; mas eles são propriedade particular de uma empresa particular. E o mais grave, o Departamento de Agricultura não lhe concede a autoridade de trazer o público para ver esses livros.

– Já chega – disse Kim, enfiando-se entre os dois. – Se existe algum culpado aqui, esse alguém sou eu.

Jack ignorou Kim.

– Uma coisa de que posso assegurá-la, Srta. Baldwin, é que Sterling Henderson, seu gerente distrital no Departamento, será informado dessa sua violação tão logo seja possível.

Kim deu um tapa no dedo apontado de Jack e agarrou-o pela gola do casaco.

– Escute aqui, seu miserável asqueroso.

Marsha o agarrou pelo braço.

– Não! – gritou. – Solte-o. Não vamos complicar ainda mais as coisas.

Relutante, Kim o soltou. Jack desamarrotou a gola.

– Quero os dois fora daqui – vociferou – antes que eu chame a polícia.

Kim encarou o vice-presidente da Mercer Meats. Por um instante de cega irracionalidade, o homem foi a personificação de todo o ódio de Kim. Marsha teve de puxá-lo com força pelo braço para que deixassem o local.

Jack esperou que saíssem. Assim que a porta bateu, pegou os livros e colocou-os na prateleira correspondente. Foi atrás de Marsha e Kim, mas não os viu no vestiário. Quando chegou à recepção, eles já tinham deixado o prédio. Ainda conseguiu ver o carro dela atravessando o portão do estacionamento e ganhando a rua.

– Não me deram a menor atenção – disse o guarda. – Tentei dizer a eles que tinham de assinar o livro.

– Não faz diferença agora – disse Jack, a caminho de seu escritório. Sem perda de tempo, discou o número de Everett.

– O que descobriu? – perguntou Everett.

– Exatamente o que suspeitava – respondeu Jack. – Estavam na sala de processamento, bisbilhotando os livros de registro.

– Chegaram a ver os relatórios de formulação?

– O guarda disse que só entraram na sala de processamento. Não podem tê-los visto.

– Já é uma bênção. A última coisa que desejo é que alguém descubra que estamos reciclando hambúrgueres congelados com o prazo de validade vencido. E isso pode acontecer se alguém meter o nariz nos relatórios de formulação.

– Essa questão não preocupa agora – disse Jack. – O problema é que esses dois podem acabar chegando na Higgins e Hancock. Pude ouvi-los mencionando o nome antes de surpreendê-los. Acho que Daryl Webster precisa ser avisado.

– Excelente ideia. Podemos conversar sobre esse assunto com Darryl quando nos encontrarmos logo mais à noite. Melhor ainda, vamos ligar para ele agora mesmo.

– Quanto mais cedo, melhor – concordou Jack. – Quem sabe o que aqueles dois podem fazer, com aquele médico ensandecido como está.

– Nos vemos na casa de Bobby Bo – disse Everett.

– Devo chegar um pouco atrasado. Ainda tenho de passar em casa para trocar de roupa.

– Bem, então mexa-se. Quero você lá para a reunião do Comitê de Prevenção.

– Vou fazer o possível – disse Jack.

Everett desligou o aparelho e procurou pelo número de Daryl Webster. Estava vestindo seu smoking no closet ao lado do quarto de vestir, no andar superior de sua residência. No momento em que o telefone tocou, lutava para colocar as abotoaduras. Trajes formais não eram uma constante na vida de Everett.

– Everett! – Gladys Sorenson chamou de dentro da suíte do casal. Gladys e Everett estavam casados havia mais tempo do que ele queria admitir. – É bom apressar-se, querido. Só temos meia hora para chegar à casa dos Mason.

– Preciso fazer uma ligação rápida – gritou ele em resposta. Achou o número e discou apressadamente.

– Daryl, aqui é Everett Sorenson.

– Mas que surpresa – respondeu Daryl. Os dois não tinham apenas trilhado carreiras semelhantes; chegavam mesmo a ser fisionomicamente parecidos. Daryl era igualmente troncudo, de pescoço grosso, mãos abrutalhadas e o rosto vermelho e inchado. A diferença era que Daryl tinha cabelos na parte superior da cabeça e orelhas de tamanho normal.

– Minha esposa e eu já estávamos de saída para a casa dos Mason.

– Gladys e eu também estamos – disse Everett. – Mas aconteceu um imprevisto. Lembra-se daquela jovem inspetora, Marsha Baldwin, que vem me trazendo aborrecimentos?

– Sim, Henderson me falou dela. Uma verdadeira encrenqueira, pelo que entendi.

– Pois bem, ela se juntou àquele médico maníaco que foi preso ontem à noite numa das lanchonetes Onion Ring. Você leu no jornal?

– E quem não leu? – disse Daryl. – Fiquei suando frio com essa história de E. coli.

– Eu também. E a situação está piorando. Há poucos minutos ela invadiu minha fábrica com o médico. Ele conseguiu, de alguma forma, que ela o ajudasse a rastrear carne.

– Provavelmente à procura de E. coli.

– Sem dúvida – disse Everett.

– Isso é muito perigoso.

– Concordo com você. Especialmente depois que Jack Cartwright os ouviu mencionando o nome da Higgins e Hancock. Estamos achando que eles podem aparecer no seu abatedouro com a mesma finalidade.

– Não preciso disso – disse Daryl.

– Discutiremos uma solução definitiva hoje à noite. Você recebeu o recado?

– Recebi. Bobby Bo me ligou.

– Nesse meio-tempo é bom tomar precauções – aconselhou Everett.

– Obrigado pela dica. Vou telefonar para alertar meus seguranças.

– Exatamente o que eu ia sugerir. Até logo.

Daryl desligou o aparelho. Ergueu um dedo para avisar sua esposa, Hazel, que precisava ainda fazer uma ligação rápida. Hazel, em vestido de gala, estava impaciente aguardando ao lado da porta. Enquanto ela batia com o pé no chão, Daryl discou o número do matadouro.

MARSHA ENTROU no passeio da casa de Kim e parou o carro bem atrás do dele. Manteve o motor ligado e os faróis acesos.

– Muito obrigado pelo que fez – disse Kim. Estava com a mão na maçaneta, mas ainda não tinha aberto a porta. – Só sinto não ter me comportado com mais tranquilidade.

– Poderia ter sido pior – respondeu Marsha. – E quem sabe o que ainda está por acontecer? Temos de esperar para ver.

– Gostaria de entrar um pouco? Minha casa está uma bagunça, mas posso lhe oferecer uma bebida.

– Obrigada, mas vou deixar para a próxima. Você me fez começar algo que pretendo terminar. Quando obtiver os resultados da análise na segunda-feira, quero estar com todos os dados possíveis sobre a origem da carne. Assim teremos maiores possibilidades para requerer a ação de recolhimento do material.

– Está planejando fazer alguma coisa agora?

– Sim – respondeu Marsha, consultando o relógio. – Vou daqui direto para a Higgins e Hancock. Essa pode ser minha única chance. Como já lhe disse, o gerente distrital do Departamento de Agricultura e eu nunca nos demos bem. Na segunda-feira, quando souber de nossa escapada de Jack Cartwright, eu já deverei ter perdido meu emprego. Isso significa que perderei meu crachá de identificação.

– Meu Deus! – comentou Kim. – Se você for despedida, vou me sentir péssimo. Certamente não era o que eu pretendia.

– Não há por que sentir-se responsável. Eu sabia do risco que corria e não me arrependo. Como você disse, eu deveria estar protegendo o público.

– Se vai para o matadouro agora, irei com você. Não a deixarei só.

– Sinto muito, mas isso está fora de questão. Achei que não teríamos problemas na Mercer Meats, e você viu no que deu. Com a Higgins e Hancock a história é outra. Lá, sei que teremos problemas. Droga, já será difícil eu conseguir entrar mesmo com a identificação do Departamento de Agricultura.

– Por quê? Na qualidade de inspetora do Departamento de Agricultura, não tem o direito de visitar qualquer estabelecimento do ramo?

– Só quando sou designada. Especialmente num abatedouro. Eles têm seus próprios grupos de inspeção no Departamento de Agricultura. Os abatedouros têm métodos parecidos com os de uma instalação nuclear no que se refere à segurança. Não precisam de visitantes e não os querem. Visitantes só trazem problemas.

– O que eles estão escondendo? – perguntou Kim.

– Principalmente seus métodos. Em primeiro lugar, não é um cenário agradável, na melhor das hipóteses. Especialmente após a desregulamentação na década de 1980, os abatedouros aceleraram suas linhas de produção, ou seja, passaram a processar um maior número de animais por hora. Alguns deles conseguem chegar à impressionante cifra de 300 animais por hora. Nessa velocidade, a contaminação é inevitável. Na verdade, tão inevitável, que a indústria entrou com um processo contra o Departamento de Agricultura quando considerou oficialmente chamar de contaminada a carne com E. coli.

– Não pode estar falando sério.

– Acredite em mim – disse Marsha. – É verdade.

– Está me dizendo que a indústria tem conhecimento de que o E. coli está presente na carne? E afirmam que nada pode ser feito?

– Exatamente – disse Marsha. – Não toda a carne, apenas uma parte.

– Isso é chocante. O público precisa ficar sabendo disso. Não é possível! Você me convenceu de que tenho de ver um abatedouro em operação.

– Por isso os abatedouros não querem saber de visitantes, e esse é exatamente o motivo por que você jamais entraria. Mas poderia encontrar um jeito. O trabalho é muito puxado e o maior problema é a falta de funcionários. Por isso, se um dia se cansar de ser cirurgião cardíaco, talvez consiga arrumar emprego. É claro que ajudaria se fosse um imigrante ilegal, assim poderiam lhe pagar abaixo do salário mínimo.

– Você não está pintando um quadro muito bonito.

– É a realidade. É um trabalho pesado e indesejado. A indústria sempre contou com a mão de obra dos imigrantes. A diferença é que hoje os trabalhadores são latinos, principalmente mexicanos, e antigamente vinham do leste europeu.

– Me parece cada vez pior. Não entendo como até hoje nunca pensei nisso. Eu como carne, portanto também sou responsável de certa forma.

– É o lado podre do capitalismo – disse Marsha. – Não quero parecer uma socialista radical, mas esse é um típico exemplo vivo da lucratividade sobre a ética: ganância com absoluto descaso pelas consequências. Foi isso o que me motivou a entrar para o Departamento de Agricultura, porque o departamento tem o poder de interferir.

– Quando essa interferência é adequada aos que estão no poder – acrescentou Kim.

– É verdade – concordou Marsha.

– Em suma, estamos falando de uma indústria que explora sua força de trabalho e não sente o menor remorso em matar centenas de crianças por ano. – Kim balançou a cabeça, incrédulo. – Sabe de uma coisa? Essa ausência total de ética me faz ficar ainda mais preocupado por você.

– Como assim?

– Essa ida à Higgins e Hancock agora à noite, principalmente sob falsos pretextos. Usando seu cartão do Departamento de Agricultura, estará deixando subentendido que é uma visita oficial.

– É óbvio. É a única maneira que tenho de entrar.

– Bem, com todos esses cuidados que tomam, você não vai estar correndo riscos? Não estou me referindo à sua estabilidade no trabalho.

– Entendo o que quer dizer. Agradeço a preocupação, mas não estou mais ligando para o meu bem-estar. O pior que pode acontecer será reclamarem com meu chefe, como ameaçou Jack Cartwright.

– Tem certeza? – perguntou Kim. – Se houver algum perigo, não quero que se arrisque. Para dizer a verdade, depois do incidente na Mercer Meats, sinto-me culpado por tê-la envolvido nisso. Talvez seja melhor deixar que eu cuide de tudo sozinho. Se você for até lá hoje à noite, vou ficar uma pilha de nervos.

– Obrigada pela consideração, mas acho que devo ir e ver o que posso fazer. Não vou me machucar ou acabar em situação pior do que a que já estou. Talvez não consiga nem entrar. E como já disse, você não vai poder fazer nada porque certamente não terá permissão de entrar.

– Talvez eu possa arranjar um emprego, como sugeriu.

– Ei, só estava brincando. Só quis lhe mostrar como é.

– Estou decidido a levar isso às últimas consequências.

– Escute – disse Marsha. – Posso ligar para você do meu celular a cada quinze ou vinte minutos. Assim você não fica preocupado e posso deixá-lo a par do que for descobrindo. O que acha?

– Já é alguma coisa, creio – disse Kim, sem mostrar muito entusiasmo. Porém quanto mais pensava, melhor ia aceitando a ideia. A desculpa de procurar um emprego num abatedouro não era das mais atraentes, e Marsha estava extremamente confiante quanto à ausência de riscos.

– Digo mais – acrescentou Marsha. – A visita não irá me tomar muito tempo, e, depois que terminar, volto para tomarmos aquele drinque que me ofereceu. Isto é, se o convite ainda estiver de pé.

– É claro – disse Kim, mentalizando o plano uma vez mais. No instante seguinte, apertou ligeiramente o braço dela antes de saltar do carro. Com a porta ainda aberta, inclinou-se e disse: – É melhor anotar meu telefone.

– Bem pensado. – Marsha abriu o porta-luvas e tateou à procura de caneta e papel.

– Vou ficar grudado no aparelho – disse, depois de lhe dar o número –, por isso é melhor ligar.

– Não se preocupe.

– Boa sorte.

Kim bateu a porta do carro e a observou dar marcha à ré, manobrar e acelerar rua abaixo. Ficou ali de pé até que a luz vermelha da lanterna e seu reflexo no asfalto molhado fossem engolidos pela noite.

Deu meia-volta e ficou olhando a casa escura e vazia. Nem uma única luz delineava sua forma sombria. Sentiu um calafrio. Subitamente só, a crua realidade da ausência de Becky se abateu sobre ele. A trágica melancolia que sentira antes voltou a dominá-lo. Kim balançou a cabeça, no desespero frente à fragilidade de seu mundo. Sua família e sua carreira pareciam muito sólidas, mas tinham-se desintegrado praticamente num piscar de olhos.

A CASA DE BOBBY BO MASON estava iluminada como um cassino de Las Vegas. A fim de proporcionar a atmosfera de gala adequada para o jantar de inauguração, ele tinha contratado um iluminador teatral para cuidar do serviço. E para tornar a cena ainda mais festiva, uma banda tocava debaixo de uma tenda armada no gramado da frente. Se chovesse um pouco, seus convidados certamente não seriam incomodados.

Bobby Bo era um dos maiores barões de gado do país. Para fazer jus à sua imagem e sua posição no cenário da indústria, tinha construído uma casa cujo estilo extravagante era um monumento à cafonice do Império Romano. Pórticos sobre colunas estendiam-se em ousadas direções. Réplicas de estátuas gregas e romanas em gesso e de tamanho natural espalhavam-se por todo o terreno. Algumas estavam até pintadas em tons de pele.

Os manobristas, uniformizados e enfileirados no passeio circular aguardavam a chegada dos convidados. Tochas com dois metros de altura bordejando a entrada principal faziam cintilar os minúsculos pingos da chuva fina.

A Mercedes de Everett Sorenson chegou menos de um minuto antes do Lexus de Daryl Webster. Foi quase como se tivessem combinado. Ao saltarem dos automóveis, confraternizaram com abraços, junto a suas esposas.

Os carros foram levados pelos manobristas, enquanto outros empregados protegiam os convidados com amplos guarda-chuvas de golfe. Os quatro subiram a escadaria que levava ao grande portão duplo da entrada da casa.

– Espero que tenha avisado a sua segurança – disse Everett, num cochicho.

– Assim que terminamos nossa conversa – disse Daryl.

– Ótimo. Todo cuidado é pouco, principalmente agora que o negócio da carne voltou a prosperar.

Chegaram à porta da frente e tocaram a campainha. Enquanto esperavam, Gladys endireitou a gravata-borboleta de laço pronto de Everett.

A imensa porta dupla subitamente escancarou-se, obrigando os recém-chegados a apertar os olhos, tal a claridade refletida no chão de mármore do hall. À frente deles estava Bobby Bo, sob os imponentes dintéis e umbrais de granito.

Bobby Bo também era um tipo atarracado, assim como Everett e Daryl, e como seus colegas, mostrava que acreditava em seu produto, consumindo filés exageradamente grandes e suculentos. Tinha o queixo proeminente e uma barriga esférica. Estava impecavelmente vestido num smoking feito sob medida, com uma gravata-borboleta de dar laço com as bordas de ouro e abotoaduras de diamante. Seu maior ídolo tinha sido o "Garboso Don" antes de sua condenação e prisão por extorsão e assassinato.

– Bem-vindos, amigos. – Seu sorriso revelava diversos molares de ouro. – Deixem os casacos com a menina e sirvam-se de champanhe.

Música e risadas alegres vinham da sala de estar; os Sorensons e os Websters não tinham sido os primeiros a chegar. Contrastando com a banda do lado de fora, a música do interior era mais calma e tocada por um quarteto de cordas.

Depois de guardar os casacos, Gladys e Hazel deram-se os braços e foram dar uma volta pelo salão. Bobby Bo reteve Everett e Daryl.

– Sterling Henderson é o único que ainda não chegou – disse Bobby Bo. – Assim que aparecer, teremos uma breve reunião em minha biblioteca. Todos os demais já foram avisados.

– Jack Cartwright também está um pouco atrasado – disse Everett. – Gostaria que ele participasse.

– Tudo bem de minha parte – concordou Bobby Bo. – Sabem quem mais está aqui?

Everett lançou um olhar para Daryl. Nenhum dos dois quis arriscar.

– Carl Stahl – disse Bobby Bo, triunfante.

Uma sombra de temor abateu-se sobre Everett e Daryl. Everett quebrou o silêncio:

– Isso me incomoda.

– A mim também – disse Daryl.

– Ora, vamos, rapazes – gracejou Bobby Bo. – O máximo que ele pode fazer é despedir vocês. – E riu.

– Não acho que demissão seja motivo de piada – comentou Daryl.

– Nem eu – disse Everett. – Entretanto, é mais um motivo para cortarmos esse novo problema pela raiz.

14

Noite de sábado, 24 de janeiro

Os limpadores do para-brisa marcavam um ritmo monótono quando Marsha dobrou a última curva e vislumbrou a Higgins e Hancock. Era um prédio comprido, com um imenso curral nos fundos. Parecia sinistro sob a chuva fria.

Marsha entrou no grande estacionamento deserto. Os poucos carros ali estavam muito espalhados. Quando a turma da limpeza do turno das 15 às 23 horas tinha chegado, o local estava cheio, com os automóveis dos funcionários que pegavam de manhã.

Tendo visitado a instalação uma vez, durante seu período de treinamento, Marsha conhecia o lugar o suficiente para dar a volta e escolher uma vaga próxima à entrada de serviço. Uma lâmpada acesa sobre a porta sem identificação iluminava debilmente a área.

Marsha estacionou, puxou o freio de mão e desligou o motor, mas permaneceu ainda no carro por alguns minutos, tentando ganhar confiança. Depois da conversa com Kim, tinha ficado nervosa com o que poderia acontecer.

Marsha não tinha pensado no perigo físico antes da observação de Kim. Agora, sua certeza já não era tão grande. Ouvira diversas histórias sobre o uso de violência por parte da indústria contra funcionários imigrantes e membros sindicais. Consequentemente, era natural que ela ficasse alerta contra a reação que suas investigações não autorizadas certamente iriam provocar.

– Você está sendo muito melodramática – disse para si mesma, em voz alta.

Num movimento súbito, Marsha tirou o celular do encaixe no console e checou a bateria.

– Bem, está na hora – disse, e saltou do carro.

Chovia mais forte do que ela esperava, e por isso teve de correr até a entrada de serviço. Tentou abrir a porta, mas estava trancada. Na parede havia um botão sobre uma plaqueta onde se lia: APÓS O EXPEDIENTE. Ela o apertou.

Passados uns trinta segundos sem resposta, Marsha tocou novamente a campainha e bateu à porta com o punho fechado. Já tinha desistido e voltava para o carro, pensando em ligar para o abatedouro pelo celular, quando a porta se abriu. Um homem de uniforme marrom e preto observou-a com uma expressão confusa. Visitantes eram obviamente uma raridade.

Marsha apresentou sua identificação do Departamento de Agricultura e fez menção de entrar no estabelecimento. O homem, porém, bloqueava a passagem, forçando-a a permanecer do lado de fora, na chuva.

– Deixe-me ver isso – disse o guarda.

Marsha entregou-lhe o cartão. Ele o examinou com atenção, frente e verso.

– Sou inspetora do Departamento de Agricultura – disse Marsha, dissimulando irritação. – Acha que está certo me deixar aqui de pé, debaixo de chuva?

– O que faz aqui?

– O que nós, inspetores, fazemos sempre. Estou verificando se as leis federais estão sendo cumpridas.

O homem finalmente recuou o suficiente para que Marsha pudesse entrar. Ela enxugou o rosto molhado com as costas da mão.

– Só o pessoal da faxina é que está de serviço agora – disse o homem.

– Compreendo. Pode me devolver a identificação, por favor?

– Aonde está indo? – perguntou o guarda, depois que devolveu o cartão.

– Estarei na sala do Departamento de Agricultura – disse Marsha, por sobre o ombro. Caminhou com passo firme e sem olhar para trás, apesar da atitude do guarda tê-la surpreendido, deixando-a ainda mais nervosa.

No interior da biblioteca, Bobby Bo fechou a porta de mogno com painéis forrados de couro. O som de diversão que vinha do resto da casa foi cortado abruptamente, então ele se virou para seus colegas, todos de smoking, espalhados pelo ambiente. Estavam presentes as mais importantes personalidades da cidade e ligadas à indústria da carne: criadores de gado, diretores de abatedouros, presidentes de fábricas processadoras e representantes das grandes distribuidoras. Alguns estavam sentados nas poltronas de veludo verde-garrafa; outros permaneciam de pé com suas taças de champanhe próximas ao peito.

A biblioteca era um dos aposentos prediletos de Bobby Bo. Em circunstâncias normais, todos eram convidados a entrar e admirar suas proporções. Era inteiramente revestida de mogno do Brasil. O tapete, um Tabriz secular de 3 centímetros de espessura. Estranhamente, naquela "biblioteca" não havia um livro sequer.

– Vamos tornar breve esta reunião para voltarmos a coisas mais importantes como comer e beber – disse Bobby Bo. Seu comentário provocou algumas risadas. Ele gostava de ser o centro das atenções e estava ansioso para iniciar seu primeiro ano de mandato como presidente da Associação Americana da Carne.

– O assunto em questão é a Srta. Marsha Baldwin – prosseguiu Bobby Bo, assim que obteve a atenção de todos.

– Com licença – disse uma voz. – Gostaria de dizer algo.

Bobby Bo esperou Sterling Henderson se levantar. Era um homem grande, de feições grosseiras e uma mecha de cabelos grisalhos.

– Antes de mais nada, gostaria de apresentar minhas desculpas – disse Sterling, num tom melancólico. – Desde o primeiro dia tenho feito tudo o que está ao meu alcance para controlar essa mulher, mas nada tem dado certo.

– Todos nós compreendemos que está de mãos atadas – disse Bobby Bo. – Posso assegurá-lo de que esta reunião de emergência não tem por finalidade culpar ninguém, e sim solucionar um problema. Todos concordamos inteiramente com seus métodos até hoje. O que transformou o caso da Srta. Baldwin numa crise foi sua súbita associação a esse médico maníaco que está chamando a atenção da mídia com toda essa balbúrdia sobre E. coli.

– É uma associação que cheira a encrenca – disse Everett. – Há menos de uma hora a flagramos com o médico remexendo em nossos registros.

– Ela levou o médico até sua fábrica? – perguntou Sterling, surpreso e horrorizado.

– Foi isso mesmo – respondeu Everett. – Podemos, por aí, ter uma ideia do que estamos enfrentando. A situação é crítica. Se não tomarmos uma atitude acabaremos diante de outro fiasco por causa desse E. coli.

– Essa besteira de E. coli é uma aporrinhação – resmungou Bobby Bo. – Sabem o que mais me aborrece nisso tudo? A maldita avicultura joga no mercado um produto que está quase cem por cento mergulhado em salmonela e campilótropos, e ninguém diz uma palavra. Nós, por outro lado, temos um probleminha insignificante com E. coli, em termos do quê?, na ordem de dois a três por cento da nossa produção, e todo mundo fica de cabelo em pé. Isso é justo? Afinal, o que existe por trás disso? Será que eles têm um lobby mais forte?

O tilintar abafado de um telefone celular ressoou no silêncio que se seguiu ao violento discurso de Bobby Bo. Metade dos presentes enfiaram as mãos em seus smokings. Apenas o aparelho de Dary vibrava em sincronia com o som. Ele se levantou e foi até o fundo da sala para responder ao chamado.

– Não sei como os avicultores conseguem se safar – disse Everett. – Mas isso não deve distrair nossa atenção no momento. O que sei é que a diretoria do Hudson Meat não conseguiu evitar a falência depois do surto de E. coli. Precisamos agir, e rápido. Esse é meu voto. Afinal, diabos, não foi para isso que formamos o Comitê de Prevenção?

Daryl guardou o telefone no bolso e juntou-se novamente ao grupo. Seu rosto estava mais vermelho que o habitual.

– Más notícias? – perguntou Bobby Bo.

– Péssimas. Meu segurança na Higgins e Hancock disse que Marsha Baldwin encontra-se lá neste exato momento, fuçando os registros do Departamento de Agricultura dos Estados Unidos. Apareceu mostrando a identificação e dizendo que tinha ido para conferir se as leis federais estavam sendo cumpridas.

– Ela não tem sequer autorização para entrar lá – afirmou Sterling, indignado. – Muito menos de examinar qualquer registro.

– Bem – disse Everett –, creio que não há mais nada sobre o que conversar. É preciso agir.

– Concordo – disse Bobby Bo. Ele perscrutou a sala com o olhar. – Todos concordam?

Ouviu-se um murmúrio de consenso.

– Ótimo – prosseguiu Bobby Bo. – Então está combinado.

Os que estavam sentados ficaram de pé. Todos se dirigiram para a porta aberta por Bobby Bo. Risos, música e cheiro de alho invadiram a sala.

Os homens saíram em fila e foram se juntar a suas esposas, exceto Bobby Bo. Ele pegou o telefone e fez uma rápida ligação interna. Mal acabara de pôr o fone no gancho e Shanahan O'Brian já cruzava a porta da biblioteca.

Shanahan trajava um terno escuro e gravata mais clara. Usava o mesmo tipo de fone de ouvido que usam os agentes do serviço secreto. Era um irlandês alto, refugiado dos conflitos na Irlanda do Norte. Bobby Bo escolhera-o a dedo, e nos últimos cinco anos Shanahan era o chefe de sua equipe de segurança. Ele e Bobby Bo entendiam-se admiravelmente bem.

– O senhor chamou? – perguntou Shanahan.

– Entre e feche a porta – disse Bobby Bo.

Shanahan obedeceu.

– O Comitê de Prevenção tem sua primeira missão.

– Excelente – disse Shanahan, com seu suave sotaque galês.

– Sente-se. Vou lhe explicar tudo – disse Bobby Bo.

Em cinco minutos os dois deixavam a biblioteca. No vestíbulo, tomaram caminhos diferentes. Bobby Bo foi até a sacada do salão, agora repleto, e admirou a multidão de convidados

– Por que estão todos tão quietos? – berrou. – O que é isso, um funeral? Alegria, vamos festejar!

Do vestíbulo, Shanahan desceu para a garagem subterrânea. Entrou em seu Cherokee preto e desapareceu na noite. Tomou a avenida marginal que contornava a cidade e a certa altura deixou a autoestrada, seguindo na direção oeste. Vinte minutos depois, parou no estacionamento esburacado de cascalho de uma boate de terceira chamada El Toro. No alto do prédio podia-se ver o contorno de um touro em tamanho natural em néon vermelho. Shanahan parou ao largo, deixando uma distância prudente entre seu carro e os outros veículos, na maioria furgões em estado lamentável. Não gostaria de ver seu carro arranhado pela porta de algum motorista distraído. De longe já se podia distinguir claramente o pulsar frenético da música latina. No interior, o barulho era ensurdecedor. O lugar estava repleto e enfumaçado. A freguesia era formada em sua grande maioria por homens, embora houvesse algumas mulheres com roupas colantes e cabelos arrepiados. De um lado ficava o longo balcão do bar e do outro uma série de reservados com mesinhas. No centro, uma pequena pista de dança rodeada por mesas e cadeiras. Num canto da parede havia uma antiga jukebox, com luzes berrantes. Nos fundos, depois de uma arcada, via-se o salão de sinuca, com várias mesas.

Shanahan analisou o local com atenção. Não encontrou quem procurava. Olhou em cada um dos reservados, sem sucesso. Desistiu e foi até o movimentado balcão do bar. Precisou espremer-se para conseguir passar. Depois o problema foi atrair a atenção do garçom.

Acenando com uma nota de 10 dólares, conseguiu rapidamente o que os gritos não seriam capazes. Shanahan entregou a nota ao homem.

– Procuro Carlos Mateo – berrou Shanahan.

O dinheiro desapareceu como num passe de mágica. O garçom não esboçou nem uma palavra. Simplesmente apontou para os fundos do salão e fez um gesto com as mãos como quem dá uma tacada.

Shanahan foi abrindo caminho pela pequena pista de dança. O salão dos fundos não estava tão cheio como o da frente. Encontrou o homem que procurava logo na segunda mesa.

Não fora uma tarefa fácil para Shanahan, que teve muito trabalho recrutando pessoal para o recém-formado Comitê de Prevenção. Depois de diversas indicações e de entrevistar uma série de candidatos, finalmente decidira-se por Carlos. Ele tinha escapado da prisão no México e desde então vivia fugindo de um lado para outro. Conseguira entrar ilegalmente nos Estados Unidos na primeira tentativa, seis meses antes. Apareceu na Higgins e Hancock desesperado atrás de trabalho.

O que mais tinha impressionado Shanahan foi a atitude despótica do homem em relação à morte. Embora reservado nos detalhes, Shanahan soubera que o motivo de sua condenação no México foi por ter esfaqueado até a morte um conhecido. Seu trabalho na Higgins e Hancock resumia-se em matar mais de dois mil animais diariamente. Emocionalmente, parecia considerar a atividade de matar tão natural quanto a de limpar seu furgão.

Shanahan postou-se sob o cone de luz que iluminava a segunda mesa de sinuca. Carlos estava em posição de mira para dar a tacada e não prestou a menor atenção ao cumprimento de Shanahan, que foi obrigado a esperar.

– *Mierda*! – blasfemou Carlos quando a bola não caiu na caçapa. Estalou a palma da mão sobre a beirada da mesa e endireitou-se. Somente então fitou Shanahan.

Carlos tinha a pele morena e cabelos escuros, era esguio e musculoso, e exibia tatuagens floreadas nos braços. Tinha um rosto cavado, delineado por grossas sobrancelhas e um bigode fino. Os olhos eram como duas bolas de gude negras. Vestia um casaco de couro preto sobre o peito nu, ressaltando a musculatura e as tatuagens.

– Tenho um serviço para você – disse Shanahan. – Do tipo sobre o qual já conversamos. Está interessado? Tem de ser agora.

– Você paga, eu me interesso – respondeu Carlos. O sotaque espanhol era extremamente carregado.

– Venha comigo – orientou Shanahan.

Shanahan apontou para a porta do bar.

Carlos encostou o taco, entregou um par de notas amassadas ao adversário, que reclamava, e seguiu Shanahan.

Os dois não trocaram uma palavra até pisarem na rua.

– Não sei como consegue aguentar o barulho lá dentro por mais de cinco minutos – comentou Shanahan.

– Por quê, cara? É boa música.

Com a chuva aumentando, Shanahan conduziu Carlos até seu Cherokee e os dois entraram no carro.

– Vamos ser rápidos – foi dizendo Shanahan. – O nome é Marsha Baldwin. É uma garota atraente, alta e loura, cerca de 25 anos.

Um leve sorriso de satisfação brotou no rosto de Carlos, transformando seu bigode em dois traços embaixo do nariz.

– O motivo da pressa – explicou Shanahan – é porque neste exato momento ela está no local onde você trabalha.

– Na Higgins e Hancock? – perguntou Carlos.

– Isso mesmo. Na seção administrativa, fuçando arquivos que não devia. Não terá como perdê-la. Se tiver alguma dificuldade para encontrá-la, pergunte ao guarda da segurança. Ele vai estar de olho nela.

– Quanto vai pagar?

– Mais que o combinado, desde que complete o serviço hoje mesmo. Quero que vá já para lá.

– Quanto? – insistiu Carlos.

– Cem agora e 200 depois, se ela desaparecer sem deixar rastro – concluiu Shanahan, enfiando a mão no bolso do casaco e retirando uma nota amassada de 100 dólares. Segurou-a no alto para que Carlos pudesse vê-la, sob a rubra luminosidade do touro de néon.

– E quanto ao meu emprego?

– Conforme o prometido – disse Shanahan. – Vou tirá-lo da área de abate antes do fim do mês. Para onde prefere ir? Área de desossa ou das carcaças?

– Desossa.

– Então, estamos de acordo?

– Com certeza – disse Carlos. Pegou a nota, dobrou-a e enfiou-a no bolso da calça. Abriu a porta e saltou do carro, como se tivessem lhe pedido que cortasse grama ou limpasse um jardim.

– Não vá estragar tudo – disse Shanahan.

– Será fácil com ela na Higgins e Hancock.

– Foi o que calculamos – disse Shanahan.

MARSHA ERGUEU os braços acima da cabeça e espreguiçou-se. Tinha ficado debruçada sobre as gavetas do fichário o suficiente para sentir as costas tensas. Com um movimento de quadril fechou a gaveta, que fez um clique ao se encaixar no lugar. Pegou o celular, encaminhou-se para a porta da sala do Departamento de Agricultura e ligou para Kim.

Enquanto o telefone tocava, abriu a porta do escritório e verificou o corredor mergulhado em silêncio. Ficou satisfeita por não ver ninguém. Enquanto examinava os arquivos, escutou diversas vezes o guarda andando pelo corredor, hesitando várias vezes em frente à porta. Ele não a incomodara, mas suas paradas a deixaram ainda mais ansiosa. Tinha receio de cruzar com ele no prédio, aparentemente deserto, e sentir-se presa em uma armadilha. Não vira sequer um empregado da turma da faxina, que deveria estar de serviço àquela hora.

– É melhor que seja você – disse Kim, assim que atendeu.

– Que jeito estranho essa de atender o telefone – respondeu Marsha, deixando escapar um riso nervoso. Ela fechou a porta do escritório e começou a andar pelo corredor deserto.

– Já não era sem tempo.

– Por enquanto não tive sorte – disse Marsha, ignorando a queixa de Kim.

– Por que demorou tanto a ligar?

– Fique calmo, estava ocupada. Não faz ideia da papelada que o Departamento de Agricultura exige. Existem relatórios diários de saneamento, registros de distribuição, da quantidade de animais abatidos, relatórios de ocorrências e faturas de compras. Foi preciso verificar todos eles referentes ao dia 9 de janeiro.

– O que encontrou?

– Nada de extraordinário – respondeu Marsha.

Ela parou diante de uma porta com uma janela de vidro fosco. Gravado nela, lia-se: REGISTROS. Girou a maçaneta. Estava destrancada. Entrou na sala, fechou a porta e trancou-a por dentro.

– Ao menos você tentou – disse Kim. – Agora, saia já daí.

– Não antes de dar uma olhada nos registros da companhia.

– São 20h15. Disse que seria uma incursão rápida.

– Não devo demorar tanto. Acabo de entrar na sala de registros. Ligo para você em cerca de meia hora.

Marsha desligou antes que Kim tivesse uma chance de protestar. Deixou o aparelho sobre uma mesa de leitura e observou as gavetas dos arquivos dispostos ao longo da parede. A chuva produzia um ruído como o de grãos de arroz jogados sobre a janela que ficava na parede oposta. No fundo havia uma segunda porta. Marsha foi até ela e certificou-se de estar trancada.

Sentindo-se relativamente segura, voltou ao arquivo e abriu a primeira gaveta.

PASSADOS ALGUNS minutos, Kim finalmente soltou o aparelho. Achava que Marsha ligaria logo em seguida. A conversa tinha terminado de forma tão abrupta que achou que a ligação podia ter caído. No fim, teve de aceitar o fato de que ela havia desligado.

Kim estava sentado na mesma poltrona em que Marsha o encontrara. O abajur ao seu lado era a única luz acesa na casa. Na mesinha de canto havia um copo com uma dose de uísque puro que ele mesmo havia servido, mas deixado intacto.

Kim nunca se sentira tão mal em toda a vida. Imagens de Becky não paravam de surgir em sua mente, provocando novas lágrimas. No instante seguinte surpreendia-se negando toda aquela horrível experiência e atribuindo tudo a uma extensão do pesadelo com Becky caindo no mar.

O ruído do motor da geladeira na cozinha lembrou-o de que precisava comer alguma coisa. Não se recordava da última vez que tinha enchido o estômago com algo nutritivo. O problema é que não sentia nenhuma fome. Pensou então em subir para tomar um banho e mudar de roupa, mas a ideia parecia exigir esforço demais. Decidiu-se, finalmente, por permanecer ali sentado, esperando o telefone tocar.

A VELHA PICAPE Toyota não tinha aquecimento, e Carlos tremia de frio quando entrou pela pista de cascalho que contornava o curral da Higgins e Hancock. Desligou o único farol que funcionava e prosseguiu lentamente, orientado pela memória e pelas sombras dos moirões da cerca que entrevia à direita. Ele foi até o ponto em que o curral afunilava para a rampa de acesso ao interior do abatedouro. Durante o dia, aquele era o lugar por onde passavam todos os desafortunados animais. Deixou o carro estacionado sob a sombra do prédio. Substituiu as luvas grossas que tinha usado para dirigir por outras de couro preto, bem justas. Enfiou a mão debaixo do banco e puxou uma faca de matar, longa e encurvada, do mesmo tipo que usava durante o dia. Por reflexo, testou o fio da lâmina com o polegar. Mesmo sob o couro da luva podia sentir que estava bem afiada.

Ele saltou da cabine. Piscando, por causa da chuva, pulou a cerca rapidamente, caindo na lama pisoteada do curral. Sem se importar com a bosta do gado, esgueirou-se pela rampa e desapareceu na escuridão.

COM UM GARFO de ostras numa das mãos e um copo de bourbon de cristal lapidado na outra, Bobby Bo subiu em sua mesinha de centro e equilibrou-se o mais alto que pôde na ponta dos pés. Esbarrou sem querer numa bandeja de camarões marinados derrubando-a no chão para satisfação de seus dois poodles de pelos profissionalmente tosados.

Bobby Bo bateu o garfo com força no copo. Ninguém ouviu nada até que o quarteto parou de tocar.

– Muito bem, pessoal – berrou Bobby Bo por cima das cabeças de seus convidados. – O jantar está servido na sala de jantar. Lembrem-se de levar a senha com o número que vocês tiraram na entrada. É o número de suas mesas. Quem não tem, pode tirar uma na cesta que está no vestíbulo.

A multidão começou a esvaziar o salão em massa. Bobby Bo conseguiu descer da mesa sem causar nenhum outro acidente além de amedrontar um dos cães, que saiu ganindo, com o rabo entre as pernas, para a cozinha.

Bobby Bo já se encaminhava para a sala de jantar quando avistou Shanahan O'Brian. Pedindo permissão, dirigiu-se até onde estava seu chefe da segurança.

– E então? – disse Bobby Bo quase num sussurro. – Como foi?

– Sem problemas – respondeu Shanahan.

– Vai ser esta noite mesmo? – perguntou Bobby Bo.

– Conforme o combinado. Acho que Daryl Webster deve ser avisado. Assim, pode ordenar que a segurança não interfira.

– Bem pensado.

Bobby Bo sorriu satisfeito, deu um tapinha no ombro de Shanahan e voltou apressado aos seus convidados.

O SOM DA CAMPAINHA arrancou Kim de sua melancólica letargia. Por um instante ficou desorientado quanto à origem do ruído. Chegou a mover o braço para pegar o telefone. Aguardava uma ligação e não esperava nenhuma visita. Ao perceber que era a porta, consultou o relógio. Eram 20h45. Não podia acreditar que alguém estivesse tocando a campainha àquela hora de uma noite de sábado.

A única pessoa que lhe veio à mente foi Ginger, mas ela nunca dava as caras sem antes ligar. Lembrou-se então que tinha esquecido de checar as mensagens na secretária eletrônica. Ela podia ter ligado e deixado um aviso. Enquanto considerava as probabilidades, a campainha tocou mais uma vez.

Não estava com a menor disposição para ver Ginger, mas quando a campainha soou pela terceira vez, acompanhada de batidas à porta, Kim ergueu-se da poltrona. Estava exatamente pensando no que dizer quando, para surpresa sua, deparou com o rosto de Tracy, não de Ginger.

– Você está bem? – perguntou ela, calmamente.

– Creio que sim – disse Kim, espantado.

– Posso entrar?

– É claro. – Kim recuou para lhe dar passagem. – Desculpe! Já devia tê-la convidado para entrar. É que não esperava vê-la.

Tracy entrou no hall parcamente iluminado. Notou que a única lâmpada acesa era a do abajur na sala, perto de uma poltrona. Tirou a capa de chuva e o casaco. Kim pegou os dois.

– Espero que não se incomode por eu ter aparecido dessa maneira – disse Tracy. – Sei que foi um pouco impulsivo de minha parte.

– Está tudo bem – disse Kim, pendurando os jalecos.

– Eu queria ficar só – explicou Tracy, soltando um suspiro –, mas aí comecei a pensar em você e fui ficando preocupada, principalmente pelo estado em que saiu do hospital. Pensei que, por termos perdido nossa filha, somente nós dois poderíamos entender o que o outro está sentindo. Acho que o que quero dizer é que preciso de ajuda e imagino que você também.

As palavras de Tracy desfizeram os últimos resquícios da negação que Kim ainda se esforçava em nutrir. Sentiu-se tomado pela tristeza aguda e profunda que tentara de todas as formas evitar. Respirou lenta e profundamente, engolindo em seco as lágrimas reprimidas. Por um instante, foi incapaz de dizer uma palavra sequer.

– Estava sentado aqui na sala? – perguntou Tracy.

Kim assentiu.

– Vou pegar uma cadeira na sala de jantar – disse Tracy.

– Deixe que eu pego – adiantou-se Kim. Precisava de alguma atividade física.

Trouxe uma cadeira até a sala de estar e colocou-a sob a luz do abajur.

– Gostaria de beber alguma coisa? – conseguiu dizer. – Estou tomando um uísque.

– Não, obrigada.

Tracy sentou-se pesadamente, inclinou-se para a frente, apoiou os cotovelos nos joelhos e botou as mãos sob o queixo.

Kim afundou na poltrona e fitou sua ex-mulher. Seus cabelos escuros, sempre cheios e ondulados, estavam agora achatados sobre o topo de sua cabeça. O rosto borrado pela pouca maquiagem realçava a expressão de dor, apesar dos olhos continuarem brilhantes e vivos, como sempre foram na lembrança de Kim.

– Há outra coisa que queria lhe falar – disse Tracy. – Depois que consegui raciocinar um pouco, percebi que o que você fez hoje por Becky exigiu grande dose de coragem. – Fez uma breve pausa e mordeu o lábio. – Sei que eu não seria capaz de uma coisa assim mesmo se fosse uma cirurgiã – acrescentou.

– É bom ouvir isso. Obrigado.

– Fiquei chocada a princípio – admitiu ela.

– A massagem interna no coração é um ato desesperado em qualquer circunstância – disse Kim. – Executá-la na própria filha é... bem, estou certo de que o pessoal do hospital não deve ter interpretado do mesmo modo.

– Você agiu por amor. Não foi vaidade ou excesso de confiança como imaginei na hora.

– Fiz porque me pareceu claro que a massagem externa não estava surtindo efeito. Não podia deixar que Becky simplesmente se fosse como estava acontecendo. Ninguém sabia o motivo daquela parada cardíaca. Agora, é claro, sabemos o que aconteceu e por que a massagem externa não deu resultado.

– Nunca imaginei que esse E. coli pudesse ser tão terrível – comentou Tracy.

– Nem eu – disse Kim.

A campainha do telefone assustou os dois. Kim agarrou o aparelho.

– Alô – disse, num grunhido.

Tracy ficou observando o rosto de Kim. No primeiro instante pareceu confuso, mas logo passou a demonstrar franca irritação.

– Pode parar o discurso! – gritou ao telefone. – Cale essa boca que não estou interessado nesse cartão Visa de sua maldita companhia e quero que desligue imediatamente – completou, batendo o fone no gancho com força.

– Parece estar esperando um telefonema – disse Tracy capciosamente, pondo-se de pé. – Estou atrapalhando. Talvez seja melhor ir embora.

– Não – bradou Kim, mas logo em seguida procurou corrigir-se. – Quer dizer, sim, estou esperando uma ligação, mas você não deve ir.

Tracy virou a cabeça para o lado.

– Está agindo de forma estranha – disse ela. – O que está acontecendo?

– Sou meio esquisito mesmo – admitiu Kim. – Porém...

O telefone interrompeu a explicação de Kim. Novamente, ele agarrou o aparelho num movimento impulsivo:

– Alô! – disse, nervoso.

– Sou eu de novo – disse Marsha. – E dessa vez encontrei algo.

– O quê? – perguntou Kim, gesticulando para Tracy se sentar.

– Uma coisa potencialmente interessante – prosseguiu Marsha. – Há uma divergência entre os relatórios do Departamento de Agricultura e os da Higgins e Hancock redigidos no dia 9 de janeiro.

– Como assim?

– Um animal a mais foi abatido no fim do dia. Nos registros da companhia está designado como cabeça 57 do lote 36.

– Sim? E esse animal extra é de alguma importância?

– Eu diria que sim. Significa que o animal não foi examinado pelo veterinário do Departamento de Agricultura.

– Você diz que ele poderia estar doente? – perguntou Kim.

– É uma possibilidade. Isso pode ser comprovado pela fatura de compra. O último animal não era gado de corte e sim uma vaca leiteira comprada de um homem chamado Bart Winslow.

– Você vai ter de me explicar melhor – disse Kim.

– Vacas leiteiras são geralmente aproveitadas para o hambúrguer. Isso já é um sinal. O segundo é que reconheço esse nome,

Bart Winslow. É um sujeito da região que eles chamam de quarta dimensão. Isso significa que ele ganha a vida recolhendo animais mortos, doentes ou incapacitados nas fazendas locais e depois os transporta para a fábrica de ração, que os transforma em fertilizante ou ração animal.

– Tenho medo de ouvir o resto – disse Kim. – Não me diga que às vezes vendem para o abatedouro em vez da fábrica de ração.

– Aparentemente, foi o que aconteceu com esse último animal – disse Marsha. – O animal de número 57 do lote 36 deve ter sido rejeitado, possivelmente doente.

– Isso é nojento – comentou Kim.

– Mas a coisa fica pior. Encontrei um relatório de ocorrência referente ao mesmo animal que nada tem a ver com alguma suposta doença ou inspeção veterinária. Está pronto para ouvir? É revoltante.

– Fale logo!

– Opa! Espere tem alguém do outro lado da porta. Preciso recolocar esses papéis na gaveta!

Kim escutou o som de uma forte pancada. Pôde ouvir ao fundo o embaralhar de papéis seguido do ruído característico de uma gaveta de arquivo se fechando.

– Marsha! – gritou Kim.

Ela não retornou ao aparelho. Em vez disso, ouviu o vidro de uma janela se estilhaçando. O ruído foi alto o suficiente para fazê-lo saltar da poltrona. Por uma fração de segundo afastou o fone do ouvido, num reflexo.

– Marsha! – gritou novamente, mas não obteve resposta. Do outro lado do aparelho podia ouvir o barulho inconfundível de móveis sendo derrubados no chão. Seguiu-se um absoluto silêncio.

Kim afastou o fone do ouvido e olhou fixamente para Tracy. Seus olhos refletiam todo o pavor que sentia.

– O que está acontecendo? – perguntou Tracy, alarmada. – Era Marsha Baldwin?

– Acho que ela está em perigo! – balbuciou Kim. – Meu Deus!

– Perigo de quê? – perguntou Tracy, percebendo a aflição de Kim.

– Preciso ir! – gritou ele. – É culpa minha!

– O que é culpa sua? – gritou Tracy. – Por favor, o que está acontecendo?

Sem responder, Kim girou nos calcanhares e saiu esbaforido pelo jardim. Na pressa, deixou a porta da casa escancarada. Tracy correu atrás dele querendo saber para onde estava indo.

– Não saia daqui – berrou Kim, antes de pular para dentro de seu carro. – Voltarei logo. – Bateu a porta com violência e girou a chave na ignição. Em instantes o motor pegou. Kim engatou a ré, manobrou e acelerou fundo noite adentro.

Tracy passou a mão pelos cabelos embaraçados. Não tinha a menor ideia do que estava acontecendo e nem o que deveria fazer. A princípio pensou em entrar no seu carro e voltar para casa. O estado de nervos de Kim, no entanto, a preocupava e queria saber o que estava se passando. Além disso, a ideia de voltar para casa não era nada animadora; acabara de vir de lá.

A chuva fria convenceu-a finalmente a entrar. Como Kim tinha sugerido, ficaria ali esperando.

A PERSEGUIÇÃO TINHA começado depois que o vidro da porta se partiu em estilhaços e uma enluvada mão surgiu entre os cacos pontiagudos, destrancando a porta pelo lado de dentro. Logo em seguida ela se abriu com um estrondo, batendo contra a parede.

Marsha deixou escapar um grito abafado. Viu-se diante de um homem moreno, macilento, empunhando uma longa faca. Ele já avançava em sua direção quando ela se virou e correu, derrubando cadeiras atrás de si na esperança de atrapalhar o avanço do homem. Seu instinto lhe dizia que ele estava ali para matá-la.

Desesperadamente, destrancou a porta dos fundos. Podia ouvir, às suas costas, imprecações em espanhol e o barulho de cadeiras se quebrando. Não ousou olhar para trás. Livre, no corredor, correu o mais que pôde à procura de alguém, nem que fosse o atemorizante segurança. Quis gritar por socorro, mas faltou-lhe fôlego.

Passou correndo pelos escritórios vazios. No final do corredor encontrou um refeitório aberto. Sobre uma das mesas havia diversas lancheiras e garrafas térmicas, mas nenhum sinal de seus donos. Logo atrás podia ouvir as passadas do homem correndo e chegando cada vez mais perto.

No fundo do refeitório outra porta encontrava-se aberta. Por trás dela, um lance de escada conduzia a uma sólida porta de incêndio. Sem muita opção, Marsha atravessou a sala correndo, procurando obstruir o caminho com o maior número de cadeiras que conseguiu derrubar. Pulou os degraus de dois em dois e alcançou a porta de incêndio com a respiração ofegante. Na retaguarda, podia ouvir seu perseguidor desembaraçando-se das cadeiras reviradas.

Forçando a porta com o ombro, Marsha entrou num enorme salão, escuro e frio. Era a área de abate, que, com a iluminação noturna, adquiria um aspecto irreal, fantasmagórico, especialmente devido à recente lavagem com vapor pressurizado. Uma névoa fria e acinzentada deixava entrever as passarelas de ferro, os sinistros ganchos pendurados aos trilhos e os demais equipamentos de aço inoxidável do matadouro.

O labirinto de maquinaria forçou Marsha a diminuir o passo. Gritou instintivamente por socorro, num reflexo desesperado, mas só escutou o eco da própria voz reverberando nas paredes geladas de concreto.

Ouviu a porta de incêndio se abrir. A distância que a separava de seu perseguidor já era tão curta que podia escutar a respiração do homem.

Marsha refugiou-se por trás de uma monstruosa máquina e se espremeu sob a sombra produzida pela chapa de um degrau de ferro, tentando inutilmente controlar a respiração.

O silêncio só era quebrado por uma água que gotejava em algum local próximo. O pessoal da faxina não podia estar longe. Teria apenas que encontrá-los.

Marsha arriscou uma espiada na porta de incêndio. Estava fechada e não viu sinal do homem.

Um estalido alto e seco deixou-a sobressaltada. Um segundo depois a área foi inteiramente iluminada por luzes fluorescentes. O coração de Marsha disparou em seu peito. Com as luzes acesas, era certo que seria encontrada.

Outra espiada na porta fez com que se decidisse. Sua única chance era tentar voltar pelo mesmo caminho.

Abandonando o esconderijo, Marsha correu o mais rápido que pôde até a porta. Agarrou a maçaneta e puxou-a.

A sólida porta começou a se abrir mas foi travada quase no mesmo instante. Marsha olhou pôr sobre o ombro a tempo de perceber um braço tatuado impedindo seus movimentos.

Marsha deu meia-volta e recostou-se contra a porta. Apavorada, fitou os olhos frios e negros do homem. A faca monstruosa estava agora em sua mão esquerda.

– O que quer de mim? – gritou Marsha.

Carlos não respondeu. Em vez disso, sorriu friamente. Passou a faca de uma mão para a outra.

Marsha tentou escapar novamente, mas em sua desesperada precipitação escorregou no cimento liso e molhado, perdeu o equilíbrio e caiu. No instante seguinte, Carlos estava sobre ela.

Rolando pelo chão, Marsha ainda tentou reagir agarrando o cabo da faca com as mãos, mas ela escapuliu rasgando-lhe a palma até o osso. Começou a gritar, mas Carlos tapou-lhe a boca com a mão esquerda.

Quando tentava arrancar a mão de Carlos, ele ergueu rapidamente a arma e com o cabo desferiu um poderoso golpe na cabeça de Marsha, que perdeu os sentidos instantaneamente.

Carlos pôs-se de pé e respirou fundo por alguns momentos. Em seguida cruzou os braços dela de forma que as mãos ensanguentadas ficaram pousadas sobre o estômago. Arrastou-a pelos pés por toda a extensão do matadouro até o ralo que ficava no terminal da rampa de acesso dos animais. Abriu uma caixa de disjuntores elétricos e ativou a maquinaria do galpão.

KIM DIRIGIU COMO um louco, alheio ao perigo do asfalto derrapante. Estava agoniado com o que podia ter acontecido a Marsha na sala de registros da Higgins e Hancock. Tinha esperança de que ela tivesse sido apenas surpreendida por algum segurança, mesmo que isso implicasse sua prisão. Não queria sequer imaginar destino pior.

Chegando ao estacionamento em frente ao imenso prédio, Kim notou que eram poucos os carros estacionados no local. Enxergou o de Marsha num ponto mais afastado da entrada.

Kim parou bem diante da entrada principal e saltou do carro. A porta estava trancada. Bateu com força, com o punho fechado. Com as mãos em concha entre o rosto e o vidro, observou o interior. Tudo o que conseguiu ver foi um corredor vazio e mal iluminado. Nenhum segurança à vista.

Ele grudou o ouvido na porta. O silêncio era total. Sua ansiedade aumentou. Recuou alguns passos e examinou a frente do prédio. Várias janelas davam para o estacionamento.

Kim desistiu da porta e começou a contornar o prédio, examinando o interior de cada sala através das janelas, que ia tentando abrir. Todas estavam trancadas.

Quando espiou pela terceira, viu alguns arquivos de gavetas, cadeiras viradas e o que lhe pareceu o celular de Marsha sobre uma mesa. Assim como as anteriores, a janela estava trancada por dentro. Sem a menor hesitação, apanhou um dos paralelepípedos que compunham o meio-fio do estacionamento, ergueu-o sobre o ombro e atirou-o contra o vidro. O bloco de pedra estraçalhou a janela e provocou um enorme estrondo ao chocar-se contra o piso de madeira e colidir com as cadeiras reviradas.

CARLOS FICOU IMÓVEL e apurou o ouvido. De onde estava, na área da desossa de cabeças, onde eram extraídas as maxilas e línguas dos animais, o ruído provocado pela pedra de Kim chegou apenas como uma pancada surda e distante. Ainda assim, como assaltante experiente, sabia que qualquer ruído inesperado significava, invariavelmente, encrenca.

Carlos tampou o contêiner e em seguida apagou a luz. Tirou o avental branco ensanguentado e arrancou as grossas luvas amarelas de borracha que estava usando. Enfiou tudo sob uma pia. Empunhando novamente sua faca, partiu ágil e silenciosamente do galpão de desossa para a área de abate. Ali, também apagou as luzes. Parou uma segunda vez para escutar. Dali, teria retornado até a rampa dos animais para ir embora, mas seu trabalho ainda não estava encerrado.

KIM ENFIOU A CABEÇA pela janela e entrou, tomando todo o cuidado para não se cortar, mas não foi de todo bem-sucedido. Ao ficar de pé, teve que limpar alguns cacos das palmas das mãos. Quando terminou, examinou a sala e viu a luz vermelha de um detector de movimentos num canto do teto, mas não deu importância.

O celular abandonado, as cadeiras de pernas para o ar e o vidro quebrado da porta convenceram-no imediatamente de que estava no local, de onde Marsha falava. Notou também a porta aberta no fundo da sala e deduziu que depois de surpreendida, ela teria tentado escapar por ali.

Passando correndo por essa segunda porta, Kim se viu no meio de um corredor deserto. Ficou imóvel para ver se detectava algum ruído. Não havia um som sequer, o que contribuiu ainda mais para alimentar sua crescente ansiedade.

Kim seguiu em frente, abrindo e fechando rapidamente cada porta por onde passava. Eram almoxarifados, despensas, um vestiário e diversos banheiros. Chegou ao refeitório no final do corredor. O que lhe chamou a atenção foram as cadeiras derrubadas e atiradas para o lado, parecendo abrir uma trilha até a porta dos fundos. Kim seguiu por entre elas até o lance de escada que dava para a saída de incêndio e abriu a porta.

Parou novamente, sem saber o que fazer. Viu-se diante de um labirinto de máquinas e plataformas suspensas que projetavam sombras grotescas.

Kim sentiu um odor fétido e enjoativo mas levemente familiar. Não demorou muito para fazer a associação. O cheiro lembrou-lhe uma autópsia que presenciara quando ainda cursava o segundo ano de faculdade. Sentiu um arrepio com aquela lembrança desagradável, quase apagada da memória.

– Marsha! – gritou, angustiado. – Marsha!

Não obteve resposta. O único som que ouviu foram os inúmeros ecos de sua própria voz agoniada.

Logo à sua direita, pendurado na parede, havia um extintor de incêndio, uma lanterna e um armário com porta de vidro contendo uma mangueira de incêndio e um machado de bombeiro. Kim arrancou a lanterna das presilhas e a acendeu. O foco concentrado iluminava seções cônicas do pátio, projetando sombras ainda mais fantasmagóricas nas paredes.

Kim seguiu em frente no ambiente estranho, girando a lanterna em movimentos circulares rápidos. Escolheu o sentido anti-horário, contornando as máquinas para explorar melhor o local.

Passados alguns minutos, fez nova pausa e chamou outra vez pelo nome de Marsha. Além do próprio eco, tudo o que ouviu foram pingos d'água.

O foco de luz incidiu subitamente sobre um ralo. No centro da grade havia uma mancha escura. Chegando mais perto, Kim agachou-se e direcionou o foco da lanterna diretamente sobre a mancha. Hesitante, esticou o dedo e tocou nela. Sentiu um calafrio percorrer-lhe a espinha. Era sangue!

Carlos estava espremido de costas contra a parede, bem no limite entre a área do pátio de abate e o galpão de desossa. Vinha recuando frente ao constante avanço de Kim. Vira-o inicialmente subindo o corredor, em clara missão de busca.

Carlos não tinha a menor ideia de quem se tratava e, a princípio, teve a esperança de que o homem se limitasse ao setor de escritórios do prédio. Mas, visto que chegara ao pátio de abate e gritara pelo nome de Marsha, Carlos sabia que também teria de matá-lo.

Permaneceu imperturbável. Imprevistos podiam ocorrer naquele tipo de trabalho. Além disso, imaginou que o pagamento seria maior, talvez o dobro. Também não estava preocupado com o tamanho ou a força do estranho. Carlos tinha experiência, a vantagem da surpresa e, o mais importante, sua faca favorita que no momento segurava, suspensa sobre a cabeça, com a mão direita.

Cautelosamente, arriscou colocar a cabeça para fora do galpão e espiou o pátio. Era fácil determinar a localização do estranho graças à luz da lanterna. Viu o homem erguer-se de perto do ralo.

Subitamente, o facho de luz incidiu em sua direção. Desviou-se do foco, tendo o cuidado de ocultar o brilho da lâmina. Prendeu a respiração à medida que o estranho se aproximava, varrendo o pátio com o facho de luz.

Carlos espremeu-se novamente contra a parede e retesou os músculos. Conforme previra, o estranho já estava quase na entrada do galpão de desossa. A luz da lanterna iluminava o galpão com intensidade cada vez maior. Carlos sentiu o pulso se acelerar conforme a adrenalina circulava por seu corpo. Era uma sensação que adorava. Era como uma droga.

KIM TINHA CONSCIÊNCIA de estar nas dependências de um matadouro que estivera em atividade durante o dia, portanto uma mancha de sangue não representava necessariamente um sinal de alarme. Entretanto, o sangue que examinara parecia recente e ainda não estava coagulado. Repudiou a ideia de que pudesse ser de Marsha; aquela hipótese reativou nele sua fúria habitual. Agora, estava mais do que nunca decidido a encontrá-la com mais urgência ainda, e no caso de ela realmente ter sofrido algo, não descansaria até encontrar o responsável.

Depois de vasculhar toda a área de abate, Kim decidiu estender sua busca por outras áreas do vasto complexo. Dirigiu-se para a única passagem aberta que viu, atento contra alguém que já tinha derramado sangue.

Quase no mesmo instante, foi salvo graças à sua prudência. Com o canto do olho conseguiu detectar o movimento de alguma coisa que surgia de um lado, projetando-se sobre ele. Reagindo por reflexo, jogou-se para a frente e procurou defender-se com a lanterna contra o que lhe pareceu uma ameaça.

Carlos investira das sombras, na intenção de espetá-lo lateralmente com uma estocada rápida. Tinha planejado acabar com ele assim que ficasse mais fraco. Mas a faca não acertou o alvo, fazendo apenas um corte leve na mão de Kim.

Enquanto Carlos tentava recuperar o equilíbrio, Kim o atingiu no ombro com a lanterna, mas o golpe não o machucou. Entretanto, como estava desequilibrado, Carlos foi ao chão, e antes que tivesse tempo de erguer-se, Kim atravessou em disparada a sala da desossa de cabeças e entrou na área de esquartejamento. Esta era quase do tamanho da área de abate; e a escuridão, ainda mais intensa. Compunha-se de um labirinto de mesas de aço inoxidável e esteiras rolantes suspensas. No alto, circundando toda a área, passarelas de ferro de onde os supervisores podiam examinar o corte das carcaças em peças para distribuição nas mesas abaixo.

Kim procurou desesperadamente por algo que lhe servisse de arma para enfrentar a faca de Carlos. Tendo desligado a lanterna e com medo de acendê-la, só conseguia apalpar a superfície das mesas. Não encontrou nada adequado.

Esbarrou num latão de lixo, mas conseguiu agarrá-lo antes que rolasse pelo chão, denunciando sua posição. Na direção da entrada da sala, avistou a silhueta do homem com a faca, que desapareceu novamente na escuridão.

Kim tremeu de medo. Estava sendo caçado por um matador profissional com uma faca, num lugar escuro, inteiramente desprotegido e num ambiente estranho. Sabia que tinha de ficar escondido. Não podia deixar aquele homem se aproximar. Apesar do êxito em evitar o primeiro golpe, sabia que era provável que não tivesse a mesma sorte na segunda vez.

Um apito agudo e inesperado, anunciando o início do funcionamento de algum equipamento eletrônico, fez Kim dar um pulo. Ao seu redor, todo o emaranhado de esteiras rolantes começou a entrar em barulhenta operação. No mesmo instante, o galpão ficou vivamente iluminado por uma luz fluorescente clara e brilhante. O coração de Kim parecia saltar-lhe na garganta. Qualquer chance de permanecer escondido naquele labirinto tinha se evaporado.

Kim encolheu-se o melhor que pôde por trás do latão de lixo. Observando por entre as mesas de esquartejamento, conseguiu localizar o homem tatuado procurando por ele. O estranho avançava vagarosamente, mantendo as mãos erguidas no ar. Com a mão direita segurava a faca, que aos olhos de Kim pareceu do tamanho de um machete.

Kim entrou em pânico. Carlos já estava muito perto. Sabia que o homem o veria assim que olhasse o corredor onde estava agachado. Era só uma questão de segundos.

Impulsivamente, ergueu-se segurando o latão de lixo por sobre a cabeça e, berrando como um viquingue antes da batalha, investiu direto contra seu perseguidor. Usando o latão como escudo, Kim colidiu com o mexicano empunhando a faca.

Carlos foi novamente derrubado. Apesar do susto provocado pela carga e o impacto inesperado, Carlos ainda teve a presença de espírito de não soltar a faca.

O impulso proporcionou a Kim uma boa vantagem. Atirou para o lado o latão e cruzou em disparada toda a extensão da área de esquartejamento. Sabia que só tinha conseguido derrubar seu perseguidor e que ele logo estaria outra vez em seu encalço. Sentindo que sua única chance seria novamente correr para outro lugar, penetrou por uma passagem sem porta, numa outra sala fria, úmida e escura, onde se viu em meio a uma floresta de carcaças bovinas. Cada uma delas estava serrada ao meio e pendurada por ganchos presos a um sistema de rolamento no teto. Apenas algumas poucas lâmpadas espaçadas iluminavam um corredor central que separava as fileiras de carcaças resfriadas.

Kim seguiu pelo corredor central, procurando desesperadamente algum lugar para se esconder. A atmosfera da sala estava fria o suficiente para condensar sua respiração. Não tinha andado muito quando passou por um corredor transversal onde viu um bem-vindo sinal verde de saída. Ziguezagueou até ele apenas para descobrir que a porta estava trancada com corrente e cadeado.

Ouviu o ruído distante porém inconfundível dos saltos das botas de seu perseguidor no piso de concreto. Sabia que ele estava se aproximando. Kim voltou a entrar em pânico. Movendo-se o mais rápido possível ao longo da estreita periferia da sala de resfriamento, continuou procurando outra saída. Infelizmente, ao encontrá-la, também estava trancada.

Desesperançado, continuou andando. O recinto era imenso. Espremido entre a parede e as carcaças penduradas, levou alguns minutos para chegar a um dos cantos, onde fez uma curva de 90 graus. Dali para a frente conseguiu andar com maior rapidez. A poucos metros do vão central que cortava todo o espaço interno, deparou com uma terceira porta. Girou a maçaneta e, para alívio seu, ela se abriu. Atravessou-a sem hesitar. Na parede, bem junto à porta, havia um interruptor. Kim acendeu a luz. Era um amplo almoxarifado com inúmeras prateleiras de aço.

Kim fechou a porta e procurou desesperadamente por algo que lhe servisse de arma. Outra vez, não teve sorte. Tudo o que encontrou foram pequenas peças de reposição dos equipamentos e um caixote com carimbos usados pelos inspetores do Departamento de Agricultura para classificar a carne de acordo com a qualidade. O único objeto um pouco maior era uma vassoura.

Tendo em vista que uma vassoura era melhor que nada, Kim a pegou. Quando abria a porta para sair, escutou novamente os passos de seu perseguidor. O homem estava próximo, a menos de 10 metros de distância, chegando pelo vão central!

Novamente em estado de pânico, Kim fechou a porta do depósito rápida e furtivamente. Segurando a vassoura pela ponta com as mãos, encostou-se à parede, bem junto à porta.

O ruído das passadas parou. Kim ouviu o homem blasfemar. Em seguida os passos recomeçaram e foram aumentando de intensidade até pararem novamente, do lado de fora.

Kim prendeu a respiração. Apertou com mais força o cabo da vassoura. Por um momento aparentemente interminável, nada aconteceu. Então, a maçaneta começou a girar. O homem estava entrando!

O coração de Kim disparou. A porta estava escancarada. Assim que sentiu a presença do homem, cerrou os dentes e girou com a vassoura na altura do peito, usando toda a força que pôde reunir.

Por sorte, acertou em cheio o rosto do homem, que foi projetado porta afora. Com a surpresa e a força do impacto, ele soltou a faca, que rolou pelo chão.

Ainda segurando a vassoura com a mão esquerda, Kim agachou-se para apanhar a arma. Assim que a pegou, percebeu que era apenas uma lanterna e não uma faca.

– Parado aí! – ordenou uma voz.

Kim endireitou-se e olhou diretamente para o brilho ofuscante de outra lanterna. Instintivamente, levantou a mão para proteger os olhos. Agora podia distinguir o homem estatelado no chão. Não era o mexicano e sim um sujeito de uniforme marrom da Higgins e Hancock. Era o segurança, cobrindo o rosto com ambas as mãos. Sangue escorria de seu nariz.

– Largue essa vassoura – ordenou a voz por trás da lanterna.

Kim soltou a vassoura e a lanterna.

O foco de luz clareou o chão e, para alívio de Kim, viu que estava diante de dois policiais uniformizados. O segundo, sem a lanterna, segurava um revólver, apontando-o para sua cabeça.

– Graças a Deus! – balbuciou Kim, apesar de ter uma arma apontada a menos de 3 metros de distância.

– Calado! – ordenou o policial armado. – Vire-se e encoste na parede!

Kim sentiu um enorme prazer em obedecer. Saiu de dentro do armazém e apoiou-se na parede, como costumava ver no cinema.

– Reviste-o – disse o policial.

Kim sentiu as mãos do outro policial apalpando-lhe os braços, pernas e tronco.

– Ele está limpo.

– Vire-se!

Kim obedeceu, mantendo os braços erguidos para evitar qualquer mal-entendido quanto a suas intenções. Daquela distância podia ler os nomes dos policiais sob seus distintivos. O homem com o revólver era Douglas Foster. O outro Leroy McHalverson. O segurança tinha se levantado e limpava, com um lenço, o sangue do nariz entortado. A força da vassourada o quebrara.

– Algeme-o – disse Douglas.

– Ei, esperem um pouco! – reagiu Kim. – Não sou eu quem deviam estar algemando.

– É mesmo? – respondeu Douglas, cinicamente. – E a quem sugere?

– Há mais alguém aqui. Um sujeito moreno, esguio, tatuado nos braços e com uma faca enorme.

– E estava, sem dúvida, usando uma máscara de hóquei – completou Douglas, ridicularizando-o. – E seu nome é Jason.

– Falo sério – disse Kim. – O motivo de minha presença aqui é uma mulher chamada Marsha Baldwin.

Os dois policiais entreolharam-se.

– Sério! – prosseguiu Kim. – É uma inspetora do Departamento de Agricultura. Ela veio para cá a trabalho. Falava comigo ao telefone quando foi surpreendida por alguém. Ouvi o som de vidro partido seguido de luta. Quando cheguei aqui à sua procura, fui atacado por um homem com uma faca, provavelmente o mesmo que atacou a Srta. Baldwin.

Os policiais continuavam céticos.

– Escutem, sou um cirurgião do Centro Médico Universitário – disse Kim, enfiando a mão no bolso de seu imundo paletó branco. Douglas segurou no cabo da arma com mais firmeza. Kim puxou seu cartão de identificação e apresentou-o a Douglas, que pediu a Leroy que o pegasse.

– Parece autêntico – disse Leroy, depois de conferir rapidamente.

– É claro que é autêntico – disse Kim.

– Vocês, médicos, abandonaram a higiene pessoal? – perguntou Douglas.

Kim passou a mão pelo rosto barbado e reparou em sua roupa suja e amarrotada. Não tinha se barbeado, tomado banho nem trocado de roupa desde a manhã de sexta-feira.

– Sei que não podia estar com pior aparência – disse ele. – Mas posso explicar. Neste momento, porém, estou mais preocupado com a Srta. Baldwin e o paradeiro daquele homem com a faca.

– O que acha disso tudo, Curt? – perguntou Douglas ao segurança. – Esteve aqui alguma inspetora do Departamento de Agricultura ou algum estranho moreno e tatuado?

– Não que seja do meu conhecimento – disse Curt. – Pelo menos durante meu turno. Estou aqui desde as 15 horas.

– Sinto muito, amigo – disse Douglas para Kim. – Boa tentativa. – E, dirigindo-se para Leroy: – Algeme-o de uma vez.

– Espere um pouco – disse Kim. – Encontrei vestígios de sangue que suspeito ser da Srta. Baldwin.

– Onde? – perguntou Douglas.

– Num ralo. Posso levá-lo até lá.

– Isso aqui é um matadouro – disse Curt. – Sempre há sangue.

– Aquele sangue é recente.

– Algeme-o e vamos lá verificar – disse Douglas.

Kim não ofereceu resistência e deixou-se algemar de mãos às costas. Em seguida ordenaram-lhe que mostrasse o caminho e todos seguiram pela câmara de resfriamento. Na área de esquartejamento, Curt pediu aos policiais que esperassem, enquanto ele desligava as luzes e as engrenagens das máquinas.

– Foi o homem com a faca que ligou a maquinaria – disse Kim.

– Sim, é claro que foi – respondeu Douglas.

Kim preferiu não argumentar e tampouco importou-se em mostrar o latão de lixo que tinha rolado por cima de uma das mesas de esquartejamento. Estava certo de que o sangue seria suficiente para convencer aqueles dois policiais de que estava dizendo a verdade.

Kim os levou até o ralo. Quando Curt iluminou o local com o facho da lanterna, Kim sentiu um frio no estômago. A mancha de sangue desaparecera.

– Estava aqui! – sustentou Kim, balançando a cabeça. – Alguém a limpou.

– Sem dúvida o homem com a faca – disse Leroy, com um risinho.

– E quem mais? – questionou Douglas, em tom de piada.

– Esperem um segundo – prosseguiu Kim, desesperado. Precisava convencê-los de alguma forma. – O telefone! Ela conversava comigo em seu celular. Está na sala de registros.

– Bastante criativo – comentou Douglas. – Merece crédito por essa. – E dirigindo-se para Curt: – Acha que podemos dar uma espiada? Fica no caminho da saída mesmo.

– É claro.

Enquanto Curt levava Douglas e Kim até a sala de registros, Leroy foi até a viatura policial registrar a ocorrência. Curt abriu a porta da sala e recuou um passo para dar passagem. Uma vez no interior, Kim sentiu o chão se abrir sob seus pés. As cadeiras tinham sido recolocadas nos lugares e o pior: o telefone desaparecera.

– Estava aqui, eu juro – murmurou. – E a maioria das cadeiras estava de pernas para o ar.

– Não vi nenhum celular quando entrei aqui para investigar o arrombamento – disse Curt. – E as cadeiras estavam do mesmo jeito que agora.

– E aquele vidro quebrado? – argumentou, excitado, apontando para a porta de entrada. – Estou certo de que foi esse o barulho que ouvi enquanto falava com ela ao telefone.

– Concluí que o vidro foi só parte do arrombamento – disse Curt –, além da janela.

– Não é possível – rebateu Kim. – Eu arrombei a janela, mas o vidro da porta já estava quebrado quando entrei aqui. Vejam, o vidro da porta está todo dentro da sala. Quem o quebrou só podia estar no corredor.

– Hum – balbuciou Douglas, olhando para os cacos. – Isso faz sentido.

– O carro dela! – disse Kim, tendo outra ideia. – Ainda tem de estar lá fora. É um Ford sedã amarelo. Está estacionado nos fundos do prédio.

Antes que Douglas respondesse a essa nova sugestão, Leroy retornou da viatura policial, com um sorriso matreiro no canto da boca.

– Adivinhe só o que temos sobre nosso distinto doutor: já é fichado. Foi preso ontem à noite por invasão, resistência à prisão, agressão a um oficial de polícia, além de espancar o gerente de uma lanchonete. Está, no momento, solto sob fiança. – Ah, pobrezinho – disse Douglas. – Então, é reincidente! Muito bem, doutor, chega dessa palhaçada. Vai nos acompanhar até a delegacia.

15

Domingo, 25 de janeiro – Manhã

Era uma repetição da manhã anterior. De volta ao mesmo tribunal, diante do mesmo juiz. Somente o tempo lá fora tinha mudado. Dessa vez não fazia sol. Ventava muito, o céu estava nublado e o humor do juiz Harlowe combinava com o dia cinzento.

Kim estava sentado a uma mesa de biblioteca arranhada, ao lado de Tracy. De pé, logo à sua frente, Justin Devereau, advogado e velho amigo de Kim. De aparência aristocrática, formado em Harvard, Justin era um advogado adepto do velho ditado: "Jovem, vá para o Oeste!" Ele fora o mentor daquela que se tornara uma das maiores e mais bem-sucedidas firmas de advocacia da cidade. Seu índice de sucesso era imbatível. Entretanto, naquela manhã, Justin estava preocupado. Travava uma batalha desigual contra a ira do juiz Harlowe.

A aparência de Kim não podia estar pior, depois de passar mais uma noite na prisão vestido com as mesmas roupas. Ainda não tinha tomado banho nem feito a barba. Encontrava-se também visivelmente ansioso com o desfecho dos últimos acontecimentos. A ultima coisa que desejava era voltar para a prisão.

Justin pigarreou:

– Permita-me reiterar que o Dr. Kim Reggis sempre atuou como um pilar da nossa sociedade até o desfecho dessa tragédia que vitimou sua única filha.

– A doença de sua filha foi a desculpa apresentada como motivo de seu comparecimento a esta corte ontem – disse o juiz Harlowe, irritado. – Não me agrada ver o mesmo rosto duas vezes no mesmo fim de semana. É um insulto à minha decisão de ter permitido sua liberdade após a primeira infração.

– A morte recente da filha do Dr. Reggis provocou nele um estresse demasiadamente forte, meritíssimo – insistiu Justin.

– Isso é evidente – disse o juiz Harlowe. – O que está sendo julgado é se ele representa uma ameaça à sociedade no seu estado mental atual.

– O que aconteceu foram episódios anômalos que não se repetirão – afirmou Justin. – Como sabe, o Dr. Reggis ficou sinceramente arrependido por suas atitudes precipitadas.

O juiz Harlowe brincou com os óculos sobre o nariz e olhou diretamente para Kim. Tinha de admitir que o homem parecia arrependido. Naquele estado deplorável chegava a inspirar piedade. O juiz observou Tracy. Sua presença e o testemunho que dera tinham-no impressionado.

– Está bem – concluiu o juiz Harlowe. – Vou consentir na fiança, mas o que me convenceu não foi seu discurso bombástico, senhor advogado, e sim o fato de a ex-esposa do Dr. Reggis ter graciosamente concordado em comparecer a esta corte para atestar em favor de seu caráter. Com minha experiência, sei o que é uma testemunha convincente. Fiança de 5 mil dólares e julgamento em quatro semanas. Próximo caso, por favor!

O juiz Harlowe bateu com o martelo e pegou em outra pilha de papéis.

– Com todo o respeito, meritíssimo – disse Justin. – Não há o risco de evasão neste caso, portanto 5 mil dólares me parece um tanto excessivo.

O juiz olhou Justin por cima dos óculos e levantou as sobrancelhas.

– Vou fazer de conta que não ouvi nada – disse ele. – E sugiro que não abuse da sorte de seu cliente, senhor advogado. Próximo caso, por favor!

Justin encolheu os ombros e retornou para o lado de Kim e Tracy. Depois de juntar seu material, fez um sinal com o dedo para que o casal o acompanhasse.

Com o auxílio de Justin, os procedimentos da fiança transcorreram rapidamente. Em menos de meia hora os três desceram a escadaria do prédio e saíram para a fria e nublada manhã de inverno. Pararam logo embaixo das escadarias do fórum. Alguns tímidos flocos de neve desfaziam-se sobre a calçada.

– No início, pensei que Harlowe não fosse conceder a fiança – disse Justin. – Como disse o juiz, considere-se com sorte.

– Nas circunstâncias atuais seria difícil considerar-me um homem de sorte – comentou Kim, sem nenhuma emoção. – Mas agradeço a ajuda. Sinto muito obrigá-lo a sair de casa na manhã de um domingo como esse.

– É sempre um prazer ser útil a um amigo – respondeu Justin. – Saiba que fiquei muito sentido por Becky. Podem contar comigo para o que for preciso.

Kim e Tracy agradeceram.

– Bem, é melhor eu ir andando – disse Justin, tocando na aba do chapéu. – Nos vemos depois.

Justin deu um beijo no rosto de Tracy e apertou a mão de Kim antes de partir. Deu alguns passos e parou.

– Um conselho de amigo para você, Kim. Não deixe que o prendam novamente. Posso garantir-lhe que não haverá fiança da próxima vez. A reincidência obviamente o deixa numa situação delicada.

– Compreendo – disse Kim. – Serei cuidadoso.

Kim e Tracy ficaram observando Justin se afastar. Olharam-se, então, frente a frente.

– Agora, quero que me conte exatamente tudo o que aconteceu – disse Tracy.

– Vou lhe contar o que sei até agora. Mas preciso pegar meu carro. Se importa de me dar uma carona até a Higgins e Hancock?

– Claro que não. Já tinha pensado nisso.

– Conversaremos no carro.

Entraram no carro de Tracy e seguiram para o abatedouro.

– Estou vivendo um pesadelo – confessou Kim.

– Como disse ontem à noite – respondeu Tracy –, precisamos de ajuda e acho que só podemos contar um com o outro.

Kim soltou um suspiro.

– Deve lhe parecer maluquice minha levar adiante essa cruzada contra o E. coli. Nossa filha está morta e eu mais pareço um detetive de histórias em quadrinhos – disse Kim, balançando a cabeça. – Todos esses anos me considerei o arrimo da família, mas agora reconheço que na verdade é você quem tem a força interior. Sei que não posso negar a morte de Becky para sempre, mas por enquanto não consigo aceitar. Espero que compreenda que ainda não estou pronto para isso.

Tracy permaneceu em silêncio por algum tempo. Então, num gesto de afeto, pousou a mão sobre o braço de Kim.

– Eu compreendo – disse. – Não tentarei apressá-lo. Pode, inclusive, contar com o meu apoio em sua investigação. Mas não poderá rejeitar a morte de Becky eternamente.

Kim concordou, balançando a cabeça.

– Eu sei – murmurou. – E obrigado.

A viagem transcorreu rapidamente. Kim contou tudo o que tinha acontecido desde a hora em que Marsha apareceu em sua casa até ser preso pela polícia. Tracy ficou horrorizada quando soube que ele fora atacado por um homem com uma faca. Kim lhe mostrou o corte nas costas da mão.

– Como ele era? – perguntou ela, sentindo um arrepio. Não podia conceber o horror de ser atacada num matadouro às escuras.

– Aconteceu tão rápido. Não seria capaz de descrevê-lo muito bem.

– Jovem, velho? Alto, baixo.

Por alguma razão inimaginável, ela queria uma imagem daquele indivíduo.

– Moreno – disse Kim. – Pele escura, cabelos escuros. Acho que era mexicano, ou pelo menos latino. Magro, porém musculoso. Tinha muitas tatuagens pelo corpo.

– Por que não contou tudo isso a Justin?

– Que diferença faria?

– Ele poderia ter dito alguma coisa ao juiz – persistiu Tracy.

Mas de nada adiantaria. Poderia piorar ainda mais as coisas. Tudo isso parece tão fantasioso, e eu só queria dar o fora daquele tribunal para então pensar no que fazer.

– Acredita que Marsha Baldwin ainda possa estar na Higgins e Hancock? Provavelmente retida contra a vontade?

– Ou talvez pior. Se aquele sangue que encontrei era de origem humana, ela pode ter sido morta.

– Não sei o que dizer – admitiu Tracy.

– Nem eu. Minha esperança é que tenha conseguido escapar. Talvez seja melhor verificar minha secretária eletrônica. Ela pode ter ligado.

Tracy pegou seu aparelho no porta-luvas do carro e passou-o para Kim. Ele discou e ficou na escuta. Depois de dois minutos, desligou.

– E então? – perguntou Tracy.

Kim balançou negativamente a cabeça.

– Nada. Só a Ginger.

– Conte-me outra vez o que exatamente ouviu durante a última conversa que teve com ela.

– Ouvi o som do vidro se partindo – repetiu Kim. – Foi logo depois de ela dizer que havia alguém forçando a porta. Em seguida, um estrondo que acredito ter sido provocado pelas cadeiras jogadas no chão. Acho que a pessoa que entrou na sala a perseguiu pelo corredor.

– E contou tudo isso à polícia? – perguntou Tracy.

– É claro que sim. Só que não adiantou absolutamente nada, o que é compreensível. Eles acham que eu sou algum doido varrido. Quando fui mostrar o sangue, a mancha tinha sido lavada. Quando os levei para mostrar o celular, o aparelho não estava lá. Nem o carro dela estava mais no estacionamento como na hora em que cheguei.

– Ela poderia ter pego o telefone? E ido embora no carro?

– Permita Deus que sim – disse Kim. – Odeio pensar em outra possibilidade e estou me sentindo responsável. Ela só foi até lá por minha causa.

– Você não a forçou a fazer nada que ela não quisesse – disse Tracy. – No pouco tempo em que conversamos, pude perceber que ela não é do tipo de pessoa que se deixa levar pelas ideias dos outros. Sem dúvida, ela possui uma forte vontade própria.

– Gostaria de pôr as mãos naquele guarda – disse Kim. – Ele tinha de saber que Marsha estava lá dentro. Então, por que negou?

– Se mentiu para a polícia, certamente não vai lhe dizer nada.

– Bem, algo tem de ser feito.

– Sabe alguma coisa a respeito dela? Onde mora, por exemplo, ou de onde ela é, ou se tem família na área.

– Não sei quase nada sobre ela – admitiu Kim. – Exceto que tem 29 anos e se formou em veterinária.

– Isso é ruim – comentou Tracy. – Seria útil se pudesse determinar com certeza se ela está ou não desaparecida. Se estiver, a polícia teria forçosamente que ouvi-lo.

– Acaba de me dar uma ideia – disse Kim, endireitando a coluna. – O que acha de tentarmos obter ajuda de Kelly Anderson?

– Não é má ideia. A questão é: será que ela iria aceitar?

– Só há um jeito de saber: perguntando.

– Kelly Anderson já lhe causou tantos aborrecimentos. Acho que lhe deve algo em troca.

– Por Deus, a mídia poderia ser de grande ajuda, não só em relação ao caso de Marsha como a todo o problema da contaminação da carne.

– Quanto mais penso nisso, mais gosto – disse Tracy. – Talvez possa ajudá-lo a convencê-la.

Kim fitou sua ex-mulher com um olhar de admiração. Sob a amargura do divórcio e o rancor provocado pelos entraves da guarda de Becky, tinha se esquecido do quanto era atraente e afetiva.

– Sabe de uma coisa, Trace – disse ele –, estou sinceramente grato que tenha ido à corte esta manhã, não só por ter sido a responsável pela minha fiança. Só quero dizer que estou verdadeiramente agradecido por ter ficado do meu lado depois de tudo o que aconteceu.

Tracy o observou em silêncio. O elogio era algo inteiramente incomum nele, mas podia ver em seus olhos que estava sendo sincero.

– Isso é muito gentil de sua parte.

– Estou falando de coração.

– Bem, é muito bom ouvir você dizer isso. Não me lembro da última vez que me agradeceu por alguma coisa. Talvez algum dia antes de nos casarmos.

– Eu sei – admitiu Kim. – Você está certa. Tive um pouco de tempo ontem à noite na cadeia para pensar, e devo dizer que os acontecimentos das últimas 24 horas, particularmente os relacionados a Becky, me abriram os olhos.

– Abriram seus olhos para o quê?

– Para o que é realmente importante na vida. Pode parecer melodramático, mas pude perceber a grandeza do erro que cometi. Dediquei-me excessivamente à carreira e à competitividade, em detrimento da família; e de nós.

– Estou admirada de ouvi-lo dizer essas coisas – disse Tracy. Aquele não se parecia com o Kim de quem tinha se divorciado.

– Receio ter sido um grande egoísta durante toda minha vida adulta – prosseguiu Kim. – É um pouco irônico, considerando-se que por todo esse tempo me ocultei sob a fachada do médico altruísta, caridoso. Como uma criança, necessitava de constante atenção e devoção, e a atividade de cirurgião estava perfeitamente de acordo com isso. Tudo isso me deixa triste e envergonhado. Também me faz querer pedir seu perdão e desejar que fosse possível recuperar tantos anos desperdiçados.

– Estou surpresa e sensibilizada – disse Tracy. – Mas aceito. Fiquei impressionada com seu insight.

– Obrigado – disse Kim, simplesmente. Ele olhou através do para-brisa. Já tinham entrado na estradinha de terra, aproximando-se das dependências da Higgins e Hancock. O prédio parecia calmo e claro por entre os flocos de neve.

– É aqui? – perguntou Tracy.

Kim balançou a cabeça afirmativamente.

– A entrada do estacionamento fica logo adiante - disse ele. – Meu carro deve estar em frente à entrada principal. Pelo menos, foi lá que o deixei.

Tracy dobrou no local indicado por Kim. Lá estava o carro, inteiramente isolado. Somente dois outros veículos eram visíveis, na extremidade oposta do estacionamento.

– O carro de Marsha estava estacionado onde estão aqueles dois. Talvez haja uma entrada de serviço do outro lado.

Tracy parou ao lado do carro de Kim e puxou o freio de mão.

Kim apontou para a janela da sala de registros que tinha quebrado para entrar no prédio. Estava tampada com um pedaço de compensado. Explicou para Tracy que tinha feito aquilo com uma das pedras do meio-fio.

– Qual é o plano? – perguntou Tracy quando ele terminou.

Kim soltou um suspiro.

– Tenho de voltar ao hospital – disse ele. – Tom aceitou cuidar de meus pacientes, mas também preciso vê-los. Depois, vou procurar Kelly Anderson. Sei onde ela mora.

– Temos algumas decisões a tomar com relação a Becky – disse Tracy.

Kim assentiu e seu olhar pareceu perder-se na distância.

– Sei que é difícil – prosseguiu ela. – Mas temos de providenciar o funeral. Pode até nos ajudar a aceitar sua morte.

Kim mordeu o lábio.

– Ódio e rejeição fazem parte da dor – disse Tracy, ante o silêncio de Kim. – Tenho tanta culpa por usar isso quanto você, mas não podemos abandonar nossas responsabilidades.

Kim a fitou com lágrimas no canto dos olhos.

– Tem razão – admitiu. – Mas, como disse, preciso de um pouco mais de tempo por causa de tudo o que aconteceu. Seria muito se eu lhe pedir que tome essas providências sem mim? Sei que é difícil. É claro que concordarei com tudo o que você decidir. Estarei presente à cerimônia. Só quero cuidar o mais rápido possível desse assunto com Kelly Anderson.

Tracy ponderou a respeito daquele pedido, tamborilando com os dedos no volante. Pensou, primeiramente, em dizer não e que mais uma vez ele estava sendo egoísta, mas logo reconsiderou. Embora não desejasse tratar sozinha dos preparativos para o funeral, sabia que a cerimônia em si era muito mais importante que os preparativos. Reconhecia também que no momento tinha melhores condições psicológicas do que ele para tratar daquele assunto.

– Não se importa se eu escolher o dia? – perguntou Tracy. – E o local da cerimônia?

– Claro que não. O que você decidir.

– Muito bem. Mas tem de prometer que vai me ligar assim que chegar em casa.

– Prometo – disse Kim, esticando a mão para dar um aperto carinhoso no braço de Tracy antes de sair do carro.

– Vou esperar para ter certeza de que seu carro vai pegar.

– Boa ideia. E obrigado. – Ele bateu a porta, e antes de se dirigir para o veículo, despediu-se com um aceno.

Tracy também acenou e ficou ponderando se estaria mesmo agindo da maneira correta.

Kim abriu a porta de seu carro mas não entrou. Observou o complexo da Higgins e Hancock e estremeceu ao relembrar a noite anterior. A sensação do terror que tinha sentido fugindo do homem com a faca percorreu-lhe todo o corpo. Foi uma experiência que jamais poderia esquecer.

Quando já se inclinava para entrar, hesitou novamente. Por um momento, pensou em conversar com o guarda de serviço para tentar descobrir onde localizar Curt, o segurança da noite passada, mas o conselho de Tracy logo veio à sua mente. Se Curt tinha mentido para a polícia sobre a presença de Marsha, certamente não diria a verdade a ele. E o fato de provavelmente estar mentindo era uma indicação de que tinha algo a esconder.

Kim deu a partida com facilidade e acenou para Tracy, que retribuiu o aceno antes de deixar o estacionamento. Kim seguiu-a a distância, rememorando a conversa que acabaram de ter. Considerou irônico que os terríveis acontecimentos dos últimos dias – a morte de Becky e os episódios que quase terminaram em seu assassinato – o tivessem feito sentir-se tão perto de Tracy, como havia anos não acontecia, ou talvez jamais tivesse acontecido.

Na autoestrada tomaram caminhos diferentes. Kim buzinou em sinal de despedida e Tracy fez o mesmo antes de acelerar na direção de seu bairro. Kim pegou a saída certa para o Centro Médico.

Aos domingos, o estacionamento dos médicos ficava quase vazio, e foi fácil encontrar vaga perto da entrada principal do hospital. A primeira coisa que pensou em fazer quando desceu do carro foi correr para o vestiário da cirurgia. Queria, antes de mais nada, tomar um banho, barbear-se e vestir as roupas que tinha deixado lá na sexta-feira de manhã.

MARTHA TRUMBULL e George Constantine eram septuagenários e fiéis voluntários do Centro Médico Universitário. Por seu tempo de dedicação ao serviço, foram presenteados com a medalha dos Amigos do Hospital, que exibiam orgulhosamente. Martha a usava presa no bolso do avental rosa e George, na lapela de seu blazer azul de voluntário.

A tarefa predileta de Martha e George era tomar conta do balcão de informações no saguão do hospital. Gostavam de trabalhar ali, principalmente aos domingos, quando podiam ficar sozinhos. Nos outros dias da semana, havia sempre algum funcionário do hospital no cargo.

Sempre eficientes em suas funções, eles conheciam perfeitamente bem não apenas todo o hospital em seus mínimos detalhes, como se fosse a planta de suas casas, mas também os nomes de toda a equipe profissional. Quando Kim se encaminhou direto para o elevador, ambos pensaram tê-lo reconhecido, mas ainda não estavam inteiramente convencidos.

Martha deu uma olhada para George.

– Aquele é o Dr. Reggis? – sussurrou ela.

– Acho que é – disse George. – Mas não consigo imaginar o que esteve fazendo naquele paletó imundo. Talvez tenha precisado trocar um pneu.

– Para mim, a barba está pior que o paletó – disse Martha. – Alguém devia dizer a ele, já que é um homem tão bonito.

– Espere um instante – lembrou-se George. – Não deveríamos avisar o Dr. Biddle no caso de Dr. Reggis aparecer?

– Isso foi ontem. Acha que ainda vale para hoje?

– Por que arriscar? – disse George, pegando o interfone.

Para alívio de Kim, o elevador subiu vazio até o andar da cirurgia. Não teve a mesma sorte durante a travessia do saguão. Algumas enfermeiras e anestesistas de plantão tomavam café. Ninguém disse nada, mas o grupo o observou com curiosidade.

Kim ficou feliz de chegar ao vestiário, longe das fisionomias inquisidoras. Estava particularmente satisfeito por encontrá-lo vazio. Sem perder tempo, tirou do bolso seu cartão de identificação, algumas canetas, um bloco de anotações e um rolo de esparadrapo. Tirou toda a roupa, do jaleco à cueca, e jogou tudo no cesto da lavanderia.

Inteiramente nu, assustou-se ao ver sua imagem no espelho. A aparência estava pior do que imaginava. A barba de três dias deixava-o abatido. O cabelo desalinhado, lambido na frente e espetado atrás, dava a impressão de que acabara de acordar.

Kim abriu seu escaninho, pegou o material de barbear que guardava ali e logo fez a barba. Depois pegou o xampu e entrou debaixo do chuveiro.

Com a cabeça sob o jato d'água, teve a impressão de ouvir alguém chamando por ele. Girou o pescoço e, ainda de olhos fechados por causa da espuma, aguardou por um instante. Uma voz, num tom sem dúvida mais autoritário que amistoso, repetiu seu nome.

Kim terminou de se enxaguar e só então abriu os olhos. Era um boxe coletivo com quatro chuveiros. Na soleira ladrilhada estavam o Dr. Forrester Biddle, chefe da cirurgia cardíaca, e o Dr. Robert Rathborn, chefe do corpo médico. Formavam um par curioso. Contrastando com a magreza ascética de Forrester, Robert era a expressão da obesidade autocomplacente.

– Dr. Reggis – repetiu Robert, quando sentiu que tinha finalmente atraído a atenção de Kim. – Na qualidade de atual responsável pelo corpo médico, é meu dever informá-lo de que seus privilégios estão temporariamente revogados.

– Este é um assunto bastante curioso para se discutir enquanto estou no chuveiro – disse Kim. – Ou era seu objetivo específico me ver nu?

– Suas palavras não poderiam ser mais inapropriadas – rosnou Forrester. – Já vinha sendo avisado, Dr. Reggis.

– Não podem esperar cinco minutos? – perguntou Kim.

– Achamos importante que fosse comunicado com a máxima urgência.

– Quais são os motivos?

– Por ter obstruído o trabalho da equipe durante a tentativa de ressuscitação cardíaca de sua filha – disse Robert. – Três médicos e duas enfermeiras apresentaram queixa formal de intimidação física por sua parte, que os impossibilitou de concluir seu trabalho.

– E estou horrorizado com sua decisão de executar uma massagem cardíaca interna na própria filha – disse Forrester. – Em minha opinião, seu comportamento profissional foi inteiramente inaceitável.

– Ela estava morrendo, Robert – sussurrou Kim. – A massagem externa não produzia nenhum efeito. Suas pupilas estavam dilatando.

– Outros profissionais qualificados também fizeram o possível – disse Robert, hipocritamente.

– Não fizeram coisa alguma! Não tinham a menor ideia do que estava acontecendo. Nem eu, até ver o coração dela. – Kim se calou e desviou o olhar por um instante.

– Haverá uma audiência – disse Robert. – O que estará em julgamento é se você representa uma ameaça para seus pacientes ou para si próprio. Terá uma oportunidade de apresentar sua versão desse triste episódio. Nesse meio-tempo, não poderá praticar a medicina dentro deste hospital e está especificamente proibido de operar.

– Bem, foi muita gentileza dos senhores terem vindo até meu escritório assim dessa maneira com notícias tão boas – disse Kim.

– Eu não acharia tão engraçado se fosse você – ameaçou Forrester.

– Nem eu – disse Robert. – Esse incidente e nossa resolução serão comunicados ao Conselho de Medicina. Poderá ter sua licença médica cassada.

Kim deu meia-volta para que pudesse apresentar o que julgava ser a parte mais apropriada de sua anatomia a seus dois convidados. Inclinando-se para a frente, prosseguiu massageando a cabeça com o xampu.

O BAR EL TORO TINHA uma aparência completamente diferente durante o dia. Sem a luz vermelha do touro de néon e o ritmo alegre da música latina, a casa, caindo aos pedaços, parecia abandonada. A única evidência contrária eram as latas vazias de cerveja recentemente largadas e espalhadas pelo estacionamento deserto.

Shanahan balançou a cabeça diante daquele quadro deprimente, enquanto seu Cherokee deslizava pela área do estacionamento. O tempo estava chuvoso e nebuloso. O lugar estava coberto por um denso nevoeiro. Shanahan parou do lado do furgão de Carlos.

Carlos saltou e deu a volta no Cherokee, indo até a janela do motorista. Carlos só podia ver seu reflexo no vidro escuro até que Shanahan baixou o vidro da janela.

Sem nenhuma explicação, entregou-lhe uma nota de 100 dólares.

Carlos olhou para o dinheiro e depois para Shanahan.

– O que é isso? Você me disse 200. Cuidei da mulher conforme o combinado.

– Você complicou tudo – disse Shanahan. – Sujou. Ficamos sabendo do médico. Tinha que apagá-lo. Sabia que estava lá procurando a mulher.

– Eu tentei – disse Carlos.

– O que quer dizer com "tentei"? – perguntou Shanahan, debochando. – Com toda essa sua reputação com a faca, e o cara estava desarmado.

– Não deu tempo – disse Carlos. – Ele acionou o alarme silencioso quando arrombou a janela, e a polícia chegou antes que pudesse dar cabo dele. Ainda tive sorte de ter tempo para limpar sangue dela e sumir com suas coisas.

– O que fez com o carro dela?

– Está na oficina de meu primo.

– Vamos apanhá-lo. Não quero ninguém usando aquele carro. Tem de virar sucata.

– Ninguém irá usá-lo.

– E o telefone? – perguntou Shanahan.

– Está comigo no furgão.

– Dê-me o aparelho! – ordenou Shanahan.

Obedientemente, Carlos foi buscá-lo. No minuto seguinte estava de volta à janela de Shanahan. Carlos entregou o celular para o agente de segurança.

Shanahan atirou o aparelho no assento do passageiro.

– Espero que não tenha feito nenhuma chamada.

Carlos ergueu as sobrancelhas inocentemente, mas não disse uma palavra.

Shanahan fechou os olhos, bateu com a mão na testa e balançou a cabeça em sinal de desalento.

– Vamos, diga-me de uma vez que não usou o telefone – disse com os dentes cerrados, já sabendo qual seria a resposta.

Como Carlos não se manifestava, Shanahan arregalou e cravou os olhos em seu comparsa, esforçando-se para controlar a raiva.

– Muito bem, para quem ligou? Não sabe que a polícia pode rastrear a chamada? Como pode ser tão estúpido?

– Liguei para minha mãe no México – admitiu Carlos, arrependido.

Os olhos de Shanahan reviraram nas órbitas e ele começou a pensar que agora talvez também tivesse que se livrar de Carlos. O problema nesse tipo de trabalho era que quando as coisas começavam a dar errado, quase sempre escapavam muito depressa ao controle.

– Mas minha mãe não tem telefone – disse Carlos. – Liguei para o número de uma loja onde minha irmã trabalha.

– Que tipo de loja? – perguntou Shanahan.

– Uma grande loja. Vende todo o tipo de coisas.

– Como uma loja de departamentos?

– É, como uma loja de departamentos.

– Quando ligou?

– Ontem à noite. A loja fica aberta até tarde aos sábados, e minha mãe sempre acompanha minha irmã até em casa.

– Em que parte do país?

– Na Cidade do México.

Shanahan ficou mais aliviado. Uma chamada anônima para uma grande loja na cidade mais populosa do mundo não era o que se poderia considerar uma pista muito boa.

– Essa foi a única ligação? – perguntou Shanahan.

– Foi, cara, só uma ligação.

– Vamos falar do médico. Ele ficou sabendo o que aconteceu com a mulher?

– É possível. Ele viu o sangue dela.

– Seja como for, ele é uma ameaça. Precisa ser eliminado. Pagaremos os outros 100 e mais 300 pelo serviço. O que diz?

– Para quando?

– Hoje à noite. Temos seu endereço e ele mora sozinho, no bairro de Balmoral.

– Hum, não sei não – disse Carlos. – É um cara grande.

– Com sua reputação, não creio que faça diferença para você.

– Matá-lo não será difícil. O problema é dar um sumiço no corpo e limpar o sangue.

– Não precisa se preocupar com isso. Apenas faça o serviço e caia fora. Talvez possa fazer parecer um assalto, levando dinheiro e coisas de valor. Só não leve nada que possa ser rastreado.

– Não sei. A polícia não gosta de ver mexicanos como eu dirigindo pelas redondezas de Balmoral. Já fui parado lá uma vez.

– Escute aqui, Carlos – disse Shanahan, perdendo rapidamente a paciência. – Você não tem muita escolha nesta altura dos acontecimentos. Já fez merda ontem à noite. No meu entender, teve tempo mais que suficiente para matar o médico. Além do mais, você nem sequer tem um green card.

Carlos calou-se e esfregou os braços para se aquecer. Continuava sem casaco, apenas com a jaqueta de couro sobre o peito nu.

– Qual o endereço? – perguntou, resignado.

– Assim é melhor – disse Shanahan, enquanto entregava a Carlos um cartão datilografado.

DESAFIANDO A REVOGAÇÃO DE SEUS PRIVILÉGIOS, conforme anunciou Robert Rathborn, Kim circulou pelo hospital e visitou todos os seus pacientes internados. Dedicou mais tempo aos pós-operados da sexta-feira. Tom Bridges estava cumprindo o que tinha prometido e acompanhava de perto a recuperação deles. Ficou satisfeito ao constatar que todos passavam bem, sem nenhuma complicação. Saiu do hospital quase ao fim da tarde.

Kim considerou a hipótese de ligar para Kelly Anderson e marcar um encontro, mas achou melhor ir direto, sem aviso. Além disso, não tinha o número dela e calculou que, sem dúvida, não o encontraria no catálogo.

Kelly Anderson vivia numa casa de estilo campestre na área de Christie Heights. Não era um bairro tão refinado quanto Balmoral, mas chegava perto. Kim pisou no freio e estacionou. Desligou o motor e observou a casa. Precisou de alguns segundos para tomar coragem. Para ele, ir até Kelly Anderson tinha um ar de pacto com o diabo. Sentia que precisava da jornalista, mas não gostava dela.

Hesitante, caminhou até a porta, sentindo que poderia ser barrado logo na entrada, e tocou a campainha.

Caroline, a filha precoce de Kelly, atendeu a porta. Por um segundo, Kim perdeu a voz. A criança trouxe-lhe a indesejável imagem de Becky na UTI.

Kim escutou a voz de um homem dentro da casa perguntar à menina quem era.

– Não sei – berrou Caroline por cima do ombro. – Ele não fala.

– Sou o Dr. Reggis – conseguiu dizer.

Edgar Anderson surgiu por trás da filha. Os óculos de aro escuro lhe davam um ar intelectual. Vestia um casaco folgado de lã e segurava um cachimbo no canto da boca.

– Posso ajudá-lo? – perguntou Edgar.

Kim repetiu seu nome e pediu para falar com Kelly Anderson.

Edgar apresentou-se como o marido de Kelly e convidou Kim a entrar. Levou-o à sala de estar, que parecia nunca ter sido usada.

– Vou avisá-la de que está aqui – disse Edgar. – Sente-se e fique à vontade. Aceita alguma coisa? Um café?

– Não, obrigado – disse Kim. Sentia-se embaraçado, constrangido, como se fosse um mendigo. Sentou-se num sofá imaculadamente limpo.

Edgar desapareceu, mas Caroline ficou para observá-lo por trás de uma poltrona. Kim não conseguia olhar para ela sem pensar em Becky.

Sentiu-se aliviado quando Kelly entrou na sala.

– Ora, ora – disse ela –, isso é curioso. A raposa perseguindo o cão de caça. Sente-se, por favor!

Kim tinha ficado de pé quando ela apareceu. Kelly ajeitou-se na poltrona.

– E a que devo o prazer dessa visita inesperada?

– Poderíamos conversar a sós? – pediu Kim.

Agindo como se não tivesse notado a presença de Caroline, Kelly pediu à filha que fosse procurar algo de útil para fazer.

Assim que Caroline saiu da sala, Kim começou contando sobre a morte de Becky. A entonação de Kelly mudou de imediato. Ficou obviamente comovida com aquilo.

Kim contou a história toda, incluindo os detalhes das conversas que tivera com Kathleen Morgan e Marsha Baldwin. Contou-lhe de sua visita e consequente detenção no Onion Ring e o angustiante episódio na Higgins e Hancock, que terminara em sua segunda noite na prisão.

Quando Kim terminou, Kelly exalou um suspiro, recostou-se e balançou a cabeça.

– Que história – disse. – E que tragédia para você. Mas por que me procurou? Acho que está querendo que eu o ajude em alguma coisa.

– É óbvio – disse Kim. – Quero que faça uma matéria sobre tudo isso. É uma coisa que o público precisa saber. E também denunciar o desaparecimento de Marsha Baldwin. Quanto mais penso a respeito, mais me convenço de que foi vítima de uma conspiração. Se ainda estiver viva, é melhor que seja encontrada o quanto antes.

Kelly mordeu o lábio enquanto ponderava a respeito do pedido de Kim. Havia uma gama de elementos intrigantes na história, mas também alguns contratempos. Depois de alguns instantes, balançou negativamente a cabeça.

– Obrigada por vir até aqui e me contar tudo isso, mas não estou interessada do ponto de vista profissional: pelo menos por enquanto.

A decepção no rosto de Kim foi visível. Enquanto contava a história, ia se convencendo progressivamente de seu mérito, e a rápida recusa de Kelly caiu como uma bomba.

– Pode me dizer por quê? – Questionou Kim.

– Claro. Da mesma forma que compartilho da dor causada pela trágica perda de sua tão querida e talentosa filha, esse não é o tipo de telejornalismo que costumo fazer. Lido com casos grandes, mais pesados, se é que me entende.

– Mas essa é uma história de peso – queixou-se Kim. – Becky morreu vítima do E. coli O157:H7. Isso já é um problema de proporção mundial.

– Concordo. Mas é só um caso isolado.

– Essa é a questão – disse Kim. – Um caso isolado por enquanto. Estou convencido de que Becky foi contaminada no Onion Ring da Prairie Highway. Acredito que ela possa ter sido apenas a primeira vítima de uma tragédia capaz de assumir proporções incalculáveis.

– Mas até agora nada aconteceu – argumentou Kelly. – Disse que sua filha ficou doente há mais de uma semana. Se houvesse contaminação, teriam ocorrido outros casos.

– Esses casos irão ocorrer. Estou certo disso.

– Muito bem – disse Kelly –, quando houver outros casos, farei a matéria. Um caso isolado não é notícia. Dá para entender, agora?

– Mas centenas de crianças morrem todos os anos por causa dessa bactéria. As pessoas não sabem disso.

– Isso pode ser verdade – disse Kelly. – Mas essas centenas de casos não estão ligados.

– Estão sim! – argumentou Kim, exasperado. – Quase todos estão relacionados com carne moída. A indústria da carne que produz o hambúrguer é uma ameaça a todas as pessoas que comem carne moída. É uma situação que precisa ser divulgada.

– Ei, por onde tem andado? – rebateu Kelly, começando também a perder a calma. – Esse problema já foi divulgado, principalmente com o surto no Jack-in-the-Box e o recolhimento no Hudson Meat. Esse E. coli tem aparecido nos noticiários quase todos os meses.

– Está nos noticiários, mas a população está recebendo a informação errada – disse Kim.

– Ora, é mesmo? – questionou Kelly, com desdém. – Suponho que além de cirurgião cardíaco você é também um especialista em mídia.

– Não sei de nada da mídia, mas sei que a cobertura desse assunto tem revelado duas falsas impressões: uma é que a presença desse E. coli letal na carne moída é raro; e a outra é que o Departamento de Agricultura inspeciona a carne para garantir a segurança no consumo. Ambas as afirmações são falsas, conforme evidenciado pela morte de cerca de 500 crianças a cada ano.

– Uau! – exclamou Kelly. – Agora você está andando sobre gelo fino. São duas acusações sérias. Como pode sustentar seu argumento? Que provas tem a seu favor?

– A morte de minha filha – respondeu Kim, visivelmente furioso. – E os registros do Centro para Controle de Doenças sobre outras mortes.

– Refiro-me à acusação que fez sobre o fato de o E. coli ser comum e de que o Departamento de Agricultura é negligente em sua inspeção.

– Não tenho provas concretas neste exato momento. É o que espero que descubra quando fizer a reportagem. Muitas crianças não teriam morrido se não fosse verdade. E tudo isso foi constatado por Marsha Baldwin.

– Ah, sim, claro – disse Kelly, dubiamente. – Como poderia esquecer. A misteriosa inspetora do Departamento de Agricultura que diz estar desaparecida há menos de 24 horas. A que você suspeita ter sido vítima de assassinato.

– Exatamente – confirmou Kim. – Tiveram que silenciá-la.

Kelly deixou a cabeça cair para o lado. Não sabia exatamente que atitude tomar com relação a Kim, especialmente levando em conta suas duas prisões. Teve a impressão de que a morte da filha provocara algum dano à sua mente. Parecia paranoico, e ela o queria fora de sua casa.

– Diga-me uma coisa – disse Kelly. – O que o faz pensar que Marsha Baldwin está desaparecida foi a interrupção durante a conversa telefônica e o sangue que encontrou no abatedouro?

– Exatamente.

– E contou isso aos policiais que o prenderam?

– É claro, mas não acreditaram em mim.

Kelly pensou: "Posso ver por quê." Subitamente ela se levantou e disse:

– Desculpe, Dr. Reggis, receio que estejamos andando em círculo. Por enquanto tudo isso é só boato. Gostaria de poder ajudá-lo, mas não posso fazer nada sem fatos mais concretos sobre os quais possa escrever uma matéria.

Kim ficou de pé num impulso. Podia sentir sua raiva retornando, mas lutou para controlar-se. Apesar de não concordar com Kelly Anderson, podia entender seu ponto de vista, o que renovou sua determinação:

– Muito bem – anunciou, resoluto –, voltarei com algo substancial.

– Faça isso e escreverei a matéria.

– Vou cobrar isso de você.

– Sou uma mulher de palavra. Mas é claro que sou eu quem decide se as evidências serão suficientes.

– Vou me certificar para que não haja dúvida.

Kim saiu da casa e correu até o carro estacionado diante do portão. Não corria por causa da chuva que tinha aumentado de intensidade enquanto estava na casa dos Anderson, mas porque tinha se decidido quanto ao que fazer para conseguir as provas que Kelly exigia. Não iria ser fácil, mas isso não o intimidava. Tinha uma missão a cumprir.

Kim fez uma volta de 180 graus e pisou fundo no acelerador. Não notou a presença de Kelly na varanda da casa, balançando a cabeça uma última vez, enquanto ganhava velocidade.

Logo que pegou na autoestrada, ligou para Tracy de seu celular.

– Trace – foi dizendo sem preâmbulos quando ela atendeu –, encontre-me no shopping.

O aparelho ficou mudo por alguns instantes. Kim pensou que a ligação tivesse caído. Já estava desistindo quando a voz de Tracy apareceu do outro lado da linha:

– Fiz tudo como você pediu. Está tudo arranjado para o funeral.

Kim respirou fundo. Em certas ocasiões conseguia tirar Becky inteiramente da cabeça. Tinha sorte de poder contar com Tracy. Ela era uma mulher tão forte. Não seria capaz de suportar aquela tragédia sem sua companhia.

– Obrigado – disse, finalmente. Era difícil encontrar as palavras. – Fico muito grato por estar fazendo isso sozinha.

– Será na Casa Funerária Sullivan, na River Street, na terça-feira.

– Tudo bem – disse Kim. Simplesmente, não conseguia concentrar-se naquele assunto por muito tempo. – Gostaria que fosse me encontrar no shopping.

– Não quer saber sobre o resto dos detalhes? – perguntou Tracy.

– Nesse instante, encontrar-me no shopping é mais importante – respondeu ele, preocupado em não demonstrar muita frieza. – Depois gostaria que fosse comigo até nossa antiga casa.

– O que pode ser mais importante que o funeral de nossa filha? – perguntou Tracy, exasperada.

– Confie em mim. Poderá me dar os detalhes quando nos encontrarmos.

– Kim, o que está acontecendo? – ela percebia a determinação em sua voz.

– Explicarei mais tarde.

– Em que ponto do shopping? – perguntou Tracy, resignada. – O lugar é grande.

– Farmácia Connolly. Dentro da loja.

– Quando?

– O mais rápido que puder. Eu já estou indo para lá.

– Vou levar mais de meia hora. E você sabe que hoje eles fecham às 18 horas.

– Eu sei. Temos tempo suficiente.

Tracy desligou o aparelho. Ficou pensando se não estaria agindo de maneira errada ao permitir que Kim evitasse tomar parte dos preparativos para o funeral. Mas não tinha muito tempo para divagar sobre o assunto naquele momento.

Apesar do divórcio difícil, a preocupação com Kim trouxe-lhe de volta o instinto materno. Ficou tentando imaginar quando ele teria feito sua última refeição. Apesar de não sentir fome, achou que seria melhor se os dois comessem algo. Por isso, antes de sair, pegou alguma coisa na geladeira, jogou dentro de um saco e levou para o carro.

Durante o percurso, Tracy decidiu insistir com Kim para que ele participasse das últimas decisões relativas à cerimônia de Becky. Seria melhor para os dois.

Como num típico fim de tarde de um domingo frio e chuvoso, o tráfego fluía sem retenções, e Tracy chegou ao shopping mais rápido do que previra. Até o estacionamento estava relativamente vazio. Era a primeira vez que conseguia uma vaga a poucos metros da entrada principal.

No interior, o local estava mais cheio do que parecia, tendo em vista o número de veículos do lado de fora. Assim que entrou, um grupo de idosos que fazia algo que chamavam de caminhada abateu-se sobre ela. Tracy teve que entrar em uma das lojas por alguns instantes para evitar ser pisoteada. Seguiu direto para o centro do shopping e evitou olhar na direção do rinque, temerosa das lembranças que invariavelmente evocaria.

A farmácia Connolly estava movimentada como de costume, principalmente o balcão de aviamento de receitas, onde umas vinte pessoas aguardavam, aglomeradas. Tracy deu uma volta pela loja, mas não viu Kim. Continuou procurando-o com mais atenção e localizou-o na seção de produtos para os cabelos. Sob o braço, trazia uma caixa com uma máquina de cortar cabelo e carregava uma sacola de uma das lojas do shopping.

– Ah, Tracy – disse Kim. – Bem na hora. Quero que me ajude a escolher um descolorante. Decidi ficar louro.

Tracy colocou as mãos na cintura e olhou espantada para seu ex-marido.

– Você está se sentindo bem? – perguntou ela.

– Sim, estou bem – respondeu Kim. Ele estava preocupado, olhando a grande variedade de produtos espalhados pelas prateleiras.

– Que história é essa de querer ficar louro?

– É exatamente isso. O mais louro possível, de cabelos bem claros.

– Kim, você ficou maluco de vez? Diga-me o que está havendo, senão vou ficar ainda mais preocupada.

– Não há nada com o que se preocupar. Não estou pirando, se foi o que pensou. Só quero encontrar um disfarce. Preciso ficar irreconhecível.

Tracy esticou os braços e o agarrou pelos ombros. Pareceu hipnotizada quando reparou em sua orelha.

– O que é isso? – perguntou. – Está usando brinco!

– Estou feliz que tenha notado – disse Kim. – Sobrou um tempo antes de você chegar e aproveitei para furar a orelha. Ajuda a compor o personagem. Também comprei uma roupa de couro – ergueu a sacola.

– Para quê a máquina?

– Para você cortar meu cabelo.

– Sabe que nunca cortei o cabelo de ninguém.

– Isso não importa – disse Kim com um sorriso. – Estou pensando num visual skinhead.

– Isso é muito esquisito – reclamou Tracy.

– Quanto mais esquisito, melhor. Não quero ser reconhecido.

– Por quê?

– Porque fui ver Kelly Anderson – explicou Kim –, e ela se recusa a colaborar antes que eu apresente alguma prova irrefutável.

– Prova do quê?

– Das alegações que Kathleen Morgan e Marsha Baldwin fizeram sobre a indústria de carne e do Departamento de Agricultura.

– E de que jeito um disfarce poderá ajudá-lo nisso? – perguntou Tracy.

– Vai me ajudar a conseguir um emprego. Marsha Baldwin disse que matadouros como o da Higgins e Hancock não admitem visitantes, mas ela comentou que não é difícil arrumar emprego especialmente se você for um imigrante ilegal. Não pretendo me parecer com um imigrante ilegal, apenas um marginal precisando de dinheiro.

– Não posso acreditar nisso – disse Tracy. – Está querendo dizer que vai até a Higgins e Hancock atrás de um emprego depois de alguém ter tentado matá-lo lá dentro?

– Só espero que o encarregado da admissão não seja o mesmo homem da faca.

– Kim, isso não é assunto para piada. Não gosto nem um pouco da ideia, principalmente se seus temores a respeito de Marsha forem verdadeiros.

– Não posso me arriscar a ser reconhecido – admitiu Kim. – O disfarce precisa ser bom. Marsha me garantiu que a Higgins e Hancock está sempre precisando de pessoal porque a rotatividade é muito alta. Por isso estou contando que não sejam muito exigentes.

– Não gosto nada disso – disse Tracy. – Acho muito arriscado. Deve haver algum jeito melhor. E se eu for conversar com Kelly Anderson?

– Ela não irá ceder. Foi bastante clara a esse respeito. Preciso entrar na Higgins e Hancock, de qualquer jeito. Mesmo que o risco seja grande, acho que é válido, pela memória de Becky. Para mim, é uma forma de minimizar sua perda.

Kim não conseguiu reprimir as lágrimas que brotaram em seus olhos.

– Além disso – prosseguiu ele –, tenho tempo agora que estou desempregado. Fui suspenso do hospital.

– Por causa do que aconteceu na UTI? – perguntou Tracy.

– É. Aparentemente, você foi a única pessoa que interpretou minha ação como um ato de bravura.

– Foi uma atitude corajosa – reafirmou Tracy.

Ela estava realmente impressionada. Kim tinha dado uma grande guinada. Ele estava realmente decidido a fazer alguma coisa por Becky, arriscando até a própria carreira e sua reputação. Não haveria como opor-se àquela decisão. Sem mais palavras, Tracy concentrou-se nas prateleiras e caminhou pela seção até encontrar o que considerava a melhor marca de descolorante para cabelos.

CARLOS ESPEROU até o cair da noite antes de se aventurar com seu lastimável furgão pelas vizinhanças de Balmoral. Gostou de ver que as ruas estavam escuras. Só havia postes nas esquinas, iluminando as placas de trânsito. Com a ajuda de um mapa, não foi difícil encontrar Edinburgh Lane e, consequentemente, a casa de Kim.

Carlos apagou o único farol que funcionava e encostou à sombra do arvoredo que margeava a rua. Desligou a ignição e esperou. De onde estava estacionado podia ver o contorno da casa de Kim e o céu escuro ao fundo. Carlos ficou satisfeito. As luzes apagadas sugeriam que estava vazia. De novo, teria a vantagem do fator surpresa, só que dessa vez seria ainda melhor. Kim seria surpreendido inteiramente desprevenido.

Carlos ficou esperando no furgão por cerca de vinte minutos antes de se sentir à vontade para saltar. Escutou um cão latindo e parou imóvel. O animal latiu novamente, mas agora parecia mais afastado. Carlos relaxou. Enfiou a mão por baixo do banco e puxou uma de suas grandes facas, ocultando-a sob o casaco.

Contornando o decrépito furgão, Carlos esgueirou-se por entre as árvores que faziam a divisa da casa de Kim com a do vizinho. Vestindo casaco de couro preto e calças escuras, estava praticamente invisível ao atravessar a vegetação.

Chegando aos fundos da casa, sorriu satisfeito ao constatar que não havia luz em nenhuma nas janelas. Agora tinha certeza de que estava vazia.

Agachado, deixou a proteção das árvores, atravessou correndo o quintal e espremeu-se contra a parede. Novamente, aguardou por algum sinal que indicasse que sua presença tivesse sido notada. A vizinhança permanecia absolutamente quieta. Até os latidos do cão silenciaram.

Sem sair da sombra, aproximou-se da entrada dos fundos protegida por uma tela. A faca brilhou rapidamente na penumbra, enquanto Carlos cortava a tela apenas o suficiente para conseguir entrar. Assalto era sua especialidade; o talento para matar surgira com a necessidade.

KIM DEIXOU A RUA principal e atravessou o portal que marcava os limites do Condomínio Balmoral. Olhou no retrovisor. Tracy vinha logo atrás. Estava contente por ela ter aceito ajudá-lo no corte do cabelo, mais pela companhia que por necessidade. Também tinha gostado de sua oferta de preparar algo para os dois comerem. Kim já não se lembrava da última vez em que fizera uma refeição normal. Talvez tivesse sido na noite de quinta-feira.

Depois de estacionar o carro em frente à garagem, Kim juntou seus embrulhos e foi ajudar Tracy a saltar de seu carro. A chuva aumentara muito. Na mais completa escuridão, correram até a varanda, evitando as poças que tinham se formado pelo passeio.

Na varanda coberta, Tracy se ofereceu para segurar os embrulhos, enquanto Kim pegava a chave no bolso da calça.

– Não há necessidade. A porta está destrancada.

– Isso não é muito prudente – comentou Tracy.

– Por que não? Não há muito o que levar da casa e fica mais fácil para o corretor.

– Suponho que sim – disse Tracy, descrente. Ela girou a maçaneta e os dois entraram.

Depois de tirarem os casacos e secarem a água do rosto, levaram os embrulhos até a cozinha. Enquanto punha a sacola com o lanche sobre a mesa, Tracy virou-se para Kim, dizendo:

– Eu gostaria muito de tomar um banho e me esquentar um pouco antes de comer alguma coisa e cortar seu cabelo. Você se importa?

– Se eu me importo? É claro que não, sinta-se à vontade.

– É triste confessar – acrescentou Tracy –, mas o chuveiro é a única coisa desta casa de que sinto falta.

– Posso compreender perfeitamente. Foi a única coisa que fizemos sozinhos nessa casa. Há um roupão junto com as toalhas, se quiser. Ficaram também algumas roupas suas que passei para o armário do corredor.

– Não se preocupe, encontrarei algo para vestir.

– Já tomei um banho no hospital, por isso vou acender a lareira na sala de estar. Talvez ajude a tornar esta casa vazia um pouco menos deprimente.

Enquanto Tracy subia as escadas, Kim pegou uma lanterna numa gaveta da cozinha e desceu até o porão, onde a lenha ficava estocada. Acendeu a luz, mas a lâmpada nunca fora forte o suficiente para iluminar todo o amplo e entulhado espaço.

Kim nunca se sentira bem em porões por causa de um trauma de infância. Quando tinha 6 anos, seu irmão mais velho o trancou em uma adega que não era usada, e o esqueceu lá. Por causa do isolamento da porta, ninguém escutou as batidas desesperadas e seus gritos histéricos. Somente depois que sua mãe começou a se preocupar com sua ausência para o jantar, o irmão se lembrou de onde ele estava.

Kim sempre se recordava do terror que sentira 38 anos antes, todas as vezes que precisava descer ao porão. Enquanto reunia algumas toras de lenha, escutou uma batida seca numa das despensas. Sentiu um arrepio na nuca. Ficou imóvel e forçou o ouvido. O ruído se repetiu.

Procurando dominar a ânsia de correr, Kim largou as toras no chão. Segurando a lanterna, foi até a porta da despensa. Precisou tomar coragem para abri-la com o pé e apontar a lanterna para o interior. Alguns pares de pontos luminosos vermelhos brilharam na escuridão à sua frente antes de se dispersarem atabalhoadamente.

Kim suspirou aliviado e voltou para pegar a lenha.

TRACY SUBIU os degraus sentindo uma ponta de nostalgia. Já fazia algum tempo que não subia ao segundo andar da casa. Parou diante do quarto de Becky e ficou olhando a porta fechada, pensando se ousaria ou não entrar. Sem poder resistir, apenas a abriu e ficou parada na soleira.

O quarto continuava o mesmo. Como Tracy e Kim dividiam a guarda da menina, Tracy tinha comprado uma nova mobília para a filha e deixado a antiga na casa de Kim. Becky não se importou e preferiu deixar o que considerava seus objetos de infância no antigo quarto. Não levou sequer sua coleção de bichos de pelúcia.

A ideia da perda de Becky era inconcebível para Tracy. Ela tinha sido o centro de sua vida, particularmente depois que seu relacionamento com Kim se deteriorara.

Tracy respirou fundo e fechou a porta. Enquanto se dirigia para a suíte do casal, enxugou uma lágrima do rosto com as costas da mão. Sabia, pela experiência profissional, quão difícil seriam os próximos meses para ela e para Kim.

Tracy preferiu entrar no banheiro pelo corredor para não ter de dar a volta pelo quarto. Acendeu a luz e fechou a porta. Parou por um instante e examinou o interior. Não estava tão limpo como no tempo em que morava lá, mas ainda era bonito, com a pia de granito e o boxe revestido em mármore.

Inclinando-se para dentro do boxe, ela abriu o chuveiro e regulou o jato d'água. Em seguida retirou do armário embutido uma grande toalha de banho e um roupão. Deixou-os sobre a pia e começou a despir as roupas molhadas.

CARLOS OUVIU O chuveiro e sorriu. Aquele serviço seria ainda mais fácil do que imaginara. Estava escondido dentro do closet da suíte do casal, na intenção de surpreender Kim no momento em que ele inadvertidamente abrisse a porta. Mas ao ouvir o chuveiro achou mais conveniente encurralar o médico naquele espaço confinado tão propício, onde não teria a menor possibilidade de fuga.

Carlos abriu lentamente a porta do armário e um filete pálido de luz iluminou seu rosto. Examinou o exterior. O quarto permanecia quase inteiramente às escuras. A única luz vinha do banheiro, o que também o agradava. Significava que não poderia ser visto ao se aproximar. A surpresa era um elemento importante na execução daquele tipo de trabalho.

Abriu a porta o suficiente para enfiar o pé no recinto. Segurava a faca na mão direita.

Movendo-se como um gato atrás de sua presa, a cada passo Carlos tinha uma visão mais clara do interior do banheiro, através da passagem que interligava os dois cômodos. Viu a mão de alguém deixar uma roupa sobre a pia.

Dando outro passo, obteve uma visão total do banheiro e ficou paralisado com o que viu. Não era Kim, mas uma mulher sexy e graciosa, desabotoando o sutiã. No instante seguinte, seus seios brancos e macios revelaram-se diante do olhar atônito de Carlos. A mulher então enfiou os dedos por baixo do elástico da calcinha e a desceu até os pés.

Carlos ficou petrificado com aquele espetáculo inesperado e agradável, enquanto Tracy virava as costas para ele e era envolta pela névoa esfumaçante da água quente. Ela fechou a porta de vidro do boxe e pendurou a toalha numa barra de alumínio.

Carlos avançou um pouco como se estivesse sendo atraído por uma sereia. Queria encontrar um ponto de onde tivesse melhor visão.

Tracy pôs a mão sob o jato d'água e a encolheu rapidamente. Estava quente demais, conforme esperava. Tinha sido seu desejo transformar o chuveiro numa sauna a vapor.

Abriu o registro de água fria e regulou a temperatura. Enquanto esperava a água esfriar, notou que a saboneteira estava vazia. O sabonete tinha ficado na pia.

Tracy abriu a porta para apanhar o sabão quando um brilho de luz chamou sua atenção. Tinha vindo do quarto. No primeiro instante, não pôde acreditar em seus olhos e piscou algumas vezes. Havia uma imagem espectral de uma silhueta masculina por trás da porta, oculto sob a penumbra da luz do banheiro. O brilho que lhe chamara a atenção tinha sido um reflexo na lâmina de uma faca descomunal que o homem empunhava na mão direita.

Durante um instante, os dois se entreolharam; Tracy, totalmente apavorada, e Carlos com um interesse libidinoso.

Ela foi a primeira a reagir. Soltou um grito pavoroso e bateu com força a porta do boxe. Em seguida arrancou a barra da toalha e atravessou-a no puxador em forma de U da sólida porta de vidro, para impedir que se abrisse.

A reação de Carlos foi a de invadir o boxe e fazê-la calar-se antes que Kim viesse atrás dos gritos. Passando a faca para a mão esquerda, agarrou a maçaneta e tentou forçar a porta. Frustrado por não conseguir, procurou quebrar o vidro desferindo pontapés. A barra da toalha, leve e flexível, lentamente cedeu sob seus esforços.

Quando o grito de Tracy ecoou pela casa, Kim vinha subindo a escada do porão, trazendo a lenha para acender a lareira. Já nervoso por causa do susto com os ratos, teve a impressão de que o coração fosse saltar de sua boca. Soltou o monte de toras, que rolaram escada abaixo com um forte estrondo, derrubando tudo o que estava inapropriadamente guardado sobre os degraus.

Como um rolo compressor, Kim atravessou a cozinha, cruzou a sala de jantar, o hall e galgou os degraus da escada alucinadamente. No corredor do andar superior ouviu Tracy gritar novamente e redobrou seus esforços. Jogou todo o peso do corpo contra a frágil porta do banheiro, estraçalhando-a ao atravessá-la.

Kim irrompeu no banheiro e escorregou no tapete ao tentar frear. Viu Carlos com a perna erguida contra o vidro do boxe, aparentemente tentando quebrá-lo. Quando notou a faca, arrependeu-se de não ter levado nada para se defender.

Carlos reagiu girando o braço, na tentativa de golpeá-lo com a faca na altura do pescoço, mas Kim recuou num ato de puro reflexo. Não conseguiu, porém, evitar que a ponta da lâmina lhe rasgasse o rosto bem acima do nariz.

Carlos passou a arma para a mão direita e concentrou-se inteiramente em Kim, que, de olhos grudados na faca, procurava recuar para o corredor.

Tracy lutava para arrancar a barra de alumínio do puxador. Quando finalmente conseguiu, Kim e Carlos tinham desaparecido pelo corredor. Agarrou a barra por uma extremidade e, sem pensar duas vezes, saiu nua do banheiro atrás dos dois homens.

Carlos ainda forçava o recuo de Kim, ameaçando-o com repetidas estocadas. Kim tentava inutilmente defender-se usando como escudo um pedaço do umbral da porta. Seu rosto já estava coberto de sangue.

Sem hesitar, Tracy surgiu às costas de Carlos golpeando-o intermitentemente com a barra de alumínio. O tubo oco não era pesado o suficiente para machucá-lo, mas forçou-o a procurar defender-se da sequência de golpes. Virou-se para dar algumas estocadas em Tracy, que imediatamente deu um salto para trás.

Kim aproveitou a oportunidade e agarrou uma mesinha de canto. Arrancou a mesa da parede e espatifou-a sobre o corrimão para soltar-lhe a perna. Quando Carlos se virou novamente para Kim, ele brandia a perna da mesa no ar como se fosse uma clava.

Com Kim de um lado e Tracy do outro, Carlos achou que sua arma letal tinha se tornado inadequada e disparou escada abaixo saltando os degraus de dois em dois.

Kim correu atrás dele, com Tracy logo atrás.

Carlos conseguiu chegar à porta da frente, abriu-a com violência e atravessou correndo o gramado. Kim estava bem perto dele mas parou ao ouvir Tracy gritando seu nome. Olhou para trás e a viu parada na varanda.

– Volte para cá – berrou ela. – Não vale a pena.

Kim ainda se virou a tempo de ver Carlos entrando num furgão estacionado sob o arvoredo. No instante seguinte, o veículo cuspiu uma fumaça negra e partiu ganhando velocidade.

Kim voltou correndo para a casa e encontrou Tracy no vestíbulo. Ela se cobrira com o casaco para esconder a nudez.

Kim a envolveu nos braços.

– Você está bem? – perguntou, preocupado.

– É você quem está machucado – respondeu Tracy. O corte que ia do nariz à sobrancelha estava aberto e continuava sangrando.

Kim a soltou e foi até o lavabo examinar-se diante do espelho. Surpreendeu-se com a quantidade de sangue. Vislumbrou o rosto de Tracy às suas costas, que tinha subido atrás dele.

– Meu Deus, foi por pouco – disse Kim, agora prestando atenção no ferimento. – Essa podia ter sido séria. Primeiro, ele corta minha mão; e agora, bem entre os olhos.

– Está sugerindo que esse é o mesmo homem que o atacou ontem à noite? – perguntou Tracy, assustada.

– Sem dúvida alguma – reafirmou Kim. – Eu não saberia descrevê-lo bem, mas não teria o menor problema em reconhecê-lo.

Tracy estremeceu e não conseguiu se controlar. Kim percebeu pelo espelho que ela tremia sob o casaco. Girou nos calcanhares e segurou-a pelos ombros.

– O que há com você? Está tudo bem, não está? Não foi ferida, foi?

– Estou bem fisicamente – respondeu ela, por fim. – Só estou tomando consciência da realidade. Aquele homem queria nos matar.

– Ele queria me matar – disse Kim. – Você foi uma surpresa, e tão inesperada que salvou minha vida. Graças a Deus não se machucou.

– Vou ligar para a polícia – disse Tracy, separando-se de Kim e indo em direção à sala de estar.

Kim a segurou pelo braço antes que ela alcançasse o telefone.

– Não se incomode em chamar a polícia – disse ele.

Tracy olhou para a mão de Kim apertando-lhe o braço e o encarou, incrédula.

– Como assim, "não se incomode"? – estranhou.

– Venha – insistiu Kim, puxando-a na direção da escada. – Vou pegar meu revólver. Duvido que o sujeito volte, mas é melhor estar prevenido.

– Por que não quer chamar a polícia? – insistiu Tracy. – Não faz o menor sentido.

– Eles não farão nada. Vamos perder nosso tempo. Dirão, sem dúvida, que não passou de um assalto frustrado. Somente nós sabemos do que se trata.

– Sabemos? – perguntou Tracy.

– É claro. Já disse que era o mesmo homem da Higgins e Hancock. Obviamente, o que eu temia aconteceu com Marsha, e os responsáveis, sejam eles da Higgins e Hancock ou da máfia da carne, estão com medo de mim.

– Está me parecendo um motivo a mais para avisar a polícia – disse Tracy.

– Não! – reagiu Kim, enfaticamente. – Além de não fazerem nada, ainda poderiam causar problema. Além do mais, não quero que interfiram em meu trabalho de reunir provas para Kelly Anderson. Para eles, já sou um delinquente. Pensam que sou louco.

– Mas não pensam que eu sou louca.

– Vão mudar de ideia assim que contar a eles que tem andado comigo.

– Você acha mesmo? – perguntou Tracy. Aquele era um aspecto que ela ainda não tinha considerado.

– Venha – apressou-a Kim –, vamos pegar o revólver.

Tracy acompanhou Kim até o hall e começaram a subir a escada. Sentia-se confusa, mas deixou-se levar por ele. O ataque do homem com a faca a deixara aterrorizada.

– Estou com muito medo desse seu envolvimento nisso tudo – disse ela.

– Eu não. Eu me sinto ainda mais estimulado. Qualquer resquício de dúvida que ainda existia em mim dissipou-se totalmente agora que sei até onde são capazes de chegar para se protegerem.

Passaram pela porta quebrada do banheiro. Tracy escutou o ruído do chuveiro aberto. Sentiu um calafrio ao pensar que ficou separada do assassino apenas por uma chapa de vidro.

Tracy acompanhou Kim até o quarto da suíte. Ele abriu a mesinha de cabeceira e retirou um Smith & Wesson calibre 38 de cano curto. Conferiu o tambor. Estava carregado. Enfiou o revólver no bolso do casaco e percebeu então que a porta do closet estava aberta.

– O safado deve ter se escondido ali – disse.

Kim foi até lá e acendeu a luz. A maioria das gavetas estavam esparramadas pelo chão. Kim verificou a gaveta onde guardava seus poucos objetos de valor.

– Legal! Levou o Piaget que era do meu pai.

– Kim, acho que devemos esquecer essa coisa toda. Não creio que deva procurar emprego na Higgins e Hancock.

– Agora não me resta alternativa. Não vou desistir do relógio de meu pai sem luta.

– Não é hora para piadas, Kim, estou falando sério. É perigoso demais.

– E o que acha que devemos fazer? Fugir para outro país?

– É uma ideia.

Kim deixou escapar um riso desolado.

– Espere aí – disse ele –, só estava brincando. Para onde gostaria de ir?

– Algum lugar da Europa – respondeu Tracy. – Tive uma segunda conversa com Kathleen depois daquele nosso encontro. Ela me disse que existem alguns países, como a Suécia, onde não há carne contaminada.

– Fala sério? – questionou Kim.

– Foi o que ela disse. Pode ficar mais caro, mas eles decidiram que vale a pena.

– E você consideraria seriamente a possibilidade de ir viver num país estrangeiro?

– Não tinha pensado nisso até você dar a ideia. Mas respondendo à sua pergunta, sim, eu consideraria. Depois do que aconteceu a Becky, gostaria de tudo isso divulgado publicamente; aproveitaria a mudança para denunciar a situação da alimentação neste país. E, certamente, isso seria muito menos arriscado.

– Suponho que sim – disse Kim. Pensou a respeito da ideia por um momento e balançou a cabeça. – Acho que fugir é desistir da luta. Pela alma de Becky, vou levar esse caso até as últimas consequências.

– Tem certeza de que não está fazendo tudo isso só para esquivar-se da morte de Becky? – perguntou Tracy, nervosa. Sabia que estava abordando um assunto delicado. O antigo Kim teria explodido.

Ele não respondeu de imediato. Ao fazê-lo, sua voz não parecia zangada.

– Já consigo aceitar isso, mas acho que também estou fazendo pela memória de Becky. Como se o legado dela seja evitar que outras crianças tenham o mesmo destino.

Tracy estava sensibilizada. Aproximou-se de Kim e o abraçou. Ele realmente agia como outro homem.

– Agora, vá tirar esse casaco e vestir suas roupas. Vamos comer o que você trouxe e dar o fora daqui.

– Para onde vamos?

– Primeiro, para o hospital. Preciso costurar esse nariz ou terei de olhar para ele assim o resto de minha vida. Depois, podíamos ir para a sua casa, se não se importar. Creio que lá estaremos mais seguros que aqui.

– E AGORA, QUEM é o infeliz que está aí fora? – perguntou Bobby Bo Mason.

Ele e sua mulher, mais as duas crianças menores comiam bifes de contrafilé com batata assada, ervilhas e bolinhos de milho naquele jantar leve de domingo. A intensa mastigação foi interrompida pelos sinos da campainha da frente.

Bobby Bo ergueu uma ponta do guardanapo para limpar o canto da boca. A outra ponta estava enfiada na camisa, espremida por seu proeminente pomo-de-adão. Olhou para o relógio na parede. Passava um pouco das 19 horas.

– Quer que eu atenda, querido? – perguntou Darlene. Ela era a terceira esposa de Bobby Bo e mãe dos seus filhos menores. Ele tinha outros dois cursando a universidade estadual de agronomia.

– Deixe que eu abro – grunhiu Bobby Bo.

Levantou-se da mesa, ergueu o queixo e dirigiu-se para a porta da frente. Ficou imaginando quem teria a ousadia de tocar a campainha durante seu jantar, mas concluiu que devia ser importante para o segurança ter deixado passar.

Bobby Bo abriu a porta. Era Shanahan O'Brian, com o chapéu nas mãos.

– Você não parece feliz – disse Bobby Bo.

– Não estou – admitiu Shanahan. – Não trago boas notícias.

Bobby Bo deu uma olhada por cima do ombro para certificar-se de que Darlene não o tinha acompanhado até a porta.

– Vamos para a biblioteca – disse Bobby Bo, recuando um passo para dar passagem a Shanahan. Entraram no cômodo, e Bobby Bo fechou a porta.

– Muito bem – disse –, qual o problema dessa vez?

– Acabo de falar com Carlos. Não liquidou o médico.

– Pensei que esse cara fosse bom com a faca – queixou-se Bobby Bo.

– Foi o que me disseram – defendeu-se Shanahan. – Carlos insistiu que foi uma questão de sorte. Chegou a entrar na casa dele. Disseram-lhe que o médico morava sozinho, mas chegou acompanhado de uma mulher.

– Grande coisa – comentou Bobby Bo. – Esse tal Carlos foi contratado para matar. Que diferença faz se havia uma mulher lá?

– Aparentemente, ela o deixou confuso. Ele a pegou nua e...

– Já é o suficiente – disse Bobby Bo, erguendo as mãos. – Não quero ouvir mais detalhes. O fato é que esse tarado amador cagou o negócio todo.

– Resumindo, foi isso mesmo – concordou Shanahan.

– Merda! – explodiu Bobby Bo. Ele deu um tapa na borda da mesa e começou a andar de um lado para outro, aos palavrões.

Shanahan deixou que seu chefe desabafasse um pouco. Tinha aprendido com o passar dos anos que o melhor a fazer quando Bobby Bo se irritava era falar o mínimo possível.

– Bem – disse Bobby Bo, enquanto ainda se remexia inquieto, diante da lareira. – Tudo isso serve apenas para mostrar a estupidez que é economizar alguns dólares e confiar num novato. E a inutilidade desse Comitê para Controle de Doenças. Vamos chamar o profissional de Chicago o mais rápido possível e acabar de vez com essa bagunça. Como é mesmo o nome dele?

– Derek Leutmann – respondeu Shanahan. – Mas ele é caro. Acho que devíamos dar mais uma chance a Carlos.

– Quanto ele cobra? – perguntou Bobby Bo.

– No mínimo, 5 mil.

– Ora, 5 mil é barato se for para evitar outro grande recolhimento de carne – calculou Bobby Bo. – Estamos falando de um prejuízo de milhões de dólares, se não da própria viabilidade de toda a indústria da forma como a conhecemos, caso o público fique sabendo da verdadeira extensão desse problema com E. coli. Seria mil vezes pior que James Garner sofrer uma cirurgia cardíaca depois de fazer lobby para a indústria da carne. – Bobby Bo soltou uma risadinha da própria piada.

– O que me preocupa mais é o problema que o médico pode causar por causa de Marsha Baldwin – disse Shanahan.

– Pois é, isso também.

– E quanto a Carlos? – perguntou Shanahan. – Ele ficou mesmo injuriado. Diz que faz o serviço até de graça. Passou a ser uma questão de honra.

– Quais as consequências desse último fracasso? – perguntou Bobby Bo. – A polícia foi chamada? Vamos ter de nos preocupar com a mídia também?

– Aparentemente, não. Não temos notícia de nenhuma ocorrência policial. Nada aconteceu.

– Graças a Deus. Vou lhe dizer o que fazer. Entre em contato com Leutmann e acerte os detalhes com ele, mas caso haja a oportunidade, dê mais uma chance a Carlos. O que acha?

– Leutmann exigirá um adiantamento só para sair de Chicago – disse Shanahan. – Um dinheiro que não vamos recuperar de jeito nenhum.

– Nesse caso, economizamos 2.500, além de ficarmos duplamente cobertos. De um jeito ou de outro, teremos nos livrado desse doutorzinho irritante.

– Está certo – disse Shanahan. – Vou tratar logo disso.

– Ótimo – disse Bobby Bo. – Só lhe peço que da próxima vez me venha com boas notícias.

– Fique tranquilo. A partir de agora, a responsabilidade é minha – garantiu Shanahan.

– Só mais uma coisa – disse Bobby Bo. – Consiga alguma informação sobre a vida desse médico. Quando Leutmann chegar aqui, quero que ele saiba como achar o doutor sem precisar circular por aí.

O PRONTO-SOCORRO DO Centro Médico Universitário estava movimentado como de costume. Kim e Tracy esperavam no saguão, sentados num banco próximo ao que tinham ficado quando lá estiveram com Becky. Kim pressionava a laceração com um pedaço de gaze.

– Parece mais um desagradável replay – comentou Kim.

– Sinto como se tivesse passado um ano desde que estivemos aqui – disse Tracy, melancolicamente. – Não posso acreditar que tenha acontecido tanta coisa em tão poucos dias.

– De um lado, parece uma eternidade; e do outro, um piscar e olhos – ponderou Kim, cerrando os dentes. – Não consigo deixar de me perguntar se as coisas teriam tomado outro rumo caso Becky fosse atendida com mais rapidez naquela primeira visita e as culturas tivessem sido realizadas.

– Coloquei essa questão para a Dra. Morgan e, na opinião dela, não teria feito muita diferença.

– É difícil de acreditar.

– Por que não chamou um de seus colegas da cirurgia para costurá-lo? – perguntou Tracy.

– Pela mesma razão por que não quis chamar a polícia. Só quero suturar o corte e fim. Não quero que todos fiquem falando. Com um amigo haveria perguntas, e me sentiria culpado por mentir.

– Sem dúvida, irão perguntar como isso aconteceu, mesmo aqui na emergência. O que dirá a eles?

– Eu não sei. Vou pensar em alguma coisa.

– Por quanto tempo acha que teremos de esperar?

– Segundo David Washington, não muito.

Por sorte, tinham cruzado com o chefe do pronto-socorro ao entrarem. Ele soubera do falecimento de Becky e apresentou suas mais profundas condolências. Também lhe garantiu o atendimento mais rápido possível e pareceu não se incomodar quando Kim lhe disse que queria usar um nome fictício.

Por algum tempo ficaram sentados em silêncio, observando indiferentes o patético desfile dos enfermos e feridos que passavam à sua frente. Tracy foi a primeira a quebrar o silêncio.

– Quanto mais penso na experiência por que acabamos de passar, mais convencida fico em não permitir que prossiga com seu plano. Quero dizer, é absolutamente autodestrutivo só de você pensar em ir à Higgins e Hancock, depois de tudo o que aconteceu.

– Que história é essa de não permitir? – respondeu Kim irritado, ainda divagando sobre o atendimento de Becky no pronto-socorro. – O que vai fazer? Impedir-me fisicamente?

– Por favor, Kim. Estou tentando dialogar com você. Por causa do que aconteceu a Becky, tenho medo de que você não seja capaz de tomar decisões racionais. A meu ver, arranjar um emprego na Higgins e Hancock é arriscado demais.

– Pode ser arriscado, mas não há outra opção. É a única forma que temos de atingir a mídia, e a mídia é nossa única esperança de fazer alguma coisa sobre essa situação trágica.

– O que exatamente você espera conseguir na Higgins e Hancock que justifique todo esse risco?

– Isso eu não posso dizer até entrar lá – admitiu Kim. – Jamais estive num matadouro, não sei o que esperar. Mas sei o que estou procurando. Em primeiro lugar, descobrir como Becky foi contaminada. Marsha Baldwin encontrou algo referente ao último animal abatido no dia 9 de janeiro. Quero saber o que foi. Em segundo, o próprio desaparecimento de Marsha Baldwin; alguém tem de saber de alguma coisa. E, por fim, investigar como o E. coli aparece na carne. Marsha levantou a hipótese de que a causa poderia estar na maneira como os animais são abatidos. Quero ver com meus próprios olhos e depois documentar tudo. Aí, terei as provas que Kelly Anderson exige. Denunciar o Departamento de Agricultura ficará, então, a cargo dela.

Tracy o encarou a distância.

– Não vai dar sua opinião? – comentou Kim após uma pausa.

– Claro – disse ela, parecendo voltar de um transe. – Você faz tudo parecer tão fácil. Mas vou dizer-lhe uma coisa: não permitirei que vá sozinho. Preciso participar de alguma forma, para ajudar se for preciso, mesmo que também seja obrigada a arrumar um emprego.

– Fala sério? – exclamou Kim. Ele estava admirado.

– É lógico que falo sério. Becky era minha filha também. Não acho certo que você seja o único a correr o risco.

– Bem, essa é uma ideia interessante – disse Kim. Agora era a vez dele encará-la enquanto considerava a ideia.

– Eu nem precisaria me disfarçar – acrescentou ela. – Eles não me conhecem.

– Não sei se haveria algum tipo de trabalho para você.

– Por que não? Se você pode, por que eu não poderia?

– Marsha disse que estão sempre precisando de mão de obra, mas apenas na área de abate. Não creio que você esteja preparada para isso.

– Não, mas talvez possam me empregar como secretária ou em algum serviço de escritório. Nunca saberemos se não tentarmos.

– Tive uma ideia melhor. Lembra-se de Lee Cook, que trabalhou para mim no Samaritano?

– Acho que lembro. Não era aquele técnico inteligente que consertava qualquer aparelho eletrônico e conseguiu dar um jeito em todo o equipamento sofisticado do hospital?

– Isso mesmo. Depois da fusão, ele se aposentou. Está construindo seu próprio avião no porão de sua casa e outras coisas estranhas. Mas estou certo de que ele poderia montar um aparelho de escuta. Desse modo, você pode ficar dentro do carro, no estacionamento, escutando tudo ao vivo. Se necessário, poderá usar imediatamente o celular para chamar a cavalaria.

– Eu teria condições de ficar escutando o tempo todo?

– Teria sim, o tempo todo.

– Seria possível falar com você? – perguntou Tracy.

– Bem, quanto a isso eu não sei. Precisaria de algum tipo de fone no ouvido. Isso poderia me entregar. Não posso imaginar muitos funcionários da Higgins e Hancock usando fones de ouvido.

– Eu poderia inclusive gravá-lo – disse Tracy, animando-se com a ideia.

– É verdade – concordou Kim.

– Será que poderíamos gravar em vídeo? – perguntou ela.

– Ei, é possível. Hoje em dia estão fabricando câmeras minúsculas. Talvez assim consigamos a documentação necessária para Kelly Anderson.

– Sr. Billy Rubina! – chamou uma voz por sobre o burburinho da multidão.

Kim levantou a mão e ficou de pé. Tracy fez o mesmo. Um residente do pronto-socorro, vestindo um jaleco imaculadamente branco, os localizou e dirigiu-se até eles. Trazia uma prancheta com a folha do registro de Kim.

– Sr. Billy Rubina? – repetiu o residente. Em sua tarja na camisa, lia-se: DR. STEVE LUDWIG, MÉDICO RESIDENTE. Era um rapaz vigoroso, sorridente, de cabelos louros e ondulados, – O senhor sabia que bilirrubina é um termo médico?

– Não – disse Kim. – Não tinha a menor ideia.

– Pois é – comentou Steve. – Refere-se à quebra de hemoglobina. Mas, enfim, vamos dar uma olhada nesse seu ferimento.

Kim retirou a gaze. Por causa do inchaço, o ferimento parecia mais aberto que antes.

– Uau! – exclamou Steve. – É um corte feio. Vamos ter de dar uns pontinhos aí. Como foi que isso aconteceu?

– Fazendo a barba – respondeu Kim.

Tracy precisou se conter para não soltar uma risada.

16

Segunda-feira, 26 de janeiro

Tracy mexia as cadeiras, impaciente. Fazia uns cinco minutos que esperava, encostada na parede de gesso de braços cruzados, no hall do segundo andar. Estava bem diante da porta do banheiro de hóspedes.

– Como é, vai demorar muito? – perguntou ela através da porta.

– Está pronta? – respondeu a voz de Kim.

– Há muito tempo – respondeu Tracy. – Abra logo essa porta!

A porta do banheiro se abriu. Tracy levou uma das mãos à boca e deixou escapar uma risadinha involuntária.

Kim estava completamente diferente. O cabelo desgrenhado e curto, espetado para cima num tom louro platinado. As sobrancelhas da mesma cor combinavam com o cabelo, mas contrastavam com a barba escura ainda por fazer. A ferida suturada no supercílio emprestava-lhe um ar de Frankenstein. Vestia um conjunto totalmente negro: camisa de veludo sobre uma camiseta sem manga e calças de couro. O cinto era também de couro, combinando com o bracelete de rebites de metal e o brinco de diamante falso na orelha esquerda. No braço direito, exibia uma tatuagem de um coiote com a Palavra "lobo".

– E então, o que acha? – perguntou ele.

– Você ficou muito esquisito! Especialmente com esses pontos pretos na testa. Não gostaria de cruzar com você numa rua escura.

– Era esse o efeito que eu queria – disse Kim.

– Com certeza, sua aparência não é a de alguém que eu desejasse conhecer.

– Nesse caso, talvez devesse dar uma passadinha no hospital – sugeriu Kim. – Quem sabe, vestido dessa maneira, eles me reintegrem sem nenhuma audiência.

Tracy não pôde evitar uma gargalhada.

– Jamais suspeitaria que fosse um médico – disse. – Gostei, particularmente, da tatuagem.

Kim examinou o braço para apreciar sua obra-prima.

– Muito legal, não é? – comentou, orgulhoso. – Nas instruções diz que dura de três a quatro dias, se não molhar. Já imaginou?

– Onde está o microfone?

– Bem aqui, debaixo da gola.

Kim desdobrou o canto superior da camisa. Havia um minúsculo microfone pregado por baixo.

– Foi uma pena não termos conseguido o vídeo.

– Ei, não se esqueça de que ainda há uma chance. Lee disse que daria um jeito, e quando diz isso, nove em cada dez vezes ele resolve. Só que ainda vai levar alguns dias.

– Vamos testar o sistema de áudio – sugeriu Tracy. – Quero ter certeza de que vai funcionar do mesmo jeito que ontem à noite, na garagem de Lee.

– Bem pensado. Entre no carro e vá até a esquina. A distância deve ser mais ou menos a mesma. Lee disse que pega até 200 metros.

– Onde você vai ficar?

– Vou andar pela casa toda – disse Kim. – Vamos experimentar do porão também.

Tracy acenou, concordando e desceu para pegar o casaco no armário do hall.

– Não se esqueça de colocar os fones – gritou ela da porta.

– Já os coloquei.

Tracy saiu na manhã clara. Um vento tinha soprado durante a noite, empurrando as nuvens escuras para o Leste. Em seu lugar havia um céu azul-pálido.

Tracy entrou no carro, deu a partida e foi até a esquina, conforme o combinado. Encostou no meio-fio e desligou o motor. Em seguida abriu a janela lateral e colocou uma antena improvisada sobre o teto.

No interior do veículo, colocou na cabeça um par de fones de ouvido que estava conectado a um antigo gravador de rolo. O gravador estava ligado a um amplificador, que por sua vez se conectava a um transformador colocado em cima de uma bateria comum de automóvel.

Tracy ligou o aparelho e uma lâmpada vermelha se acendeu no painel frontal do amplificador. Escutou um ruído de estática que sumiu logo em seguida. Em cima do amplificador tinha um microfone. Tracy o pegou.

Depois de dar uma espiada ao redor para ter certeza de que não era observada por nenhum vizinho, falou ao microfone:

– Kim, pode me ouvir?

A voz de Kim chegou tão alto que Tracy se encolheu num reflexo.

– Posso ouvi-la como se estivesse ao meu lado – disse ele.

Tracy abaixou rapidamente o volume e apertou a tecla REC do gravador.

– Como está o seu volume? – perguntou Tracy. – Sua voz ficou muito alta desse lado.

– Para mim está bom.

– Onde você está?

– Nos fundos do porão. Se funciona daqui, é certo que vai funcionar em qualquer lugar.

– A nitidez do som é surpreendente.

– Bem, acho que já pode voltar. Agora vamos levar nosso show para a estrada.

– Dez-quatro – disse Tracy. Não tinha a menor ideia do significado daquela expressão, mas já tinha ouvido em muitos filmes e programas de TV.

Ela tirou os fones dos ouvidos e parou a fita. Rebobinou-a e colocou para ouvir. Ficou satisfeita de ver que as duas partes tinham sido gravadas com absoluta clareza.

Assim que chegou à casa, Kim já esperava à porta com tudo o que pretendiam levar. Tinham embrulhado sanduíches e enchido duas garrafas térmicas, para o caso de Kim ser contratado na hora. Levavam também um cobertor e agasalhos de reserva para Tracy. Kim estava certo de que seria muito frio para ela ficar sentada no carro o dia todo.

Ajeitaram tudo no banco traseiro. Kim também foi atrás, já que o banco do carona estava ocupado com o equipamento eletrônico.

Tracy sentou ao volante e já ia dar a partida quando se lembrou de uma coisa.

– Onde está sua arma?

– Lá em cima, no quarto de hóspedes.

– Acho que devia levá-la.

– Não quero carregar uma arma dentro do matadouro.

– Por que não? Deus me livre, mas e se você tiver de enfrentar novamente aquele miserável com a faca?

Kim ponderou a respeito. Havia alguns aspectos negativos. Primeiro, receava que a arma pudesse ser encontrada. Segundo, nunca a usara e não sabia se conseguiria, na verdade, atirar em alguém. Lembrou-se então do pânico que sentiu quando foi perseguido pelo homem com a faca e como tinha desejado ter algum tipo de arma na mão.

– Está bem – disse, abrindo a porta. Tracy entregou-lhe a chave, e ele voltou até a casa. Alguns minutos depois entrou no carro e devolveu a chave a Tracy.

Ela deu a partida e engrenou a ré.

– Espere um segundo. Ainda há outra coisa.

Tracy desligou a chave de ignição. O motor resvalou e morreu. Sem entender por quê, virou-se para Kim.

– O que é agora? – perguntou.

Kim olhava a casa fixamente.

– Só estava pensando no desgraçado dentro de minha casa quando chegamos ontem à noite. Não quero ser pego de surpresa novamente. Não seria inconcebível que eles conseguissem me rastrear até aqui.

– O que sugere? – perguntou Tracy, sentindo um arrepio.

– Você tem algum vizinho particularmente curioso? – indagou Kim. – Essas casas são bastante próximas umas das outras.

– A Sra. English, do outro lado da rua – disse Tracy. – É uma viúva idosa que deve passar o dia todo olhando pela janela.

– É um bom começo. Vamos pedir a ela que fique de olho em sua casa até voltarmos. O que acha?

– Boa ideia.

– Mas não é o suficiente. Precisamos de mais garantias. Precisamos estar cem por cento certos. Quantas portas tem a casa?

– Apenas as convencionais, da frente e dos fundos.

– E o porão?

– A única passagem para o porão é por dentro da casa.

– O sujeito da noite passada arrombou as telas nos fundos – pensou Kim em voz alta.

– Essa casa não tem telas.

– Isso é bom.

Kim saltou do carro, e Tracy fez o mesmo.

– Por que não fazemos alguma coisa nas portas para sabermos se foram forçadas? – sugeriu Tracy. – Se alguém tentar entrar, terá de quebrar uma janela ou arrombar uma das portas. Poderemos verificar quando voltarmos.

– É uma ótima ideia – disse Kim. – Mas, fazer o quê?

– Bem, com toda a certeza, nós não entraremos na casa.

– Para onde poderíamos ir? Não queremos que nos sigam.

Tracy deu de ombros.

– Um motel, creio.

– Já sei o que faremos – disse Kim. – No caminho para a Higgins e Hancock vamos dar uma parada no banco e retirar todo o dinheiro que pudermos, como garantia. Se estamos preocupados em não ser seguidos, cartões de crédito não serão a melhor opção.

– Caramba, você está mesmo pensando adiante. Nesse caso, será melhor levarmos nossos passaportes também.

– Escute, estou falando sério – queixou-se Kim.

– Eu também – disse Tracy. – Se a situação chegar ao ponto que tememos, quero ter a opção de poder ir para bem longe.

– Faz sentido. Então, vamos.

Levou meia hora para deixarem a casa como queriam e mais meia para retirarem o dinheiro do banco. Foram em diferentes caixas para apressar as coisas, mas não adiantou. O caixa de Kim ficou desconfiado de sua aparência e teve de procurar um gerente que garantisse a autenticidade de sua assinatura.

– Estou me sentindo uma ladra de banco – comentou Tracy, ao voltarem para o carro. – Nunca andei com tanto dinheiro.

– Fiquei com medo de que não me dessem o meu – disse Kim. – Talvez tenha exagerado um pouco no disfarce.

– O fato de não o terem reconhecido é o mais importante.

Já se passara metade da manhã quando finalmente pegaram a autoestrada a caminho da Higgins e Hancock. O dia, que tinha começado tão claro, já ameaçava com algumas nuvens de chuva. O sol raramente aparecia por muito tempo no inverno do Meio-Oeste.

– O que disse para a Sra. English? – perguntou Kim, do banco traseiro.

– Não precisei falar muito. Ficou radiante com a tarefa. É horrível dizer, mas acho que estamos dando um novo significado à sua vida.

– Quando disse que voltaria?

– Não disse.

– Vamos rever nosso espanhol de escola – falou Kim, sem mais nem menos.

Surpresa com aquela sugestão, Tracy deu uma olhada em Kim pelo retrovisor. Nas últimas 24 horas perdera a noção de quando ele estava fazendo piada ou falando sério.

– Quero ver se consigo falar com sotaque espanhol – explicou ele. – Marsha disse que a maioria dos empregados são latinos, principalmente mexicanos.

Durante os minutos seguintes, contaram em espanhol e construíram frases simples. Os dois tinham esquecido muito vocabulário. Logo ficaram em silêncio.

– Deixe-me perguntar uma coisa – disse Tracy, depois de rodarem alguns quilômetros sem conversar.

– Pergunte.

– Se tudo der certo e conseguirmos que Kelly Anderson faça a reportagem e denuncie o caso, o que gostaria que acontecesse?

– O fim do comércio para os 12 bilhões de toneladas de carne moída produzidas a cada ano.

– E depois? – perguntou Tracy.

– Bem – disse Kim, colocando os pensamentos em ordem –, gostaria que o público exigisse que a tarefa de inspecionar toda a carne produzida para consumo, incluindo a avicultura e a aprovação das dietas desses animais, fosse transferida do Departamento de Agricultura para algum outro órgão federal. Talvez fosse melhor se ficasse a cargo do FDA, onde não existe nenhum conflito de interesses. Ou, melhor ainda, preferiria ver o sistema privatizado para que houvesse verdadeira competitividade nessa tarefa de encontrar e eliminar o foco da contaminação.

– Você não leva muita fé nessas novas técnicas de tratamento por irradiação? – perguntou Tracy.

– Claro que não – disse Kim. – É só mais uma forma que a indústria encontra para tirar o corpo fora. Permitir o tratamento de carne através de irradiação é o mesmo que incentivar a indústria, permitir que a contaminação durante o processo aumente, na esperança de que, no final, as bactérias sejam eliminadas pelos raios gama. Você pode verificar que, mesmo com a irradiação, eles insistem que a responsabilidade é do consumidor em manusear e cozinhar a carne da forma como a indústria considera adequada.

– Essa também é a posição de Kathleen Morgan – disse Tracy.

– Devia ser a opinião de qualquer pessoa sensata. Precisamos da mídia para convencer o público de que a contaminação não pode ser tolerada mesmo que isso represente um aumento no custo final do produto.

– Essa é uma questão delicada – comentou Tracy.

– Ei, temos de pensar alto. E não é nada impossível. Afinal, a carne e o frango que comemos não foram sempre contaminados. Esse é um fenômeno relativamente recente.

Os primeiros currais já podiam ser vistos a distância. Como em todos os dias úteis, rebanhos comprimiam-se nos cercados enlameados.

– É uma visão triste – disse Tracy, observando aquele aglomerado de animais. – É como se todos tivessem sido condenados à pena de morte.

Tracy dobrou no estacionamento da Higgins e Hancock. Ao contrário da visita do dia anterior, o parque estava quase lotado. Grande parte dos veículos eram furgões velhos.

– Que tal me deixar perto da entrada principal? – disse Kim. – Depois sugiro que procure uma vaga do outro lado do prédio. Ficará mais protegida, e todo o perímetro da fábrica estará dentro dos 200 metros.

Tracy encostou no meio-fio e os dois deram uma olhada no prédio. A janela da sala de registros que Kim havia quebrado não estava coberta, e a falta do vidro e da divisão dos caixilhos era aparente. No canteiro em frente à janela, um homem de macacão tirava as medidas.

– Estou ficando com vontade de oferecer ajuda – disse Kim.

– Deixe de ser bobo.

O portão de entrada se abriu. Instintivamente, Tracy e Kim abaixaram-se nos bancos. Dois homens saíram, entretidos numa conversa. Em seguida, tomaram caminhos opostos. A fábrica estava, obviamente, em operação.

Tracy e Kim endireitaram-se. Entreolharam-se e trocaram um sorriso nervoso.

– Estamos agindo como um par de adolescentes se preparando para aprontar alguma – disse Kim.

– Talvez fosse melhor revermos todo o plano mais uma vez.

– O tempo de pensar já se esgotou.

Kim inclinou-se para Tracy e deu-lhe um beijo. Era a primeira vez que se beijavam depois de um incontável espaço de tempo que nenhum dos dois fazia questão de lembrar.

– Deseje-me sorte – disse ele.

– Não sei como concordei com tudo isso – balbuciou Tracy, observando, arrependida, o matadouro.

– Foi movida por sua responsabilidade cívica – disse Kim com um sorriso malicioso. – Caramba, se conseguirmos impedir a propagação da contaminação estaremos salvando milhões de vezes mais vidas do que eu seria capaz em todos os meus anos de cirurgia.

– Sabe o que acho o mais incrível nisso tudo? – disse Tracy, olhando nos olhos de Kim. – No espaço de dois dias você passou de narcisista a altruísta, de um extremo a outro. Sempre fui da opinião de que a personalidade humana é imutável.

– Deixarei que vocês, psicólogos, se preocupem com isso – comentou Kim, abrindo a porta do carro.

– Tome cuidado – recomendou Tracy.

– Vou tomar – respondeu, descendo e dizendo pela janela: – Lembre-se de que só raramente estarei usando o fone de ouvido.

– Eu sei. Boa sorte.

– Obrigado. Até logo!

Kim acenou, e Tracy o observou caminhando rumo à porta, gingando no gênero de seu notável disfarce. Apesar da enorme apreensão, não pôde evitar um sorriso. Ele tinha a fisionomia tipicamente debochada e desavergonhada de um roqueiro punk.

Depois de dar ré, Tracy guiou até o final do prédio, conforme Kim sugerira, e estacionou atrás de uma caminhonete. Desceu a janela e fixou a antena no teto do carro. Com os fones nos ouvidos, ligou o amplificador. Depois da experiência naquela manhã com o volume, tinha-o baixado totalmente. Girou o botão com cuidado. A voz de Kim apareceu nitidamente, com um sotaque sobrecarregado.

– Preciso de trabalho, qualquer trabalho – dizia Kim, comendo as vogais. – Estou liso. Disseram na cidade que vocês estão contratando.

Tracy acionou a tecla de gravar e procurou uma posição confortável.

Kim ficara ao mesmo tempo impressionado e encorajado pela rapidez com que fora conduzido ao escritório do supervisor encarregado da área de abate. Seu nome era Jed Street. Era um homem indefinível, com uma barriguinha saliente sob o avental branco, todo manchado de sangue. Um capacete amarelo de plástico descansava sobre um canto da mesa. À sua frente, tinha uma pilha de faturas de compra de gado.

Quando Kim cruzou a porta e entrou na sala, Jed o observou comicamente, mas depois de alguns instantes pareceu aceitar sua aparência e não teceu nenhum comentário.

– Já trabalhou num abatedouro antes? – perguntou Jed, recostando-se na poltrona e segurando um lápis com as mãos.

– Não – respondeu Kim, displicente. – Mas sempre há uma primeira vez.

– Tem o número do seguro social?

– Não. Me disseram que não ia precisar.

– Como se chama?

– José – disse Kim. – José Ramirez.

– De onde você é?

– Brownsville, Texas – disse Kim numa entonação mais sulista que latina.

– Sei, e eu sou de Paris, França – disse Jed, aparentemente indiferente à gafe verbal de Kim. Ele foi direto ao assunto:

– O trabalho é pesado e sujo. Está pronto para isso?

– Estou pronto para qualquer coisa – respondeu Kim.

– Você tem um green card?

– Não.

– Quando quer começar?

– Posso começar agora mesmo. Não como nada há um dia e meio.

– Este é um aspecto positivo, tendo-se em conta que nunca trabalhou em nenhum abatedouro. Vai começar lavando o chão da área de abate. São 5 dólares por hora, em dinheiro. Sem cartão do seguro social é o máximo que posso oferecer.

– Me parece bom.

– Mais uma coisa. Se quiser o emprego, terá de trabalhar também no turno de 15 às 23 horas com o pessoal da faxina, mas e só por esta noite. Um dos rapazes ficou doente. O que diz?

– Por mim, tudo bem – respondeu Kim.

– Ótimo – disse Jed, levantando-se. – Vamos apanhar seu uniforme.

– Preciso trocar de roupa? – perguntou Kim, ansioso.

Sentiu o peso do revólver na cintura e a bateria do sistema de áudio apertada contra o peito.

– Não – disse Jed. – Pode vestir o avental por cima de suas roupas, enfiar as luvas, o capacete e pegar a vassoura. Só precisa tirar os sapatos para calçar as botas de borracha.

Kim saiu do escritório atrás de Jed e os dois atravessaram o corredor interno até um dos almoxarifados onde Kim estivera na noite de sábado. Pegou tudo o que Jed havia mencionado, exceto a vassoura. Quanto às botas de borracha, teve de se contentar com um par de número 44. As de número 42 estavam em falta. Eram amarelas, de borracha, e chegavam aos joelhos. Estavam usadas e cheiravam mal. Jed entregou-lhe a chave de um escaninho e o levou até o vestiário em frente ao refeitório. Esperou do lado de fora, enquanto Kim calçava as botas de borracha e guardava os sapatos. De capacete, luvas amarelas e avental branco, estava perfeito.

– Corte feio esse que arrumou no nariz – comentou Jed. – Como aconteceu?

– Não reparei no vidro de uma porta – respondeu, evasivo.

– Sinto ouvir isso – disse Jed. – Bem, está pronto para começar?

– Acho que sim.

Jed conduziu Kim através do refeitório e subiu os degraus da escada de nível que dava para a porta de incêndio. Deu uma parada, retirou algo do bolso e estendeu a mão para Kim.

– Quase me esqueci desse troço – disse Jed, entregando dois pequenos objetos sem peso na palma da mão de Kim.

– O que é isso?

– Protetores de ouvido. O barulho é muito grande na área de abate por causa dos trilhos, das serras elétricas e das esfoladoras.

Kim examinou um dos pequenos objetos cônicos de borracha esponjosa. Também eram amarelos.

– Escute – disse Jed –, seu trabalho é circular pelo pátio e sua tarefa é varrer a merda do chão para os ralos.

– Merda? – perguntou Kim.

– É. Algum problema?

– Merda de verdade?

– Bem, uma mistura de merda de vaca, tripas e sangue. Tudo o que despencar dos ganchos. Isso aqui não é um chá beneficente. E, a propósito, cuidado com as carcaças que passam penduradas nos ganchos das esteiras e, claro, com o chão escorregadio. Um tombo lá dentro não é brincadeira. – Jed deu uma risada.

Kim balançou a cabeça e engoliu em seco. Teria mesmo que ser forte para se submeter àquele serviço nojento.

Jed consultou seu relógio.

– Falta menos de uma hora para o almoço – disse –, mas não tem importância. Isso vai dar tempo para você se acostumar. Alguma pergunta?

Kim balançou a cabeça.

– Se tiver – prosseguiu Jed –, já sabe onde fica minha sala.

– Certo – disse Kim.

Jed parecia aguardar uma resposta.

– Não vai colocar os protetores de ouvido? – perguntou Jed.

– Ah, sim, me esqueci. – Kim enfiou os dois objetos esponjosos nos ouvidos e fez um sinal com o polegar para cima.

Jed abriu a porta. Mesmo com os protetores, Kim ficou inicialmente aturdido com o barulho infernal que vinha do poço da escada.

Kim seguiu atrás de Jed pela área de abate. Parecia um local inteiramente diferente daquele em que estivera na noite de sábado. Kim pensou que estivesse preparado para enfrentar aquela experiência, mas não estava. Seu rosto ficou instantaneamente esverdeado, ante a visão das esteiras rolantes que transportavam carcaças com mais de meia tonelada, suspensas e ainda quentes, aliadas ao mórbido gemido da maquinaria e ao intenso mau cheiro. O ar quente, denso e úmido, fedia a carne crua, sangue e fezes frescas.

Kim sentiu-se esmagado também pelo impacto visual da cena. Os poderosos condicionadores de ar no teto, funcionando inutilmente para manter baixa a temperatura do local, faziam fumegar as mais de cinquenta carcaças esfoladas que Kim tinha a sua frente. Centenas de funcionários usando aventais brancos e manchados de sangue estavam de pé, ombro a ombro, nas passarelas de ferro suspensas sobre ralos longitudinais, trabalhando nas carcaças que passavam rapidamente à sua frente. Os cabos de força pendendo do teto tinham um aspecto desconcertante, parecendo formar uma gigantesca teia de aranha. Era um espetáculo surreal, uma imagem dantesca do inferno sobre a Terra.

Jed deu um tapinha nas costas de Kim e apontou para o chão. Kim olhou para baixo. A área de abate era literalmente um mar de sangue, com partes de órgãos internos, vômito e diarreia de vaca. Jed deu mais um tapinha nas costas de Kim. Ia entregando-lhe a vassoura quando notou a cor de seu rosto e os espasmos involuntários de suas bochechas.

Jed deu um passo atrás por precaução e apontou para o lado.

A ânsia de vômito aumentou, e Kim deu um tapa no próprio rosto. Olhou na direção em que Jed apontava e viu uma porta com uma tabuleta onde se lia: HOMENS.

Kim ziguezagueou até o banheiro, abriu a porta e curvou-se sobre a pia. Vomitou convulsivamente todo o café da manhã que saboreara com Tracy.

Quando a ânsia finalmente passou, lavou a pia e ergueu o rosto para se examinar diante do espelho sujo e rachado. Nunca se vira tão pálido, ainda mais em contraste com os olhos vermelhos e congestionados. Gotas de suor coroavam sua testa.

Debruçado sobre a borda da pia, apalpou o fone de ouvido que tinha enfiado por baixo da camisa. Com os dedos trêmulos, retirou um dos protetores que Jed tinha lhe dado e colocou o fone.

– Tracy, você está aí? – perguntou, com a voz rouca. – Estou com meu fone no ouvido. Você pode falar.

– O que aconteceu? – perguntou Tracy. – Era você tossindo?

– Foi mais que uma tosse – disse Kim. – Acabo de vomitar meu café da manhã.

– Sua voz está horrível. Está se sentindo bem?

– Não muito – admitiu Kim. – Fiquei desconcertado por essa reação. Com toda minha experiência médica, não pensava que fosse reagir tão mal. Este lugar é... bem, é indescritível. – Olhou ao redor do recinto, sem dúvida o banheiro mais imundo em que já tinha entrado. As paredes estavam cobertas de rabiscos e grafites obscenos, a maioria em espanhol. O chão azulejado parecia nunca ter sido esfregado e estava coberto por uma camada de sangue e outros dejetos provenientes da área de abate.

– Quer desistir? – perguntou Tracy – Eu não o censuraria.

– Ainda não. Mas vou lhe dizer uma coisa: não passei mais de vinte segundos na área de abate e creio ter-me transformado instantaneamente num vegetariano.

O ruído súbito da descarga de uma privada em uma das duas cabines laterais o fez saltar. Não se preocupara em checar se algum dos toaletes estava ocupado, antes de falar ao microfone. Arrancou o fone do ouvido, enfiou-o junto com o fio para dentro da camisa e abriu a torneira da pia, fingindo estar se lavando. As suas costas ouviu a porta da cabine se abrindo.

Kim estava receoso de a pessoa ter escutado qualquer coisa e por um instante não olhou naquela direção. Pelo espelho, viu o homem passar vagarosamente atrás dele, estudando-o de maneira esquisita. Kim pensou que seu coração iria saltar-lhe pela boca. Era exatamente o mesmo homem que o tinha atacado, primeiro ali, na Higgins e Hancock, e mais tarde em sua própria casa!

Lentamente, Kim se virou. O homem foi até a porta do banheiro mas não a abriu. Ainda conservava os olhos inescrutavelmente grudados em Kim.

Por um breve instante, seus olhares se cruzaram. Kim tentou sorrir, como se estivesse procurando por toalhas de papel. Havia um porta-toalhas, mas a tampa estava arrombada; e o interior, vazio. Kim arriscou outro olhar para o estranho. Sua expressão enigmática não mudara. A mão direita de Kim procurou o conforto do revólver no bolso.

Os segundos pareceram minutos. Os olhos negros, frios e impenetráveis do estranho continuavam cravados nele. O homem parecia uma estátua. Kim precisou de todo seu autocontrole para não dizer alguma coisa que quebrasse o angustiante silêncio.

Para seu alívio, o homem subitamente desistiu do confronto, abriu a porta e desapareceu.

Kim soltou o ar preso nos pulmões. Nem se dera conta de ter prendido a respiração. Abaixando ligeiramente a cabeça, sussurrou no microfone oculto:

– Deus do céu, era o louco esfaqueador que estava no reservado. Não sei o que ele ouviu. Ficou me encarando, mas não disse nada. Reze para que não tenha me reconhecido.

Depois de molhar o rosto com água fria e recolocar o protetor no ouvido, Kim respirou fundo e cruzou a porta do banheiro para voltar à área de abate. Procurou respirar com a boca ligeiramente aberta para aliviar o mau cheiro. Sentia as pernas um pouco bambas e, só para o caso do estranho estar lhe aguardando, manteve a mão no bolso, agarrada ao .38 de cano curto.

Jed estava bem ao lado da porta, evidentemente à sua espera. Kim procurou pelo estranho e pensou tê-lo avistado, sumindo por trás de uma das peças da maquinaria mais distante.

– Você está bem? – berrou Jed, por sobre a barulheira.

Kim balançou a cabeça e procurou sorrir.

Jed retribuiu com uma careta de nojo e entregou-lhe a vassoura.

– Você devia estar com o estômago mais cheio do que imaginava – disse, dando-lhe um último tapinha nas costas antes de se retirar.

Kim engoliu em seco e reteve outro espasmo de náusea. Olhou para o chão, procurando desviar a atenção das fileiras de carcaças esfoladas e degoladas que passavam ininterruptamente à sua frente, a caminho da sala de resfriamento. Segurando a vassoura com as mãos, tentou concentrar-se em arrastar as vísceras espalhadas dos animais para um dos inúmeros ralos.

– Não sei se consegue me ouvir com todo esse barulho – disse Kim, com a boca bem próxima ao microfone. – Obviamente, o sujeito da faca trabalha aqui, o que não me surpreende em nada. Vou tentar localizá-lo.

Kim teve de baixar rapidamente a cabeça quando uma das fumegantes carcaças de meia tonelada irrompeu sobre ele. Andando sem prestar atenção, cruzou inadvertidamente à frente de uma das esteiras transportadoras. Agora, seu avental branco também estava manchado de sangue como todos os outros dentro do imenso galpão.

Kim recuou um passo e, depois de calcular a velocidade das carcaças, atravessou a fileira. Sua intenção era seguir o mesmo caminho tomado por seu agressor.

– É evidente que me deram o pior serviço do lugar – comentou Kim, na esperança de que Tracy pudesse ouvi-lo em meio àquela barulheira infernal. – Sou o mais baixo de todos, mas ao menos tenho a oportunidade de me mexer. Todos os outros operários trabalham como numa linha de montagem. Ficam parados no mesmo lugar, enquanto as carcaças vão passando.

Kim contornou a imensa máquina por onde o estranho desaparecera. O chão, naquela área do galpão, estava relativamente limpo. Só havia uma pequena quantidade de sangue que escorrera para baixo do equipamento. À sua esquerda só tinha a parede.

Ele seguiu adiante. Mais à frente, numa área menos iluminada do galpão, sem lâmpadas fluorescentes, podia ver vários homens trabalhando. Um novo som se fez ouvir em meio à caótica barulhada. Era um barulho que percutia num ritmo intermitente, como o de uma pistola de ar comprimido usada em carpintaria para fixar pregos.

Kim continuou varrendo, apesar da pouca sujeira no chão. Depois de avançar mais uns 10 metros e contornar outra máquina, pôde ver em que parte do galpão se encontrava.

– Cheguei ao local por onde entram os animais – disse Kim ao microfone. – Eles são afunilados numa fila única. Quando o da frente enfia o pescoço sobre uma plataforma elevada, um homem pressiona algo parecido com uma britadeira sobre a cabeça do animal. Soa como uma pistola de ar comprimido. Deve disparar uma ponteira que fura a caixa craniana porque posso ver o tecido encefálico espirrando.

Kim desviou os olhos por um momento. Como um homem que dedicara sua vida a salvar outras vidas, aquela inquebrantável carnificina parecia tê-lo debilitado. Passados alguns segundos, reuniu forças para tornar a olhar.

– Os animais caem fulminados sobre um grande tambor giratório que os impulsiona para a frente, deixando-os de patas para cima – prosseguiu Kim. – Depois, um outro empregado as engancha por trás do tendão de Aquiles e eles são suspensas na esteira transportadora. Se, ou quando a doença da vaca louca chegar a este país, essa forma de matar os animais não deverá ser a mais aconselhável. Sem dúvida, está enviando tecido cerebral para todo o corpo do animal, já que seu coração ainda está batendo.

Apesar de sua repulsa diante do quadro a que assistia, Kim aproximou-se ainda mais. Agora tinha uma visão total.

– Sabe de uma coisa? – disse Kim. – Esses animais infelizes parecem pressentir seu destino. Devem sentir o cheiro da morte aqui. Eles descem a rampa defecando umas por cima das outras. Isso, sem dúvida, só pode contribuir para a contaminação...

Kim interrompeu a frase no meio. À sua direita, a menos de 10 metros de distância, estava o esfaqueador. Imediatamente, compreendeu por que o sujeito tinha uma predileção por facas. Ele era um dos dois homens que ficavam por trás do animal recém-sacrificado, erguido pelo gancho. Com uma hábil e ligeira torção do pulso, fazia uma incisão na garganta e saltava para trás, deixando jorrar em jatos pulsantes os 40 litros do sangue ainda quente do animal, bombeado pelos últimos espasmos do coração. O sangue, então, desaparecia por um ralo no chão.

No instante seguinte, a adrenalina de Kim aumentou novamente. Já tenso pela visão de seu agressor tão próximo, apavorou-se quando alguém cutucou seu ombro. Antes que pudesse raciocinar, virou-se com o braço erguido em atitude defensiva.

Para sua sorte era Jed, que não parecia nem um pouco contente. A reação de Kim o assustou da mesma forma como ele o assustara.

– Que diabos está fazendo aqui? – gritou Jed, sobrepondo-se a barulheira. O martelar repetitivo daquele instrumento mortífero de alta pressão soava como um metrônomo maligno.

– Só estou procurando me orientar – berrou Kim.

– Olhou de relance para seu agressor, porém o homem parecia não tê-lo visto, ou não tinha se incomodado com ele. Tinha se afastado para o lado e estava empenhado em afiar sua faca com uma pedra de amolar, enquanto um colega assumia o posto de degolador. Kim podia ver a faca com clareza. Era do mesmo tipo da que o homem tinha usado nas vezes em que o atacou.

– Ei, estou falando com você – gritou Jed, irritado, cutucando Kim com insistência. – Quero que fique lá onde arrancam as tripas. É lá que está a merda que você tem que limpar.

Kim assentiu.

– Vamos, vou lhe mostrar – disse Jed, fazendo um sinal para que ele o seguisse.

Kim deu outra olhada em seu agressor, que segurava a faca no ar para verificar o fio. Um brilho refletiu-se na lâmina. Ele ignorou Kim.

Kim sentiu um frio no estômago e partiu atrás de Jed.

Num instante chegaram à fila móvel de carcaças. Kim estava impressionado com a indiferença de Jed. Abria caminho por entre as carcaças empurrando-as para o lado com as mãos, como se fossem roupas num cabideiro. Kim estava relutante em tocar nos corpos ainda quentes dos animais. Hesitava como alguém que tem que começar a pular uma corda batida rapidamente por dois amigos.

– Quero você aqui – gritou Jed quando Kim o alcançou. Jed imitou, com as mãos, o movimento de varrer. – É aqui que está a sujeira e é aqui que deve ficar com a vassoura. Entendido?

Kim concordou, relutante, lutando para não sofrer um novo espasmo de náusea. Estava agora na seção onde eram retirados os órgãos internos. Sobre mesas de aço espirais gigantescas de intestinos escorriam das carcaças suspensas junto com montes de fígados gelatinosos, rins do tamanho de abacates e tiras fragmentadas de pâncreas.

A maior parte dos intestinos parecia atada, mas alguns não estavam. Ou não tinham sido amarrados ou o nó afrouxara. De qualquer forma, havia também muitas fezes bovinas sobre as mesas e espalhadas por todo o chão, misturadas a rios de sangue.

Kim abaixou a vassoura e começou a empurrar aquela papa na direção de um dos inúmeros ralos. Enquanto trabalhava, veio-lhe à lembrança o mito de Sísifo e o terrível destino do rei cruel. Mal terminava de limpar uma área da imundície e ela era novamente inundada por um mar de sangue e vísceras.

O único consolo de Kim era que seu disfarce parecia ter funcionado. Estava relativamente confiante de que o homem da faca não o havia reconhecido.

Kim esforçou-se para ignorar ao máximo os aspectos mais hediondos daquele fantasmagórico lugar. Procurou se concentrar no serviço imediato. Aguardaria até a hora de almoço para dar o passo seguinte em sua furtiva investigação.

PELA JANELA, SHANAHAN observou o Jumbo arrastar-se penosamente sobre a pista e hesitantemente levantar seu nariz. Parecendo mover-se devagar demais, levantou voo e partiu rumo a um destino distante.

Shanahan estava em frente ao portão 32 da pista B, à espera do voo de Chicago. Não tinha sido fácil chegar até aquele local. O pessoal da segurança não permitia o acesso à pista de aterrissagem sem uma passagem. Como já tinha marcado o encontro com Leutmann naquele portão, teve que dar um jeito de entrar. Infelizmente, nenhuma forma de argumento ou tentativa de suborno convenceu os seguranças. A única solução foi comprar uma passagem num voo em que não pretendia embarcar.

Shanahan e Derek jamais tinham se visto. Para solucionar esse entrave, Shanahan dera-lhe uma descrição de si mesmo para ser reconhecido, mas para que não houvesse nenhuma dúvida na identificação, disse também que estaria segurando uma Bíblia. Derek respondera que a ideia da Bíblia era um toque inteligente, e disse que estaria carregando uma maleta preta.

A porta do avião vindo de Chicago se abriu, e um comissário se postou à saída. Quase que imediatamente os passageiros começaram a desembarcar. Shanahan agarrou a Bíblia e aguardou. Observava cada passageiro com expectativa.

O décimo passageiro parecia promissor, embora sua aparência não fosse nada do que Shanahan imaginara. Era um homem de cerca de 30 anos, magro, louro e de pele muito bronzeada. Vestia um terno listrado e carregava uma maleta de couro preta. Tinha um par de óculos escuros preso no alto do cabelo cuidadosamente penteado. O homem parou assim que pôs os pés na pista e varreu a área com seus olhos azuis. Ao localizar Shanahan, caminhou diretamente em sua direção.

– Sr. O'Brian? – perguntou Derek, com ligeiro sotaque britânico.

– Sr. Leutmann – respondeu Shanahan, um tanto surpreso. Pela voz de Derek ao telefone, imaginara um indivíduo moreno, fisicamente grande e abrutalhado. O homem à sua frente fazia lembrar mais um aristocrata inglês que um matador de aluguel.

– Acredito que tenha trazido o dinheiro – disse Derek.

– É claro – confirmou Shanahan.

– Se importa de me entregar?

– Aqui, no terminal? – estranhou Shanahan.

Nervoso, olhou à sua volta. Esperava discutir a questão do dinheiro na privacidade de seu carro, parado no estacionamento. Tinha a esperança de baixar o preço do serviço.

– Ou fazemos negócio, ou não – disse Derek. – É melhor saber logo para evitar futuros ressentimentos.

Shanahan puxou um envelope do bolso interno do paletó e o entregou a Derek. Continha 5 mil dólares, a metade do valor que o matador exigira. Em público, não tinha a menor chance de barganhar.

Para desespero de Shanahan, Derek pôs a maleta no chão e com um sorriso jovial rasgou o envelope e começou a contar o dinheiro. Shanahan olhava para todos os lados sem conseguir esconder a ansiedade. Embora não houvesse ninguém prestando atenção neles, estava visivelmente tenso.

– Excelente – assentiu Derek, antes de enfiar o dinheiro no bolso. – O negócio está fechado. Quais são os detalhes que ainda estão faltando?

– Podemos ao menos ir andando? – implorou Shanahan com a garganta seca. A indiferença de Derek era enervante.

– É claro – disse Derek, apontando para o terminal. – Vamos pegar minha bagagem.

Grato por estar ao menos saindo daquele lugar, Shanahan começou a andar. Derek o acompanhou dando passos suaves com os mocassins macios.

– Você despachou sua bagagem? – perguntou Shanahan. Aquela era outra coisa por que não esperava.

– É claro. As companhias aéreas estranham armas de fogo na cabine. No meu tipo de trabalho, não se tem muita escolha.

Entraram numa fila junto com outros passageiros recém-chegados. À sua esquerda, um número igual de pessoas passava na direção oposta, afobadas e com passagens nas mãos. Não havia privacidade alguma.

– Temos um carro para você – disse Shanahan.

– Excelente. Mas no momento estou mais interessado na identidade da vítima. Qual o seu nome?

– Reggis. Dr. Kim Reggis. – Uma vez mais, Shanahan observou os rostos das pessoas ao seu redor. Felizmente, não percebeu nenhum sinal de interesse na conversa por parte de ninguém. – Aqui está uma foto recente. – Entregou a foto para Derek. Não era uma imagem muito boa. Tinha sido copiada de um artigo de jornal.

– Está muito granulada – queixou-se Derek. – Vou precisar de mais informações.

– Preparei um dossiê sobre ele – disse Shanahan, entregando um papel a Derek. – Verá que contém uma descrição física do homem. Também anotei a marca, o modelo, o ano e a cor de seu carro, junto com o número da placa. Temos também seu endereço, mas acreditamos que ele não se encontra lá no momento.

– Assim é bem melhor – disse Derek, examinando a folha de papel. – Ótimo, está bem completo.

– Acreditamos que o Dr. Reggis tenha passado a noite de ontem na residência de sua ex-mulher. Ela pagou a fiança para tirá-lo da cadeia ontem de manhã.

– Cadeia? Parece que o médico não anda se comportando direito.

– Isso é apenas parte de tudo que sabemos – disse Shanahan.

Chegaram à esteira das bagagens e espremeram-se em meio aos outros passageiros. As malas do voo de Derek estavam começando a chegar.

– Há uma coisa que precisa ficar sabendo – disse Shanahan. – Houve um atentado frustrado contra a vida do médico ontem à noite.

– Obrigado pela franqueza. Esse é um detalhe realmente importante. Significa que o homem deve estar bem prevenido.

– É o mais provável.

Um apito agudo causou um susto em Shanahan, que já estava com os nervos à flor da pele. Levou um instante para perceber que se tratava de seu bip eletrônico. Surpreso com a chamada, já que Bobby Bo sabia onde se encontrava e o que estava fazendo, Shanahan puxou o bip do cinto e olhou na telinha de cristal líquido. Ficou ainda mais confuso ao verificar que era um número desconhecido.

– Se importa que eu faça uma ligação? – perguntou, apontando para uma fileira de telefones públicos.

– De forma alguma – respondeu Derek. Ele estudava, sorridente, as informações sobre Kim contidas na folha de papel.

Depois de catar algumas moedas no bolso, a caminho do telefone, Shanahan discou rapidamente para o misterioso número. Alguém atendeu logo ao primeiro toque. Era Carlos.

– O médico está aqui! – disse ele excitado, quase sussurrando.

– Diabos, de onde está falando? – perguntou Shanahan.

– Da Higgins e Hancock – disse Carlos, mantendo a voz baixa. – Estou usando o aparelho do refeitório. Preciso ser rápido. O médico está trabalhando aqui na faxina. Ele parece louco, cara.

– Do que está falando? – perguntou Shanahan.

– Está muito esquisito. Parece um cantor de rock decrépito. Cortou o cabelo bem curto e o que sobrou está louro.

– Está brincando – exclamou Shanahan.

– Não, cara! – insistiu Carlos. – Também está costurado na testa, bem no lugar onde o rasguei. É ele, tenho certeza. Fiquei examinando-o por alguns minutos no banheiro. Depois ele foi até minha estação e ficou lá um tempo até o chefe chegar e levá-lo embora.

– Que chefe?

– Jed Street – respondeu Carlos.

– O médico reconheceu você?

– Claro, como não? Ficou um tempão me encarando. Numa certa hora pensei que ele viesse para cima de mim, mas não veio. Se tivesse vindo, eu teria acabado com ele. Quer que eu termine o serviço logo de uma vez? Posso pegá-lo enquanto está aqui.

– Não! – berrou Shanahan, perdendo o controle por um breve instante. Sabia que seria um desastre se Carlos matasse Kim no meio do dia com centenas de testemunhas. Shanahan respirou fundo e então falou com a voz calma e pausada: – Não faça nada. Finja que não o reconheceu, fique frio. Depois lhe digo o que fazer. Compreendeu?

– Quero pegar esse cara – disse Carlos. – Já disse que não faço questão do dinheiro.

– É muito generoso de sua parte. É claro que foi você mesmo quem fez a cagada, pra começo de conversa, mas isso não interessa agora. Fique frio. Mais tarde eu lhe digo o que fazer, certo?

– Certo – disse Carlos.

Shanahan desligou o telefone. Sem soltar o gancho, procurou localizar Derek Leutmann. Aquilo estava se tornando um dilema. Naquele exato momento, não sabia como proceder.

UMA BATIDA INESPERADA na janela do motorista fez o coração de Tracy se acelerar. Durante o tempo em que estivera dentro do carro estacionado nos fundos do abatedouro, poucas pessoas tinham entrado ou saído de seus veículos. Ninguém, no entanto, tinha aparecido para abordá-la. Tracy arrancou os fones num reflexo intuitivo e virou-se para olhar pela janela. Um homem horrível estava debruçado com o cotovelo apoiado sobre o teto do automóvel. Vestia um macacão imundo sobre uma camisa de gola alta e usava um boné de beisebol virado para trás. Pendendo do lábio inferior, um cigarro apagado que oscilava para cima e para baixo, enquanto respirava pela boca.

O primeiro impulso de Tracy foi dar a partida e fugir dali. Abandonou a ideia assim que se lembrou da antena balançando no teto. Sentiu que não tinha alternativa e abaixou o vidro.

– Eu a vi de meu caminhão – disse o homem, apontando para uma carreta estacionada ali perto.

– Ora, é mesmo? – respondeu Tracy, ansiosa. Não sabia mais o que dizer. O homem tinha uma cicatriz medonha do rosto até o pescoço.

– O que está escutando? – perguntou o homem.

– Nada de especial – disse Tracy. Ela deu uma espiada no gravador. A fita ainda estava rodando. – Só um pouco de música.

– Gosto de música country – disse o homem. – Está ouvindo música country?

– Não – respondeu Tracy, com um sorriso amarelo. – Isso é mais New Age. Na verdade, estou esperando meu marido. Ele trabalha aqui.

– Estou mesmo fazendo serviços de encanador aqui – disse o homem. – Eles têm mais canos e ralos que qualquer outro lugar do país. Mas, enfim, pensei que talvez tivesse um fósforo. Não consigo achar meu isqueiro em lugar nenhum.

– Sinto muito. Gostaria de poder ajudá-lo, mas não fumo e não tenho fósforos.

– Obrigado, assim mesmo – agradeceu o homem. – Desculpe incomodar.

– Não há de quê – disse Tracy.

O homem afastou-se. Tracy deu um suspiro de alívio e subiu o vidro da janela. O episódio serviu para mostrar o quanto ela estava tensa. Estava com os nervos à flor da pele desde que Kim entrara no prédio, e sua ansiedade foi parar nas nuvens depois que ele confrontou o assassino no banheiro. O fato dela não poder se comunicar também não estava ajudando. Queria lhe pedir que desse o fora daquele lugar; dizer que aquilo tudo não valia a pena.

Depois de uma espiada furtiva ao redor para certificar-se de que ninguém a observava, Tracy recolocou os fones de ouvido na cabeça e fechou os olhos. O problema era que tinha de se esforçar para ouvir o que Kim dizia. O barulho no interior da fábrica obrigou-a a abaixar quase todo o volume.

Kim tinha circulado por toda a área de evisceração e compreendia todo o processo do abate. Podia ver os animais serem mortos, suspensos e degolados. Em seguida, eram esfolados e decapitados, e as cabeças seguiam por outra esteira transportadora. Após a retirada das estranhas, as carcaças eram cortadas ao meio no sentido longitudinal por uma serra medonha, muito mais assustadora do que os mais tétricos filmes de horror de Hollywood.

Kim consultou seu relógio para cronometrar a rapidez com que os infelizes animais eram mortos. Ficou pasmo. Encostou o queixo no peito e falou ao microfone:

– Vamos esperar que Lee Cook consiga produzir um sistema de vídeo adequado. Vai ser uma porrada documentar a denúncia de Marsha. Ela disse que a origem da contaminação na indústria da carne estava nos abatedouros, que era simplesmente uma questão de lucratividade. Acabo de cronometrar a atividade aqui. Estão abatendo os animais no alucinante ritmo de um a cada doze segundos. Dessa maneira, é impossível evitar uma contaminação em massa.

"Quanto à suspeita de conluio do Departamento de Agricultura com a indústria, fica evidente nesse estágio operacional. Alguns inspetores passeiam pelas passarelas suspensas. Eles sobressaem como ovelhas negras. Usam capacetes vermelhos em vez de amarelos, e os uniformes brancos são comparativamente limpos. Passam mais tempo rindo e brincando com os operários do que inspecionando. A suposta inspeção é pura simulação. A linha de carcaças passa rápido demais, e eles sequer olham para ela."

Kim notou subitamente a presença de Jed Street fuçando as pias e mesas de evisceração. Kim retomou seu trabalho com a vassoura. Tomou a direção contrária à de Jed, indo no sentido anti-horário, e acabou chegando na área de decapitação. A degola era feita com outra serra, apenas um pouco menos assustadora que a usada para cortar o animal em dois. Pouco antes do pescoço ser totalmente arrancado pelo homem empunhando a serra, um outro pendurava a cabeça com seus mais de 50 quilos num gancho pendente de uma esteira rolante. Era um processo que exigia coordenação e sincronismo.

Sem parar de limpar, Kim seguiu no sentido da fileira de cabeças esfoladas. Destituídos das pálpebras, os olhos sem vida davam às cabeças penduradas uma curiosa expressão de surpresa. Kim acompanhou a esteira até um ponto onde penetrava por uma abertura que dava para uma sala contígua. Kim reconheceu imediatamente o local. Tinha sido atacado ali na noite de sábado.

Deu uma olhada por cima do ombro à procura de Jed. Sem avistá-lo no meio do pandemônio, decidiu arriscar-se e penetrou no galpão onde as cabeças eram desossadas.

– Estou no local para onde vão as cabeças – disse, ao microfone. – Isso é potencialmente importante no que diz respeito à maneira como Becky adquiriu a bactéria. Marsha encontrou algo nos relatórios sobre a cabeça do último animal no dia em que a carne do hambúrguer de Becky foi processada. Ela disse que era "asqueroso", o que agora considero curioso porque todo o processo é repugnante.

Kim observou por alguns instantes a esteira transportadora despejar uma cabeça a cada doze segundos sobre uma mesa onde era atacada por uma equipe de carniceiros. Com facas semelhantes às utilizadas para degolar os animais, iam extraindo rapidamente os músculos faciais e as línguas. Os operários pegavam essa carne e a atiravam num contêiner de uma tonelada parecido com aqueles que Kim tinha visto na Mercer Meats.

– Estou aprendendo algo novo a cada minuto – disse Kim. – Deve haver muita bochecha de vaca no hambúrguer.

Kim percebeu que depois de removidos os músculos faciais e as línguas, as cabeças eram jogadas numa esteira plana que as transportava até um buraco onde eram tragadas por um buraco negro que, possivelmente, dava para o porão.

– Acho que talvez tenha de visitar o porão – disse Kim, indeciso. Parecia estar adivinhando que não teria como fugir do trauma de infância.

ATÉ AQUELE MOMENTO, o dia estava sendo bastante proveitoso para Jed Street, apesar de ser uma segunda-feira. Tinha tomado um café da manhã fantástico, chegara para trabalhar cedo o bastante para uma segunda xícara com vários outros supervisores, e as faltas foram em menor número que o habitual. Contratar e manter o pessoal era a maior dor de cabeça de Jed.

Com todos os seus subordinados presentes, estava confiante de que sua equipe teria processado quase duas mil cabeças até a hora do almoço. Aquilo o deixava feliz porque sabia que seu superior imediato, Lenny Striker, também ficaria feliz.

Jed desabotoou o avental branco e o pendurou. Querendo botar seus relatórios da manhã, voltou para o escritório com a terceira xícara de café da manhã. Contornou sua mesa e sentou-se. Caneta na mão, pôs-se a trabalhar. Tinha uma quantidade considerável de formulários que precisava preencher todo santo dia.

Não fazia muito tempo que Jed tinha começado a trabalhar quando o telefone tocou. Pegou o café antes de atender o aparelho. Estava relativamente despreocupado com uma ligação àquela hora do dia e não podia imaginar que se tratava de um assunto particularmente sério. Sabia, no entanto, que tudo era possível. Como o responsável por algo tão potencialmente perigoso como a área de abate de um matadouro, sabia que o desastre nunca estava longe.

– Alô – disse, carregando a voz na primeira sílaba antes de sorver mais um gole de café.

– Jed Street, aqui é Daryl Webster. Tem um segundo para falar comigo?

Jed engasgou e cuspiu o café; em seguida, enxugou os respingos nos formulários com a manga da camisa.

– É claro, Sr. Webster – balbuciou Jed. Trabalhava havia quatorze anos na Higgins e Hancock, e durante todo aquele tempo o verdadeiro chefe nunca tinha telefonado para ele.

– Recebi um chamado de um dos homens de Bobby Bo – explicou Daryl. – Ele me disse que hoje contratamos um novo varredor.

– Correto – disse Jed, sentindo o rosto enrubescer. Contratar imigrantes ilegais era tacitamente tolerado, apesar da política oficial proibir. Jed pediu a Deus que não acabasse como bode expiatório.

– Qual o nome do homem? – perguntou Daryl.

Jed procurou freneticamente por entre os papéis sobre a mesa. Tinha escrito o nome do sujeito em algum lugar, mas não numa ficha de admissão. Soltou um suspiro de alívio quando encontrou.

– José Ramirez, senhor! – disse Jed.

– Ele mostrou alguma identificação?

– Não que eu me lembre – respondeu Jed, evasivo.

– Como ele se parece?

– É um tipo meio esquisito – disse Jed, desconfiado. Não estava compreendendo que importância podia ter a aparência do sujeito.

– Pode me dar uma ideia?

– Meio punk – disse Jed, tentando imaginar como seu filho de 14 anos descreveria o homem. – Cabelo pintado, brinco, tatuagens, calça de couro.

– É um sujeito razoavelmente alto?

– Sim, mais de 1,90 metro, com certeza.

– E tem uns pontos no rosto?

– Sim, ele tem. Como sabe disso, senhor?

– Disse onde está morando?

– Não, e não perguntei – respondeu Jed. – Devo dizer que ficou bastante satisfeito de pegar o emprego. Até concordou em trabalhar um turno e meio.

– Está dizendo que ele vai estar aí esta noite? Com o pessoal da faxina?

– Sim. Um dos homens ficou doente.

– Isso é bom. Isso é muito bom mesmo. Excelente trabalho, Jed.

– Obrigado, senhor. Há algo que queira que eu faça ou diga ao Sr. Ramirez?

– Não, nada em absoluto. Para falar a verdade, gostaria que essa nossa conversa ficasse em total sigilo. Posso contar com você?

– Certamente que sim, senhor.

Jed recostou-se na cadeira quando Daryl Webster desligou. Tinha sido rápido demais. Ficou meio aturdido por um instante, olhando intrigado para o aparelho antes de repor o fone no gancho.

PARA NÃO SER APANHADO NA SALA da desossa de cabeças, onde não havia nada para limpar, Kim tinha retornado à área principal de abate. Ainda não encontrara nenhuma pista que esclarecesse o que Marsha havia descoberto sobre a cabeça do último animal, mesmo depois de seguir as esteiras transportadoras por quase toda a fábrica. Só não sabia ainda o que acontecia às cabeças depois que desapareciam pelo buraco negro.

Kim retornou à área de evisceração e limpou novamente partes do chão que já lavara diversas vezes. O mais desolador era que, em certas áreas, não eram necessários mais do que quinze minutos para dar a impressão de que ele nunca tinha passado por lá.

Apesar dos protetores de ouvido, começou, em dado momento, a escutar um zumbido estridente. Ergueu a cabeça e olhou ao redor. A primeira coisa que percebeu foi que os animais tinham parado de descer a rampa. Não havia nenhum sendo abatido. Os infelizes animais próximos ao executor estavam tendo um momentâneo adiamento da pena. O executor tinha afastado sua ferramenta para o lado e enrolava uma mangueira de alta-pressão.

Os animais já executados iam avançando em linha até o último ser eviscerado. O cabo condutor parou, e a barulheira infernal foi substituída por um silêncio sinistro.

Kim levou alguns segundos até perceber que a intensidade daquele silêncio era em parte devido aos protetores de ouvido. Ao retirá-los, ouviu o ruído das máquinas desligando e um burburinho de animada conversa. Os operários começavam a descer das passarelas.

Kim parou um deles e perguntou-lhe o que estava acontecendo.

– Não falar inglês – disse o empregado, antes de desaparecer, apressado.

Kim parou um segundo.

– Você fala inglês? – perguntou.

– Um pouco – respondeu o homem.

– O que está acontecendo?

– Intervalo de almoço – disse, correndo atrás do primeiro.

Kim ficou observando aquela centena de homens, ou mais, deixando seus postos nas passarelas e formando fila para passar pela porta de incêndio. Dirigiam-se para o refeitório e para os vestiários. Um número igual de empregados apareceu vindo da sala de desossa das cabeças. Apesar da fúnebre atmosfera e do fedor, a camaradagem era evidente. Havia muita gargalhada e empurrões amistosos.

– É incompreensível como alguém é capaz de comer aqui – comentou Kim ao microfone.

Divisou o homem que o atacou ao lado de seu companheiro. Caminharam sem olhar para os lados e juntaram-se à fila que crescia a cada minuto. Sentiu-se ainda mais confiante em relação ao seu disfarce.

Kim parou um dos estripadores cujo uniforme branco úmido estava matizado com diversas tonalidades de rosa e vermelho. Perguntou a ele como se chegava ao subsolo. O homem o olhou como se ele tivesse enlouquecido.

– Você fala inglês? – perguntou Kim.

– Claro, cara, eu falo inglês – disse o estripador.

– Quero ir lá embaixo – disse Kim. – Como faço para chegar lá?

– Você não quer ir lá embaixo – respondeu o homem. – Mas se quisesse, teria de usar aquela porta – disse, apontando para uma porta lisa com um trinco automático montado no canto superior.

Kim continuou varrendo até o último empregado passar pela porta de incêndio. Depois de todo o barulho e da caótica atividade quando a linha estava em operação, era estranho estar ali sozinho em meio a quarenta ou cinquenta carcaças suspensas e fumegantes. Pela primeira vez, desde o instante em que chegou, a área ao redor das mesas de evisceração estava livre de sangue.

Pondo a vassoura de lado, Kim foi até a porta indicada pelo homem. Depois de constatar mais uma vez que não era observado, abriu e entrou. A porta se fechou rapidamente às suas costas.

O que primeiro lhe chamou a atenção foi o mau cheiro. Era dez vezes pior que na área de abate. O que o tornava tão insuportável era o adiantado estado de putrefação. Apesar da ânsia, não chegou a vomitar. Deduziu que fosse por causa do estômago vazio.

Kim estava sobre o patamar de uma escada de cimento que desaparecia na mais completa escuridão. Sobre sua cabeça havia uma única lâmpada acesa e afixada diretamente no bocal. Na parede atrás dele estavam pendurados um extintor de incêndio e uma lanterna de emergência de tamanho industrial.

Kim desprendeu a lanterna do suporte e a acendeu. O facho de luz revelou o que parecia ser um depósito subterrâneo. As paredes tinham manchas de fungos, e o piso no fundo parecia liso e negro como um tanque de óleo cru.

Kim retirou uma das luvas de borracha e trocou o protetor de ouvido pelo fone.

– Pode me ouvir, Tracy? Em caso positivo, diga alguma coisa. Acabo de colocar meu fone de ouvido.

– Já não era sem tempo! – disse, irritada. Sua voz soava alta e clara, apesar de Kim encontrar-se cercado por paredes de concreto reforçadas. – Quero que venha para cá imediatamente.

– Ei, o que houve?

– Está aí dentro desse abatedouro com alguém que já tentou matá-lo duas vezes. Isso é ridículo. Quero que desista dessa loucura.

– Ainda tenho de investigar um pouco mais. Além disso, o homem da faca não me reconheceu, portanto, fique calma!

– Onde você está? Por que não colocou o fone no ouvido antes? Essa falta de comunicação está me deixando louca.

Kim começou a descer os degraus.

– Só posso me arriscar com os fones quando estou só – disse. – Quanto ao local, estou no porão, e devo confessar que isso aqui não é brincadeira. É como descer aos círculos inferiores do inferno. O fedor é indescritível.

– Não precisava ir ao porão. Gosto de poder falar com você, porém é mais seguro se houver outras pessoas por perto. Além disso, não deve ter permissão de estar aí, e, se for pego, vai haver problema.

– Estão todos almoçando. Não estou preocupado em ser flagrado aqui.

Respirando pela boca para tentar evitar o fedor, Kim chegou à base da escada. Iluminou o vasto espaço imerso em total escuridão com o foco da lanterna. Havia um amontoado de gigantescos tonéis e caçambas de lixo. Cada um deles estava conectado a um duto ligado ao piso superior para recolher o sangue, vísceras, ossos e crânios.

– Aqui é onde ficam estocados os restos antes de serem transportados para a fábrica de ração – disse Kim. – Pelo odor, é óbvio que se encontram nos mais variados estados de decomposição. Não há refrigeração aqui embaixo. Esse fedor deve ser ainda pior no verão.

– Que horror. É difícil imaginar que um lixo desses possa ter alguma utilidade.

– O processo o transforma em fertilizante – explicou Kim. – E por mais mórbido que pareça, em ração de gado. A indústria transformou nossos inadvertidos animais em canibais.

– Opa! – exclamou Kim, sentindo um arrepio na espinha.

– O que houve? – perguntou Tracy, nervosa.

– Escutei um barulho.

– Então saia já daí – disse ela, angustiada.

Kim apontou a lanterna na direção do ruído. De forma bastante semelhante à noite anterior em seu próprio porão, diversos pares de diabólicos olhos vermelhos brilharam sob o clarão do foco de luz. Num segundo os olhos desapareceram, e Kim avistou um bando de animais do tamanho de gatos domésticos correndo em todas as direções. Ao contrário da noite anterior, não eram simples camundongos.

– Está tudo bem – disse Kim. – São apenas umas ratazanas gigantes.

– Ah, é só isso – comentou Tracy, sarcástica. – Apenas um bando de amistosas ratazanas gigantes.

Kim seguiu em frente e descobriu que a superfície do chão não só parecia coberta de óleo cru como tinha também a mesma consistência. Suas botas de borracha produziam uma sucção cada vez que erguia o pé.

– Este certamente é um quadro do pesadelo pós-industrial – observou Kim.

– Esqueça a filosofia – rebateu Tracy. – Vamos, Kim! Dê logo o fora daí! Afinal, o que pretende?

– Quero encontrar a calha que traz as cabeças – respondeu ele.

Continuou caminhando nauseado por entre as caçambas e tonéis, tentando calcular, no piso superior, onde estaria a sala da desossa de cabeças. Chegou a um paredão de concreto que deduziu ser o prolongamento da parede de cima. Aquilo significava que a calha que procurava devia estar do lado oposto.

Kim apontou o foco para a parede e varreu-a com o cone de luz até localizar uma abertura. Foi até lá e debruçou-se para examinar esse segundo espaço. Era menor que o primeiro e menos sujo. O que procurava também estava lá. Logo à sua direita havia uma calha interligada a um contêiner particularmente grande.

– Acho que encontrei – disse Kim. – É do tamanho de uma caçamba de obra.

Com o foco da lanterna, iluminou o duto da calha até o local onde penetrava no teto. Calculou que o diâmetro era o mesmo da abertura que vira no andar superior.

– Ótimo, muito bem! – disse Tracy. – Agora saia daí.

– Num segundo. Vou tentar ver o que há lá dentro.

Kim dirigiu-se até a caçamba imunda e enferrujada. Naquela área do porão não havia ruído de sucção ao pisar. Encostada ao contêiner, próximo do ponto onde se encaixava o duto, havia uma pequena plataforma de ferro acessível por uma escadinha de quatro degraus. Kim subiu nela. Dali podia observar o tampo da caçamba. Havia uma portinhola fechada. Kim moveu o trinco mas não teve força suficiente usando só uma das mãos.

Prendeu a lanterna entre os joelhos e fez força para erguer a portinhola pelos lados. Ela se ergueu com um rangido. Mantendo-a aberta com a mão esquerda, iluminou com a outra o interior. Não era uma imagem agradável.

O contêiner estava quase transbordando de cabeças esfoladas e em processo de decomposição. Ao contrário das recém-abatidas, os olhos destas estavam murchos e os fragmentos de cartilagem enegrecidos. Em muitas, era claramente visível o furo provocado pela pistola de ar.

Enojado por aquela visão e pelo mau cheiro, Kim estava prestes a baixar a portinhola quando um grito involuntário de horror escapou-lhe dos lábios. O foco da lanterna pousara sobre um quadro particularmente medonho. Parcialmente coberta por uma subsequente avalanche de crânios frescos de vaca, estava a cabeça decapitada de Marsha!

Com o choque, Kim soltou a portinhola de ferro que bateu provocando um barulho ensurdecedor no espaço confinado. O som da pancada ecoou repetidas vezes nas invisíveis paredes de concreto.

– O que aconteceu? – perguntou Tracy, apavorada.

Antes que ele pudesse responder, um ruído estridente castigou os ouvidos de ambos. O fechamento da portinhola ativara algum dispositivo automático.

Kim apontou o foco da lanterna na direção daquele ruído infernal. Uma porta de aço enferrujado começou a erguer-se acima de sua cabeça.

Escutou Tracy gritando repetidamente seu nome e exigindo uma explicação para o que estava acontecendo, mas ele não podia responder. Não sabia realmente o que estava ocorrendo. Por trás da porta suspensa apareceu uma empilhadeira descomunal que subitamente entrou em funcionamento como se fosse uma horrível criatura mecânica futurística. Luzes vermelhas começaram a piscar na parte dianteira do veículo, iluminando o espaço com a cor do sangue.

Assim que a porta se abriu totalmente, a máquina automática começou a apitar enquanto se movia para a frente de maneira espasmódica e barulhenta. Apavorado com a colisão iminente, Kim saltou da plataforma e espremeu-se contra a parede.

A empilhadeira chocou-se contra o tampo do contêiner, provocando um estouro muito mais forte que a pancada da portinhola. A caçamba estremeceu e foi erguida. À medida que a empilhadeira retrocedia, o duto que conectava o contêiner à sala de desossa das cabeças ia se soltando. Depois que o espaço ficou livre, outra caçamba vazia deslizou para o lugar da primeira, causando outro estrondo ensurdecedor. O duto, então, encaixou-se automaticamente no lugar.

A empilhadeira parou, girou sobre um eixo e voltou para a escuridão.

– Kim, não sei se pode me ouvir ou não – berrava Tracy –, mas vou entrar!

– Não! – gritou ele ao microfone. – Estou bem. Inadvertidamente, ativei algum equipamento automático de remoção. Já estou saindo, portanto, fique aí mesmo onde está.

– Está dizendo que vai vir até o carro? – perguntou ela, esperançosa.

– Vou. Preciso de ar puro.

NÃO QUE DEREK LEUTMANN desconfiasse de Shanahan O'Brian, mas sabia que existia mais naquela história incômoda do que ele tinha contado. Além do mais, Derek tinha sua metodologia particular de trabalho. Matar pessoas era um negócio em que todo o cuidado era pouco. Em vez de seguir diretamente para a casa da ex-esposa, conforme Shanahan sugerira a princípio, Derek foi primeiro à casa de Kim. Queria testar a confiabilidade das informações de Shanahan e também conhecer mais a respeito de sua possível vítima.

Derek entrou de carro no condomínio Balmoral e sem hesitação seguiu diretamente para a residência de Kim. Sabia, por experiência, que aquela forma de comportamento era muito menos suspeita que ficar circulando pela vizinhança.

Derek estacionou em frente à garagem. Abriu sua valise Zero Halliburton de metal que trazia sobre o banco do passageiro e retirou uma nove milímetros automática de seu encaixe perfeito, cortado em espuma de borracha. Com a habilidade de um profissional, atarrachou um silenciador e enfiou a arma no bolso direito do seu casaco de pelo de camelo, adaptado para acomodar a arma longa.

Derek saltou do carro, carregando sua maleta de couro de avestruz. Deu uma rápida espiada na garagem. Estava vazia. Em seguida, atravessou o jardim dando a aparência de um próspero empresário ou um elegante vendedor de seguros. Tocou a campainha e só então olhou ao redor para examinar a vizinhança. Da varanda de

Kim, só avistava outras duas residências. Ambas pareciam desocupadas naquele momento.

Tocou a campainha uma segunda vez. Como ninguém veio atender, tentou a porta. Ficou surpreso, mas satisfeito ao ver que estava destrancada. Caso não estivesse, não teria feito muita diferença. Derek tinha as ferramentas e sabia bem como lidar com a maioria das trancas.

Sem um momento de hesitação, entrou na casa e fechou a porta atrás de si. Ficou imóvel por um instante, escutando. O silêncio era absoluto.

Ainda segurando a maleta, Derek fez um rápido reconhecimento do primeiro andar. Notou alguns pratos sujos na pia. Pareciam ter sido largados havia pouco tempo.

Subindo até o segundo andar, passou pela porta estraçalhada do banheiro. Examinou o recinto e pegou nas toalhas. Era evidente que nenhuma tinha sido usada recentemente, portanto, até ali a informação de Shanahan parecia estar correta.

No armário embutido da suíte encontrou um amontoado de roupas espalhadas pelo chão. Ficou tentando imaginar o que teria acontecido durante o atentado fracassado que Shanahan mencionara.

De volta ao primeiro andar, foi até a biblioteca e sentou-se diante da escrivaninha de Kim. Sem remover as luvas, começou a examinar a correspondência para ver o que poderia descobrir a respeito do homem que ele viera de Chicago para matar.

Tracy tinha dado marcha à ré até um ponto em que podia divisar toda a frente da Higgins e Hancock. Pensou em ficar perto da entrada, mas desistiu porque não haviam combinado onde estaria quando ele saísse. Temia que não a achasse.

Pouco depois avistou-o saindo pela porta da frente e vindo em sua direção. Estava de avental branco e usava um capacete amarelo de operário. Correu até o carro e depois de uma espiada por cima do ombro, entrou e sentou-se no banco traseiro.

– Você nunca esteve tão pálido – comentou Tracy. Ela estava virada de lado até onde permitia o volante. – Mas acho que o cabelo dá mais realce.

– Acabo de ver uma das piores coisas em toda minha vida.

– O quê? – perguntou Tracy, alarmada.

– A cabeça de Marsha Baldwin. Provavelmente, foi tudo o que restou dela além de alguns ossos. Por mais mórbido que seja, creio que a maior parte de seu corpo virou hambúrguer.

– Oh, meu Deus! – murmurou Tracy. Entreolharam-se por um segundo. Ela percebeu as lágrimas aparecerem nos olhos dele e não pôde deixar de reagir do mesmo modo.

– Primeiro Becky, agora isso – balbuciou Kim. – E sou eu o responsável. Por minha causa, uma tragédia levou a outra.

– Posso compreender como você se sente – tentou Tracy. – Mas, como falei antes, Marsha agiu por livre e espontânea vontade, fez o que acreditava ser o certo. Isso não justifica sua morte, mas não foi culpa sua.

Tracy estendeu o braço para Kim. Ele pegou sua mão e apertou-a com força. Por alguns instantes, uma silenciosa mas poderosa comunicação surgiu entre os dois.

Tracy suspirou, balançou a cabeça desolada e soltou a mão de Kim. Girou sobre o banco e deu a partida no carro. Antes dele chegar ela havia recolhido a antena.

– Uma coisa é certa – disse Tracy, engatando a primeira marcha. – Nós estamos caindo fora daqui.

– Não! – gritou Kim, esticando o braço e agarrando com força no ombro dela. – Eu tenho de voltar. Vou até o fim com essa história. Agora é pela Becky e também pela Marsha.

– Kim, agora já é uma questão de assassinato comprovado! – disse Tracy, pausadamente. – É um caso para a polícia.

– É só um assassinato. E isso não é nada comparado às 500 crianças que são mortas todos os anos por essa indústria, em nome da ganância desmedida.

– A responsabilidade pelas vidas das crianças será difícil de provar no tribunal, mas encontrar a cabeça de uma pessoa é uma prova substancial.

– Encontrei a cabeça dela, mas não sei onde pode estar agora. Estava lá junto com as cabeças dos animais, mas quando fechei a tampa, ativei um sistema de ejeção. Já foi para o processador, portanto não haverá um cadáver mesmo se denunciarmos a morte de Marsha. Minha palavra, obviamente, não vale coisa alguma para a polícia no momento.

– Eles podem começar sua própria investigação. Talvez encontrem outros ossos.

– Mesmo que o fizessem, a questão aqui não é pegar um capanga qualquer, como esse sujeito que tentou me matar. Eu quero atingir a indústria da carne.

Tracy suspirou novamente e desligou o motor.

– Mas por que voltar lá agora? – insistiu ela. – Já conseguiu o que queria. Viu que poderá documentar como a carne é contaminada. – Tracy deu umas palmadinhas no gravador. – Só essa fita já é quase tão boa como um vídeo. A maneira como descreve o que acontece lá dentro é impressionante. Estou certa de que Kelly Anderson não jogará fora essa oportunidade.

– Preciso voltar principalmente porque vou trabalhar no turno de 15h às 23 horas, conforme lhe disse. Espero conseguir entrar na sala de registros em algum momento durante o expediente. Marsha encontrou o que ela chamou de um "relatório de ocorrência" referente à cabeça de um animal doente. Ela disse que o estava pondo de volta no arquivo e até escutei o ruído da gaveta se fechando. Quero encontrar esse papel.

Tracy balançou a cabeça, desanimada.

– Você está se arriscando demais – disse. – Se Kelly Anderson pegar o caso, deixe que ela procure por esse relatório de ocorrência.

– Não creio que esteja correndo risco algum no momento. O sujeito da faca me olhou cara a cara, lá no banheiro. Se fosse reconhecido, teria sido naquele momento. Na verdade, nem quero mais ficar com essa arma.

Com alguma dificuldade, Kim retirou o revólver do bolso da calça e o entregou a Tracy.

– Pelo menos, fique com a arma – disse Tracy.

Kim balançou a cabeça.

– Não, eu não quero.

– Por favor.

– Tracy, já estou carregando muita coisa com essas baterias. E acho que a arma representa mais risco do que segurança.

Relutante, Tracy pegou a arma e colocou-a sobre o assoalho do carro.

– Não há forma de convencê-lo a desistir de voltar lá para dentro?

– Quero levar isso até o fim – respondeu Kim. – É o mínimo que posso fazer.

– Espero que compreenda que ficar sentada aqui enquanto você corre perigo está me deixando louca.

– Eu entendo. Por que não vai para casa e volta para me buscar às 23 horas?

– De jeito nenhum! Seria muito pior. Pelo menos daqui posso ouvir o que acontece.

– Está certo, você é quem sabe. Agora é melhor eu voltar. O intervalo de almoço está quase acabando.

Kim pôs as pernas para fora do carro e então se lembrou de algo.

– Pode fazer uma coisa para mim durante a tarde? – perguntou.

– É claro. Desde que não precise sair do carro.

– Ligue para o laboratório Sherring pelo celular. Pergunte sobre o resultado das amostras da carne que deixei lá. Já deve estar pronto.

– Está bem.

Kim apertou-lhe os ombros em sinal de solidariedade.

– Obrigado – disse, antes de saltar do carro. Fechou a porta, acenou e caminhou de volta ao prédio.

DEREK LEUTMANN diminuiu a marcha ao aproximar-se da casa de Tracy. Os números de algumas casas vizinhas não eram muito visíveis, e ele não queria ficar circulando pela área. Quando avistou a residência, viu o Mercedes estacionado no passeio da garagem. Para evitar bloqueá-lo, deu meia-volta e estacionou do outro lado da rua.

Apanhando o papel que Shanahan tinha lhe dado, Derek conferiu o número da placa do Mercedes. Suas suspeitas confirmaram-se. Aquele era o carro do médico.

Depois dos procedimentos de praxe, como fizera na casa de Kim, saltou do carro sob a chuva fina que começava a cair. Abriu um pequeno guarda-chuva automático e pegou a maleta. Com ela em uma das mãos e o guarda-chuva na outra, atravessou a rua e espiou no interior do veículo. Estranhou vê-lo ali. Esperava que estivesse com Kim no consultório, o que obviamente sugeria que Kim não estaria no trabalho.

Agora, Derek estava bem mais informado a respeito de Kim. Sabia que era um cirurgião cardíaco de grande prestígio. Que era divorciado e pagava uma pensão considerável para a ex-esposa e a filha. O que não sabia era por que O'Brian e seu chefe no negócio de gado o queriam morto.

Tinha feito aquela pergunta a Shanahan, mas só obtivera uma resposta vaga. Derek nunca se interessava pelos detalhes das transações entre seus clientes e o alvo em potencial, mas gostava de ficar a par das generalidades. Era outra forma de reduzir riscos, não apenas durante a ação, mas também posteriormente. Tentou pressionar Shanahan, mas não teve sucesso. Tudo o que lhe foi dito era que envolvia negócios. O curioso era que Derek não descobrira nenhuma conexão entre o médico e a indústria da carne, apesar de ter encontrado grande número de informações na escrivaninha do médico.

O trabalho de Derek, na maioria das vezes, estava ligado a problemas envolvendo dinheiro de um jeito ou de outro. Competição, jogatina, divórcio e empréstimos não pagos encabeçavam a lista. A maior parte da clientela, ou dos alvos, era a escória, e era assim que Derek gostava. Aquele caso estava inteiramente diferente e uma dose de curiosidade somava-se às suas outras fortes emoções. O que Derek menos gostava era de ser subestimado ou enganado. Ele não entrara no negócio da forma convencional, através de alguma associação mafiosa. Tinha sido mercenário na África nos dias em que ainda existiam os bons e os maus, antes dos exércitos nacionais começarem a receber treinamento.

Derek subiu a escadinha da varanda e tocou a campainha Com o carro de Kim parado na calçada da garagem, esperava obter alguma resposta, mas nada. Tocou mais uma vez. Virou-se e examinou a vizinhança. Era bem diferente da de Kim. De onde se encontrava, tinha uma boa visão de cinco casas e uma vista parcial de mais quatro, porém não havia muita atividade. A única pessoa que viu foi uma senhora empurrando um carrinho de criança, e ela estava se afastando.

Apesar da minuciosa revista na correspondência e nos arquivos de Kim, Derek não conseguiu encontrar nenhuma evidência que sugerisse um envolvimento do médico com algum problema de jogo e por isso concluiu que aquele não seria o motivo que levara Shanahan a contratá-lo. O divórcio também estava fora de questão, porque a ex-esposa tinha conseguido um bom acordo. Além disso, os dois pareciam estar se dando bastante bem. Caso contrário, ela não teria pago sua fiança como dissera Shanahan. Agiotagem também era improvável, já que não havia indícios nos arquivos de Kim de que ele precisasse de dinheiro e, mesmo que assim fosse, por que iria pegar emprestado com um industrial do gado? Sobrava o fator competição. Só que esse era o motivo mais improvável de todos. Kim sequer possuía ações da indústria de gado além de umas poucas de uma cadeia de lanchonetes. Aquele caso era, na verdade, um mistério.

Derek voltou-se e examinou a porta. Estava trancada, apenas uma pequena inconveniência frente a sua experiência. A questão era se existia alarme.

Pondo a maleta no chão, levou as mãos em concha ao rosto e observou pelo vidro da porta. Não viu nenhuma caixa de alarme. Retirando do bolso esquerdo seu estojo de serralheiro, trabalhou com rapidez na fechadura. A porta se abriu, e ele deu uma espiada na parte interna do umbral. Não havia nenhuma chave de circuito. Entrou no pequeno vestíbulo e examinou os cantos à procura de um dispositivo qualquer que pudesse estar escondido. Não havia nenhum. Em seguida, procurou algum possível detector de movimentos na cornija. Ele relaxou. Não havia nenhum sistema de alarme.

Derek pegou a maleta antes de fechar a porta. Fez um rápido reconhecimento do primeiro andar antes de subir ao segundo. No quarto de hóspedes encontrou uma sacola com um estojo de barba e roupas que deduziu pertencerem a Kim. No único banheiro da casa, encontrou diversos conjuntos de toalhas úmidas.

Derek voltou para o andar inferior e procurou ficar à vontade na sala de estar. Com o carro de Kim parado na garagem e seus pertences no quarto de hóspedes, sabia que o médico teria de voltar. Era só uma questão de tempo.

Carlos veio por trás e jogou o ombro sobre Adolpho, que estava desprevenido, tirando-o do caminho. Enfiou seu cartão de ponto no relógio antes do companheiro. Era uma brincadeira que faziam havia meses.

– Eu te pego na próxima – gracejou Adolpho. Fazia questão de falar em inglês, porque Carlos lhe tinha dito que queria aprender a falar melhor.

– Só passando por cima do meu cadáver – respondeu Carlos. Aquela era uma de suas frases novas prediletas.

Foi Adolpho quem tinha apresentado Carlos à Higgins e Hancock e depois o ajudado a trazer sua família. Eles se conheciam desde os tempos de criança, no México. Adolpho tinha imigrado para os Estados Unidos alguns anos antes de Carlos.

Os dois amigos saíram de braços dados sob a chuva vespertina. Em meio a um exército de trabalhadores, dirigiram-se para seus carros.

– Nos vemos essa noite no El Toro? – perguntou Adolpho.

– Claro – disse Carlos.

– É bom levar muitos pesos – avisou Adolpho. – Vai perder muito dinheiro. – Fez um movimento como se desse uma tacada de sinuca.

– Isso nunca – disse Carlos, dando um tapa nas costas do amigo.

Naquele exato momento, notou o Cherokee preto de vidro fumê. O veículo estava próximo ao seu, e uma fumaça escapava lânguida pelo cano de descarga.

Carlos deu um último tapa nas costas de Adolpho. Ficou observando seu companheiro entrar em seu furgão antes de dirigir-se para o seu. Carlos esperou um pouco e acenou para Adolpho quando ele passou. Só então se encaminhou para o Cherokee e parou diante da janela do motorista.

O vidro da janela baixou, e o rosto de Shanahan apareceu, sorrindo.

– Trago boas notícias – disse ele. – Dê a volta e entre no carro.

Carlos fez o que Shanahan mandou e bateu a porta.

– Vai ter mais uma chance de pegar o médico – foi dizendo Shanahan.

– Fico feliz – disse Carlos, retribuindo o sorriso. – Quando?

– Esta noite. O médico vai trabalhar aqui.

– Não disse? Eu sabia que era ele.

– Estamos com sorte. O melhor de tudo é que ele vai estar fazendo faxina no turno da noite. Irão mandá-lo lavar o banheiro masculino que fica do lado da sala de registros. Sabe onde fica? Eu não. Nunca estive na Higgins e Hancock.

– Sim, sei onde fica. É proibido usar aquele banheiro.

– Bem, esta noite você terá permissão – disse Shanahan com um sorriso irônico. – Será mais tarde, provavelmente depois das 22 horas. Esteja lá a essa hora.

– Vou estar – prometeu Carlos.

– Não deve ter problemas. Vai lidar com uma pessoa desarmada e desprevenida, dentro de uma sala pequena. Apenas cuide de dar sumiço no corpo do mesmo jeito que fez com Marsha Baldwin.

– Farei como mandar – disse Carlos.

– Cuidado para não estragar tudo outra vez. Você me deixou em apuros, e não quero ficar mal com o chefe de novo.

– Sem problema! – assegurou Carlos, enfaticamente. – Essa noite ele morre!

17

Segunda-feira, 26 de janeiro – Noite

Kim soltou um gemido e endireitou as costas. Soltou o cabo do esfregão, colocou as mãos na cintura e esticou-se o máximo que pôde.

Estava sozinho, lavando a entrada principal, vindo da área de recepção. Colocara o fone nos ouvidos havia cerca de dez minutos e reclamava com Tracy do cansaço. Ela foi solidária.

A limpeza tinha sido exaustiva. Toda a equipe começara lavando a área de abate com jatos de vapor sob alta pressão. Era um trabalho que forçava principalmente as costas, já que as mangueiras pesavam centenas de quilos e tinham de ser levantadas até as passarelas.

Dali, tinham passado às salas de desossa, onde permaneceram até o intervalo do jantar, às 18 horas. Naquela hora, Kim voltou ao carro e chegou até a comer um pouco da comida que tinham trazido pela manhã.

Depois do intervalo, Kim foi mandado para fazer diversos serviços em diferentes pontos da fábrica. Com a redução do ritmo de trabalho, ele se ofereceu como voluntário para esfregar o chão do hall de entrada.

– Juro que nunca mais direi que a cirurgia é trabalho pesado – disse, ao microfone.

– Depois de mostrar tanto serviço, acho que vou querer contratá-lo para trabalhar em minha casa – brincou Tracy. – Você também limpa as janelas?

– Que horas são? – perguntou ele. Não estava no clima para piadas.

– Dez e pouco. Falta menos de uma hora para você sair. Acha que vai conseguir?

– Vai dar tudo certo. Não vi nenhum colega da limpeza nessa última hora. É hora de entrar na sala de registros.

– Não demore! Com você lá dentro vou ficar muito nervosa de novo. Não estou mais aguentando essa tensão.

Kim enfiou o esfregão no balde e carregou seu equipamento de trabalho pelo hall até chegar à porta da sala de registros. O vidro quebrado tinha sido substituído por um pedaço de compensado fino.

Kim experimentou a maçaneta. A porta abriu-se com facilidade. Ele entrou e acendeu a luz. Exceto por uma folha maior do mesmo compensado tapando o buraco da vidraça que dava para o estacionamento, a sala parecia totalmente normal. O vidro quebrado e o paralelepípedo que atirara de fora para dentro tinham sido retirados.

No canto esquerdo da sala havia uma longa fileira de arquivos de gavetas. Kim abriu uma delas ao acaso. Os papéis estavam tão espremidos que não havia espaço para nem mais uma folha sequer.

– Deus do céu! – exclamou Kim. – Eles têm mesmo uma infinidade de relatórios. Não vai ser tão fácil como pensei.

A PONTA DE UM CHARUTO El Producto brilhou, incandescente, por uns instantes e diminuiu de intensidade. Elmer Conrad prendeu a fumaça na boca durante alguns segundos de prazer e em seguida soprou, satisfeito, para o teto.

Elmer era o supervisor da equipe de limpeza do turno das três. Tinha aquele emprego havia oito anos. Sua concepção de trabalho era suar como louco na primeira metade do turno e depois relaxar. Naquele momento, encontrava-se na fase do relaxamento, assistindo a uma TV portátil no refeitório, com os pés cruzados em cima de uma mesa.

– Queria me ver, chefe? – perguntou Harry Pearlmuter, aparecendo na porta do salão. Harry era um dos subalternos de Elmer.

– Sim. Onde está aquele cara novo com pinta de veado?

– Acho que está lavando o hall de entrada. Pelo menos foi o que disse que iria fazer.

– Sabe se ele já lavou os banheiros do corredor?

– Não sei dizer. Quer que eu dê uma checada?

Elmer deixou seus pés pesados desabarem sobre o chão com um ruído seco e pôs-se de pé. Tinha 2 metros de altura e pesava mais de 110 quilos.

– Obrigado, mas eu mesmo vou verificar – disse. – Já falei com ele duas vezes que tem que lavar os banheiros antes das 23 horas. Se ainda não lavou, vai lavar agora! Não vai sair daqui antes de terminar.

Elmer deixou o charuto no cinzeiro, tomou um gole de café e saiu à procura de Kim. Estava motivado pelas ordens específicas de seus superiores de que o novato deveria lavar os banheiros em questão, e sozinho. Elmer não fazia a menor ideia do motivo, mas isso não lhe interessava. O importante é que a ordem fosse cumprida.

– NÃO SERÁ ASSIM tão difícil, pelo que parece – disse Kim, ao microfone. – Encontrei uma gaveta cheia dos tais relatórios de ocorrência. Vão desde 1988 até o presente. Agora, só falta achar o dia 9 de janeiro.

– Rápido, Kim – disse Tracy. – Estou começando a ficar nervosa outra vez.

– Relaxe, Trace. Já disse que não vejo vivalma há mais de uma hora. Acho que estão todos no refeitório assistindo a um jogo. Ah, aqui está, 9 de janeiro. Hum. A pasta está cheia.

Kim puxou um maço de papéis, virou-se e colocou-os sobre a mesa de leitura.

– Na mosca! – exclamou, contente. – São os mesmos papéis encontrados por Marsha. – Espalhou-os sobre a mesa para observá-los em conjunto. – Aqui está a fatura de compra de Bart Winslow pelo que devia ser um animal doente.

Kim examinou os outros papéis e finalmente apanhou um deles.

– Encontrei o que estava procurando. É um relatório de ocorrência referente ao mesmo animal.

– O que diz ele? – perguntou Tracy.

– Estou lendo – disse Kim. Após um momento, ele prosseguiu. – Bem, está resolvido o mistério. A cabeça caiu da esteira rolante no chão. Agora sei o que isso significa, depois do serviço de hoje.

Provavelmente despencou sobre o próprio estrume e depois foi processada para virar carne de hambúrguer. Essa rês poderia estar infectada com E. coli. Isso é coerente com o resultado positivo dos exames feitos pelo laboratório Sherring, indicando que a amostra do hambúrguer feito da carne processada em 9 de janeiro estava fortemente contaminada.

No instante seguinte, Kim tomou um susto tão grande que soltou um grito. Subitamente, o relatório de ocorrência foi-lhe arrancado das mãos. Girou nos calcanhares e deu de cara com o rosto de Elmer Conrad a meio metro do seu. Enquanto conversava, não notou a entrada do homem na sala.

– Que diabos está fazendo com esses papéis? – bufou Elmer, exigindo uma explicação. Seu rosto enorme estava vermelho como um tomate.

Kim sentiu o coração disparar. Além de ser apanhado em flagrante examinando documentos confidenciais, estava com o microfone pendurado no ouvido direito. Procurando esconder o fio da vista de Elmer, manteve a cabeça virada para a direita, olhando-o pelo canto do olho.

– É melhor responder logo, rapaz – rosnou Elmer.

– Estavam espalhados pelo chão – disse Kim, procurando desesperadamente pensar em alguma coisa. – Só estava tentando pôr no lugar.

Elmer olhou para a gaveta aberta do armário de arquivos e em seguida para Kim.

– Com quem estava conversando?

– Eu estava conversando? – desconversou Kim, inocentemente.

– Não brinque comigo, rapaz – admoestou Elmer.

Kim levou as mãos à cabeça e gesticulou de modo ineficaz para Elmer, mas nenhuma palavra saiu de sua boca. Estava tentando pensar em algo inteligente para dizer, mas nada lhe vinha à mente.

– Diga a ele que estava falando sozinho – sussurrou Tracy.

– Está bem – disse Kim. – Estava falando sozinho.

Elmer olhou de esguelha para Kim, quase da mesma forma como Kim o fitava.

– Parecia estar batendo um tremendo papo – disse Elmer.

– Estava – confessou Kim. – Só que comigo mesmo. Sempre faço isso.

– Você é um cara esquisito. O que aconteceu com seu pescoço?

Kim coçou o lado esquerdo do pescoço com a mão esquerda.

– Está um pouco dolorido – disse. – Muita esfregação, eu acho.

– Bem, terá mais um pouco pela frente – disse Elmer. – Lembra-se dos dois banheiros aqui do lado no corredor? Esqueceu que eu o mandei limpar os dois?

– Acho que me distraí um pouco. Desculpe, posso cuidar deles agora mesmo.

– Não quero um trabalho malfeito. Por isso, vá devagar, mesmo que passe das 23 horas. Entendeu?

– Vão ficar brilhando – prometeu Kim.

Elmer jogou, o relatório de ocorrência sobre a mesa e juntou os papéis desordenadamente. Enquanto estava ocupado, Kim puxou o fone do ouvido e o enfiou sob a camisa. Era bom poder endireitar o pescoço.

– Vamos deixar que as secretárias cuidem desses papéis – disse Elmer. Foi até o arquivo e fechou a gaveta aberta. – Agora, dê o fora daqui. Não devia entrar nesta sala, para começar.

Kim saiu da sala na frente de Elmer. Antes de fechar a porta, o supervisor, desconfiado, deu mais uma espiada no interior. Só então apagou a luz e a fechou. Tirou do bolso um chaveiro grande com dezenas de chaves e trancou-a.

Kim estava ocupado, enxaguando o esfregão, quando Elmer virou-se para ele, dizendo:

– Vou ficar de olho em você, rapaz – advertiu. – E voltarei para inspecionar os banheiros assim que tiver terminado. Por isso, não tente me embromar.

– Farei o melhor possível – disse Kim.

Elmer lançou-lhe um último olhar de censura antes de voltar para o refeitório.

Kim recolocou o fone no ouvido assim que Elmer desapareceu de vista.

– Você ouviu toda a conversa? – perguntou ele.

– É claro que sim – respondeu Tracy. – Vai desistir dessa loucura agora. Saia já daí!

– Não, quero ver se consigo pôr as mãos naqueles papéis. O problema é que o desgraçado trancou a porta.

– Por que quer esses papéis? – perguntou Tracy, exasperada.

– É mais uma evidência para mostrar a Kelly Anderson.

– Já temos o resultado do laboratório – contestou Tracy. – Deve ser suficiente para Kelly Anderson fazer a denúncia e pedir o recolhimento. Não é isso o que está querendo?

– Sim, claro. No mínimo, toda a produção da Mercer Meats com data de 12 de janeiro tem de ser interditada. Mas esses papéis mostram claramente como a indústria é propensa à compra de animais doentes, se esquiva da inspeção e depois permite que a cabeça de um deles, visivelmente emporcalhada, continue na linha de produção.

– Acha que foi assim que Becky adoeceu? – perguntou Tracy, emocionada.

– É uma boa possibilidade – respondeu Kim, com emoção igual. – Isso e mais o fato do seu hambúrguer não ter sido bem cozido.

– Isso nos faz ver quão tênue é a vida, que ela pode ser levada por causa de algo tão trivial como a cabeça de um animal caindo no chão e um hambúrguer mal cozido.

– Também realça a importância do que estamos fazendo aqui – disse Kim.

– O que vai fazer para pegar os papéis agora que a porta da sala de registros está trancada?

– Ainda não sei – admitiu Kim. – Mas a porta tem um pedaço de compensado fino tapando o buraco. Provavelmente não será difícil arrancá-lo. Antes, porém, tenho de dar uma geral nesses dois banheiros. Acredito que Elmer volte em alguns minutos, portanto é melhor começar a trabalhar.

Kim olhou para as duas portas. Ficavam uma de frente para a outra. Abriu a do banheiro masculino. Com cuidado, para não entornar o balde, empurrou-o para cima do piso azulejado com o pé e deixou a porta fechar-se às suas costas.

O recinto era bastante amplo, com dois reservados com privadas e dois mictórios à direita. À esquerda havia duas pias com espelhos. No lado interno da porta, vários ganchos de pendurar roupas. Os únicos outros objetos no banheiro eram dois porta-toalhas e um cesto de lixo. Bem no meio da parede do fundo havia uma janela que dava para o estacionamento.

– Pelo menos esse banheiro masculino não está tão sujo – disse Kim. – Meu medo é que estivesse como o mictório da área de abate.

– Gostaria de estar aí para te ajudar – disse Tracy.

– Uma ajuda seria bem-vinda – respondeu Kim, torcendo o excesso de água do esfregão e dirigindo-se até a janela para recomeçar o trabalho.

A porta do banheiro abriu-se com tal violência que chegou a partir o azulejo da parede com o choque. O estrondo e o susto deixaram Kim paralisado por alguns instantes. Para seu total desalento, viu-se diante do mesmo homem que o atacara previamente. Ele empunhava uma faca de abate.

Os lábios do homem trincaram vagarosamente num sorriso cruel.

– Nos encontramos de novo, doutor. Só que desta vez sem polícia e sem mulher nenhuma para ajudá-lo.

– Quem é você? – perguntou Kim, numa tentativa de manter o homem falando. – Por que está fazendo isso comigo?

– Meu nome é Carlos. Estou aqui para matá-lo.

– Kim! Kim! – gritava Tracy em seu ouvido – O que está acontecendo?

Para pensar melhor, Kim tirou o fone do ouvido. Agora a voz frenética de Tracy soava como se ela gritasse de uma distância longínqua.

Carlos deu um passo no interior do banheiro com a faca na mão. Kim pôde observar com clareza o tamanho dela e a curvatura da lâmina. A porta fechou-se atrás dele.

Kim tinha o esfregão em suas mãos e instintivamente o ergueu para o alto.

Carlos soltou uma risada. Para ele, a ideia de um esfregão contra um facão de abate era algo ridículo.

Sem outra alternativa, Kim enfiou-se num dos reservados abertos e passou a corrente no trinco. Carlos investiu contra a porta desferindo um violento pontapé. O reservado estremeceu ante o impacto, mas a porta não cedeu. Kim agarrou-se às paredes do reservado com força. Por baixo da porta podia ver os pés de Carlos posicionando-se outra vez para tentar derrubá-la.

Tracy entrou em pânico. Tentou atabalhoadamente girar a chave na ignição até que conseguiu dar a partida. Engrenou a primeira e pisou fundo no acelerador. O veículo deu um solavanco para a frente, que a imprensou no banco. A antena equilibrada no teto deslizou pela traseira do carro e ficou quicando no cimento, presa pelo fio.

Tracy brigou com o volante para tentar que o carro fizesse uma curva fechada em alta velocidade. Mas não julgou corretamente a distância de outro veículo estacionado e o atingiu de lado, ricocheteando, numa fração de segundo, sobre duas rodas. O carro baqueou no solo cantando os pneus e disparou pela frente da Higgins e Hancock.

Tracy não tinha nenhum plano a princípio. Seu único pensamento era chegar ao banheiro masculino onde Kim estava encurralado, aparentemente pelo mesmo homem que estivera em sua casa na noite anterior. Sabia que tinha pouco tempo. Podia ver em sua mente o semblante horrível do homem, no momento em que tentava entrar à força no chuveiro com sua faca.

Por um breve instante, pensou em jogar o carro para dentro da entrada principal do prédio, mas deduziu que aquilo não daria necessariamente certo. O que precisava fazer era dar um jeito de entrar no banheiro masculino. Foi quando se lembrou da arma e praguejou por Kim não tê-la levado com ele.

Pisando no freio com violência, Tracy parou bruscamente de frente para a janela da sala de registros. Esticou o braço e pegou o revólver deixado no assoalho. Segurando-o com força, saltou do carro e correu até a janela.

Lembrando-se de como Kim tinha feito para entrar, pôs a arma no chão e escolheu um dos paralelepípedos que compunham o meio-fio. Usando ambas as mãos, bateu com ele contra a folha de compensado. Na segunda tentativa, conseguiu soltar a folha dos pregos que a prendiam provisoriamente. Sem perder de tempo, empurrou-a para dentro.

Tracy apanhou o revólver e o atirou pela janela. Em seguida meteu a cabeça pela abertura e pulou. Uma vez lá dentro, foi preciso engatinhar tateando pelo chão, à procura da arma. Enquanto procurava, podia ouvir pancadas intermitentes do outro lado da parede, à sua direita, como se alguém estivesse chutando uma divisória de metal repetidamente. O barulho só aumentava sua angústia.

Seus dedos finalmente encontraram a arma junto à perna de uma mesa. Agarrou-a com força e procurou se mover tão rápido quanto permitia a escuridão, na direção do que parecia ser a porta para o corredor.

Tracy destrancou a porta. Pela conversa que escutara entre Kim e Elmer, sabia que o banheiro masculino tinha de ficar perto da sala de registros. Decidiu seguir o barulho. Virou à direita no corredor e viu logo a placa do banheiro.

Sem um segundo de hesitação, Tracy projetou-se de ombro sobre a porta. Tinha a arma agarrada com as mãos e apontava para o fundo do recinto.

Ela não tinha a menor ideia do que iria encontrar. O que viu foi Carlos a menos de 3 metros de distância com uma perna já erguida em posição de desferir novo chute na porta do reservado, que tinha entortado.

Assim que a viu, Carlos se virou e saltou sobre Tracy. Como na noite anterior, empunhava uma enorme faca.

Tracy não teve tempo de pensar. Cerrando os olhos frente àquela figura voadora, puxou o gatilho duas vezes em rápida sucessão, antes de Carlos desabar sobre ela, projetando-a contra a porta e arrancando a arma de sua mão. Sentiu uma dor aguda no peito enquanto caía esmagada sob o peso do homem.

Tracy procurou desesperadamente respirar enquanto se retorcia, tentando livrar-se do corpo esparramado por cima dela. Ele, porém, a mantinha facilmente imobilizada.

Para surpresa de Tracy, o assassino saiu de cima do seu corpo. Ela abriu os olhos, esperando vê-lo de pé à sua frente, empunhando a faca para desferir o golpe de misericórdia. No entanto, o que viu foi o rosto transfigurado de Kim, gritando:

– Oh, Deus! Tracy!

Ele erguera o assassino de cima dela e o atirara para o lado como se o homem fosse um mero saco de batatas. Transtornado com a quantidade de sangue no peito de Tracy, jogou-se ao chão de joelhos e rasgou sua blusa. Acostumado a cirurgias no tórax, já cuidara de feridas de faca no peito e sabia o que esperar. Mas só encontrou um sutiã encharcado de sangue. A pele de Tracy estava intacta. Não havia nenhuma perfuração com penetração de ar, como temia.

Kim aproximou mais o rosto do de Tracy. Ela ainda respirava com dificuldade.

– Você está bem? – perguntou ele.

Tracy balançou a cabeça, mas ainda não conseguia falar.

Kim voltou a atenção para o assassino. O homem contorcia-se gemendo e conseguira dobrar-se sobre a barriga. Kim o chutou de volta para a mesma posição e recuou um passo.

A uma distância tão curta, os dois tiros acertaram o alvo. Uma das balas entrou pelo olho direito e atravessou o crânio; a outra atingiu-o no lado direito do peito, o que explicava a quantidade de sangue em Tracy.

O homem espumava pela boca e convulsionava descoordenadamente. Era evidente que estava agonizando.

– Ele está ferido? – balbuciou Tracy. Pressionando o peito no local da dor, esforçou-se para encontrar uma posição sentada.

– Está praticamente morto – disse Kim, levantando-se e procurando a arma.

– Oh, não! – lamentou-se ela. – Não posso acreditar. Não consigo pensar que matei um homem.

– Onde está a arma?

– Oh, meu Deus! – balbuciou Tracy. Não conseguia tirar os olhos de Carlos, que agonizava, sufocado.

– A arma! – repetiu Kim, atirando-se ao chão de joelhos. Podia ver a faca de Carlos, mas nenhum sinal do revólver. Movendo-se até os reservados, acabou encontrando-o debaixo de uma das privadas. Esticou o braço e o alcançou.

Dirigiu-se até a pia, puxou uma toalha de papel e limpou-o com cuidado.

– O que está fazendo? – perguntou Tracy, entre lágrimas de desespero.

– Apagando suas impressões digitais. Quero só as minhas nessa coisa.

– Por quê?

– Porque, quaisquer que forem as consequências, a responsabilidade é minha. – Empunhou a arma e a atirou para o lado. – Vamos! Temos que dar o fora daqui!

– Não! – reagiu ela, agachando-se para pegar a arma. – Estou envolvida nisso tanto quanto você.

Kim a agarrou pelo braço, erguendo-a.

– Não seja idiota! Sou eu o réu dessa história. Vamos embora!

– Mas foi em legítima defesa – queixou-se Tracy em meio às lágrimas. – É horrível, mas foi justificável.

– Não podemos confiar em como o sistema legal interpretará a situação. Você está invadindo propriedade alheia e eu estou aqui sob falso pretexto. Vamos logo! Não é hora de discutir!

– Não deveríamos ficar aqui até a polícia chegar? – sugeriu Tracy.

– De jeito nenhum. Não vou ficar sentado numa cela enquanto decidem sobre o que irão fazer. Vamos embora já, antes que alguém entre.

Tracy não gostava da ideia de fugir da cena, mas sabia que Kim estava determinado. Deixou-se levar para fora do banheiro. Kim espiou o corredor nos dois sentidos, surpreso pelos tiros não terem atraído nenhum de seus colegas da limpeza.

– Como entrou aqui? – sussurrou Kim.

– Pela janela da sala de registros. A mesma que você quebrou.

– Ótimo – disse, segurando a mão dela. Juntos, correram para a porta da sala de registros. No exato momento em que entravam, ouviram vozes se aproximando.

Kim fez um sinal para Tracy ficar em silêncio enquanto fechava silenciosamente a porta, trancando-a por dentro. No escuro, tatearam primeiro até a mesa de leitura, onde Kim pegou os documentos incriminadores. Dali foram até a janela. Do outro lado da parede, podiam ouvir o tumulto no banheiro dos homens seguido de correria pelo corredor.

Kim pulou primeiro. Em seguida ajudou Tracy. Juntos, dispararam em direção ao carro dela.

– Deixe que eu dirija – disse Kim.

Ele se acomodou à frente do volante, enquanto Tracy se acomodava no banco traseiro. Deu a partida e afastou-se em alta velocidade do estacionamento. Permaneceram em silêncio durante alguns minutos.

– Quem poderia supor que as coisas chegariam a esse ponto? – comentou Tracy, por fim. – O que acha que devemos fazer?

– Talvez você tivesse razão. Talvez fosse melhor se tivéssemos nós mesmos chamado a polícia e enfrentado as consequências. Creio que ainda não é tarde demais para nos apresentarmos, mas acho que antes devemos entrar em contato com Justin Devereau.

– Já não penso mais da mesma forma – retrucou Tracy. – Acho que seu instinto estava certo. Você certamente será preso e, talvez, eu também. Poderia levar no mínimo um ano até um julgamento. E aí, quem sabe o que poderá acontecer? Depois do caso de O. J. Simpson, minha confiança no sistema judiciário americano passou a ser nenhuma. Não temos 1 milhão de dólares para desperdiçar com advogados famosos como Johnny Cochrane ou Berry Scheck.

– Aonde quer chegar? – perguntou Kim, lançando um olhar de esguelha pelo retrovisor. Ela nunca deixava de surpreendê-lo.

– Em nossa conversa de ontem à noite. Vamos embora para longe daqui e tratar desse assunto em outro país. Algum lugar onde a comida não seja contaminada e possamos continuar nossa luta.

– Está falando sério? – perguntou Kim.

– Estou.

Kim balançou a cabeça. Haviam considerado aquela alternativa e tinham até os passaportes, mas ele não tinha levado a ideia realmente a sério. Em sua mente, era mais um esquema desesperado de fuga, uma emergência no caso de uma situação apocalíptica. Evidentemente, em função da morte de Carlos, tinha de admitir que a situação não poderia piorar muito mais.

– É claro que devemos ligar para Justin – acrescentou Tracy. – Ele dará bons conselhos. Ele sempre dá. Talvez saiba para onde devemos ir. Pode haver problemas legais com relação a extradição e coisas do gênero.

– Sabe o que mais me agrada na ideia de irmos para um país estrangeiro? – disse Kim, após alguns minutos de silêncio. Olhou no retrovisor para ter um contato visual com Tracy.

– O que é?

– Que você está sugerindo irmos juntos.

– Ora, é claro.

– Sabe? Talvez não devêssemos ter nos divorciado.

– Devo admitir que essa ideia já me passou pela cabeça.

– Talvez algo de bom resulte de toda essa tragédia.

– Se voltarmos a viver juntos, sei que não poderíamos ter outra Becky, mas seria bom se tivéssemos outra criança.

– Você quer mesmo? – perguntou Kim.

– Gostaria de tentar.

Novamente, o silêncio reinou por algum tempo, e ambos reconsideraram suas próprias emoções.

– Quanto tempo acha que temos antes que polícia chegue até nós? – perguntou Tracy.

– É difícil dizer. Se quer saber de quanto tempo dispomos antes de nos decidirmos sobre o que fazer, diria que não temos muito. Umas 24 ou 48 horas.

– Ao menos haverá tempo para os funerais de Becky, amanhã – disse Tracy com a voz embargada.

Kim sentiu lágrimas aflorarem em seus olhos ante a menção do iminente funeral. Apesar de todo o esforço para evitar o fato, já não podia negar a terrível realidade de que sua filha estava morta.

– Oh, meu Deus! – exclamou Tracy, em tom de lamúria. – Quando fecho os olhos posso ver o rosto do homem em quem atirei. É uma coisa que jamais vou conseguir esquecer. Vou me assombrar para o resto da vida.

Kim enxugou as lágrimas do rosto e respirou fundo para recompor-se.

– Precisa pensar naquilo que disse no banheiro. Foi justificável. Se não tivesse puxado o gatilho, ele certamente a mataria. E depois a mim. Você salvou minha vida.

Tracy fechou os olhos.

Já passava de 23 horas quando chegaram à casa de Tracy e estacionaram atrás do carro de Kim. Estavam ambos inteiramente esgotados física, mental e emocionalmente.

– Espero que esteja pensando em passar a noite aqui – disse Tracy.

– Estava torcendo para ainda ser convidado.

Desceram do carro e de braços dados caminharam até a casa.

– Acha que devemos entrar em contato com Justin ainda esta noite? – perguntou Tracy.

– Vamos esperar até amanhã de manhã. Ligado do jeito como estou, não sei se conseguirei dormir, mas preciso ao menos tentar. No momento, não consigo pensar em nada além de uma ducha quente bem demorada.

– Eu posso entender.

Tracy tirou a chave da bolsa e abriu a porta. Depois de dar passagem a Kim, trancou-a e só então tateou a parede à procura do interruptor de luz.

– Puxa, essa luz é mesmo forte – comentou Kim, desviando os olhos do lustre no teto.

Tracy usou o dimmer para diminuir o brilho.

– Eu sou mesmo distraído – admitiu Kim. Tirou o avental branco da Higgins e Hancock e segurou-o com o braço esticado. – Essa coisa devia ser queimada. Provavelmente está cheia de E. coli.

– Acho que só precisa jogar fora. Mas é melhor jogar na lata de lixo dos fundos. Não quero nem pensar no cheiro que vai ficar amanhã.

Ela tirou seu próprio casaco e apalpou a região dolorida no peito. Alguma coisa dura a havia atingido bem à esquerda do esterno no momento do choque com Carlos. Na hora, a dor fora tão aguda que pensou ter sido esfaqueada.

– Você está bem? – perguntou Kim, diante da reação dela.

Cuidadosamente, Tracy apalpou a área dolorida.

– Há algum osso que pudesse quebrar nessa região? – perguntou.

– É lógico – disse Kim. – Você pode ter fraturado uma costela ou até mesmo o próprio esterno.

– Mas que beleza! O que devo fazer, doutor?

– Um pouco de gelo não faria mal – disse Kim. – Vou lhe trazer um pouco depois que me livrar desse avental.

Kim dirigiu-se para a porta dos fundos, passando pela cozinha. Tracy foi até o armário do hall, pendurou o casaco e tirou os sapatos. Fechou a porta e andou em direção à escada. De repente, parou aterrorizada e deixou escapar um grito cortante.

Kim acabara de entrar na cozinha quando ouviu o grito de Tracy. Voltou correndo e ficou aliviado ao vê-la intacta, de pé, no meio do hall. Sua expressão era calma, embora parecesse estranhamente petrificada diante de algo na sala de estar. Kim tentou acompanhar sua linha de visão. A princípio não viu nada e ficou intrigado. Então também viu do que se tratava. Ficou igualmente atemorizado.

Na sombra da sala parcialmente iluminada, viu a silhueta de um homem sentado imóvel na poltrona ao lado da lareira. Vestia terno e gravata escuros. Um casaco de pelo de camelo estava cuidadosamente dobrado sobre as costas da cadeira. Estava com as pernas cruzadas de maneira informal.

O homem esticou um braço e acendeu o abajur.

Tracy deixou escapar outro gemido melancólico. Sobre a mesinha de canto, plenamente visível e ao alcance do homem havia uma pistola automática negra adaptada com um silenciador.

O homem era a imagem da serenidade, o que o tornava ainda mais aterrorizante. Depois de acender a luz, recolocou o braço sobre o descanso da cadeira. Sua expressão era sombria, quase cruel.

– Vocês me fizeram esperar muito mais do que imaginei – disse o homem subitamente, quebrando o silêncio num tom zangado e acusatório.

– Quem é você? – perguntou Tracy, hesitante.

– Cheguem mais perto e sentem-se – disse ele, sem responder.

Kim olhou para sua esquerda, julgando quão rápido seria capaz de empurrar Tracy para trás da parede arqueada do vestíbulo e possivelmente fora do campo de perigo. Não conseguia conceber uma forma de ser rápido o suficiente, principalmente porque ela teria ainda de sair da casa pela porta da frente.

Derek respondeu à hesitação dos dois erguendo e apontando a arma na direção deles.

– Não me aborreçam mais! – avisou. – Este foi um dia muito ruim, e já estou bastante irritado. Eu lhes dou dois segundos para virem até aqui e se sentarem no sofá.

Kim engoliu em seco e conseguiu dizer num sussurro rouco:

– Acho melhor nos sentarmos.

Kim apressou Tracy, recriminando-se por não ter verificado a casa na hora em que chegaram. Com a morte de Carlos, esquecera-se totalmente do trabalho que tiveram para detectar a possível entrada de algum invasor.

Tracy sentou primeiro. Kim tomou o lugar ao lado dela. Estavam em posição diagonalmente oposta à cadeira de balanço.

Derek recolocou calmamente sua arma sobre a mesinha de canto, encostou e descansou as mãos sobre os braços acolchoados da poltrona, com os dedos ligeiramente curvados, como um pistoleiro pronto para sacar. Era como se estivesse instigando os dois a tentarem escapar ou pegar a arma, dando-lhe um motivo para atirar.

– Quem é você? – repetiu Tracy. – O que está fazendo na minha casa?

– Meu nome não importa – disse Derek. – Já o motivo de estar aqui é outro assunto. Fui trazido a esta cidade para matar o doutor.

Tanto Kim como Tracy balançaram ligeiramente a cabeça. A aterradora revelação de Derek os deixou tontos por um momento. O horror os deixou sem palavras. O homem era um matador de aluguel.

– No entanto, alguma coisa deu errado – prosseguiu Derek. – Eles me trouxeram até este lugar esquecido por Deus e depois romperam o contrato sem uma explicação razoável, dizendo que outra pessoa ia fazer o serviço. Tiveram até a cara de pau de me pedir o adiantamento de volta, depois de eu ter voado centenas de milhas até aqui.

Derek inclinou-se para a frente, e seus olhos brilharam.

– Por isso, além de deixá-lo vivo, ainda lhe farei outro favor. Para começar, não imagino o motivo que essa gente da carne tem para querê-lo morto.

– Posso lhe contar tudo – ofereceu-se Kim, ansioso. Estava mais que desejoso em cooperar.

Derek ergueu a mão.

– Não há necessidade de eu saber dos detalhes a esse respeito – disse. – Tentei descobrir, mas acabei desistindo. É problema seu. O que precisa saber é que essa gente o quer morto, a ponto de contratar a mim ou alguém como eu para executá-lo. Minha forma de retribuir a sacanagem que fizeram comigo é avisá-lo de que se encontra em grande perigo. O que vai fazer depois dessa informação é problema seu. Estou sendo claro?

– Perfeitamente – disse Kim. – Obrigado.

– Não precisa agradecer. Não faço isso por razões altruístas – respondeu Derek, levantando-se. – A única coisa que peço em troca é que mantenham essa conversa em caráter estritamente confidencial. Caso contrário, serei obrigado a voltar para fazer uma nova visita a um dos dois. Devo avisá-los de que sou muito bom no que faço.

– Não se preocupe – disse Kim. – Não vamos comentar isso com ninguém.

– Excelente – disse Derek. – Agora, se me permitem, vou ver se consigo voltar para casa.

Kim fez menção de levantar-se do sofá.

– Não precisa se incomodar – disse Derek, fazendo um sinal para Kim permanecer sentado. – Entrei sozinho; posso sair sozinho.

Kim e Tracy ficaram olhando perplexos enquanto Derek vestia seu casaco de pelo de camelo e guardava a arma no bolso. Em seguida, apanhou a maleta.

– Eu não teria sido tão rude se vocês tivessem chegado em casa numa hora decente – disse Derek. – Boa noite.

– Boa noite – disse Kim.

Derek saiu da sala de estar.

Kim e Tracy ouviram a porta abrir e fechar.

Durante alguns minutos, nenhum dos dois falou.

– Isso é inacreditável. É como viver um pesadelo sem poder acordar – disse Tracy.

– É um pesadelo que não acaba – concordou Kim. – Mas temos que fazer tudo o que pudermos para dar um fim nele.

– Ainda acha que devemos fugir para um país estrangeiro?

Kim balançou a cabeça.

– Pelo menos eu devo. Parece que me tornei um homem marcado. Acho que não devemos nem ficar aqui esta noite.

– Para onde iremos?

– Hotel, motel, o que importa? – perguntou Kim.

18

Terça-feira, 27 de janeiro

Mal a luz do sol começou a banhar a cortina barata, Kim desistiu de tentar voltar a dormir. Levantou-se lentamente para não acordar Tracy, catou suas roupas e, em silêncio, entrou no banheiro do Sleeprite Motel. Fechou a porta com todo o cuidado e acendeu a luz.

Encolheu-se assim que se olhou no espelho. Com aquele ridículo cabelo louro e o ferimento suturado, os olhos vermelhos e encovados, mal conseguia reconhecer a si próprio. Apesar da exaustão, tivera um sono entrecortado e acordara pela última vez às 5 horas. No decorrer de toda a noite estivera revendo os horríveis acontecimentos dos dias anteriores, pensando no que fazer. A ideia de ser perseguido por assassinos de aluguel estava um pouco além de sua compreensão.

Barbeou-se e tomou um banho, sentindo-se agradecido por aquelas tarefas simples que distraíam sua mente por alguns momentos. Depois de pentear o cabelo para o lado, como fazia normalmente, considerou sua aparência bem mais apresentável.

Terminou de se vestir e abriu a porta. Ficou satisfeito ao ver que Tracy não tinha se movido. Sabia que ela havia dormido igualmente mal e agradou-lhe ver que agora seu sono era profundo. Estava grato pela presença dela, também preocupado com os riscos que ela corria a seu lado.

Dirigiu-se até a mesa e escreveu uma curta mensagem no bloco que estava ao lado do telefone, avisando que tinha saído para buscar um café da manhã. Colocou o papel sobre o cobertor, no seu lado da cama. Pegou, então, as chaves do carro.

Foi mais difícil abrir a porta do quarto sem fazer ruído que a do banheiro. A do quarto tinha uma fechadura de metal e, além disso, tinham passado a corrente.

Uma vez no corredor, reconsiderou a ideia de estar sendo perseguido por assassinos de aluguel. Aquilo o deixou totalmente paranoico, apesar de sentir que estavam fora de perigo pelo menos por algum tempo. Tinham se registrado no hotel com nomes falsos e pago em dinheiro.

Kim foi até o carro e sentou-se ao volante. Deu a partida, mas não engatou a marcha. Ficou observando o homem do balcão que tinha preenchido suas fichas seis horas antes. Ele o viu sair do quarto, mas tinha voltado aos seus afazeres. Estava ocupado varrendo a frente do escritório. Antes de deixar Tracy sozinha, queria certificar-se de que o homem não faria nada de suspeito como correr para dentro do escritório e usar o telefone.

Reconhecendo sua paranoia, Kim censurou-se. Sabia que precisava manter-se sereno ou correria o risco de tomar as decisões erradas. Deu marcha à ré, manobrou e saiu do estacionamento.

Não muito longe dali, parou numa confeitaria e pediu dois cafés, dois sucos de laranja e alguns donuts. O local estava praticamente lotado de caminhoneiros e peões de obra. Enquanto Kim esperava sua vez na fila do caixa, muitos o observaram com expressão cética. Sua figura, sem dúvida, nada tinha a ver com o ambiente.

Sentiu-se aliviado ao sair. Logo que pôs os pés na calçada, seus olhos bateram na manchete do jornal por trás do vidro da máquina. Dizia, em letra de imprensa: "MÉDICO LOUCO SE VINGA COMETENDO ASSASSINATO!" E no fundo da página, em letras menores: "RESPEITÁVEL PROFISSIONAL É AGORA UM FUGITIVO DA JUSTIÇA."

Um calafrio de pavor percorreu a espinha de Kim. Rapidamente, voltou para o carro e guardou a comida e as bebidas. Retornou até a máquina de jornais e procurou as moedas certas no bolso. Com a mão trêmula, retirou um exemplar. A janela de vidro fechou-se com um estalido.

Qualquer esperança remota de que a história não fosse a dele desvaneceu-se no instante em que viu uma foto sua abaixo da manchete. Tinha sido tirada havia vários anos, apresentando sua aparência normal, de cabelos escuros.

De volta ao carro, Kim abriu o jornal. A reportagem estava na página 2.

EXCLUSIVO PARA O *MORNING SUN TIMES*:

O Dr. Kim Reggis, respeitado cirurgião cardíaco e ex-chefe do departamento de cardiologia do Hospital Samaritano, atualmente trabalhando no Centro Médico Universitário, resolveu fazer justiça com as próprias mãos, ao estilo olho por olho, dente por dente. Em reação à trágica morte de sua filha no último sábado, segundo se alega, disfarçou-se pintando o cabelo de louro, conseguiu um emprego na Higgins e Hancock usando falsa identidade e em seguida assassinou brutalmente outro trabalhador, de nome Carlos Mateo. Acredita-se que o motivo dessa morte a sangue-frio seja a crença do Dr. Reggis de que sua filha tenha falecido em decorrência da ingestão de carne abatida na Higgins e Hancock.

O Sr. Daryl Webster, presidente da Higgins e Hancock, declarou ao *Times* que essa é uma alegação absurda. Disse também que o Sr. Mateo era um trabalhador honesto e católico devoto, que deixa tragicamente uma esposa inválida e seis crianças...

Furioso, Kim atirou o jornal sobre o banco do passageiro. Não precisava ler o resto para ficar ainda mais revoltado – e preocupado. Deu a partida no carro e voltou para o motel. Carregando a comida e o jornal, entrou no quarto.

Tracy o ouviu chegando e pôs a cabeça no vão da porta do banheiro. Estava enxugando o cabelo depois de ter saído do chuveiro.

– Já está de pé – comentou Kim, deixando a comida sobre a mesa.

– Ouvi você saindo. Fico mais tranquila em vê-lo de volta. Tive um pouco de medo de que me deixasse aqui para tentar resolver tudo sozinho para me poupar. Prometa que não vai fazer isso.

– Confesso que a ideia passou pela minha cabeça – admitiu ele, afundando desanimado sobre a única cadeira.

– Qual o problema? – perguntou Tracy, intrigada. Embora soubesse que sua cabeça estava a ponto de estourar, ele parecia bem mais desesperançado do que ela esperava.

Kim mostrou-lhe o jornal.

– Leia isso! – disse.

– É sobre o homem da Higgins e Hancock? – perguntou ela, temerosa. Não estava certa de querer ler os detalhes.

– Sim, e sobre mim também.

– Oh, não! – disse ela, abatida. – Você já está ligado aos acontecimentos?

Tracy saiu do banheiro para o quarto enrolada na toalha. Pegou o jornal e leu a manchete. Lentamente, andou até a beirada da cama, virando a página para ler o resto.

Não foi preciso muito tempo. Ao terminar, dobrou o jornal e o colocou de lado. Olhou para Kim e disse:

– Que massacre – comentou sombriamente. – Incluíram até suas recentes prisões e a suspensão dos privilégios no hospital.

– Não fui tão longe – disse Kim. – Li apenas os dois primeiros parágrafos, que já foram o suficiente.

– Não consigo acreditar que tudo isso tenha acontecido tão rapidamente. Alguém deve tê-lo reconhecido na Higgins e Hancock.

– Obviamente. O homem que matamos não estava querendo pegar José Ramirez. E quando falhou, as pessoas que o estavam pagando optaram por destruir minha credibilidade e possivelmente me mandar para a cadeia pelo resto da vida. – Kim soltou uma risada sombria. – E pensar que eu estava preocupado com os aspectos legais. Nunca dei crédito à mídia. Ela, certamente, pode nos dar uma ideia do dinheiro e do poder dessa indústria na cidade, para conseguirem distorcer a verdade dessa forma. Veja bem, nesse artigo não há nenhum parecer investigativo. O jornal apenas imprimiu o que a indústria da carne mandou. Eles me têm como o frio assassino de um homem temente a Deus, tomado por um impulso de vingança.

– Isso quer dizer que não temos 24 ou 48 horas para decidirmos o que fazer – observou Tracy.

– Concordo – disse Kim, erguendo-se da cadeira. – Já devíamos ter tomado uma decisão ontem à noite. Significa também que não me resta alternativa. Não irei desistir da luta, mas definitivamente ela terá de ser travada do exterior.

Tracy ergueu-se e caminhou até ficar de frente para Kim.

– Também não me resta outra opção. Iremos embora e lutaremos juntos.

– Isso significa que não poderemos comparecer ao funeral de Becky – disse Kim.

– Eu sei.

– Creio que ela entenderá.

– Espero que sim – balbuciou Tracy. – Sinto tanto a falta dela.

– Eu também.

Kim e Tracy entreolharam-se. Ele estendeu os braços e enlaçou a ex-esposa. Ela passou os braços ao seu redor e os dois trocaram um intenso abraço como se estivessem involuntariamente separados havia anos. Um longo momento se passou antes de Kim se afastar para voltar a olhar Tracy nos olhos.

– Parece uma volta ao passado estar assim tão próximo de você.

– Um passado muito distante – concordou Tracy. – Como se fosse em outra vida.

Kelly Anderson consultou seu relógio. Era quase 13h30.

– Ele não vem – comentou com Brian Washington, balançando a cabeça.

– Você não estava mesmo esperando que ele aparecesse, estava – respondeu Brian, ajustando sua câmera no ombro.

– Ele amava a filha. É o funeral dela.

– Mas a polícia está bem aí fora. Eles o agarrariam assim que desse as caras. O homem só viria se fosse louco.

– Eu acho que ele é meio louco – disse Kelly. – Quando esteve em minha casa tentando convencer-me a engajar-me em sua cruzada, tinha uma expressão desvairada no olhar. Cheguei mesmo a sentir um pouco de medo.

– Isso eu duvido – disse Brian. – Nunca a vi com medo. Na verdade, acho que você tem gelo correndo nas veias, especialmente levando em conta a quantidade de chá gelado que bebe.

– Você, mais que ninguém, devia saber que é só teatro. Fico apavorada toda vez que entro no ar.

– Besteira – disse Brian.

Kelly e Brian estavam na entrada da casa funerária Sullivan. Outras pessoas circulavam pelo local e conversavam discretamente. Bernard Sullivan, o proprietário, estava de pé perto da porta. Sua ansiedade era visível e ele olhava frequentemente para o relógio. O serviço funerário tinha sido marcado para às 13 horas, e o movimento seria grande naquele dia.

– Acredita que o Dr. Reggis seria tão louco a ponto de matar alguém do jeito como estão dizendo no jornal? – perguntou Brian.

– Vamos colocar desse jeito – disse ela –: digamos que ele tenha chegado ao seu limite.

Brian deu de ombros e concluiu, filosoficamente:

– Nunca se sabe.

– A ausência do doutor ainda é compreensível – prosseguiu ela –, mas não consigo entender por que Tracy também não apareceu. Ela era a mãe de Becky, pelo amor de Deus, e não tem nenhum motivo para se esconder da lei. Isso é que está me deixando preocupada.

– O que quer dizer?

– Se o prezado doutor perdeu realmente o juízo, não seria muito improvável que ele encontrasse alguma forma distorcida de culpar a mulher pela morte da filha.

– Deus do céu! – exclamou Brian. – Não tinha pensado nisso.

– Escute – disse Kelly, tomando subitamente uma decisão. – Dê uma ligada para a emissora e pegue o endereço de Tracy Reggis. Eu vou ter uma conversinha com o Sr. Sullivan e pedir-lhe que entre em contato conosco caso ela apareça.

– Certo – disse Brian.

Brian partiu na direção do escritório da casa funerária enquanto Kelly seguiu na direção oposta, até onde estava o proprietário, e cutucou-lhe o braço. Vinte minutos mais tarde, os dois saltavam do carro de Kelly em frente à porta da casa de Tracy.

– Opa! – disse Kelly.

– O que é? – perguntou Brian.

– Aquele carro – disse ela, apontando para o Mercedes. – Acho que é o carro do doutor. Pelo menos é o mesmo carro que dirigia quando foi me visitar.

– O que devemos fazer? Não quero dar de frente com nenhum maluco correndo para fora da casa com um taco de beisebol ou uma escopeta na mão.

Brian tinha certa razão. Seguindo sua linha de pensamento, Reggis poderia muito bem estar dentro da casa mantendo a ex-esposa como refém ou coisa pior.

– Talvez seja melhor darmos uma circulada e conversarmos antes com os vizinhos – sugeriu Kelly. – Alguém pode ter visto alguma coisa.

Nas primeiras duas casas que abordaram, ninguém atendeu à campainha. A terceira foi a da Sra. English, e ela abriu a porta prontamente.

– Você é Kelly Anderson! – disse a Sra. English, visivelmente excitada, assim que viu o rosto de Kelly. – Você é maravilhosa. Eu a vejo na TV o tempo todo.

A Sra. English era uma mulher minúscula e de cabelos brancos que parecia encarnar a quintessência da avó universal.

– Obrigada – disse Kelly. – Se importaria se fizéssemos algumas perguntas?

– Eu vou aparecer na TV? – perguntou a Sra. English.

– É possível – respondeu Kelly. – Estamos apurando uma reportagem.

– Pode perguntar.

– Estamos curiosos sobre a sua vizinha do outro lado da rua: Tracy Reggis.

– Algo de estranho está acontecendo lá. Isso é certo.

– Está? Conte-nos o que é.

– Começou ontem de manhã. Tracy veio aqui e me pediu para observar a casa. Eu sempre observo, mas dessa vez ela foi bem específica. Queria que eu lhe avisasse se aparecesse algum estranho. Bem, apareceu um.

– Alguém que nunca tinha visto antes?

– Nunca – respondeu a Sra. English com absoluta convicção.

– O que fez ele?

– Ele entrou na casa.

– Enquanto Tracy estava ausente?

– Isso mesmo.

– Como ele entrou?

– Não sei. Acho que tinha uma chave porque entrou pela porta da frente.

– Era um homem alto, de cabelos escuros?

– Não, tinha estatura mediana e cabelo louro. Muito bem vestido, como um banqueiro, ou advogado.

– E depois, o que aconteceu?

– Nada. O homem não saiu mais e quando escureceu nem sequer acendeu uma luz. Tracy só voltou bem tarde, acompanhada de outro homem louro. Esse homem era mais alto e vestia um jaleco branco.

– Parecido com o de um médico? – perguntou Kelly, piscando um olho para Brian.

– Ou açougueiro – prosseguiu a Sra. English. – Seja como for, Tracy não voltou para falar comigo como disse que faria. Simplesmente entrou direto em casa com o segundo homem.

– E então o que aconteceu?

– Ficaram os três lá dentro por um tempo. Então, o primeiro homem saiu e foi embora em seu carro. Pouco depois, Tracy e o outro homem saíram carregando malas.

– Malas como se fossem partir em viagem?

– Sim, mas não era hora para ninguém sair de viagem. Já era quase meia-noite. Tenho certeza, porque nunca fui me deitar tão tarde em toda minha vida.

– Obrigada, Sra. English – disse Kelly. – A senhora foi extremamente útil. – Kelly fez um sinal a Brian para irem embora.

– Eu vou aparecer na TV? – insistiu a Sra. English.

– Entraremos em contato com a senhora – disse Kelly. Despediu-se dela e voltou com Brian para o carro.

– Essa história está começando a ficar boa – disse Kelly. – Eu jamais teria levantado essa hipótese, mas está parecendo que Tracy Reggis aparentemente decidiu fugir com o ex-marido. E pensar que ela parecia ser uma pessoa tão sensata. Estou pasma!

Por volta das 15 horas, o movimento do almoço finalmente diminuiu na lanchonete Onion Ring da Prairie Highway. O pessoal do turno da manhã, esgotado, foi embora para casa. Todos, exceto Roger Polo, o gerente. Consciencioso como sempre, não podia sair antes de verificar que a transição para o turno da tarde iria transcorrer normalmente. Só então passaria o comando a Paul, o cozinheiro, que atuava como supervisor na ausência de Roger.

Roger estava ocupado, instalando uma nova fita em uma das caixas registradoras, quando Paul assumiu seu posto por trás da chapa de fritura e começou a arrumar os utensílios a seu modo.

– Muito trânsito hoje? – perguntou Roger, fechando a portinhola da caixa.

– Até que não – disse Paul. – E o dia aqui, foi agitado?

– Muito. Devia ter umas vinte pessoas esperando para entrar na hora em que abri as portas, e a fila não parou de crescer.

– Leu o jornal da manhã?

– Quem dera. Não tive tempo nem de sentar para comer.

– É bom dar uma olhada – disse Paul. – O médico doido que veio aqui na sexta-feira matou um sujeito na Higgins e Hancock ontem à noite.

– Está brincando! – respondeu Roger, realmente estarrecido.

– Um pobre coitado mexicano com seis filhos. Atirou no olho do cara. A bala atravessou o cérebro, já imaginou?

Roger não podia imaginar. Apoiou-se no balcão sentindo as pernas cambalearem. Ficara indignado pelo soco que recebera no rosto; agora se sentia um homem de sorte. Estremeceu ao pensar no que poderia ter ocorrido se o médico estivesse armado naquela noite no Onion Ring.

– Cada um tem sua hora – disse Paul, filosoficamente. Deu meia-volta e abriu o refrigerador. Verificou a caixa de hambúrgueres e viu que estava quase vazia.

– Skip! – berrou. Tinha-o visto na área externa do restaurante esvaziando os latões de lixo.

– Está com o jornal aí? – perguntou Roger.

– Estou – respondeu Paul. – Deixei em cima da mesa, na sala dos empregados. Pode ler.

– O que é? – perguntou Skip, aparecendo do lado externo do balcão.

– Preciso de mais hambúrgueres do freezer – disse Paul. – E já que vai até lá, traga-me também dois pacotes de pãezinhos.

– Posso antes terminar o que estou fazendo? – perguntou Skip.

– Não! Preciso deles agora. Só tenho mais dois sobrando.

Skip contornou o balcão resmungando e saiu andando em direção aos fundos da lanchonete. Gostava de terminar um serviço antes de dar início a outro. Estava começando a injuriar-se com aquela mania que todos tinham agora de mandar nele.

Skip abriu a pesada porta isolante do freezer e penetrou naquela atmosfera ártica. A porta automática fechou-se às suas costas. Puxou as alças da primeira caixa à esquerda, mas ela estava vazia. Soltou um palavrão em voz alta. Seu colega do turno da manhã sempre lhe deixava coisas por fazer. Aquela caixa vazia devia ter sido picada para ser reciclada. Foi até uma segunda caixa e encontrou-a também vazia. Agarrou as duas, abriu a porta do freezer e atirou-as para fora. Em seguida foi até o fundo da câmara de congelamento para pegar caixas de hambúrgueres estocadas. Raspou o gelo no rótulo do mais próximo e leu: MERCER MEATS. REG. 0.I. CARNE MAGRA, HAMBÚRGER. LOTE 6 REM 9-14. PRODUZIDO EM: JAN. 12. VÁLIDO ATÉ: ABR. 12

– Lembro-me dessa caixa – disse Skip, em voz alta. Verificou as bordas. Evidentemente, a caixa já tinha sido aberta.

Para certificar-se de que não havia nenhuma outra com data anterior, Skip conferiu o selo da última caixa. Tinha a mesma data.

Puxando a primeira pelas bordas, Skip carregou-a até a entrada do freezer. Somente então enfiou o braço para retirar um dos pacotes do interior. Conforme esperava, aquele também já tinha sido aberto.

Skip levou o pacote para a cozinha e depois de se espremer para passar entre a parede e Paul, que estava ocupado em raspar os resíduos da chapa, colocou-o dentro do refrigerador.

– Estamos finalmente usando aqueles hambúrgueres que abri por engano há uma semana mais ou menos – comentou Skip, batendo a porta do refrigerador.

– Tudo bem, desde que os outros já tenham acabado – disse Paul, sem perder a concentração no que fazia.

– Eu verifiquei. Os velhos acabaram.

O RELÓGIO PENDURADO na parede da redação da WENE dava a Kelly a hora exata: eram 18h07. O noticiário local estava no ar desde as 17h30. Seu segmento estava esquematizado para entrar às 18h08, e o técnico de som ainda parecia atrapalhado com o microfone. Como sempre, seu pulso batia disparado.

Uma das câmeras posicionou-se de súbito diante de seu rosto. O operador balançava a cabeça e sussurrava suavemente em seu headphone. Pelo canto do olho, percebeu o diretor pegar o fio do microfone e vir em sua direção. Ao fundo, podia ouvir a âncora, Marilyn Wodinsky, finalizando a vinheta do noticiário nacional.

– Deus meu! – murmurou Kelly. Afastou a mão do técnico e segurou rapidamente o microfone ela mesma. Foi uma boa ideia, porque em poucos segundos o diretor erguia os cinco dedos dando início à contagem regressiva e terminou apontando diretamente para Kelly. Ao mesmo tempo, a câmera à sua frente entrou no ar ao vivo.

– Boa-noite, amigos telespectadores – disse Kelly. – Temos hoje uma reportagem completa sobre uma triste história ocorrida em nossa comunidade, uma história que mais parece uma tragédia grega. Há um ano tínhamos o quadro de uma feliz e perfeita família americana. O pai, um dos mais renomados cirurgiões cardíacos do país; a mãe, uma psicoterapeuta altamente reconhecida por seus próprios méritos; e a filha, uma menina de 10 anos, linda e talentosa, considerada por alguns como uma estrela ascendente da patinação artística. O desenlace começou provavelmente com a fusão do Hospital Universitário e do Samaritano. Aparentemente, o fato causou pressão no casamento. Pouco depois, um amargo divórcio foi seguido pela batalha pela guarda da filha. Foi então que, há poucos dias, mais precisamente na tarde de sábado, a menina morreu vítima de uma forma anômala de E. coli que tem aparecido isoladamente em alguns pontos do país. O Dr. Kim Reggis, seu pai, levado ao extremo de seus limites pela trágica desintegração da sua vida, achou que a indústria local da carne tinha sido a responsável pela morte da filha. Ele estava convencido de que a menina tinha contraído a toxina em uma lanchonete local, da Onion Ring. A cadeia de lanchonetes Onion Ring, por sua vez, é abastecida com os hambúrgueres fabricados pela Mercer Meats, que compra grande quantidade da carne que utiliza da companhia Higgins e Hancock. O atormentado Dr. Kim Reggis, disfarçado com o cabelo pintado de louro, conseguiu emprego usando identidade falsa na Higgins e Hancock, e assassinou um empregado da companhia. A vítima se chamava Carlos Mateo, que deixa uma esposa inválida e seis crianças.

"A WENE foi informada pelas autoridades de que uma arma deixada na cena do crime estava registrada no nome do médico e que suas impressões digitais foram encontradas nela.

"O Dr. Reggis é agora um fugitivo da justiça e está sendo procurado pela polícia. Tracy Reggis, sua ex-esposa, por mais estranho que pareça, aparentemente juntou-se a ele na fuga. No momento, não se sabe se está sendo coagida ou agindo por vontade própria.

"Para dar continuidade a essa história, a WENE entrevistou o Sr. Carl Stahl, diretor-presidente da Foodsmart Incorporações. Perguntei ao Sr. Stahl se Becky Reggis poderia ter contraído a bactéria E. coli em um dos restaurantes Onion Ring."

Kelly deu um suspiro de alívio. Um maquiador apareceu por trás da tela de fundo, ajeitou alguns fios e passou um pouco de pó de arroz na sua testa. Nesse meio-tempo, o rosto de Carl Stahl apareceu no monitor do estúdio.

– Obrigado, Kelly, por esta oportunidade de falar com os seus telespectadores – disse Carl, solene. – Em primeiro lugar, deixe-me dizer que como amigo pessoal de Tracy Reggis e sua filha Becky, fiquei extremamente chocado com todos esses tristes acontecimentos. Mas, respondendo à sua pergunta, teria sido impossível a Srta. Reggis contrair a doença em uma lanchonete da rede Onion Ring. Nós fritamos nossos hambúrgueres sob uma temperatura interna de 81 graus, que é mais elevada que a recomendada pelo FDA, e nossos cozinheiros são obrigados a verificar a temperatura duas vezes ao dia.

O diretor apontou novamente para Kelly, e a luz vermelha da câmera à sua frente se acendeu.

– Fiz a mesma pergunta a Jack Cartwright, da Mercer Meats – disse Kelly, olhando diretamente para a câmera.

Kelly relaxou novamente, enquanto o monitor passava a mostrar outra imagem. Desta vez, era Jack Cartwright.

– A Mercer Meats abastece a cadeia Onion Ring com hambúrguer – disse Jack. – Eles são feitos da mais pura "carne magra" moída; por isso, é impossível que alguém pudesse contrair alguma doença provocada por esses hambúrgueres. A Mercer Meats cumpre e supera todas as determinações do Departamento de Agricultura no processamento de sua carne, em termos de higiene e esterilização. As lanchonetes Onion Ring oferecem os melhores ingredientes que o dinheiro e a tecnologia podem comprar.

Sem um segundo de hesitação, Kelly entrou após a conclusão gravada de Jack Cartwright:

– E finalmente coloquei a mesma pergunta para o Sr. Daryl Webster, presidente da Higgins e Hancock.

O monitor entrou no ar pela terceira vez.

– A Onion Ring faz seus hambúrgueres com a melhor carne do mundo – foi dizendo Daryl, num tom de voz litigioso, o dedo em riste apontado para a câmera. – E eu desafio qualquer um que diga o contrário. Nós, da Higgins e Hancock, nos orgulhamos de produzir para o seu fornecedor, Mercer Meats, a carne mais fresca do mercado. E digo mais, o que não podemos é ficar impassíveis diante da tragédia que vitimou um de nossos melhores trabalhadores, brutalmente assassinado a sangue-frio. Só posso desejar que esse maluco seja conduzido à justiça o mais breve possível, antes que tire a vida de mais alguém.

Kelly ergueu as sobrancelhas assim que a câmera à sua frente entrou ao vivo outra vez.

– Como podem ver, a questão é tensa em decorrência desse brutal assassinato e da triste morte de uma menina. Tivemos assim a história da família Reggis e suas trágicas consequências. A WENE entrará com mais detalhes a qualquer momento. Com você, Marilyn.

Kelly exalou outro forte suspiro e soltou o microfone. No fundo, podia ouvir a voz de Marilyn:

– Obrigada, Kelly, por esta dolorosa e intrigante história. Agora, mais notícias locais...

KELLY ACIONOU A PORTA automática da garagem e saltou do carro quando esta começou a fechar. Pendurou a bolsa no ombro e subiu os três degraus da garagem até o interior da casa.

A casa estava quieta. Esperava encontrar Caroline sentada no sofá assistindo à sua meia hora de TV, mas o aparelho estava desligado, e a filha não estava à vista. Tudo o que se ouvia era o clicar de um teclado de computador, vindo da biblioteca.

Kelly abriu o refrigerador e serviu-se de suco. Com o copo na mão, atravessou a sala de jantar e espiou pela porta da biblioteca. Edgar estava no computador. Entrou sem ruído, deu um beijo no rosto dele, que sorriu sem tirar os olhos do monitor.

– Matéria interessante a que fez sobre o Dr. Reggis – disse Edgar, clicando duas vezes o mouse antes de virar-se para ela.

– Você achou? – disse Kelly, sem muito entusiasmo. – Obrigada.

– Uma história triste para todos os envolvidos.

– É o mínimo que se pode dizer – disse Kelly. – Há apenas um ano ele poderia ter sido o símbolo do americano bem-sucedido. Como cirurgião cardíaco, tinha tudo: dinheiro, respeito, credibilidade, uma família maravilhosa, um belo lar.

– Mas acabou como um castelo de cartas.

– Aparentemente – disse Kelly, soltando um suspiro. – O que há com Caroline? Ela já fez todo o dever de casa?

– Quase. Mas não estava se sentindo muito bem e disse que ia se deitar um pouco.

– Qual o problema? – perguntou Kelly, intrigada. Era muito raro Caroline deixar de assistir seu programa.

– Nada de mais – assegurou-lhe Edgar. – Só uma ligeira dor de barriga. Provavelmente porque comeu demais e muito rápido. Ela insistiu para que déssemos uma parada no Onion Ring depois da aula de patinação e o lugar estava superlotado. Acho que o olho foi maior que a barriga. Pediu dois hambúrgueres, um milk shake e uma porção grande de batatas.

Kelly sentiu uma desconfortável sensação no fundo do estômago.

– Qual Onion Ring? – perguntou, hesitante.

– Aquele da Prairie Highway – respondeu Edgar.

– Será que Caroline já está dormindo?

– Não sei dizer, mas não faz muito tempo que foi se deitar.

Kelly colocou o copo de suco sobre a mesa. Saiu da sala e subiu as escadas. Seu rosto refletia ansiedade. Parou diante do quarto de Caroline e pôs o ouvido à porta. Novamente, o único ruído era o clique do computador vindo do andar de baixo.

Lentamente, Kelly abriu a porta. A luz estava apagada. Ela entrou e andou silenciosamente até a beira da cama da filha.

Caroline dormia profundamente. Seu rosto parecia particularmente angelical. A respiração era lenta e regular.

Kelly resistiu à tentação de estender os braços e abraçá-la. Em vez disso, apenas permaneceu ali, na penumbra, pensando no quanto amava Caroline e o quanto a filha significava para ela. Tais pensamentos fizeram-na sentir-se profundamente vulnerável. A vida era de fato um castelo de cartas.

Kelly saiu do quarto, fechou a porta e desceu. Voltou para a biblioteca e pegou o copo com o suco. Sentou-se no sofá de couro e pigarreou.

Edgar virou-se para ela. Conhecendo Kelly tão bem, sabia que estava querendo falar e desligou o computador.

– O que há? – perguntou.

– É a matéria do Dr. Reggis – disse ela. – Não estou satisfeita. Disse o mesmo ao diretor, mas ele não concordou, dizendo que era só fofoca de tabloide e nada de importante, e que eu não perdesse mais tempo nisso. Mas, seja como for, vou continuar.

– O que a fez decidir isso? – perguntou Edgar.

– Muitas coisas estranhas que não têm explicação. A mais importante envolve uma fiscal do Departamento de Agricultura chamada Marsha Baldwin. Quando Kim Reggis esteve aqui no domingo, disse-me que suspeitava do desaparecimento da mulher. Ele insinuou que ela podia ter sido vítima de um crime.

– Presumo que esteve à procura dela.

– Mais ou menos – admitiu Kelly. – Realmente, não levei Kim Reggis muito a sério. Como disse, achei que ele tinha perdido o juízo depois da morte da filha. Estava agindo de maneira bizarra, e, segundo ele, a mulher só estava desaparecida havia poucas horas. De qualquer forma, atribuí seus argumentos a um delírio paranoico.

– Então, não encontrou a mulher.

– Não. Na segunda-feira fiz algumas ligações, mas ainda não estava dando muita atenção. Hoje, porém, liguei para o escritório da administração do Departamento de Agricultura. Quando perguntei por ela, insistiram para que eu falasse com o gerente distrital. É claro que não me importei em falar com o chefão, só que ele também não me deu nenhuma informação. Disse apenas que não a tinham visto. Depois que desliguei, achei curioso ter de falar diretamente com o chefe do departamento para obter uma informação tão simples.

– É curioso – admitiu Edgar.

– Mais tarde, liguei outra vez e perguntei exatamente para onde ela tinha sido designada. Adivinhe o lugar.

– Não faço a menor ideia.

– A Mercer Meats.

– Interessante – disse Edgar. – Então, como vai fazer para investigar esse caso?

– Ainda não sei. Adoraria encontrar o doutor, agora. Parece que estou sempre atrás dele.

– Bem, aprendi a respeitar sua intuição. Vá em frente!

– Mais uma coisa. Mantenha Caroline longe dos restaurantes Onion Ring, principalmente o da Prairie Highway.

– Por quê? Ela adora a comida.

– Por enquanto, vamos dizer apenas que é minha intuição.

– Vai ter que dizer a ela você mesma.

– Não tem problema.

A campainha da porta surpreendeu a ambos. Kelly olhou o relógio.

– Quem poderia estar tocando nossa campainha às 20 horas de uma terça-feira? – questionou ela.

– Não tenho ideia – disse Edgar, pondo-se de pé. – Deixe que eu abro.

– Fique à vontade.

Kelly coçou a cabeça, pensando na pergunta de Edgar sobre como iria enfocar o caso Reggis. Sem o médico, não seria fácil. Tentou relembrar tudo o que Kim tinha dito durante sua visita no domingo.

Ouviu Edgar conversando com alguém na varanda, pedindo-lhe que assinasse alguma coisa. Alguns minutos depois ele estava de volta. Trazia um envelope pardo e examinava o rótulo.

– Uma encomenda para você – disse ele, balançando o pacote. Algo se mexia livremente no interior.

– Quem enviou? – perguntou Kelly. Ela não gostava de receber pacotes misteriosos.

– Não há remetente. Apenas as iniciais KR.

– KR – repetiu Kelly. – Kim Reggis?

Edgar deu de ombros.

– É possível.

– Deixe-me dar uma olhada.

Edgar entregou o pacote a ela. Kelly apalpou a embalagem.

– Bem, não está parecendo perigoso. Parece uma fita solta, ou algo assim.

– Abra logo – disse Edgar.

Kelly rasgou o envelope e retirou um maço do que pareciam ser relatórios oficiais e uma fita de rolo. Preso à fita com durex havia um bilhete, onde se lia: *Kelly, aqui está a documentação que você queria. Entrarei em contato. Kim Reggis.*

– Estes relatórios são todos da Higgins e Hancock – disse Edgar. – Com cópias em anexo.

Kelly balançava a cabeça enquanto examinava o material.

– Acho que agora sei por onde levar minha investigação.

Epílogo

Quarta-feira, 11 de fevereiro

O motor falhava e explodia exalando uma fumaça preta, mas o furgão velho e dilapidado prosseguia seu caminho, subindo por uma ligeira inclinação da estrada logo após cruzar a ponte de um pequeno riacho.

– Deus do céu, esse é o pior torcicolo que tenho em anos – comentou Bart Winslow. Ele e seu companheiro, Willy Brown, seguiam por uma estrada de terra isolada, tentando voltar à estrada principal depois de recolherem um porco morto. Chovia havia quase dois dias, e a estrada estava enlameada e os buracos cheios de água barrenta.

– Eu estava pensando – disse Bart, depois de cuspir um pouco do tabaco de mascar pela janela. – Benton Oakly vai acabar quebrando se suas vacas continuarem adoecendo como essa que apanhamos antes do porco.

– Pode apostar – disse Willy. – Mas essa não está muito pior do que aquela que pegamos no mês passado. O que acha de a levarmos para o abatedouro como fizemos com a outra?

– Acho que vale a pena – respondeu Bart. – O problema é que teremos de ir até o abatedouro de Laudersville.

– Sim, eu sei – disse Willy. – Aquela repórter da TV conseguiu que interditassem a Higgins e Hancock por duas semanas, para investigarem alguma coisa.

– O bom da história é que o abatedouro de Laudersville não é tão cheio de frescura como a Higgins e Hancock – disse Bart. –

Lembra-se daquela vez que vendemos a eles duas vacas, que estavam mais mortas que um peru de Natal?

– É claro que sim – disse Willy. – Você sabe quando a Higgins e Hancock irá reabrir?

– Ouvi dizer que na próxima segunda. Não encontraram nada lá, além de alguns imigrantes ilegais.

– E então? – disse Willy. – O que acha que devemos fazer com essa vaca?

– Vamos vender para o matadouro – disse Bart. – Cinquenta paus é sempre melhor que 25.

Posfácio

Um requisito básico na busca da felicidade e de uma vida saudável, e o mínimo necessário para a boa saúde são água limpa e comida livre de contaminação. Nossa civilização tem lutado pelo primeiro desde os primórdios da urbanização. Somente em tempos recentes a engenharia civil conseguiu apontar possíveis soluções. Tragicamente, em relação à comida, a situação é inversa. Depois de um progresso tecnológico significativo em relação à preservação de alimentos, particularmente em relação à refrigeração, começamos a retroceder em função da crescente demanda e da pressão pela queda de preços. Técnicas modernas de criação animal desenvolveram na verdade novas e aterrorizantes formas de contaminação que ameaçam expandir-se. É um problema que exige a máxima atenção das autoridades competentes. Para aqueles que quiserem se aprofundar nesse assunto e nos danos que já foram causados, eu recomendo a seguinte leitura:

Fox, Nicols, *Spoiled: What Is Happening to Our Food Supply* e *Why We Are Increasingly at Risk* (Basic Books, 1997; Penguin, 1998).

fim